MEDO CLÁSSICO

Copyright© 2018 by DarkSide Entretenimento Ltda.

Tradução para a língua portuguesa
© Marcia Heloisa, 2018

Ilustrações
© Samuel Casal, 2018

Créditos das Imagens: Agradecemos enormemente a todos pelo uso de suas imagens, usadas originalmente para promoção e publicidade das obras cinematográficas que elas ilustram. Todos os direitos reservados. Caderno de imagens © Rosenbach Museum & Library, © Album Art/Latinstock, © Paramount Pictures, © Universal Pictures, © American Zoetrope, © Columbia Tristar. Todos os esforços foram enviados para localizar os detentores dos direitos autorais de tais imagens; todas as omissões serão corrigidas em futuras edições.

Diretor Editorial
Christiano Menezes

Diretor de Novos Negócios
Chico de Assis

Diretor de Planejamento
Marcel Souto Maior

Diretor Comercial
Gilberto Capelo

Diretora de Estratégia Editorial
Raquel Moritz

Gerente de Marca
Arthur Moraes

Editor
Bruno Dorigatti

Capa e Projeto Gráfico
Retina 78

Coordenador de Diagramação
Sergio Chaves

Revisão
floresta
Gustavo Feix
Marlon Magno
Máximo Ribera

Finalização
Sandro Tagliamento

Marketing Estratégico
Ag. Mandíbula

Impressão e Acabamento
Gráfica Geográfica

DADOS INTERNACIONAIS DE CATALOGAÇÃO NA PUBLICAÇÃO (CIP)
Andreia de Almeida CRB-8/7889

Stoker, Bram, 1847-1912
Drácula / Bram Stoker ; tradução de Marcia Heloisa ;
ilustrações de Samuel Casal. — Rio de Janeiro :
DarkSide Books, 2018.
576 p. : il.

ISBN: 978-85-66636-22-2 (First Edition)
ISBN: 978-85-66636-23-9 (Dark Edition)
Título original: Dracula

1. Ficção irlandesa 2. Vampiros I. Título 1
I. Heloisa, Marcia III. Casal, Samuel

18-1040 (First Edition)   CDD Ir823
18-1039 (Dark Edition)

Índice para catálogo sistemático:
1. Ficção irlandesa

[2018, 2025]
Todos os direitos desta edição reservados à
DarkSide® *Entretenimento* LTDA.
Rua General Roca, 935/504 — Tijuca
20521-071 — Rio de Janeiro — RJ — Brasil
www.darksidebooks.com

BRAM STOKER
Drácula
DARKSIDE

APRESENTAÇÃO
EXCLUSIVA
DACRE STOKER

TRADUÇÃO
INTRODUÇÃO
NOTAS E POSFÁCIO
MARCIA HELOISA

ILUSTRADO POR SAMUEL CASAL

Ein wunderliche vnd erschrockenliche
hystori von einem großen wüttrich genant
Dracole wayda Der do so gar vnkristen-
liche martter hat angelegt die menschē. als
mit spissen. auch dy leüt zu rod gesslyffen ꝛc

Gedruckt zu bamberg im Lxxxxi. iare.

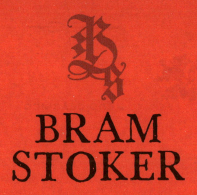

BRAM STOKER

DARKSIDE

Drácula
MEDO CLÁSSICO

SUMÁRIO

APRESENTAÇÃO, POR DACRE STOKER........pg.**011**
INTRODUÇÃO DARKSIDE® BOOKS...........pg.**015**

CAP. I { DIÁRIO DE JONATHAN HARKER
Taquigrafado ················pg.**031**

CAP. II { DIÁRIO DE JONATHAN HARKER (*cont.*)
················pg.**046**

CAP. III { DIÁRIO DE JONATHAN HARKER (*cont.*)
················pg.**058**

CAP. IV { DIÁRIO DE JONATHAN HARKER (*cont.*)
················pg.**072**

CAP. V { CARTA DA SRTA. MINA MURRAY
para a srta. LUCY WESTENRA ········pg.**086**

CAP. VI { DIÁRIO DE MINA MURRAY
················pg.**095**

CAP. VII { RECORTE DO DAILYGRAPH,
8 DE AGOSTO ················pg.**109**

CAP. VIII { DIÁRIO DE MINA MURRAY
················pg.**123**

CAP. IX { CARTA DE MINA HARKER para
LUCY WESTENRA ················pg.**140**

CAP. X { CARTA DO DR. SEWARD para o
ILMO. ARTHUR HOLMWOOD ·······pg.**158**

CAP. XI { DIÁRIO DE LUCY WESTENRA
················pg.**172**

CAP. XII { DIÁRIO DO DR. SEWARD
················pg.**184**

CAP. XIII { DIÁRIO DO DR. SEWARD (*cont.*)
················pg.**203**

CAP. XIV { DIÁRIO DE MINA HARKER
················pg.**217**

CAP. XV { DIÁRIO DO DR. SEWARD (*cont.*)
················pg.**232**

Drácula
MEDO CLÁSSICO

SUMÁRIO

CAP.		pg.
XVI	DIÁRIO DO DR. SEWARD (cont.)	247
XVII	DIÁRIO DO DR. SEWARD (cont.)	257
XVIII	DIÁRIO DO DR. SEWARD	271
XIX	DIÁRIO DE JONATHAN HARKER	286
XX	DIÁRIO DE JONATHAN HARKER	300
XXI	DIÁRIO DO DR. SEWARD	314
XXII	DIÁRIO DE JONATHAN HARKER	327
XXIII	DIÁRIO DO DR. SEWARD	338
XXIV	REGISTRO DO DR. VAN HELSING no fonógrafo do DR. SEWARD	352
XXV	DIÁRIO DO DR. SEWARD	366
XXVI	DIÁRIO DO DR. SEWARD	381
XXVII	DIÁRIO DE MINA HARKER	399

CONTO "O HÓSPEDE DE DRÁCULA" .... pg. 421
RESENHAS, ENTREVISTA & CARTAS .... pg. 437
POSFÁCIO DECODIFICANDO DRÁCULA .... pg. 463
A SOMBRA DO VAMPIRO .... pg. 483
VAMPIRO, ENCICLOPÉDIA BRITANNICA, 1888... pg. 501
GALERIA SANGRENTA
ORIGINAIS E PERSONIFICAÇÕES .... pg. 507
"O VAMPIRO", DE CHARLES BAUDELAIRE .... pg. 572

Drácula

MEDO CLÁSSICO

Berço de Sangue

DACRE STOKER

APRESENTAÇÃO

Mesmo no segundo século após sua publicação, *Drácula* de Bram Stoker permanece tão atemporal e irresistível quanto seu temido vilão homônimo. Assim como as narrativas folclóricas sobre vampiros são universais e sobrevivem até hoje nos mais variados corações e mentes, o romance clássico do meu tio-avô ainda corre nas veias de incontáveis leitores ao redor do mundo. À medida que novos estudos acadêmicos revelam cada vez mais o processo de pesquisa e composição utilizado por Bram na criação deste icônico romance de horror, esta nova edição atesta uma apaixonante verdade sobre *Drácula*: ele ainda guarda muitas histórias a serem contadas — e muitos mistérios a serem desvendados.

O conto "O Hóspede de Drácula" é um exemplo, e uma perfeita companhia para o romance, sob diversos aspectos. Tive o prazer de examinar a cópia datilografada original de *Drácula*, que hoje pertence a Paul Allen Family Foundation, e estou convencido de que "O Hóspede de Drácula" em algum momento compôs o manuscrito do romance, tendo sido posteriormente suprimido e publicado após a morte de Bram, como obra independente. Nas pesquisas para o nosso romance *Dracul*, J.D. Barker e eu observamos que a cópia original datilografada (a versão final de Bram, com suas correções feitas à mão) demonstra nada menos do que três ocasiões em que Bram riscou a lápis referências ao conto. Como a numeração já começa na página 102, temos motivos para crer que Bram não apenas encobriu as pistas do material suprimido, como o conto em si, composto atualmente de apenas dezessete páginas, fazia parte do expressivo volume de texto removido dos rascunhos originais de *Drácula*. Com sorte, as 101 páginas perdidas ainda podem estar por aí em algum lugar; e, se e quando descobertas, certamente vão nos fascinar.

Dada sua fama e longevidade, não deixa de ser surpreendente que *Drácula* e seu autor continuem tema de novas descobertas até hoje. Há apenas seis anos, Elizabeth Miller e eu publicamos o inédito *O Diário Perdido de Bram Stoker*, diário íntimo de Bram, que inclui reflexões, aforismos espirituosos e anotações feitas durante sua juventude em Dublin. O diário estava escondido a olhos vistos na estante do seu bisneto na Ilha de Wight. A percepção equivocada de que *Drácula* não foi considerado um sucesso literário enquanto Bram estava vivo também foi recentemente corrigida. Um ano antes de lançarmos *O Diário Perdido*, a publicação de *The Critical Feast*, de John Edgar Browning, demonstrou como a avaliação limitada de uma antiga biografia de Bram (que analisou apenas seis resenhas do romance, três positivas e três negativas) gerou a falsa percepção de que *Drácula* foi recebido com reservas. A pesquisa de Browning levantou 87 resenhas, de 1897 a 1913, entre as quais setenta eram positivas, quatorze ambivalentes e apenas três negativas — mostrando que, quando buscamos a raiz dos fatos, encontramos um tesouro de apreciação crítica.

É com muito entusiasmo que reconheço as contribuições contidas nesta edição de *Drácula* — possivelmente a mais próxima, até hoje, do que Bram Stoker idealizou para seu romance.

Dacre Stoker
Londres, julho de 2018

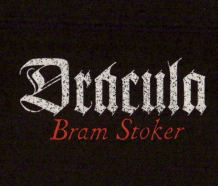

Dracula
Bram Stoker

san.gue, subst. masculino

(Fisiologia) líquido vermelho que circula pelos vasos sanguíneos; é constituído de plasma e células (hemácias, leucócitos e plaquetas); suas principais funções são transportar o oxigênio dos pulmões para as células do organismo e remover o dióxido de carbono dos tecidos de volta para os pulmões.

Drácula

MEDO CLÁSSICO

Eterno
INTRODUÇÃO

DRÁCULA permanece um mistério.

A mais celebrada narrativa de vampiros continua, até hoje, a transcender fronteiras de tempo, espaço, história e memória. Publicada em 1897, a obra ainda mobiliza seus leitores, confirmando o vigor perene de uma árvore cujas sólidas raízes respondem pela vitalidade de suas ramificações. Embora Drácula não tenha sido o primeiro vampiro literário,[1] consagrou-se o mais popular, reconhecido até mesmo por aqueles que nunca leram o romance. Adaptado para o teatro, cooptado pelo cinema e apropriado por quadrinhos, séries, novelas, brinquedos e roteiros turísticos, Drácula parece estar em todos os lugares. Não obstante, o vampiro de Bram Stoker é um predador que há muito monitoramos, sem conseguirmos capturar.

As próprias circunstâncias que permeiam a criação do romance, a despeito de mais de um século de escavações acadêmicas e biográficas, durante muito tempo permaneceram envoltas em cerrada névoa de especulação. Teria a ideia para o enredo nascido após um pesadelo de seu autor? Seria o conde vampiro uma caricatura sombria de Henry Irving, um dos atores teatrais mais respeitados

---

[1] Ainda que existam referências anteriores ao vampirismo na literatura britânica — algumas bastante canônicas como "Carmilla", do irlandês Sheridan Le Fanu (1872), por sua vez inspirada no poema "Christabel", do poeta inglês Samuel Taylor Coleridge (1797), o primeiro vampiro estrangeiro e nobre a se inserir nos círculos aristocráticos ingleses foi lorde Ruthven, de "O Vampiro", criação do autor John Polidori (1819). Anterior à publicação de *Drácula* há também o folhetim gótico "Varney, o Vampiro", publicado entre 1845-1847 como *penny dreadful* — publicações de horror e crime, seriadas, bastante sensacionalistas, muito populares na Inglaterra da época e que custavam apenas um penny. [As notas são da Tradutora, salvo indicação contrária.]

do século xix?[2] Não sabemos ao certo o que ou quem levou Bram Stoker a escrever este que viria a ser o maior romance vampírico de todos os tempos. Temos, contudo, algumas certezas. Descobrimos que começou a escrever *Drácula* em 1890 e trabalhou no romance durante sete anos, até sua publicação em maio de 1897. Sabemos também que Stoker jamais pisou na Romênia, e construiu sua Transilvânia ficcional reunindo um apanhado de informações avulsas sobre o local e seus costumes. E é certo que Stoker jamais pretendeu vincular seu conde Drácula ao Dracula histórico, o *voivode* que ficou célebre como Vlad Tepes. *Drácula* não é uma biografia de Vlad, e sim uma obra de fantasia que ressalta aquela que se tornaria a força inconteste de seu autor: a imaginação.

Abraham "Bram" Stoker nasceu na Irlanda em 1847. Uma misteriosa doença o deixou acamado por quase dez anos na infância. Durante esse período, a imobilidade física foi compensada por frenética atividade mental: alimentado pelas histórias que a mãe relatava em sua cabeceira, o jovem Bram cresceu bem nutrido com fértil mundo interior. Bem guarnecida por folclore, lendas urbanas, mitologia, dramaturgia e literatura, a infância de Stoker foi rica em fantasia e instilou no autor apreço duradouro por narrativas insólitas.

Curado da longa enfermidade, Stoker tornou-se um jovem atlético e robusto. Formou-se no Trinity College, em Dublin, onde se destacou pelo engajamento acadêmico, social e, sobretudo, esportivo. Seu futuro, no entanto, estava no teatro. De crítico de peças em Dublin a gerente do Lyceum, um dos palcos mais reverenciados e célebres da Londres vitoriana, Stoker trilhou percurso que privilegiava a performance, a *mise-en-scène* e, é claro, o drama. *Drácula* captura a atenção de seus leitores como uma peça envolvente fascina o público. Ler este romance é *fazer parte dele* — e *Drácula* é uma experiência frenética e vertiginosa.

A premissa é enganosamente simples: um vampiro que mora na Transilvânia decide se mudar para Londres, onde pretende desfrutar os benefícios da cidade-joia do Império Britânico, aproveitando o que o epicentro da civilização tem a oferecer em termos de avanço científico, tecnológico e cultural, bem como se fartando com ampla e diversificada seleta

---

2 O filho de Bram Stoker foi responsável pela anedota do caranguejo. Segundo ele, Stoker teria contado que a ideia para *Drácula* surgiu após um pesadelo provocado por indigestão, consequência de um farto jantar no qual se entupiu de caranguejos. Não passa, no entanto, de anedota, sem qualquer evidência concreta. A inspiração para o conde Drácula já foi muito especulada, levantando nomes como o de Irving, ator que Stoker empresariava, e até mesmo o do dramaturgo, poeta, romancista e ensaísta irlandês Oscar Wilde.

de vítimas. Em seu caminho, porém, está o heroico time de bravos vitorianos que, capitaneados por Abraham Van Helsing, investigam, perseguem e por fim derrotam as forças das trevas, expulsando Drácula de uma mansão na Inglaterra de volta para seu decrépito castelo na Transilvânia.

Fiel ao ideal de superioridade britânica que, literalmente, reinava no período, a narrativa culmina com a vitória dos civilizados europeus, reforçando a compulsoriedade de extermínio de qualquer arcaísmo incompatível com a modernidade vitoriana. No entanto, a análise menos ingênua nos leva a perceber que, embora triunfante no desfecho, o time de caçadores de vampiros não consegue evitar o contágio *durante* o combate. O grande feito de Drácula é fazer com que seus exterminadores — dois médicos, um advogado, um lorde inglês, um texano conservador e uma professora de etiqueta — confrontem suas próprias sombras. Obcecados pela aniquilação do monstro, personagens até então convictos de sua sisudez moral e ética mentem, traem, invadem propriedade privada, subornam, violam túmulos, decapitam e matam.

A ilusão de ordem sucumbe diante da força primitiva da natureza. O monstro que incita a transgressão cumpre sua função proverbial: revela o quão monstruosos nós também podemos ser.

Na verdade, o atentado à supremacia britânica é o grande crime do nosso vampiro que, ao se mudar para Londres, ameaça interromper o progresso da metrópole com o que era percebido como primitivismo medieval do Leste Europeu. O choque cultural é mais sutil do que a penetração das afiadas presas do vampiro nos aristocráticos pescoços ingleses, mas a ideia por trás de ambos é a mesma: o horror da contaminação. Drácula, assim como a criatura do dr. Frankenstein, a metade vil do dr. Jekyll e os híbridos do dr. Moreau, representa em seu corpo teratoide a essência da alteridade. Não é de se admirar que o vampiro de Stoker não possa ser fotografado, pintado ou sequer tenha reflexo no espelho.[3] O autorreconhecimento era o maior temor dos vitorianos. O monstro aponta e mostra, como nos ensina sua etimologia, mas não pode *refletir*. Seu espelhamento no herói provoca simetria indigesta, pois o

---

[3] No manuscrito elaborado por Stoker ao longo dos sete anos em que preparava *Drácula*, encontramos uma anotação postulando que o conde não tem reflexo no espelho, como descobrimos pela leitura do romance, e mais duas que não foram aproveitadas pelo autor: a que Drácula não pode ser fotografado (a imagem sai preta ou só o esqueleto) ou pintado (o resultado final sempre acaba se parecendo com outra pessoa). Ver Miller, Elizabeth e Eighteen-Bisang, Robert. *Bram Stoker's Notes for Dracula — A Facsimile Edition*. Nova York: McFarland & Company, 2008, p. 19-21.

obriga a reconhecer aberração em seu próprio rosto.

A literatura vitoriana, sobretudo quando inspirada pelo gótico, incutia uma espécie de monstruosidade inata aos estrangeiros. Colônias distantes, terras inexploradas e regiões ainda inacessíveis pareciam endemicamente impuras, entregues ao excesso quase libertino de costumes primitivos e pagãos. Em *Drácula*, embora existam dois estrangeiros entre o grupo de heróis — Van Helsing é holandês e Quincey Morris norte-americano —, nenhum deles deseja abrir mão das características que os distinguem como tal e, o mais importante, ninguém questiona a superioridade inconteste dos britânicos. Drácula é o único que almeja a neutralização de seus estrangeirismos para, protegido à sombra da mimese, alcançar o conveniente anonimato. O conde vampiro, por exemplo, crê que gramática e pronúncias perfeitas podem ajudá-lo a ser confundido com um falante nativo. Nosso vampiro não pretende apenas morar em Londres; ele quer *se passar por um inglês*. Em termos políticos, encontra-se nessa ambição o cerne de sua ameaça: mais do que um vampiro, Drácula é um estrangeiro que ousa invadir, conquistar e se apropriar de identidade patriótica em uma Inglaterra que sempre viu tal projeto com reservas — da Britânia ao Brexit. Uma das cenas da adaptação do romance para a BBC em 1977 traduz o desconforto com enfática violência: ao descobrir o conde repousando no caixão, com sangue escorrendo pela boca, o inglês Harker o golpeia com uma pá e grita: "Na Inglaterra? Nunca!".[4]

Drácula é uma narrativa britânica por excelência. Embora os primeiros capítulos se passem na Transilvânia, o romance logo desloca sua ação ininterrupta para a Londres vitoriana, onde detectamos um império ameaçado por sonhos de expansão e pesadelos recorrentes de colonização reversa. Embora temesse a invasão estrangeira, a Inglaterra ainda se gabava de ser a nação mais civilizada do mundo. O progresso da ciência e da tecnologia, o senso de primazia religiosa e moral, a monarca forte e a sólida estabilidade política contribuíam para essa percepção. No entanto, nem toda essa autoridade era capaz de fazer com que os vitorianos esquecessem os temores arcaicos que ainda habitavam nas sombras, protegidos e nutridos pela escuridão de suas ruas e a densidade do seu *fog*. Fosse pelo vício na mistura de gótico com *gore* que forjara os romances sensacionalistas de horror ou pelo seu mórbido interesse em *freak shows*, os vitorianos desenvolveram

---

[4] Excelente adaptação, por sinal: *Drácula*, 1977, filme para a televisão dirigido por Philip Saville com Louis Jourdan no papel-título.

relação complexa com seus monstros, sentindo-se, ao mesmo tempo, fascinados e ameaçados por eles. Nenhum outro gênero poderia fornecer melhor equilíbrio entre mágica e medo do que o horror. *Drácula* é um de seus textos seminais e seu conde vampiro, uma das representações literárias mais contundentes da eternidade do monstro que, embora destruído ao final do romance, jamais poderá ser derrotado. A tentativa de banir o monstro da Inglaterra finissecular não pode neutralizar a monstruosidade de um império que, nos estertores do período oitocentista, já nos deixara, histórica e literariamente, um legado bastante contundente de horror. Basta lembrarmos que *Frankenstein* (1818), *O Médico e o Monstro: O Estranho Caso do dr. Jekyll e sr. Hyde* (1886), *O Retrato de Dorian Gray* (1891), *A Ilha do Dr. Moreau* (1896) e *Drácula* nasceram todos no século XIX — produtos críticos de momento histórico bastante propício às redefinições dos conceitos de fé, ciência, tradição e modernidade, bem como ao atravessamento das fronteiras que separavam o humano do animal, os vivos dos mortos e os britânicos do resto do mundo.

Composto por vinte e sete capítulos, o romance, batizado por Neil Gaiman de "*thriller* vitoriano *high-tech*", exige fôlego do leitor. Mesclando diários, cartas, telegramas, recortes de jornais e até mesmo memorandos gravados em fonógrafo, *Drácula* se desenrola em constante metamorfose, assim como seu personagem-título. Somos apresentados a diversos narradores e nos deslocamos sem cessar: em um momento, estamos no castelo na Transilvânia, no outro, tomamos chá em uma cidade litorânea inglesa. Passamos por um navio russo, um jardim zoológico, um cemitério, um manicômio. E, o tempo todo, a narrativa é permeada por emoção desabrida: tudo em *Drácula* é intenso. A exposição contínua e o deslumbre de Bram Stoker pelo teatro manifestam-se de forma contundente no romance, que muitas vezes evoca a atmosfera mágica dos palcos, com as trocas de cenários, os diálogos dramáticos e os pungentes solilóquios. Os personagens são melodramáticos: choram aos soluços, prostram-se de joelhos, erguem os braços em súplica aos céus. Uma sinfonia ininterrupta de beijos, abraços, apertos de mão — sem contar com as declarações de amor, as juras de amizade eterna, os pleitos de lealdade. Embora composto em quase sua totalidade por diários, cartas e reportagens de jornal — o que pressupõe síntese, circunspecção e certo distanciamento emotivo —, *Drácula* é tudo, menos um texto exangue. "O sangue é vida", entoa um de seus personagens. Há sangue pulsando em todas as páginas do romance; quente, farto, rubro. Driblando a repressão vitoriana, que exigia fleumático decoro,

Bram Stoker nos deu um texto vibrante, ousado e sexy. O romance já foi descrito por um antropólogo como "luta de vale-tudo incestuosa, necrófila, sádica, oral e anal".[5] Um dos experts em *Drácula* vai além: "submetido a minucioso exame, o romance sugere sedução, estupro, necrofilia, pedofilia, incesto, adultério, sexo oral, grupal, menstruação, doença venérea e voyeurismo".[6] Das vampiras lascivas que deslizam a língua no pescoço de Jonathan Harker ao erotismo perverso de nossa heroína Mina lambendo sangue no peito nu de Drácula, o romance nos convida a mais do que participar: desafia-nos a *sentir*. Combinando a intensidade dramática do teatro com o apelo sensacionalista de um bom *penny dreadful*, Bram Stoker mistura Shakespeare com Sweeney Todd. O resultado é um romance-transe do qual não conseguimos escapar: somos todos sonâmbulos, oferecendo nossos pescoços para que Drácula continue a se alimentar, seduzidos pelo vampiro que arrebata leitores há mais de um século para permanecer vivo, jovem e potente.

Embora o texto transcenda os limites do seu tempo, *Drácula* é um produto inequivocamente vitoriano. O período, que abrangeu o longo reinado da rainha Vitória, de 1837 a 1901, foi marcado por dois movimentos distintos: a valorização do passado e a atração pelo futuro. Ao mesmo tempo que havia o compromisso moral e social com a tradição e a nostalgia dos preceitos ditos antiquados, o império engajava-se em inquieta marcha rumo ao novo. A Revolução Industrial, com trevosa fuligem de exploração e excesso, mudara os rumos e os ritmos dos vitorianos, alterando o foco do campo para a cidade. A Grã-Bretanha foi a primeira nação a investir em expansão ferroviária, o que facilitou o deslocamento de seus cidadãos, alterando sua natureza até então autóctone. Em 1851, a rainha Vitória e seu marido, o príncipe Albert, inauguraram a Grande Exposição, evento de proporções monumentais para o qual foi construído o palácio de cristal no Hyde Park. Era um acontecimento-ode ao progresso, às invenções tecnológicas, às curiosidades científicas. Simultaneamente, Vitória resgatava a tradição monárquica em sua forma mais ortodoxa, flertava com ideias progressistas. Pediu seu marido em casamento, foi a primeira rainha a casar-se de branco (para não ofuscar o noivo com a opulência de seus trajes reais), bem como a primeira a exigir anestesia no parto. Ao mesmo tempo que se opunha ao pleito sufragista e considerava as feministas potencialmente

---

5 Maurice Richardson, *The Psychoanalysis of Ghost Stories*, p. 427.
6 Clive Leatherdale, *Dracula: The Novel and the Legend*, p. 146

perigosas para a manutenção das relações familiares, foi ela própria mulher forte, poderosa e decidida, que se recusou a desempenhar papel decorativo. Junto das mudanças políticas, econômicas e sociais que viu desenrolar em seu reinado, Vitória acompanhou também as discussões que mobilizavam as ciências; foi o século que forjou Charles Darwin, o século que delineou Sigmund Freud. E, é claro, não podemos esquecer: os vitorianos eram obcecados pelos mortos — do fascínio pelo Egito Antigo às sessões espíritas, o espectro da morte nunca esteve tão vivo.

Bram Stoker costurou cada uma dessas peculiaridades vitorianas em *Drácula*. Em sua leitura, devemos ter consciência que somos, todos nós, produtos de nossas épocas. *Drácula* é um romance composto em consonância com o *Zeitgeist* finissecular europeu. Sendo assim, é um anacronismo perverso enxergar misoginia ou machismo em uma obra produzida fora da percepção contemporânea de tais termos. Uma interpretação crítica que condene uma obra desconsiderando seu contexto histórico há de ser sempre inapelavelmente injusta, bem como a condenação de qualquer arte a partir do julgamento moral de seus artistas. Vale lembrar que também não podemos confundir a fala dos personagens com as convicções íntimas do seu autor. O mesmo Stoker que, por meio de Van Helsing, pontua que a inteligência de Mina se deve ao seu "cérebro de homem", defende na fala de Lucy uma liberdade feminina que, francamente, não possuímos até hoje. Bram Stoker foi celebrado por criar personagens ousados, que questionaram a rigidez dos papéis sociais impostos em sua época. Ele não só criou, mas *deu voz*, à memoráveis personagens femininas. Enquanto o personagem-título está engessado em uma caracterização que pouco permite a profundidade da ambivalência, as personagens femininas são ricas em contradições e defendem, de maneira incontestavelmente vigorosa e destemida, suas crenças e suas emoções. Ao problematizarmos *Drácula*, é preciso observar que Stoker construiu personagens sobretudo complexos, independentemente de seus sexos. Qualquer análise de Mina deve reconhecer sua potência, uma vez que Stoker se esforça para exemplificá-la. Além de trabalhar, estudar, ser datilógrafa, estenógrafa e taquígrafa, ela possui memória prodigiosa, raciocínio arguto e está familiarizada com antropologia criminal. Até mesmo depois de vampirizada, ela encontra um modo de defender sua atuação indispensável, tornando-se sacerdotisa oracular — respeitada e reverenciada como uma deusa ctônica. É uma mulher prendada vitoriana que cuida da casa e do marido? Sim; afinal, trata-se de um texto *vitoriano*. Mas na hora do combate, ela conduz cavalos bravos por estradas inclementes na Transilvânia e não hesita em apontar um rifle contra seus inimigos. Por fim, não podemos esquecer que Mina é a responsável pela organização dos relatos dos demais personagens em uma espécie de dossiê. Esse dossiê compõe o próprio romance. Sendo assim, Mina é, ao mesmo tempo, protagonista e editora de *Drácula*. O romance não só aborda os alicerces do feminismo com a insurgência da chamada *New Woman*, mas os experimentos médicos e a alvorada da psicanálise, a nova cartografia urbana e a mobilidade ferroviária, o encantamento pelo sobrenatural. Além disso, é possível detectar no texto outros traços marcantes do período: o choque do arcaico com o moderno, do folclore com a ciência, da superstição com a tecnologia. A narrativa intercala câmeras Kodak, fonógrafos e transfusões de sangue com crucifixos, hóstias e guirlandas de alho. Em *Drácula*, os sonhos de futuro tentam conter e coibir os pesadelos do passado empregando a combinação de medidas apotropaicas folclóricas com procedimentos médicos de ponta. O ideal de progresso oitocentista quer acender as luzes elétricas do século XX, mas, durante o apagão, recorre às boas e tradicionais velas de cera. No entanto, como nos ensinam as narrativas de horror, o progresso não neutraliza o mal, apenas engendra monstros mais resistentes.

E resistência parece ser a palavra-chave para *Drácula*. O romance jamais deixou de ser publicado desde seu lançamento, há cento e vinte anos, e ainda permanece relevante como entretenimento e estudo. Em 2016, participei de um congresso internacional no Trinity College, em Dublin, cujo tema era "Inovação na Pesquisa Sobre Drácula", e, por incrível que pareça, mais de um século depois, ainda existem *coisas novas* surgindo sobre a narrativa de Stoker.[7] Enquanto observava meus colegas palestrantes — ingleses, irlandeses, holandeses, norte-americanos, italianos, croatas, romenos e russos —, ocorreu-me que, de fato, há algo insondável na força deste romance. Aquelas pessoas, assim como eu, não se dedicam a um gênero literário, a um autor, a um período histórico específico — e sim a *um livro*. Um livro tão potente que orienta nossas vidas,

---

[7] O holandês Hans de Roos é um exemplo; em 2017, publicou a versão islandesa de *Drácula*, descoberta, analisada, traduzida e comentada por ele, e agora se dedica a novas descobertas: a versão sueca e a norte-americana. Entre outros pesquisadores do romance, destaco: Magdalena Grabias, Carol Senf, Clemens Ruthner, Clive Leatherdale, Gordon Melton, Paul Murray, David Skal, Simon Bacon, Sorcha Ní Fhlainn e Marius Crisan. A maior autoridade em *Drácula* continua sendo Elizabeth Miller, professora emérita da Universidade de Newfoundland em Toronto e "Baronesa da Casa de Drácula", cujos livros esclarecedores e pesquisa incansável norteiam nossos passos.

trabalhos, carreiras, viagens e rotinas. Por mais que a pesquisa acadêmica inspire sobriedade quase solene, há muito entusiasmo em nossa dedicação. Viramos, muitas vezes sem nos darmos conta, devotos passionais, dados a êxtases e epifanias. Desconfio que seja esta a herança de Bram: ele nos contaminou com sua emoção.

O atestado da vitalidade de *Drácula*, porém, não está apenas na paixão de seus aficionados, no impulso que deu ao seu autor, nas incontáveis adaptações e releituras inspiradas em seu enredo e na autoridade inquestionável do personagem-título como referência base quando o assunto é vampirismo. Manifesta-se também nos demais domínios que conquistou, até mesmo à revelia dos vencidos. A influência do romance extrapolou o âmbito literário e cultural, e reverberou até mesmo no turismo; é o caso da relação de *Drácula* com a Romênia.

Embora a percepção da Transilvânia como região sinistra não tenha começado com o romance de Bram Stoker — autores como William Shakespeare, Alexandre Dumas e Jules Verne já haviam contribuído para a caricatura ficcional do lugar —, foi ele quem a cristalizou. Inspirado na tradição dos registros de viagem, Stoker construiu uma Transilvânia imaginária repleta de estereótipos que servem para legitimar o conde Drácula como uma figura primitiva, impermeável ao verniz da civilização. Tendo como fonte alguns relatos de britânicos que descreveram suas experiências na região, Stoker os usou como reflexos autênticos da cultura do Leste Europeu, a despeito de falhas e equívocos. Não é de se admirar que muitos romenos se mostrem reticentes ou incomodados com o romance: a imaginação prodigiosa de Stoker fundiu ficção vampiresca com fatos colhidos de fontes imprecisas. O resultado foi a indelével associação da Romênia com os vampiros e, mais precisamente, do conde Drácula com Vlad Dracula. A lealdade de Stoker, contudo, estava com a literatura gótica e não com a historiografia do Leste Europeu. Basta lembrar que seu Drácula é um *conde*, título que sequer existia na Romênia e que evoca os antagonistas góticos, com suas afiliações nobres e seus castelos lúgubres.

Inicialmente, Bram Stoker pretendia localizar o castelo do seu vampiro na Estíria, e seu nobre de presas afiadas foi batizado de conde Wampyr. No entanto, uma leitura fortuita no verão de 1890 fez com que o autor alterasse o nome para "Dracula"; a obra responsável pela mudança de nome — e, mais tarde, pelo título do romance — chama-se "Um Registro Sobre os Principados da Valáquia e da Moldávia" e fora publicada em 1820 por William Wilkinson, um cônsul britânico que morara na região.[8] O que chamou atenção de Stoker foi uma nota de rodapé em que Wilkinson esclarece aos leitores a etimologia do nome "Drácula", usado para se referir a Vlad Tepes: "Dracula, no idioma valáquio, significa 'diabo'. Os valaquianos costumavam dar esse sobrenome a qualquer pessoa que se tornasse célebre por coragem, crueldade ou astúcia".[9] Nessa nota jaz a fonte de todos os equívocos posteriores, inclusive a tese defendida pelos pesquisadores Raymond McNally e Radu Florescu no livro "Em Busca de Drácula" (1972). Os autores argumentam que Stoker teria usado Vlad Tepes como modelo para o conde Drácula, supostamente inspirado pela crueldade do Dracula histórico e pela associação diabólica que o nome evocava. "Drácula", no entanto, significa "filho de Dracul", que, por sua vez, significa "dragão". O nome é referência à Ordem do Dragão, associação de cavaleiros fundada no início do século xv pelo rei Sigismundo da Hungria, que defendia o cristianismo e lutava contra seus inimigos, sobretudo os turcos otomanos. Entre seus membros estava Vlad II, príncipe da Valáquia. Em 1431, convidado para fazer parte da prestigiosa ordem, adotou o nome Dracul, passando a ser conhecido como Vlad Dracul. "Dracula" foi apenas o nome usado por seu filho Vlad Tepes (1431-1476), sem qualquer alusão intencionalmente satânica. Que Vlad Tepes tenha sido comparado ao demônio por suas crueldades — entre elas, o empalamento de suas vítimas, o que lhe rendeu o nome Tepes (empalador) — é outra história, cheia de suas próprias lacunas e mistérios.

Em 1457, o Dracula histórico organizou em Târgoviste um banquete para os boiardos e suas famílias. Sua intenção era vingar a morte do pai e do irmão, assassinados pelos boiardos: o irmão, Mircea, fora capturado, teve os olhos queimados com ferro em brasa e enterrado vivo; e o pai, Dracul, executado em perseguição. Dracula ordenou aos soldados que cercassem e detivessem os convidados ao fim do banquete. Os mais velhos foram empalados e os demais forçados a ir para Poenari, onde se viram obrigados a construir uma fortaleza colossal,

---

[8] Outro registro relevante na construção de Drácula foi o artigo de Emily Gerard, que mais tarde publicou em livro suas impressões sobre a Transilvânia. Gerard é responsável por outro célebre equívoco vampiresco: a palavra 'nosferatu', que não existe. A autora provavelmente ouviu ou anotou a palavra errada. Uma possibilidade seria "nesuferit", palavra romena para "intolerável", "insuportável". Documentada pela autora em 1885 e usada por Stoker para compor a fala de Van Helsing, a palavra que significa absolutamente nada, não obstante, tornou-se o título da primeira adaptação de *Drácula* para o cinema, o *Nosferatu* de F.W. Murnau (1922).
[9] William Wilkinson, *An Account of the Principalities of Wallachia and Moldavia*, p. 19.

tida durante certo tempo como o "verdadeiro" castelo de Dracula. Após diversas batalhas com os turcos, Vlad recolheu-se em Poenari. Conta-se que o cerco dos inimigos exerceu tamanha pressão emocional em sua mulher que ela teria se atirado da fortaleza no rio Arges. Francis Ford Coppola filmou uma versão alternativa do suicídio na adaptação cinematográfica do romance em 1992. A tradição oral que perdura na região de Poenari até hoje, sobretudo na aldeia de Arefu, afirma que Dracula escapou do cerco turco com a ajuda dos camponeses. Segundo seus descendentes, a solução oferecida a ele para a fuga que julgava impossível foi a troca das ferraduras do seu cavalo, o que teria despistado os inimigos. Dracula, ao se ver salvo na fronteira, teria oferecido recompensa aos camponeses, que recusaram sua oferta de ouro, mas pleitearam terras. Ele concedeu a posse das terras vizinhas aos patriarcas que o ajudaram, via documento. Esse direito perdura até os dias atuais e, segundo eles, é a origem da aldeia.

Em minha viagem de pesquisa à Romênia, tive a oportunidade de me hospedar em uma casa de família em Arefu e constatei que o Dracula admirado como herói nacional por eles — a quem se referem apenas como Vlad Tepes — pouco tem em comum com o vampiro do romance. Não há nenhum indício de que Stoker tenha conhecido pormenores da história de Vlad Tepes; ele não usa o nome Vlad, nem sequer faz menção ao seu costume de empalar os inimigos. Lendas do século xvi, como as que narram Vlad Tepes fazendo refeições diante de prisioneiros empalados para molhar seu pão no sangue dos condenados, também não estavam entre as fontes de pesquisa de Stoker, e não entraram na composição do enredo, por mais que pareçam pertinentes a uma história de vampiros. O Vlad Tepes que me foi apresentado em Arefu também difere conceitualmente do retratado nos panfletos difamatórios que se popularizaram na Alemanha após sua morte, em 1476, até meados do século xvi. Os camponeses admitem a crueldade de Dracula, bem como relembram seus feitos mais lendários, como a Floresta dos Empalados — espetáculo macabro de 20 mil inimigos empalados na entrada da Valáquia para afugentar os turcos invasores. Ressaltam, porém, que eram outros tempos e que não podemos avaliar, em termos éticos ou morais, o herói do século xv por preceitos contemporâneos. Também ponderaram que os feitos de Dracula, até mesmo os mais violentos, na verdade tinham como objetivo a proteção do seu povo, dos cristãos e da Valáquia. Como disse um dos meus anfitriões em Arefu, "ele matou e torturou muita gente, mas eram todos turcos". Na porta da casa dessa família, há a imagem de Dracula entalhada em madeira. "Para vocês, no Ocidente, ele é um vampiro. Para nós, um herói".

E existem vampiros na Romênia? Com exceção dos atores contratados para desempenhar o papel do conde Drácula em restaurantes e festas de Halloween, nenhum é tão conspícuo. Ainda que o folclore romeno tenha sua cota de mortos-vivos, o vampiro para eles ainda está mais associado ao Ocidente e permanece tema que, não raro, os constrange bastante. A clara dependência do turismo os leva a aceitar a presença do conde Drácula e de seu autor em seus domínios, mas muitos guias aproveitam a demanda para instruir os turistas, dissipando assim qualquer confusão entre o Dracula histórico e a criação literária de Bram Stoker. O conhecimento do romance, que só foi traduzido para o romeno na década de 1990, é por vezes limitado, e os filmes de vampiro são tratados como produtos capitalistas divertidos, mas que refletem a crença de Hollywood, não a deles. Aos que buscam o vampiro de Bram Stoker, o melhor lugar para encontrá-lo continua sendo nas páginas do romance que se segue.

O encontro de *Drácula* com a DarkSide® Books nesta edição histórica já começa extraespecial, com apresentação exclusiva de Dacre Stoker, sobrinho-neto de Bram. Convidado a fazer parte da edição da Caveira, ele nos dá suas bênçãos de sangue, tornando nosso *Drácula* ainda mais vigoroso. Ter o descendente direto do autor conosco, além de uma honra, é evidência concreta de sua imortalidade e sinal mágico de sua presença. Para aproximar o autor ainda mais de seus leitores, coletamos alguns documentos de época — bem à moda *Drácula* — para construir uma ponte firme entre o romance lançado com sua icônica capa amarela em 1897 e as versões DarkSide do século XXI. Temos resenhas, cartas e uma entrevista com Bram Stoker, iluminando as sombras desse vampiro que, até hoje, soube preservar seus segredos.

Aos interessados em decifrar os caminhos de Drácula, esta edição também oferece valiosos mapas. O conto "O Hóspede de Drácula" é um deles. Publicado postumamente pela viúva de Stoker, ainda inspira intermináveis conjecturas: seria um capítulo removido do texto final do romance, um esboço ou um conto independente? Na minha opinião, trata-se de obra avulsa, escrita sem pretensão de inclusão no romance. Seja como for, permanece arcabouço sobre o qual Stoker construiu seu edifício narrativo e, embora especialistas ressaltem a diferença de estilo do conto para o romance, há entre eles uma inegável interseção: a atmosfera lúgubre, fundamental para boa história de desmortos.

O fascinante texto de Carlos Primati nos conduz com segurança pelo labiríntico percurso das adaptações do romance para as artes visuais, que consolidou *Drácula* como um dos pais fundadores da história cultural do horror. Por fim, preparei um posfácio feito sob medida para futuros investigadores dracúleos, compartilhando algumas lições que aprendi com Bram Stoker ao longo dos últimos sete anos de pesquisa intensiva sobre *Drácula*. Aos mais ansiosos, adianto um *spoiler*: não importa o quão engajados avancemos em seu encalço, o conde vampiro *sempre* consegue escapar.

O desfecho da narrativa não extermina Drácula, nem dentro nem fora de suas páginas. Foram muitas encarnações desde então. Tido como bastião dos monstros clássicos, o conde vampiro foi descrito por um dos seus maiores intérpretes, Béla Lugosi, como o Hamlet dos personagens de horror.[10] Imortalizado como um dos baluartes do gênero, *Drácula* é a pedra de toque literária que usamos para conferir a "autenticidade" de todos os vampiros posteriores. Na cosmogonia do monstro, Bram Stoker criou um mito. E mitos, como sabemos, são mistérios que aceitamos de peito aberto e olhos fechados.

Assim, desafio o leitor a entregar-se a *Drácula*. Para mim, é o trabalho de uma vida, o amor que carrego desde sempre, como órgão vital. Meu batismo de sangue se deu ainda na infância, mas nunca é tarde para render-se à sedução vampírica. Espero que, ao fim dos próximos vinte e sete capítulos, *Drácula* encontre um séquito de leitores dispostos a lhe oferecer castelos em suas estantes — e, quem sabe, um espaço ainda maior em seus corações *dark*.

— *Marcia Heloisa*
Cavaleira da Ordem da Transilvânia
Rio de Janeiro, *julho de 2018*

---

[10] Depoimento da atriz Sheila Wynn no documentário *A History of Horror*, de Mark Gatiss (2010).

A leitura dos documentos que se seguem esclarecerá por que foram arrumados nessa sequência. Todos os assuntos desnecessários foram eliminados para que a história — quase incompatível com as crenças mais atuais — possa se manter como simples fato. Não há, ao longo de toda a história, relatos de acontecimentos passados que teriam sido obscurecidos por falhas de memória: todos os registros selecionados são contemporâneos aos acontecimentos relatados e contados a partir do ponto de vista e dentro do escopo de conhecimento daqueles que o fizeram.

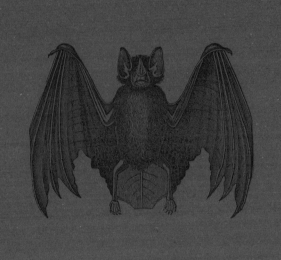

CAPÍTULO I

Diário de Jonathan Harker
(TAQUIGRAFADO)

3 de maio, BISTRITA

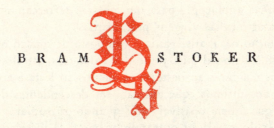

B R A M　　　　S T O K E R

Saí de Munique às 20h35, em 1º de maio, e cheguei em Viena bem cedo na manhã seguinte; deveria ter chegado às 6h46, mas o trem atrasou uma hora. Budapeste parece um lugar esplêndido, pelo que pude ver de relance pela janela do trem e o pouco que caminhei pelas ruas. Tive receio de me afastar muito da estação, já que chegáramos atrasados e o trem haveria de partir o mais próximo possível do horário marcado. Tive a impressão de que estávamos deixando o Ocidente e adentrando o Oriente; cruzamos o rio Danúbio, que aqui tem nobre extensão e profundidade, por majestosas pontes ao leste que nos conduziram entre as tradições do reinado turco.

Partimos em bom horário e chegamos em Klausenburgo ao anoitecer. Pernoitei no hotel Royale. Meu jantar, ou melhor, minha ceia foi frango cozido com pimenta vermelha, bem gostoso, mas que me deixou com muita sede. (Nota: pegar a receita para Mina.) Perguntei ao garçom e ele me disse que o prato se chamava *paprika hendl* e que, como era um prato típico da culinária do país, eu o encontraria em qualquer lugar nos Cárpatos. Meus parcos conhecimentos de alemão foram providenciais; na verdade, não sei como teria me virado sem saber um pouco do idioma.

Como tive algum tempo livre em Londres antes de viajar, aproveitei para visitar o Museu Britânico e pesquisar na biblioteca sobre a Transilvânia, quando consultei livros e mapas; imaginei que aprender algumas noções sobre a região decerto seria importante no trato com o nobre daquele país. Descobri que o local por ele mencionado fica ao extremo oeste, e faz fronteira com três estados: Transilvânia, Moldávia e Bucovina, no coração dos montes Cárpatos, uma das regiões mais selvagens e menos conhecidas da Europa. Não consegui encontrar em nenhum mapa ou obra a localização exata do Castelo de Drácula,[1] uma vez que não existe na Transilvânia algo como nossa agência nacional de cartografia; mas vi que Bistrita, a cidade postal mencionada pelo conde, é um lugar relativamente conhecido. Vou registrar aqui algumas de minhas anotações, para que possam refrescar minha memória quando relatar minhas viagens para Mina.

A população da Transilvânia é composta de quatro nacionalidades distintas: saxões no sul que, junto dos valáquios, são descendentes dos dacianos; os magiares ao oeste; e os sículos ao leste e ao norte. Estou indo rumo aos últimos, que afirmam ser descendentes de Átila e dos hunos — o que é bem possível, pois quando os magiares conquistaram o país no século XI, já encontraram os hunos lá instalados. Li que todas as superstições do mundo se concentram na região dos Cárpatos, como se ela fosse o núcleo de um vórtice imaginativo; nesse caso, a minha estada promete ser bem interessante. (Nota: perguntar ao conde tudo sobre isso.)

Não dormi bem, embora a cama fosse bastante confortável, atormentado por diversos sonhos bizarros. Um cão uivou a noite toda, bem abaixo da minha janela, o que pode ter contribuído para meu desassossego; ou então a culpa foi da páprica no jantar, pois mesmo bebendo toda a água de minha garrafa continuei com sede. O dia já clareava quando consegui pegar no sono. Devo ter dormido pesado, pois foi preciso que batessem em minha porta para me despertar.

No café da manhã, mais páprica: uma espécie de mingau de farinha de milho, que me disseram se chamar *mamaliga*, e berinjela recheada com carne moída, um prato formidável chamado *impletata*. (Nota: pegar a receita desse também.)

---

[1] Durante muito tempo, supôs-se erroneamente que o castelo do Dracula histórico de fato existisse na Romênia. Para fins turísticos, por um período o castelo de Bran (sem nenhuma referência ao autor Bram Stoker) foi tomado como possível localização. Posteriormente, o castelo de Poenari, em Arefu, foi identificado como uma das fortalezas de Vlad Tepes. No entanto, o local, em ruínas, desencoraja muitos turistas curiosos: para acessá-lo, é preciso vencer 1.480 degraus de pedra. Recentemente, o expert em *Drácula*, Hans de Roos, alegou ter descoberto o lugar que mais bem atende à descrição da localização do castelo no romance: o monte Izvorul Calimanului. Existe um hotel no desfiladeiro Borgo chamado Castle Dracula. A inspiração no romance de Bram Stoker é evidente: na entrada do hotel, há uma estátua em homenagem ao autor.

Tive que tomar meu café da manhã às pressas, pois o trem ia sair antes das oito, ou pelo menos, estava marcado para esse horário. No entanto, depois de chegar correndo na estação às sete e meia, fiquei mais de uma hora sentado na cabine, esperando o trem partir.

Parece que quanto mais ao Oriente, menos pontuais são os trens. Fico me perguntando: como deve ser na China?

Percorremos o dia inteiro uma região rica em belezas de todos os tipos. Às vezes passávamos por cidadelas e castelos no topo de íngremes colinas, como vemos em antigos missais; em outras, rios e riachos que, a julgar pelas largas margens rochosas que os ladeavam, deviam estar sujeitos a grandes enchentes. É preciso muita água, em um fluxo bem forte, para inundar o entorno de um rio.

A cada estação em que paramos, avistei grupos de pessoas, às vezes numerosos, com todo tipo de vestimentas exóticas. Alguns eram parecidos com os camponeses ingleses ou com os que vi quando passei por França e Alemanha, com casacos curtos, chapéus redondos e calças comuns; outros, bastante pitorescos.

As mulheres pareciam bonitas, mas só de longe; eram muito malfeitas de corpo. Vestiam blusas brancas de manga de variados feitios e a maioria usava cintos enormes com penduricalhos de tecido, como saias de balé, mas obviamente com anáguas por baixo.

As figuras mais esquisitas que avistamos foram os eslovacos, mais bárbaros que os demais, com grandes chapéus de caubói, largas calças brancas encardidas, blusas brancas de linho e imensos cintos de couro que mediam quase vinte centímetros, cravejados de tachas de bronze. Calçavam botas altas por cima das calças e tinham cabelos compridos e fartos bigodes negros. Eram muito pitorescos, mas pouco atraentes. Em uma peça teatral, seriam imediatamente identificados como a velha corja de bandidos orientais. No entanto, segundo me disseram, são inofensivos e desprovidos de empáfia.

O crepúsculo já se convertia em noite escura quando chegamos em Bistrita, uma cidade bem interessante. Localizada praticamente na fronteira – pois o desfiladeiro Borgo a conecta com Bucovina –, teve existência bastante tempestuosa, que deixou nela as suas marcas.

Há cinquenta anos, foi acometida por uma série de incêndios, que provocaram terríveis destruições em cinco ocasiões diferentes. Bem no início do século XVII, sofreu cerco de três semanas, o que custou a vida de treze mil cidadãos, somando-se fome e doença às vítimas da guerra.

O conde Drácula me indicara o hotel Golden Krone que, para a minha felicidade, era bastante tradicional, ideal para quem, como eu, quer conhecer ao máximo os costumes locais. Deviam estar à minha espera, pois mal cruzei a soleira da porta fui recebido por uma efusiva senhora de idade que trajava vestido tradicional de camponesa: branco e coberto por um colorido avental duplo comprido, na frente e atrás, tão justo que desafiava a modéstia. Quando me aproximei e a cumprimentei com reverência, logo perguntou: "O *Herr* inglês?".

"Sim", respondi, "Jonathan Harker."

Ela sorriu e deu alguma instrução para o senhor de camisa branca com manga comprida, que a seguira até a porta. Ele se afastou, mas logo regressou com uma carta:

Meu amigo. Bem-vindo aos Cárpatos. Eu o aguardo ansiosamente. Durma bem hoje à noite. Amanhã, às três, a diligência partirá rumo a Bucovina; o seu lugar já está reservado. No desfiladeiro Borgo, minha carruagem estará à sua espera, para trazê-lo até mim. Espero que sua viagem de Londres tenha sido agradável e que você aproveite sua estada em meu belo país. Seu amigo,

Drácula.

---

4 de maio

Soube que meu anfitrião recebeu carta do conde, que o instruiu a reservar o melhor lugar na diligência para mim. Quando tentei apurar mais detalhes, porém, se mostrou um tanto reticente e fingiu não compreender meu alemão. Não me convenceu, pois até o momento o entendia perfeitamente; pelo menos respondia minhas perguntas como se as compreendesse com perfeição. Ele e a mulher, a senhora que me recebeu no hotel, se entreolharam com expressão assustada. Ele murmurou que não sabia de mais nada e disse apenas que o conde enviara o dinheiro junto à carta. Quando perguntei se conhecia o conde Drácula e se podia me adiantar algo sobre o castelo, ele e a mulher fizeram o sinal da cruz, alegaram não saber de mais nada e simplesmente se recusaram a falar comigo. Como já estava quase na hora da minha partida, não tive tempo para sondar com outras pessoas, mas todo aquele mistério me deixou bastante intranquilo.

Quando estava prestes a partir, a senhora foi até meu quarto e indagou, em tom histérico: "O senhor precisa realmente ir? Ah, meu jovem *Herr*, precisa mesmo ir?". Estava tão agitada que mal conseguia usar seu rudimentar alemão e misturava as palavras com as de outra língua que eu não conhecia. Só consegui entender o que tentava me dizer à custa de muitas perguntas. Quando respondi que precisava partir imediatamente para um compromisso importante de negócios, ela tornou a perguntar:

"O senhor sabe que dia é hoje?"

Respondi que era quatro de maio. Ela sacudiu a cabeça e prosseguiu:

"Sim, sim, eu sei disso! Mas o senhor sabe que *dia* é hoje?"

Quando disse que não estava entendendo, retrucou:

"É véspera do dia de São Jorge.[2] O senhor não sabe que hoje à noite, quando o relógio marcar meia-noite, todas as coisas maléficas deste mundo estarão à solta? Sabe para onde o senhor está indo e o que vai encontrar?"

Ela estava visivelmente aflita e tentei confortá-la, sem sucesso. Por fim, se ajoelhou e implorou para que eu não fosse; que esperasse pelo menos um ou dois dias antes de partir.

Por mais ridículo que possa ser, fiquei um pouco impressionado. Contudo, tinha assumido um compromisso profissional e não podia permitir que nada interferisse em sua execução. Tentei ajudá-la a se levantar e disse, com o máximo de seriedade, que agradecia muito, mas que meu compromisso era inadiável e precisava partir o quanto antes. Ela se levantou, enxugou os olhos, tirou o crucifixo que usava em torno do pescoço e o ofereceu para mim.

Fiquei sem saber como reagir, pois, enquanto anglicano, fui ensinado a considerar essas coisas idolatria; não obstante, me pareceu indelicado recusar a oferta bem-intencionada de uma senhora idosa tão aflita. Acho que ela notou minha hesitação, pois pendurou o terço em volta do meu pescoço e disse: "Faça isso por sua mãe" antes de sair do quarto. Escrevo este trecho do diário enquanto espero a carruagem que está, é claro, atrasada. Continuo usando o crucifixo. Não sei dizer se foi o pânico da senhora, as inúmeras superstições fantasmagóricas deste lugar ou o crucifixo em si, só sei que não estou nem um pouco tranquilo como gostaria de estar. Se estas anotações alcançarem Mina antes de mim, deixo aqui o meu adeus. Eis a carruagem!

---

2   Harker, de fato, não sabia: embora a Inglaterra usasse o calendário gregoriano desde 1752, a região onde ele se encontrava ainda usava o juliano. Para ele, era 4 de maio; para os locais, 22 de abril, véspera da data oficial do dia de São Jorge, estabelecida como 23 de abril pelo Concílio de Oxford, em 1222. Supostamente, em algumas regiões do Leste Europeu, a data era vista como de mau agouro.

5 de maio, no castelo

A bruma cinzenta da aurora se dissipou e o sol brilha no horizonte longínquo, que daqui parece recortado, não sei se por árvores ou colinas, visto que a distância confunde a dimensão das coisas. Estou sem sono e, como tenho até a hora do despertar aqui a sós, pensei em escrever até o sono chegar.

Tenho muita coisa estranha para registrar e, antes que aqueles que por ventura lerem estas linhas pensem que exagerei no jantar antes de partir de Bistrita, deixem-me relatar minuciosamente o que comi. Jantei o que chamam aqui de *robber steak* — mistura de bacon, cebola e carne, temperada com pimenta vermelha e servida em espetos, assados ao fogo, à moda do espetinho londrino. O vinho foi o Golden Mediasch, que provoca peculiar acidez na língua, mas não é de modo algum desagradável. Tomei apenas duas taças e nada mais. Quando cheguei na carruagem, o condutor ainda estava do lado de fora e conversava com minha idosa anfitriã. Ficou evidente que falavam sobre mim, pois volta e meia olhavam na minha direção, e algumas pessoas sentadas no banco do lado de fora se aproximaram deles, ouviram a conversa e depois me olharam com compaixão. Pude distinguir várias palavras, repetidas com frequência, mas que me eram incompreensíveis, uma vez que havia várias nacionalidades no grupo. Discretamente, puxei meu dicionário poliglota da bolsa e verifiquei os significados. Devo confessar que não eram muito animadores, pois entre elas estavam: *ordog*, satã; *pokol*, inferno; *stregoica*, bruxa; *vrolok* e *vlkoslak*, ambas de mesmo significado, sendo uma palavra eslovaca e a outra sérvia para algo como "lobisomem" ou "vampiro". (Nota: preciso perguntar ao conde sobre tais superstições.)

Quando partimos, a multidão que se reunira na porta do hotel — que, àquelas alturas, aumentara substancialmente — se persignou e apontou dois dedos na minha direção.

Com certa dificuldade, consegui que um passageiro me explicasse do que se tratava o gesto. De início não quis responder, mas, ao descobrir que eu era inglês, explicou que era um gesto de proteção contra mau-olhado. Aquilo não me caiu muito bem, visto que estava prestes a partir para lugar desconhecido, encontrar um estranho. Mas todos pareceram tão gentis, tão penalizados e simpáticos que não pude deixar de me comover com suas preocupações.

Jamais esquecerei meu último relance do pátio da hospedagem e do volumoso grupo de figuras exóticas que lá se ajuntou, todos se benzendo ao longo do amplo arco do pórtico, com a rica folhagem de oleandros e laranjeiras em verdes vasos amontoados no centro do pátio.

Então, nosso cocheiro, cujas calças de linho cobriam a parte da frente do assento da diligência — *gotza*, como são chamadas aqui —, estalou seu comprido chicote sobre os quatro cavalos, que dispararam emparelhados, e começamos nossa viagem.

À medida que avançávamos pelo caminho, a beleza da paisagem logo me fez deixar para trás os medos que me assombravam. No entanto, se eu entendesse a língua, ou melhor, as línguas que meus companheiros de viagem falavam, talvez não conseguisse abstrair tão facilmente o meu desconforto. À nossa frente espraiava-se uma região rica em florestas e bosques, com íngremes colinas aqui e ali, coroadas com árvores ou casas de fazenda, com os telhados voltados para a estrada. Havia por toda parte desconcertante profusão de árvores frutíferas em flor — maçãs, ameixas, peras, cerejas. Quando passamos por elas, pude notar a grama muito verde sob as copas salpicadas de pétalas soltas. A estrada avançava por essas verdejantes colinas que são chamadas aqui de "Mittel Land", contornava áreas gramadas ou se afunilava por entre os pinheirais que aqui e ali desciam pelas colinas como verdes lavas vulcânicas. A estrada era irregular, mas mesmo assim parecíamos prosseguir com pressa frenética. Não compreendi o motivo dessa pressa, mas o cocheiro parecia determinado a chegar o mais depressa possível em Borgo Prund. Disseram-me que no verão a estrada é ótima, mas que ainda não fora reparada após as tempestades de neve invernais. Nesse aspecto, difere da manutenção costumeira das estradas nos Cárpatos, pois, de acordo com a antiga tradição, não devem ser mantidas em muito bom estado. No passado, os Hospadars não as consertavam por temer que os turcos achassem que se preparavam para arregimentar tropas estrangeiras e deflagrassem uma guerra que, na realidade, estava sempre na iminência de ocorrer.

Para além das formidáveis e verdejantes colinas da Mittel Land erguiam-se grandiosas encostas de florestas que subiam até os íngremes cumes dos Cárpatos. Agigantavam-se ao nosso redor e resplandeciam, banhadas pelo sol do entardecer, exibindo todas as gloriosas cores da bela cadeia montanhosa; azul-escuro e roxo nas sombras dos cumes, verde e marrom onde a grama se mesclava com as rochas — panorama infinito de rochedos irregulares e penhascos pontiagudos que se perdiam na distância, em que os picos cobertos de neve despontavam, grandiosos. Avistávamos imensas clivagens nas montanhas e, através delas, à medida que o sol se punha, víamos o clarão alvo de quedas d'água. Quando contornamos o sopé de uma colina e nos deparamos com o cume coberto de neve de uma montanha que parecia agigantar-se a nossa frente, um dos companheiros de viagem tocou meu braço, exclamou e fez o sinal da cruz com reverência: "Veja! *Isten szek!* 'O trono de Deus!'".

Enquanto prosseguíamos pelas curvas na estrada e o sol desaparecia aos poucos no horizonte, as sombras do crepúsculo começavam a nos envolver na escuridão. O pico nevado da montanha ainda refletia o pôr do sol e parecia cintilar em delicado tom de rosa. Passávamos, vez por outra, por tchecos e eslovacos, todos em trajes pitorescos; notei, com pesar, que muitos sofriam de bócio. À beira da estrada havia muitas cruzes e, quando passávamos por elas, meus companheiros todos se benziam. Por vezes passamos por camponeses, homens e mulheres ajoelhados diante de um altar, e pareciam tão absortos nas devoções que sequer notavam nossa aproximação, como se não tivessem nem olhos nem ouvidos para as trivialidades mundanas. Tudo era novidade para mim, como os montes de feno pendurados nas árvores e os deslumbrantes vidoeiros, cujos troncos cintilavam pelo sutil verde das folhas.

Vez por outra cruzávamos com uma *leiter-wagon*, a tradicional carroça dos camponeses, de carcaça comprida e sinuosa como serpente, projetada para suportar as irregularidades da estrada. Transportavam um grupo expressivo de camponeses de volta para casa, os tchecos com peles brancas de carneiro; os eslovacos com as coloridas e empunhando bastões compridos como lanças com machados na ponta. À medida que caía a noite, começou a esfriar bastante e o crepúsculo parecia amalgamar em uma só névoa sombria a escuridão das árvores — carvalhos, faias e pinheiros. Somente os negros abetos pareciam se destacar aqui e ali, com a neve tardia de pano de fundo nos vales, nos sopés das colinas, enquanto subíamos o desfiladeiro. Às vezes, quando a estrada se embrenhava pelos pinhais que, na escuridão, pareciam se fechar sobre nós, a densa penumbra que encobria as árvores produzia efeito peculiar e solene, e trazia de novo à mente os pensamentos macabros que me assombraram mais cedo, quando o estranho relevo produzido pelo sol poente conferiu aparência fantasmagórica às nuvens que, sobre os Cárpatos, pareciam se mover inquietas entre os vales. Em alguns trechos, as colinas eram tão íngremes que, apesar da pressa de nosso condutor, os cavalos eram forçados a avançar devagar. Quis descer e caminhar ao lado dos animais, como costumamos fazer na Inglaterra, mas o cocheiro não permitiu. "Não, não", disse. "O senhor não deve caminhar por aqui. Os cães são muito ferozes." E acrescentou, com evidente intuito de macabra pilhéria — pois lançou um olhar para os demais passageiros, buscando sorrisos de aprovação: "Ademais, já basta aquilo com o que o senhor terá que lidar antes de dormir hoje à noite». Assim, a única parada que se permitiu fazer foi para rapidamente acender a lamparina.

Quando a noite caiu, houve comoção entre os passageiros, que se dirigiram ao cocheiro, um após o outro, como se o exortassem a avançar ainda mais depressa. Ele açoitou os cavalos sem dó, com seu comprido chicote, e os instigou aos gritos ferozes a redobrar os esforços. Então, a despeito da escuridão, divisei uma nesga cinzenta de luz adiante, como se houvesse uma fenda nas colinas. Os passageiros ficaram ainda mais agitados. A frenética diligência se sacudia sobre suas molas de couro e balançava como barco à deriva no mar tempestuoso. Precisei me segurar. A estrada ficou mais plana e tive a impressão de que voávamos. As montanhas pareciam mais e mais próximas ao redor, como se pairassem sobre nós, ameaçadoras. Estávamos entrando no desfiladeiro Borgo. Um por um, os passageiros me ofereceram presentes, insistindo para que os aceitasse com uma sinceridade que não admitia recusa. Eram presentes estranhos e variados, mas cada um me foi dado de boa-fé, acompanhado de uma palavra gentil, uma bênção e aquela curiosa mistura de gestos amedrontados que eu vira no pátio do hotel em Bistrita — o sinal da cruz e o gesto contra o mau-olhado. Então, enquanto a diligência avançava desabrida, o cocheiro se inclinou e os passageiros se amontoaram nas janelas, para examinar atentamente a escuridão lá fora. Ficou claro para mim que algo muito interessante acontecia ou estava prestes a acontecer; tentei perguntar a cada um, mas ninguém quis me explicar. Permaneceram naquele estado agitado mais algum tempo. Finalmente, vimos o desfiladeiro surgir ao leste. Nuvens negras se adensavam sobre a paisagem e o ar pesado e opressivo prenunciava trovoadas. Parecia que a cadeia montanhosa havia separado duas atmosferas distintas e que entrávamos na tempestuosa. Pus-me a olhar pela janela também, em busca da condução que me levaria ao conde. Esperava, a qualquer momento, ver o brilho das lamparinas romper as trevas, mas a escuridão era total. A única luz eram os raios tremeluzentes da nossa iluminação, que transformavam o vapor dos cavalos à toda em nuvem esbranquiçada. Podíamos ver a estrada de areia branca à nossa frente, mas não havia sinal de veículo algum. Os passageiros se reclinaram novamente em seus assentos com suspiros de alívio que pareciam desdenhar da minha frustração. Eu já pensava no que fazer a seguir quando o cocheiro conferiu as horas no relógio e disse aos demais passageiros algo que não consegui compreender direito, pois ele murmurou algo que me pareceu ser «Uma hora antes do horário». Então, virando-se para mim, disse em alemão pior do que o meu: "Não há nenhuma carruagem aqui. Ninguém veio buscar o senhor. Melhor ir agora para Bucovina e voltar amanhã ou depois de amanhã, melhor ainda depois de amanhã".

Enquanto falava, os cavalos relincharam, agitados, obrigando o cocheiro a segurá-los com firmeza. Então, em meio a um coro de gritos dos camponeses, todos fazendo o sinal da cruz, uma caleche com quatro cavalos surgiu da escuridão atrás de nós, nos alcançou e estacou ao nosso lado. Quando os raios de luz das nossas lamparinas os iluminaram, pude ver que os cavalos eram esplêndidos, pretos como carvão. Eram conduzidos por um homem alto, de barba comprida castanha e grande chapéu preto que parecia esconder seu rosto. Pude apenas distinguir de relance o fulgor de seus olhos brilhantes, que pareciam vermelhos à luz das lamparinas, quando se virou em nossa direção e disse ao nosso cocheiro: "Chegou cedo hoje, meu amigo".

"O *Herr* inglês estava com pressa", respondeu, a voz trêmula.

O estranho retrucou: "Então foi por isso, suponho, que você queria que ele fosse para Bucovina. Você não pode me enganar, meu amigo. Eu sei de tudo e meus cavalos são velozes".

Enquanto falava, sorriu e a luz iluminou sua boca: a aparência era cruel, com lábios escarlates e dentes pontiagudos, brancos como marfim. Um dos meus companheiros sussurrou para o outro um verso de "Lenore", de Bürger:

Denn die Todten reiten Schnell.
(Pois os mortos viajam depressa.)[3]

O misterioso cocheiro decerto ouviu as palavras, pois ergueu os olhos com um sorriso reluzente. O passageiro desviou o rosto, fazendo o sinal da cruz. "Passe-me a bagagem do *Herr*", disse o cocheiro, e com célere presteza minhas malas foram removidas da diligência e acomodadas na caleche. Desci e, como os veículos estavam emparelhados bem próximos, o cocheiro me auxiliou na passagem de um transporte para o outro, segurando o meu braço com tamanha firmeza que parecia ter mãos de aço. Devia ter força prodigiosa.

Sem uma palavra, sacudiu as rédeas, os cavalos viraram e adentramos a escuridão do desfiladeiro. Olhando para trás, vi o vapor dos animais à luz das lamparinas e as silhuetas dos meus companheiros de viagem, todos se benzendo. O cocheiro estalou o chicote e vociferou

---

[3] Referência à balada "Lenore", escrita pelo poeta alemão Gottfried August Bürger (1748-1794). A primeira tradução para o inglês foi publicada em 1796.

um comando aos cavalos, que partiram à toda, rumo a Bucovina. Ao mergulhar no breu que nos circundava, senti um calafrio estranho e fui tomado por súbita solidão. O cocheiro colocou uma capa em minhas costas e uma manta sobre meus joelhos, e disse em excelente alemão:

"A noite está fria, *mein Herr*, e meu patrão, o conde, pediu que cuidasse bem do senhor. Há uma garrafa de *slivovitz* (tradicional aguardente de ameixa da região)[4] sob seu assento, caso deseje beber."

Não bebi, mas foi um conforto saber que estava ali, pelo menos. Ainda me sentia um pouco estranho, e o medo não era pouco. Acho que teria preferido qualquer alternativa a prosseguir naquela misteriosa jornada noturna. A carruagem seguiu ritmo acelerado em linha reta, depois deu volta completa e voltou à linha reta. Tive a impressão de que dávamos voltas no mesmo lugar; reparei um ponto de referência e descobri que estava correto. Quis perguntar o motivo ao cocheiro, mas tive medo, pois, nas circunstâncias em que me encontrava, de nada adiantaria reclamar se ele estivesse atrasando a viagem de propósito. Por fim, como estava curioso para saber quanto tempo tinha se passado, acendi um fósforo e, com a luz da chama, conferi meu relógio. Faltavam poucos minutos para a meia-noite. Aquilo me alarmou, pois as experiências recentes intensificaram em minha mente as superstições sobre o horário. Aguardei com nauseante sensação de suspense.

Ouvi uivos de cão, vindos de uma casa no fim da estrada — som prolongado e agonizante, como se fosse de medo. O uivo foi respondido por outro cão, depois mais outro e um terceiro, até que, carregada pelo vento que soprava suavemente pelo desfiladeiro, a sinfonia de uivos desenfreados preencheu a noite sombria, vinda de todos os cantos da região, até onde a imaginação podia alcançar.

Ao primeiro uivo, os cavalos se retesaram e ergueram as patas dianteiras no ar, mas o cocheiro se dirigiu a eles, para acalmá-los e, de fato, sossegaram, porém iam trêmulos e suados, como se tivessem escapado após um terrível susto. Então, a distância, das montanhas que nos ladeavam, ouvimos uivos mais vigorosos e cortantes: lobos. O som afetou os cavalos e a mim da mesma maneira. Tive ímpetos de pular da caleche e sair correndo, ao passo que os animais empinaram novamente e se projetaram para a frente, o que fez o cocheiro usar toda sua considerável força para impedir que disparassem em galope desenfreado. Após alguns minutos, porém, meus ouvidos se acostumaram ao som e, com os cavalos mais calmos, o cocheiro pôde descer e parar diante deles.

---

4   O destilado de ameixa, cujo teor alcoólico pode ultrapassar 75%, ainda é bastante popular na Transilvânia.

Ele os acariciou, tranquilizou e sussurrou algo em seus ouvidos, como já ouvi dizer que fazem os adestradores. O efeito foi extraordinário: com as carícias, tornaram-se dóceis novamente, embora ainda tremessem. O cocheiro retornou ao assento, sacudiu as rédeas e partimos a toda velocidade. Dessa vez, após alcançar a extremidade do desfiladeiro, de repente dobrou em uma estrada estreita à direita.

Logo nos vimos cercados por árvores que, em alguns trechos do caminho, inclinavam os galhos sobre a estrada, o que dava a impressão de estarmos em um túnel. Penhascos sisudos nos circundavam, maciços. Embora protegidos, podíamos ouvir o vento gemer e sibilar pelos rochedos, agitando os galhos das árvores. A temperatura caiu sensivelmente e logo logo a neve fina e diáfana começou a cair e, em pouco tempo, nos cobriu — bem como tudo ao nosso redor — em um cobertor branco. O vento gelado ainda carregava no ar os uivos dos cães, embora o som se dissipasse conforme avançávamos. Já o dos lobos parecia cada vez mais perto, como se nos cercassem. Fui ficando cada vez mais apavorado, e os cavalos compartilhavam meu temor. O cocheiro, contudo, não parecia nem um pouco perturbado. Ele meneava a cabeça para a esquerda e para a direita, mas eu não consegui distinguir nada na escuridão.

De repente, vislumbrei uma chama azul tremeluzente à esquerda. O cocheiro a viu ao mesmo tempo que eu. Freou os cavalos imediatamente, saltou da caleche e desapareceu nas trevas. Fiquei sem saber o que fazer, mais desorientado ainda ao constatar que o uivo dos lobos parecia cada vez mais perto. Porém, enquanto tentava compreender o que estava acontecendo, o cocheiro reapareceu e, sem dizer palavra, retomou seu lugar e prosseguimos a viagem. Acho que devo ter adormecido e revivido o incidente em sonho, pois pareceu se repetir indefinidamente e, olhando em retrospecto, parece-me um pesadelo tenebroso. Em uma das ocasiões, a chama surgiu tão próxima da estrada que, mesmo no breu que nos envolvia, pude distinguir os movimentos do cocheiro. Avançou rapidamente até o local onde a chama azul crepitava. Devia estar bem fraca, pois não parecia iluminar a área ao seu redor. Juntou algumas pedras e as dispôs em um tipo de arranjo.

Em outra ocasião, surgiu uma peculiar ilusão de ótica. Quando parou entre mim e a chama, não a obstruiu, pois podia vê-la como se ele não estivesse na frente. Fiquei alarmado, mas, como o efeito foi apenas momentâneo, julguei que meus olhos me pregavam uma peça. Depois a chama desapareceu e seguimos velozes pela escuridão, os lobos uivando ao redor, como se nos seguissem em um círculo ambulante.

Por fim, em uma das ocasiões, o cocheiro se afastou mais do que das vezes anteriores e, durante sua ausência, os cavalos começaram a tremer mais do que antes, bufando e relinchando de medo. Não consegui compreender por qual motivo, pois o uivo dos lobos cessara por completo. Foi então que a lua, singrando entre as pretas nuvens, despontou por trás do cume irregular do penhasco repleto de pinheiros e, à luz do luar, vi ao nosso redor um círculo de robustos lobos, com línguas vermelhas que pendiam entre dentes muito brancos e pelagem emaranhada. Em silêncio soturno, eram cem vezes mais assustadores do que uivando. Fiquei paralisado de medo. Só compreendemos a verdadeira dimensão de certos horrores quando nos vemos face a face com eles.

Os lobos uivaram de repente, como se a lua tivesse algum efeito peculiar sobre eles. Os cavalos, sobressaltados, projetaram-se para trás e ergueram as patas dianteiras; era penoso ver o desamparo em seus olhos inquietos. Rodeados pelo terrível círculo, eram forçados a permanecer imóveis no centro. Chamei o cocheiro, julgando que nossa única chance seria tentar romper o círculo — gritei e bati na lateral da caleche, torcendo para que o barulho espantasse os lobos daquele lado e desse ao cocheiro a oportunidade de regressar ao seu assento. Como ele surgiu, não sei; levantou a voz em tom imperioso de comando e, ao olhar na direção do som, o vi parado no meio da estrada. Movia seus braços compridos como se tirasse um obstáculo impalpável e afugentou os lobos, que recuaram cada vez mais. Nesse momento, uma nuvem carregada encobriu a face da lua, e mergulhamos novamente na escuridão.

Quando consegui enxergar novamente, vi o cocheiro subir na caleche. Os lobos haviam desaparecido. O episódio foi tão estranho e perturbador que fui tomado por um pânico tenebroso e tive medo de falar, de me mover. Os minutos pareciam intermináveis enquanto prosseguíamos nosso caminho, mais uma vez quase na profunda escuridão, pois as nuvens tornaram a obscurecer a lua.

Continuamos subindo, com trechos ocasionais de rápida descida, mas, de modo geral, sempre subindo. De repente, percebi que o cocheiro refreou os cavalos no pátio de um imenso castelo em ruínas, com altas janelas negras que não emitiam nenhum raio de luz e cujas ameias danificadas formavam uma silhueta irregular contra o céu.

CAPÍTULO II

Diário de Jonathan Harker

(CONTINUAÇÃO)

5 de maio

BRAM STOKER

Eu devia estar dormindo, pois, se estivesse acordado, certamente notaria que nos aproximávamos de lugar tão extraordinário. Na penumbra, o pátio parecia ter um tamanho considerável, mas talvez parecesse maior do que realmente era, já que, sob grandes arcos redondos, abriam-se diversas passagens sombrias. Ainda não tive oportunidade de vê-lo à luz do dia.

Quando a caleche parou, o cocheiro pulou do assento e esticou a mão para me ajudar a descer. Mais uma vez, não pude deixar de reparar sua força prodigiosa. Sua mão parecia um torno de aço, capaz de esmagar a minha, se assim quisesse. Recolheu a bagagem e a colocou no chão ao meu lado, enquanto eu aguardava junto a uma porta enorme, antiga e cravejada com robustos pregos de ferro, encaixada em um vão saliente de pedra maciça. Mesmo na escassez de luz, percebi que a pedra era toda entalhada, embora os entalhes estivessem gastos pelo decorrer do tempo e castigados pelas intempéries da natureza. Permaneci no mesmo lugar enquanto o cocheiro retornou ao assento e sacudiu as rédeas; os cavalos se puseram em movimento e logo a caleche desapareceu por uma das passagens sombrias do pátio.

Permaneci onde estava, em silêncio, sem saber o que fazer. Não havia nenhum sinal de campainha ou aldraba, e minha voz não seria capaz de penetrar pelas espessas paredes ou pelas aberturas das janelas escuras. O tempo em que fiquei à espera me pareceu infinito e logo fui tomado por dúvidas e temores. Que tipo de lugar era aquele e com que tipo de pessoas haveria de lidar? Em que espécie de aventura sinistra havia embarcado? Acaso se tratava de incidentes costumeiros na vida de um advogado assistente, enviado para explicar a compra de uma propriedade em Londres para um estrangeiro? Assistente! Mina não gostaria disso. Advogado — pois, antes de sair de Londres, soube que passei nos exames e agora sou oficialmente advogado! Esfreguei os olhos e me belisquei para ver se estava acordado. Tudo aquilo me parecia um pesadelo tenebroso e me pegava toda hora esperando acordar de repente em casa, com a aurora despontando pela janela, como tantas vezes me saudara após um dia exaustivo de trabalho. Mas senti o beliscão em minha pele e meus olhos não me pregavam nenhuma peça. Estava mesmo desperto e nos Cárpatos. Agora, só restava ser paciente e aguardar o amanhecer.

Justo quando cheguei a essa conclusão, ouvi o som de pesados passos se aproximando por trás da porta e distingui um raio de luz pelas frestas. Em seguida, o ruído metálico de correntes e travas sendo manipuladas. A chave girou na fechadura e produziu um rangido estridente, como se há muito não fosse usada, e a imensa porta se abriu.

Lá dentro, um senhor alto, o rosto glabro com exceção do longo bigode branco, trajado de preto da cabeça aos pés, sem qualquer vestígio de outra cor. Na mão erguia uma antiga lamparina de prata, cuja chama ardia livremente, sem contenção de redoma, e lançava sombras esguias e bruxuleantes ao se agitar com a corrente de ar que invadia o ambiente pela porta aberta. Fez um gesto cortês com a mão direita, e me convidou a entrar, em excelente inglês, porém com estranha entonação:

"Bem-vindo à minha casa! Entre livremente e por sua própria vontade!" Não fez menção de vir ao meu encontro, só permaneceu parado como estátua, como se seu gesto de acolhida o tivesse transformado em pedra. No momento, contudo, em que cruzei a soleira da porta, precipitou-se em minha direção, estendeu a mão e apertou a minha com tanta força que mal pude disfarçar a expressão involuntária de dor. Também me surpreendi por estar fria como gelo, dando a impressão de que cumprimentei um cadáver e não um ser vivo. Ele então repetiu:

"Bem-vindo à minha casa. Entre livremente. Parta em segurança e deixe um pouco da felicidade que traz consigo!" A força do aperto de mão era tão semelhante à do cocheiro, cujo rosto não havia visto, que por um instante suspeitei falar com a mesma pessoa; para me certificar, indaguei:

"Conde Drácula?"

Ele se curvou em reverência e respondeu:

"Eu sou Drácula e seja bem-vindo, sr. Harker, a minha casa. Entre, o ar da noite está gelado e você precisa comer e descansar." Enquanto falava, apoiou a lamparina no suporte da parede, avançou em minha direção e apanhou minha bagagem; antes que pudesse impedi-lo, já a havia levado para dentro. Protestei, mas ele insistiu:

"Nada disso, senhor, você é meu convidado. Está tarde e meus empregados não estão disponíveis. Deixe-me providenciar seu conforto." Ele insistiu em carregar meus pertences pelo corredor, depois por uma grande escada em espiral e em seguida por outro corredor, em cujo assoalho de pedra nossos passos ecoaram ruidosamente. Por fim, abriu pesada porta e foi com satisfação que vi, no interior do cômodo bem-iluminado, a mesa posta para a ceia e majestosa lareira, onde a lenha crepitava fulgurante.

O conde estacou, pousou a bagagem no chão e fechou a porta. Atravessou o cômodo e abriu outra porta, que dava para um pequeno aposento octogonal, iluminado por uma única lâmpada e, aparentemente, sem janelas. Passando pelo cômodo, abriu outra porta e fez um gesto para que eu entrasse. Era uma visão acolhedora: quarto amplo, bem iluminado e aquecido por outra lareira — lenha recém-colocada, pois as toras eram novinhas — que emitia um ruído oco na larga chaminé. O conde deixou a minha bagagem no quarto e saiu, mas acrescentou antes de fechar a porta:

"Você precisa, após sua viagem, fazer a toalete para se recompor. Creio que encontrará tudo o que deseja. Quando estiver pronto, dirija-se ao cômodo ao lado, sua ceia já está preparada."

A claridade, o agradável calor do ambiente e a acolhida cortês do conde pareciam ter dissipado minhas dúvidas e temores. De volta ao meu estado normal, descobri que estava faminto; apressando-me na toalete, dirigi-me ao aposento contíguo.

A ceia já estava posta. Meu anfitrião, recostado em um dos cantos da grande lareira, fez um gesto gracioso em direção à mesa e disse:

"Por favor, sente-se e coma o quanto quiser. Perdoe-me por não acompanhá-lo, mas já jantei e não costumo cear."

Entreguei-lhe a carta lacrada que o sr. Hawkins me confiara. Ele a abriu e leu com expressão séria; depois, com sorriso simpático, entregou-a para que a lesse também. Um trecho em particular me deixou bastante contente:

Infelizmente, uma crise de gota, enfermidade da qual padeço com frequência, me impede de viajar por tempo indeterminado, mas estou feliz por enviar um bom substituto em meu lugar, em quem tenho confiança absoluta. Trata-se de um jovem rapaz cheio de energia e talento, muito leal. É discreto, calado e trabalha para mim desde muito novo. Estará a postos para atendê-lo quando precisar e obedecerá a suas instruções em todos os assuntos.

O conde se aproximou e ergueu o *cloche* do prato. Era uma deliciosa galinha assada, que devorei de imediato, com queijo e salada. Isso acompanhado de duas taças de um velho Tokay foi minha ceia. Enquanto eu comia, o conde fez várias perguntas sobre a viagem e fui aos poucos contando minhas experiências.

A essa altura, ao terminar a ceia, satisfiz a vontade do meu anfitrião e puxei uma cadeira para perto do lume, acendi o charuto que me ofereceu, desculpando-se por não fumar. Tive então oportunidade para observá-lo e notei que sua fisionomia era bastante peculiar.

Seu rosto tinha uma característica aquilina pronunciada — bem pronunciada —, com nariz afilado e narinas arqueadas; a testa era alta, abaulada, cabelo escasso ao redor das têmporas, mas profuso no resto da cabeça. As sobrancelhas muito espessas, quase se uniam sobre o nariz, os fios grossos e compridos pareciam formar um emaranhado de pelos. A boca, até onde pude ver por trás do farto bigode, era rija e de aparência um tanto cruel; os dentes brancos, estranhamente afiados, projetavam-se sobre os lábios, cujo tom escarlate denotava vitalidade extraordinária para homem de sua idade. As orelhas eram pálidas e bastante pontiagudas; o queixo largo e forte, as faces firmes, embora magras. O efeito geral era de lividez excepcional.

Até então, eu havia notado apenas o dorso de suas mãos que, apoiadas sobre os joelhos diante da lareira, me pareceram brancas e delicadas; porém, mais de perto, não pude deixar de reparar que eram um tanto quanto ásperas — largas e de dedos curtos e achatados. E o mais estranho: havia pelos no centro de suas palmas. As unhas eram compridas, finas e afiadas. Quando o conde se inclinou sobre mim, tocando-me com ambas as mãos, não consegui conter um calafrio. Talvez tenha sido seu hálito rançoso; sei apenas que fui tomado por terrível náusea que, por mais que tentasse, não consegui disfarçar. O conde decerto notou minha reação, recuou e, com o sorriso um tanto lúgubre, que exibiu de forma ostensiva, seus dentes protuberantes, tornou a se sentar defronte da lareira, do lado oposto ao meu.

Ficamos alguns minutos em silêncio e, ao olhar na direção da janela, notei os primeiros raios anunciarem a aurora. Uma estranha quietude pairava sobre tudo, mas, apurando meus ouvidos, distingui uivos de vários lobos, do vale lá embaixo. Os olhos do conde se iluminaram e ele disse:

"Ouça-os, os filhos da noite. Que melodia!" Suponho que tenha notado a perplexidade em meu rosto, pois logo acrescentou: "Ah, senhor, vocês, habitantes das cidades, não conseguem compreender os sentimentos de um caçador". Erguendo-se, disse:

"Mas você deve estar cansado. Seu quarto está pronto, e amanhã durma até a hora que quiser. Preciso me ausentar e retorno apenas à noite; então, durma bem e tenha bons sonhos!". Com uma reverência cortês, abriu para mim a porta do quarto octogonal e adentrei em meus aposentos...

Sinto-me mergulhado em um mar de estranhezas. Tenho desconfianças, tenho temores, ocorrem-me os mais estranhos pensamentos, os quais não ouso confessar nem para minha própria alma. Que Deus me proteja, nem que seja pelo bem daqueles que amo!

7 de maio

O dia já amanheceu, mas descansei e aproveitei as últimas vinte e quatro horas. Dormi até tarde e acordei por conta própria. Depois de me vestir, fui até o aposento onde havíamos ceado e encontrei o café da manhã posto, com o bule conservado sobre a lareira para que a bebida permanecesse quente. Havia um bilhete sobre a mesa, com a seguinte mensagem:

Preciso me ausentar por algumas horas. Não me espere. — D.

Regalei-me com a farta refeição. Quando terminei, procurei o sino para informar aos criados que havia acabado de comer, mas não encontrei nenhum.

Não restam dúvidas de que existem anomalias insólitas nesta casa, ao se levar em consideração as evidências extraordinárias de riqueza ao meu redor. A louça é de ouro e com entalhes tão magníficos que só pode custar uma fortuna. As cortinas e o revestimento das cadeiras, dos sofás e do véu que cobria meu dossel foram fabricados com os tecidos mais belos e caros, e deviam ter valor inestimável quando confeccionados — decerto há muitos séculos, embora em excelente estado de conservação. Vi algo semelhante em Hampton Court, mas estavam gastos, puídos e roídos pelas traças. No entanto, não há espelho em nenhum dos cômodos, sequer no meu lavatório; tive de pegar meu espelhinho de barbear na mala para fazer a barba e escovar o cabelo.

Ainda não vi um criado em lugar algum ou ouvi outro som além dos uivos de lobos nas proximidades do castelo.

Algum tempo após terminar minha refeição — que não sei se chamo de café da manhã ou de jantar, uma vez que comi por volta das cinco ou seis da tarde —, olhei ao meu redor para ver se encontrava algo para ler, pois não queria perambular pelo castelo até pedir permissão ao conde. Não havia absolutamente nada no cômodo; livros, jornais ou material para escrever. Sendo assim, abri outra porta e encontrei uma espécie de biblioteca. Tentei a porta na outra extremidade do aposento, mas estava trancada.

Na biblioteca, tive a alegria de encontrar ampla seleção de livros ingleses, prateleiras inteiras, assim como volumes encadernados de revistas e jornais. A mesa de centro estava coberta de revistas e jornais ingleses, embora nenhum muito recente. Os livros eram dos assuntos mais variados possíveis — história, geografia, política, economia política, botânica, geologia, direito —, todos relacionados à Inglaterra e à vida, aos costumes e às maneiras inglesas. Havia até mesmo livros de referência como o guia *London's Directory*, os livros "Vermelho" e "Azul", o *Almanaque Whitaker*, as listas do Exército e da Marinha e — o que alegrou meu coração — o diretório jurídico.

Enquanto examinava os livros, a porta se abriu e o conde entrou. Cumprimentou-me calorosamente e disse que esperava que eu tivesse conseguido descansar bem à noite. Então prosseguiu:

"Estou contente por você ter encontrado este lugar, creio que vá achar aqui muitas coisas de seu interesse. Estes companheiros", disse e colocou a mão em alguns livros, "foram meus bons amigos durante muitos anos, desde que tive a ideia de ir para Londres, e me deram muitas, muitas horas de satisfação. Por eles, passei a conhecer sua extraordinária Inglaterra, e quem a conhece não pode deixar de amá-la. Anseio por caminhar pelas apinhadas ruas de sua magnífica Londres, em meio ao tumultuado caos da humanidade, a compartilhar sua vida, suas transformações, sua morte e tudo mais que a define. Mas, infelizmente, por enquanto só conheço a língua pelos livros. Conto com você, meu amigo, para aprender a falar o idioma."

"Mas, conde", respondi, "o senhor fala inglês perfeitamente!"

Ele fez uma sóbria reverência em agradecimento.

"Muito obrigado, meu amigo, por sua observação extremamente lisonjeira, mas receio estar ainda muito distante do meu objetivo. É bem verdade que tenho conhecimento da gramática e dos vocábulos, mas não sei me expressar direito."

"Em absoluto", protestei, "o senhor se expressa muitíssimo bem."

"Nem tanto", retrucou. "Sei bem que, morando em Londres e interagindo com seus habitantes, todos logo me reconheceriam como estrangeiro. E isso não me agrada. Aqui sou um nobre, um boiardo; as pessoas do povo me conhecem, sou o senhor. Mas um estrangeiro em terra estrangeira não é ninguém; não há quem o conheça e, consequentemente, quem se importe com ele. Não desejo chamar esse tipo de atenção para que ninguém se sobressalte ao me ver ou interrompa o que diz ao me ouvir, e pense 'Rá! Um estrangeiro!'. Há muitos anos ocupo uma posição de autoridade e gostaria de permanecer como senhor — ou, no mínimo, não me rebaixar perante ninguém. Você não está aqui apenas como emissário do meu amigo Peter Hawkins, de Exeter, para discorrer sobre minha nova aquisição imobiliária em Londres. Espero que fique aqui comigo por uns tempos para que, em nossas conversas, eu possa aprender a entonação inglesa. Gostaria também que me corrigisse sempre que cometer um erro, mesmo o mais insignificante, em minha fala. Lamento ter me ausentado por tantas horas hoje, mas você há de perdoar alguém como eu, com tantos assuntos importantes para resolver."

Eu, obviamente, manifestei minha disposição em ajudá-lo no que fosse possível e aproveitei para perguntar se poderia frequentar sua biblioteca. Ele respondeu: "Sim, é claro", mas acrescentou:

"Você pode frequentar todo o castelo à vontade, exceto os aposentos trancados à chave, onde não creio que vá querer perscrutar. Há um motivo para que as coisas sejam como são e se você visse o que vejo e soubesse o que sei, talvez entendesse melhor."

Concordei com ele, que continuou:

"Estamos na Transilvânia e a Transilvânia não é a Inglaterra. Nossos costumes são diferentes dos seus, e decerto muitas coisas parecerão estranhas aos seus olhos. Ora, pelo que me contou de suas experiências até aqui, sabe do que falo quando me refiro a tais estranhezas."

O assunto rendeu e, como era evidente que ele queria falar, nem que fosse pelo simples prazer da conversação, aproveitei o ensejo para lhe fazer várias perguntas sobre o que acontecera comigo na viagem e os demais mistérios que vinha observando.

Às vezes ele desconversava ou mudava de assunto, fingindo não entender o que eu dizia, mas, de modo geral, respondeu todas as minhas perguntas com bastante franqueza. Com o passar das horas, fui ganhando coragem e perguntei sobre alguns acontecimentos estranhos da noite anterior — por exemplo, por que, sempre que avistávamos as chamas azuladas, o cocheiro parava e corria até o local. Era mesmo verdade que apontavam áreas onde havia um tesouro escondido? Então me explicou que se tratava de uma crença antiga: acreditava-se que, em determinada noite do ano, justamente a noite passada, quando supostamente os maus espíritos tomavam conta do mundo dos vivos —, surgia uma chama azul sobre os locais onde algum tesouro estava enterrado. "Não duvido que tenham escondido tesouros", prosseguiu ele, "na região que você viajou ontem à noite, pois aquele território foi disputado durante séculos por valáquios, saxões e turcos. Na verdade, em toda essa região é raro encontrar um palmo de terra que não tenha sido encharcado pelo sangue de patriotas e invasores. Antigamente, a paz era uma raridade; hordas de austríacos e húngaros invadiam essas terras e os patriotas iam indômitos ao seu encontro — homens e mulheres, velhos e crianças —, esperando que passassem sob os desfiladeiros para destruí-los com avalanches artificiais. Quando o invasor obtinha algum êxito, encontrava bem pouco, pois tudo o que havia para roubar já tinha sido enterrado sob a cúmplice proteção do nosso solo.

"Mas se existe indicador tão preciso para quem quiser se dar ao trabalho de encontrá-los, como pode tais tesouros estar escondidos até hoje?"

O conde sorriu, revelando seus estranhos caninos compridos e pontiagudos, e respondeu:

"Porque os camponeses são, no fundo, covardes e tolos! As chamas só aparecem em uma única noite e, justamente nessa noite, ninguém nestas terras, se puder evitar, vai pisar fora de casa. E, meu caro, mesmo que se aventurassem, não saberiam por onde começar. Ora, nem mesmo o camponês que você viu marcar o lugar exato da chama saberia localizar o lugar marcado na luz do dia. Acho que você mesmo também não conseguiria, não é verdade?"

"Tem razão", concordei. "Seriam tão invisíveis para mim quanto um fantasma." Logo em seguida, mudamos de assunto.

"Agora", disse, por fim, "conte-me sobre Londres e sobre a casa que adquiriu para mim."

Pedi desculpas pela minha negligência e fui até meu quarto para buscar os documentos na mala. Enquanto arrumava os papéis, ouvi tilintar de louça e talheres no cômodo ao lado e, quando o atravessei, notei que haviam limpado a mesa e acendido a lamparina, pois, àquela altura, já era noite fechada. O aposento que fazia as vezes de escritório e biblioteca também já estava iluminado, e encontrei o conde deitado no sofá lendo, por incrível que pareça, o *Guia Bradshaw* inglês, que tem horários de trem.

Logo que entrei, removeu livros e papéis da mesa e juntos examinamos plantas, escrituras e cálculos de todos os tipos. Estava interessado em todos os detalhes e me fez uma infinidade de perguntas sobre o lugar e seus arredores. Ele claramente havia estudado com antecedência tudo o que podia sobre a vizinhança e, no fim das contas, mostrou saber até mais do que eu sobre o assunto. Quando comentei isso, retrucou:

"Ora, meu amigo, mas não é fundamental que eu saiba? Quando me mudar para lá, estarei sozinho e meu amigo Harker Jonathan... não, desculpe-me, é o hábito do meu país colocar o sobrenome primeiro... meu amigo Jonathan Harker não estará do meu lado para me corrigir e me ajudar. Estará em Exeter, a quilômetros de distância, provavelmente cuidando de sua papelada jurídica com meu outro amigo, Peter Hawkins. Então..."

Examinamos minuciosamente a compra da propriedade em Purfleet. Expliquei todos os detalhes e ele assinou os documentos necessários; para acompanhá-los, escrevi uma carta para o sr. Hawkins, a ser postada o quanto antes. O conde então quis saber como foi que encontrei um local tão de acordo com seus desejos. Li as anotações que fiz na época, copiadas abaixo:

Em Purfleet, numa via secundária, encontrei o lugar que parece preencher os requisitos solicitados. Uma placa dilapidada anunciava que o local estava à venda. A propriedade, que carece de reparos há muitos anos, é cercada por muro alto, de estrutura antiga, construído com rochas maciças. Os portões são de velha madeira de carvalho e ferro, e estão bastante enferrujados.

A propriedade chama-se Carfax, sem dúvida corruptela do francês *Quatre Face*, assim batizada por sua estrutura quadrilátera, em consonância com os pontos cardeais. A área completa tem aproximadamente oito hectares, cercada pelo sólido muro acima mencionado. Na parte externa, a abundância de árvores torna o lugar escuro em alguns recantos. Há também um tanque ou lago, profundo e sombrio, decerto alimentado por fonte, pois a água é límpida e flui em torrente considerável. A casa é bem grande e parece datar do período medieval, com uma parte construída em blocos robustos de pedra. Possui escassas janelas altas, protegidas por grossas grades de ferro. Parece ter sido parte de fortaleza e é contígua a uma antiga capela. Não consegui entrar, pois não tinha a chave da porta que a conecta com a casa, mas, com a minha Kodak, aproveitei para fotografá-la de vários ângulos. A casa parece ter sido ampliada ao longo dos anos, porém os anexos foram acrescentados de maneira um tanto irregular e não sei precisar ao certo a área total construída, que deve ser bem extensa. Há poucas casas ao redor, sendo uma delas a mansão nova, transformada em manicômio particular, que não é possível avistar da propriedade.

Quando terminei minha leitura, ele disse:

"Fico feliz por ser antiquada e espaçosa. Venho de uma família muito antiga e morar em uma casa moderna seria a morte para mim. Uma casa não se torna seu lar em apenas um dia e são necessários vários deles para compor um século. Agrada-me também que possua uma velha capela. Nós, nobres da Transilvânia, não gostamos de imaginar que nossos restos mortais serão dispostos em meio aos mortos comuns. Não busco diversão ou distração, nem o prazer fulgurante do sol ou o brilho cintilante das águas que agradam os mais jovens e bem-humorados. Não sou mais jovem e meu coração, após exaustivos anos de luto pelos mortos, não pulsa mais com alegria. Os muros do meu castelo estão destruídos, vivo cercado por múltiplas sombras e o vento sopra gélido pelas ameias e janelas quebradas. Gosto da penumbra, gosto da atmosfera sombria e desejo, sempre que possível, ficar a sós com meus pensamentos."

Não sei explicar o motivo, mas suas palavras não pareciam em sintonia com sua expressão — ou talvez fosse apenas sua fisionomia que tendia a tornar seu sorriso cruel e soturno.

Desculpou-se e saiu, pedindo que eu organizasse os documentos. Como não regressou de imediato, pus-me a examinar alguns dos livros ao redor. Um deles era um atlas, obviamente aberto no mapa da Inglaterra, dando a impressão de ter sido folheado à exaustão. Ao observá-lo, notei que estava marcado em determinados lugares com pequenos círculos: um destacava o ponto próximo à região leste de Londres, onde ficava situada sua nova casa; os outros dois marcavam Exeter e Whitby, na área litorânea de Yorkshire.

Já se passara mais de uma hora quando o conde reapareceu.

"Ah!", exclamou ele, "vejo que ainda está debruçado sobre os livros! Ótimo! Mas não deve trabalhar sem descanso. Venha, fui informado de que sua ceia já está pronta." Ele me deu o braço e caminhamos até o aposento vizinho, onde encontrei uma esplêndida ceia à mesa. O conde mais uma vez se desculpou e alegou ter jantado fora antes de regressar ao castelo. Sentou-se comigo, porém, como fizera na véspera, e conversamos enquanto eu ceava.

Após a refeição, também como na noite anterior, o conde me fez companhia enquanto eu fumava, conversando e me fazendo todo tipo de perguntas, sobre os mais variados assuntos, por horas a fio. Notei que ficava deveras tarde, mas não comentei nada, pois me sentia na obrigação de fazer todas as vontades do meu anfitrião. Tendo dormido bastante durante o dia, não sentia sono, mas mesmo assim não pude evitar aquele calafrio que nos assombra nos estertores da madrugada que, de certa forma, muito se parece com a virada da maré. Dizem que os moribundos normalmente morrem ao romper do dia ou quando vira a maré; crença aceita por qualquer pessoa exausta que experimente essa mudança na atmosfera após ser obrigada a permanecer desperta durante a madrugada inteira. De repente, o canto do galo penetrou o silencioso ar da manhã com sobrenatural estridência e o conde Drácula, levantando-se num salto, exclamou:

"Ora essa, já é dia claro! Que falta de consideração a minha, deixá-lo acordado até agora! Você deve se esforçar para não tornar nossas conversas sobre minha amada Inglaterra tão interessantes, para que eu não me esqueça como o tempo passa depressa!" Assim dizendo, fez uma reverência cortês e se retirou prontamente.

Fui para o meu quarto e abri as cortinas, mas não havia muito para apreciar. Minha janela dava para o pátio, e tudo o que eu podia ver era o cálido tom cinzento da aurora. Corri as cortinas novamente e me sentei para redigir estas anotações.

8 de maio

Receei que estas notas estivessem minuciosas em excesso, mas agora fico feliz por ter escrito com tantos detalhes, pois há algo muito estranho e perturbador neste castelo. Gostaria de estar são e salvo bem longe daqui, ou melhor, gostaria de jamais ter vindo para cá. Talvez as noites em claro tenham sua parcela de culpa, mas quem me dera fosse assim tão simples! Se eu tivesse alguém para conversar, talvez suportasse, mas não há ninguém. Só posso falar justamente com o conde, e ele... Receio que seja a única alma viva neste lugar. Preciso me ater aos fatos, isso há de me ajudar; não posso permitir que minha imaginação triunfe sobre o racional. Se isso acontecer, estou perdido. Deixe-me discorrer sobre como está minha situação atual — ou como parece estar.

Não consegui dormir direito depois que me deitei e, sentindo que o sono me escapara de fato, decidi levantar. Pendurei meu espelho de barbear no parapeito da janela e comecei a fazer a barba. De repente, senti um toque no ombro e ouvi a voz do conde: "Bom dia". Sobressaltei-me, admirado por não o ter visto se aproximando, uma vez que o espelho refletia o quarto inteiro atrás de mim. Com o susto, me machuquei de leve, mas não notei de imediato o corte. Tendo respondido ao cumprimento do conde, voltei-me para o espelho novamente para me certificar de que não havia me enganado.

Dessa vez, não restava dúvida, pois o sujeito estava ao meu lado e eu podia vê-lo por cima do ombro. Mas não havia reflexo dele no espelho! Era possível ver o quarto inteiro, mas não refletia nada além da minha própria imagem. Essa constatação apavorante, somada a tantas e tantas outras estranhezas, acentuou a vaga sensação de desconforto que me toma sempre que o conde está por perto. Vi então que o corte havia sangrado um pouco e que o sangue escorria pelo meu queixo. Pousei a lâmina e me virei para encontrar algum esparadrapo. Quando o conde viu meu rosto, seus olhos lampejaram com uma espécie de fúria demoníaca e tentou agarrar meu pescoço. Recuei por instinto e sua mão esbarrou nas contas do rosário que eu usava. A mudança que se operou no conde foi imediata e sua fúria desapareceu tão depressa que mal pude acreditar no que meus olhos acabaram de testemunhar.

"Cuidado", advertiu, "muito cuidado para não se cortar assim. É mais perigoso do que você pensa nestas redondezas." Então, apanhou o espelho e continuou: "Eis o maldito culpado. Bugiganga asquerosa da vaidade humana! Livre-se dele!". Assim dizendo, ele abriu a pesada janela com um solavanco e defenestrou o espelho, que se espatifou em milhares de pedacinhos ao se chocar contra as pedras do pátio lá embaixo. Em seguida, retirou-se sem dizer palavra.

Fiquei bastante irritado, pois agora não faço ideia de como vou fazer a barba, a não ser usando o estojo do relógio ou o fundo da tigela de barbear que, por sorte, é de metal.

Quando cheguei na sala de jantar, o desjejum estava servido, mas não encontrei o conde em lugar algum. Tomei o café sozinho. É estranho que eu ainda não o tenha visto comer ou beber. Ele deve ser mesmo um homem muito peculiar! Terminada minha refeição, decidi explorar um pouco o castelo. Subi as escadas, encontrei um aposento cuja vista magnífica dava para o sul. De onde me encontrava, era possível contemplá-la plenamente. O castelo foi construído na beira de um precipício aterrador. Uma pedra atirada pela janela cairia em queda livre por muito tempo até tocar o solo! Até onde a vista pode alcançar, estende-se um mar verdejante de copas de árvores, entrecortado por ocasionais abismos profundos. Aqui e ali, serpenteiam rios cintilantes em meio às gargantas que atravessam as florestas.

Mas não estou com ânimo para descrever a beleza da paisagem, pois, após contemplar a vista, decidi prosseguir na exploração do castelo. Portas e mais portas, portas por toda parte, todas fechadas e trancadas. As únicas saídas possíveis são as janelas. O castelo é uma verdadeira prisão, e sou um prisioneiro!

CAPÍTULO III

Diário de Jonathan Harker
(CONTINUAÇÃO)

BRAM STOKER

Quando descobri que era um prisioneiro, fui tomado por desespero feroz. Subi e desci escadas correndo, testando todas as maçanetas para ver se encontrava alguma porta aberta, e verifiquei todas as janelas que encontrei. Depois de um tempo, no entanto, a certeza de que todos os meus esforços eram inúteis sobrepujou os demais sentimentos. Olhando em retrospecto, acho que perdi o juízo na hora, pois me comportei como um rato preso na armadilha. Porém, uma vez convencido de que minha situação era irremediável, sentei-me em silêncio profundo — mais compenetrado do que nunca — e comecei a estudar a melhor solução para meu problema. Ainda estou pensando e, até agora, não encontrei nenhuma resposta definitiva. Tenho uma única certeza: o conde não pode desconfiar do que se passa na minha cabeça. Ele sabe muito bem que estou preso, uma vez que é o responsável pelo meu cárcere, e decerto tem seus motivos para tal. Se eu decidisse confiar nele, certamente haveria de me enganar. Dessa forma, por enquanto, meu único plano é manter minhas descobertas e receios em segredo — e meus olhos bem abertos. Pois das duas, uma: ou estou sendo vítima pueril dos meus próprios medos, ou estou de fato em uma tremenda enrascada. Se for esse o caso, preciso e vou precisar ainda mais manter a cabeça fria.

Mal acabei de formular esses pensamentos, ouvi a pesada porta da entrada bater, e deduzi que o conde tinha retornado. Ele não apareceu de imediato na biblioteca, então fui de fininho para o meu quarto e o flagrei fazendo minha cama. Era uma situação insólita, mas serviu para confirmar minhas suspeitas: não há empregados no castelo. Quando, mais tarde, o vi pelas frestas das dobradiças da porta colocando a mesa para o jantar, tive certeza absoluta, pois, se ele se ocupa de todas essas tarefas domésticas, obviamente isso quer dizer que não há mais ninguém para executá-las.

Essa ideia me encheu de pavor, pois, se não há mais ninguém no castelo, o cocheiro que me trouxe até aqui só pode ter sido o próprio conde. É um pensamento terrível, porque, se assim for, como ele seria capaz de controlar os lobos, como fez na estrada, com um simples gesto? E por que todas as pessoas em Bistrita e na carruagem se mostraram tão apavoradas quando souberam para onde eu ia? Qual o significado do crucifixo, do alho, da rosa selvagem, da tramazeira? Deus abençoe a boa senhora que pendurou o rosário no meu pescoço! Sempre que o toco, é fonte de conforto e força para mim. É curioso que um objeto que fui ensinado a encarar com desdém por considerá-lo idolatria possa, neste momento de solidão e adversidade, me trazer tamanho consolo. Existiria algum poder na essência do objeto em si ou é apenas um meio, uma ajuda tangível, trazendo à memória lembranças de simpatia e aconchego? Em um momento mais propício, devo analisar essa questão mais a fundo. O que importa agora é descobrir tudo que puder sobre o conde Drácula; quanto mais eu souber, melhor posso compreendê-lo. Esta noite vou conduzir a conversa para que fale um pouco de si mesmo. Tenho que tomar muito cuidado, porém, para não despertar sua desconfiança.

Meia-noite

Conversei longamente com o conde. Fiz algumas perguntas sobre a história da Transilvânia e ele se entusiasmou bastante com o assunto. Falou de acontecimentos e compatriotas, sobretudo de batalhas, relatava os fatos como se tivesse presente em todos. Mais tarde explicou que, para um boiardo, orgulhar-se de sua casa e de seu nome é como orgulhar-se de si mesmo; assim, sua glória e seu destino são igualmente compartilhados. Sempre que se referia à sua casa, usava o pronome "nós" e falava no plural, como fazem os reis. Gostaria de ter anotado tudo o que disse com suas próprias palavras, pois fiquei fascinado com o relato, que parecia conter em si toda a história do país. Eufórico enquanto falava, movimentou-se pelo aposento cofiando seu grande bigode branco e segurando todos os objetos que via pela frente como se fosse esmagá-los com sua tremenda força. Vou tentar reproduzir uma das coisas que me contou, tentando ser o mais fiel possível, pois relata, de certa forma, a história do seu povo:

"Nós, sículos, temos direito de nos orgulharmos,[1] pois em nossas veias corre o sangue de diversas raças destemidas que lutaram como leões por liderança. Aqui, no turbilhão das raças europeias, a tribo úgrica trouxe da Islândia o espírito guerreiro herdado de Thor e de Wodin, presente em seus obstinados *berserkers*, que dizimaram as costas da Europa, bem como da Ásia e da África, com tanta ferocidade que seus habitantes os confundiram com lobisomens. Ao chegar aqui, se depararam com os hunos, cuja fúria bélica devastara a terra como lava vulcânica, levando os povos fadados ao extermínio a acreditar que os invasores traziam no sangue o parentesco com as velhas bruxas expulsas da Cítia, mais tarde concubinas do demônio no deserto. Tolos, tolos! Que demônio ou bruxa pode ser mais poderoso do que Átila, cujo sangue corre em minhas veias?" Ele ergueu os braços. "É de se admirar que sejamos uma raça conquistadora? Que sintamos orgulho? Que tenhamos expulsado os milhares de magiares, lombardos, ávaros, búlgaros e turcos que invadiram nossas fronteiras? É de se estranhar que, quando Arpad e suas legiões assolaram o território húngaro, tenham nos encontrado aqui ao alcançarem a fronteira? Que o episódio derradeiro da Honfoglalás tenha ocorrido nestas terras? E quando a devastação húngara migrou para o leste, os vitoriosos magiares decretaram seu parentesco com os sículos, e a proteção da fronteira turca nos foi confiada por muitos séculos. Uma proteção constante, pois, como dizem os turcos, 'a água pode repousar, mas os inimigos não descansam jamais'. Quem, entre as quatro nações, recebeu com mais júbilo a espada sangrenta ou atendeu mais depressa seu chamado de guerra para servir ao rei? E na ocasião da grande vergonha da minha nação, a derrota na batalha de Kosovo, quando os pendões dos valáquios e dos magiares tombaram sob a bandeira do império otomano, quem, senão um herói da minha raça, que como *voivode* atravessou o Danúbio e derrotou os turcos em seu próprio solo? Um Drácula, sem dúvida! Infelizmente, quando ele

---

1   O Vlad Tepes histórico era um *voivode* valáquio. No romance, o conde — título que sequer existe na Transilvânia — é um sículo (*székely*) e um boiardo, membro da nobreza que o Vlad histórico combateu até a morte.

tombou, seu irmão inescrupuloso vendeu nosso povo para os turcos, condenando-os ao vexame da escravidão! Não foi esse Drácula quem, de fato, inspirou outro de sua raça a, anos mais tarde, conduzir seus exércitos repetidas vezes pelo rio até a Turquia? E, quando rechaçado, retornou inúmeras vezes — e, com suas tropas massacradas em sangrento campo de batalha, atacou sozinho, com a certeza de que somente ele era capaz de finalmente conquistar a vitória! Disseram que era egoísta e pensava somente em si mesmo. Ignorantes! De que vale o povo sem líder? Sem um cérebro e um coração para conduzi--lo, como pode uma guerra chegar ao fim? Quando nos livramos do jugo dos húngaros, após a batalha de Mohács, nós, os Drácula, estávamos entre os que lideraram o combate, pois nosso espírito jamais poderia sossegar até conquistarmos nossa liberdade. Ah, meu jovem senhor, os sículos podem se vangloriar de vitórias jamais alcançadas pelos Habsburgo e pelos Romanoffs! E os Drácula são o coração pulsante, o cérebro e a mão que empunha a espada dos sículos! Os dias de guerra ficaram para trás. O sangue é uma raridade preciosa nestes tempos de paz desonrosa, e as glórias das grandes raças do passado hoje não passam de vetustas fábulas."

O dia já estava quase raiando quando nos recolhemos. (Nota: este diário guarda uma semelhança atroz com o início de *As Mil e Uma Noites* e com as aparições do fantasma do pai de Hamlet, pois todas as conversas terminam forçosamente ao cantar do galo.)

12 de maio

Deixe-me começar com fatos: simples, concretos, verificáveis por livros e cálculos, dos quais não resta a menor dúvida. Não posso confundi-los com experiências que dependem da minha própria observação ou da minha memória. Noite passada, quando o conde surgiu, vindo do seu quarto, começou a me perguntar sobre assuntos jurídicos e a tirar dúvidas quanto à execução de certas transações. Eu havia passado o dia inteiro debruçado sobre livros e, para manter a mente ocupada, repassara algumas questões do meu exame em Lincoln's Inn. O conde foi metódico nas perguntas, então vou tentar reproduzi-las em ordem; as anotações podem me ser úteis de algum modo futuramente.

Primeiro, quis saber se um cliente na Inglaterra podia ter mais de um advogado. Expliquei que podia ter vários, se assim quisesse, mas que não seria recomendável ter mais de um advogado na mesma transação, uma vez que só poderiam atuar um de cada vez, e que a mudança de um profissional para outro na certa prejudicaria seus interesses. Pareceu compreender perfeitamente e em seguida perguntou se encontraria qualquer empecilho prático se contratasse uma pessoa para cuidar, por exemplo, de suas transações bancárias e outra para se encarregar do transporte de seus pertences — caso precisasse de auxílio em uma localidade distante da circunscrição do advogado responsável pelos assuntos bancários. Pedi que explicasse melhor sua pergunta, para que pudesse respondê-la a contento, então ele disse:

"Vou dar um exemplo. Nosso amigo, o sr. Peter Hawkins, à sombra de sua belíssima catedral em Exeter, que fica distante de Londres, adquire para mim, através de suas competentes mãos, minha propriedade em Londres. Ótimo! Agora me deixe explicar direito, para que não considere estranho que tenha buscado os serviços de alguém tão longe de Londres em vez de um profissional local: fiz isso para que o único interesse a ser atendido fosse o meu. Uma vez que um advogado local talvez pudesse querer favorecer a si mesmo ou algum amigo, busquei um escritório fora de Londres, na esperança de que trabalhassem somente em prol dos meus interesses. Agora suponha que eu, que tenho muitos negócios, queira transportar mercadorias, digamos, para Newcastle, Durham, Harwich ou Dover. Nesse caso, não seria mais conveniente que o trabalho fosse executado por alguém em um desses locais?" Respondi que de fato seria mais prático, mas que nós, advogados, temos um sistema que prevê a transferência de um profissional para o outro, de modo que determinado trabalho pode ser realizado por um advogado local no lugar do contratado originalmente pelo cliente, que, nesse caso, não precisaria contratar senão um único profissional para cuidar de seus negócios, sem nenhum problema.

"Mas eu também teria liberdade de atuar por conta própria, não teria?", perguntou.

"É claro", respondi. "É costumeiro entre homens de negócios que não desejam compartilhar as minúcias de suas transações com terceiros."

"Ótimo!", exclamou, e mudou de assunto para apurar meios de realizar suas exigências e a expedição de mercadorias; sondou também quais dificuldades poderiam surgir no processo possível de evitar com as devidas precauções. Expliquei tudo o que sabia a respeito disso e fiquei com a impressão de que ele daria um excelente advogado, por ser tão detalhista e previdente. Possuía conhecimento e perspicácia extraordinários para alguém que nunca pisou na Inglaterra e que, evidentemente, não realizou muitas transações internacionais. Uma vez satisfeito com as respostas às suas dúvidas — por mim verificadas nos livros disponíveis —, se levantou e perguntou:

"Desde sua última carta, você voltou a escrever para nosso amigo Peter Hawkins ou para qualquer outra pessoa?"

Com peso no coração, respondi que ainda não tive oportunidade de enviar cartas a quem quer que fosse.

"Então escreva agora, meu jovem amigo", disse enquanto pousava sua pesada mão no meu ombro. "Escreva ao nosso amigo e a quem mais quiser e informe, se assim desejar, que vai permanecer comigo por mais um mês, a contar de hoje."

"É de seu agrado que eu fique por tanto tempo?", perguntei, sentindo calafrios só de pensar na ideia.

"Sim, decerto, e não aceito 'não' como resposta. Quando seu patrão, chefe, ou seja lá como se refere a ele, contratou alguém para me atender no lugar dele, ficou entendido que minhas necessidades haveriam sempre de prevalecer. Sem restrições. Estou enganado?"

O que eu poderia fazer a não ser expressar minha concordância com uma reverência cortês? Precisava levar em consideração os interesses do sr. Hawkins, não os meus; precisava pensar nele, não em mim. E, além do mais, enquanto o conde Drácula falava, havia algo em seus olhos e em sua postura que me fez lembrar que eu era seu prisioneiro e que, mesmo que recusasse, não teria outra escolha a não ser ficar.

O conde percebeu sua vitória no meu gesto e seu domínio na expressão do meu rosto, pois fez prontamente uso de ambos em sua maneira suave e irresistível:

"Eu lhe peço, meu caro amigo, que não discorra sobre outro assunto além de negócios em suas cartas. Decerto seus amigos ficarão contentes em saber que você passa bem e que anseia por regressar à casa. Está bem?"

Enquanto falava, entregou-me três folhas de papel e três envelopes. Eram todos extremamente finos; olhei para o material, depois para o conde e notei que sorria discretamente, revelando os afiados dentes caninos sobre o rubro lábio inferior. Compreendi, sem que ele precisasse ter dito uma só palavra, que precisava ter cautela ao escrever minhas cartas, pois poderia lê-las. Decidi escrever apenas missivas formais, mas compor em segredo uma carta mais longa para o sr. Hawkins e outra para Mina, e para ela poderia escrever em taquigrafia, o que haveria de despistar o conde caso ele a descobrisse. Após redigir as duas cartas, sentei-me em silêncio, para ler um livro enquanto o conde prosseguia com sua própria correspondência, e consultava de vez em quando alguns livros dispostos sobre a mesa. Ele então apanhou minhas cartas, juntou às dele e as dispôs ao lado do seu material de escrita. Assim que se retirou do aposento, inclinei-me para examiná-las. Os envelopes estavam virados para baixo, mas não tive pudor em desvirá-los, pois, naquelas circunstâncias, sentia que precisava me proteger de todas as maneiras possíveis.

Uma das cartas era dirigida a um tal Samuel F. Billington, The Crescent, 7, Whitby; outra para *Herr* Leutner, Varna; a terceira, para Coutts & Co., Londres; e a quarta para *Herren* Klopstock & Billreuth, banqueiros, Budapeste. A segunda e a quarta não estavam em envelopes selados. Estava prestes a abri-las quando vi a maçaneta mexer. Recostei-me na cadeira, após recolocar depressa as cartas como ele as deixara, e retomei minha leitura antes que o conde entrasse novamente no aposento, com mais uma carta na mão. Ele apanhou a correspondência da mesa, selou os envelopes com cuidado, depois virou-se para mim e disse:

"Espero que me perdoe, mas tenho muito trabalho hoje à noite. Creio que encontrará tudo de que precisa ao seu dispor."

Ele já estava na porta quando, após breve pausa, completou:

"Deixe-me adverti-lo, meu caro jovem amigo — não, deixe-me preveni-lo com toda a seriedade para que, caso saia destes aposentos, não durma em hipótese alguma em qualquer outra parte do castelo. É antigo, cheio de lembranças, e pesadelos terríveis acometem aqueles que adormecem sem cautela. Cuidado! Se sentir o sono se aproximar, hoje ou em qualquer outro dia, volte depressa para seu quarto ou para este cômodo, onde poderá descansar sossegado. Se não tomar cuidado, bem...", e encerrou sua advertência de maneira tenebrosa, com um gesto de quem lava as mãos. Compreendi perfeitamente; minha única dúvida era: que pesadelo poderia ser mais terrível do que a teia sombria de mistério, sobrenatural e pavorosa, que parecia se tecer ao meu redor?

Mais tarde

Reitero as últimas palavras aqui escritas, desta vez sem a menor dúvida. Não terei medo de dormir em qualquer lugar em que ele não esteja. Pendurei o crucifixo na cabeceira da cama; creio que assim meu repouso vai ser livre de sonhos — e ali ele há de permanecer.

Quando o conde se retirou, fui para o meu quarto. Depois de algum tempo sem ouvir qualquer som, saí e subi pela escada de pedra até o aposento cuja vista dava para o sul. Lá era possível experimentar a sensação de liberdade diante da amplitude da paisagem que, embora inacessível para mim, não se comparava à escuridão estreita do pátio. Diante da vista, senti que estava de fato em uma prisão. Ansiei por um pouco de ar fresco, mesmo o da noite. Começo a perceber as consequências dessa existência noturna. Ela deixa meus nervos em frangalhos. Minha própria sombra me assusta e as ideias mais pavorosas passam pela minha cabeça. Deus sabe que, neste lugar amaldiçoado, meus piores temores não são injustificados! Admirei o belo cenário lá fora, banhado pela suave luz amarelada da lua, até o dia começar se iluminar pela aurora. Na luz sutil, as colinas distantes se fundiam com as sombras nos vales e nas ravinas em uma escuridão aveludada. A beleza da paisagem serviu para me dar ânimo; respirei mais aliviado e inalei paz e conforto. Ao me inclinar na janela, vi movimento no andar de baixo, à minha esquerda, onde supunha ser, pela ordem dos quartos, as janelas do aposento do conde. A janela de pedra onde me encontrava era alta e funda e, embora desgastada pelo avanço dos anos, permanecia inteira, com exceção de seu caixilho. Afastei-me do parapeito e coloquei a cabeça para fora a fim de examinar melhor.

Vi a cabeça do conde também fora da janela. Não enxerguei seu rosto, mas o reconheci pela nuca e pelos movimentos das costas e dos braços. As mãos, em todo caso, eram inconfundíveis, visto que já tivera diversas oportunidades para estudá-las. Em um primeiro momento, a cena me despertou interesse e certa diversão — é incrível como as coisas mais insignificantes podem interessar e divertir um sujeito quando está aprisionado. Mas meus sentimentos se transformaram em repulsa e terror quando o vi projetar lentamente o corpo inteiro para fora da janela e descer, rastejante e de cabeça para baixo, as paredes do castelo rumo ao tenebroso abismo lá embaixo, com capa esvoaçante, pairando no ar como imensas asas negras. De início, mal pude acreditar nos meus olhos. Julguei ser alguma ilusão provocada pela luz do luar, algum efeito bizarro causado pela sombra; porém, com meu olhar fixo, vi que não estava enganado. Observei-o agarrar, com os dedos dos pés e das mãos, as quinas das pedras gastas pela ação do tempo, utilizando-se de cada saliência e de cada falha para descer com considerável rapidez, como um lagarto desliza pela parede.

Que espécie de homem é esse, na verdade, que espécie de criatura semelhante a homem é essa? Sinto o pavor deste lugar tenebroso me dominar; estou em pânico — em pânico de verdade — e não tenho como escapar. Estou cercado por terrores que não ouso sequer conjurar em minha mente...

15 de maio

Mais uma vez vi o conde sair pela janela como um lagarto. Descia em diagonal pela parede, a mais ou menos uns trinta metros abaixo, à esquerda. Desapareceu em algum buraco ou janela. Depois que sumiu, me debrucei para tentar ver melhor, mas sem sucesso — estava longe demais para conseguir um bom ângulo de visão. Ciente de que ele havia saído, pensei em aproveitar a oportunidade para explorar o castelo com mais afinco do que ousara anteriormente. Voltei ao quarto para buscar a lamparina e saí testando as portas. Estavam todas trancadas, como já esperava, e as fechaduras eram relativamente novas. Desci então por uma escadaria de pedra até o vestíbulo por onde entrara na noite da chegada ao castelo. Consegui destrancar o trinco e soltar as correntes com facilidade, mas a porta estava fechada e não havia nem sinal da chave! Devia estar no quarto do conde; preciso aproveitar alguma ocasião em que deixe a porta aberta para entrar lá, apanhar a chave e fugir. Prossegui com a inspeção minuciosa das escadarias e passagens, atrás de alguma porta aberta pelo caminho. Um ou dois aposentos próximos ao vestíbulo estavam destrancados, mas não havia nada dentro, a não ser mobília velha, empoeirada e carcomida por traças. Finalmente, porém, encontrei uma porta no topo da escadaria que, embora parecesse trancada, cedeu um pouco sob pressão. Tentei forçá-la ainda mais e descobri que não estava trancada de verdade e sim emperrada; as dobradiças haviam caído e a pesada porta apoiava-se somente no assoalho. Vendo ali uma chance que talvez não tivesse novamente, empreguei toda a minha força e, após várias tentativas, consegui empurrá-la o bastante para entrar. Estava em uma ala do castelo mais à direita e um andar abaixo dos aposentos que já conhecia. Das janelas constatei que a suíte de quartos acompanhava a porção sul do castelo; o último cômodo dava para o oeste e para o sul. Um monumental precipício jazia sob ambos os lados. O castelo fora construído na aresta de um gigantesco rochedo, inexpugnável em três de suas laterais. As enormes janelas foram dispostas de modo a impedir que fundas, arcos e colubrinas alcançassem o interior, mas garantiam luz e aconchego, impossíveis em posição mais permeável. A oeste descortinava-se um amplo vale e, despontando ao longe no horizonte, a silhueta portentosa de montanhas irregulares, perfiladas em seus cumes, as rochas maciças crivadas de tramazeiras e espinheiros, cujas raízes penetravam nas fendas e fissuras. Essa ala do castelo provavelmente foi ocupada pelas mulheres outrora, pois a mobília parecia mais confortável do que as que vi até então. Não havia cortinas nas janelas e a luz amarelada da lua vazava pelos losangos das vidraças, o que permitia distinguir algumas cores, suavizando o acúmulo de poeira que pairava sobre todo o aposento e disfarçava um pouco os estragos causados pelo passar dos anos e a pela ação das traças. Minha lamparina parecia desnecessária perante o fulgor do luar, mas mesmo assim me tranquilizava tê-la comigo, pois pairava sobre o local uma solidão aterrorizante, de enregelar o coração e bagunçar os nervos. Ainda assim, era melhor do que ficar sozinho nos cômodos que passara a detestar pela presença do conde e, após o esforço para acalmar os nervos, senti serena tranquilidade tomar conta de mim. Estou aqui, sentado à pequena escrivaninha de carvalho onde, em tempos antigos, talvez uma bela donzela tenha se sentado para redigir — após muita deliberação e rubores — uma mal escrita carta de amor. Já eu, anotei em taquigrafia no diário tudo que aconteceu comigo desde o dia 12. É o século XIX atualizando à força a ancestralidade deste castelo. No entanto, a não ser que meus sentidos me iludam, os velhos séculos possuíam e ainda possuem poderes próprios que a mera "modernidade" não consegue extinguir.

Mais tarde: manhã de 16 de maio

Que Deus preserve minha sanidade, pois é só o que me resta. Segurança e garantia de segurança são coisas do passado. Enquanto eu permanecer aqui, tenho apenas um desejo: não enlouquecer — isso se já não estiver louco. Mesmo ainda lúcido, é de fato enlouquecedor pensar que, de todas as aberrações que espreitam neste lugar odioso, o conde é a menos apavorante para mim; que só posso recorrer a ele em busca de proteção, embora esteja ciente de que só estou protegido enquanto ainda tiver alguma utilidade. Meu Deus do céu! Que eu consiga me acalmar, pois, caso contrário, é caminho certo para a loucura. Elucidei alguns mistérios que me atormentavam. Até agora, não compreendia totalmente o que Shakespeare quis dizer quando fez Hamlet exclamar:

Meu bloco! Depressa, meu bloco!
É imperativo que eu anote depressa... etc.

Agora, sinto como se meu próprio cérebro tivesse perdido o juízo, e é ao meu diário que recorro para encontrar algum alívio. O hábito de anotar minuciosamente o que acontece deve ajudar a me acalmar.

A misteriosa advertência do conde me assustou na hora; agora, me assusta ainda mais quando a recordo, à luz da experiência tenebrosa que vivi. Duvidar dele é a verdadeira temeridade!

Depois que escrevi no diário e, por sorte, guardei caderno e caneta no bolso, senti sono. A advertência do conde me ocorreu, mas senti prazer em desobedecê-la. O sono tomava conta do meu corpo, com aquela obstinação que nos leva a capitular. A claridade suave do luar e a amplitude da paisagem lá fora evocavam um senso de liberdade que me tranquilizava. Decidi não retornar naquela noite para os aposentos sombrios que ocupava e dormir ali mesmo; onde, antigamente, donzelas e senhoras haviam se sentado, cantado e vivido suas doces existências, enquanto no íntimo conservavam tristeza profunda, saudosas dos homens que delas se apartavam para tomar parte em guerras implacáveis. Arrastei um amplo sofá até o centro do cômodo, para que, ao deitar, pudesse continuar contemplando a adorável vista leste e sul e, sem me preocupar ou me incomodar com a poeira, ajeitei-me para dormir. Acho que peguei no sono; assim espero, mas tenho minhas dúvidas, pois o que aconteceu em seguida foi assustadoramente real — tão real que agora, sentado aqui na claridade da manhã, não creio nem por um segundo que tenha se tratado de um sonho.

Senti que não estava só. O quarto continuava o mesmo, idêntico ao que vira quando cheguei; pude distinguir no assoalho, sob o clarão da lua, as marcas deixadas pelos meus próprios passos no espesso acúmulo de poeira. Banhadas pelo luar, pairavam diante de mim três jovens, aristocráticas em trajes e modos. Na hora pensei sonhar porque embora estivessem contra a luz da lua, não projetavam sombra. Elas se aproximaram de mim, como se me examinassem por um tempo, e depois cochicharam algo. Duas eram morenas, com o mesmo nariz aquilino do conde; e olhos negros, penetrantes, que pareciam adquirir tom quase vermelho quando em contraste com a palidez amarelada do luar. A terceira era loira, muito branca, seu cabelo descia em volumosos cachos dourados e os olhos eram como pálidas safiras. Seu rosto familiar evocava memórias nebulosas de temor, mas não pude recordar na hora como ou de onde a conhecia. As três ostentavam dentes brancos e brilhantes que reluziam feito pérolas em contraste com a escarlate lascívia de seus lábios. Havia algo nelas que me deixava desconfortável, misto de anseio e pavor mortal. Senti no meu âmago um desejo perverso e ardente de que me beijassem com aqueles lábios tão rubros. Não me agrada relatar isso, pois temo que um dia Mina leia e se magoe, mas é a verdade.

Elas continuaram a cochichar e depois riram — risada cristalina, musical, mas havia algo em seu timbre que não parecia compatível com a suavidade dos lábios humanos. Era som semelhante à doçura intolerável da melodia dos copos d'água, quando tocados por um hábil instrumentista. A loira meneou a cabeça, coquete, e as outras duas a incentivaram a se aproximar de mim. Uma delas disse: "Vá! Vá você primeiro e nós a seguiremos logo, você tem a primazia por direito". A outra acrescentou: "Ele é jovem e forte; há beijos para todas nós". Permaneci imóvel, com os olhos semicerrados, experimentando a agonia da deliciosa antecipação.

A loira deu um passo à frente e se debruçou sobre meu corpo até que senti sua respiração em minha pele. Era doce como o mel e despertou em meus nervos a mesma sensação que a sua voz, mas havia algo amargo embutido na doçura, um odor acre e pronunciado que me fez pensar em sangue.

Estava com medo de abrir as pálpebras, mas enxergava perfeitamente. A loira se ajoelhou, debruçou-se ainda mais sobre meu corpo com expressão indubitável de gozo. Havia nela voluptuosidade deliberada que me parecia excitante e repulsiva ao mesmo tempo e, ao arquear o pescoço, lambeu os lábios como um animal, revelando o brilho úmido em sua boca escarlate e a língua que deslizava nos dentes pontiagudos e brancos. Abaixava cada vez mais a cabeça e eu podia sentir seus lábios descendo por minha boca, meu queixo, seus lábios pressionados contra minha garganta. De repente, ela parou e pude ouvir o som molhado de sua língua lambendo dentes e lábios, e senti seu hálito quente bafejar meu pescoço. Minha pele formigou, antecipando o toque cada vez mais e mais iminente. Senti seus lábios suaves e trêmulos na pele hipersensível do meu pescoço e as pontas rijas dos seus caninos, posicionados e pausados. Fechei os olhos em lânguido êxtase e esperei — esperei com o coração pulsando.

Contudo, naquele exato momento, outra sensação me atingiu, rápida como relâmpago. Senti a presença do conde, que se aproximava como se envolto em densa nuvem de cólera. Abri os olhos involuntariamente e vi sua mão feroz agarrar o pescoço delicado da loira e puxá-lo com uma força brutal. Os olhos azuis da moça se transformaram, furiosos, os dentes rangeram de ódio e seu rosto pálido enrubesceu, irado. Mas o conde! Jamais imaginei tamanha fúria, nem mesmo nos demônios dos abismos mais infernais. Os olhos dele pareciam queimar. O brilho vermelho era aterrorizante, como se as chamas do próprio inferno ardessem por trás das órbitas. O rosto exibia lividez mortal e suas feições se crispavam rijas, como se os músculos faciais fossem de aço; as sobrancelhas espessas que se juntavam sobre o nariz pareciam labaredas de fogo. Com violento puxão, arremessou a loira para longe e em seguida empurrou as outras para trás com um simples gesto — o mesmo gesto imperioso que o vi usar com os lobos. Sua voz com tom que não se elevou além do sussurro, mas que, não obstante, parecia cortar o ar e pairar ao redor do quarto, disse:

"Como ousam tocá-lo? Como ousam sequer olhar para ele, quando eu havia proibido? Para trás, eu ordeno! Este homem me pertence! Se vocês se aproximarem dele novamente, vão ter que se ver comigo."
A loira, riu coquete e irreverentemente, e virou-se para respondê-lo:

"Você nunca amou ninguém; nunca amou!" Ao ouvirem isso, as outras também se puseram a rir, uma gargalhada sombria, cruel e desalmada que pairou sobre o cômodo e quase me fez perder os sentidos. Parecia o êxtase dos demônios. Então o conde se virou, após examinar bem o meu rosto, e respondeu em um sussurro:

"Sim, eu também posso amar, vocês sabem muito bem, o passado é prova. Não é? Bem, agora prometo que, quando não me for mais útil, vocês poderão beijá-lo à vontade. Agora, sumam daqui! Andem! Preciso acordá-lo, pois há muito a ser feito."

"E vamos ficar sem nada hoje?", perguntou uma delas, com riso abafado, enquanto apontava para a bolsa que ele jogara no chão e que se movia como se houvesse algo vivo em seu interior.

Ele assentiu com a cabeça, à guisa de consentimento. Uma das mulheres se apressou e abriu a bolsa. Se meus ouvidos não me pregaram uma peça, escutei suspiro e gemido sufocados, como os de criança. As três mulheres se agruparam enquanto eu permanecia lívido de horror, e logo depois desapareceram, levando consigo a nefasta bolsa. Não havia nenhuma porta por perto e não poderiam ter passado por mim sem que as notasse. Simplesmente evaporaram ao luar e atravessaram as janelas, pois eu podia distinguir lá fora suas silhuetas etéreas, antes de desaparecerem por completo.

Então o horror tomou conta de mim e tombei, inconsciente.

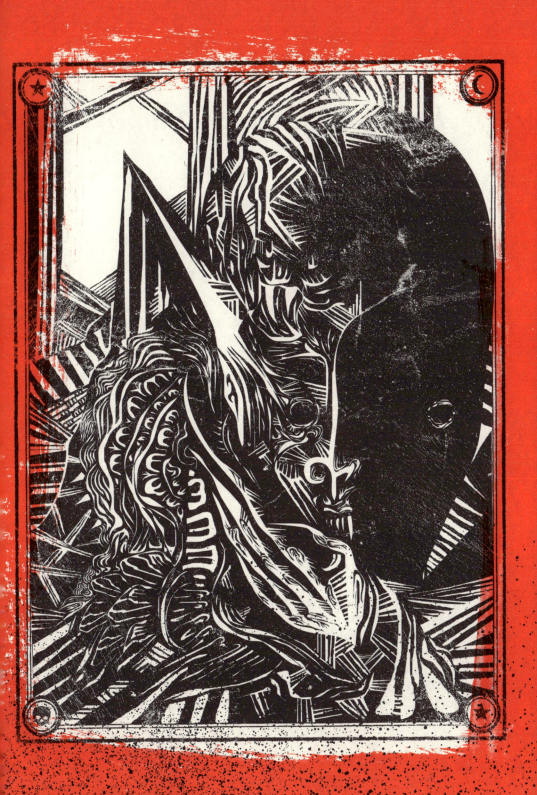

CAPÍTULO IV

Diário de Jonathan Harker
(CONTINUAÇÃO)

BRAM STOKER

ACORDEI na minha cama. Se não foi um sonho, o conde deve ter me trazido até aqui. Tentei refletir sobre o assunto, mas não consegui chegar a nenhuma conclusão satisfatória. Encontrei, é bem verdade, alguns sinais, como minhas roupas dobradas e empilhadas de modo diferente do que costumo arrumá-las, meu relógio parado (a última coisa que sempre faço antes de dormir é dar corda no relógio) e detalhes assim. Mas nada disso constitui prova do que aconteceu; podem ser apenas evidências de que minha cabeça não anda funcionando muito bem e de que, por algum motivo, não estava raciocinando direito na noite passada. Preciso encontrar provas. Há pelo menos um consolo: se foi mesmo o conde quem me trouxe até aqui e me despiu, deve ter executado a tarefa às pressas, pois o conteúdo dos meus bolsos está intacto. Tenho certeza de que este diário taquigrafado seria um mistério indecifrável para ele e, na impossibilidade de compreendê-lo, o teria confiscado ou destruído. Olho ao meu redor e percebo que este quarto, que já foi motivo de horror, agora se tornou uma espécie de abrigo, pois nada pode ser mais pavoroso do que aquelas tenebrosas mulheres que queriam — que querem — sugar o meu sangue.

18 de maio

Desci para vasculhar o quarto novamente, à luz do dia, pois preciso descobrir a verdade. Quando alcancei a porta no topo da escadaria, a encontrei fechada. Fora empurrada com tanta força contra a moldura que a madeira rachou. Não estava trancada por fora, e sim fechada por dentro. Receio não ter sido sonho e, de agora em diante, devo agir com a premissa de que tudo o que vivi foi real.

19 de maio

Estou mesmo em apuros. Ontem à noite o conde me pediu, no mais suave tom de voz, para escrever três cartas: uma para dizer que meu trabalho aqui estava quase concluído e que deveria partir em poucos dias; a outra falava que viajaria na manhã seguinte; e a terceira, que já deixara o castelo e chegara em Bistrita. Eu gostaria de ter me rebelado, mas senti que, diante das atuais circunstâncias, seria loucura contrariar o conde, ainda mais enquanto me encontro completamente sob seu jugo. Recusar-me a escrever as cartas levantaria suspeitas e provocaria sua ira. Ele tem consciência de que sei demais para continuar vivo sem lhe ser uma ameaça; minha única chance é prolongar minha estada e, assim, aumentar minhas oportunidades de fuga. Detectei em seus olhos o lampejo da cólera que manifestou ao arremessar a loira para longe. Ele explicou que os correios são escassos e incertos por essas bandas e que, escrevendo agora, eu garantia a tranquilidade dos meus amigos. Também me assegurou, com veemência, que seguraria as cartas posteriores, a serem retidas em Bistrita, caso minha estada se prolongasse por algum motivo. Contrariá-lo só faria levantar suspeitas. Fingi concordar e perguntei quais datas deveria colocar nas cartas. Ele calculou por um momento e disse em seguida:

"A primeira deve ser datada 12 de junho, a segunda, 19 de junho, e a terceira, 29 de junho."

Agora sei quanto tempo vai durar minha vida. Que Deus me ajude!

28 de maio

Encontrei uma chance de fuga ou, de algum jeito, de pelo menos mandar notícias para casa. Um grupo de *szgany* chegou ao castelo e acampou no pátio. Os *szgany* são ciganos; li sobre eles em um dos meus livros. São característicos da região, embora guardem traços em comum com os demais ciganos ao redor do mundo. Existem milhares na Hungria e na Transilvânia, e vivem praticamente às margens da lei. Costumam se agregar a algum nobre ou boiardo poderoso e adotam seu nome. São destemidos e não têm religião, embora sejam muito supersticiosos, e falam apenas suas próprias variedades da língua romena.

Vou escrever para Mina e sr. Hawkins, e tentar dar um jeito de pedir aos ciganos que postem minhas cartas. Já entabulei conversa com eles pela janela, buscando contato. Eles me cumprimentaram tirando seus chapéus e fizeram várias mesuras, porém, infelizmente, os gestos me foram tão incompreensíveis quanto a língua falada por eles...

Escrevi as cartas. A de Mina está taquigrafada e na do sr. Hawkins apenas peço que se comunique com ela. Expliquei toda a minha situação, mas ocultei os horrores de que ainda não tenho provas. Mina ficaria em choque e deveras assustada se contasse tudo o que vivi e senti. Se elas forem interceptadas, o conde não será capaz de desvendar meu segredo ou o quanto já descobri...

Entreguei as cartas; atirei-as pela grade da minha janela com uma moeda de ouro e gesticulei pedindo que fossem postadas no correio. O homem que as apanhou apertou-as contra o peito e se curvou em reverência, depois as colocou no chapéu. Não há mais nada que eu possa fazer. Voltei para o gabinete de leitura e comecei a folhear um livro. Como o conde não apareceu, aproveitei para escrever estas linhas...

O conde entrou no aposento. Sentou-se ao meu lado e disse, em tom calmo e afável, enquanto abria dois envelopes:

"Os *szgany* me entregaram estas cartas. Não sei de onde vieram, mas vou enviá-las, é claro. Veja!", exclamou ele, ao olhar a carta. "Uma delas é sua, endereçada ao meu amigo Peter Hawkins." Ele então viu os símbolos indecifráveis da taquigrafia ao abrir o outro envelope; uma expressão soturna tomou conta de seu rosto e os olhos adquiriram fulgor perverso. "A outra é uma coisa atroz, ultraje à amizade e à hospitalidade! Não está assinada. Bem, não tem nada a ver conosco." Disse isso e calmamente posicionou carta e envelope sobre a chama da lamparina até que o fogo os consumisse. Depois, prosseguiu:

"A carta para Hawkins — esta vou enviar, é claro, pois é sua. Suas cartas são sagradas para mim. Espero que você me perdoe, meu amigo, pois sem querer rompi o selo do envelope. Pode lacrá-lo novamente?" Ele me estendeu a carta e, com um gesto cortês, me entregou novo envelope. Não tive alternativa a não ser fazer o que pedia e lhe devolver a carta em silêncio. Quando saiu do aposento, ouvi o som da chave girar na fechadura. Um pouco depois, tentei abrir a porta e constatei que estava, de fato, trancada.

Quando, após uma hora ou duas, o conde entrou de fininho no gabinete, eu, que havia cochilado no sofá, despertei do sono com sua chegada. Ele me saudou com cortesia e parecia muito bem-disposto. Vendo que eu dormira em sua ausência, disse:

"Está cansado, meu amigo? Vá se deitar em sua cama, lá poderá descansar melhor. Não poderei ter o prazer de conversar com você hoje à noite, pois preciso me ocupar dos meus afazeres. Mas fique à vontade para se recolher." Fui para o meu quarto, deitei e, curiosamente, dormi sem sonhar. O desespero tem sua porção de serenidade.

31 de maio

Hoje cedo, quando acordei, pensei em apanhar folhas de papel e envelopes na minha mala para mantê-los nos bolsos, esperando a oportunidade para escrever, mas tive mais uma surpresa, mais um choque!

Todos os papéis sumiram da minha bagagem, todas as minhas anotações, os meus memorandos sobre ferrovias e viagens, a minha carta de crédito — tudo o que me poderia ser útil fora do castelo. Fiquei sentado, refletindo sobre o acontecido, e então um pensamento me acometeu e resolvi procurar na mala e no armário onde guardara minhas roupas.

Minha mala de viagem também desapareceu, bem como meu casaco e minha manta. Não encontrei sinal deles em lugar algum. Deve ser um novo esquema de vilania...

17 de junho

Hoje de manhã estava sentado na beira da cama, em busca de alguma solução, quando ouvi estalar de chicotes lá fora, seguido pelo som de cascos subindo a estrada de pedra que leva ao pátio. Corri até a janela, eufórico, e vi dois *leiter-wagons* entrarem no pátio, cada um conduzido por oito cavalos robustos e guiado por um eslovaco com chapéu de largas abas, cinto cravejado de tachas, veste de pele de carneiro e botas altas. Traziam bastões compridos nas mãos. Corri até a porta, com a intenção de descer depressa e tentar alcançá-los no vestíbulo, imaginando que a entrada principal deveria estar aberta. Mas eis outra surpresa alarmante: minha porta estava trancada por fora.

Corri então para a janela e me pus a gritar, chamando-os. Eles olharam para cima abobados e apontaram em minha direção, mas justamente nesse momento o "chefe" dos *szgany* surgiu no pátio e, ao vê-los apontando para a janela, disse algo que os fez rir. Depois disso, nenhum esforço meu, nenhum grito, nenhuma súplica os levou a sequer olhar para cima. Passaram a me ignorar de propósito.

As carroças transportavam caixas volumosas e quadradas, com grossas alças de corda; concluí que, pela facilidade com que os eslovacos as carregavam e pelo som que faziam, só podiam estar vazias. Depois de as caixas serem devidamente descarregadas e empilhadas em um dos cantos do pátio, o chefe dos *szgany* pagou os eslovacos que, cuspindo nas moedas para dar sorte, voltaram sem pressa para seus cavalos. Logo depois, ouvi o estalar de seus chicotes sumirem a distância.

24 de junho, madrugada

Na noite passada o conde se recolheu cedo, trancando-se em seus aposentos. Assim que pude, corri escada acima e olhei pela janela que dava para a ala sul. Minha intenção era vigiá-lo, pois sinto que há algo acontecendo.

Os *szgany* estão acampados em alguma parte do castelo, com algum trabalho. Sei disso, pois volta e meia ouço o som distante e abafado de enxadas e pás; seja lá o que for, me parece a conclusão de alguma atividade sinistra.

Estava de tocaia havia menos de meia hora quando vi movimentação na janela do conde. Recuei e observei atentamente, até que o vi rastejar para fora, como de costume. A surpresa dessa vez foi constatar que vestia o traje que eu usava quando cheguei ao castelo e que trazia, pendurada no ombro, a tenebrosa bolsa que vira sendo levada pelas mulheres. O motivo de sua saída me pareceu óbvio — e usando minhas roupas, ainda por cima! Então é este seu novo esquema diabólico: passar-se por mim e ser visto nas cidades e aldeias vizinhas postar minhas cartas para deixar evidências de minha presença, ao mesmo tempo aproveitando-se do disfarce para que atribuam à minha pessoa qualquer maldade que porventura venha a fazer.

Fico irado só de pensar que isso acontece enquanto estou trancado aqui como um prisioneiro, mas sem a proteção da lei que constitui o direito e o consolo até mesmo de um criminoso.

Pensei em aguardar o retorno do conde e por muito tempo mantive, obstinado, meu posto à janela. De repente, notei algumas estranhas partículas flutuando à luz do luar. Eram como minúsculos grãos de poeira que rodopiavam no ar, agrupados em nebulosas aglutinações. Contemplei experimentando uma sensação de paz, tomado por inusitada calma. Reclinei-me no vão da janela para apreciar com mais conforto aquele misterioso balé aéreo.

Fui despertado do transe pelo som longínquo e agonizante de uivos de cães lá embaixo no vale, em algum lugar que, de onde estava, não conseguia distinguir. Tive a impressão de que o som se aproximava zumbindo em meus ouvidos, à medida que as partículas de poeira ganhavam novas formas, como se dançassem sob o luar. Senti que lutava para atender a um chamado dos meus instintos; na verdade, minha própria alma estava em combate e meus sentidos dormentes desejavam capitular. Estava sendo hipnotizado! A poeira bailava cada vez mais ágil; os raios do luar pareciam tremular enquanto passavam por mim rumo à escuridão lá fora. Agruparam-se até surgirem fantasmagóricas formas indistintas. Subitamente, recobrei a consciência num lampejo, totalmente desperto e em posse dos meus sentidos, e corri do aposento. As formas fantasmagóricas, que aos poucos se materializaram, revelaram as três mulheres tenebrosas que estavam no meu encalço. Escapei para a relativa segurança do meu quarto, onde não havia raios de luar e minha lamparina ardia iluminando todo o cômodo.

Após cerca de duas horas, ouvi movimentação no quarto do conde — escutei um gemido pungente rapidamente abafado e, logo em seguida, fez-se silêncio profundo e medonho, que me deu calafrios. Com o coração aos pulos, tentei a maçaneta, mas estava trancado em minha prisão e não podia fazer coisa alguma. Sentei-me, impotente, e desatei a chorar.

Pouco depois ouvi um som no pátio lá fora: um grito lancinante de mulher. Corri até a janela, escancarei-a e espiei por entre as grades. Havia de fato lá embaixo uma mulher com o cabelo desgrenhado, que apertava as mãos contra o peito como se estivesse exausta e sem fôlego após longa corrida. Apoiava-se no portão. Quando me viu na janela, avançou gritando em tom de ameaça:

"Monstro, devolva meu filho!"

Ela se prostrou de joelhos, ergueu as mãos para o alto e gritou as mesmas palavras. Havia tanto sofrimento em sua voz que senti uma pontada de dor no coração. Ela puxou os cabelos e bateu no peito, entregue à violência de sua emoção descontrolada. Por fim, lançou-se portão adentro e, embora não pudesse vê-la, podia ouvi-la esmurrar a porta com vigor.

Ouvi então a voz do conde vinda do alto, provavelmente da torre. Emitiu um chamado áspero e metálico, que pareceu ser atendido pelos lobos, que uivaram ao redor do castelo. Pouco depois, a alcateia adentrou o pátio, avançando como a torrente que vaza de uma represa escancarada.

A mulher não teve tempo nem de gritar. O som dos lobos também cessou rapidamente. Pouco depois do ataque, dispersaram-se de volta à floresta, lambendo as presas.

Não pude lamentar sua morte, pois, sabendo o que acontecera com seu filho, sabia que estava melhor morta.

O que vou fazer? O que posso fazer? Como posso escapar deste inferno de medo, escuridão e horror?

---

25 de junho, manhã

Somente quem já sofreu com os temores da noite há de compreender o doce alívio da manhã — para o coração e para os olhos. Hoje cedo, quando o sol atingiu o topo do grande portão diante da minha janela, senti como se a pomba da arca de Noé tivesse ali pousado. O medo desvaneceu como um traje vaporoso que se dissolve em contato com o calor. Preciso tomar alguma providência enquanto a luz do dia ainda me enche de coragem. Ontem à noite, uma das cartas que fui obrigado a escrever com data antecipada foi postada, a primeira da série fatal que vai apagar meus vestígios de existência da terra.

Não posso perder tempo pensando nisso. Preciso agir!

É sempre à noite que sou atacado, ameaçado; que me vejo correndo perigo ou atormentado pelo medo. Ainda não vi o conde à luz do dia. Será que dorme enquanto todos estão acordados, para despertar quando dormirem? Se ao menos pudesse entrar no quarto dele! Mas isso é impossível. A porta está sempre trancada, não tenho como entrar.

Bem, na verdade, tenho — se tiver coragem para tal. Assim como o corpo dele pode sair, o meu pode entrar. Já o vi sair pela janela diversas vezes. Por que não o imitar, entrando por lá? É um recurso desesperado, mas mais desesperada é a minha situação. Vou arriscar. Na pior das hipóteses, morrerei. Mas a morte de um homem não é o fim, como a de um animal; a temida Eternidade ainda pode ser um consolo para minha alma. Que Deus me ajude nessa empreitada! Adeus, Mina, caso não sobreviva; adeus, meu amigo leal, meu segundo pai, adeus a todos e, principalmente, adeus, Mina!

MESMO dia, mais tarde

Segui adiante com meu plano e, com a graça de Deus, voltei são e salvo para o meu quarto. Preciso anotar todos os detalhes na ordem. Aproveitei enquanto ainda tinha coragem e saí pela janela que dá para o sul, apoiando-me na borda estreita de pedra que circunda o castelo. As pedras são grandes e irregulares, e a ação do tempo desgastou o cimento que as unia. Tirei minhas botas e prossegui, arriscando-me de modo desesperado. Olhei para baixo apenas uma vez, para evitar que um súbito relance para o tenebroso abismo aos meus pés me desequilibrasse. Sabia bem a direção e a distância até a janela do conde e avancei da melhor maneira que pude, considerando minhas alternativas. Não senti vertigem — acho que estava muito eufórico — e alcancei a janela em tempo que me pareceu ridiculamente curto. Porém, ao me inclinar para entrar, apoiando primeiro os pés lá dentro e depois impulsionando o restante do corpo, senti ser tomado por tremenda agitação. Olhei depressa ao meu redor, em busca do conde, mas descobri, com surpresa e alívio, que o quarto estava vazio! Era parcamente decorado com peças estranhas, que pareciam nunca ter sido usadas; a mobília era do mesmo estilo que vi nos aposentos ao sul do castelo, aqui também coberta de poeira. Procurei a chave, mas não estava na fechadura e não a achei em lugar algum. Encontrei apenas uma pilha de moedas de ouro no canto — ouro de várias origens: moedas romanas, britânicas, austríacas, húngaras, gregas e turcas, todas envoltas em crosta de poeira, como se estivessem no chão há muito tempo. Eram muito antigas, pelo menos três séculos. Havia também correntes e ornamentos, alguns encrustados de joias, mas todos bem velhos e gastos.

Em um dos cantos do aposento, havia pesada porta. Tentei abri-la, já que não consegui encontrar nem a chave do quarto nem a da porta principal (que era a real finalidade da busca), decidi explorar o que pudesse, ou todos os meus esforços seriam em vão. Estava aberta e dava acesso, através de passagem de pedra, a uma escada em espiral que descia vertiginosamente para o andar inferior. Desci com extremo cuidado, pois os degraus estavam envoltos no breu e a única luz do local era filtrada por buracos na grossa alvenaria. Lá embaixo havia uma espécie de túnel mergulhado na escuridão, de onde exalava odor funesto e repugnante, o cheiro de terra curtida recém-revirada. Conforme avançava, o cheiro ficava mais próximo e intenso. Por fim, empurrei uma pesada porta entreaberta e me vi em uma velha capela em ruínas, que fora obviamente usada como cemitério. O teto estava quebrado e em dois lugares havia degraus conduzindo às criptas, mas o solo fora cavado recentemente e sua terra assentada nas grandes caixas de madeira trazidas pelos eslovacos. Não havia ninguém por perto, então pude explorar com calma e buscar outra saída, porém não encontrei nenhuma. Examinei cada centímetro do solo, para não perder a oportunidade. Desci às criptas, onde a parca luz tornou-se ainda mais insuficiente, apesar do pavor que dominava minha alma. Eram três; duas praticamente vazias, contendo apenas fragmentos de velhos caixões e muita poeira. Na terceira, porém, fiz uma descoberta.

Lá, em uma das cinquenta volumosas caixas que se espalhavam pelo chão, sobre a pilha de terra recém-cavada, jazia o próprio conde! Estava morto ou dormindo, não consegui distinguir — os olhos estavam abertos e fixos, mas não vidrados como os de um cadáver.

Apesar de sua palidez, a pele era viçosa como a de um vivo e os lábios, vermelhos como sempre. Não havia, porém, nenhum sinal de movimento — sem pulsação, sem respiração, sem batimentos cardíacos. Debrucei-me sobre ele e tentei detectar algum sinal de vida, mas em vão. Ele não podia estar ali há muito tempo, pois o cheiro da terra evaporaria em algumas horas. Ao lado da caixa estava sua tampa, perfurada para passar o ar.

Ocorreu-me que talvez ele estivesse com as chaves em um dos bolsos, mas quando fiz menção de vasculhá-los me deparei com seus olhos mortiços e, embora parecessem mortos e alheios à minha presença, havia neles um olhar de ódio que me fez querer sair de lá depressa. Subi as

escadas, voltei para os aposentos do conde, pulei a janela e me esguei-
rei pela parede do castelo, de volta ao meu quarto. A salvo, sentei-me
ofegante na cama e tentei refletir sobre tudo o que havia acontecido...

---

29 de junho

Hoje é a data da minha última carta e o conde se empenhou para
tornar crível seu embuste, pois o vi novamente sair do castelo pela
janela, com as minhas roupas. Ao vê-lo deslizar parede abaixo como
um lagarto, desejei ter comigo uma pistola ou qualquer outra arma
para destruí-lo, mas receio que nenhuma arma manufaturada pelos
homens exerça efeito nele. Não ousei permanecer à sua espera, temendo me deparar mais uma vez com as irmãs medonhas. Voltei para a
biblioteca e li até adormecer.

Fui acordado pelo conde, que, com expressão lúgubre no rosto,
me disse:

"Amanhã, meu amigo, devemos nos despedir. Você retornará a
sua bela Inglaterra, e eu preciso realizar um trabalho que, dependen-
do do desfecho, tornará improvável nosso reencontro. Sua carta já
foi enviada; amanhã, não estarei mais aqui, mas deixarei tudo pronto para sua viagem. Pela manhã, chegarão os *szgany*, que ainda têm
tarefas a executar aqui, e também alguns eslovacos. Depois que partirem, minha carruagem virá buscá-lo e o levará até o Borgo, para
tomar a diligência de Bucovina a Bistrita. Espero, porém, que possa
um dia retornar ao Castelo Drácula."

Desconfiado, decidi testar sua sinceridade. Sinceridade! Associar a
palavra a tal monstro é como profaná-la. Perguntei à queima-roupa:

"Por que não posso partir hoje à noite?"

"Porque, caro senhor, meu cocheiro e os cavalos estão ocupados
em missão."

"Mas não me incomodo de caminhar. Gostaria de partir o quanto
antes." Sorriu — sorriso suave e diabólico, que serviu para me confirmar que havia algum embuste por trás de sua delicadeza. Ele indagou:

"E a sua bagagem?"

"Não me importo com ela. Posso mandar buscá-la depois."

O conde se levantou e, com cortesia tão dócil que cheguei a duvidar de sua falsidade, disse:

"Vocês ingleses têm um ditado que muito me agrada, pois seu
espírito é o mesmo que rege nossos boiardos: 'Acolha o que chega,

apresse o que parte". Venha comigo, meu caro e jovem amigo. Você não há de permanecer mais uma hora sequer contra sua vontade em minha casa, embora esteja triste com sua partida e seu desejo repentino de ir embora. Venha!"

Com imponente seriedade, avançou com a lamparina na minha frente e desceu as escadas, cruzando o vestíbulo. De repente, estacou.

"Ouça!"

Ouvi lobos uivarem bem perto. Foi como se o som surgisse com o gesto de sua mão, como a música de uma grande orquestra conduzida por hábil maestro. Após breve pausa, caminhou imponente até a porta, removeu as pesadas travas, deslizou as correntes maciças e começou a abri-la.

Fiquei pasmo ao descobrir que estava aberta o tempo todo. Desconfiado, olhei ao redor, mas não vi nem sinal da chave. Conforme abria a porta, o uivo dos lobos lá fora ficava mais alto e mais feroz; abriam as bocarras vorazes, exibiam gengivas cor de sangue e caninos protuberantes. Pulavam contra a fresta da porta entreaberta, projetando as garras afiadas. Percebi então que, naquele momento, era inútil contrariar o conde. Se ele contava com aliados como aqueles, não havia nada que pudesse fazer. No entanto, a porta se abria lentamente e apenas o corpo do conde impedia a entrada dos lobos. Ocorreu-me então que talvez aquela fosse a hora e a causa da minha morte; seria devorado pelos lobos, como consequência de minha própria bravata. Era uma ideia perversamente diabólica, digna do conde. Como último recurso, gritei:

"Feche a porta, posso esperar até amanhã de manhã!", exclamei e cobri o rosto para esconder minhas lágrimas de amarga decepção. Com gesto violento, o conde fechou a porta e o ressoar dos trincos voltando para seus lugares ecoou pelo salão.

Em silêncio, regressamos para a biblioteca e, após alguns minutos, me recolhi aos meus aposentos. O conde beijou a própria mão como gesto de despedida e essa foi a última imagem que tive dele. Havia um brilho avermelhado de triunfo em seus olhos e abriu sorriso capaz de deixar Judas orgulhoso no inferno.

Já estava no meu quarto, me preparando para deitar, quando ouvi sussurros vindos da minha porta. Caminhei sem fazer barulho e tentei escutar. A não ser que meus ouvidos tenham me enganado, julguei ouvir a voz do conde:

"Voltem, voltem para seus lugares! A hora de vocês ainda não chegou. Esperem! Tenham paciência! A noite hoje é minha. Amanhã, será de vocês!"

Ouvi risos abafados e suaves e, num acesso de fúria, abri a porta de supetão. As três mulheres estavam paradas, lambendo os lábios. Ao me notarem, explodiram em terrível gargalhada e sairam correndo.

Tornei a fechar a porta e me prostrei de joelhos no chão. Então o fim se aproxima! Amanhã! Amanhã! Deus, me ajude, e ajude aqueles que me amam!

---

30 de junho, manhã

Estas podem ser as últimas anotações que faço neste diário. Acordei pouco antes da alvorada e logo me ajoelhei, preparado para a Morte.

Depois, senti uma mudança sutil no ar e soube que o sol já tinha raiado. Quando ouvi o cantar do galo, soube que estava seguro. Com alegria no coração, abri a porta e desci correndo até o vestíbulo. Vira que a porta estava aberta e agora podia escapar. Com as mãos trêmulas de ansiedade, deslizei as correntes e abri as pesadas travas.

Mas a porta não se mexeu. Entrei em desespero. Puxei repetidas vezes, sacudi com força até que ela, embora pesada, chegou a tremer nos caixilhos. Vi que estava trancada. O conde deve tê-la fechado à chave depois que nos despedimos.

Fui tomado pelo desejo insano de obter a chave de qualquer maneira e decidi escalar a parede do castelo novamente para invadir o quarto do conde. Ele poderia me matar, mas a morte me parecia o menor dos males. Sem delongas, corri até a janela da ala leste, escalei a parede e entrei no seu quarto. Estava vazio, como eu esperava. Não consegui localizar a chave, mas notei que a pilha de moedas de ouro permanecia intacta no mesmo lugar. Abri a porta no canto do quarto, desci as escadas e avancei pelo túnel escuro até a velha capela. Agora eu já sabia muito bem onde encontrar o monstro.

A caixa continuava no mesmo lugar, próxima da parede, mas a tampa agora estava sobre ela, com os pregos posicionados em seus devidos lugares, pronta para ser fechada. Como teria que vasculhar os bolsos do conde para encontrar a chave, levantei a tampa, escorando-a contra a parede. Então vi uma cena que encheu minha alma de horror. O conde estava deitado lá dentro, como da outra vez, mas exibia agora a aparência de um homem mais jovem. O cabelo e o bigode, que antes eram brancos, tinham tom cinza-escuro; o rosto estava mais cheio e a pele branca encobria um viço corado. Os lábios, mais vermelhos do que nunca, salpicados com gotas de sangue fresco que escorriam pelos cantos da boca, desciam pelo queixo e pescoço. Até mesmo os olhos flamejantes pareciam menos encovados; as pálpebras inferiores e superiores estavam inchadas. A criatura medonha parecia repleta de sangue. Jazia como uma sanguessuga repugnante, exausta após farto repasto. Senti calafrios ao me debruçar sobre ele e, ao tocá-lo, fui tomado por náusea profunda. Mas precisava vasculhar seu corpo em busca da chave, era minha única chance de salvação. Caso contrário, naquela mesma noite, eu seria o banquete das três irmãs pavorosas. Tateei o corpo todo do conde, mas nem sinal da chave. Por fim, desisti, e contemplei sua face. Havia um sorriso zombeteiro naquele rosto inchado que me tirava completamente do sério. Ali estava a criatura que ajudara a estabelecer residência em Londres — onde, talvez, pelos séculos vindouros, em meio à multidão fervilhante da cidade, haveria de saciar sua sede de sangue e criar novo e sempre crescente exército de seres demoníacos para se refestelar com os indefesos. A mera ideia era o bastante para me levar às raias da loucura. O desejo incontrolável de livrar o mundo de tal criatura se apoderou de mim. Não havia arma por perto, então apanhei uma das pás decerto usadas pelos operários para encher as caixas, ergui-a bem alto, e golpeei aquele rosto odioso com toda a minha força. Mas, no exato momento em que desferi o golpe, o conde mexeu a cabeça e seus olhos me encararam, queimando de fúria. Paralisei de horror. A pá estremeceu em minha mão, afastou-se do rosto do conde e abriu somente um corte profundo na testa, antes de escorregar sobre a caixa. Quando a empurrei, a lâmina prendeu na borda da tampa, que caiu sobre a caixa, ocultando a criatura monstruosa. O último vislumbre que tive foi do seu rosto intumescido e manchado de sangue, crispado em sorriso diabólico digno das mais tenebrosas profundezas do inferno.

Esforcei-me para definir qual poderia ser meu próximo passo, mas minha cabeça parecia pegar fogo e senti o desespero me tomar cada vez mais. De repente, ouvi ao longe uma canção cigana entoada por vozes alegres. O som se aproximava e, com as vozes, pude distinguir o barulho das rodas pesadas e o estalar de chicotes; eram os *szgany* e os eslovacos que o conde mencionara na véspera. Pela última vez, olhei ao redor e contemplei a caixa onde repousava a vil criatura. Em seguida, escapei às pressas daquele lugar e regressei aos aposentos do conde, determinado a fugir do castelo assim que a porta principal fosse aberta.

Concentrado, apurei os ouvidos, escutei o som de chave girando e da porta sendo aberta. Ou existiam entradas alternativas ou algum deles tinha a chave. Ouvi em seguida o eco de vários passos atravessarem o vestíbulo e desaparecerem rumo a alguma passagem. Virei-me para regressar às criptas, onde poderia encontrar uma saída, mas naquele exato momento adveio uma rajada de vento, que fez bater a porta que dava para a escada com tanta violência que varreu a poeira dos lintéis. Quando corri para abri-la, constatei que estava irremediavelmente trancada. Eu era mais uma vez prisioneiro e o cerco das trevas se fechava ao meu redor.

Enquanto escrevo estas linhas, ouço na passagem subterrânea o som de vários passos e o barulho de fardos pesados movidos de lugar, na certa as caixas cheias de terra. Ouço martelos se chocarem contra pregos, provavelmente estão fechando a caixa onde Drácula repousa. O som de passos mais vagarosos arrastando-se pelo corredor é seguido de passos mais leves, vindos logo depois.

Ouço a porta se fechar e as correntes voltarem ao seu lugar; escuto o som da chave girar na fechadura e ser removida. Outra porta se abre e se fecha, e se repetem os sons de chaves e trancas.

As carroças partem do pátio e avançam pela estrada de pedra — ouço as rodas em movimento, o estalar de chicotes e a cantoria cigana se perder na distância.

Estou sozinho no castelo com aquelas pavorosas mulheres. Chamá-las de "mulheres" é até uma ofensa à Mina. Não são mulheres, são demônios das profundezas do inferno! Recuso-me a ficar sozinho com elas; vou tentar escalar a parede do castelo e cobrir uma distância maior do que ousei até agora. Vou levar algumas moedas de ouro, pois posso precisar de dinheiro caso escape deste lugar tenebroso.

Voltar para casa, quem sabe? Embarcar no próximo trem! Para longe deste pesadelo, desta terra amaldiçoada, onde o demônio e sua prole perambulam em suas formas humanas!

A misericórdia de Deus é maior do que a desses monstros. O precipício é íngreme e o abismo profundo. Lá embaixo, um homem pode encontrar repouso eterno — como homem. Adeus, amigos! Adeus, Mina!

CAPÍTULO V

Carta da srta. Mina Murray para a srta. Lucy Westenra

9 de maio

BRAM STOKER

Minha querida Lucy,

Perdoe minha demora em escrever, mas ando assoberbada de trabalho. A vida de professora assistente às vezes é bem exaustiva. Não vejo a hora de estar com você, à beira-mar, onde poderemos conversar à vontade e sonhar acordadas. Tenho trabalhado com afinco ultimamente, pois quero acompanhar os estudos de Jonathan. Estou treinando bastante minha taquigrafia. Quando nos casarmos, quero ser útil para Jonathan e, se for boa o bastante na estenografia, posso datilografar o que ele me ditar na máquina de escrever — habilidade que, aliás, também tenho praticado com frequência. Costumamos escrever nossas cartas em taquigrafia e ele escreve seu diário de viagem do mesmo modo. Quando for ficar com você, quero escrever um diário, em taquigrafia também. Não quero um desses diários tipo semana-inteira-em-duas-páginas-com-domingo-espremido-no-cantinho e sim um caderno em que possa escrever sempre que tiver vontade. Não creio que o conteúdo vá ser muito interessante para outras pessoas e, seja como for, não escrevo para mais ninguém mesmo. Talvez mostre para Jonathan um dia, se houver algo que valha a pena compartilhar, mas acho que será mais uma espécie de exercício. Quero tentar fazer como as jornalistas: entrevistar pessoas, descrever e recordar o que é dito em conversas. Já me disseram que, com um pouquinho de prática, é possível lembrar tudo o que acontece e que é dito ao longo do dia. Vamos ver, vamos ver. Vou te contar todos os meus planos quando nos encontrarmos. Acabo de receber uma carta meio corrida de Jonathan, lá da Transilvânia. Está bem e parece que volta em uma semana. Estou ansiosa para ouvir as novidades. Deve ser tão bom visitar países exóticos. Será que nós — Jonathan e eu — algum dia embarcaremos em uma viagem assim, juntos? O sino das dez me chama. Adeus.

Com carinho,
Mina

P.S.: Conte-me todas as novidades quando escrever. Há muito tempo que você não me conta nada. Ouvi rumores, especialmente sobre um rapaz alto, bonitão e de cabelos cacheados...

CARTA de Lucy Westenra para Mina Murray

Chatham Street, n. 17
Quarta-feira

Minha querida Mina,

Devo dizer que sua acusação de eu ser má correspondente é *muito* injusta. Já escrevi para você *duas vezes* desde que nos vimos da última vez e você acaba de me enviar só agora sua *segunda* carta. Além do mais, não tenho nada para contar. Nenhum assunto interessante. A cidade está bem agradável, temos ido bastante aos museus e ao parque. Quanto ao bonitão alto de cabelos cacheados, deve ter sido meu acompanhante no último Concerto Popular. Alguém inventou histórias para você, só pode ser. É o sr. Holmwood, que tem nos visitado com frequência; ele e mamãe se dão muitíssimo bem, nunca vi terem tantos assuntos em comum. Conhecemos um sujeito que seria perfeito para você, se já não estivesse noiva de Jonathan. É excelente partido, bonito, rico e de boa família. É médico e muito inteligente. Imagine só: tem apenas vinte e nove anos e já administra um manicômio imenso. Foi o sr. Holmwood quem nos apresentou, ele veio nos visitar depois e tem vindo sempre desde então. Acho que é um dos homens mais determinados que já vi, mas, ao mesmo tempo, o mais sereno. Parece ter calma imperturbável.

Imagino que exerça domínio extraordinário sobre seus pacientes. Tem o hábito peculiar de encarar as pessoas bem nos olhos, como se tentasse ler nossos pensamentos. Sempre tenta isso comigo, mas é sem falsa modéstia que digo ser osso duro de roer. Sei pelo meu espelho. Você já tentou ler seu próprio rosto? Eu já, e posso dizer que não é um estudo inútil, mas dá muito mais trabalho do que você pode imaginar se nunca tentou. Ele disse que constituo um estudo psicológico muito interessante e, humildemente, acho que tem razão. Não me interesso muito por moda, bem sabe, para poder te descrever as novidades em termos de estilo. Moda é uma maçada. Eu sei, outra gíria, mas não tem problema; Arthur vive falando isso. Pronto, aí está. Mina, sempre contamos nossos segredos uma para a outra, desde pequenas; dormimos juntas, comemos juntas, rimos e choramos juntas e agora, embora já tenha dito tudo, quero dizer mais. Ah, Mina, você não adivinhou? Estou apaixonada por ele. Fico corada só de escrever, pois, embora ache que sou correspondida, ele ainda não se declarou para mim. Mas, ah, Mina, eu o amo, eu o amo, eu o amo! Pronto, me fez bem colocar para fora. Queria tanto estar com você, minha querida, sentada junto à lareira como fazíamos depois de trocar de roupa, para tentar explicar o que sinto. Não sei como estou conseguindo escrever isso, mesmo que para você. Tenho medo de parar e rasgar a carta, e não quero parar, pois quero muito te contar tudo. Responda-me depressa, diga-me o que acha disso. Mina, vou parar por aqui. Boa noite. Peça por mim em suas orações, Mina, reze pela minha felicidade.

Lucy

P.S.: Nem preciso dizer que isso é segredo. Boa noite mais uma vez.

L.

Carta de Lucy Westenra para Mina Murray

---

24 de maio

Minha querida Mina,

Mais uma vez, muitíssimo obrigada pela sua carta tão doce. Foi muito bom poder me abrir com você e ter seu apoio.

Minha querida, desgraça pouca é bobagem. Como são verdadeiros os velhos provérbios. Aqui estou, prestes a fazer vinte anos em setembro, sem nunca ter recebido um pedido de casamento, e eis que hoje recebo três. Você pode imaginar? TRÊS pedidos de casamento em um só dia! Não é terrível? Estou arrasada, de verdade, só de pensar nos dois pobrezinhos que tive que recusar. Ah, Mina, estou tão feliz, não consigo me conter de tanta alegria. Três pedidos! Mas, pelo amor de Deus, não comente nada com as meninas, senão podem alimentar ideias extravagantes e se sentir ofendidas e magoadas se não arrumarem pelo menos seis pretendentes assim que entrarem de férias. Algumas garotas são tão vaidosas! Já nós, Mina querida, que estamos noivas e prestes a nos tornar sóbrias mulheres casadas, podemos desprezar a vaidade. Bem, preciso contar sobre os três, mas tem que guardar segredo, querida, não pode contar para *ninguém*, a não ser para Jonathan, é claro. Imagino que vá contar a ele, porque é o que eu faria; se estivesse em seu lugar, certamente contaria a Arthur. Uma mulher deve contar tudo ao seu marido, você não acha, minha amiga? Preciso ser justa. Os homens decerto gostariam que fôssemos justas como eles, especialmente suas esposas. Mas receio que as mulheres nem sempre o sejam. Bem, minha querida, o número um apareceu pouco antes do almoço. Já lhe falei sobre ele; é o dr. John Seward, o médico que cuida do manicômio. Ele tem maxilar forte e boa testa. Parecia muito despretensioso, mas devia estar uma pilha. Aposto que ensaiou passo a passo o que fazer, pois se esforçou para lembrar de cada detalhe. No entanto, mesmo assim, quase sentou sem querer em cima do seu chapéu, coisa que os homens não fazem quando agem de forma casual. Para parecer descontraído, não parava de brincar com o bisturi e aquilo foi me dando nos nervos. Ele foi bem direto, Mina. Disse que gostava muito de mim, embora me conhecesse tão pouco, e que já conseguia imaginar como seria sua vida comigo ao seu lado para ajudá-lo e alegrá-lo. Pôs-se a dizer o quão infeliz ficaria caso eu não correspondesse aos seus sentimentos, mas, quando me viu chorar, admitiu ter sido insensível e que não queria me perturbar. Após breve pausa, perguntou de supetão se eu poderia vir a gostar dele com o tempo e quando fiz um gesto negativo com a cabeça, suas mãos tremeram. Ele me perguntou então, hesitante, se eu por acaso gostava de outra pessoa. Foi muito educado, garantiu que não queria arrancar uma confidência à força, mas só desejava saber se meu coração estava livre pois, nesse caso, poderia ainda ter esperanças. Então, Mina, achei que tinha o dever de contar que gostava de outra pessoa. Não falei quem era, e ele logo se levantou. Muito firme e muito sério, segurou minhas mãos e disse que esperava que eu fosse feliz, e que sempre que precisasse de um amigo, poderia contar com ele entre os mais devotos. Ah, querida Mina, não consigo segurar o choro: há de me perdoar esta carta toda manchada. Ser pedida em casamento é muito bom e coisa e tal, mas não tem nada pior do que ver um pobre coitado, que ama você de verdade, indo embora com o coração partido e saber que, não importa o que ele possa ter dito na hora, você está fora de sua vida para sempre. Minha querida, vou parar por aqui, me sinto péssima, embora esteja muito feliz.

Noite

Arthur saiu daqui agora e estou bem melhor do que quando interrompi a carta. Posso continuar contando como foi o dia. Bem, minha cara, o número dois chegou depois do almoço. É ótimo rapaz, americano do Texas, e parece tão jovem que custo a crer que esteve em tantos lugares diferentes e viveu tantas aventuras. Agora entendo a pobre Desdêmona, seduzida pelas intrépidas aventuras de Otelo! Acho que nós, mulheres, somos tão covardes que quando encontramos um homem que julgamos capaz de nos proteger de nossos medos, logo casamos com ele. Agora sei o que faria se fosse homem e quisesse conquistar uma mulher. Quer dizer, na verdade, não sei, pois lá estava o sr. Morris me relatando seus feitos, ao passo que Arthur jamais me contou uma proeza sequer e, mesmo assim... Minha querida, me precipito. Vamos retomar do começo. Quando o sr. Quincey P. Morris veio me ver, estava sozinha. Parece que os homens sempre dão um jeito de encontrar as mulheres sozinhas. Se bem que não, nem sempre: Arthur tentou duas vezes sem sucesso, e olha que ajudei como pude, agora posso dizer sem constrangimento. Preciso dizer de antemão que o sr. Morris nem sempre usa tantas gírias — ou melhor, ele nunca usa com estranhos ou na frente deles, pois é muito bem-educado e tem excelentes modos. Mas soube que suas gírias americanas me divertem, e sempre que está a sós comigo e não tem ninguém por perto para se escandalizar, ele diz essas coisas engraçadas. Às vezes, tenho a impressão de que inventa tudo isso, pois é impressionante como parecem encaixar em tudo o que diz. É a peculiaridade das gírias, suponho. Não sei se vou usá-las um dia; não sei se Arthur aprovaria, pois nunca o vi falando uma sequer. Bem, voltando: o sr. Morris sentou-se ao meu lado e, mesmo parecendo alegre e entusiasmado, percebi que estava muito nervoso.

Ele então segurou minha mão na sua e disse, com toda a gentileza do mundo: "Srta. Lucy, sei que não sirvo para amarrar seus cadarços, mas acho que, se ficar à espera de um homem à sua altura, vai morrer à míngua. Não gostaria de juntar os trapos comigo?".

Ele parecia tão bem-humorado e alegre que não foi tão penoso recusar seu pedido como foi com o coitadinho do dr. Seward. Respondi, com toda a delicadeza, que já era grandinha e não precisava de ajuda para amarrar os cadarços, e que podíamos continuar amigos, mas cada um com seus trapos. O sr. Morris então disse que, embora tenha feito o pedido de forma despretensiosa, aquela era uma ocasião solene para ele e, caso tivesse me ofendido, pedia perdão. De fato, parecia sério e não pude deixar de ficar um pouco séria também, embora, por dentro, sentisse certa euforia por ser pedida em casamento duas vezes em um único dia. Você vai me achar uma namoradeira inveterada, mas é verdade. Então, minha querida, antes que pudesse abrir a boca novamente, desatou a fazer as mais apaixonadas declarações de amor, prostrando-se aos meus pés de corpo e alma. Havia tamanha solenidade em sua franqueza que nunca mais vou cair na armadilha de achar que homens muito brincalhões não conseguem levar nada a sério. Creio, porém, que detectou algo em meu rosto, pois de repente fez uma pausa e em seguida afirmou, com fervor varonil, que eu o amaria se já não amasse outra pessoa: "Lucy, você é uma garota honesta e de bom coração, sei disso. Não estaria aqui agora me declarando para você se não a considerasse uma joia rara, raríssima. Agora me diga, com franqueza, você gosta de outra pessoa? Se gostar, prometo não mais te cacetear com esses assuntos de romance, e ofereço, em troca, minha amizade eterna e leal".

Minha querida Mina, por que os homens são tão nobres quando nós fazemos tão pouco para merecê-los? Lá estava eu, debochando daquele cavalheiro tão digno e de bom coração. Estou agora aos prantos — você decerto vai considerar esta carta verdadeira mixórdia, em vários sentidos — e me sinto muito mal mesmo. Por que não deixam que uma garota se case com três homens, ou tantos quantos queiram se casar com ela, para evitar todo esse drama? Sei que é heresia e que não devo repetir isso. Bem, graças a Deus consegui olhar o sr. Morris nos olhos e lhe dizer, sem rodeios, apesar de ainda chorar: "Sim, amo outra pessoa, embora ele ainda não tenha dito sentir o mesmo". Fiz bem em falar com toda sinceridade, pois seu rosto se iluminou e ele tomou minhas mãos nas suas — ou eu as estendi, não me recordo — e me disse, em um tom caloroso e amável: "Esta é minha Lucy valente. Prefiro chegar atrasado na disputa pelo seu coração do que a tempo para ganhar o de qualquer outra garota. Não chore, minha querida. Se é por minha causa, saiba que sou osso duro de roer; isso não vai me abalar. Se esse outro sujeito ainda não sabe o quanto é sortudo, é bom que descubra logo, ou vai ter que se ver comigo. Minha doce garota, sua franqueza e coragem ganharam minha amizade, e um amigo de verdade é mais do que um pretendente; mais altruísta também. Minha querida, de hoje até o Juízo Final minha caminhada será muito solitária. Posso lhe pedir ao menos um único beijo? Seria um lampejo de luz, para afastar as trevas de vez em quando. Você pode me beijar, se quiser, pois ainda não está comprometida com esse outro gentil cavalheiro — deve ser um gentil cavalheiro, minha cara, excelente sujeito, ou você não poderia amá-lo". As palavras dele me convenceram, Mina, pois foi de fato corajoso, dócil e nobre com seu rival, você não acha? Ainda mais por estar visivelmente arrasado. Eu me inclinei e o beijei. Depois, levantou-se com minhas mãos ainda entre as suas, me olhou, na certa percebeu meu rosto em chamas e disse: "Minha doce garota, seguro suas mãos e ainda sinto seu beijo. Se isso não nos fizer amigos, nada mais fará. Muito obrigado pela sua sinceridade e doçura. Adeus". Soltando minhas mãos, pegou o chapéu e foi embora sem olhar para trás, sem uma lágrima, uma hesitação, uma pausa. E eis-me aqui, me debulhando de tanto chorar. Ai, por que um homem como ele deve sofrer quando existem por aí dezenas de garotas que haveriam de se jogar aos seus pés? Eu certamente o faria se estivesse livre — acontece que não quero estar livre. Minha querida, essa história me chateou tanto que não consigo escrever sobre coisas mais alegres agora, logo depois de ter lhe contado isso. Só vou conseguir falar sobre o número três quando estiver mais contente.

Com amor sempre,
Lucy

P.S.: Ah, sobre o número três: não preciso contar quem é, não é mesmo? Além do mais, foi tudo tão confuso que, quando dei por mim, ele já me enlaçava em seus braços e me beijava. Estou muito, muito, mas muito feliz e não sei o que fiz para merecer tamanha felicidade. Daqui em diante, preciso mostrar a Deus o quanto sou grata pela benção de ter me enviado um amor, um marido e um amigo tão extraordinário. Adeus.

Diário do dr. Seward

(GRAVADO EM FONÓGRAFO)

25 de maio

Totalmente sem apetite hoje. Não consigo comer, não consigo descansar, então a melhor coisa a fazer é voltar para o diário. Desde que fui rejeitado ontem, sinto imenso vazio; nada do mundo me parece importante o suficiente ou me insta a ação... Sabendo que a única cura possível para esse sentimento era o trabalho, fui fazer a ronda dos meus pacientes. Decidi ir ter com um que tem me proporcionado um estudo de caso bem interessante. Ele é tão peculiar que estou determinado a compreendê-lo o máximo que puder. Hoje me aproximei mais do que havia logrado até agora do cerne desse mistério.

Pus-me a entrevistá-lo de maneira mais minuciosa do que fizera até então, buscando compreender as causas de seus delírios. Agora, em retrospecto, vejo que fui um pouco cruel com ele. Tentei colocá-lo às raias de sua loucura — coisa que normalmente evito tanto quanto as portas do inferno. (Nota: em quais circunstâncias eu *não* evitaria as portas do inferno?) *Omnia Romae venalia sunt.*[1] O inferno tem seu preço! *verb. sap.*[2] Se meu instinto estiver correto, existe algo importante a ser rastreado nesse paciente, e de forma *precisa*; então, melhor não deixar para amanhã o que posso e devo fazer hoje:

R. M. Renfield, 59 anos. Temperamento sanguíneo;[3] grande força física; morbidamente excitável; apresenta períodos de melancolia que acabam por deflagrar advento de ideia fixa que não consigo compreender. Suponho que o temperamento sanguíneo em si, aliado à influência perturbadora, culminem em quadro de comprometimento mental. É potencialmente perigoso, quiçá ainda mais se altruísta. Nos pacientes egoístas, a cautela é uma armadura que garante a própria segurança e a de seus

---

1 "Tudo em Roma pode ser comprado", em tradução livre. Citação de Juvenal, de *As Sátiras*.
2 Abreviação do provérbio latino *Verbum satis sapiendi*, que pode ser traduzido como "Uma palavra é suficiente para o sábio".
3 A teoria dos quatro temperamentos foi muito popular na medicina. Teria surgido com o grego Empédocles e seriam, além do já citado sanguíneo, colérico, melancólico e fleumático. [NE]

inimigos. O que posso aduzir até o momento é: quando o ego é o ponto fixo, a força centrípeta equilibra com a centrífuga; quando o ponto fixo é um dever, uma causa etc., a força centrífuga acaba predominante e somente um acidente, ou uma série de acidentes, poderia equilibrá-la.

CARTA *de Quincey P. Morris ao Ilmo. Arthur Holmwood*

---

25 de maio

Meu caro Art,

Já contamos histórias ao redor da fogueira em pradarias, cuidamos dos ferimentos um do outro após aquele desembarque infeliz nas Marquesas e brindamos à nossa saúde às margens do Titicaca. Pois bem: tenho mais histórias para contar, outros ferimentos que aguardam seus cuidados e mais um brinde a ser feito. Podemos reviver nossos dias de acampamento amanhã à noite? Convido-o por saber que determinada donzela já está comprometida com um jantar amanhã e que você estará livre. Também chamei nosso velho camarada dos tempos da Coreia, Jack Seward. Ele já disse que vem, para compartilharmos lágrimas e vinhos e brindarmos ao homem mais feliz do mundo: aquele que conquistou o coração mais nobre já criado por Deus, o mais digno de ser conquistado. Prometemos acolhida calorosa, recepção afável e um brinde certo como a morte. Se beber além da conta, não se preocupe: devolveremos você são e salvo para certo par de belos olhos. Estaremos à sua espera!

Seu amigo, de e para sempre,
Quincey P. Morris

TELEGRAMA *de Arthur Holmwood para Quincey P. Morris*

---

26 de maio

Conte comigo sempre. Tenho novidades que vão fazer zumbir seus ouvidos.

Art

CAPÍTULO VI

Diário de Mina Murray

24 de julho, W HITBY

BRAM STOKER

L UCY foi me buscar na estação, mais doce e graciosa do que nunca, e me levou até a propriedade de sua família, no Crescent. É um local adorável. O pequeno rio, que se chama Esk, corta o vale profundo e se alarga conforme se aproxima do porto. É atravessado por grande viaduto com altas pilastras que confundem nossa percepção de distância da paisagem. O vale é belíssimo, verdejante e tão profundo que, de uma de suas encostas, tem-se a impressão de que a diametralmente oposta fica logo adiante. Só percebemos o abismo que as separa quando estamos bem perto de sua beira. As casas na cidade antiga, na margem oposta à nossa, têm telhados vermelhos e parecem empilhadas umas sobre as outras, como nas pinturas que vemos de Nuremberg. Pairando sobre a cidade estão as ruínas da abadia de Whitby, saqueada pelos dinamarqueses e cenário do trecho em que a moça é emparedada viva em "Marmion". É uma ruína grandiosa, imensa, repleta de recantos belos e românticos. Diz a lenda que uma mulher vestida de branco pode ser vista em uma de suas janelas. Entre a abadia em ruínas e a cidade, encontra-se a igreja da paróquia, cercada por vasto cemitério coberto de lápides. Para mim, é o ponto mais agradável de Whitby; sua posição privilegiada sobre a cidade permite contemplarmos o porto e a baía, onde o promontório chamado de Kettleness se espraia mar adentro. Projeta-se tão íngreme sobre o porto que parte da encosta desabou, destruindo algumas lápides. Em um trecho, parte da cantaria dos túmulos se estende até a estrada de areia lá embaixo. No pátio da igreja há bancos espalhados e muitos passam os dias ali, contemplando a bela paisagem e aproveitando a brisa fresca. Eu mesma pretendo vir bastante aqui sozinha para trabalhar. É o que estou fazendo agora, com o caderno apoiado nos joelhos, ouvindo a conversa de três senhores de idade, ao meu lado. Tenho a impressão de que não fazem mais nada além de se reunir por estas bandas para conversar.

O porto jaz aos meus pés e, na outra ponta do cais, extensa parede de granito parece invadir o mar, fazendo uma curva na extremidade, onde se localiza um farol. Um maciço quebra-mar se alonga em toda a extensão, com outro farol no lado oposto. Entre as duas pilastras, há uma entrada estreita para o porto, que se alarga conforme avançamos em direção à margem. É bonito na maré alta, mas quando está baixa não há muito para se ver além do fluxo do Esk, que corre entre bancos de areia pedregosos. Fora do porto, ergue-se grande recife, que desponta por detrás do farol ao sul. Há também uma boia com sino que soa nos dias em que o tempo está ruim, ecoando o lúgubre som do vento. Uma lenda local conta que o sino anuncia a catástrofe sempre que um navio se perde no mar. Há um velho senhor vindo em minha direção; vou perguntar a ele...

É um sujeito peculiar. Deve ser bem velho, pois seu rosto é nodoso e retorcido como a casca de árvore. Diz ter quase cem anos, também me contou que foi marinheiro na frota pesqueira da Groenlândia, na batalha de Waterloo. Receio que seja pessoa muito cética, pois quando lhe perguntei sobre os sinos em alto-mar e a mulher de branco na abadia, respondeu bruscamente:

"Eu não perderia meu tempo com essas coisas, não, dona. É tudo coisa morta e enterrada. Veja bem, não digo que não tenha acontecido, mas, se aconteceu, foi bem antes do meu tempo. É balela pros curiosos e pros desocupados, não pruma dona fina que nem a senhora. Historinha pra turistada de York e Leeds, que vem pra cá comer arenque defumado e beber chá e acredita em qualquer coisa. Eu mesmo já me peguei perguntando quem é que contou isso pra eles. Nem os jornais caem nessa, e olha que os jornais vivem cheios de besteira." Julguei que podia aprender coisas interessantes com ele, perguntei sobre a pesca baleeira de antigamente. Ele estava prestes a se acomodar ao meu lado para me contar quando soaram as seis badaladas do relógio. Levantou-se com dificuldade e explicou:

"Tenho que voltar pra casa agora, dona. Minha neta não gosta de esperar com o chá pronto e até eu descer todo esse monte de degraus, vou com certeza me atrasar. Gosto de ter hora pra comer, dona."

Ele se afastou e, mesmo mancando, pude vê-lo tentar descer os degraus com pressa. Os degraus são um dos destaques da paisagem. São centenas — não sei ao certo quantos — e ligam a cidade à igreja, em curva delicada; a subida é tão suave que é possível fazer o percurso a cavalo sem o menor sacrifício do animal. Acho que, originalmente, estavam de alguma forma ligados à abadia. Vou voltar para casa agora também. Lucy e a mãe sairam para fazer algumas visitas, mas, como eram apenas formalidades, decidi não ir junto. A essa altura, já devem ter voltado.

1º de agosto

Voltei ao cemitério com Lucy há uma hora e tivemos uma conversa muito interessante com meu velho conhecido e dois colegas dele, que se juntaram a nós. Ele claramente é o Sabichão do grupo e, em seus tempos de mocidade, deve ter sido um sujeito bastante ditatorial. Não acredita em nada e zomba de todo mundo. Quando não tem argumentos, implica com os outros e toma o silêncio de seus interlocutores como concordância. Lucy estava muito bonita em seu vestido branco de algodão; ganhou uma bela cor desde que chegou a Whitby. Notei que os velhinhos não perderam tempo e logo se apressaram para se sentar perto dela quando nos acomodamos no banco. É tão doce com pessoas idosas. Tenho a impressão de que se enamoram por ela na hora. Até mesmo o meu velho camarada sucumbiu aos seus encantos e não a contradisse nem uma vez, concentrando toda sua implicância em mim. Quando perguntei sobre as lendas locais, imediatamente me deu uma espécie de sermão. Vou tentar lembrar de tudo para fazer a transcrição fiel aqui:

"Ora, isso tudo é conversa pra boi dormir, uma besteirada sem tamanho. Essas maldições, fantasmas e duendes, é tudo historinha pra assustar criança e mulher sem juízo. Não passa de lorota. As aparições e todo o resto, tudo coisa inventada ou por gente mal-intencionada e metida a culta ou por andarilhos à toa, pra apavorar desocupados. Fico danado da vida só de pensar. Ora bolas, não basta publicar essa mentirada nos jornais e cuspir sermões nas igrejas, ainda vêm escrever mentira aqui nos túmulos. Só olhar aqui em volta, pra qualquer lado que quiser. Todos esses túmulos, empinados de orgulho, chegam a estar tortos com o peso das mentiras escritas neles! É um tal de 'aqui jaz o corpo de fulano' pra cá e 'em memória do estimado beltrano' pra lá, quando, a bem da verdade, metade não tem ninguém dentro e a outra metade tem uma gente que não era lembrada nem em vida, quem dirá ser estimada! Tudo mentira, só mentira, de um jeito ou de outro! Deus do céu, que balbúrdia vai ser no dia do Juízo Final quando esse povo todo surgir se tropeçando nas mortalhas, tentando arrastar as lápides pra mostrar que são bonzinhos. Tremendo, escorregando, com as mãos viscosas de tanto tempo debaixo do mar, cortando um dobrado pra caminhar em linha reta!"

Pude notar pelo ar de satisfação vaidosa do velhote e pelo modo como olhava ao redor, à espera da aprovação dos seus camaradas, que estava "se exibindo", então decidi dar corda:

"Ah, sr. Swales, o senhor não pode estar falando sério. Não é possível que todas as lápides sejam mentirosas!"

"Provavelmente! A de um ou outro pobre-diabo pode estar certa, tirando o exagero, pois tem gente que gosta de dourar a pílula, sobretudo a pílula de si mesmo. Mas o resto todo é mentira, sim. Olha, você, que é de fora, vem aqui e vê essa igreja." Concordei com a cabeça, para que continuasse falando. Ele prosseguiu: "Você imagina que debaixo desses túmulos tem gente enterrada, como manda o figurino, aí embaixo, certo?". Assenti mais uma vez. "É aí que mora a mentira. Ora, a maioria delas é mais vazia do que copo de cerveja sexta-feira à noite no pub." Ele cutucou um dos seus companheiros e todos riram. "E Deus do céu! Como seria diferente? Olha aquele ali, o último, leia!" Fui até o túmulo e li em voz alta:

"'Edward Spencelagh, mestre-marinheiro, assassinado por piratas na costa de Andres em abril de 1854, 30 anos.'" Voltei para perto do sr. Swales, que continuou:

"Quem o trouxe pra casa, veja bem, quem o enterrou ali? Assassinado na costa de Andres! E você acha mesmo que o corpo está enterrado aqui? Ora, posso te nomear uma dúzia de ossos que estão nos mares da Groenlândia lá em cima" — apontou pro norte — "ou pra onde quer que as correntes os tenham levado. E os túmulos aqui! Você consegue, com seus jovens olhinhos, ler as letras miúdas das mentiras gravadas aqui. Este Braithwaite Lowrey. Conheci o pai dele, morto no Lively em 1820, na Groenlândia. E esse Andrew Woodhouse, morto no mesmo lugar, em 1777. E esse John Paxton aqui, afogado em cabo Farvel no ano seguinte, e o velho John Rawlings... o avô dele navegou comigo e morreu afogado no golfo finlandês em 1850. A dona acha mesmo que esses homens todos vão voltar correndo pra Whitby quando soarem as trombetas do Juízo Final? Duvido! Pois vou lhe dizer: quando chegarem aqui trocando as pernas, vai ser um espetáculo digno das brigas no gelo de antigamente, um tropeçando no outro, sem que ninguém consiga ficar em pé, todos se atracando madrugada adentro até os primeiros raios da aurora boreal." Devia ser alguma piada local, pois o velhote riu desbragadamente e seus companheiros gargalharam junto.

"Mas o senhor se engana", ponderei, "pois parte do princípio que todos esses pobres coitados, ou suas almas, vão levar suas lápides consigo no dia do Juízo Final. Acha mesmo que isso é necessário?"

"Ora, e pra que você acha que servem? Hein, dona?"

"Para agradar os parentes, suponho."

"Agradar os parentes!", exclamou com extremo desdém. "Como poderiam ficar contentes com toda a mentirada escrita nesses túmulos e, o pior, sabendo que todos aqui sabem que nada disso é verdade?"

Ele apontou para a lápide aos nossos pés, sobre a qual o banco se apoiava, próxima à beira do penhasco. "Leia o que está escrito neste túmulo", disse. As letras estavam de cabeça para baixo para mim, mas Lucy, no ângulo oposto, inclinou-se e leu em voz alta:

"'Aqui jaz George Canon, morto na esperança de gloriosa ressurreição em 29 de julho de 1873 ao cair do penhasco de Kettleness. Este túmulo foi construído por sua desconsolada mãe, em homenagem ao seu filho amantíssimo.' Ele era filho único e sua mãe era viúva". "Francamente, sr. Swales, não vejo nenhuma graça nisso!", exclamou Lucy, muito séria e em tom um pouco severo.

"Você não vê graça! Rá! Mas isso é por que não sabe que a desconsolada mãe era uma filha do capeta que detestava o filho por ele ser aleijado — o pobre-diabo era deformado como o quê —, e ele não suportava ela também, tanto que preferiu se suicidar só pra ela não receber o seguro de vida. Estourou os miolos com um velho mosquete, a arma que tinham pra espantar corvos. Bem, os corvos ficaram mesmo espantados, mas as moscas e os abutres caíram em cima dele. Foi por isso que despencou do penhasco. Quanto à esperança de ressuscitar um dia, cansei de ouvir ele dizer pra quem quisesse ouvir que esperava ir pro inferno porque sua mãe era tão carola que acabaria no céu e não suportaria passar a eternidade perto da velha. Agora, é ou não uma mentirada?", perguntou, batendo na sepultura com a bengala. "São Pedro vai rolar de rir quando o George aqui aparecer lá em cima todo torto, botando os bofes pra fora, com essa lápide na corcunda como se fosse a mais pura verdade!"

Eu não soube o que dizer, mas Lucy mudou de assunto, levantou-se e disse:

"Ai, por que o senhor foi nos contar isso? É o meu banco favorito, não consigo gostar de outro, e agora vou lembrar sempre que estou sentada sobre o túmulo de um suicida."

"Não vai te fazer nenhum mal, minha flor, e ter uma moça tão bonita sentada no colo dele pode alegrar o pobre George. Mal nenhum. Ora, sento aqui há mais de vinte anos e nunca me aconteceu nadinha. Não se preocupe com o que está ou não está aí embaixo. Quando a hora chegar, aí sim você vai se assustar ao ver esses túmulos se abrindo e o cemitério vazio como o quê! Eis o relógio soando, preciso ir. Até mais ver, donas!" E, assim dizendo, partiu meio trôpego com sua bengala.

O entardecer estava tão belo que Lucy e eu permanecemos mais um pouco sentadas, de mãos dadas. Ela me contou mais uma vez sobre Arthur e sobre os preparativos para o casamento. Senti aperto no coração, pois há um mês não tenho nenhuma notícia de Jonathan.

Mesmo dia

Voltei aqui sozinha, pois estou muito triste. Não chegou carta para mim. Espero que esteja tudo bem com Jonathan. As badaladas do relógio acabam de soar marcando nove horas. Vejo as luzes espalhadas pela cidade, enfileiradas onde estão as ruas, e aqui e ali, solitárias. Elas sobem até o Esk e desaparecem na curva do vale. À minha esquerda, a vista é interrompida pelo telhado escuro da velha casa ao lado da abadia. Ouço ovelhas e carneiros nos campos atrás de mim e os cascos de jumento subirem a estradinha. No cais, uma banda afinada toca uma valsa e, pouco mais adiante, há festa do Exército de Salvação. Uma banda decerto não escuta a outra, mas, daqui de cima, ouço e vejo as duas. Fico me perguntando onde estará Jonathan. Será que pensa em mim? Queria muito que estivesse aqui comigo.

Diário do dr. Seward

5 de junho

O caso de Renfield fica mais interessante à medida que consigo entendê-lo melhor. Ele tem alguns traços de personalidade bastante desenvolvidos: egoísmo, reserva e determinação. Gostaria de entender o que tanto ele almeja. Parece ter estabelecido uma estratégia muito particular, mas ainda não descobri qual. Sua característica redentora é o amor pelos animais, muito embora seu comportamento às vezes seja tão oscilante que não duvido descambar para crueldade anormal. Seus bichos de estimação são todos estranhos. Ultimamente, seu passatempo é capturar moscas. Sua coleção encontra-se tão abundante que fui obrigado a censurá-lo. Para minha surpresa, não reagiu com fúria, como eu esperava, e tratou o assunto de maneira muito circunspecta. Refletiu por alguns instantes e depois perguntou: "O senhor me daria três dias? Vou me livrar delas". Concordei, é claro. Preciso observá-lo.

18 de junho

Ele agora cismou com aranhas e reuniu várias bem grandes em uma caixa. Ele as alimenta com suas moscas, cuja população diminuiu sensivelmente, embora ainda use metade de sua comida para atrair novas moscas pela janela do quarto.

1º de julho

As aranhas estão se tornando tão inconvenientes quanto as moscas, e hoje avisei que precisa se livrar delas. Ele ficou tão chateado que consenti que ficasse com algumas. A permissão o alegrou instantaneamente e dei-lhe o mesmo prazo do ultimato anterior. Ele me causou bastante asco hoje, pois, quando estava em sua presença, uma mosca varejeira adentrou o quarto, inchada de tanto se alimentar de carniça. Ele a capturou, prendeu-a exultante entre os dedos por alguns instantes e depois, antes que pudesse prever o que faria em seguida, a levou à boca e mastigou. Repreendi-o de imediato, mas ele ponderou que estava muito apetitosa e que era um alimento saudável, pois, por ser vida em seu estado bruto, lhe concedia mais vida ao ingeri-la. Uma ideia então me ocorreu, ou melhor, o esboço de uma ideia. Preciso observar como descartará as aranhas. Ele tem, obviamente, um problema mental sério. Notei que traz consigo um caderninho, no qual anota frequentemente. São páginas inteiras cobertas de rabiscos, em que um apanhado de números soltos é somado a outros números, e assim por diante, como se fizesse alguma espécie de contabilidade.

8 de julho

A loucura dele é metódica, e meu esboço de ideia começa a ganhar contornos mais definidos. Logo será uma ideia plenamente formada e, então, minha suposição inconsciente terá que dar lugar à sua irmã consciente. Distanciei-me do meu amigo por uns dias, para observar se haveria alguma modificação. A única novidade é que se desfez de alguns de seus animais de estimação e arrumou um novo. Conseguiu capturar um pardal, que já está parcialmente domesticado. Suas táticas me parecem bem óbvias, uma vez que as aranhas estão desaparecendo. As que sobreviveram, contudo, estão muito bem alimentadas, pois ele ainda atrai as moscas com comida de isca.

19 de julho

Estamos progredindo. Meu amigo agora tem uma colônia inteira de pardais, tendo praticamente esquecido de suas moscas e aranhas. Assim que entrei, se apressou em minha direção e me pediu um grande favor — um grande, imenso favor — e, enquanto falava, me cercava como um cachorro fazendo festa. Perguntei do que se tratava e respondeu, numa espécie de êxtase:

"Um gatinho, um bom gatinho peralta, para brincar comigo, para que eu possa adestrar e alimentar — alimentar e alimentar!"

O pedido não me surpreendeu, pois já havia reparado como seus animais estavam aumentando em tamanho e vivacidade, mas não me agradaria ver sua bela família de pardais adestrados ser dizimada da mesma maneira que as moscas e as aranhas. Sendo assim, respondi que precisava pensar a respeito e, para ganhar tempo, perguntei se não preferia um gato adulto a um filhote. Ele mal pôde conter sua euforia:

"Ah, sim, eu queria um gato adulto! Só pedi um filhotinho porque temia que fosse recusar meu pedido. Ninguém me recusaria um gatinho, não é mesmo?" Assenti com a cabeça e respondi que receava não ser imediatamente possível, mas que estudaria seu pedido. Ficou sério na mesma hora e detectei um alerta de perigo em seu rosto, pois lançou um olhar repentino e feroz de soslaio que expressava ímpeto homicida. Esse sujeito é um assassino em potencial. Vou testar sua cisma do momento e ver como as coisas avançam. Logo saberei mais a seu respeito.

Dez da noite

Visitei-o novamente. Estava sentado no canto, amuado. Quando me viu, atirou-se de joelhos aos meus pés e me implorou pelo gato, alegando que sua salvação dependia daquilo. Fui bem firme e informei que não poderia atender ao seu pedido. Sem dizer uma única palavra, regressou ao local onde estava sentado e lá permaneceu, mordiscando os dedos. Verei pela manhã bem cedo como está.

20 de julho

Fui ver Renfield logo cedo, antes do enfermeiro fazer a ronda. Encontrei-o desperto, cantarolando. Espalhava na janela o açúcar que acumulara das últimas refeições e recomeçava, de maneira ostensiva, a captura de moscas. Parecia bastante animado. Olhei ao redor procurando os pardais e, como não os localizei, perguntei por eles. Respondeu, sem se virar para mim, que haviam todos fugido. Havia algumas penas espalhadas pelo quarto e uma gota de sangue no travesseiro. Não comentei nada, mas ao sair, solicitei ao vigia que me informasse qualquer comportamento estranho ao longo do dia.

Onze da manhã

O enfermeiro acabou de me dizer que Renfield estava passando muito mal e vomitara grande quantidade de penas. "Estou achando, doutor", disse-me, "que ele comeu os pardais — crus!"

Onze da noite

Dei um sedativo forte para Renfield esta noite, suficiente para fazê-lo dormir, e apanhei seu caderno para descobrir o que ele tanto escreve. A hipótese que ultimamente tem me tomado se confirmou; comprovei minha teoria. Meu maníaco homicida enquadra-se em um tipo bastante peculiar. Terei de inventar uma nova classificação e chamá-lo de maníaco zoófago; ele quer absorver o máximo de vidas que puder, de forma cumulativa. Deu diversas moscas para uma aranha, depois várias aranhas para um pássaro e depois quis um gato para devorar os pássaros. Quais seriam seus próximos passos? Senti-me tentado a completar o experimento. Se houvesse uma causa, poderia arriscar. Muitos torceram o nariz para a vivissecção e, no entanto, veja os resultados hoje! Por que não buscar avanço em um dos aspectos mais difíceis e vitais da ciência — o conhecimento do cérebro?

Se eu penetrasse os segredos de uma só dessas mentes, se tivesse a chave para os delírios de um único lunático, poderia elevar o ramo de ciência por mim divisado a tal nível que empalideceria a fisiologia de Burdon-Sanderson ou o conhecimento cerebral de Ferrier. Se ao menos conseguisse encontrar um motivo! Não devo pensar muito nisso, ou posso cair em tentação. Um bom motivo poderia me colocar em risco, pois não teria eu também um cérebro excepcional?

E que raciocínio ele tem. Os lunáticos sempre são bons de raciocínio, dentro do limite de seu próprio escopo. Imagino que valor a vida humana deve ter para ele. Renfield fez seus cálculos com precisão e começou hoje nova etapa. Quantos de nós começam uma nova etapa a cada dia de suas vidas?

Quanto a mim, tenho a impressão de que minha vida acabou ontem, junto da minha esperança, e que, de fato, comecei uma nova etapa. Assim será até que o Grande Contador encerre minha conta; só então poderei calcular se fechei minha existência em lucro ou em prejuízo.

Ah, Lucy, Lucy, não consigo ficar zangado com você, nem com raiva do meu amigo responsável por sua felicidade. Devo seguir sem esperanças e concentrar-me no trabalho. Ao trabalho, pois, ao trabalho!

Se eu ao menos tivesse motivo como meu pobre amigo louco, um motivo bom e altruísta para me fazer trabalhar... Isso sim seria felicidade.

Diário de Mina Murray

26 de julho

Estou ansiosa e escrever aqui me acalma. É como sussurrar para si e se ouvir ao mesmo tempo. E há algo na taquigrafia que torna seu processo diferente da escrita. Estou preocupada com Lucy e com Jonathan.

Não tinha notícias dele havia algum tempo e estava muito aflita, mas ontem o caro sr. Hawkins, sempre tão gentil, me enviou uma carta de Jonathan. Eu lhe escrevera perguntando se teve alguma notícia e, como resposta, me encaminhou a carta que acabara de receber. Ela consiste de apenas uma linha, enviada do Castelo Drácula, e diz apenas que está voltando para casa. Não é o tipo de coisa que Jonathan faria. Não entendi e fiquei mais aflita do que antes.

E ainda há Lucy. Embora esteja muito bem, ultimamente voltou a ter episódios de sonambulismo. Sua mãe conversou comigo a respeito disso e decidimos que devo trancar a porta do nosso quarto toda noite.

A sra. Westenra cismou que sonâmbulos se arriscam pelos telhados das casas e passeiam à beira de precipícios, correm risco de ter uma fraqueza súbita e despencar, seus gritos de desespero ecoando pela noite.

Pobrezinha, vive preocupada com Lucy e me contou que seu marido tinha o mesmo hábito: despertava no meio da noite, vestia-se todo e, se não o impedissem, iria para rua.

Lucy está de casamento marcado para o outono e já faz planos, do vestido à decoração de sua casa. Eu a entendo, pois faço o mesmo, a única diferença é que Jonathan e eu vamos começar nossa vida de maneira mais simples, lutando para nos sustentar sozinhos.

O sr. Holmwood, ou melhor, o Ilmo. Arthur Holmwood, filho único de lorde Godalming, está para chegar em breve. Virá assim que puder sair da cidade, pois seu pai não passa muito bem. Acho que Lucy está contando os minutos para revê-lo. Quer levá-lo até o banquinho no penhasco do cemitério e mostrar a beleza de Whitby. Tenho para mim que é a espera que a maltrata. Vai ficar melhor assim que ele chegar.

27 de julho

Nenhuma notícia de Jonathan. Estou ficando muito aflita, embora não consiga explicar o porquê. Queria muito que escrevesse, nem que fosse apenas uma única linha.

Lucy está mais sonâmbula do que nunca e toda noite acordo com ela zanzando pelo quarto. Por sorte, o tempo tem andado tão quente que não há risco de ela se resfriar. Já começo a exibir os sinais da preocupação e das noites maldormidas, e estou cada dia mais nervosa e insone. Graças a Deus, Lucy continua saudável. O sr. Holmwood foi chamado às pressas para ver o pai, gravemente doente. Lucy ficou inquieta com o adiamento do encontro, mas a preocupação não se reflete em sua aparência. Está um pouquinho mais robusta e suas bochechas adquiriram lindo tom rosado. Perdeu a aparência anêmica. Estou rezando para que continue assim.

3 de agosto

Mais uma semana se passou e nada de Jonathan. Tive notícias do dr. Hawkins, mas ele também não recebeu mais nenhuma carta. Meu Deus, espero que Jonathan não esteja doente. Se fosse o caso, tenho certeza de que me escreveria. Reli sua última carta e continuo desconfiada. Não se parece em nada com o texto de Jonathan, embora seja sua letra. Quanto a isso, não resta dúvida.

Lucy não teve mais tantos episódios de sonambulismo na semana passada, mas uma estranha concentração parece envolvê-la, algo que não sei explicar exatamente o que é. Mesmo dormindo, parece me observar. De madrugada, tenta a maçaneta da porta, percebe que está trancada e perambula pelo quarto em busca da chave.

6 de agosto

Mais três dias sem notícias. O suspense está insuportável. Se ao menos soubesse para onde escrever, para onde ir, acho que me sentiria melhor. Mas ninguém teve notícias dele desde a última carta. Só me resta rezar, pedindo paciência a Deus.

Lucy está mais agitada do que nunca, mas, fora isso, está bem. Ontem à noite o clima esteve bastante ameaçador e os pescadores alertaram que uma tempestade está chegando. Preciso aprender a observar e compreender os sinais da natureza.

Hoje o dia está cinza e, enquanto escrevo, o sol se esconde por trás de densas nuvens, bem alto sobre Kettleness. Está tudo cinzento, exceto a grama, que parece esmeralda, ganha ainda mais cor pelo contraste; rochas cinzentas, nuvens cinzentas — tingidas apenas por uma nesga de sol — sobre o mar cinzento. As vagas arrebentam na beira d'água com estrondo, abafado pela névoa que se espraia costa adentro. O horizonte foi tomado pela neblina. Tudo é imensidão. As nuvens agrupam-se como rochedos gigantes e o mar se agita como se estivesse feroz, emitindo o som que parece anunciar o próprio apocalipse. Silhuetas escuras permeiam a extensão da praia. Às vezes, parcialmente envoltas nas brumas; parecem "homens como árvores que andam". Os barcos de pesca deslocam-se apressados, ansiosos pela terra firme, erguendo e afundando em seguida, ao sabor das ondas que os sacolejam sem piedade, curvando-se na direção dos embornais enquanto se aproximam do porto. Aí vem o velho sr. Swales. Vem em minha direção e vejo, pelo modo como levanta seu chapéu, que quer falar comigo...

Fiquei tocada pela mudança no pobre senhor. Quando se sentou ao meu lado, disse em tom muito gentil:

"Quero te dizer uma coisa, moça."

Percebi que ele não estava à vontade, segurei sua mão enrugada entre as minhas e lhe pedi que não medisse as palavras comigo.

Ele se pôs a falar, com a mão ainda pousada sobre a minha:

"Acho que te assustei, minha queridinha, com todas aquelas ruindades que falei sobre os mortos e tudo mais, mas não foi por mal, não, e quero que você se lembre disso quando eu me for. Nós, os velhos caducos, já com um pé na cova, não gostamos muito de pensar no assunto, e a gente não quer ter medo da morte também, por isso que dei pra fazer graça, pra acalmar meu coração um pouquinho. Mas, diante de Deus, não tenho medo de morrer, não, moça, mas, se puder evitar, bem, aí é melhor ainda. Minha hora deve estar chegando, pois estou velho que só, e cem anos é mais do que qualquer homem pode esperar viver. A Dona Morte já deve estar afiando a foice, doidinha para vir me pegar. Viu, não consigo perder o hábito de fazer troça do assunto. Em breve, o Anjo da Morte soa a trombeta anunciando minha hora. Mas não precisa ficar assim toda tristonha, minha querida!", exclamou, ao me ver chorar. "Se vier hoje de noite, não bato a porta na cara dela. Pois a vida, no fim das contas, é esperar por algo diferente do que a gente está fazendo, e a morte é a única coisa certa para todos nós. Estou contente por estar chegando minha hora, queridinha, e chegando depressa. Pode estar vindo agora mesmo, enquanto estamos aqui de conversa. Talvez venha com o vento varrendo todo esse mar, trazendo caos, destruição, desgraça e muita tristeza. Veja! Olhe só!", gritou de repente. "Tem algo no vento, o som, a aparência, o gosto e o cheiro da morte. Está no ar. Sinto se aproximando. Senhor, que eu possa atender de bom grado, quando minha hora chegar!"

Ergueu os braços em gesto devoto e levantou o chapéu. Seus lábios se moveram como se rezasse. Após alguns instantes de silêncio, ficou de pé, me cumprimentou com um aperto de mão, deu-me sua bênção e se despediu. Afastou-se, então, em lento claudicar. Tudo aquilo me comoveu muito, e também me deixou bastante perturbada. Fiquei contente quando o guarda-costeiro se aproximou com a luneta debaixo do braço. Parou para falar comigo, como de costume, mas permaneceu o tempo todo atento ao estranho navio que despontava no mar.

"Esse navio está me intrigando", disse. "Pela aparência, acho que é russo. Mas oscila de jeito muito esquisito, como se estivesse sem direção certa. Parece notar a chegada da tempestade, mas estar indeciso, sem saber se segue para o mar aberto ou se atraca em nosso porto. Olhe lá! Parece não ter ninguém no comando, pois oscila ao sabor dos ventos. Acho que, até amanhã, ainda vamos ouvir falar nesse barco..."

CAPÍTULO VII

Recorte do Dailygraph, 8 de agosto
(COLADO NO DIÁRIO DE MINA MURRAY)

De um correspondente

BRAM STOKER

Whitby

Uma das maiores e mais súbitas tempestades que Whitby já presenciou ocorreu recentemente, com resultados estranhos e singulares.

O tempo andava um pouco abafado, o que não é incomum para agosto. A noite de sábado foi bastante agradável e uma multidão de veranistas se deslocou ontem para visitar a Mulgrave Woods, a baía de Robin Hood, Rig Mill, Runswick, Staithes, e demais passeios nas redondezas. Os vapores *Emma* e *Scarborough* fizeram incontáveis viagens ao longo da costa, e muitos turistas viajaram de e para Whitby. O dia esteve excepcionalmente ameno até a tarde, quando alguns dos frequentadores do cemitério em East Cliff — local que oferece vista privilegiada do mar ao leste e ao norte — chamaram atenção para a provável mudança climática. Um vento sudoeste singular ondulava suavemente as vagas marinhas. Na linguagem barométrica, foi descrito como "grau dois, brisa leve". O guarda-costeiro de plantão logo emitiu seu relatório, e um velho pescador, que há mais de cinquenta anos observa as variações climáticas de seu posto no alto de East Cliff, vaticinou enfaticamente o advento de tempestade súbita. A chegada do crepúsculo, grandioso em seu acúmulo de nuvens coloridas, reuniu uma multidão nas proximidades do velho cemitério, para desfrutar a beleza de seu espetáculo. Antes de mergulhar por trás da silhueta escura e rochosa de Kettleness, o sol pairou, obstinado, no céu ocidental. Seu ocaso foi marcado por uma miríade de nuvens multicores: vermelhas, roxas, róseas, verdes, violáceas e todos os tons de dourado, entrecortadas aqui e ali por massas nigérrimas de variados formatos e silhuetas que pareciam, a distância, gigantes colossais. A magnificência do poente decerto não passou despercebida pelos pintores e, sem dúvida, alguns esboços do "Prelúdio à Grande Tempestade" agraciarão os salões das academias de pintura no próximo mês de maio.

Capitães mais prevenidos logo decidiram que seus barcos ficariam ancorados no porto até o fim da tempestade vindoura. O vento serenou após o pôr do sol e, à meia-noite, pairou sobre a cidade calmaria absoluta, marcada pelo calor abafado e certa intensidade difusa que, com a aproximação do trovão, afeta pessoas de natureza sensível.

Havia poucas luzes no mar. Apenas alguns barcos pesqueiros estavam à vista e até mesmo os vapores costeiros que costumam ficar bem próximos do litoral pairavam em mar aberto. A única embarcação visível era uma escuna estrangeira com todas as velas içadas, que parecia rumar para oeste. Durante todo o tempo em que a escuna se destacou no mar, a imprudência ou ignorância de seus oficiais foi assunto que dominou as conversas, e diversas pessoas tentaram avisar que a embarcação se precipitava ao perigo. Antes de a escuridão noturna abocanhar o horizonte em suas trevas, a escuna foi vista deslizar como se à deriva na superfície plana do mar.

"Como o barco pincelado em um mar feito de tinta."

Um pouco antes das dez da noite, a quietude do ar tornou-se opressiva, e fez-se silêncio tão profundo que o balido de uma ovelha no campo ou o latido de um cachorro na cidade podia ser ouvido com perfeição. A banda no cais, com suas alegres melodias afrancesadas, parecia um atentado dissonante à harmonia suprema e silenciosa da natureza. Logo após a meia-noite, um som estranho veio do mar, e vago estrondo, obscuro e sutil, pesou o ar como mau agouro.

Então, sem aviso, irrompeu a tempestade. Com rapidez quase inacreditável, a natureza violentamente mudou de aspecto. Furiosas ondas erguiam-se no mar, cada vez maiores e mais encorpadas, transformando as águas, até então imóvel e escuro espelho do firmamento, em monstro irado e voraz. Com cristas esbranquiçadas de espuma, chocavam-se ferozes nos areais, escalando os penhascos. Outras rebentavam sobre os molhes e atingiam as lanternas dos faróis que se erguiam nas duas extremidades do píer do porto de Whitby.

O vento rugia como trovão e soprava com tamanha potência que até mesmo os homens mais robustos tinham dificuldade para se manter em pé. Alguns se agarravam com força aos pilares de ferro. Se não tivessem evacuado todo o pier, afastado a concentração de curiosos, o número de fatalidades daquela noite teria aumentado consideravelmente. Para piorar a situação e potencializar seu perigo, uma espessa neblina vinda do mar começou a cobrir a cidade. Nuvens brancas e vaporosas se alastravam espectrais pelo ar — tão gélidas e úmidas que não era preciso ter muita imaginação para tomá-las como os espíritos daqueles que pereceram no mar e que agora regressavam para tocar em parentes vivos com viscosos dedos fantasmagóricos.

Quando a neblina se dissipava brevemente, era possível divisar o mar a distância, iluminado pela claridade dos relâmpagos que recortavam as trevas e eram seguidos por trovões tão retumbantes que pareciam fazer tremer o próprio céu com a violência da tempestade. As cenas então reveladas eram grandiosas e intrigantes. O mar, que se agigantava em ondas colossais, lançava no ar massas de espuma branca que a tempestade parecia abocanhar e devolver ao espaço em forma de redemoinho. Aqui e ali, entrevia-se um ou outro barco pesqueiro, com as velas enxovalhadas, desafiando a tormenta em busca de abrigo. De tempos em tempos, viam-se os vultos brancos de aves marinhas arrastadas pela tempestade. No alto do penhasco de East Cliff, haviam instalado um novo holofote pronto para uso, mas não fora testado ainda. Os oficiais encarregados do equipamento o colocaram para funcionar no meio da tempestade e, nos breves intervalos em que a espessa neblina se dissipava, o holofote varria a superfície do mar. Sua utilidade mostrou-se providencial: com a ajuda de seu raio de luz, um barco pesqueiro, que já estava com a borda debaixo d'água, conseguiu alcançar o porto a tempo, evitando o desastre de se chocar contra os molhes. A cada barco que alcançava a segurança do porto, ouvia-se um grito de alegria da multidão na costa; grito que parecia fender a ventania antes de ser por ela arrastado e desaparecer em meio ao caos.

O holofote logo detectou uma escuna com todas as velas içadas, aparentemente, a mesma embarcação avistada mais cedo. O vento soprava na direção leste e, ao constatarem o perigo aterrador que ela corria, os observadores no penhasco estremeceram de pavor.

Entre a escuna e o porto, interpunha-se um recife que já arruinara muitos navios e, com o vento naquela direção, seria quase impossível que chegasse intacta ao seu desejado destino.

Estava quase na hora da maré alta, mas as ondas estavam tão encorpadas que deixavam os bancos de areia quase visíveis. A escuna, com todas as velas içadas, apressava-se com tal velocidade que, nas palavras de um marinheiro veterano, "vai aportar em algum lugar, nem que seja no inferno". A bruma marinha retornou, mais espessa do que nunca; a massa de névoa úmida que parecia a tudo envolver como uma mortalha cinzenta, privava os homens de todos os sentidos, exceto a audição: o rugido da tempestade, o estrondo dos trovões e o ruidoso estourar das pujantes ondas penetravam a neblina e ecoavam mais alto do que antes. Os raios de luz do holofote estavam fixos na entrada do porto, na altura do píer ao leste, onde o choque era esperado. Os observadores aguardavam, prendendo a respiração.

O vento tomou a direção nordeste e o restante da névoa marinha evaporou na rajada. E então, *mirabile dictu*, a misteriosa escuna surgiu entre os molhes, arrastada de onda em onda enquanto navegava com velas içadas, e alcançou finalmente a segurança do porto. O holofote a acompanhou durante todo o percurso, e todos que testemunharam a cena compartilharam então um calafrio de pavor: amarrado ao leme estava um cadáver, com a cabeça pendente a oscilar para frente e para trás, entregue ao balanço do barco. Não havia mais ninguém no convés.

Um espanto generalizado pairou sobre a multidão ao perceber que a escuna alcançara o porto guiada, como se por um milagre, pela mão de um cadáver! Tudo se deu, no entanto, no espaço de tempo mais rápido do que precisei para escrever estas palavras. A escuna, sem se deter, atravessou o porto e colidiu com o acúmulo de areia e cascalho banhado por muitas marés e tempestades no canto sudoeste do píer, conhecido na região como Tate Hill.

A colisão provocou um impacto considerável na escuna. Mastros, cordas e cabos, retesados, despencaram. O fato mais peculiar, contudo, foi o surgimento de um imenso cão no convés, como se catapultado do porão do navio pela força do impacto. O animal correu pelo convés e precipitou-se sobre a proa, aterrissando na areia.

Seguindo direto para o penhasco íngreme — onde o cemitério se debruça sobre a estradinha para o píer numa inclinação tão vertiginosa e pronunciada que algumas das lápides projetam-se no ar onde o solo cedeu —, o animal desapareceu na noite que, para além das áreas iluminadas pelo holofote, parecia ainda mais escura.

No momento da colisão, não havia vivalma no píer Tate Hill, pois todos os que moravam ali perto ou já estavam na cama ou acompanhavam a cena do alto do penhasco. Sendo assim, o guarda-costeiro de plantão na parte leste do porto, que abalou para o local assim que a escuna encalhou, foi o primeiro a subir a bordo. Os funcionários que controlavam o holofote, após vasculharem a entrada do porto e confirmarem que estava deserto, voltaram a luz para a escuna e a mantiveram lá. O guarda-costeiro correu à popa e, quando chegou perto do leme, inclinou-se para examiná-lo e recuou logo em seguida, como se tomado por um choque. A cena acendeu a curiosidade daqueles que a observavam e diversas pessoas correram até o local.

A distância do penhasco de West Cliff até o píer Tate Hill é grande, mas o correspondente que vos relata estes fatos é corredor bastante razoável e alcançou o local bem antes dos curiosos. Quando cheguei lá, porém, encontrei reunido no píer um grupo de pessoas cuja entrada a bordo era barrada pelo guarda-costeiro e a polícia. Pela gentileza do barqueiro-chefe, já que sou correspondente do jornal, fui autorizado a subir a bordo e fui um dos poucos a ver o marinheiro morto ainda amarrado ao leme.

O guarda-costeiro teve motivos para reagir com choque e pavor, pois a cena era verdadeiramente perturbadora. O homem estava amarrado ao raio do leme, com as mãos atadas, uma sobre a outra. Entre uma das mãos e a madeira do leme, havia um crucifixo; o rosário contornava os pulsos e a roda e estava bem amarrado por uma corda. O pobre sujeito devia estar sentado, mas a violência que impelira as velas de um lado para o outro decerto alterara a posição da roda do leme e o sacudira, fazendo com que a corda lacerasse sua pele até deixar os ossos expostos.

Foi feito um registro detalhado das circunstâncias e um médico, o dr. J. M. Caffyn, da East Elliot Place, 33, que chegou ao local logo depois de mim, declarou, após examiná-lo, que o homem já estava morto havia quase dois dias.

Em seu bolso, uma garrafa cuidadosamente vedada com rolha. Continha somente um rolinho de papel que, mais tarde, descobriram ser um adendo ao diário de bordo.

O guarda-costeiro especulou que o homem amarrou as próprias mãos e atou os nós com os dentes. O fato desse guarda-costeiro ter sido o primeiro a bordo pode evitar algumas complicações na Corte do Almirantado, pois essa classe não pode reivindicar a salvagem, que é direito do primeiro civil a pisar em um navio abandonado. No entanto, muitos rumores já circulam entre as rodas jurídicas, inclusive, um jovem estudante de direito asseverou, em alto e bom som, que os privilégios do proprietário já foram completamente sacrificados, e que a propriedade infringia os Estatutos de Mortmain, uma vez que a cana do leme (enquanto emblema, se não prova) de delegação de posse estava nas mãos de um morto.

O corpo do timoneiro foi removido com devida reverência do local onde manteve sua nobre vigília até a morte; um ato de firmeza tão valoroso quanto o do jovem Casabianca. Foi levado ao mortuário, onde permanecerá até a realização dos exames de praxe.

A tempestade súbita já está passando, serenando sua violenta fúria. A multidão se dispersou e o céu começa a se tingir de matizes vermelhos sobre os descampados de Yorkshire.

Enviarei, a tempo para a próxima edição, mais detalhes sobre o navio abandonado que, de maneira tão milagrosa, alcançou o porto em plena tempestade.

9 de agosto

Os acontecimentos que sucederam à chegada misteriosa do navio abandonado ontem à noite são quase tão surpreendentes quanto o episódio em si. Descobriram que a escuna é russa, vinda de Varna, e se chama *Deméter*. O lastro era quase inteiramente composto de areia branca, com pequena quantidade de carga: diversas caixas grandes de madeira repletas de terra. A carga foi endereçada a um advogado em Whitby, o sr. S. F. Billington, The Crescent, n. 7, que hoje cedo subiu a bordo da escuna e tomou posse oficial dos bens a ele destinados.

O cônsul russo, em nome da embarcação, apossou-se oficialmente da escuna e quitou as dívidas portuárias etc.

O assunto mais comentado na cidade hoje foi a estranha coincidência. Os oficiais da Câmara do Comércio fizeram questão de cumprir com todas as exigências minuciosamente, atendendo as regulações vigentes. Como o interesse no caso deve ser passageiro, estão determinados a evitar reivindicações posteriores.

Outro assunto que despertou o interesse geral foi o destino do cachorro que estava a bordo e fugiu pela costa quando o navio colidiu. Diversos membros da SPCA,[1] muito atuante em Whitby, se interessaram em salvaguardar o bem-estar do animal. Para decepção geral, porém, o cão não foi encontrado. Parece ter desaparecido por completo da cidade. Especula-se que tenha se assustado e fugido para a charneca, onde ainda pode estar escondido, em pânico.

Alguns temem tal possibilidade, receando que se torne um perigo, por ser evidentemente animal feroz. Hoje cedo um cão de grande porte,

---

[1] *Society for the Prevention of Cruelty to Animals*: organização pioneira de proteção animal fundada em 1824 na Inglaterra e em funcionamento até os dias de hoje. A partir de 1840, graças ao endosso da rainha Vitória, passou a se chamar *Royal Society for the Prevention of Cruelty to Animals* (RSPCA).

mastim mestiço que pertencia a um comerciante de carvão que mora nas redondezas do pier Tate Hill, foi encontrado morto na via oposta ao quintal de seu dono. Tinha marcas de briga brutal, que pressupõe oponente de grande selvageria, pois a garganta foi dilacerada e seu ventre aberto em corte que parecia feito por garras afiadas.

Mais tarde

Graças à gentileza do inspetor da Câmara do Comércio, fui autorizado a examinar o diário de bordo do *Deméter*, preenchido nos últimos três dias, mas sem nenhum registro significativo, a não ser o desaparecimento dos tripulantes. O ponto mais intrigante, contudo, diz respeito ao papel encontrado dentro da garrafa, apresentado hoje no inquérito. A narrativa que desponta a partir da leitura de ambos é ainda mais estranha do que a leitura isolada do material encontrado a bordo; jamais me deparei com algo semelhante.

Como não há razões para esconder nada, fui autorizado a divulgá-los por meio de transcrição, omitindo somente detalhes técnicos de capacidades marítimas e sobrecarga. Parece que o capitão foi tomado por uma espécie de transtorno obsessivo antes mesmo de o navio zarpar — transtorno que se agravou ao longo da viagem. É claro que meu registro deve ser tomado com ressalvas, uma vez que reproduzo o ditado do funcionário do consulado russo, que gentilmente traduziu o material para mim, visto que o tempo é escasso.

Diário de bordo do Deméter
(DE VARNA PARA WHITBY)

18 de julho

Acontecimentos muito estranhos no navio: vou registrá-los de hoje em diante até aportarmos em nosso destino. Segue a retrospectiva dos fatos:

Em 6 de julho, terminamos de embarcar a carga, a areia branca e as caixas repletas de terra. Ao meio-dia, partimos. Vento leste, fresco. Tripulação composta por cinco marinheiros, dois imediatos, um cozinheiro e eu (capitão).

Em 11 de julho, entramos em Bósforo. Funcionários da alfândega turca a bordo. Propina. Tudo certo. Partimos às dezesseis horas.

Em 12 de julho, Dardanelos. Mais inspeção aduaneira, mais propina. Funcionários minuciosos, mas rápidos. Queriam que partíssemos logo. À noite, passamos pelo arquipélago.

Em 13 de julho, cabo Tênaro. Tripulação insatisfeita. Parecem assustados, mas não querem falar sobre o assunto.

Em 14 de julho, preocupado com a tripulação. São marujos de confiança, que já navegaram comigo antes. O imediato não conseguiu apurar o que está acontecendo. Disseram apenas que há *algo* e fizeram o sinal da cruz. O imediato perdeu a paciência com um deles e o golpeou. Esperava uma briga feroz, mas nada aconteceu.

Em 16 de julho, o imediato informou pela manhã que um dos marinheiros, Petrofsky, desapareceu sem explicação. Assumira o posto de vigia a bombordo às oito da noite na véspera. Rendido por Abramoff, não foi se deitar. Tripulação mais abatida do que nunca. Diziam esperar alguma coisa assim, mas não revelaram nada além de que havia *algo* a bordo. Imediato perdendo a paciência com eles. Acho que teremos problemas em breve.

Em 17 de julho, ontem, um dos marujos, Olgaren, foi até minha cabine e, assustado, confidenciou que achava haver um sujeito estranho a bordo. Contou que, em seu turno de vigília, abrigou-se da chuva atrás do casario. Viu então um homem alto e magro, diferente do restante da tripulação, subir a escada do tombadilho, atravessar o convés e desaparecer. Ele o seguiu discretamente, porém, ao chegar na proa, não encontrou ninguém, e as escotilhas estavam todas fechadas. Tomado por medo supersticioso, entrou em pânico e receio de que isso se espalhe pela tripulação. Para dissipar os temores, vou fazer uma busca completa no navio hoje.

Mais tarde, reuni toda a tripulação e comuniquei que, já que acreditavam ter um desconhecido a bordo, faríamos uma busca. O primeiro imediato protestou, disse que era perda de tempo, que alimentar tais ideias tolas fragilizaria a tripulação e que se encarregaria de mantê-los fora de perigo. Deixei-o no comando do leme, enquanto o restante da tripulação conduzia busca minuciosa; os marujos perscrutaram todo o navio, lado a lado, com lanternas. Como só transportamos caixas de madeira, não existem cantos onde alguém possa se esconder. Tripulação aliviada após término da busca; todos retomaram tranquilos seus trabalhos. O primeiro imediato parecia contrariado, mas não disse nada.

22 de julho

Tempo ruim nos últimos três dias e todos ocupados em manter a estabilidade do navio, sem tempo para medos vãos. Tripulação parece ter esquecido seus temores. O primeiro imediato recuperou o bom humor e tudo vai bem. Elogiou os marujos pelo empenho durante o mau tempo. Passamos por Gibraltar e pelo estreito. Tudo corre bem.

24 de julho

Parece pairar uma maldição sobre este navio. Com menos um marujo, entramos na baía de Biscaia com tempo ruim, e ontem à noite outro tripulante desapareceu. Assim como o primeiro, não foi mais visto após sua vigília noturna. Tripulação em pânico, fizeram um abaixo-assinado pedindo que as vigílias sejam feitas em dupla, pois estão com medo de ficar sozinhos à noite. O imediato está irritado. Teme problemas, pois tanto ele quanto os homens estão propensos à violência.

28 de julho

Quatro dias no inferno, presos em uma espécie de redemoinho, fustigados por vento tempestuoso. Ninguém conseguiu dormir. Tripulação exausta. Não sei como faremos vigílias, pois ninguém tem condições. O segundo imediato se ofereceu para tomar conta do leme e fazer a vigília para que os outros possam dormir algumas horas. A ventania diminuiu, mas o mar continua agitado. O navio, porém, encontra-se mais estável.

29 de julho

Outra tragédia. O imediato fez a vigília sozinho, pois o resto da tripulação estava cansada demais para fazer dupla com ele. Pela manhã, quando foram rendê-lo, não havia ninguém no convés, a não ser o timoneiro. Alarmados com os gritos, todos correram para o local. Busca minuciosa, mas não encontramos ninguém. Estamos sem o segundo imediato, portanto, e a tripulação entrou em pânico. O imediato e eu decidimos andar armados de agora em diante, atentos a qualquer movimentação suspeita.

3o de julho

Última noite. Aliviados por estarmos nos aproximando da Inglaterra. Tempo bom, todas as velas içadas. Recolhi-me exausto, dormi pesadamente. Fui acordado pelo imediato relatando que a dupla de marujos da vigília e o timoneiro desapareceram. Restam apenas quatro: eu, o imediato e dois tripulantes para trabalhar no navio.

1º de agosto

Dois dias de neblina e nem sinal de outra embarcação no mar. Esperava sinalizar pedindo ajuda quando alcançássemos o canal da Mancha. Navegamos a favor do vento, já que não temos mais condições de manejar as velas. Não ouso mais baixá-las, pois não terei como içá-las novamente. Sinto como se estivéssemos nos precipitando para uma terrível desgraça. O imediato está mais desanimado do que o resto da tripulação. Parece consumido pela própria resistência. Tripulação, para além do medo, segue trabalhando estoica e pacientemente, preparados para o pior. São russos; o imediato é romeno.

---
2 de agosto, meia-noite

Dormi poucos minutos e fui acordado por um grito que parecia vir do lado de fora da minha cabine, a bombordo. Não consegui ver nada fora por causa da neblina. Corri até o convés e encontrei o imediato. Contou-me que ouvira o grito e acudira, mas não havia mais sinal do vigia. Mais um se foi. Que Deus nos ajude! O imediato disse que já devemos ter passado pelo estreito de Dover, pois, no momento em que a névoa se dissipou um pouco, reconheceu o cabo de North Foreland assim que ouviu o grito vindo do convés. Se for verdade, estamos no mar do Norte e só Deus pode nos guiar nesta neblina, que parece nos acompanhar e pairar sobre o navio. Deus parece ter nos abandonado.

3 de agosto

À meia-noite, fui render o timoneiro e, quando cheguei lá, não o encontrei. O vento estava firme e a embarcação seguia estável em sua rota. Sem querer largar o timão, gritei pelo imediato. Ele surgiu afobado no convés em poucos segundos, ainda de pijama. Parecia alucinado e esbatido, temi que tivesse perdido a razão. Aproximando-se, bafejou um sussurro rouco em meu ouvido, como se temesse que alguém o escutasse: "Está aqui. Agora eu sei. Na vigília, ontem à noite, eu vi. Parecia um homem, alto e magro, mas de palidez medonha. Estava na proa, fitava o mar. Aproximei-me pé ante pé e enterrei a faca em suas costas, mas a faca passou direto, como se esfaqueasse o ar". Enquanto narrava o episódio, apanhou a faca e golpeou ferozmente o ar. Então prosseguiu: "Mas está aqui e vou encontrá-lo. Talvez esteja escondido no porão, em uma daquelas caixas. Vou desaparafusar todas, uma por uma. O senhor assume o leme".

Com olhar aceso e o dedo nos lábios, desceu ao porão. O vento começava a ficar mais forte e eu não podia me ausentar do leme. Vi quando o imediato retornou ao convés com caixa de ferramentas e lanterna. Em seguida, desceu novamente. Perdeu o juízo e está louco, não há nada que eu possa fazer para detê-lo. Não há de encontrar nada nas caixas; foram faturadas como argila, de modo que abri-las será um gesto inofensivo. Vou ficar por aqui, cuidar do leme e redigir minhas anotações. Só me resta confiar em Deus e esperar que a névoa se dissipe. Se não conseguir chegar a nenhum porto com a ajuda do vento, terei de cortar as velas e sinalizar por socorro...

Estamos próximos do fim. Ouvi o som das marteladas no porão e tive esperanças de que o imediato se acalmasse, pois o trabalho sempre lhe fez bem. No entanto, de repente ouvi um grito de pavor que enregelou meu sangue. Ele surgiu no convés como se disparado por um canhão, balbuciando como louco, os olhos girando frenéticos e o rosto contraído de medo. "Socorro! Ajude-me!", gritou ele, examinando a neblina ao nosso redor. Seu horror se transformou em desespero e, com voz firme, ele disse: "É melhor o senhor vir também, capitão, antes que seja tarde demais. *Ele* está aqui! Descobri o segredo. O mar é a salvação que nos resta, a única saída!".

Antes que eu pudesse dizer uma palavra ou avançar para agarrá-lo, saltou a amurada e se atirou ao mar. Acho que descobri o segredo também. Foi esse desvairado que se livrou da tripulação, um por um, e agora decidiu pôr fim à própria vida. Deus me ajude! Como vou explicar todo esse horror quando desembarcar no porto? Quando desembarcar no porto... Será que vou conseguir chegar até lá?

---

4 de agosto

O nevoeiro continua e nem a aurora consegue penetrar em sua espessa névoa. Sei que o dia amanheceu porque sou marinheiro, e nós, marinheiros, sabemos dessas coisas. Não ouso ir até o porão, nem abandonar o leme. Passei a noite toda no posto e, na penumbra da noite, eu o vi! Deus que me perdoe, mas o imediato fez bem quando se atirou ao mar. É melhor morrer como um homem; morrer como um marinheiro, na imensidão azul: eis destino que não causa repúdio em nenhum homem do mar. Mas sou o capitão e não posso abandonar meu navio. Mas vou tapear esse demônio. Quando começar a perder minhas forças, vou amarrar minhas mãos no leme e, junto delas, colocarei um objeto que ele não ousa tocar. E assim, com ventos calmos ou inquietos, salvarei minha alma e minha honra como capitão. Estou me sentindo mais fraco e a noite se aproxima. Se ele me olhar nos olhos mais uma vez, posso não ter tempo para agir... Se o navio naufragar, espero que encontrem esta garrafa e possam compreender o que aconteceu. Se não... bem, o que importa é saberem que não descuidei das responsabilidades a mim confiadas. Que Deus, a Virgem Maria e todos os santos ajudem a pobre alma ignorante que morre tentando cumprir seu dever...

O veredicto, é claro, permaneceu em aberto. Não há evidências a apresentar e, se o próprio capitão cometeu os crimes, jamais saberemos. Para os locais, o capitão é um verdadeiro herói e receberá funeral público. Seu corpo será conduzido em uma procissão de barcos pelo rio Esk e depois levado para o píer Tate Hill. Será enterrado no cemitério do penhasco. Mais de cem donos de barcos já incluíram seus nomes na lista da procissão fúnebre.

O cão desapareceu sem deixar rastros, para tristeza de muitos. Com a opinião pública sensibilizada como está com a história, creio que seria adotado pela cidade como mascote. O funeral está marcado para amanhã e coloca, assim, um ponto final em mais um "mistério do mar".

Diário de Mina Murray

8 de agosto

Lucy ficou agitada a noite inteira, e eu também não consegui dormir. A tempestade desceu medonha e senti um arrepio percorrer meu corpo quando arrebentou sobre as chaminés. As rajadas violentas pareciam tiros distantes. Curiosamente, Lucy não acordou, mas se levantou duas vezes e se vestiu. Por sorte, nas duas vezes, acordei a tempo e consegui despi-la sem despertá-la e a coloquei de volta na cama. Esse sonambulismo é mesmo muito esquisito, pois me parece que sempre que a vontade de Lucy é contrariada por um interdito físico, sua intenção, se existe alguma, desaparece e cede aos seus hábitos rotineiros.

Hoje de manhã, bem cedo, acordamos e descemos até o porto, para ver se algo acontecera durante a noite. Havia pouquíssima gente por lá. Embora fizesse sol e o ar estivesse límpido e fresco, as imensas ondas sombrias, que pareciam ainda mais negras pela espuma turva que as encimava, invadiam o porto com a violência de um brutamontes abrindo caminho na multidão. Fiquei aliviada por Jonathan não estar no mar ontem, e sim em terra firme. Na verdade, nem ao menos sei se está em terra firme. Onde e como estará? Estou ficando cada vez mais assustada e aflita. Se ao menos soubesse o que fazer e pudesse fazer algo!

10 de agosto

O funeral do pobre capitão hoje foi muito comovente. O porto ficou lotado de barcos e o caixão foi acompanhado em procissão pelos capitães do píer Tate Hill até o cemitério. Lucy me acompanhou e fomos mais cedo para nosso costumeiro posto, enquanto o cortejo náutico subiu o rio até o viaduto, e fez o percurso inverso depois. Tínhamos vista privilegiada e pudemos ver a procissão quase até seu destino final. O pobrezinho foi enterrado perto do nosso banco; quando chegou a hora, nos levantamos e vimos tudo de perto.

Coitada de Lucy, me pareceu muito abalada. O tempo todo se mostrou inquieta e apreensiva, e começo a achar que toda a agitação noturna começa a cobrar seu preço. O mais estranho é que se recusa a admitir que haja motivos para seu desassossego e, se de fato existem, acho que ela mesma não os compreende.

Um desses motivos pode muito bem ter sido a notícia que recebemos: o pobre sr. Swales foi encontrado morto hoje cedo em nosso banco, com o pescoço quebrado. Ao que parece, segundo explicou o médico, ele caiu para trás após levar algum susto, pois seu rosto estava crispado em esgar de medo e horror que, pelo que disseram, provocou arrepios em todos que o viram. Pobrezinho! Talvez tenha encarado os olhos da Morte.

Lucy é tão doce e sensível que sente tudo com mais intensidade do que as demais pessoas. Agora mesmo se aborreceu por coisa à toa que não me incomodou tanto, embora eu também goste muito de animais.

Um dos sujeitos que costumam vir até aqui para vigiar os barcos estava sempre na companhia de seu cão. Eram ambos muito silenciosos; nunca vi o homem zangado, bem como nunca ouvi o cachorro latir. Durante o enterro hoje, porém, o cão não queria se aproximar de seu dono, que estava no banco conosco, e manteve-se a distância, latindo e uivando. O dono tentou acalmá-lo, falou com ele suavemente; depois, adotou tom ríspido e, por fim, furioso. O cão, no entanto, não se mexia nem parava de latir. Estava enfurecido, olhar feroz e pelos eriçados, como o rabo de um gato prestes a atacar.

O homem perdeu a cabeça, foi até o animal e caiu de pontapés no cachorro, apanhando-o pela coleira e praticamente arrastando-o até o túmulo onde fica o banco. Assim que encostou no túmulo, o coitadinho começou a tremer. Não tentou fugir, mas se encolheu, trêmulo e assustado. Estava em estado tão lastimável de temor que tentei acalmá-lo, mas sem sucesso.

Lucy também morreu de pena, mas não tocou no cachorro, limitando-se a fitá-lo com olhar aflito. Preocupo-me com ela, pois temo que sua natureza ultrassensível possa lhe trazer problemas ao longo da vida. Vai sonhar com isso hoje à noite, tenho certeza. A combinação de todos esses elementos — o navio que atracou no porto guiado por um homem morto atado ao leme com crucifixo, o comovente funeral, o cachorro, primeiro feroz e então assustado — decerto servirá de material para seus sonhos.

Acho que vai ser melhor se ela for para a cama hoje cansada fisicamente; vou levá-la para uma longa caminhada até os penhascos da baía de Robin Hood. Quem sabe, exausta, perca a disposição para outra noite de sonambulismo.

CAPÍTULO VIII

Diário de Mina Murray

Mesmo dia, onze da noite

BRAM STOKER

Meu Deus, como estou cansada! Se não tivesse feito do meu diário uma obrigação, nem o abriria hoje à noite. Fizemos um passeio muito agradável. Lucy, após algum tempo, ficou mais bem-humorada — graças, creio eu, a umas vacas bem simpáticas que vieram em nossa direção perto do farol e nos deram um baita susto. Acho que não conseguimos pensar em mais nada, a não ser, é claro, no medo em si e isso acabou desanuviando nossa cabeça. Tomamos um "chá de respeito" na baía de Robin Hood, em uma pousada muito bonitinha e tradicional, de janela saliente que dava para as rochas cobertas de algas na costa. Acho que teríamos chocado a "nova mulher" com nossos apetites. Os homens são mais tolerantes, ainda bem! Depois voltamos para casa, fazendo algumas — na verdade, muitas — paradas para descansar, sempre atentas aos touros selvagens.

Lucy ficou realmente exausta e pretendíamos deitar o quanto antes, mas o jovem vigário apareceu para uma visita e a sra. Westenra o convidou para jantar. Lucy e eu tivemos que lutar bravamente contra o sr. Sono. Foi um árduo combate de minha parte, e olha que sou lutadora ferrenha. Acho que os bispos deveriam se reunir um dia e tomar providências para a criação de uma nova classe de vigários que não aceitasse convites para o jantar, mesmo perante muita insistência, e soubesse detectar quando moças estão sonolentas.

Agora, Lucy dorme respirando suavemente. Está mais corada do que o habitual e tão, tão linda. Se o sr. Holmwood se apaixonou por ela vendo-a apenas na sala de estar, imagino o que diria se a visse agora. Aposto que algum dia, uma dessas escritoras feministas vai lançar a ideia de que homens e mulheres deveriam poder se ver dormindo antes de propostas de casamento serem feitas e aceitas. Suponho, porém, que a ''nova mulher'' não vá se contentar em aceitar, pois ela própria vai fazer o pedido. E não deixará barato! Está aí algo que eu gostaria de ver acontecer. Estou contente hoje porque Lucy parece bem melhor. Acho que ela se recuperou por completo e seus problemas de sono acabaram de uma vez por todas. Minha felicidade seria plena se soubesse onde Jonathan está... Que Deus o abençoe e guarde.

11 de agosto, três da manhã

Voltei para o diário. Já que perdi o sono, pensei em escrever um pouco mais. Estou muito agitada para dormir. Que aventura nós vivemos, que experiência angustiante. Adormeci assim que fechei o diário... De repente, despertei totalmente e sentei na cama, com pavor tenebroso e sensação de vazio no quarto. Estava tudo escuro, então não pude enxergar a cama de Lucy direito. Fui até lá, tateei e a percebi vazia. Acendi um fósforo e descobri que ela não estava no quarto. A porta fechada, mas não trancada, tal como eu a deixara. Para não acordar sua mãe, mais indisposta que de costume, meti uma roupa depressa e me preparei para ir atrás de Lucy. Já saía do quarto quando me ocorreu que, pelas roupas que ela vestira, poderia ter alguma pista de sua intenção de sonâmbula: roupão indicaria que estava em casa; vestido, que tinha saído. Tanto o roupão quanto o vestido estavam em seus devidos lugares. ''Graças a Deus'', pensei com meus botões, ''não deve ter ido para muito longe, pois está só de camisola.''

Desci as escadas e corri até a sala de estar. Nada! Vasculhei todos os cômodos da casa, com um medo galopante enregelando meu coração. Finalmente, reparei na porta do vestíbulo aberta. Não estava escancarada, mas notei a tranca desencaixada. Como o costume da casa era trancar aquela porta toda noite, deduzi, apavorada, que Lucy tinha saído em trajes sumários. Não havia muito tempo para refletir sobre o que poderia lhe acontecer. Um temor indistinto e profundo obscurecia todos os detalhes.

Apanhei um xale comprido e pesado e saí depressa. O relógio marcava uma da manhã e não havia vivalma ao redor. Corri até o North

Terrace, porém não vi nem sinal da figura vestida de branco que esperava encontrar. À beira do penhasco de West Cliff, olhei do porto até East Cliff ao fundo, não sei se com esperança ou medo de ver Lucy em nosso banco predileto.

A lua cheia emitia brilho intenso, mas as nuvens pesadas e negras deslizavam apressadas pelo céu, transformando a cena em um diorama cambiante de luz e treva. Por alguns instantes, não pude enxergar nada, pois a sombra de uma nuvem obscureceu a igreja de St. Mary e seus arredores. Depois que essa nuvem passou, distingui as ruínas da abadia e, à medida que o céu era rasgado por nesga estreita de luz penetrante, como o corte de uma espada rasgava o céu, a igreja e o cemitério se tornavam mais visíveis. Minha expectativa se confirmou, porque lá, em nosso banco predileto, o raio de luar prateado iluminou uma figura branca como a neve, meio inclinada. O deslizar das nuvens foi veloz demais para que pudesse enxergar bem a cena, pois as sombras extinguiram a claridade quase imediatamente. Tive a impressão de que um vulto negro pairava por trás do banco onde estava a figura branca, debruçando-se sobre ela. Se era humano ou animal, não consegui identificar.

Não esperei mais um segundo e desci às pressas os degraus íngremes do pier, seguindo pelo mercado de peixes até a ponte, o único caminho para alcançar o penhasco de East Cliff. Parecia percorrer uma cidade fantasma, pois não havia ninguém por perto; fiquei contente com isso, já que não queria que vissem o estado da pobre Lucy. O tempo e a distância pareciam infindáveis, meus joelhos tremiam e minha respiração estava ofegante enquanto subia os intermináveis degraus até a abadia. Devo ter avançado depressa, mas sentia como se meus pés fossem de chumbo e cada uma de minhas juntas estivesse enferrujada.

Quando estava quase lá em cima, vi o banco e a figura branca, agora visível ainda que encoberta pela penumbra. Havia realmente uma silhueta alta e escura inclinando-se sobre ela. Aterrorizada, gritei: "Lucy! Lucy!". A silhueta levantou a cabeça e, de onde estava, consegui ver um rosto pálido e olhos vermelhos faiscantes.

Lucy não respondeu e corri para a entrada do cemitério. Quando entrei, a igreja se interpunha entre o local onde estava e o banco e, por isso, eu a perdi de vista por um instante. Quando tornei a vê-la, a nuvem se afastara no céu, deixando que os raios do luar iluminassem a cena com intenso fulgor. Lucy estava encostada no banco, com a cabeça caída para trás. Estava só e não havia sinal de qualquer ser vivo ao seu redor.

Quando me curvei sobre ela, percebi que ainda dormia. Com os lábios entreabertos, tinha a respiração dificultosa e pesada, não suave como de costume. Era como se lutasse para levar ar para os pulmões cada vez que inspirava. Ainda dormindo, puxou a gola da camisola contra o pescoço, como se sentisse frio. Lancei o xale quentinho em suas costas e atei as pontas para proteger sua garganta, pois, desagasalhada como estava, tive medo de que pegasse um resfriado. Como receava acordá-la de repente e precisava ficar com as mãos livres para ajudá-la, prendi o xale em volta de seu pescoço com um alfinete. No meu nervosismo, porém, acho que fui desajeitada e espetei Lucy; de tempos em tempos, quando sua respiração começava a acalmar, ela levava a mão à garganta e gemia. Depois de protegê-la cuidadosamente com o xale, calcei nela os meus sapatos e tentei, com muita delicadeza, acordá-la.

No início, ela nem se mexeu, mas, aos poucos, seu sono foi ficando mais agitado, alternando gemidos e suspiros. Por fim — uma vez que o tempo passava depressa e como, por diversos outros motivos, queria levá-la o quanto antes para casa —, tive de sacudi-la até que abrisse os olhos, já completamente desperta. Não pareceu surpresa ao me ver e, como era de se esperar, demorou um pouco para se dar conta de onde estava.

Lucy sempre acorda muito bonita e, mesmo em uma situação insólita como aquela, com o corpo enregelado de frio e aturdida ao perceber que fora parar de camisola no cemitério no meio da noite, não perdeu seu charme. Estava um pouco trêmula e me apertou em seu abraço. Quando lhe disse para voltarmos imediatamente para casa, levantou-se sem dizer palavra, como criança obediente. Enquanto caminhávamos, o cascalho machucava meus pés e Lucy notou minha expressão de dor. Estacou, insistiu em devolver meus sapatos, mas recusei. Contudo, quando saímos do cemitério, notei que a tempestade formara uma poça no chão e mergulhei um pé após o outro na lama. Assim, caso encontrássemos alguém no caminho, ninguém notaria que estava descalça.

Tivemos sorte e conseguimos voltar para casa sem cruzar com uma alma viva sequer. Avistamos apenas um sujeito seguindo por uma rua adiante, mas não parecia sóbrio. Escondemo-nos sob uma entrada até ele desaparecer por uma das típicas travessas estreitas do local. Meu coração estava aos pulos; cheguei a pensar que desmaiaria. Estava preocupadíssima com Lucy, não apenas com sua saúde (temendo que ficasse doente), mas também com sua reputação, caso alguém nos visse e espalhasse a história. Depois que entramos em casa, lavamos os pés, agradecemos a Deus por chegar sãs e salvas e a coloquei na cama. Antes de pegar no sono, me pediu ou, melhor, implorou para que não comentasse nada com ninguém, nem mesmo com sua mãe, sobre sua aventura de sonâmbula.

Hesitei um pouco, porém, pensando no estado de saúde da mãe dela e no quanto a história a deixaria nervosa, achei mais prudente acatar a súplica de Lucy. Também me ocorreu que se a história vazasse, provavelmente — não, *certamente* — seria distorcida. Espero ter tomado a decisão correta. Tranquei a porta e amarrei a chave no meu pulso e, se Deus quiser, não teremos mais nenhum sobressalto. Lucy dorme profundamente. A aurora já desponta no horizonte, erguendo-se altiva sobre o mar...

Mesmo dia, *tarde*

Tudo vai bem. Lucy só acordou quando a despertei, e no restante da noite não se mexeu nem para mudar de posição. A aventura noturna aparentemente não a prejudicou em nada. Pelo contrário, parece que lhe fez bem: há várias semanas que não tem aparência tão boa. Com pesar, reparei tê-la machucado ao ser tão desastrada com o alfinete. Poderia ter sido até mesmo perigoso, pois perfurei sua garganta. Devo ter espetado e atravessado a pele sem querer, pois está com dois furinhos avermelhados que parecem mesmo causados pelo alfinete e, na fitinha da camisola, encontrei uma gota de sangue. Quando pedi desculpas e demonstrei preocupação com as feridinhas, riu e me acariciou, garantindo que não sentia nada. Por sorte, não há risco de cicatrizes, pois são bem pequenas.

Mesmo dia, *noite*

Tivemos um dia agradável. O ar estava límpido, o sol brilhante e havia brisa fresca no ar. Saímos para um piquenique em Mulgrave Woods; a sra. Westenra de carruagem, Lucy e eu a pé pela estrada dos penhascos. Senti uma pontada de tristeza, pensando que minha felicidade seria completa se Jonathan estivesse comigo. Mas não adianta, preciso ser paciente. De noitinha, passeamos pelo Casino Terrace, ouvimos boa música de Spohr e Mackenzie e fomos nos deitar mais cedo. Não vejo Lucy tão descansada há tempos e ela pegou no sono imediatamente. Vou trancar a porta e guardar a chave como fiz ontem, embora não creia que tenhamos problemas esta noite.

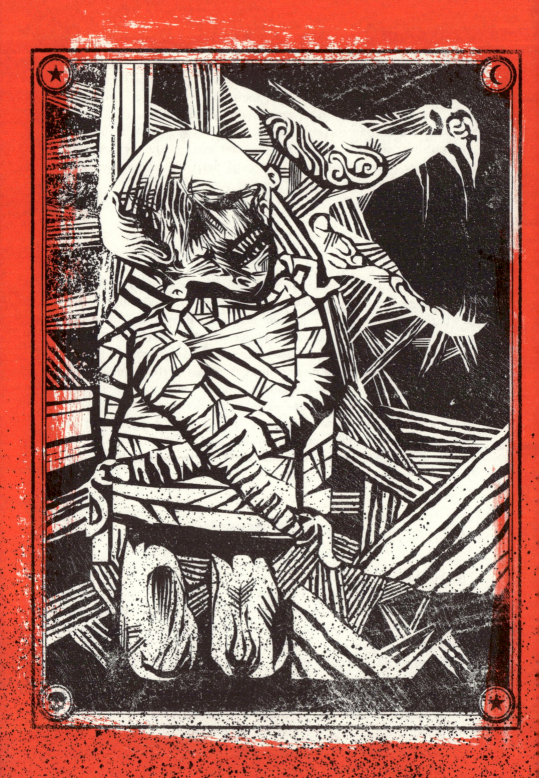

12 de agosto

Minhas esperanças foram frustradas: acordei duas vezes com Lucy tentando sair do quarto. Mesmo dormindo, pareceu um pouco impaciente ao encontrar a porta trancada e voltou para a cama contrariada, reclamando. Acordei com o amanhecer e ouvi os pássaros cantarem do lado de fora da janela. Lucy acordou logo depois e, para minha alegria, com a aparência ainda melhor do que na véspera. Parecia ter recuperado seu jeito efusivo e, aconchegando-se comigo na cama, contou-me sobre Arthur. Confessei que andava muito aflita por causa de Jonathan e ela tentou me consolar. Não vou dizer que foi em vão, pois, mesmo que a solidariedade não possa alterar os fatos, pode, ao menos, torná-los mais suportáveis.

13 de agosto

Mais um dia tranquilo e mais uma noite com a chave presa ao pulso. Acordei de madrugada e vi Lucy sentada na cama, ainda dormindo e apontando para a janela. Levantei-me depressa e, afastando a cortina, olhei para fora. A lua brilhava e o efeito suave de sua claridade espelhada, mesclando mar e céu em um grande mistério silencioso, era de indizível beleza. Pairando contra o luar, do lado de fora da nossa janela, um morcego enorme batia as asas, em volteios agitados. Chegou bem perto da janela uma ou duas vezes, mas acho que se assustou ao me ver e voou para longe, atravessando o porto e seguindo na direção da abadia. Quando me virei para voltar à cama, vi que Lucy estava deitada novamente, dormindo um sono tranquilo. Não tornou a se mexer durante a noite.

14 de agosto

Fiquei em East Cliff, lendo e escrevendo o dia inteiro. Lucy parece ter ficado tão apaixonada pelo lugar quanto eu, e é uma dificuldade convencê-la a sair de lá quando temos que voltar para casa para as refeições. Esta tarde ela fez um comentário engraçado; íamos para casa jantar, e quando alcançamos o topo dos degraus do pier oeste, paramos para contemplar a vista, como de costume. O sol poente desaparecia no horizonte e ocultava-se por trás de Kettleness. O céu avermelhado banhava com brilho róseo o penhasco e a velha abadia. Ficamos em silêncio por um momento e, de repente, Lucy murmurou, como se para si mesma: "Aqueles olhos vermelhos de novo! Iguaizinhos".

Foi um comentário tão esquisito e despropositado que me assustou. Virei-me discretamente para observar Lucy sem dar a impressão de encará-la e vi que estava em uma espécie de transe meio onírico, com expressão estranha que não consegui decifrar. Sem falar nada, segui a direção do seu olhar. Parecia fitar nosso banco, onde um vulto negro estava sentado a sós. Levei um susto, pois, por um segundo, tive a impressão de que o estranho tinha realmente olhos vermelhos que ardiam como faíscas flamejantes. No entanto, quando olhei de novo, percebi que fora apenas ilusão. O brilho avermelhado do poente refletia nas janelas da igreja de St. Mary, bem atrás do nosso banco e, com o sol desaparecendo no horizonte, uma tênue mudança na refração e nos reflexos deu a impressão de que a luz se movia. Chamei a atenção de Lucy para esse efeito peculiar e ela logo voltou a si, mas com expressão de tristeza. Imaginei que pudesse recordar a noite terrível lá em cima. Como nunca tocamos no assunto, achei melhor não falar nada e continuamos nosso percurso de volta para casa. Lucy se deitou cedo, pois estava com dor de cabeça. Esperei que pegasse no sono e depois fui dar um passeio sozinha.

Caminhei pelos penhascos, inundada por doce melancolia, pensando em Jonathan. Quando voltei para casa, a lua despontava no céu com brilho tão intenso que, embora nossa quadra no Crescent estivesse encoberta pelas sombras, tudo permanecia nitidamente visível. Olhei para nossa janela e vi Lucy debruçada com a cabeça para fora. Desdobrei meu lencinho e acenei para ela, que não me notou tampouco se mexeu. Nesse momento, o luar incidiu em um ângulo da construção, e a luz atingiu em cheio o nosso quarto. Vi Lucy com a cabeça encostada na lateral da janela, de olhos fechados. Dormia profundamente e, ao seu lado, pousado no parapeito, havia o que me pareceu um pássaro bem grande. Tive medo que ela se resfriasse e subi correndo, porém, assim que entrei no quarto, já voltava para a cama, ainda adormecida e respirando pesadamente. Estava com a mão na garganta, como se para se proteger do frio.

Não a despertei, apenas a acomodei na cama debaixo das cobertas, garantindo que ficasse quentinha. A porta está trancada e a janela devidamente fechada.

É tão graciosa em seu sono, mas notei que parece um pouquinho mais pálida do que o habitual. Seu olhar está abatido, o que também não me agrada. Acho que anda preocupada com alguma coisa. Gostaria de descobrir o que é.

15 de agosto

Acordei mais tarde do que de costume. Lucy, lânguida e cansada, custou a despertar. Tivemos uma surpresa agradável no café da manhã: o pai de Arthur está melhor e quer apressar o casamento. Lucy recebeu a notícia com silenciosa alegria, e sua mãe me pareceu contente e pesarosa ao mesmo tempo. Mais tarde, explicou-me o porquê. Disse estar triste por perder a companhia da filha, mas satisfeita por saber que ela em breve terá alguém para protegê-la. Coitadinha! Confidenciou-me que está com os dias contados. Não contou para Lucy e me pediu segredo. O médico disse que tem poucos meses de vida, pois seu coração está mais fraco a cada dia. A qualquer momento, sem aviso, um choque súbito pode lhe ser fatal. Ainda bem que fomos prudentes e não comentamos nada sobre o incidente de sonambulismo de Lucy naquela noite pavorosa.

17 de agosto

Há dois dias que não escrevo aqui. Ando sem ânimo, parece que um manto sombrio desceu sobre nossa alegria. Continuo sem notícias de Jonathan, Lucy está cada vez mais debilitada e sua mãe, mais próxima do fim. Não consigo compreender o que está acontecendo com Lucy. Ela come bem, dorme bem e desfruta do ar fresco, mas está cada dia mais lívida, fraca e prostrada. À noite, ouço sua respiração agitada, como se lhe faltasse o ar.

A chave do nosso quarto permanece no meu pulso a noite toda, mas ela acorda e perambula pelo aposento, sentando-se por fim na janela. Ontem à noite, acordei a tempo de vê-la se inclinar sobre o parapeito. Tentei acordá-la, em vão.

Estava desmaiada. Quando consegui fazer com que recobrasse a consciência, despertou depauperada e verteu silenciosas lágrimas entre sofridos arquejos. Quando perguntei como havia chegado até a janela, fez um gesto negativo com a cabeça e me deu as costas.

Espero que seu adoecimento nada tenha a ver com aquela infeliz alfinetada. Examinei sua garganta agora há pouco enquanto dormia e vi que as feridas não cicatrizaram. Estão abertas e, para falar a verdade, maiores do que antes, com as bordas levemente embranquecidas. São dois pontinhos brancos com núcleo avermelhado. Se não cicatrizarem em até dois dias, farei questão de que seja examinada por um médico.

CARTA *de Samuel F. Billington & Filho, advogados, Whitby, aos srs. Carter, Paterson & Cia., Londres*

---

17 de agosto

Caros senhores,

Encaminho, por meio desta, a fatura da carga enviada pela Great Northern Railway. Devem ser entregues em Carfax, próximo de Purfleet, imediatamente após seu recebimento na estação de King's Cross. A casa está vazia e as chaves acompanham esta carta, todas etiquetadas.

Solicito que depositem as caixas, cinquenta no total, na construção parcialmente em ruínas que faz parte da casa, marcada com a letra "A" nas plantas que encaminho anexas. Seu agente não terá dificuldade em reconhecer o local, que é a antiga capela da mansão. A carga será despachada às 21h30, hoje à noite, e tem sua chegada na estação prevista para amanhã, às 16h30. Como nosso cliente deseja que a entrega seja realizada o quanto antes, agradecemos se puderem deixar seus funcionários de prontidão em King's Cross no horário informado, prontos para transportar a carga até seu destino. A fim de facilitar os trâmites e evitar possíveis atrasos causados por procedimentos de rotina como pagamentos, incluímos um cheque de dez libras, do qual solicitamos confirmação de recebimento. Caso os gastos sejam inferiores a essa quantia, aguardamos o reembolso; se forem superiores, enviaremos prontamente outro cheque para cobrir as despesas excedentes. Ao sair, pedimos que deixem as chaves no salão principal, onde o proprietário vai recolhê-las ao chegar. Ele já recebeu uma cópia das chaves e as usará para entrar em casa.

Esperamos não exceder os limites da cortesia comercial solicitando que ajam com máxima expedição.

Atenciosamente,
Samuel F. Billington & Filho

CARTA *dos srs. Carter, Paterson & Cia., Londres,
para os srs. Billington & Filho, Whitby*

21 de agosto

Caros senhores,

Confirmamos o recebimento das dez libras e reembolsamos em cheque a quantia de uma libra, dezessete xelins e nove pence, valor excedente, conforme o recibo em anexo. A carga foi entregue precisamente de acordo com suas instruções e as chaves deixadas em um pacote no salão principal, como solicitado.

*Respeitosamente,
Carter, Paterson & Cia. (por procuração)*

Diário de Mina Murray

18 de agosto

Estou contente hoje e escrevo sentada no velho banco do cemitério. Lucy melhorou consideravelmente. Dormiu a noite inteirinha ontem, sem me acordar uma única vez.

Parece estar um pouco mais corada novamente, embora ainda muito abatida e pálida. Se estivesse anêmica, compreenderia, porém não é o caso. Está bastante eufórica, vivaz e animada. Não guarda mais traços daquela mórbida mudez. Acaba de me lembrar — como se eu pudesse esquecer — daquela malfadada noite, quando a encontrei adormecida neste exato local.

Enquanto falava, golpeou o calcanhar de sua bota em uma das lápides no chão e disse, em tom brincalhão:

"Meus pobres pezinhos não fizeram muito barulho naquela noite! Aposto que nosso velho amigo, o sr. Swales, diria que eu não quis acordar Georgie."

Aproveitando que estava disposta a conversar, perguntei se tivera algum sonho naquela noite.

Antes de responder, franziu a testa do jeitinho meigo que Arthur (eu o chamo de Arthur de tanto ouvi-la se referir assim a ele) diz adorar e, de fato, não me admira que adore. Então, prosseguiu com ar absorto, como se se esforçasse para lembrar.

"Não acho que tenha sido um sonho, me pareceu bastante real. Foi como se tivesse sido atraída para este lugar. Não sei o motivo e estava com medo de algo, só não sei exatamente do quê. Embora estivesse dormindo, lembro-me de cruzar as ruas e atravessar a ponte. Um peixe pulou bem na hora em que eu passava e me inclinei para vê-lo. Ouvi uivo de vários cães. A cidade parecia infestada deles, todos uivando ao mesmo tempo, enquanto eu subia os degraus. Tenho uma vaga lembrança de alguém alto e soturno, com olhos vermelhos, como vimos naquele dia no pôr do sol. E recordo-me também da sensação de algo muito doce e muito amargo ao mesmo tempo ao meu redor. Depois parecia que afundava em águas esverdeadas e profundas e ouvi um canto, como dizem que ouvem os afogados antes de perder os sentidos. Parecia que minha alma tinha saído do corpo e pairava flutuante no ar. Dei-me conta disso quando me vi acima do farol oeste. Logo depois, fui tomada por grande agonia, como se estivesse em um terremoto, e despertei com você me sacudindo. Engraçado, eu vi o seu gesto antes mesmo de senti-lo."

Então ela desatou a rir. O relato me pareceu um pouco inquietante, e o ouvi com muita apreensão. Não gostei nada daquilo e achei melhor mudar de assunto para distraí-la. Lucy logo voltou ao seu tom alegremente despretensioso. Quando chegamos em casa, suas faces pareciam mais coradas, já que o ar fresco tinha lhe restaurado. Sua mãe ficou contente ao vê-la e passamos uma noite muito agradável juntas.

19 de agosto

Alegria, alegria, alegria! Embora nem tudo seja alegria. Finalmente recebi notícias de Jonathan. Meu querido está doente, por isso não escreveu mais. Não tenho mais medo de pensar ou falar disso, agora que sei o que se passa. O sr. Hawkins me encaminhou a carta e acrescentou uma mensagem, tão gentil. Parto amanhã cedo para encontrar Jonathan para ajudá-lo a se recuperar, caso necessário, e trazê-lo finalmente para casa. O sr. Hawkins disse que não seria má ideia se nos casássemos lá. Apertei a carta da bondosa freira contra o peito e chorei até senti-la molhada contra minha pele. São notícias de Jonathan e devem ficar próximas ao coração, pois ele está *em* meu coração. Minha viagem está toda programada e já arrumei minha bagagem, já que só estou levando uma muda de roupa. Lucy levará o restante para Londres e guardará meus pertences até que eu mande buscá-los, pois é possível que... Não devo escrever mais nada. Devo guardar para dizer a Jonathan, meu marido. Essa carta que ele viu e tocou há de me confortar até nosso encontro.

Carta *da irmã Agatha, Hospital de São José e Santa Maria, Budapeste, para a srta. Wilhelmina Murray*

---

12 de agosto

Cara madame,

Escrevo a pedido do sr. Jonathan Harker, que se encontra muito debilitado para escrever ele próprio, embora se recupere bem, graças a Deus, a São José e a Santa Maria. Está sob nossos cuidados há quase seis semanas, padecendo de violenta febre cerebral. Ele me pede que lhe transmita seu amor. Pediu também que escrevesse ao sr. Peter Hawkins, em Exeter, para respeitosamente informar que lamenta o atraso e que seu trabalho foi concluído. Ainda vai precisar de algumas semanas de repouso em nosso sanatório nas colinas, mas poderá voltar para casa logo depois. Também pede para avisar que não tem dinheiro aqui e que gostaria de pagar por sua estada para que possamos continuar ajudando os necessitados.

Com simpatia e todas as bênçãos,
Irmã Agatha.

P.S.: Meu paciente adormeceu e aproveito para acrescentar outras informações. Ele me contou sobre a senhorita e disse que se casarão em breve. Que Deus os cubra de bênçãos! Ele sofreu um choque tremendo, segundo nosso médico, e em seus tenebrosos delírios falou sobre lobos, veneno e sangue; sobre fantasmas, demônios e coisas que não ouso repetir. É importante cuidar para não agitá-lo com tais assuntos por um bom tempo. Os vestígios de uma doença como essa não desaparecem de uma hora para a outra. Deveríamos ter escrito antes, mas não sabíamos para quem. O sr. Harker não tinha consigo nenhum documento que pudesse nos fornecer uma pista. Chegou no trem de Klausenburgo e o guarda soube, pelo chefe da estação, que adentrara o local correndo, pedindo aos gritos que o mandassem para casa. Seu desespero chamou atenção e logo viram que se tratava de um inglês. Deram-lhe um bilhete para a estação mais próxima de seu destino que o trem poderia alcançar.

Fique tranquila, pois ele está sendo bem cuidado. Conquistou todos os corações com sua amabilidade e gentileza, e está realmente se recuperando e tenho certeza de que em algumas semanas estará bom. Só tome cuidado para não aborrecê-lo. Que Deus, São José e Santa Maria lhes concedam muitos e muitos anos de felicidade.

Diário do dr. Seward

19 de agosto

Houve uma mudança estranha e repentina no comportamento de Renfield ontem à noite. Por volta das oito horas, começou a ficar agitado e a farejar o ar como um cão. Seus modos chamaram a atenção do enfermeiro, que sabia do meu interesse no paciente, o incentivou a falar. Renfield costuma ser muito respeitoso com o enfermeiro, por vezes até mesmo servil, mas de repente se portou de maneira bastante arrogante e se recusou a interagir com ele.

Disse apenas: "Não quero falar com você. Você não serve. O Mestre está chegando".

O enfermeiro acha que pode ser uma espécie repentina de surto religioso. Se for o caso, temos que tomar muito cuidado, pois um sujeito robusto com tendências homicidas sofrendo um surto religioso pode ser perigoso. É uma combinação temerária.

Às nove horas, fui vê-lo, e ele me tratou de forma idêntica. Em sua arrogância, não fazia distinção entre o médico e o enfermeiro. Parece-me de fato um surto religioso e em breve julgará ser o próprio Deus.

As infinitesimais diferenças entre os homens são muito insignificantes para um ser onipotente. Como os loucos se entregam! O verdadeiro Deus cuida para que um único pardal não despenque do céu, mas o Deus criado pela vaidade humana não vê diferença entre águia e pardal. Ah, se os homens fossem mais sábios!

Durante meia hora, ou mais, a excitação de Renfield pareceu aumentar progressivamente. Fingi não prestar atenção, mas o observei mesmo assim. De repente, seus olhos adquiriram expressão alterada, típica dos lunáticos tomados por uma ideia súbita, e começou a balançar a cabeça para a frente e para trás — um gesto que os enfermeiros do manicômio conhecem tão bem. Ficou em silêncio, sentou-se na beira da cama com ar resignado e fitou a parede com olhar vazio.

Para sondar se sua apatia era real ou mero teatro, tentei puxar conversa sobre seus animais de estimação, um assunto que sempre o incita ao diálogo.

De início, permaneceu mudo, mas, por fim, disse impaciente: "Uma maçada, todos eles! Não me interessam".

"O quê?", perguntei. "Quer dizer que não liga mais para suas aranhas?" (As aranhas são, atualmente, seu passatempo e o caderno está repleto de colunas com números.)

Sua resposta foi enigmática: "As damas de honra regozijam-se com os olhos que aguardam a chegada da noiva. Porém, quando ela se aproxima, o brilho das damas se extingue perante os olhos que agora contemplam a noiva".

Recusou-se a explicar e permaneceu sentado na cama o tempo todo em que estive com ele.

Estou exausto hoje e bem desanimado. Não consigo parar de pensar em Lucy e em como as coisas poderiam ter sido diferentes. Se eu não conseguir pegar no sono, vou ter que recorrer ao cloral, o Morfeu moderno — $CH_2Cl_3O.H_2O$! Tenho que tomar cuidado para que não vire um hábito. Melhor não tomar nada esta noite! Estou com Lucy em meus pensamentos e não quero desonrá-la ao misturar os dois. Se o sono não vier, paciência. Passo a noite em claro...

MAIS tarde

Feliz por ter tomado a decisão, e mais feliz ainda por tê-la mantido. Fiquei me revirando na cama por um par de horas, mas eis que, à segunda badalada do relógio, o vigia noturno subiu depressa para me avisar que Renfield fugiu. Eu me vesti às pressas e desci correndo. Meu paciente é muito perigoso para ficar solto. Suas ideias podem ser arriscadas para aqueles que toparem com ele.

O enfermeiro estava à minha espera. Contou-me que o vira pela abertura da porta não fazia sequer dez minutos, aparentemente dormindo. O que chamou sua atenção foi o som da janela sendo arrancada. Voltou depressa, e quando chegou viu apenas os pés de Renfield desaparecerem pelo vão da janela. Foi então que pediu que me chamassem. Disse que o paciente vestia apenas um pijama e não deveria estar muito longe.

Temendo perdê-lo de vista enquanto dava a volta para sair do manicômio, o enfermeiro preferiu observar para onde Renfield ia do que partir em seu encalço. Por ser um homem robusto, não conseguiria segui-lo pela janela.

Já eu sou magro e com a ajuda do enfermeiro consegui passar pelo vão e aterrissar sem me machucar.

Ele disse que Renfield havia saído para a esquerda e seguido em linha reta, então corri nessa direção o mais rápido que pude. Depois de atravessar o arvoredo, vi uma figura em trajes brancos escalar o alto muro que separa nosso terreno do da mansão abandonada.

Voltei depressa e pedi ao vigia que arrumasse imediatamente três ou quatro funcionários para me acompanhar até Carfax, caso nosso amigo se mostrasse perigoso. Apanhei uma escada, transpus o muro e desci no terreno vizinho. Vi o vulto branco de Renfield desaparecer em um dos cantos da construção e corri atrás dele. Encontrei-o agarrado à velha porta de madeira e ferro da capela.

Aparentemente, falava com alguém, mas tive medo de que se assustasse e saísse em disparada se me aproximasse para ouvir a conversa.

É mais fácil correr atrás de um enxame errante de abelhas do que perseguir um lunático seminu tomado pela ânsia da fuga! Após alguns minutos, porém, vi que estava alheio a tudo ao redor e então arrisquei a aproximação, ladeado pelos meus funcionários que se aproximavam, fechando o cerco. Foi quando o ouvi dizer:

"Estou aqui para cumprir suas ordens, Mestre. Sou seu escravo e mereço minha recompensa, pois serei sempre fiel. Há muito tempo eu o idolatro de longe. Agora que está perto, aguardo suas ordens. Meu querido Mestre não vai me deixar de lado na distribuição de suas benesses, não é mesmo?"

É um mendigo bem egoísta. Mesmo acreditando estar na presença de Deus, só pensa em barganhar seus peixes e pães. Seus delírios formam combinação surpreendente. Quando o cercamos, lutou como um tigre. Tem força prodigiosa e parece mais animal selvagem do que ser humano.

Nunca vi um lunático em tal paroxismo de ira, e espero não ver nunca mais. Foi uma bênção termos descoberto sua força e o perigo que ele representa a tempo. Com tamanha potência e determinação, poderia ter feito um estrago irreparável antes de ser contido. Está em segurança agora, de todo modo. Nem Jack Sheppard[1] conseguiria se libertar da camisa de força que colocamos nele, antes de o acorrentarmos à parede do quarto acolchoado.

Seus gritos são às vezes pavorosos, mas os períodos de silêncio são ainda mais assustadores, pois cada um de seus movimentos traz contida fúria homicida.

Ainda há pouco disse suas primeiras palavras coerentes em um bom tempo: "Serei paciente, Mestre. A hora se aproxima, está na hora, está na hora!".

Está na hora de me recolher também. Estava agitado demais para pegar no sono, mas escrever neste diário me acalmou. Sinto que esta será, finalmente, uma noite de repouso.

---

1 Jack Sheppard (1702-1724) foi um criminoso britânico célebre por suas fugas da prisão.

CAPÍTULO IX

Carta de Mina Harker para Lucy Westenra

24 de agosto, BUDAPESTE

BRAM STOKER

Minha querida Lucy,

Sei que deve estar curiosa para saber tudo o que se passou desde que nos despedimos na estação ferroviária de Whitby.

Bem, minha querida, cheguei a Hull na hora certa, peguei o barco para Hamburgo e depois um trem até Budapeste. A viagem em si parece um borrão na minha memória, me lembro apenas de ter em mente que estava indo encontrar Jonathan e que, como teria de cuidar dele, precisava dormir e descansar o máximo possível. Encontrei meu querido tão magrinho, tão pálido e abatido; tem o olhar vazio e aquela dignidade serena do rosto desapareceu. É a sombra do homem que foi e não se lembra de nada do que lhe aconteceu. Pelo menos é o que me diz e não vou perguntar mais nada.

Sofreu choque terrível e receio que tentar recordar o que aconteceu possa ser por demais penoso ao seu pobre cérebro. A irmã Agatha, que é boa criatura e enfermeira nata, disse que ele pediu para que me contasse o que se passou, mas ela só consegue se benzer e falar que jamais vai repetir tais palavras. Disse-me que os delírios dos doentes são como segredos confessados a Deus e que, caso uma enfermeira os ouça por força de sua função, deve respeitar a confiança do doente e jamais revelá-los.

Ela é uma boa alma, muito dócil, e ao me ver preocupada no dia seguinte, resolveu me tranquilizar: "Minha querida, eis o que posso lhe contar. Ele não fez nada de errado e você, que está prestes a se tornar sua esposa, não tem nenhum motivo para se preocupar, não se esqueceu de você nem do compromisso que firmaram. Seus delírios foram sobre coisas terríveis, que vão muito além das questões mundanas".

Acho que a pobre alma pensou que eu estivesse com ciúmes, especulando se meu amor poderia ter se apaixonado por outra moça. Veja você, eu com ciúmes de Jonathan! No entanto, amiga, deixe-me confessar em um sussurro que, de certa forma, senti alívio e alegria ao saber que não deveria me preocupar com outra mulher. Estou agora sentada à cabeceira da cama dele, de onde posso contemplar seu rosto enquanto dorme. Está acordando!

Ao despertar, pediu que buscasse seu casaco, pois queria apanhar algo no bolso para me dar. Pedi à irmã Agatha, e ela me trouxe todos os pertences dele. Vi entre eles o seu diário e estava prestes a perguntar se podia lê-lo, em busca de alguma pista sobre o que lhe aconteceu. Suponho que tenha detectado a intenção em meu rosto, pois pediu que eu me afastasse até a janela para deixá-lo a sós por alguns instantes.

Quando me chamou de volta, disse muito solene: "Wilhelmina" — logo percebi que falava muito sério, pois me chamou assim pela última vez quando me pediu em casamento —, "você bem sabe, minha querida, o que penso sobre a confiança que deve haver entre marido e mulher. Para mim, não deve haver segredos, nada deve ser escondido. Sofri um choque profundo e quando me esforço para lembrar o que de fato aconteceu sinto minha cabeça girar e já não sei se foi realidade ou o delírio de um louco. Você sabe que tive febre cerebral, que é uma espécie de loucura. O segredo está aqui, mas não quero saber nada a respeito. Quero recomeçar minha vida agora, a partir do nosso casamento". Decidimos nos casar, minha amiga, assim que se cumprirem todas as formalidades. "Você estaria disposta, Wilhelmina, a compartilhar de minha ignorância? Aqui está o diário. É seu. Guarde-o e, se quiser, leia-o. Mas nunca me diga o que está escrito aí, a não ser que um dever solene me force a regressar para essas horas tão amargas, em sonhos ou em vigília, louco ou são." Deixou-se cair, exausto, e guardei o diário sob seu travesseiro, dando-lhe um beijo. Pedi à irmã Agatha que implorasse à madre superiora a autorização para que nosso casamento acontecesse hoje à tarde e aguardo sua resposta...

Ela esteve aqui e informou que o capelão da missão inglesa já foi chamado. Vamos nos casar daqui a uma hora, assim que Jonathan acordar.

Lucy, a grande hora chegou e se foi. Senti-me muito solene, mas muito, muito feliz. Jonathan acordou um pouco depois da hora; eu já estava pronta. Nós o ajudamos a sentar na cama, com travesseiros nas costas. O seu "sim" foi dito com firmeza e vontade. Eu mal pude falar. Meu coração estava tão pleno que até essa simples palavrinha engasgou em minha garganta.

As queridas irmãs foram tão gentis. Deus permita que eu jamais as esqueça, assim como das responsabilidades sérias e, ao mesmo tempo, doces que acabo de assumir. Quero lhe contar sobre meu presente de casamento. Quando o capelão e as irmãs me deixaram a sós com meu marido — ah, Lucy, é a primeira vez que escrevo as palavras "meu marido" —, apanhei o diário embaixo do travesseiro, envolvi-o em papel branco e amarrei com uma fitinha azul-claro que trazia no pescoço. Selei o nó com cera quente e usei meu anel de casamento como sinete. Dei um beijo e mostrei ao meu marido, dizendo que haveria de ficar selado durante o resto de nossas vidas, como símbolo externo e visível de nossa mútua confiança — a ser aberto somente se ele pedisse ou em caso de extrema necessidade. Tomou minhas mãos nas suas e, ah, Lucy, foi a primeira vez que segurou as mãos de sua esposa, e disse que meu gesto fora a coisa mais bela de todo o mundo, e que ele seria capaz de suportar novamente toda a sua vida miserável apenas para ser digno daquele momento. O pobrezinho quis se referir às últimas semanas, mas ainda embaralha muito o tempo e não hei de me surpreender se confundir não apenas os meses, mas também os anos.

Bem, minha amiga, o que poderia dizer? Apenas que sou a mulher mais feliz do mundo e que não tinha nada para dar a ele, a não ser eu mesma, minha vida e minha confiança, e dizer que ele tem meu amor e meu respeito pelo resto de nossos dias. Minha querida, ele então me beijou e, segurando-me com suas mãos enfraquecidas, selou nossa promessa solene em um abraço.

Lucy, querida, sabe por que lhe conto tudo isso? Não é apenas por serem lembranças tão doces, mas também por você ter sido sempre e continuar a ser tão importante e querida para mim. Foi um privilégio ser sua amiga e mentora depois que saiu do colégio e começou a se preparar para a vida. Como esposa felicíssima que sou, quero lhe mostrar agora para onde o dever me conduziu, para que possa ser igualmente realizada em sua vida matrimonial. Minha querida, peço a Deus que sua vida seja tudo o que promete ser: um longo dia de sol, sem ventos inclementes; uma vida de atenção aos deveres, sem negligências ou desconfianças. Gostaria de poder desejar uma vida sem sofrimento, mas isso seria impossível; espero, contudo, que possa ser sempre tão feliz quanto eu neste momento. Adeus, minha amiga. Vou colocar esta carta no correio o quanto antes e, se puder, torno a escrever muito em breve. Agora devo parar por aqui, pois Jonathan está acordando e preciso cuidar do meu marido!

Amor sempre, da sua
Mina Harker.

CARTA *de Lucy Westenra para Mina Harker*

Whitby, 30 de agosto.

Minha querida Mina,

Mando todo o meu amor e um milhão de beijos, desejando que logo possa estar em sua casa, com seu marido. Gostaria que pudessem voltar o quanto antes, ainda a tempo de ficarem um pouco aqui conosco. O ar vigoroso destas bandas certamente restauraria a saúde de Jonathan, assim como fez comigo. Estou comendo como uma porca, ando cheia de vida e durmo muito bem. Você vai ficar contente em saber que nunca mais tive episódios de sonambulismo. Há mais de uma semana que deito e durmo feito pedra. Arthur disse que estou engordando. Aliás, esqueci de te contar: Arthur está aqui. Temos passeado muito, a pé e de carruagem, e feito tantas coisas juntos: andamos a cavalo, remamos, jogamos tênis e saímos para pescar — e o amo mais do que nunca. Ele diz que me ama mais, mas eu duvido, pois no início me disse que não seria possível me amar mais do que amava naquela época. Mas isso tudo é uma grande bobagem. Já está me chamando aqui. E isso é tudo, por enquanto, da amiga que te ama,

Lucy

P.S.: Mamãe manda um beijo. Ela parece estar um pouco melhor, coitadinha.
P.P.S.: Nosso casamento está marcado para o dia 28 de setembro.

Diário do dr. Seward

20 de agosto

O caso de Renfield está cada dia mais interessante. Ultimamente, anda sossegado, com intervalos mais longos de calmaria entre seus ataques furiosos. Na primeira semana após o surto, foi tomado por incessante violência. Então, certa noite, quando a lua despontou no céu, ficou subitamente prostrado e quieto, murmurando apenas consigo mesmo: "Agora posso esperar. Agora posso esperar".

O enfermeiro veio me contar e logo desci para ir ter com ele. Ainda estava na camisa de força, no quarto acolchoado, mas perdera a expressão furiosa, e detectei em seus olhos o velho ar suplicante; uma mansidão quase servil. Satisfeito com seu estado atual, instruí que o soltassem. Os enfermeiros hesitaram, mas por fim cumpriram minhas ordens sem protestar.

O paciente, curiosamente, teve presença de espírito suficiente para detectar a desconfiança dos enfermeiros e, aproximando-se de mim, cochichou enquanto os olhava de soslaio: "Eles têm medo que eu machuque o senhor. Vê se pode! Que imbecis!".

De certo modo, foi reconfortante saber que esse pobre lunático faz distinção mental entre mim e os demais, mas ao mesmo tempo não entendi o que quis dizer com isso. Será que acha que temos algo em comum e estamos, por assim dizer, em igualdade de condições? Ou será que meu bem-estar é necessário para que seja recompensado com um benefício estupendo? Preciso investigar depois. Hoje à noite não falará mais nada. Não consegui interessá-lo nem mesmo com a oferta de um filhote de gato ou mesmo um gato adulto.

"Não ligo para gatos", disse. "Tenho coisas mais importantes para pensar agora e posso esperar. Posso esperar."

Logo depois, deixei-o a sós. O enfermeiro relatou que permaneceu quieto até o amanhecer, quando começou a ficar bastante agitado e, por fim, violento. Teve crise tão aguda que o deixou exaurido e, finalmente, desfaleceu em um estado que beirava o coma.

Há três dias que o quadro se repete: violento o dia inteiro e quieto à noite, do crepúsculo até o amanhecer. Gostaria de ter ao menos uma pista para deduzir o motivo. É como se sofresse influência passageira. Boa ideia! Vamos, esta noite, fazer um jogo: os lúcidos versus os lunáticos. Ele já escapou por conta própria; esta noite, escapará com nossa ajuda. Nós lhe daremos oportunidade de fuga, mas os funcionários estarão de prontidão, prontos para segui-lo quando escapar.

---

23 de agosto

"O inesperado sempre acontece." Como Disraeli conhecia bem a vida! Nosso pássaro não quis voar quando viu a gaiola aberta, arruinando assim todos os nossos planos. Não obstante, confirmei algo: os intervalos de calmaria duram um período considerável. No futuro, soltaremos suas amarras por algumas horas a cada dia. Dei ordens para que o enfermeiro noturno o tranque na cela acolchoada assim que ele sossegar, para que permaneça lá até uma hora antes do amanhecer. O corpo do pobre coitado vai agradecer o alívio, embora sua mente não possa apreciá-lo. Ora essa! Eis o inesperado novamente! Estão me chamando. O paciente escapou mais uma vez.

MAIS *tarde*

Outra aventura noturna. Renfield, muito matreiro, esperou o enfermeiro entrar no quarto para a inspeção. Passou correndo por ele e desceu às pressas. Dei ordens para que o seguissem. Foi, como da outra vez, para o terreno da mansão abandonada e o encontramos no mesmo lugar, agarrado à velha porta da capela. Ficou furioso ao me ver e, se os enfermeiros não o segurassem a tempo, teria tentado me matar. Enquanto o segurávamos, aconteceu algo estranho. Ele redobrou seus esforços e, de repente, ficou muito manso. Por instinto, olhei ao meu redor, mas não vi nada, segui a direção do olhar de meu paciente, que fitava a lua, porém, não detectei nada, a não ser um grande morcego, silencioso e fantasmagórico, bater suas asas rumo ao oeste. Morcegos costumam voar em círculos, mas esse parecia avançar em linha reta, como se soubesse para onde ia ou tivesse alguma intenção específica.

O paciente foi se acalmando cada vez mais e, por fim, declarou: "Não precisa me amarrar. Vou sem resistir". Voltamos tranquilamente. Sinto que há algo sinistro em sua calma e não esquecerei esta noite...

Diário de Lucy Westenra

Hillingham, 24 de agosto

Devo imitar Mina e me habituar a escrever tudo o que acontece. Assim, poderemos conversar longamente quando nos reencontrarmos. Pergunto-me quando será. Gostaria que ela estivesse aqui comigo, pois estou tão infeliz. Ontem à noite tive a mesma impressão de sonhar, como quando estávamos em Whitby. Talvez seja a mudança de ares ou a volta para casa; é tudo tão vago e tenebroso para mim, não consigo lembrar de nada. Estou tomada por um medo indistinto e me sinto fraca e esgotada. Quando Arthur veio almoçar, achei-o bastante preocupado comigo e não tive sequer forças para me animar. Acho que vou dormir no quarto da minha mãe esta noite; darei alguma desculpa.

25 de agosto

Outra noite ruim. Minha mãe não quis que eu ficasse com ela, pois também não está muito bem e não quer me preocupar. Tentei ficar acordada e até consegui por um tempo, contudo, à meia-noite, despertei assustada de um cochilo e percebi que já estava pegando no sono. Escutei um arranhado ou bater de asas do lado de fora da janela, mas não dei muita importância e, como não me lembro de mais nada, acho que adormeci e tive mais pesadelos. Gostaria de me lembrar. Acordei me sentindo terrivelmente fraca, estou com uma palidez medonha e minha garganta incomoda bastante. Devo estar com algum problema nos pulmões, pois tenho dificuldade para respirar. Tentarei ficar mais bem-disposta quando Arthur chegar, para que não fique preocupado com minha aparência.

CARTA *de Arthur Holmwood para o dr. Seward*

Hotel Albemarle, 31 de agosto

Meu caro Jack,

Preciso de um favor seu. Lucy está doente; quer dizer, não de uma doença específica, mas está com uma aparência péssima e parece piorar a cada dia que passa. Perguntei-lhe se sabe qual é a causa de sua enfermidade (não ousei perguntar a sua mãe, pois perturbá-la com a saúde da filha em seu atual estado poderia ser fatal. A sra. Westenra sofre do coração e me confidenciou que está com os dias contados, embora a pobre Lucy ainda não saiba disso). Tenho certeza de que algo preocupa minha doce garota. Fico inquieto quando penso nela e sinto um aperto no peito ao vê-la. Comentei que lhe pediria para visitá-la e, embora ela tenha resistido no início (e sei bem o porquê, meu velho camarada), finalmente consentiu. Creio que será uma tarefa dolorosa, meu amigo, mas é para o bem dela e não devo hesitar em pedir, nem você em tomar providências. Está convidado para almoçar com elas em Hillingham amanhã, às duas horas, para não deixar a sra. Westenra desconfiada. Após o almoço, Lucy dará um jeito de ficar sozinha com você. Estou doido de aflição e, depois que a tiver examinado, gostaria que conversássemos a sós. Por favor, não deixe de ir!

Arthur

TELEGRAMA *de Arthur Holmwood para Seward*

1º de setembro

Indo ver meu pai, que piorou. Aguardo carta com detalhes no correio de hoje à noite, escreva para o endereço no Ring. Mande telegrama, se necessário.

Carta do dr. Seward para Arthur Holmwood

2 de setembro

Meu velho camarada,

Em relação à saúde da srta. Westenra, apresso-me em informar-lhe que, na minha opinião, não há nenhum distúrbio funcional ou doença que eu possa identificar. Não obstante, a aparência dela não me agradou nem um pouco. Está penosamente diferente desde a última vez em que nos vimos. É preciso ter em mente que não tive oportunidade de examiná-la como gostaria. Nossa própria amizade dificulta um pouco, criando uma barreira que nem mesmo a medicina ou o hábito consegue contornar. Vou relatar exatamente o que aconteceu para que possa, até certo ponto, tirar suas próprias conclusões. Então lhe direi o que fiz e o que proponho que façamos.

Encontrei a srta. Westenra aparentemente bem-disposta. A mãe estava presente e, em questão de segundos, percebi que se esforçava para disfarçar a fim de não preocupar a sra. Westenra. Acho que, mesmo sem saber a gravidade do estado da mãe, sente intuitivamente que é preciso ter cautela para não a aborrecer.

Almoçamos os três e lutamos com tamanho empenho para parecer alegres que recebemos, à guisa de recompensa por nossos esforços, uma dose verdadeira de alegria. A sra. Westenra quis deitar-se depois e Lucy ficou sozinha comigo. Fomos para seus aposentos e, até estarmos absolutamente a sós, se manteve animada, pois os empregados estavam por toda parte.

Porém, assim que fechamos a porta, a máscara caiu e afundou-se na poltrona, com longo suspiro, escondendo o rosto com as mãos. Quando vi que extravasava a tristeza, aproveitei sua reação para buscar um diagnóstico.

Ela me disse, muito meiga: "Você não faz ideia de como detesto falar sobre mim". Lembrei-a de que o sigilo médico é sagrado, mas que você estava muitíssimo preocupado. Ela compreendeu o que eu quis dizer imediatamente e resolveu logo a questão: "Diga a Arthur tudo o que quiser. Não me importo comigo, mas com ele!". Assim, tenho liberdade total para lhe contar o que aconteceu.

Logo notei sua acentuada palidez, mas não encontrei os sinais habituais de anemia. Por obra do acaso, pude testar a qualidade de seu sangue. Ela foi tentar abrir uma janela emperrada e, quando a corda cedeu, cortou levemente a mão em um caco de vidro. Foi um acidente corriqueiro e insignificante, mas me deu a oportunidade de coletar algumas gotas de sangue para um posterior exame.

A análise qualitativa revelou que o sangue está normal e aponta para um excelente estado de saúde. Posso garantir que, em termos físicos, também não há motivos para preocupação, mas, uma vez que algo de fato está acontecendo, cheguei à conclusão de que a causa deve ser mental.

Ela se queixa de dificuldade respiratória e de um sono pesado e letárgico que produz sonhos amedrontadores, cujo conteúdo não consegue se lembrar. Disse que, quando era pequena, sofria de sonambulismo e que tais episódios voltaram a acontecer em Whitby, chegando até, em determinada noite, a andar até o East Cliff, onde foi encontrada pela srta. Murray. Garantiu-me, porém, que desde que voltou para casa não teve mais nenhuma perturbação no sono.

Estou na dúvida e, sendo assim, tomei o que julguei ser a decisão mais acertada. Escrevi para o meu velho amigo e mentor, o professor Van Helsing, de Amsterdã, cujo conhecimento de doenças obscuras é ímpar, inigualável em todo o mundo. Pedi que viesse o quanto antes e, como você disse que assumiria possíveis custos, informei quem você é, deixando-o também a par de sua relação com a srta. Westenra. Fiz isso, meu bom amigo, para atender seu pedido, e ficarei orgulhoso e contente se puder ajudá-la verdadeiramente, com tudo o que estiver ao meu alcance.

Van Helsing atenderá meu pedido por motivos pessoais, de modo que, não importa quais sejam suas exigências, devemos acatar as recomendações. Parece ser um sujeito um tanto arbitrário, mas lhe garanto que sabe bem o que diz, melhor do que qualquer outra pessoa que conheço. É filósofo, metafísico e um dos cientistas mais inovadores de sua época; possui, creio eu, uma mente absolutamente aberta. Tem nervos de aço, temperamento cortante, determinação indomável e notável capacidade de autocontrole. É um homem cuja tolerância ultrapassa a virtude e alcança as raias da bênção, e tem o coração mais gentil e verdadeiro que já pulsou entre os homens. Tais qualidades formam o equipamento para o nobre serviço que presta à humanidade, trabalho que abarca teoria e prática, pois suas ideias são tão abrangentes quanto sua solidariedade. Digo-lhe tudo isso para que entenda por que deposito tamanha confiança nele. Pedi que venha o quanto antes. Vou encontrar a srta. Westenra amanhã novamente. Ela ficou de me encontrar na Harrod's para que a mãe não desconfie de nova visita em tão curto tempo.

Sempre seu,
John Seward

Carta de Abraham Van Helsing, m.d., ph.d., Litt.d. etc. etc.[1] *para o dr. Seward*

2 de setembro

Meu bom amigo,

Recebo a carta e já estou a caminho. Por sorte, posso ir imediato, sem prejudicar pacientes que confiam em mim. Não fosse essa sorte, seria ruim para os que confiam, porque meu amigo pede ajuda para aqueles que são queridos. Diz a seu amigo que quando você suga tão rápido veneno da ferida de faca infectada de gangrena que nosso outro amigo, muito nervoso, deixa escapar, você faz mais por ele que toda sua grande fortuna pode pagar. Ajudar seu amigo é prazer adicional; vou por você. Por favor, dá jeito para poder ver moça não muito tarde amanhã, porque é provável ter que retornar para cá de noite. Mas, se necessário, volto para Londres em três dias e fico mais tempo. Até lá, adeus, meu amigo John.

Van Helsing

Carta do dr. Seward para o Ilmo. Arthur Holmwood

3 de setembro

Meu caro Art,

Van Helsing veio e já partiu. Foi comigo para Hillingham e lá descobrimos que, por arranjo de Lucy, sua mãe saíra almoçar fora, nos dando a chance de ficar a sós com ela.

---

[1] Stoker condensou em Van Helsing tantos talentos, títulos e especialidades que o personagem, quase um super-herói, paira perigosamente à beira até mesmo da credibilidade ficcional. Médico, advogado, filósofo e doutor em letras, nosso intrépido herói, não obstante, se expressa no texto original com inglês por vezes incompreensível. Alguns estudiosos de *Drácula* postulam que o inglês capenga de Van Helsing acaba reduzindo sua autoridade e tornando até mesmo o personagem um pouco cômico. Para o estudioso Clive Leatherdale, por exemplo, uma vez que a função crítica de Van Helsing é elucidar o comportamento dos vampiros, seu modo de se expressar confunde o leitor do romance no original (ver Clive Leatherdale, *Dracula: The Novel and the Legend*. Aquarian Press, 1985). Por esse motivo, a tradução aqui apresentada neutraliza os erros do professor, para que seu discurso não se torne confuso ou privilegie a forma, tornando-a mais relevante do que o próprio conteúdo de sua fala.

Ele fez um exame minucioso na paciente e ficou de conversar comigo. Vou lhe transmitir suas orientações, pois, é claro, não estive presente o tempo todo. Lamento informar que está bastante preocupado, embora diga que precisa pensar para avaliar melhor o caso. Quando contei de nossa amizade e expliquei que você depositou sua confiança em mim nesse assunto, ele disse: "Diga a ele tudo que acha. Diga a ele tudo que *eu* acho, se conseguir adivinhar. Não estou brincando. Não é piada e sim um assunto de vida ou morte, talvez até além". Perguntei o que quis dizer, já que falou com tanta seriedade. Tomávamos um chá na cidade, antes que partisse para Amsterdã, mas não quis me dar mais nenhuma pista. Não se irrite comigo, Art, porque a própria reticência dele significa que o seu cérebro está totalmente concentrado na melhor forma de ajudar Lucy. Esteja certo de que, quando chegar a hora, ele vai falar com mais clareza. Disse então que escreveria para você apenas o relato de nossa visita, como se redigisse uma matéria especial para o *Daily Telegraph*. Ele não prestou muita atenção, comentando distraido que Londres não estava mais tão imunda como quando estudou aqui em sua juventude. Deve me passar seu parecer amanhã, se estiver pronto. De todo modo, vai me enviar uma carta.

Bem, quanto à visita, Lucy estava mais bem-disposta do que da primeira vez que a vi, e também com aparência melhor. Perdeu um pouco daquele ar medonho que tanto o perturbou e estava com a respiração normal; foi muito carinhosa com o professor (como sempre é) e fez de tudo para que ele ficasse à vontade, embora tenha percebido que a pobrezinha se esforçava terrivelmente.

Creio que Van Helsing percebeu também, pois reconheci seu olhar astuto por baixo das espessas sobrancelhas. Pôs-se então a conversar sobre diversos assuntos, desviou o foco de nós três e evitou falar de doenças com tanta cordialidade que a falsa animação da pobre Lucy se transformou em entusiasmo real. Então, cuidando para não mudar de assunto abruptamente, abordou com delicadeza o motivo de sua visita e disse com muita ternura:

"Minha cara jovem senhorita, é prazer estar aqui, porque você é muito amada. Isso não é pouca coisa, minha querida, e sei disso mesmo sem conhecer você. Falaram que estava maldisposta e com palidez de meter medo." Respondi: "Estava!". Estalou os dedos, como se fizesse o mal-estar de Lucy desaparecer em um passe de mágica. "Vamos mostrar como estão enganados. Como podem saber alguma coisa sobre jovens moças?", indagou e apontou para mim, exatamente como fazia na sala de aula durante ou, melhor, após o incidente que não se cansa de me fazer recordar. "Ele só sabe lidar com doido, para fazer que se recuperarem e voltarem para os braços daqueles que amam. É um trabalho e tanto, e fazer louco recuperar a alegria tem lá recompensas. Mas o que sabe sobre moças? Não tem esposa e não tem filha, e os jovens não se abrem com os jovens, e sim com os velhos que nem eu, que já viveram muitas tristezas e conhecem seus motivos. Assim, minha cara, vamos expulsar para ele fumar cigarro no jardim enquanto conversamos sozinhos." Aproveitei a deixa e fui dar uma volta no jardim. Ao fim do exame, o professor surgiu na janela e me chamou. Estava com a expressão bem séria quando me disse: "Fiz exame minucioso, mas não encontrei causa. Concordo com você: ela perdeu muito sangue; perdeu, mas não ficou sem. Não tem sinal de anemia. Pedi para chamar criada para conversar comigo, quero fazer uma ou duas perguntas para não deixar nada fora. Mas sei tudo que vai dizer. No entanto, tem causa: não existe doença sem causa. Preciso voltar para casa e pensar. Você deve mandar telegrama todo dia e, se for o caso, volto para cá. A doença, pois se não está bem é porque tem doença, me interessa e a paciente, tão moça e tão meiga também. Ela encantou e volto por ela, mais do que pela doença ou por você".

Como lhe disse, ele não quis falar mais nada sobre o assunto, nem mesmo quando ficamos sozinhos. Agora, Art, você sabe tanto quanto eu. Vou continuar monitorando de perto. Espero que seu pobre pai esteja melhor, pois deve ser terrível para você, meu amigo, ficar dividido entre duas pessoas que tanto ama. Sei que é filho devotado e está certo em cumprir seus deveres. Mas, se for necessário, vou lhe escrever para que venha ver Lucy imediatamente. Até lá, não fique preocupado.

John Seward.

Diário do dr. Seward

4 de setembro

Meu paciente zoófago continua despertando nosso interesse. Teve apenas um surto ontem, em horário imprevisto: pouco antes de meio-dia, começou a ficar inquieto. O enfermeiro conhecia os sintomas e logo pediu ajuda. Por sorte, os funcionários acudiram depressa. Assim que o relógio marcou meio-dia, o paciente ficou tão violento que precisaram de força redobrada para contê-lo. Passados aproximadamente cinco minutos, começou a se acalmar e, por fim, caiu em estado de melancólica prostração, no qual permanece até agora. O enfermeiro disse que seus gritos durante o ataque eram tão apavorantes que diversos pacientes ficaram muito assustados e, quando cheguei, precisei atendê-los. O susto foi compreensível, pois mesmo eu, que estava distante, fiquei alarmado. Já passou a hora do jantar aqui no manicômio e meu paciente continua amuado, sentado no canto da cama, com expressão apática, soturna e desolada que parece sugerir algo mais do que propriamente revela. Não consigo entendê-la.

Mais tarde

Outra mudança no meu paciente. Às cinco da tarde fui vê-lo e o encontrei aparentemente alegre e bem-disposto, como costumava ser. Caçava moscas e as engolia, enquanto marcava o progresso de suas capturas com riscos à unha na beira da porta, entre os vãos do acolchoado. Quando me viu, veio ter comigo, se desculpou pela má conduta e pediu em um tom humilde e servil se poderia voltar a seu quarto e ter novamente seu caderno. Achei melhor atender seu pedido e agora está outra vez em seu quarto, com a janela aberta. Espalhou o açúcar do chá no parapeito da janela, para atrair e capturar dezenas de moscas. Não as come, mas as armazena em uma caixa, como costumava fazer, e examina os cantos do quarto em busca de uma aranha. Tentei incitá-lo a discorrer sobre os acontecimentos dos últimos dias; saber o que se passa em sua mente seria de grande ajuda para mim, mas não quer falar. Por alguns instantes, pareceu muito triste e disse, em fiapo de voz, como se estivesse mais pensando alto do que falando comigo:

"Está tudo acabado! Tudo acabado! Ele me abandonou. Minha única esperança é fazer tudo sozinho!" E então, virando-se para mim, pediu em tom firme: "Doutor, o senhor não poderia, por caridade, me dar um pouquinho mais de açúcar? Acho que me faria muito bem".

"E as moscas?", indaguei.

"Sim! As moscas gostam, e eu gosto delas; sendo assim, gosto também." E ainda tem gente ignorante que acha que os loucos não sabem argumentar. Providenciei uma porção dupla e, quando o deixei, estava tão feliz que mal cabia em si. Gostaria de compreender o que se passa em sua cabeça.

Meia-noite

Outra mudança em Renfield. Eu acabara de voltar da visita à srta. Westenra, a quem encontrei bem melhor, e estava no portão contemplando o pôr do sol quando ouvi os gritos dele. Como seu quarto fica neste lado da casa, pude ouvi-lo melhor do que de manhã: foi como um despertar violento. Fui arrancado da beleza nebulosa do poente sobre Londres — com luzes fantásticas e sombras retintas, e os matizes espetaculares que colorem as densas nuvens espelhadas nas águas turvas do rio — para a austeridade soturna do meu frio manicômio, repleto de sofrimento pulsante, e do meu coração embrutecido para suportar tudo isso. Fui depressa ao encontro dele enquanto o sol desaparecia no horizonte; vi a órbita avermelhada recolher-se pela janela do paciente. Ao cair da escuridão, Renfield foi se acalmando, até deslizar das mãos que o continham e tombar como massa inerte no chão. A capacidade regenerativa do intelecto dos lunáticos, no entanto, é prodigiosa; alguns minutos depois, levantou-se muito calmo e olhou ao redor. Fiz sinal para que os enfermeiros não o segurassem, pois estava curioso para ver qual seria seu próximo passo. Ele foi direto para a janela e espanou os vestígios de açúcar com as mãos. Apanhou a caixa de moscas e a esvaziou do lado de fora, e a descartou. Em seguida, fechou a janela, atravessou o cômodo e sentou-se na cama. Muito surpreso, perguntei: «Não vai mais guardar suas moscas?».

«Não», respondeu. «Estou cansado de toda essa bobagem!» Não tenho dúvidas de que é um paciente deveras interessante; gostaria de entender sua mente ou detectar a causa de seus surtos repentinos. Pode ser que os horários dos surtos sugiram alguma pista. Será possível que o sol exerça alguma influência maligna em determinadas pessoas, assim como a luz? Veremos.

Telegrama de Seward, Londres, para Van Helsing, Amsterdã

4 de setembro

A paciente continua melhorando.

Telegrama de Seward, Londres, para Van Helsing, Amsterdã

5 de setembro

A paciente melhorou consideravelmente. Bom apetite, sono normal, bom humor e ficou corada novamente.

Telegrama de Seward, Londres, para Van Helsing, Amsterdã

6 de setembro

Mudança para pior. Venha imediatamente. Não há um minuto a perder. Vou esperar sua chegada para avisar Holmwood.

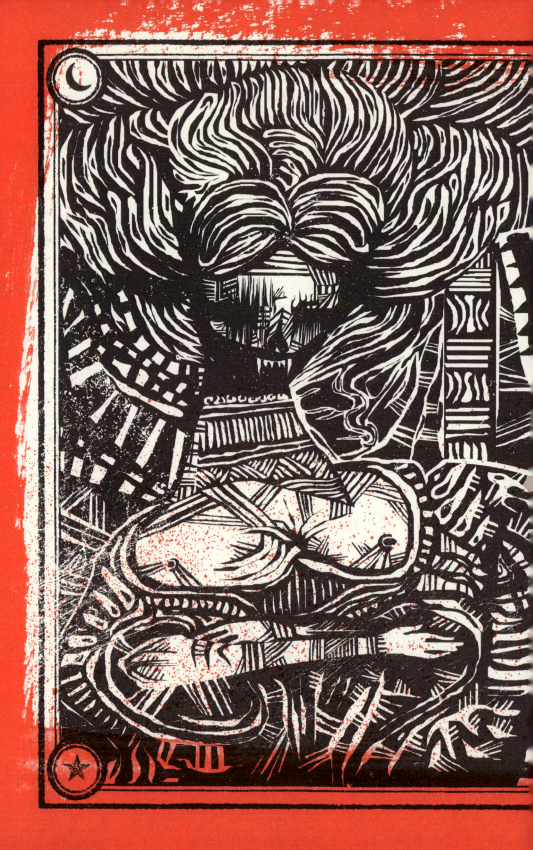

CAPÍTULO X

Carta do dr. Seward para o Ilmo. Arthur Holmwood

6 de setembro

BRAM STOKER

Meu caro Art,

As notícias não são boas. Esta manhã, Lucy piorou um pouco. O lado positivo da crise foi que a sra. Westenra, preocupada com a filha, consultou-me profissionalmente. Aproveitei a oportunidade para comentar que meu antigo professor, o grande especialista Van Helsing, estava a caminho e que poderíamos tratar de Lucy juntos. Agora podemos entrar e sair da casa sem alarmá-la; um choque poderia ser fatal e, na condição enfraquecida de Lucy, seria desastroso para ambas. Meu amigo, estamos cercados por dificuldades, mas, com a ajuda de Deus, vamos conseguir superá-las. Volto a escrever se houver necessidade. Se não receber nenhuma carta minha, suponha que também aguardo notícias. Urgentemente.

Sempre seu,
John Seward

Diário do dr. Seward

7 de setembro

A primeira coisa que Van Helsing falou ao me encontrar na Liverpool Street foi: "Você fala algo para jovem amigo, noivo da moça?".

"Não", respondi. "Esperava por nosso encontro, como disse no telegrama. Escrevi informando apenas que você estava voltando, pois a srta. Westenra não passava bem, e que tornaria a escrever se houvesse necessidade."

"Faz bem, meu amigo", aprovou. "Faz muito bem! Melhor não saber ainda. Talvez não seja preciso. Espero que não, mas se é, então deve saber tudo. E John, meu bom amigo, advirto: você lida com gente doida. Todo mundo é doido, de um jeito ou de outro, e já que lida discreto com os loucos, peço para lidar com loucos de Deus, ou seja, resto do mundo. Você não diz a seus loucos o que faz e por que faz, não diz o que passa na cabeça. Então, peço que mantenha que sabe em segredo, que a sabedoria agrupa e multiplica. Nós dois vamos manter o que sabemos aqui e aqui." Colocou a mão no meu coração e na minha testa e repetiu o gesto em si mesmo. "Já tenho ideias. Mais tarde divido com você."

"Por que não agora?", perguntei. "Pode ser bom, podemos chegar a alguma conclusão." Ele me olhou e disse: "Meu amigo John, quando o milho cresce, mas ainda não é maduro, quando a seiva da mãe natureza está nele e os raios de sol ainda não tingem ele de dourado, fazendeiro esfrega milho entre as mãos ásperas, assopra palha verde e diz: 'Vê só, é bom milho, mas fica melhor ainda quando pronto'".

Não entendi a metáfora e disse isso a ele. À guisa de resposta, segurou minha orelha e a puxou de brincadeira, como fazia na época em que era meu professor: "Bom fazendeiro diz que milho é maduro quando sabe que é hora de colheita, não antes; não desenterra espiga ainda verde para ver se cresce mesmo. Isso é para criança que brinca de fazenda, e não para quem faz disso o trabalho da vida. Entende agora, amigo John? Planto milho e agora preciso deixar que natureza brota; se brota logo, melhor ainda, mas tenho que esperar estar pronto para não arrancar antes da hora". Ficou em silêncio e viu que finalmente compreendi o que queria dizer. Prosseguiu então, muito sério: "Você sempre é aluno aplicado e sempre anota mais no caderno que resto da turma. Espero que não perca esse ótimo hábito. Lembra, meu amigo, conhecimento é mais forte que a memória e não devemos ir pelo mais fraco. Se não tem mais essa boa prática, aconselho então retomar, porque caso de nossa querida garota parece ser, veja bem, *parece* ser de tal interesse para nós e resto do mundo, que pode deixar os outros no chinelo, como dizem. Então, anota tudo. Não trata nada por insignificante. Meu conselho é anotar até dúvidas e suposições. No futuro, pode ser interessante para você ver se hipóteses se confirmam ou não. Aprendemos com fracasso, não com sucesso!".

Quando descrevi os sintomas de Lucy — basicamente, os mesmos de antes, mas muito mais acentuados — ficou muito sério, mas não fez comentário algum. Trouxera uma maleta repleta de instrumentos e fármacos, os equipamentos de um mestre na arte da cura ou, melhor dizendo, "a medonha parafernália do nosso benéfico ofício", como certa vez os chamara em uma de suas aulas.

Fomos anunciados e a sra. Westenra nos recebeu. Estava apreensiva, mas não tanto quanto imaginava. A natureza, em um dos seus humores benfazejos, decretou que até mesmo a morte possua algum antídoto para seus próprios temores. Em situação na qual o menor choque poderia levá-la a óbito, a escala de prioridades da sra. Westenra se ordenara de tal maneira para impedir que tudo que não dissesse respeito a sua saúde — nem mesmo a mudança tão brutal na filha adorada — a abalasse. Era como se a natureza envolvesse um corpo estranho com tecido insensível para proteger o organismo de um possível contágio. Se isso constituir egoísmo, devemos refletir antes de condenar alguém por esse vício, pois pode trazer, em seu cerne, motivos que desconhecemos.

A partir de meus conhecimentos sobre esse estágio da patologia espiritual, instituí duas regras para a sra. Westenra: não deveria estar presente durante o tratamento de Lucy; nem pensar sobre a doença da filha além do estritamente necessário. Ela concordou de imediato e vi, em tal prontidão, mais uma vez a mão da natureza lutando pela vida. Van Helsing e eu fomos conduzidos ao quarto de Lucy. Se fiquei espantado ao vê-la na véspera, fui tomado de horror ao vê-la hoje.

Exibia palidez medonha; branca como papel. Até seus lábios e gengivas estavam esbranquiçados, e os ossos do rosto se destacavam sob a pele, salientes. O esforço que fazia para respirar era penoso de se ver e ouvir. O rosto de Van Helsing enrijeceu e suas sobrancelhas convergiram, quase juntas sobre o nariz. Lucy estava imóvel, apática e, ao que parecia, sem forças para falar. Ficamos os três em silêncio por um tempo. Van Helsing então fez um gesto para que o seguisse e saímos do quarto sem alarde. Assim que fechamos a porta, avançou depressa pelo corredor até o cômodo ao lado. Puxou-me para dentro do quarto, fechou a porta e exclamou: "Meu Deus! O quadro é aterrador, não tem tempo a perder. Morre por falta de sangue para bombear coração. Precisa transfusão urgente. Você ou eu?".

"Sou mais jovem e mais forte, professor. Deixa comigo."

"Então, fica pronto imediato e eu busco maleta. Estou pronto."

Enquanto descíamos, ouvi uma batida na porta. Ao chegar no vestíbulo, a criada acabara de abri-la e Arthur entrava apressado. Correu na minha direção e sussurrou afoito:

"Jack, estou muito aflito. Senti que havia algo estranho em sua carta e fiquei atordoado. Meu pai melhorou, então vim correndo ver a situação de perto. Este cavalheiro é o dr. Van Helsing? Sou muito grato por sua presença, senhor."

Quando o professor bateu os olhos em Arthur, irritou-se com a interrupção inoportuna. Ao observar, no entanto, o porte vigoroso, a juventude e a potente virilidade que parecia emanar dele, seus olhos brilharam. Sem delongas, apertou sua mão e disse:

"Chega em boa hora, senhor. É enamorado de nossa querida garota. Está mal, muito, muito mal. Não, meu rapaz, não fica assim." Arthur, lívido, deixou-se cair na poltrona, prestes a desmaiar. "Você ajuda. Pode fazer mais por ela do que qualquer um aqui, mas precisa coragem."

"O que posso fazer?", perguntou Arthur, a voz rouca. "Diga-me e já está feito. Minha vida é dela e daria a última gota de sangue em meu corpo por ela."

Van Helsing tinha muito senso de humor e, habituado a sua velha espirituosidade, pude detectá-la na resposta:

"Meu jovem senhor, não peço tanto, não última gota!"

"O que devo fazer?", perguntou Arthur com fogo nos olhos e tremor ansioso nas narinas dilatadas. Van Helsing deu-lhe um tapinha no ombro.

"Vem!", exortou. "É homem e é de homem que precisa. É melhor que eu e meu amigo John." Arthur continuava desnorteado e o professor pôs-se então a explicar com calma e gentileza:

"Jovem senhorita está mal, muito mal. Precisa sangue e, se não tem, morre. Meu amigo John e eu decidimos e agora executo o que chamam transfusão de sangue: transfere sangue de veias repletas de alguém para veias vazias que precisa. John está prestes a dar sangue, porque é mais jovem e mais forte que eu." Nesse momento, Arthur segurou minha mão e a apertou com força, em silêncio. "Mas agora está aqui e é melhor que nós, que cuidamos só o mundo do pensamento. Nossos nervos não são tão calmos e nosso sangue não é tão brilhante!"

Arthur se virou e disse: "Se ao menos soubesse que por ela eu até morreria de bom grado, entenderia...". A fala morreu na voz embargada.

"Bom rapaz!", exclamou Van Helsing. "Logo você fica feliz por saber que fez o possível pela amada. Agora vem, silêncio. Pode beijar ela antes de começar, mas depois se retira e sai ao sinal. Não diz nada para a madame. Sabe estado dela. Não pode sofrer choque e esse certamente seria um. Vem!"

Fomos para o quarto de Lucy. Arthur, por instrução de Van Helsing, ficou do lado de fora. Lucy virou a cabeça e nos olhou, mas não disse nada. Não dormia, apenas estava fraca demais para falar. Sua única comunicação era pelo olhar.

Van Helsing retirou alguns apetrechos da maleta e os dispôs na mesinha, longe das nossas vistas. Preparou o narcótico, aproximou-se da cama e disse em tom efusivo: "Agora, mocinha, aqui remédio. Beba todo, como boa menina. Vê, ajudo a sentar para engolir direitinho. Isso". Com algum esforço, Lucy tomou o remédio.

Fiquei surpreso com o tempo que o medicamento demorou para surtir efeito. Tal demora, de fato, indicou a gravidade de sua fraqueza. Após o que me pareceu um tempo infinito, o sono lhe pesou as pálpebras. Por fim, o narcótico manifestou sua potência e ela caiu em sono profundo. Só então o professor chamou Arthur para entrar no quarto e pediu que tirasse o casaco, acrescentando: "Agora pode dar beijo combinado, enquanto levo mesa até aqui. Amigo John, ajuda!". Como estávamos de costas, não olhamos enquanto Arthur se curvou para beijá-la.

Van Helsing virou-se para mim e disse: "Tão jovem e forte e com sangue tão puro, não precisa desfibrinar".

Então, de forma ágil, porém metódica, Van Helsing executou o procedimento. No decurso da transfusão, um fiapo de vida pareceu retornar às faces da pobre Lucy e vimos o rosto de Arthur se iluminar de alegria, embora ficasse cada vez mais pálido. Comecei a me preocupar, pois a perda de sangue visivelmente o depauperava, embora fosse de fato homem muito forte. Ocorreu-me que o estado de Lucy deveria ser mesmo muito grave, já que o procedimento que enfraquecia Arthur restaurava apenas parcialmente sua saúde.

O professor estava compenetrado, o relógio na mão, alternando olhares atentos entre sua paciente e Arthur. Meu coração estava aos pulos. Por fim, disse para Arthur, em tom suave: "Parado um instante. Basta. John, cuida dele. Eu examino Lucy".

Ao término do procedimento, pude constatar como Arthur estava fraco. Fiz o curativo em seu braço e o amparei para fora do quarto quando Van Helsing disse, sem se virar para trás (o homem parece ter olhos nas costas): "Acho que corajoso enamorado merece mais beijo; traz aqui". Assim, pôs-se a ajeitar o travesseiro na cabeça da paciente. Foi então que a fitinha de veludo negro com fivela de diamante que ela sempre usava em volta do pescoço (presente de Arthur) saiu do lugar e revelou uma marca vermelha em sua garganta.

Arthur não reparou, mas ouvi o hausto profundo e ruidoso de Van Helsing — um dos sinais de que conteve uma forte emoção. Contudo, não fez nenhum comentário, apenas virou-se para mim e disse: "Agora desce com valente enamorado, serve vinho do Porto e deixa ele deitar um pouco. Depois, vai para casa descansar, dormir bastante e se alimentar muito bem, porque pode ser preciso dar novamente o sangue pela amada. Não fica muito tempo aqui. Espera! Suponho, senhor, que está ansioso pelo resultado da transfusão. Foi sucesso absoluto. Você salva vida dela e agora vai para casa tranquilo, por fazer que podia. Quando ela está melhor, sabe de nobre gesto. E ama você ainda mais. Adeus".

Depois que Arthur saiu, voltei para o quarto. Lucy dormia tranquilamente, mas ainda respirava com dificuldade. Era possível ver a oscilação das cobertas sobre seu peito arfante. Van Helsing, sentado à cabeceira, olhava-a fixamente. A fita de veludo voltara a cobrir a marca vermelha. Perguntei baixinho: "O que você acha que causou essa marca no pescoço dela?".

"Que *você* acha?"

"Ainda não examinei", respondi e soltei a fita. Bem em cima da veia jugular, identifiquei duas feridas não muito grandes, mas com aparência pouco saudável. Não havia sinal de infecção, mas as bordas eram esbranquiçadas e esfoladas, como se por atrito. Em um primeiro momento, ocorreu-me que Lucy poderia ter perdido sangue por essas feridas, mas logo abandonei a ideia, vendo que não fazia sentido. A cama inteira teria de estar encharcada, pois o volume de sangue que Lucy perdera era considerável para que ficasse lívida como estava antes da transfusão.

"Então?", indagou Van Helsing.

"Bem", disse, "não faço a menor ideia."

O professor levantou-se de repente. "Preciso ir de volta para Amsterdã hoje de noite. Quero coisas e livros de lá. Você permanece aqui noite toda, não desvia os olhos dela."

"Devo chamar um enfermeiro?", perguntei.

"Somos melhores enfermeiros, você e eu. Vigília noite toda. Cuida para estar bem alimentada e nada perturbar. Passa a noite em claro, se precisa. Depois, dorme. Volto mais depressa que der e então começa."

"Começar o quê?", perguntei. "De que diabos está falando?"

"Você vê!", respondeu e partiu apressado. Voltou em seguida e, enfiou a cabeça no vão da porta, recomendou com o dedo em riste: "Lembra: está aos seus cuidados. Se abandona e acontece desgraça, não dorme tão cedo depois!".

Diário do dr. Seward
(CONTINUAÇÃO)

8 de setembro

Fiquei acordado a noite inteira, velando o sono de Lucy. O efeito do narcótico passou naturalmente ao cair da tarde e ela acordou por conta própria. Não parecia mais a Lucy de antes da transfusão: estava disposta, alegre e vivaz, embora os traços da prostração absoluta da véspera permanecessem visíveis. Quando avisei a sra. Westenra que o dr. Van Helsing me instruíra a não sair do lado de Lucy, ela achou desnecessário e alegou que a filha recobrara as forças e estava de excelente humor. Fui firme, contudo, e fiz os preparativos para minha longa vigília. Jantei enquanto a criada a preparava para dormir e, quando já estava pronta, voltei ao quarto e me acomodei a sua cabeceira.

Lucy não fez objeção e, quando nossos olhares se cruzaram, vi que estava grata pela minha presença. Após um longo período, parecia vencida pelo cansaço, mas vi que relutava, esforçando-se para ficar acordada. Era evidente que não queria dormir e decidi abordar o assunto de maneira direta:

"Você não quer dormir?"

"Não. Estou com medo."

"Medo de dormir? Por quê? É o repouso abençoado que todos nós desejamos."

"Ah, não desejaria se estivesse no meu lugar! Para mim, o sono é um presságio de horror!"

"Um presságio de horror? Como assim?"

"Não sei explicar... Não sei. E isso é o mais terrível. Toda essa fraqueza se apossa de mim quando durmo, e fico apavorada só de pensar."

"Mas, minha querida, pode dormir sossegada esta noite. Estou aqui velando seu sono e prometo que nada de ruim vai acontecer."

"Sim, sei que posso confiar em você."

Aproveitei a oportunidade e disse: "Prometo que, se notar qualquer sinal de pesadelo, acordo você na hora".

"Promete? De verdade? Como você é bom para mim, Jack. Vou dormir então!"

Lucy suspirou aliviada, acomodou-se e dormiu quase imediatamente. Velei seu sono a noite inteira e ela não se agitou em momento algum; dormiu um sono solto, em repouso profundo, tranquilo, restaurador. Tinha os lábios entreabertos e o peito arquejava com regularidade de pêndulo. Ostentava um sorriso e era evidente que nenhum pesadelo perturbara sua paz de espírito.

Pela manhã, deixei-a aos cuidados da criada e voltei para casa, pois estava preocupado com muita coisa. Mandei telegramas para Van Helsing e para Arthur, informando sobre o ótimo resultado da transfusão. Passei o dia inteiro ocupado com as múltiplas pendências do meu trabalho. Já era noite quando recebi notícias do meu paciente zoófago, e eram boas: estivera sossegado durante minha ausência. Durante o jantar, recebi um telegrama de Van Helsing, ainda em Amsterdã, sugerindo que passasse a noite na casa de Lucy, pois era prudente continuar a monitorá-la de perto. Informou-me também que voltaria para Londres naquela noite e que me encontraria na manhã seguinte, bem cedo.

9 de setembro

Estava exausto quando cheguei em Hillingham. Não pregava os olhos havia duas noites e começava a sofrer o torpor característico da exaustão cerebral. Lucy estava acordada e de bom humor. Quando apertou minha mão, olhou demoradamente para meu rosto e disse:

"Nada de vigília hoje à noite, ouviu? Você está exausto. Já estou bem melhor. De verdade. Agora é melhor que eu vele seu sono, e não o contrário."

Não objetei e sentei-me à mesa para cear. Lucy me fez companhia e, avivado por sua encantadora presença, fiz excelente refeição e tomei dois cálices de um estupendo vinho do Porto. Depois, ela me levou para o andar de cima e me conduziu ao aposento contíguo ao seu quarto, onde o fogo crepitava em uma aconchegante lareira.

"Fique aqui esta noite", disse ela. "Vou deixar a porta que liga os dois quartos aberta. Pode ficar no sofá se quiser; sei que vocês, médicos, se recusam a deitar na cama quando têm paciente por perto. Se eu precisar de algo, não vou hesitar em chamá-lo, e sei que logo virá me acudir."

Não tive alternativa a não ser concordar. Mal conseguia parar em pé e, mesmo que quisesse, não conseguiria me manter acordado naquela noite. Depois de fazê-la prometer que realmente me chamaria se precisasse de algo, deitei no sofá e, esvaziando a mente, adormeci.

Diário de Lucy Westenra

9 de setembro

Estou felicíssima hoje à noite. Estive tão fraca, presa naquela cama, que a liberdade de poder arejar as ideias e me movimentar pela casa é reconfortante, como sentir o calor dos raios de sol após um longo período de ventania em um céu cinzento. Não sei explicar, mas sinto Arthur tão próximo de mim. Sinto sua presença como um calor que percorre todo o meu corpo. A doença e a fraqueza são estados egoístas e, em nossa autocomiseração, pensamos apenas em nós mesmos. Já a saúde e a força dão livres asas ao amor, que pode adejar em pensamento e em sensação para onde quiser. Sei bem onde estão meus pensamentos agora. Se ao menos Arthur soubesse! Meu querido, meu amor, suas orelhas devem estar coçando enquanto dorme, assim como as minhas quando estou acordada. E que bênção o descanso de ontem! Como dormi bem com o bom dr. Seward ao meu lado. E esta noite também vou dormir sem medo, pois ele está aqui pertinho, prestes a me acudir se eu precisar. Obrigada a todos por serem tão bons para mim. Obrigada, Deus! Boa noite, Arthur.

Diário do dr. Seward

10 de setembro

Acordei com a mão do professor na minha cabeça e recobrei imediatamente a consciência. Despertar depressa é uma das coisas que aprendemos ao dirigir um manicômio.

"Como está paciente?"

"Estava bem quando a deixei... ou melhor, quando *ela* me deixou", respondi.

"Vem, verificamos", disse e fomos juntos até o quarto de Lucy.

A persiana estava fechada e avancei até a janela para abri-la sem fazer muito barulho enquanto Van Helsing, com andar leve de felino, aproximou-se da cama.

Quando abri a persiana e os raios de sol matinais banharam o quarto, ouvi o hausto sibilante do professor e, sabendo por experiência o quão raro era aquele som, senti o medo tomar o peito. Fui ter com ele que, dando um passo para trás, exclamou em pleno horror: "*Gott im Himmel!*".[1] A expressão no rosto traduzia suficientemente seu desespero. Ergueu a mão e apontou a cama, o rosto pálido contorcido em esgar de pavor. Meus joelhos tremiam.

A pobre Lucy parecia desmaiada na cama, com palidez mais assustadora do que antes. Até os lábios estavam esbranquiçados e as gengivas pareciam retraídas, exibindo os dentes, como vemos às vezes em um cadáver que pereceu após longo período de doença.

Van Helsing suspendeu o pé para batê-lo com raiva no chão, mas seu instinto de compostura e a força do hábito falaram mais alto, o que fez ele se controlar a tempo.

"Depressa!", exortou. "Traz conhaque."

Corri até a sala de jantar e voltei com a garrafa. Ele umedeceu os lábios de Lucy com a bebida e, juntos, esfregamos suas mãos, seus pulsos e seu peito. Examinou o coração e declarou após alguns instantes de suspense agonizante:

---

[1] Expressão alemã para "Meu Deus do céu!". Embora holandês, Van Helsing usa expressões alemãs; possivelmente, um exemplo do que o jornal *The Pall Mall Gazette* observou como "leves discrepâncias" no romance em sua resenha sobre *Drácula* (publicada em 1º de junho de 1897).

"Não é tarde demais. O coração é fraco, mas ainda bate. Todo o trabalho vai por água abaixo e começa tudo de novo. Como jovem Arthur não está perto, tem que ser você desta vez, amigo John." Enquanto falava, removia da maleta os apetrechos para nova transfusão de sangue. Tirei o casaco e suspendi as mangas da camisa. Como não era possível ministrar um narcótico (na verdade, desnecessário perante a situação), começamos o procedimento imediatamente.

Sentir o sangue sendo drenado de seu corpo, por mais voluntário que seja o ato, é uma experiência terrível. Após um tempo, e um tempo considerável, Van Helsing advertiu com o dedo em riste: "Não mexe. Temo que recupera um pouco a força, ela desperta na transfusão e isso é muito, muito perigoso. Por precaução, aplico injeção hipodérmica de morfina". Expedito e hábil, preparou e aplicou a dose.

O efeito em Lucy foi satisfatório e fez uma suave transição do desmaio para o sono induzido. Foi com sentimento de orgulho pessoal que detectei leve coloração regressar às faces e aos lábios pálidos de Lucy. Até vivenciar tal experiência, nenhum homem pode compreender o que é sentir seu sangue ser injetado nas veias da mulher amada.

O professor me observou, atento. "Chega", sentenciou. "Mas já?", protestei. "Você tirou muito mais sangue de Art." Com sorriso triste, retrucou:

"Ele é namorado, noivo. Você tem muito trabalho, por ela e outros. Por enquanto é suficiente já."

Depois de encerrar a transfusão, o professor cuidou de Lucy, enquanto eu pressionava minha incisão. Esperava que o professor viesse me atender e me deitei um pouco, pois estava enjoado e tive medo de desmaiar. Van Helsing logo veio fazer o curativo e me instruiu a descer para tomar um cálice de vinho. Saía do quarto quando ele me alcançou e disse em um sussurro:

"Cuidado, não comenta nada do feito aqui. Se jovem noivo aparece de surpresa como outra vez, também não diz nada, pois pode ficar alarmado e com ciúmes. Não queremos uma coisa nem outra. Entende?"

Quando voltei, me examinou com atenção e disse: "Está melhor. Agora, quarto, deita no sofá e descansa um pouco. Depois, coma e volta ajudar".

Obedeci, pois sabia que tinha razão em ser cauteloso. Eu fizera minha parte, e minha obrigação agora era recuperar as forças. Sentia-me muito fraco e, em minha fraqueza, perdera a perplexidade diante do acontecido. Adormeci no sofá, no entanto, com ideias fixas a me remoer: como Lucy regredira daquela maneira e como era possível que perdesse tanto sangue sem deixar vestígios? Creio ter continuado a refletir em meus sonhos, pois na vigília e no sono meus pensamentos voltavam para as marcas no pescoço e a aparência desgastada das bordas nas minúsculas feridas.

Lucy dormiu até tarde e, quando acordou, estava relativamente bem, mas não tanto quanto na véspera. Depois de examiná-la, Van Helsing saiu para dar uma volta, deixando-a aos meus cuidados com severas recomendações de que não saísse de perto dela nem por um instante. Ouvi sua voz no vestíbulo, perguntando o endereço da agência de telégrafos mais próxima.

Lucy conversou comigo sem reservas e parecia não estar ciente do que se passara. Tentei distraí-la, interessá-la com outros assuntos. Quando a mãe veio vê-la, não reparou nenhuma mudança e disse agradecida:

"Somos muito gratas, dr. Seward, por tudo que o senhor fez, mas precisa cuidar para não se estafar. Está tão pálido. Precisa de uma esposa ou de uma enfermeira que cuide um pouquinho do senhor, isso sim!" O discurso da mãe fez Lucy corar, mas a vermelhidão não durou muito em suas faces, pois suas pobres veias sobrecarregadas já não podiam suportar por muito tempo a concentração de sangue na cabeça. A consequência foi uma palidez excessiva enquanto me fitava com olhos suplicantes. Sorri, concordei e pus o dedo sobre os lábios. Ela suspirou e se deixou afundar entre os travesseiros.

Van Helsing retornou em um par de horas e me disse: "Vá para casa agora, coma e beba bem. Fica forte. Fico aqui de noite, à cabeceira da nossa mocinha. Somente nós dois vigiamos, ninguém mais deve saber que passa. Tem motivos sérios para isso; não, não pergunta. Pensa que quiser e não tem medo de cogitar o impensável. Boa noite".

Duas criadas vieram ter comigo no vestíbulo, e perguntaram se podiam fazer companhia para a srta. Lucy durante a noite. Imploraram para que eu as deixasse, e quando disse que Van Helsing gostaria que apenas nós dois tomássemos conta dela, insistiram para que intercedesse com o "cavalheiro estrangeiro". A meiga gentileza delas me comoveu, não sei se por estar debilitado fisicamente ou pela devoção que demonstravam a Lucy — é bem verdade que já presenciei diversas ocasiões de gentilezas femininas antes. Voltei para casa a tempo de cear, fiz minha ronda — estava tudo em ordem — e sentei-me para redigir estas anotações enquanto o sono não vinha, mas está chegando agora.

11 de setembro

Fui até Hillingham à tarde. Encontrei Van Helsing muito bem-humorado e Lucy muito melhor. Pouco depois, chegou uma encomenda de fora do país para o professor, que abriu o volumoso pacote afetando surpresa e exibiu um buquê de flores brancas.

"São para você, srta. Lucy", disse.

"Para mim? Ah, dr. Van Helsing!"

"Sim, minha querida, mas não são enfeite. São medicinais." Lucy fez careta. "Não, não são decocção ou para beber como bebidas enjoativas, então não precisa franzir o lindo narizinho ou conto para meu amigo Arthur que faz caretas e ele decerto fica triste de saber que caçoa da beleza que ele tanto ama. Ah, agora sim, eis o narizinho lindo de volta ao lugar. São medicinais, mas não de comer ou beber. Coloco na janela, faço guirlanda e penduro elas em volta do pescoço para que durma bem. Sim, são como flores de lótus: ajudam a esquecer o problema. Cheiro das águas do rio Lete e fonte da juventude que os conquistadores buscam na Flórida, mas chegam tarde demais."

Enquanto ele falava, Lucy examinava e cheirava as flores. Subitamente, atirou-as longe rindo, o humor se mesclava com o asco:

"Ora, professor, que brincadeira é essa? Estas flores são de alho!"

Para minha surpresa, Van Helsing levantou-se, retesou o maxilar, franziu as sobrancelhas e disse com muita severidade:

"Nada de gracinhas! Não sou homem de brincadeiras! Tem propósito muito sério em tudo que faço e exijo obediência, se não para seu próprio bem, para bem de outras pessoas." Ao ver a pobre Lucy compreensivelmente assustada, adejou com mais brandura: "Minha queridinha, não precisa medo. Isso tudo é para o bem, estas flores tão comuns prestam grande ajuda. Vê, eu mesmo espalho elas na janela e faço guirlanda para você. Mas isso fica entre nós! Nada de sair por aí para responder os curiosos. Você obedece e silêncio é parte da obediência. Tudo isso fortalece e leva de volta para braços queridos que amam você. Agora, quietinha um pouco. Vem comigo, amigo John, ajuda a espalhar pelo quarto este bom alho que vem lá do Haarlem, lugar do meu amigo Vanderpool cultivar ervas em estufas o ano inteiro. Telegrafo ontem e elas chegam quanto antes."

Espalhamos as flores por todo o quarto. O comportamento do professor era de fato esquisito, e nunca ouvira falar de nada parecido nas farmacopeias que conhecia. Primeiro, fechou e trancou as janelas e depois apanhou o buquê de flores e esfregou-o por toda a superfície delas, como se para garantir que qualquer bafejo de ar que entrasse viesse carregado com o odor do alho. Então, esfregou os caules por toda a ombreira da porta e repetiu o mesmo processo na lareira. Aquilo tudo me parecia um tanto bizarro e, por fim, comentei: "Bem, professor, sei que nunca faz nada sem motivo, no entanto, tudo isso muito me intriga. Ainda bem que não temos por cá um cético; ele na certa diria que preparamos algum feitiço para espantar maus espíritos".

"Talvez é isso mesmo", respondeu baixinho, enquanto montava a guirlanda de Lucy.

Aguardamos que ela terminasse sua toalete e, quando já estava deitada, ele próprio fixou a guirlanda de alho em volta de seu pescoço. Suas últimas palavras para ela foram:

"Cuidado para não tirar do lugar, sim? E mesmo se quarto parecer abafado, não abre porta ou janela esta noite."

"Prometo", disse Lucy. "E muito obrigada aos dois, por serem tão gentis e cuidadosos comigo! Ah, o que fiz para merecer tão bons amigos?"

Partimos no meu fiacre, que estava à nossa espera. Van Helsing acomodou-se e disse: "Esta noite durmo em paz. Preciso muito de bom sono. Foi duas noites de viagem, muita leitura de um dia para outro, muita ansiedade e noite de vigília, sem pregar os olhos. Amanhã chama bem cedo e vamos juntos ver nossa linda mocinha, decerto bem mais forte graças ao meu 'feitiço'. Rá, rá!".

A confiança de Van Helsing me fez lembrar de minha própria há duas noites, e a memória do desfecho desastroso encheu-me de vago terror. Talvez por fraqueza, não tive coragem de comentar isso com meu amigo e engoli meu mal-estar crescente como quem prende o choro incontrolável.

CAPÍTULO XI

Diário de Lucy Westenra

12 de setembro

BRAM STOKER

COMO todos são bons para mim! Como amo o querido dr. Van Helsing! Não entendi por que ficou tão nervoso por causa dessas flores. Ele chegou a me assustar, estava tão bravo. Mas parece que tinha razão: já sinto me fazerem bem. Não temo sequer dormir sozinha hoje à noite e sinto que posso adormecer sem medo, sem me preocupar com qualquer barulho de asas do lado de fora da janela. Ai, a luta terrível que tenho travado contra o sono ultimamente, o sofrimento da insônia, o pânico de adormecer e encontrar os horrores misteriosos que me trazem os pesadelos! Afortunados são aqueles que levam a vida sem medo, sem sustos, para quem o sono é uma benção noturna diária, que traz consigo apenas os mais doces sonhos. Bem, aqui estou eu, esperando conseguir dormir e deitada como Ofélia, com "guirlandas virgens e adornos de donzela". Nunca gostei de alho, mas hoje estou achando uma maravilha! O cheiro me acalma. Sinto que o sono se aproxima. Boa noite a todos.

Diário do dr. Seward

13 de setembro

Fui chamado ao Berkeley e encontrei Van Helsing pronto e pontual como sempre. A carruagem já nos aguardava no hotel. O professor pegou sua maleta; de uns tempos para cá, não se separa dela.

Vou anotar tudo exatamente como aconteceu. Chegamos em Hillingham às oito horas, a manhã estava deveras agradável. Os raios de sol fulgurantes se mesclavam ao frescor outonal, alinhavavam a costura anual das estações. As folhas adquiriam belos matizes multicores, mas ainda não haviam começado a cair das árvores. Ao entrarmos, logo nos deparamos com a sra. Westenra, que tem o hábito de acordar muito cedo. Ela nos cumprimentou calorosamente e disse:

"Vocês vão ficar felizes em saber que Lucy melhorou. Ainda está dormindo. Fui até seu quarto e espiei, mas não entrei para não a acordar." O professor sorriu triunfante. Esfregou as mãos e retrucou:

"Ah-rá! Diagnóstico correto. O tratamento funciona".

A sra. Westenra então retorquiu: "O senhor não deve receber todos os créditos, doutor. O sono tranquilo de Lucy se deu, em parte, por minha causa".

"Como assim, senhora?", indagou o professor.

"Bem, fiquei apreensiva durante a noite e fui vê-la. Ela dormia um sono profundo, mas tão profundo que não despertou com minha presença. Mas o quarto estava abafadíssimo e havia uma quantidade absurda de flores malcheirosas espalhadas por toda parte, até mesmo em volta do pescoço da minha menina. Tive receio de que o cheiro forte pudesse prejudicá-la, fraquinha como está a pobre, então recolhi tudo e abri a janela para entrar ar fresco. Os senhores vão gostar de ver como ela está hoje, tenho certeza."

Ela retornou aos seus aposentos, onde costumava tomar o café da manhã. Enquanto falou, vi que Van Helsing empalidecera, mas disfarçou na presença da pobre senhora, pois estava a par do seu estado de saúde e sabia que uma contrariedade lhe poderia ser fatal. Sorrindo, até mesmo abriu a porta para que ela passasse. Entretanto, assim que ela entrou no quarto, me puxou de supetão para a sala de jantar e fechou a porta.

Pela primeira vez na minha vida, vi Van Helsing perder o controle. Ergueu as mãos sobre a cabeça em mudo desespero e depois estalou as palmas; parecia vulnerável e perdido. Finalmente, deixou-se cair na cadeira, cobriu o rosto, pôs-se a soluçar alto, em um pranto que parecia vir das profundezas do coração.

Ergueu os braços mais uma vez, como se apelasse aos céus, e exclamou: "Deus! Deus! Deus!". E prosseguiu: "Que fizemos, que essa pobre fez, para merecer tanta desgraça? Será que destino ainda caminha entre nós como entidade viva, como nos tempos pagãos, e decreta nosso fim? Essa pobre e desavisada mãe julga fazer bem e condena corpo e alma da filha. E não podemos falar nada, não pode desconfiar, ou morre com Lucy. Ah, estamos perdidos! Forças das trevas estão todas contra nós!".

Levantou-se num pulo. "Vem", disse, "temos que fazer. Demônios ou não, ou o inferno inteiro, não importa. Ao combate." Buscou a maleta no vestíbulo e subimos juntos para o quarto de Lucy.

Corri a cortina enquanto Van Helsing aproximava-se da cama. Dessa vez, o rosto pálido e mortiço não o assustou como antes; tinha uma expressão de tristeza circunspecta e compaixão infinita.

"Como imaginava", sussurrou, inspirando o ar com um de seus graves haustos sibilantes. Sem dizer uma só palavra, caminhou até a porta, trancou-a e dispôs sobre a mesinha os instrumentos para outra transfusão de sangue. Eu já havia notado a necessidade do procedimento e tirava meu casaco, mas me impediu com um gesto. "Não! Hoje você executa e eu doo. Ainda está fraco." Enquanto falava, tirou o casaco e começou a dobrar a manga da camisa.

Repetimos tudo: a operação, o narcótico, a discreta coloração nas faces pálidas e a respiração regular de sono saudável. Dessa vez, fiquei de vigília enquanto Van Helsing descansava.

Ele aproveitou a oportunidade para pedir a sra. Westenra que não removesse nada do quarto de Lucy sem consultá-lo antes. Explicou que as flores tinham propriedades medicinais e que respirar seu odor era parte do tratamento. Assumiu a supervisão da paciente, avisou que ficaria de vigília nas próximas duas noites e, dispensando-me, garantiu que mandaria me chamar se fosse necessário.

Uma hora mais tarde, Lucy acordou revitalizada e disposta, sem vestígio aparente da provação que sofreu.

O que significa tudo isso? Começo a me perguntar se meu duradouro hábito de viver entre loucos não começou a prejudicar meu raciocínio.

Diário de Lucy Westenra

17 de setembro

Quatro dias e quatro noites de paz. Estou tão fortalecida que custo até a me reconhecer. É como se tivesse atravessado um longo pesadelo e despertado para um lindo dia de sol, com o ar fresco da manhã. Tenho vaga lembrança de tempos arrastados e aflitos, permeados de espera e pavor, de uma escuridão desprovida até mesmo da dolorida pontada de esperança para diminuir os males presentes. Depois, longos períodos de inconsciência e um retorno à vida como o mergulhador que atravessa tremenda pressão aquática e regressa à superfície. Porém, desde que o dr. Van Helsing passou a ficar comigo, todos os pesadelos se foram. Os ruídos que me deixavam apavorada, o bater de asas na janela, as vozes distantes que pareciam tão próximas, os sons nefastos que vinham não sei de onde e me obrigavam a fazer não sei o quê — tudo isso passou. Agora, deito-me sem medo de dormir. Nem luto mais contra o sono. Afeiçoei-me bastante ao alho e uma caixa cheia de flores chega diariamente do Haarlem. Hoje à noite o dr. Van Helsing não estará aqui, pois precisa passar um dia em Amsterdã. Mas não preciso mais de companhia; estou boa o suficiente para ser deixada sozinha.

Obrigada, meu Deus, pela minha mãe, pelo meu amado Arthur e por todos os nossos amigos que têm sido tão gentis! Não vou nem estranhar muito, pois durante a maior parte da noite de ontem o dr. Van Helsing dormiu em sua cadeira. Eu o vi dormitando as duas vezes em que acordei. No entanto, não tive medo de tornar a dormir — embora algo, não sei se galhos de árvore ou morcegos, tenha se chocado furiosamente contra as vidraças.

Pall Mall Gazette, 18 de setembro

A FUGA DO LOBO
UMA PERIGOSA AVENTURA DO NOSSO REPÓRTER

Entrevista com o zelador do zoológico

Após diversas solicitações e inúmeras recusas, usando as palavras *Pall Mall Gazette* como uma espécie de talismã, consegui encontrar o zelador da área do jardim zoológico onde fica o recinto dos lobos. Thomas Bilder mora em um dos chalés atrás dos recintos dos elefantes e tomava chá quando cheguei. Ele e sua esposa são um simpático casal de idosos, sem filhos e, se experimentei apenas uma pequena amostra de sua regular hospitalidade, posso afirmar que a vida deles deve ser bastante confortável. O zelador se recusou a falar de "negócios" até terminarmos a refeição e estarmos todos bem satisfeitos. Então, quando a mesa já estava vazia, acendeu seu cachimbo e disse:

"Pode me preguntar o que quiser agora, chefe. Peço pra me adesculpar de não querer falar de assuntos pofressionais antes das refeição. Mas também sirvo o chá dos lobo, dos chacal e das hiena antes de conversar cos bicho."

"Como assim, conversar com eles?", indaguei, para induzi-lo à prosa.

"Ou bato na cabeça deles com a vara ou coço as orelha, quando os visitante quer um showzinho pras moça. Não ligo de bater na cabeça deles com vara antes da comida, não, mas espero até que tomem seu xerez, seu café, por assim dizer, antes de tentar acarinhar as orelha. Veja bem", prosseguiu em tom filosófico, "a gente não somos muito adiferente dos animal. Tu vem aqui querendo fazer pregunta sobre meu trabalho antes d'eu comer e se não fosse a moedinha que deu era como se tivesse metido varada na minha cabeça aqui antes mermo de conversar. Veio todo empestigado, ameaçando falar com supervisor, pra dizer que eu tenho de responder suas pregunta. Sem querer ofender, mas não mandei tu pro inferno?"

"Mandou, sim."

"E quando disse que ia reclamar do meu ajeito de falar, foi outra varada na minha testa. Mas a moedinha ajeitou tudo. Eu não quis brigar, daí esperei a comida e só grunhi e uivei como os leão, os tigre e os lobo. Mas, Deus é testemunha, agora que a patroa me forrou com bom pedaço de bolo e enxaguei o lanche numa xicra de chá, já não estou tão azedo e tu pode coçar minhas orelha o quanto quiser que eu não vou nem rosnar. Pode mandar as pregunta. Já até já sei o que é: o lobo fujão, não é?"

"Exatamente. Quero saber a opinião do senhor. Conte-me o que aconteceu e, depois que eu conhecer os fatos, quero que o senhor me diga o que acha que se passou e qual imagina ser o desfecho da história."

"Certo, patrão. Ó, a história toda é o seguinte: o tal do lobo, que chamamos de Bersicker, era um dos três cinzento que viero da Noruega para o tal Jamrach.[1] Nós comprou ele tem uns quatro ano. Era um lobo adestrado, obediente, que nunca deu trabalho nenhum. Que justo

---

[1] Charles Jamrach (1815-1891), comerciante de animais selvagens e exóticos que possuía uma pet shop em Londres na era vitoriana.

ele tenha fugido me espanta, mais do que qualquer outro bicho daqui. Mas não se pode confiar nem em bicho nem nas mulher."

"«Não ligue pro que ele diz, moço!»", interrompeu a sra. Bilder, com risada alegre. "«Ele cuida dos bicho faz tanto tempo que virou ele mermo um lobo velho! Mas não diz isso por mal, não."

"«Bem, patrão, eu notei a confusão umas duas hora depois de alimentar ele ônte. Tava arrumando um catre no recinto dos macaco pro puma jovem que tá doente. Quando ouvi os uivo, vim correndo. Bersicker tava arranhando as grade e brabo, como se quisesse sair de todo jeito. Não tinha muita gente ali naquele dia e perto da jaula, só mermo um sujeito alto, magro, de nariz curvado assim e uma barbicha pontuda com uns fio grisalho. Os olho dele era vermelho e tinha um jeito mau, frio. Não fui com a cara dele porque achei logo que era o sujeito que estava agitando o bicho. Usava umas luva de pelica, apontou pros lobo e me disse que os bicho parecia irritado.

"«'Vai vê é com tu', respondi, porque não gostei do jeitão dele. O sujeito num se chateou que nem eu esperava, pelo contrário: deu foi um sorriso artrivido, com a boca cheia de dente afiado. 'Ah, não', disse, 'Eles não ia gostar de mim.'

"«'Ah, sim', respondi, irmitando ele, 'Eles iam gostar de tu. Sempre gostam dum ossinho ou dois pra limpar os dente na hora do chá e o patrão é cheio dos osso.'

"«Foi uma coisa estranha, mas assim que os bicho viram a gente de conversa, se deitaram e quando cheguei perto de Bersicker, ele me deixou fazer carinho nas orelha dele. O sujeitinho veio e, sem brincadeira, não é que enfiou a mão entre as grade e fez carinho nas orelha do lobo também?

"«'Cuidado', eu avisei. 'Bersicker é rápido.'

"«'Não se preocupe', respondeu. 'Estou acostumado com eles.'

"«'O patrão trabalha com os bicho?', perguntei, tirando meu chapéu, pois um sujeito que trabalha com os lobo é um bom camarada.

"«'Não', ele disse, 'não exatamente, mas já tive vários de estimação.' Disse isso, levantou o chapéu com ar de lorde e se foi embora. O velho Bersicker continuou a olhar ele até o sujeito sumir das vista, depois deitou quieto num canto e não se mexeu mais a tarde toda. Bem, ônte, assim que a lua apareceu, os lobo tudo começou a uivar sem motivo. Não tinha ninguém por perto e só ouvi chamarem um cachorro lá do lado de fora do zoológico. Umas duas vez eu fui ver se tinha algo errado, mas não tinha. Aí, os uivo parou. Um pouco antes de meia-noite, fui fazer uma última ronda e quando cheguei na frente da jaula do velho Bersicker, vi que as grade estavam rebentada e inteirinha torcida, e a jaula vazia. E isso é tudo que sei."

"O senhor sabe se mais alguém viu algo?"

"Um dos nosso jardineiro tava voltando pra casa duma balbúrdia nessa hora e disse que viu um cachorro cinza na sebe. Isso é o que ele diz, né, mas eu não levo fé; se tivesse visto mermo, por que não disse nada pra patroa dele quando chegou em casa? Só depois que a notícia da fuga se espalhou é que abriu a boca e a gente ficou a noite toda procurando Bersicker no parque. Eu acho que ele tava é encachaçado."

"Sr. Bilder, o senhor saberia dizer por que o lobo fugiu?"

"Bem, chefe", disse ele com suspeita modéstia, "acho que posso, sim, mas não sei se tu vai gostar da minha teoria."

"Mas é claro que vou. Se um homem como o senhor, que conhece os animais tão bem, tem um palpite, parece-me que ninguém terá outro mais acertado."

"Ora, patrão, vou dizer então o que penso. Na minha opinião, o lobo fugiu simplesmente porque quis."

Pela ruidosa gargalhada que Thomas e a mulher deram, notei que a piada já fora repetida outras vezes com o mesmo êxito, e que sua explicação era uma pilhéria. Sem poder competir em gracejos com nosso valoroso piadista, lancei mão de outra estratégia para persuadi-lo: "Bem, sr. Bilder, presumo que a meia-libra que lhe dei já foi gasta, mas folgo em dizer que tenho a irmãzinha dela no bolso, que pode ser sua assim que o senhor me disser o que acha que vai acontecer com o lobo".

"Tu tem razão", disse, subitamente muito sério. "O chefe me desculpa a brincadeira, mas a patroa piscou pra mim, me dando corda pra fazer troça."

"Ora, que mentira!", exclamou a sra. Bilder.

"Na minha opinião é o seguinte: acho que o lobo tá escondido nalgum canto. O jardineiro diz que viu ele correr na direção norte, mais depressa que um cavalo. Eu não acredito, pois sabe, chefe, os lobo não corre assim, nem os cachorro; num foro feito para isso. Os lobo mete medo nos livros de história ou então quando estão em bando, quando cercam uma presa mais assustada do que eles. Ai sim eles faz um estardalhaço e despedaça a pobre. Mas Deus sabe que, na vida real, o lobo é um bicho bem estúpido, menos esperto e corajoso do que um bom cachorro, capaz até mermo de perder pra eles numa briga. Bersicker não é de briga nem sabe caçar sua própria comida. Deve tá aqui nas vizinhança, escondido e tremendo e, se é que bicho pensa, pensando em como vai arrumar café da manhã. Ou vai ver que saiu por aí e se escondeu num porão. Que susto vai tomar a cozinheira quando for pegar comida na despensa e der com aqueles olhinho verde brilhando no escuro! Se não conseguir comida, vai saí procurando e tomara que ache um açougue no caminho. Se não, que nenhuma babá se distraia paquerando soldado enquanto deixa o bebê no carrinho... Um descuido e vai ser um bebê a menos no censo do ano que vem. É isso."

Entregava-lhe a meia-libra quando ouvimos um barulho na janela. O queixo do sr. Bilder quase caiu de espanto.

"Meu Deus do céu!", exclamou. "E não é que o velho Bersicker voltou pra casa sozinho?"

Foi até a porta e a abriu — ato desnecessário na minha opinião, pois sempre preferi ver animais selvagens com a garantia de uma sólida grade entre nós. A presente experiência serviu para reforçar e não desautorizar minha crença. Nada como o hábito, contudo: nem Bilder nem a esposa se assustaram e trataram o lobo como um cãozinho de estimação. É bem verdade que a fera era tão mansinha e comportada quanto seu parente mais famoso, o Lobo Mau da Chapeuzinho Vermelho, portando-se como ele quando se faz de inofensivo.

A cena era ao mesmo tempo cômica e tocante. O lobo terrível, que paralisara Londres de medo por meio dia e fizera as criancinhas tremerem de pavor, regressara ao lar com expressão penitente para ser recebido e acolhido como um filho pródigo lupino. O velho Bilder o examinou com carinhoso esmero e, ao terminar, disse:

"Aí está, sabia que o pobrezinho ia se meter em alguma presepada, num disse? A cabeça tá toda cortada e cheia de caco. Deve ter raspado num vidro ou algo assim. É uma vergonha deixar as pessoa botar garrafa quebrada em cima dos muro. Aqui tá o resultado. Vamo lá, Bersicker."

Conduziu o lobo, trancou o animal de volta em seu recinto com um considerável pedaço de carne que, pelo menos em tamanho, equivalia ao bíblico bezerro cevado. Em seguida, foi comunicar o retorno do lobo aos seus superiores.

E eis aqui a única informação exclusiva que se tem até agora sobre a misteriosa fuga do zoológico.

Diário do dr. Seward

17 de setembro

Após o jantar, fui para o gabinete, onde me ocupei com meus livros que, por conta de outros trabalhos e das diversas visitas a Lucy, acabaram lamentavelmente negligenciados. De repente, a porta se abriu em um solavanco e meu paciente entrou às pressas, o rosto contorcido de fúria. Fiquei atônito, pois um paciente invadir o gabinete do diretor é algo inédito.

Sem titubear, avançou na minha direção. Empunhava uma faca de cozinha e como logo vi que corria perigo, tratei de manter a mesa entre nós. Ele, no entanto, era mais ágil e mais forte e antes que eu pudesse me equilibrar, me atacou e abriu um corte profundo em meu pulso esquerdo.

Antes que pudesse me atacar novamente, porém, consegui atingi-lo com a mão direita e ele caiu esborrachado no chão. O sangue que jorrava do meu pulso formara uma pequena poça no tapete. Notei que meu amigo não estava em condições de continuar a luta e aproveitei para fazer um torniquete, sem desviar os olhos da figura prostrada no chão. Quando os enfermeiros acudiram, vimos por fim o que ele fazia. Sua ocupação me enojou profundamente: deitado no chão, de bruços, lambia como um cão o sangue que se acumulara no tapete. Uma vez contido, para minha surpresa, acompanhou os enfermeiros sem protestar, apenas repetindo: "O sangue é vida! O sangue é vida!".

Não posso me dar ao luxo de perder sangue nas atuais circunstâncias. Já perdi mais do que deveria e o desgaste da doença de Lucy, em todas as suas tenebrosas alterações, começa a cobrar seu preço na minha saúde também. Estou numa agitação medonha, exausto, e preciso desesperadamente de descanso, muito descanso. Por sorte, Van Helsing não me convocou e tentarei dormir. Não tenho condições de passar esta noite sem repouso.

TELEGRAMA *de Van Helsing, Antuérpia,[2] para Seward, Carfax*

(Enviado para Carfax, em Sussex, por falta de indicação do condado; entregue ao destinatário correto com vinte e duas horas de atraso)

17 de setembro

Não deixa de ir a Hillingham hoje. Se não pode vigiar noite inteira, faz visitas frequentes e confirma que as flores estão no lugar certo. Muito importante, não descuida. Encontro você assim que chego.

---

[2] Bram Stoker aparentemente se confundiu e deslocou nosso caro Van Helsing de Amsterdã para Antuérpia.

Diário do dr. Seward

18 de setembro

No trem para Londres. O telegrama de Van Helsing deixou-me desesperado, afinal, perdemos uma noite inteira e sei bem o efeito que esse descuido pode ter. Evidente que pode estar tudo bem, mas... e se algo tiver acontecido de fato? É como se uma horrível maldição pesasse sobre nós, pois uma sequência de pequenos acidentes aparece sempre arruinar todos os nossos esforços. Levarei este cilindro comigo e pretendo terminar minhas anotações no fonógrafo de Lucy.

Memorando deixado por Lucy Westenra

17 de setembro, noite

Escrevo estas linhas e deixo-as à mostra para que ninguém se prejudique por minha causa. Eis um registro preciso de tudo o que aconteceu hoje à noite. Sinto que estou morrendo, faltam-me forças, mal tenho condições para escrever. Mas devo cumprir esta obrigação, mesmo que pereça no processo.

Fui me deitar como de costume, certificando-me de que as flores estavam dispostas tal como instruiu o dr. Van Helsing. Adormeci depressa.

Despertei com som de asas batendo na vidraça, som que começou a me perseguir desde o meu episódio de sonambulismo no penhasco em Whitby, quando Mina me salvou, agora sei bem. Não tive medo, mas desejei que o dr. Seward estivesse no quarto ao lado, como o dr. Van Helsing disse que estaria, para poder chamá-lo. Tentei dormir novamente, sem sucesso, porque voltei a sentir medo de pegar no sono e me esforcei para não cochilar. Para o meu azar, justamente quando o evitava, o sono veio com força. Com medo de ficar sozinha, abri a porta e perguntei: "Tem alguém aí?". Ninguém respondeu. Não quis acordar minha mãe e tratei de fechar a porta depressa. Foi então que ouvi, nos arbustos do jardim lá fora, um uivo que parecia de um cão, porém mais feroz, mais profundo. Fui até a janela e não vi nada lá fora, a não ser um grande morcego, na certa o responsável pelo som que ouvira antes. Voltei para a cama determinada a não pegar no sono. A porta então se abriu; era minha mãe. Ao perceber que me mexia na cama e estava acordada, entrou no quarto e se sentou ao meu lado. Disse-me em tom ainda mais doce e suave que o de costume:

"Fiquei preocupada com você, filha, e vim ver se estava tudo bem."

Com medo de que ela se resfriasse sentada na cadeira, pedi que deitasse comigo. Ela se acomodou ao meu lado na cama e sequer tirou o roupão, pois disse que ficaria apenas um pouquinho e voltaria para dormir em seu quarto. Enquanto estávamos deitadas, aconchegadas uma nos braços da outra, o som de asas se repetiu. Minha mãe se assustou e, um pouco alarmada, gritou: "O que é isso?".

Tentei acalmá-la e, por fim, consegui. Embora em silêncio, pude ouvir o seu pobre coraçãozinho aos pulos. Um pouco depois, ouvimos o uivo no jardim e, em seguida, a janela se estilhaçou em pedaços, espalhando os cacos de vidro pelo chão. O vento adentrou o quarto, ergueu a cortina, e pela abertura das vidraças quebradas revelou a cabeça de um grande lobo cinzento.

Minha mãe gritou de pânico e tentou se levantar; buscava com mãos ávidas algum apoio. Em seu desespero, segurou-se na guirlanda de flores que o dr. Van Helsing insistiu que eu usasse em volta do pescoço e a arrebentou. Paralisou por alguns instantes, apontando para o lobo. Depois, emitiu um terrivel gorgolejo das profundezas da garganta e tombou, como se fulminada por um raio. Tonteei por um instante, pois, ao cair, sua cabeça bateu contra a minha testa.

O quarto inteiro parecia girar. Mantive meus olhos fixos na janela, mas o lobo recolheu a cabeça. Através do vidro estilhaçado, uma miríade de partículas invadiu o quarto, rodopiou no ar como pilares de poeira que os viajantes descrevem quando há um simum no deserto. Tentei me mexer, mas estava paralisada, como se encantada. Ademais, o corpo já gélido da minha querida mãezinha — cujo coração não resistira — pesava sobre mim e, por alguns instantes, perdi a consciência.

Não creio ter ficado desmaiada por muito tempo, mas experimentei uma sensação tenebrosa até recobrar os sentidos. Ouvi um sino tocar a distância, os cães da vizinhança uivaram e, no nosso jardim, cantava um rouxinol. Eu, atordoada de dor e pânico, senti-me muito enfraquecida, mas o som desse rouxinol parecia a voz da minha falecida mãezinha que me confortava do além. Os barulhos acordaram as criadas, e logo ouvi pés descalços aproximarem-se da minha porta. Chamei-as e entraram depressa; assim que viram o que se passava e o corpo da minha pobre mãe estirado sobre o meu na cama, gritaram. Uma rajada de vento entrou pela janela quebrada e bateu a porta estrondosamente. Elas ergueram o corpo da minha mãe e a colocaram na cama, coberta por um lençol. Estavam tão assustadas e nervosas que recomendei que fossem até a sala de jantar e tomassem um cálice de vinho. A porta se escancarou por um instante e bateu em seguida. As criadas gritaram outra vez e correram para a sala de jantar. Arrumei minhas flores sobre o peito da minha mãe. Lembrei-me da recomendação do dr. Van Helsing, que insistia para que eu não tirasse a guirlanda do pescoço, mas não quis desfazer o arranjo. Além do mais, tinha decidido pedir às criadas que ficassem comigo no quarto, mas a demora delas me inquietou. Chamei, mas não tive resposta, e decidi ir até a sala de jantar para ver o que estava acontecendo.

Fiquei consternada com a cena: as quatro criadas jaziam no chão, arquejando. A garrafa de xerez da mesa estava pela metade, mas detectei um odor estranho e acre. Desconfiada, examinei a garrafa, que cheirava a láudano e, ao verificar o aparador, descobri que a garrafa de láudano que minha mãe toma — ah, meu Deus, *tomava!* — por ordens médicas estava vazia. O que vou fazer agora? O que vou fazer? Estou no quarto com minha mãe. Não posso deixá-la e estou sozinha, já que alguém drogou nossas criadas. Sozinha com a morta! Não tenho coragem de sair, pois ainda ouço o uivo do lobo através da janela estilhaçada.

O ar parece carregado de pálidas partículas azuis que flutuam e circulam com o vento que invade o quarto. O que vou fazer? Que Deus me proteja esta noite! Vou esconder este papel dentro da roupa, onde decerto será encontrado quando me buscarem. Minha querida mãezinha, morta! Sinto que minha hora também se aproxima. Adeus, meu amado Arthur; despeço-me, pois não sei se sobreviverei até amanhã. Que Deus lhe guarde, meu querido, e que me acuda nesta aflição!

CAPÍTULO XII

Diário do dr. Seward

18 de setembro

BRAM STOKER

PARTI imediatamente para Hillingham e cheguei bem cedo. Pedi ao fiacre que me aguardasse no portão e subi pela estradinha que conduzia à casa sozinho. Bati de leve e toquei apenas uma vez, com a intenção de atrair uma das criadas à porta, pois temia acordar Lucy e a mãe. Como ninguém abriu, toquei mais uma vez — sem sucesso. Maldizendo a criadagem preguiçosa que ainda devia dormitar na cama, embora já passasse das dez horas da manhã, bati e toquei outra vez, mais impaciente. Nenhum sinal. Até então, culpava as criadas, mas um medo terrível me acometeu: seria esse silêncio mais um elo da corrente de desgraças que parecia se formar ao nosso redor? Estaria eu diante de uma casa tocada pela morte, teria de fato chegado tarde demais? Sei que minutos, até mesmo segundos, de atraso poderiam equivaler a horas de perigo para Lucy, caso tivesse uma daquelas horrendas recaídas. Assim, dei a volta até os fundos da casa, em busca de uma entrada alternativa.

Não encontrei nenhum meio de acesso, pois todas as portas e janelas estavam fechadas e trancadas. Voltei atarantado para a varanda e, nesse momento, ouvi o som de ágeis cascos de cavalo aproximando-se. Um veículo parou no portão e em instantes vi Van Helsing subir apressado até a casa. Ao me ver, perguntou ofegante: "Você só vem agora? Como ela está? Chego tarde demais? Não recebe telegrama?".

Tentei responder depressa e com alguma coerência que só havia recebido o telegrama naquela manhã e que parti imediatamente, mas que, ali chegando, ainda não conseguira sequer entrar na casa, pois ninguém atendia. Ele ergueu o chapéu e vaticinou solene: "Então receio ser tarde demais. Que faça vontade de Deus!".

Recuperou a energia de costume e prosseguiu: "Vamos. Se não tem entrada aberta, abro a nossa. Não pode perder tempo agora".

Fomos para os fundos da casa, onde ficava a janela da cozinha. O professor apanhou o serrote cirúrgico da maleta, o entregou para mim e apontou para as grades da janela. Comecei a executar a tarefa e, em pouco tempo, já cortara três barras de ferro. Depois, com uma faca comprida e fina, empurramos o fecho e abrimos a janela. Ajudei o professor e entrei em seguida. A cozinha estava vazia, bem como as dependências dos criados. Vasculhamos todos os aposentos pelo caminho e, quando chegamos à sala de jantar, parcamente iluminada pelos raios de sol filtrados pelas venezianas, vimos quatro criadas desacordadas no chão. Logo notamos que não estavam mortas; a respiração arquejante e o odor acre de láudano evidenciavam o que acontecera.

Van Helsing e eu nos entreolhamos e seguimos nosso caminho. "Cuidamos elas depois", disse. Subimos direto para o quarto de Lucy e paramos do lado de fora, tentando captar algum som, mas não ouvimos coisa alguma. Pálidos e com mãos trêmulas, abrimos a porta com cuidado e entramos.

Como descrever a cena com a qual nos deparamos? Na cama, jaziam dois corpos, o de Lucy e o de sua mãe. A sra. Westenra fora coberta por lençol branco, mas decerto uma corrente de ar oriunda da janela quebrada suspendera o pano e descobrira seu rosto exaurido e lívido, paralisado em esgar de terror. Ao seu lado, Lucy, com o rosto ainda mais pálido. As flores que compunham a guirlanda que usara estavam dispostas no colo da mãe e seu pescoço à mostra, revelando as duas pequenas feridas que já tínhamos reparado anteriormente, e pareciam, no entanto, mais esbranquiçadas e laceradas do que antes. O professor debruçou-se em silêncio sobre o leito, a ponto de quase encostar a cabeça sobre o peito de Lucy, e entortou-a como se esforçasse para ouvir um ruído distante. De repente, ergueu-se num salto e gritou: "Não é tarde demais! Depressa, depressa! Traz conhaque!".

Corri até a sala de jantar, apanhei o conhaque e voltei apressadamente para o quarto. Tive a precaução de cheirar e provar a bebida, com medo de também estar misturada com láudano, como a garrafa de xerez sobre a mesa. As criadas pareciam mais inquietas em seus sonos e imaginei que o efeito do narcótico estivesse passando. Contudo, não fiquei por perto para me certificar e voltei depressa para entregar o conhaque a Van Helsing. Da mesma forma que na outra ocasião, esfregou a bebida nos lábios, gengivas, pulsos e palmas da mão de Lucy. Então se virou para mim e disse: "Deixa fazer única coisa que posso no momento. Desperta criadas. Bata no rosto delas com toalhinha molhada, bata para valer. Manda preparar banho bem quente. Esta pobre alma está quase tão fria quanto a mãe morta do lado. Precisa aquecer antes de qualquer outra providência".

Desci na mesma hora e consegui acordar três criadas sem muita dificuldade. A quarta era muito jovem e a droga certamente a afetara mais do que às outras. Coloquei-a deitada no sofá e decidi deixá-la dormir.

As criadas despertaram zonzas e foram aos poucos se recordando do que aconteceu. Ao se lembrar, gritaram e soluçaram histericamente. Fui severo com elas, para impedir que prosseguissem com as lamúrias. Expliquei que já perdêramos uma vida, era desgraça suficiente, e que se não fossem expeditas, acabariam por sacrificar também a srta. Lucy. Chorando e soluçando, se aviaram e, ainda de camisola, correram para acender o fogo e aquecer a água. Por sorte, tanto as lenhas da cozinha quanto as do aquecedor ainda ardiam e conseguimos providenciar água quente sem demora. Preparamos o banho e levamos Lucy até a banheira, colocando-a na água. Enquanto estávamos ocupados em esfregar seus braços e suas pernas, ouvimos batidas na porta da frente. Uma das criadas correu para atender: colocou o roupão e abriu a porta. Voltou e nos disse que havia um cavalheiro lá embaixo com mensagem do sr. Holmwood. Orientei-a para que apenas lhe pedisse para aguardar, pois não podíamos receber ninguém naquele momento. Ela desceu com o recado e, concentrado no que fazia, esqueci-me completamente do sujeito.

Nunca vi o professor empenhar-se em uma tarefa com tamanha seriedade antes. Eu sabia, e ele também, que travávamos um combate com a morte. Quando lhe disse isso, respondeu, com expressão muito sóbria, algo que não compreendi.

"Se fosse só isso, paro agora e deixo morrer em paz, pois luz da vida já vai no horizonte." Ele prosseguiu o trabalho com redobrado vigor e ainda mais energia, se é que isso era possível.

Não tardou para percebermos que o calor começava a surtir efeito. Já era possível auscultar melhor as batidas do coração de Lucy no estetoscópio e discernir um movimento perceptível em seu diafragma. O rosto de Van Helsing se iluminou; quando a retiramos da banheira, a embrulhamos em lençol aquecido para secá-la, disse: "Vencida a primeira batalha! Rei em xeque!".

Levamos Lucy para outro quarto, preparado para recebê-la. Depois de a acomodarmos na cama, forçamos algumas gotas de conhaque pela sua garganta. Notei que Van Helsing amarrara um delicado lenço de seda em volta do pescoço dela. Ainda estava inconsciente e num estado tão grave, quiçá até pior, comparado ao que já havíamos presenciado antes.

Van Helsing chamou uma das criadas, ordenou que ficasse com Lucy e não tirasse os olhos dela até voltarmos. Depois, pediu que eu o acompanhasse e saímos do quarto.

"Precisamos conversar, decidir que fazer", disse enquanto descíamos as escadas. No vestíbulo, abriu a porta que dava para a sala de jantar e tornou a fechá-la cuidadosamente depois que entramos no recinto. As venezianas estavam abertas, mas já haviam cerrado as cortinas, em obediência à etiqueta fúnebre comumente observada pelas inglesas das classes mais modestas. O aposento estava, por isso, um pouco escuro. Uma expressão de perplexidade desanuviara o rosto sério de Van Helsing. Era evidente que matutava alguma coisa. Aguardei e, depois de um instante, disse:

"O que fazer agora? Para quem peço ajuda? Precisa mais transfusão de sangue, quanto antes, ou pobre menina não tem mais uma hora de vida. Você está exausto e eu também; as criadas drogadas e debilitadas, mesmo que fossem corajosas de aceitar pedido. Onde encontrar alguém para doar sangue?"

"E por que não eu?"

A voz veio do sofá, do outro lado do cômodo, e trouxe alívio e alegria ao meu coração, pois logo reconheci Quincey Morris.

Van Helsing, que levara um susto, primeiro pareceu irritado, mas logo descontraiu o rosto e vi seus olhos faiscarem de entusiasmo quando exclamei "Quincey Morris!". Avancei na direção dele com os braços estendidos.

"O que você veio fazer aqui?", perguntei enquanto apertava sua mão.

"Fui enviado por Art." E me entregou o telegrama:

Há três dias não recebo notícias de Seward e estou muito preocupado. Não posso sair daqui. O estado do meu pai continua grave. Mande-me notícias de Lucy o quanto antes.

Holmwood

"Vejo que cheguei na hora certa. Digam-me como posso ajudá-los."

Van Helsing aproximou-se, apertou sua mão, olhou no fundo de seus olhos, disse: "Não tem nada melhor que sangue de corajoso quando dama está em apuros. É homem de coragem, vejo bem. Ora, diabo trabalha contra, mas Deus envia homens certos quando mais preciso deles".

Executamos outra vez o terrível procedimento, mas não tenho ânimo para relatar os pormenores. Lucy sofrera um choque medonho e isso a desgastou mais profundamente do que nas vezes anteriores. Seu esforço para voltar à vida era penoso de ver e ouvir. Não obstante, coração e pulmão reagiram, e Van Helsing aplicou uma injeção subcutânea de morfina que surtiu o efeito desejado. Seu desmaio se transformou em sono profundo. O professor ficou de vigília enquanto desci com Quincey Morris e mandei uma das criadas pagar os cocheiros que esperavam no portão.

Deixei Quincey repousar após tomar um cálice de vinho e pedi à cozinheira que preparasse um farto desjejum. Uma ideia então me ocorreu e voltei para o quarto onde Lucy estava. Entrei sem fazer barulho e encontrei Van Helsing com um pedaço de papel na mão. Era evidente que lera o seu conteúdo, pois estava sentado com a mão na testa, pensativo. Havia um ar de satisfação macabra em seu rosto, como alguém que soluciona um enigma. Entregou o papel e disse apenas: "Estava no peito de Lucy e caiu quando foi para banho".

Li e fiquei parado, fitando o professor. Após uma pausa, perguntei: "Em nome de Deus, o que significa isto? Acaso estava ou está louca? Que espécie de horror é este que a ameaça?". Aturdido, não consegui elaborar mais do assunto. Van Helsing apanhou o papel e disse:

"Não preocupa com isso agora, esqueça isso. Na hora certa, sabe tudo, compreende tudo. Mas isso é depois. Agora, o que tem pra dizer?"

A pergunta trouxe-me de volta à realidade dos fatos e logo me recompus.

"Vim falar sobre o atestado de óbito. Se não agirmos com prudência, pode haver um inquérito e este documento será solicitado. Torço para não haver nenhuma investigação, isso mataria a pobre Lucy, mesmo que sobreviva hoje. Sabemos que a sra. Westenra sofria do coração, e o médico que a tratava também sabia, e podemos certificar que foi essa a causa da morte. Vamos providenciar logo o atestado; eu o registro e então sigo para o agente funerário."

"Ótimo, amigo John! Bem pensado! A srta. Lucy está amaldiçoada por desgraças diabólicas, mas é abençoada com tantos amigos que amam ela. Três abrem as veias, mais este velho aqui. E, sim, amigo

John, sei de reais sentimentos que tem por ela. Não sou cego! E amo você mais ainda por isso. Agora vai!"

Encontrei Quincey Morris no vestíbulo, onde escrevia telegrama para Arthur. Contava da morte da sra. Westenra e do estado grave de Lucy, acrescentando, porém, que ela se recuperaria e que Van Helsing e eu cuidávamos dela. Expliquei aonde ia e ele me incitou a não perder mais tempo, mas disse, contudo, quando estava saindo:

"Jack, quando voltar, podemos conversar um instante a sós?" Assenti com a cabeça e saí. Consegui resolver tudo sem problemas; registrei o atestado e solicitei que o agente funerário fosse mais tarde até Hillingham para tirar as medidas para o caixão e dar início aos demais preparativos.

Quando voltei, Quincey me esperava. Expliquei que precisava ver Lucy antes de conversarmos e subi direto para o quarto. Ela ainda dormia e o professor parecia não ter sequer se movido desde que os deixara. Ao me ver, levou o dedo aos lábios em pedido de silêncio, e percebi que esperava vê-la acordar a qualquer momento, e não queria apressar o curso natural de seu despertar. Desci para ir ter com Quincey e o levei até o cômodo onde o desjejum costuma ser servido, já que as cortinas não estavam cerradas e o ambiente parecia mais alegre, ou melhor, menos triste do que nos outros aposentos.

Quando ficamos a sós, disse: "Jack Seward, não quero me meter onde não sou chamado, mas trata-se de um caso extraordinário. Você sabe que eu amava aquela garota e quis casar com ela, embora isso sejam águas passadas, continuo querendo o seu bem e preocupado com ela. O que Lucy tem, afinal? O holandês, que me parece uma boa alma, disse que vocês precisavam fazer *outra* transfusão de sangue e que estavam ambos exauridos. Sei que vocês, médicos, são muito sigilosos e que um leigo não deve esperar saber seus segredos, mas trata-se de uma situação fora do comum e, seja lá o que for, agora já me envolvi. Estou enganado?".

"Não está", respondi.

"Suponho que você e Van Helsing já fizeram por ela o mesmo que fiz hoje, não é mesmo?"

"Sim."

"E acho que Art também. Estive com ele há quatro dias e estava bem abatido. A última vez que vi tamanha alteração em um período tão curto foi em uma égua que me acompanhava nos Pampas; a pobre definhou da noite para o dia. Um daqueles morcegões que chamam de vampiros¹ a atacou de madrugada. O bicho perdeu tanto sangue que não conseguia mais ficar de pé, tive que sacrificá-la com um tiro. Jack, se você puder confirmar sem ser indiscreto, diga-me: Arthur foi o primeiro, não foi?".

O pobre Quincey mal conseguia disfarçar sua ansiedade. O suspense em relação à mulher que amava era torturante e, como se não bastasse, sua completa ignorância sobre o terrível mistério que parecia envolvê-la intensificava ainda mais seu sofrimento. Estava com o coração dilacerado e lançava mão de toda sua virilidade – que não era pouca – para segurar o choro. Hesitei um pouco antes de responder, receando trair a confiança do professor, mas conclui que Quincey, entre observação e especulação, já sabia o bastante para que eu pudesse dar uma resposta sincera. Sendo assim, disse:

"Foi, sim."

"E há quanto tempo isso está acontecendo?"

"Há uns dez dias."

"Dez dias! Então, Jack Seward, quer dizer que a pobre criaturinha linda que amamos recebeu o sangue de quatro homens robustos nesse período. Santo Deus, é sangue demais para uma pessoa só." Aproximou-se de mim e indagou com sussurro feroz: "O que está tirando o sangue dela?".

"Aí está o mistério", respondi. "Van Helsing está em franco desespero e eu no limite das minhas forças. Não consigo sequer arriscar um palpite. Uma série de circunstâncias desastradas impediu que vigiássemos Lucy constantemente. Mas isso não há de se repetir. Não vamos arredar mais o pé daqui até que tudo se resolva, para o bem ou para o mal."

Quincey estendeu a mão: "Contem comigo", disse. "Basta que você e o holandês me digam o que preciso fazer, e eu farei."

---

[1] Morris apresenta o morcego-vampiro como um animal enorme e monstruoso, quando na realidade é bem pequeno (na média, quase oito centímetros de comprimento, com cabeça e corpo). No entanto, quando o fóssil de uma espécie extinta de morcego gigante pré-histórico foi descoberto, ganhou o nome de *Desmodus draculae*. Este é um caso atípico de uma obra ficcional influenciando o mundo natural. O animal foi batizado em homenagem ao vampiro de Bram Stoker. A conexão dos morcegos com os vampiros permanece até hoje. O santuário de morcegos Bat World, no Texas, explica em sua cartilha: "Morcegos-vampiros não atacam seres humanos e sugam seu sangue: eles preferem conseguir suas modestas refeições alimentando-se de outros animais. As populações de morcegos estão diminuindo no mundo todo por causa de mitos e equívocos". No site do santuário, é possível "adotar" um morcego ameaçado e assim contribuir para a preservação da espécie há muito vilanizada por sua associação ficcional com os vampiros.

A primeira coisa que Lucy fez ao acordar foi tatear o peito, em busca do papel que Van Helsing me mostrara mais cedo. Para minha surpresa, puxou-o de dentro da roupa. Constatei então que o cuidadoso professor o devolvera ao local onde o encontrara para que ela não se afligisse ao despertar. Quando nos viu, um brilho de alegria iluminou seus olhos. No entanto, logo em seguida olhou ao redor e, ao dar-se conta de onde estava, estremeceu. Lucy gritou e cobriu o rosto pálido com as mãos emaciadas.

Compreendemos o que se passara: decerto recordava a morte de sua mãe. Tentamos consolá-la, e estou certo de que a tranquilizamos um pouco com nosso carinho, porém permaneceu absorta em sua tristeza e verteu lágrimas silenciosas em choro exausto por muito tempo. Garantimos que um de nós, ou os dois, não sairia mais do seu lado, e isso pareceu acalmá-la. Anoitecia quando ela caiu em uma modorra e então algo muito estranho aconteceu: sem despertar, apanhou o papel que guardava no peito e o rasgou. Van Helsing recolheu os pedaços, mas ela continuou repetindo o movimento no ar, como se ainda o tivesse nas mãos. Por fim, fez um gesto como se espalhasse o que restou. O professor parecia surpreso, franziu as sobrancelhas e não disse uma só palavra.

19 de setembro

Lucy ficou agitada a noite toda, pois receava adormecer e lutava contra o sono. Desse modo, acordou ainda mais fraca. O professor e eu nos revezamos madrugada adentro, e assim não ficou um minuto sozinha. Quincey Morris não comentou o que pretendia, mas sei que patrulhou a noite inteira, com rondas ao redor da casa.

A implacável luz da manhã revelou claramente os estragos que a saúde de Lucy havia sofrido. Mal conseguia mexer a cabeça e o pouco de alimento que conseguiu ingerir não surtiu nenhum efeito em sua aparência. Dormitava de tempos em tempos e tanto Van Helsing quanto eu percebemos a diferença: dormindo, parecia mais forte, embora abatida, e respirava suavemente. A boca entreaberta revelava a retração das pálidas gengivas e dava a impressão de que os dentes estavam maiores e mais afiados. Acordada, a doçura dos seus olhos amenizava sua expressão e parecia a Lucy de outrora, embora à beira da morte. À tarde, perguntou por Arthur e lhe mandamos um telegrama. Quincey saiu há pouco para buscá-lo na estação.

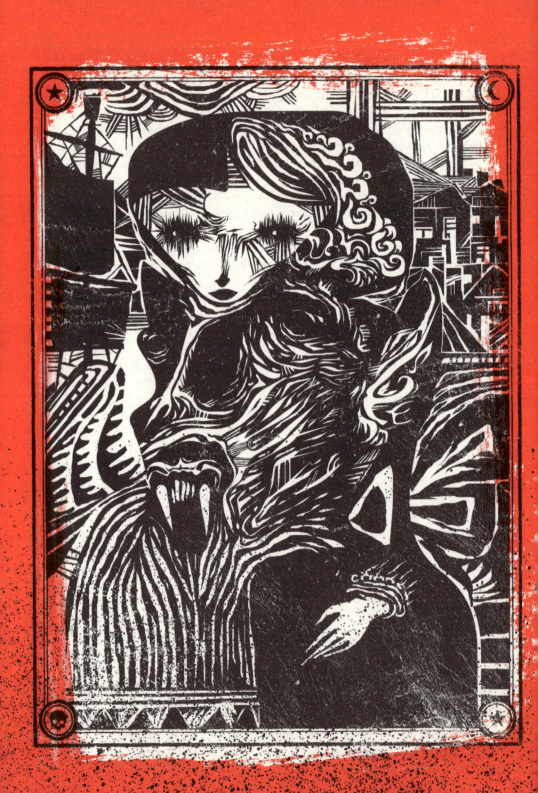

Arthur chegou por volta das seis da tarde. As venezianas filtravam os raios avermelhados do poente, vibrante e cálido, e o brilho tingiu suavemente as faces lívidas de Lucy. Ao vê-la, emudeceu de emoção e nenhum de nós conseguiu romper o silêncio. Até então, os períodos de sono — ou melhor, o estado comatoso que se passa por sono — haviam sido mais frequentes, de modo que tivéramos menos intervalos em que era possível conversar com ela. A presença de Arthur, no entanto, pareceu atuar como estimulante. Ela se reavivou um pouco e conversou com ele com mais entusiasmo do que testemunháramos até então. Arthur, por sua vez, controlou-se para manter o tom alegre em suas conversas, fez o melhor que podia, apesar das circunstâncias.

Já é quase uma da manhã agora e ele e Van Helsing estão na vigília. Vou rendê-los daqui a quinze minutos. Registro isto aqui no fonógrafo de Lucy. Eles vão tentar descansar um pouco até às seis, quando termina meu turno. Temo que esta seja nossa última noite de vigília. O choque foi muito forte e nossa pobre menina não tem como se recuperar. Que Deus nos ajude.

Carta de Mina Harker para Lucy Westenra

(Não aberta pela destinatária)

17 de setembro

Minha querida Lucy,

Parece que não tenho notícias suas há um século e é bem verdade que não escrevo há muito tempo também. Você me perdoará quando ler o apanhado de notícias que tenho para contar. Bem, trouxe meu marido de volta, graças a Deus. Quando chegamos em Exeter, o sr. Hawkins (embora tenha sofrido crise de gota) nos esperava em uma carruagem. Ele nos levou para sua casa, onde já havia aposentos confortáveis preparados para nós. Jantamos juntos e, após a refeição, disse: "Meus queridos, quero fazer um brinde à sua saúde e prosperidade, que múltiplas bênçãos recaiam sobre vocês. Conheço-os desde pequenos e foi com amor e orgulho que os vi crescer. Gostaria que viessem morar comigo. Não me restam mais filhos e em meu testamento, deixei tudo para vocês". Lucy querida, chorei quando Jonathan e o bondoso senhor apertaram as mãos. Foi uma noite muito, muito feliz para nós.

De modo que cá estamos, instalados nesta bela e antiga casa, e tanto do meu quarto quanto da sala de visitas posso avistar os imponentes olmos que circundam a catedral, seus negros troncos destacando-se contra o tom amarelado das rochas da igreja. Ouço também as gralhas crocitando, palrando e fofocando o dia inteiro, como gralhas — e também os seres humanos. Nem preciso lhe dizer que ando muito atarefada, arrumando e cuidando da casa. Jonathan e o sr. Hawkins trabalham o dia inteiro, pois agora que Jonathan virou sócio, o sr. Hawkins quer que saiba tudo sobre os clientes da firma.

Como tem passado sua mãe? Gostaria de dar um pulo em Londres para visitá-las e ficar um dia ou dois, minha amiga, mas ainda não tenho condições, sobrecarregada como estou. E também Jonathan ainda precisa de cuidados. Começou a ganhar peso, mas a longa doença o debilitou terrivelmente. Ele ainda acorda de madrugada, tremendo de susto, e preciso acalmá-lo até que volte a sua habitual tranquilidade. Contudo, graças a Deus, esses episódios são cada vez menos frequentes com o passar dos dias e creio ser questão de tempo até que não se repitam mais. Agora que já lhe contei minhas novas, deixe-me saber das suas. Quando será o casamento, e onde, e quem vai realizar a cerimônia? Já escolheu o vestido? Vai ser cerimônia particular ou pública? Conte-me tudo, amiga, conte-me tudo sobre tudo, pois o que te interessa me é caro. Jonathan pediu que lhe mandasse "cordiais saudações", mas acho que isso é pouco para o sócio júnior da distinta firma Hawkins & Harker. Assim sendo, como você me ama e ele também, e como amo os dois com todos os modos e tempos do verbo "amar", direi simplesmente que ele manda seu amor. Adeus, minha querida Lucy, que Deus te abençoe.

Sua,
Mina Harker

Relatório de Patrick Hennessey, m.d., m.r.c.s., g.c.r.m.i. etc. para John Seward, m.d.

---

20 de setembro

Prezado senhor,

De acordo com seu pedido, envio relatório sobre tudo que foi deixado aos meus cuidados. Em relação ao paciente Renfield, há mais a dizer.

Teve outro surto, que poderia ter tido trágico desfecho, mas que, por sorte, não resultou em nenhuma desgraça. Esta tarde uma carreta de mudanças com dois sujeitos estacionou na mansão vazia, aquela que fica contígua ao nosso terreno, para onde o paciente fugiu em duas ocasiões, como o senhor há de se lembrar. Como não conheciam a área, vieram até nosso portão para pedir informação.

Eu fumava após o jantar, junto à janela do meu gabinete, e vi um deles se aproximar. Quando passou pela janela de Renfield, o paciente começou a insultá-lo de dentro do quarto, xingando-o com todos os palavrões que o senhor puder imaginar. O homem, que parecia um bom sujeito, limitou-se a dizer "Cale a boca, mendigo desbocado", mas nosso homem o acusou de roubá-lo, de querer assassiná-lo e disse que o impediria, mesmo que morresse na forca por isso. Abri a janela e fiz um gesto para que o homem não desse atenção para Renfield, e ele, após examinar melhor o local onde fora parar, disse: "Deus o abençoe, doutor. Não vou ligar para o que me dizem num raio de um hospício. Tenho é pena do senhor e do seu patrão por ter que morar com uma besta dessas".

Ele então me pediu informações muito educadamente e expliquei como chegar ao portão da mansão. Partiu sob uma torrente de ameaças, maldições e insultos do nosso paciente. Desci para tentar apurar o motivo de sua ira, porque Renfield normalmente é bem-educado e, à exceção de seus surtos de violência, tais ataques eram inéditos. Para minha surpresa, encontrei-o muito tranquilo e cordial. Tentei incitá-lo a falar sobre o incidente, mas ele quis saber de qual incidente eu falava, levando-me a crer que já não se lembrava de coisa alguma que acontecera. Lamento dizer que foi outro estratagema dele, pois meia hora depois, aprontou mais uma. Dessa vez, arrebentou a janela e fugiu rua afora. Pedi que os enfermeiros me acompanhassem e partimos em seu encalço. Temi que tivesse escapado com alguma intenção maligna em mente, e meu receio se confirmou quando vi a mesma carreta na rua, carregando grandes caixas de madeira. Os homens enxugavam o suor da testa, muito afogueados, mostrando sinais de esforço físico brutal. Antes que pudesse impedi-lo, o paciente investiu contra eles e, puxando um dos homens, golpeou sua cabeça contra o chão várias vezes. Se eu não o agarrasse à força a tempo, creio que mataria o homem. O outro sujeito desceu depressa da carreta e o atingiu na cabeça com o cabo de seu pesado chicote. Foi um golpe e tanto, mas pareceu não surtir efeito em Renfield, que partiu para cima de seu agressor e lutou contra nós três, arremessando-nos para lá e para cá como se fôssemos filhotes de gato. O senhor sabe que não sou franzino e os dois sujeitos eram igualmente robustos. Primeiro, o paciente lutou em silêncio, porém, conforme o dominávamos e os enfermeiros o colocavam na camisa de força, gritou: "Vão se dar mal! Não vão conseguir me roubar! Não vão me matar aos poucos! Vou lutar pelo meu Mestre e Senhor!", dentre outros delírios incoerentes. Com muita dificuldade conseguimos trazê-lo de volta e o colocar na cela acolchoada. Um dos enfermeiros, Hardy, teve um dedo quebrado. Todavia, tudo se ajeitou no final e ele agora passa bem.

Inicialmente, os dois carreteiros bradaram ameaças de processo pelos prejuízos sofridos e prometeram atirar sobre nós todas as penas da lei. As ameaças, no entanto, vinham entremeadas com desculpas indiretas de terem sido derrotados por um lunático mais fraco que eles. Justificaram a derrota pelo dispêndio de energia em carregar e ajeitar na carreta as caixas pesadas; não fosse isso teriam dado uma lição em nosso paciente. Elencaram como outro motivo para sua derrota a sede terrível que sentiam por seu trabalho ser tão poeirento e estarem em localização tão remota, distante de qualquer estabelecimento para se hidratar. Compreendi a insinuação e ofereci uma generosa dose de grogue (ou melhor, *mais uma* dose de grogue), além de uma libra para cada. Saciados e com o dinheiro na mão, fizeram pouco caso do ataque e juraram que topariam com malucos ainda mais violentos só pelo prazer de encontrar "um camarada tão supimpa" quanto o que vos fala. Anotei os nomes e endereços, caso precisemos. São eles: Jack Smollet, de Dudding's Rents, King George's Road, Great Walworth e Thomas Snelling, de Peter Parley's Row, Guide Court, Bethnal Green. Trabalham para a Harris & Filhos, Cia. de Mudanças e Fretes, Orange Master's Yard, Soho.

Vou manter o senhor informado sobre todos os acontecimentos importantes no manicômio e, em caso de urgência, enviarei imediatamente um telegrama.

Acredite-me, caro senhor.

Seu leal funcionário,
Patrick Hennessey

CARTA *de Mina Harker para Lucy Westenra*

(Não aberta pela destinatária)

18 de setembro

Minha querida Lucy,

Sofremos um triste golpe. O sr. Hawkins morreu subitamente. Talvez muitos não dimensionem nossa tristeza, mas passamos a amá-lo de verdade e, para nós, foi como perder um pai. Não conheci nem meu pai nem minha mãe, de modo que a perda de alguém tão querido me deixou inconsolável. Jonathan está numa aflição de dar dó. Lamenta profundamente a morte desse amigo tão querido que o acompanhou desde criança e que, no fim da vida, o tratou como filho, deixando para ele uma herança que, para nós, de origens tão modestas, constitui a realização de sonho impossível de riqueza e fartura. Mas não é só isso: está preocupado com as responsabilidades que agora recaem sobre seus ombros e receia não estar à altura delas. Tento incentivá-lo e creio que minha fé em sua capacidade o ajuda a ficar um pouquinho mais confiante. Porém, é nesse quesito que o grave choque que viveu em sua viagem cobra seu mais alto preço. Ah, amiga, como é penoso pensar que uma natureza tão doce, simples, nobre e vigorosa como a dele —natureza que, com a ajuda de nosso querido amigo, levou-o a ser promovido de estagiário a sócio em poucos anos — possa ter sido tão afetada a ponto de perder a própria essência de sua força. Perdoe-me, amiga, por maçá-la com meus problemas quando você vive um momento tão feliz, mas Lucy, querida, preciso desabafar com alguém, pois o esforço de parecer sempre firme e confiante para Jonathan está me deixando esgotada e não tenho mais com quem me abrir. Já estou tensa, porque depois de amanhã teremos de ir a Londres; o pobre sr. Hawkins dispôs em testamento que gostaria de ser enterrado no jazigo de seu pai. Como não há familiares, Jonathan está encarregado do enterro. Vou tentar dar um pulo na sua casa, amiga, nem que seja por apenas uns minutinhos. Perdoe-me por preocupá-la com minhas aflições. Deus te abençoe.

Da amiga que te ama,
Mina Harker.

Diário do dr. Seward

20 de setembro

Somente determinação e hábito me impelem a registrar os acontecimentos no diário esta noite. Estou infeliz, desanimado, tão cansado do mundo e de tudo que há nele, inclusive da própria vida, tanto, que não me importaria em ouvir o Anjo da Morte se aproximar neste momento. Com efeito, ele anda a nos rondar ultimamente, bate suas funestas asas ao nosso redor com algum propósito insondável: primeiro a mãe de Lucy, depois o pai de Arthur e agora... Mas deixe-me relatar tudo em ordem.

Conforme o combinado, rendi Van Helsing da vigília à cabeceira de Lucy. Queríamos que Arthur descansasse também, mas ele se recusou. Só consentiu depois que expliquei que poderíamos precisar de sua ajuda durante o dia e que não podíamos correr o risco de adoecermos por falta de repouso, pois isso prejudicaria Lucy.

Van Helsing foi muito carinhoso com ele. "Vamos, filho", disse. "Vem comigo. Está exaurido e debilitado, passa por muito sofrimento e desgaste mental, sem contar cansaço físico. Não fica sozinho, a solidão alimenta medos e inquietações. Vamos para sala de visitas, que arde bom lume e tem dois sofás confortáveis, um para cada. Deitamos e sei que consolamos um na companhia do outro, mesmo em silêncio, mesmo dormindo."

Arthur o acompanhou, não sem antes deitar um olhar moroso no rosto de Lucy que, reclinada em seu travesseiro, parecia mais branca que o lençol. Jazia inerte no leito e olhei ao redor para me certificar de que tudo estava em ordem, e reparei que o professor mantivera nesse cômodo a mesma profilaxia do alho usada no quarto dela. O forte odor exalava da janela e, em volta do pescoço de Lucy, sobre o lenço de seda que Van Helsing a fizera usar para proteger a garganta, havia uma coroa improvisada com as flores do alho.

O rosto de Lucy nunca estivera tão assustador. Respirava em estertores e a boca entreaberta revelava gengivas pálidas. Talvez por efeito da penumbra, seus dentes pareciam maiores e mais afiados do que pela manhã. Os caninos, em particular, pareciam mais pontiagudos que os outros, mas talvez fosse apenas efeito da luz.

Sentei-me ao seu lado e logo se mexeu, inquieta. Nesse exato momento, ouvi um barulho de asas bater contra a janela. Fui verificar, pé ante pé, e espiei pelo canto da cortina. A lua cheia despontava no céu e percebi que o barulho fora causado por um grande morcego que voava em círculos e chocava-se contra a vidraça, na certa atraído pelo fiapo de luz que emanava do quarto. Quando retomei meu posto em sua cabeceira, notei que Lucy movera-se um pouco e arrancara as flores de alho do pescoço. Arrumei-as de volta como pude e continuei a observá-la.

Logo depois ela acordou e dei-lhe algo para comer, como Van Helsing recomendara. Ela comeu pouco e sem vontade. Não demonstrava mais o esforço inconsciente pela vida que até então marcara sua doença. Reparei uma coisa curiosa: assim que despertava, apertava as flores de alho contra o peito; quando em estado letárgico, respirando ruidosamente, rechaçava as flores, mas quando acordava, agarrava-se a elas. Não restava dúvida quanto ao seu comportamento, pois nas arrastadas horas que se seguiram, oscilou entre sono e vigília, e pude observá-la repetir tais gestos diversas vezes.

Às seis horas da manhã, Van Helsing veio me render. Arthur cochilara e ele caridosamente deixou-o recuperar o sono. Quando viu o rosto de Lucy, ouvi o característico som sibilante de sua inspiração. Ordenou em grave sussurro: "Abra cortinas. Preciso luz!". Inclinou-se sobre o rosto de Lucy e a examinou cuidadosamente. Retirou as flores e ergueu o lenço de seda que cobria sua garganta. Nesse momento, deu um passo para trás e abafou o grito: "*Mein Gott!*". Inclinei-me sobre ela também e, ao constatar o que ele vira, senti um calafrio percorrer todo o meu corpo. As feridas haviam desaparecido completamente.

Van Helsing observou Lucy por uns bons cinco minutos, com expressão muito grave. Depois virou-se para mim e disse, calmamente: "Ela morre. Não falta muito agora. Vai fazer muita diferença, acredite, se morre acordada ou adormecida. Acorda aquele pobre rapaz lá embaixo e deixa ver ela pela última vez. Ele confia em nós e prometemos".

Fui até a sala de visitas e acordei Arthur, que despertou um pouco desorientado, porém logo que viu a claridade solar penetrar o ambiente pelas venezianas, julgou ter perdido a hora e se mostrou assustado. Tranquilizei-o e disse que Lucy ainda dormia, mas tive de contar, com muita delicadeza, que Van Helsing e eu temíamos que o fim estivesse próximo. Cobriu o rosto com as mãos, deslizou até o chão e ajoelhou-se aos pés do sofá, onde permaneceu por um minuto. Rezava com o rosto coberto enquanto os ombros sacudiam em desesperados soluços.

Segurei sua mão e ajudei-o a se levantar. "Venha, meu velho camarada, reúna toda a coragem. Será melhor e mais fácil para ela."

Quando chegamos no quarto, vi que Van Helsing, com sua habitual previdência, fizera o possível para deixar o ambiente menos fúnebre. Escovara até mesmo o cabelo de Lucy para que se espraiasse pelo travesseiro em suas costumeiras ondas douradas. Quando entramos, ela abriu os olhos e ao ver o noivo, sussurrou docemente: "Arthur! Ah, meu amor, estou tão feliz por você ter vindo!".

Ele se inclinava para beijá-la, mas Van Helsing o deteve com um gesto. "Não", murmurou, "ainda não! Segura mão dela, conforta mais".

Arthur segurou a mão de Lucy e ajoelhou-se ao lado da cama. A aparência dela estava magnífica, seus traços suaves combinando com a beleza angelical dos olhos. Mas, pouco depois, fechou lentamente as pálpebras e adormeceu. Durante alguns instantes, vimos seu peito oscilar ao ritmo de respiração suave, como uma criança exaurida.

Então, de repente, sobreveio a estranha mudança que notara durante a noite. Sua respiração tornou-se arfante, abriu os lábios e exibiu as gengivas pálidas retraídas que faziam seus dentes parecerem mais compridos e afiados do que antes. Em uma espécie de delírio sonâmbulo, vago e inconsciente, abriu os olhos, que agora pareciam opacos e cruéis ao mesmo tempo, e disse com voz suave e lasciva, que eu jamais ouvira escapar de seus lábios: "Arthur! Ah, meu amor, que bom que você veio! Beije-me!".

Arthur inclinou-se afoito para beijá-la, porém Van Helsing (que, assim como eu, espantara-se com a voz de Lucy) precipitou-se sobre ele e puxou-o pelo pescoço com as duas mãos em uma demonstração de força que nunca imaginei que tivesse, praticamente o arremessou para longe da cama.

"De jeito nenhum!", bradou. "Não faz isso, por sua alma e a dela!" E interpôs-se entre eles como um leão feroz.

Arthur ficou tão estupefato que, em um primeiro momento, não teve reação. Antes, porém, que qualquer impulso de violência pudesse acometê-lo, lembrou-se do lugar e das circunstâncias e ficou em silêncio, à espera.

Mantive meus olhos fixos em Lucy, assim como Van Helsing, e vimos um espasmo de cólera obscurecer seu rosto. Cerrou os dentes e exibiu os caninos como uma fera. Então os olhos se fecharam e a respiração ficou novamente arquejante.

Logo depois, abriu os olhos e reconhecemos uma expressão terna e doce. Esticou sua mão pálida e emaciada, e puxou a mão forte e morena de Van Helsing até seus lábios e a beijou. "Meu amigo tão fiel", disse num sopro de voz que continha, não obstante, toda a força de sua inexprimível emoção. "Fiel a mim e a quem amo! Ah, cuide dele e me dê paz."

"Eu juro!", respondeu Van Helsing solenemente, ajoelhou-se ao lado dela e ergueu a mão, como quem faz juramento. Virou-se então para Arthur e disse: "Vem, filho, segura mão dela e despede com beijo na testa, um só".

Despediram-se com os olhos e não com os lábios. Lucy fechou as pálpebras e Van Helsing, que vigiava de perto, puxou Arthur pelo braço, afastando-o da cama.

A respiração de Lucy tornou a ficar pesada, em ruidosos estertores, até que cessou completamente.

"Está acabado", anunciou Van Helsing. "Morta."

Segurei Arthur pelo braço e o conduzi até a sala de visitas. Sentou-se, cobriu o rosto com as mãos e soluçou compungidamente, quase me levando às lágrimas também.

Voltei para o quarto. Van Helsing fitava a pobre Lucy com a expressão mais séria do que nunca. Uma mudança se dera em sua aparência. A morte restituíra parte de sua beleza, e a testa e as faces recobraram a harmonia de seus traços. Até mesmo os lábios estavam menos pálidos. Era como se o sangue, não mais necessário para manter o coração funcionando, agora trabalhasse para suavizar ao máximo a aspereza da morte.

"*Ela parecia morta quando estava dormindo e agora, morta, parece apenas adormecida.*"

Ao lado de Van Helsing, contemplei-a longamente e disse: "Pobrezinha, finalmente descansou em paz. É o fim".

Virou-se para mim e respondeu com grave solenidade: "Não é, infelizmente. É apenas começo".

Quando perguntei o que queria dizer, Van Helsing limitou-se a responder: "Ainda não pode fazer nada. Só resta esperar".

CAPÍTULO XIII

Diário do dr. Seward
(CONTINUAÇÃO)

BRAM STOKER

O FUNERAL foi preparado para o dia seguinte, para que Lucy e sua mãe pudessem ser enterradas juntas. Encarreguei-me de todas as abomináveis formalidades. Os funcionários do ajanotado agente funerário demonstraram ser, para o bem ou para o mal, produtos de seu obsequioso refinamento. A senhora que preparava os cadáveres para o velório confidenciou-me, em tom camarada de coleguismo profissional, quando saíamos da câmara mortuária:

"É um cadáver belíssimo, senhor. Prepará-la foi um privilégio. Ela vai honrar em muito nosso estabelecimento."

Van Helsing não arredava pé de Hillingham. A casa estava em completa desordem. Não havia parentes próximos e, como Arthur precisava partir no dia seguinte para o funeral do pai, não tivemos tempo de notificar familiares e conhecidos. Devido às circunstâncias, Van Helsing e eu decidimos examinar por nossa conta os documentos e demais papéis etc. Ele insistiu em assumir a tarefa, cuidando da papelada de Lucy. Disse-lhe recear que, por ele ser estrangeiro, não estivesse a par dos requisitos legais ingleses e, por desconhecimento, pudesse cometer algum equívoco. Ele respondeu:

"Eu sei, eu sei. Mas você esquece que além de médico, também sou advogado. Mas que faço não tem fim jurídico. Você sabe, tanto sabe, que evita ver legista. Tenho muito mais a evitar. Pode ter mais papéis como este."

Enquanto falava, retirou da agenda o memorando que Lucy guardara no colo e que rasgara enquanto dormia.

"Quando encontra informações do advogado da falecida sra. Westenra, sela todos documentos e envia hoje de noite. Fico aqui noite inteira e vasculho este quarto e antigos aposentos da srta. Lucy. Não é bom-tom que pensamentos íntimos dela chegam na mão de estranhos."

Prossegui com a parte que me coube do trabalho e, meia hora depois, após encontrar o nome e o endereço do advogado da sra. Westenra, escrevi para ele. Todos os documentos da pobre senhora estavam em ordem. Ela deixara instruções explícitas sobre o local do enterro. Terminava de selar a carta quando, para minha surpresa, Van Helsing entrou no quarto e ofereceu ajuda:

"Eu posso ajudar você, amigo John? Estou livre e à disposição."

"Encontrou o que estava procurando?", indaguei.

"Não procuro coisa específica. Acho que encontro que pode ser encontrado: cartas, memorandos e diário recém-começado. Separo tudo e guardo, mas não comentamos o assunto por enquanto. Amanhã de noite estou com pobre Arthur e, se ele consentir, examino papéis."

Quando terminamos nossas tarefas, Van Helsing disse: "Agora, amigo John, tem que dormir. Precisamos sono e descanso para recuperação. Amanhã tem muito para fazer, mas hoje não tem mais trabalho".

Antes de deitar, fomos ver a pobre Lucy. O agente funerário decerto trabalhara bem, pois o quarto fora convertido em câmara-ardente. Havia profusão de lindas flores brancas e a beleza do aposento suavizava o aspecto repulsivo da morte. O rosto da falecida estava coberto pela mortalha. Quando o professor gentilmente a suspendeu, contemplamos sua beleza. A iluminação que provinha das altas velas oferecia luz suficiente para que pudéssemos ver bem Lucy. Todo o seu esplendor fora restituído pela morte e as horas decorridas, em vez de deixarem vestígios dos "dedos da decomposição", restauraram sua beleza de tal modo que mal podia crer que estava diante de um cadáver.

O professor estava muito sério, impassível. Não a amou tanto quanto eu, por isso não sentia vontade de chorar. Então me disse: "Fica aqui até eu voltar", e saiu do quarto. Retornou com um punhado de flores de alho e as espalhou entre as outras que adornavam o cômodo, cuidando para colocá-las também ao redor do leito. Depois retirou do pescoço o pequeno crucifixo de ouro e o colocou na boca de Lucy. Feito isso, ajeitou novamente a mortalha e saímos.

Trocava de roupa em meu quarto quando, anunciando-se com uma batidinha à porta, Van Helsing entrou e disse sem delongas:

"Amanhã você traz, antes de anoitecer, conjunto de facas de autópsia."

"Vamos ter que fazer uma?", indaguei.

"Sim e não. Preciso das facas, mas não para que imagina. Conto agora, mas não quero falar disso para mais ninguém. Quero cortar a cabeça de Lucy e arrancar o coração dela. Ora essa, é cirurgião, por que tão chocado? Justo você, que vi fazer operações de vida ou morte que todos os outros tremem? Não esqueço que ama ela, meu querido amigo John, e é exatamente por isso que faço cirurgia, mas preciso ajuda. Quero fazer logo hoje de noite, mas não pode, por causa de Arthur. Quando fica livre amanhã, depois do funeral do pai dele, quer vir aqui e ver Lucy. Mas assim que está pronta dentro do caixão para enterro, vamos até ela, quando todos dormem. Desaparafusamos a tampa do caixão, faz o que precisa fazer e depois repõe tudo como encontramos, para ninguém além de nós dois saber."

"Mas para que fazer uma coisa dessas? Ela já está morta. Por que mutilar seu pobre corpo sem necessidade? Se a autópsia não é necessária, se não há nada a ganhar com isso, nem para Lucy, nem para nós, para a ciência ou para o conhecimento humano, para que fazer? Sem motivo, é um ato monstruoso."

Como resposta, colocou a mão em meu ombro e disse, com infinita ternura: "Amigo John, muito compadeço seu pobre coração que sangra e amo você ainda mais por isso. Se posso, tomo sua dor para mim, mas tem muita coisa que desconhece. A seu tempo sabe e agradece, embora não sejam coisas agradáveis. John, meu filho, somos amigos muitos anos. Eu faço algo sem motivo? Posso errar, afinal, sou humano, mas acredito piamente em tudo que faço. Você chama a mim quando a situação aqui está grave por isso, não é? É! Não fica perplexo, quiçá horrorizado, quando não deixo Arthur beijar a noiva que morre e puxo ele com toda minha força para longe dela? Fica! E mesmo assim vê como Lucy agradece, com belos olhos moribundos e voz tão fraca, e beija minha mão tão velha? Sim! E vê também que prometo, antes de ela fechar os olhos gratos? Sim! Bem, tem bom motivo agora para que quero fazer. Você confia em mim tem muitos anos. Nas últimas semanas, quando presencia coisas tão estranhas que, sem dúvida, você duvida da própria razão, confia em mim. Siga na confiança, amigo John. Se não confia, tenho de dizer que passa por minha cabeça, e isso não é bom talvez. Continuo trabalho, com ou sem confiança, mas sem você, meu amigo, trabalho de coração pesado, sinto estar sozinho bem quando mais preciso de ajuda e coragem para ir em frente!" Calou-se por um instante e depois prosseguiu: "Amigo John, tem dias estranhos e terríveis pela frente. Seguimos juntos, e não separados, para que o trabalho tenha bom desfecho. Ainda tem fé em mim?".

Segurei sua mão e garanti-lhe que sim. Quando saiu do meu quarto, fiquei na porta e observei-o se afastar, se recolher e fechar a porta. Estava ainda parado quando vi uma das criadas passar pé ante pé pelo corredor. Estava de costas para mim, de modo que não me viu. Entrou no quarto onde jazia Lucy. Aquilo me comoveu. É tão raro ver esse tipo de devoção que ficamos gratos àqueles que a demonstram espontaneamente para aqueles que amamos. Ali estava uma pobre menina que colocou de lado o medo que decerto sentia da morte e que faria vigília aos pés da patroa que tanto estimava, para que a falecida não ficasse sozinha até ser deposta em seu repouso eterno.

Devo ter dormido bastante, em sono pesado, pois já era dia claro quando Van Helsing me acordou, ao entrar no meu quarto. Aproximou-se da cabeceira e disse: "Esquece facas. Desisto".

"Por quê?", indaguei. Seu tom solene na véspera muito me impressionara.

"Porque é muito tarde ou muito cedo. Olha!", exclamou e ergueu o pequeno crucifixo de ouro. "Roubaram ontem de noite."

"Como foi roubado se está com você agora?", perguntei admirado.

"Porque pego de volta da cretina imprestável que rouba, ladra que ataca vivos e mortos. E precisa punição, mas não de mim. Não tem consciência da gravidade do gesto dela e, na cabeça, é só um furto. Agora, resta esperar." Sem mais explicações, partiu e deixou-me com um novo mistério, mais um enigma para alimentar meus pensamentos.

A manhã foi arrastada e pesarosa. Ao meio-dia, chegou o advogado, o sr. Marquand, da Wholeman, Filhos, Marquand & Lidderdale. Era muito polido e apreciou nossa contribuição, doravante desonerando-nos dos demais trâmites e seus detalhes. Durante o almoço, nos contou que a sra. Westenra, já receando uma morte súbita devido a sua condição cardíaca, deixara todos os seus documentos em ordem. Ele nos informou que, com exceção de uma propriedade vinculada ao pai de Lucy, que na falta de descendentes diretos, iria para um parente distante da família, todos os bens haviam sido deixados para Arthur Holmwood. Após essa revelação, comentou:

"Francamente, fizemos o possível para impedir tal disposição testamentária e apontamos algumas contingências que poderiam deixar sua filha sem dinheiro, bem como o cerceamento de sua liberdade na escolha de uma aliança matrimonial. Na verdade, insistimos tanto que quase entramos em atrito com ela, que chegou a questionar se estaríamos ou não dispostos a cumprir seus desejos. Não tivemos alternativa além de aceitar. Em tese, estávamos corretos e em noventa e nove por cento dos casos, a lógica dos acontecimentos comprova a precisão de nosso julgamento.

"Devo admitir, no entanto, que nesse caso qualquer outra disposição geraria a impossibilidade de atendermos aos desejos da falecida. Com a morte da mãe, a moça teria herdado todos os bens e mesmo que tivesse sobrevivido à mãe por apenas cinco minutos, como não elaborara testamento, configuraria uma sucessão *ab intestato*. De todo modo, lorde Godalming, embora seja amigo tão estimado, não poderia herdar nada. Os bens seriam transmitidos a parentes distantes que, por razões sentimentais, não renunciariam a seus direitos em nome de um estranho. Asseguro-lhes, senhores, de que estou satisfeitíssimo com o resultado."

Era bom sujeito, mas ao demonstrar sua satisfação por uma circunstância menor, de interesse profissional, em meio a tão grande tragédia, tive uma lição dos limites da compreensão solidária.

Não ficou muito tempo conosco; partiu prometendo voltar mais tarde para conversar com lorde Godalming. Sua vinda, contudo, tranquilizou-nos em relação às providências que tomáramos até então, pois garantiu que não havíamos feito nada errado. Pouco antes das cinco horas, quando Arthur prometera chegar, visitamos a câmara mortuária, agora de fato digna de tal nome, pois mãe e filha jaziam ali. O agente funerário, fiel ao seu ofício, lançara mão de todos os recursos de que dispunha para dar ao local um ar fúnebre e, ao entrarmos, ficamos imediatamente desolados.

Van Helsing ordenou que restituísse a aparência anterior do cômodo, pois aguardávamos lorde Godalming a qualquer minuto e na certa ele preferiria ver o corpo da noiva a sós.

O agente funerário pareceu chocado com sua própria ignorância e de pronto deixou o quarto como estava na véspera, para que quando Arthur chegasse pudesse ser poupado de um sofrimento adicional.

Coitado do meu amigo! Carregava uma tristeza que o metia às raias do desespero. Até mesmo sua robusta postura varonil parecia ter mirrado sob o fardo do extremo pesar. Nutrira afeto sincero e devoto pelo pai e perdê-lo em um momento tão crítico fora um golpe violento. Foi afetuoso comigo que nem sempre e tratou Van Helsing com terna gentileza; percebi, contudo, um acanhamento. O professor também reparou e fez um gesto para que o levasse até o aposento onde estava Lucy. Acompanhei-o somente até a porta, pois supus que quisesse ficar a sós, mas segurou meu braço e me puxou e disse com a voz rouca de emoção:

"Você também a amava, meu velho. Ela me contou tudo e nenhum outro amigo era tão estimado quanto você. Não sei como posso agradecer tudo o que fez por ela. Ainda não consigo pensar direito..."

Um choro cortou sua fala, me abraçou, encostou a cabeça no meu peito e disse aos soluços: "Ai, Jack... Jack! O que vou fazer? Perdi todo o interesse na vida de uma só feita e não resta mais nenhum motivo para continuar vivo".

Confortei-o da melhor maneira que pude. Nessas horas, os homens não carecem de muita conversa. Um aperto de mão, um abraço mais apertado, um choro compartilhado são expressões de solidariedade que aquecem nossos corações. Fiquei imóvel e em silêncio até que cessasse seu pranto, e então disse gentilmente: "Vamos, venha vê-la".

Juntos nos aproximamos do leito e suspendi a mortalha. Meu Deus, como ela estava linda. O passar das horas parecia acentuar sua beleza, o que me aterrorizava e fascinava ao mesmo tempo. Arthur tremia como se acometido por um calafrio febril. Por fim, após longa pausa, perguntou-me em fiapo de voz: "Jack, ela está mesmo morta?".

Garanti que, infelizmente, sim. E, como senti que precisava dirimir o quanto antes aquela dúvida pavorosa, expliquei não ser incomum que após a morte os rostos dos cadáveres parecessem mais desanuviados e até mesmo mais jovens e belos, sobretudo nos casos em que agudo e prolongado sofrimento precede o óbito. Isso pareceu dispersar qualquer dúvida e, após ajoelhar-se perto do leito por um tempo, fitou-a longa e amorosamente, se ergueu e se afastou. Disse-lhe que aquela haveria de ser a despedida, pois precisavam preparar o caixão. Ele então voltou, segurou a mão da morta, a beijou, inclinou-se sobre ela e beijou também sua testa. Enquanto saíamos, lançou por sobre o ombro o derradeiro olhar amoroso à morta.

Deixei-o na sala de visitas e avisei Van Helsing que Arthur já se despedira de Lucy, de modo que podia ir à cozinha avisar aos funcionários da funerária que o caixão devia ser fechado e lacrado. Quando o professor voltou, comentei sobre a pergunta de Arthur e ele retrucou: "Não surpreende. Há pouco duvido até estar morta mesmo!".

Jantamos juntos e vi que o pobre Arthur se esforçava para melhorar. Van Helsing ficara em silêncio durante toda a refeição, mas quando acendemos os charutos, se dirigiu a Arthur por "lorde" e foi interrompido imediatamente:

"Não, não, pelo amor de Deus! Pelo menos não por enquanto. Perdoe-me, senhor, não quis ser grosseiro, mas minha perda é ainda muito recente."

O professor respondeu com muita ternura: "Uso título porque tenho dúvida. Não posso chamar de 'senhor' e passei a amar, sim, meu caro filho, a amar como apenas Arthur."

Arthur segurou a mão de Van Helsing com carinho: "Chame-me do que quiser", disse. "O único título que espero sempre conservar com o senhor é o de amigo. E deixe-me dizer que palavras me faltam para agradecer sua bondade com minha pobre garota." Fez uma pausa e continuou: "Sei que ela compreendeu sua bondade até melhor do que eu. E se fui rude ou se de algum modo desrespeitoso naquela ocasião que o senhor decerto há de recordar, peço que me perdoe".

Van Helsing assentiu com a cabeça e respondeu com gravidade gentil:

"Sei ser difícil confiar em mim naquele dia, pois para confiar em certos atos violentos precisa compreender, e suponho que não pode confiar, porque não compreende ainda. Tem outras ocasiões que peço confiança, mas, na verdade, não quer, não pode ou consegue compreender. Mas chega hora que confiança em mim é plena e você enxerga tudo com clareza, como se raio de sol ilumina mistérios todos. Então agradece a mim em seu nome, de outros e de quem protejo em juramento."

"Certamente, senhor, certamente", respondeu Arthur em tom afetuoso. "Vou confiar no senhor em tudo. Sei que tem coração muito nobre e o senhor é amigo de Jack, assim como foi de Lucy. O senhor pode prosseguir como desejar."

O professor pigarreou algumas vezes, como se fosse falar e, finalmente, indagou:

"Posso perguntar agora?"

"É claro."

"Sabe que a sra. Westenra deixou todos bens para você?"

"Não, pobrezinha. Nunca sequer me passou pela cabeça."

"Tudo é seu agora, tem direito de dispor dos bens como quer. Dessa forma, peço permissão para ler escritos e cartas da srta. Lucy. Acredita, não é vã curiosidade. Tenho motivo e sei que ela na certa aprova. Estou com todos papéis aqui. Separo antes de saber que tudo é seu, para não parar na mão de estranhos, para que não deitem olhos nas palavras do fundo da alma dela. Quero ficar com eles com sua permissão. Nem você deve ler por enquanto, mas prometo que estão seguros. Nenhuma palavra é perdida e, no tempo devido, devolvo. Sei que é pedido delicado, mas você aceita, não aceita, por Lucy."

Arthur adotou tom mais próximo do habitual e disse com respeito e afeto: "Dr. Van Helsing, o senhor pode fazer o que quiser, como quiser. Sinto que ao dizer isso atendo aos desejos da minha querida garota. Não perturbarei o senhor com perguntas antes da hora".

O velho professor levantou-se e disse solenemente: "Está certo. Vai ter dias de muito sofrimento pela frente, mas não é apenas sofrimento e não dura para sempre. Tanto nós quanto você, e mais você do que nós, filho querido, atravessa tempestades antes de chegar a bonança. Precisa coragem, altruísmo e responsabilidade no cumprimento dos deveres. Assim, tudo termina bem!".

Dormi no sofá no quarto de Arthur naquela noite. Van Helsing sequer se deitou. Passou a noite andando de um lado para o outro, como se patrulhando a casa, e não tirou os olhos do aposento onde Lucy jazia no caixão repleto com flores de alho, cujo odor superava o dos lírios e das rosas e tornava-se o aroma predominante da noite.

Diário de Mina Harker

22 de setembro

No trem para Exeter. Jonathan dorme. Parece que foi ontem que escrevi por último aqui e, no entanto, quanta coisa aconteceu de lá para cá: em Whitby, no lânguido ócio das férias; Jonathan viaja e eu sem receber notícias, e agora aqui estou eu, casada com ele, que virou um advogado rico, dono de sua própria firma. O sr. Hawkins morto e enterrado, e mais um ataque que pode prejudicar a saúde mental do meu marido. Como algum dia ele pode me perguntar a respeito, vou anotar tudo aqui detalhadamente. Ando enferrujada na taquigrafia (a prosperidade inesperada traz sua dose de desleixo), então vai ser bom recuperar o ritmo com algum exercício.

O funeral foi simples e solene. Só nós dois e os criados, um ou dois velhos amigos de Exeter, seu agente de Londres e um cavalheiro representando sir John Paxton, o presidente da Sociedade dos Advogados. Jonathan e eu ficamos lá, de mãos dadas, sentindo a perda do nosso melhor e mais estimado amigo.

Pegamos um ônibus para Hyde Park e voltamos muito calados para o centro. Para me distrair um pouco, Jonathan me levou a Rotten Row, com a ideia de sentarmos um pouco no parque. Mas o lugar estava às moscas e foi triste e deprimente ver tantas cadeiras vazias; nos fez lembrar que, em casa, também havia uma cadeira vazia. Decidimos caminhar até Piccadilly, então. Jonathan estava de braço dado comigo, como costumava fazer antigamente, antes de eu ir para a escola. Achei indecente andarmos assim, mas acho que, depois de anos ensinando etiqueta e decoro para outras moças, é natural que tenha me tornado um pouco pedante. Mas era Jonathan, era meu marido, e não havia nenhum conhecido nosso por perto que pudesse nos ver, e pouco nos importávamos com isso, de modo que continuamos de braços dados.

Eu reparava em uma moça muito bonita, com chapéu de abas largas, sentada em uma vitória na porta da joalheria Giuliano›s quando Jonathan apertou meu braço com tanta força que me machucou, exclamando em um sussurro: ‹‹Meu Deus!››.

Vivo preocupada com Jonathan, com medo que sofra um novo ataque de nervos. Virei-me depressa para ele e perguntei o que o perturbava.

Estava muito pálido e com os olhos arregalados, num misto de terror e surpresa, fitava um homem alto e magro, com nariz encurvado, bigode preto e barba pontiaguda, que também admirava a moça bonita. Olhava para ela tão fixamente que não nos viu, de modo que pude observá-lo bem. Seu rosto não parecia muito simpático. Era fechado, cruel e lascivo, e seus grandes dentes brancos — que pareciam ainda mais brancos em contraste com os lábios muito vermelhos — eram pontiagudos como os de um animal. Jonathan o encarava tão ostensivamente que fiquei com medo de que o homem notasse e não gostasse de ser assim observado. E, ademais, parecia feroz e grosseiro. Perguntei a Jonathan por que estava tão perturbado e respondeu, na certa supondo que sabia tanto quanto ele: ‹‹Não vê quem está ali?››.

‹‹Não, querido››, respondi. ‹‹Não o conheço, quem é?›› Estremeci com sua resposta, pois retrucou como se não soubesse que falava comigo, Mina: ‹‹É o homem em pessoa!››.

O pobrezinho parecia apavorado, em estado de absoluto terror. Acho que se estivesse sozinho, sem mim ao lado para se apoiar, cairia no chão. Continuou a olhar fixamente para o homem que, por sua vez, observava a moça na carruagem. Um sujeito saiu da joalheria com um embrulho pequeno e o deu à moça, que logo em seguida partiu. Quando a carruagem seguiu por Piccadilly, o estranho foi na mesma direção e chamou depois um cabriolé. Jonathan continuava a acompanhá-lo com os olhos e disse, como se para si mesmo:

‹‹Acho que é o conde, mas parece muito mais jovem. Meu Deus, será possível? Meu Deus do céu! Meu bom Deus! Se eu soubesse! Se eu soubesse!››

Ele estava tão perturbado que achei melhor não me deter no assunto com perguntas e, sendo assim, fiquei quieta. Afastei-me do local discretamente e ele, de braço dado comigo, acompanhou-me sem resistência. Caminhamos um pouco mais até entrarmos no Green Park, onde nos sentamos. Estava um dia quente para o outono e encontramos um banco confortável à sombra. Após alguns minutos com o olhar vago para o infinito, Jonathan fechou os olhos e adormeceu com a cabeça no meu ombro. Achei que o sono veio em boa hora, de modo que cuidei para não o acordar. Ele despertou vinte minutos depois e me disse, animado:

"Ora essa, Mina, peguei no sono! Perdoe minha indelicadeza. Venha, vamos tomar um chá em algum lugar."

Ele obviamente esquecera o homem sinistro em Piccadilly, assim como, em sua doença, o que isso o fizera recordar. Esses lapsos de memória não me agradam, tenho medo de causarem ou agravarem algum dano cerebral. Mas não devo tocar no assunto, pois posso acabar piorando a situação em vez de melhorá-la. Preciso, contudo, conhecer os fatos e descobrir o que aconteceu na viagem à Transilvânia. Receio ter chegado a hora de abrir o embrulho com o diário e ler o que ele escreveu. Ah, Jonathan, sei que irá me perdoar. É para o seu próprio bem.

Mais tarde

Nosso regresso ao lar foi triste sob todos os aspectos. Voltamos para a casa vazia e sentimos a ausência daquela boa alma, que foi tão boa para nós. Jonathan continuava pálido e zonzo após uma leve recaída de sua enfermidade. E, para completar, recebemos o telegrama de um tal de Van Helsing:

> Com muito pesar informo que sra. Westenra falece há cinco dias e Lucy falece anteontem. Ambas enterradas hoje.

Meu Deus, quanta desgraça em poucas palavras! Pobre sra. Westenra! Pobre Lucy! Mortas, enterradas, para nunca mais voltar! E pobre Arthur, por ter perdido para sempre sua doce noiva! Que Deus nos ajude a carregar nossos fardos.

Diário do dr. Seward
(CONTINUAÇÃO)

22 de setembro

Está tudo terminado. Arthur voltou para casa e levou Quincey Morris com ele. Que camarada formidável é Quincey! Acredito, de coração, que sofreu a morte de Lucy tanto quanto nós, mas demonstrou a força moral de um viking. Se a América continuar a produzir sujeitos como ele, será de fato uma potência mundial. Van Helsing está deitado, pois descansa para a vindoura viagem. Vai para Amsterdã hoje, mas disse que volta para Londres amanhã à noite. Disse também que precisa tomar algumas providências lá pessoalmente e que, se puder, encontra comigo na volta. Afirmou que tem trabalho a fazer em Londres e que isso pode mantê-lo ocupado por algum tempo. Pobre professor! Temo que o desgaste da última semana tenha minado até mesmo sua força inabalável. Precisou se esforçar terrivelmente para se conter durante o enterro. Quando tudo chegou ao fim, estávamos com Arthur que, coitadinho, rememorava o episódio em que doou sangue para Lucy. Vi Van Helsing alternar entre muito pálido e muito ruborizado. Arthur comentava que, desde a transfusão, sentia que Lucy e ele estavam verdadeiramente casados e que era sua esposa aos olhos de Deus. Nenhum de nós disse uma só palavra sobre as demais transfusões, e jamais diremos. Arthur partiu com Quincey para a estação e Van Helsing veio comigo para cá. Assim que ficamos a sós na carruagem, ele explodiu em um ataque histérico de riso, que negou ser histérico depois e insistiu que se tratava apenas da reação de seu senso de humor a uma situação de extremo desgaste emocional e tristeza. O professor riu até chorar e tive que puxar as cortinas da carruagem para que ninguém visse a cena que lá dentro se passava e interpretasse mal as suas gargalhadas. Ele riu de chorar, chorou, depois teve outro acesso de riso e então riu e chorou ao mesmo tempo, como fazem as mulheres. Tentei inclusive ser severo com ele, como somos com as mulheres em tais circunstâncias, mas não adiantou nada. Os homens e as mulheres são tão diferentes em suas manifestações de força e fraqueza dos nervos! Então, quando ficou finalmente sério e circunspecto, perguntei qual o motivo de tanto riso, sobretudo em momento como aquele. Sua resposta foi, de certa forma, uma resposta típica de Van Helsing — lógica, contundente e misteriosa:

"Você não compreende, amigo John. Não pensa que rio por não estar triste. Você vê: choro até quando engasgo de tanto rir. Não importa quão desolado estou quando choro, riso irrompe mesmo assim. Sabe: gargalhada que bate na porta e pergunta 'Posso entrar?' não é gargalhada de verdade. O riso de verdade é rei, vem quando e como quer. Não pede permissão, não escolhe a hora apropriada. Apenas diz: 'Aqui'. Sabe que meu coração é luto por doce Lucy. Dou sangue por ela, embora seja velho gasto. Dou tempo, habilidades, sono. Descuido vários pacientes para dedicar exclusivo. Mesmo assim, posso gargalhar em enterro, gargalhar quando a derradeira pá de cal atinge caixão. Preciso doutrinar coração para recolher o sangue da face. Sou todo compaixão por pobre rapaz, aquele querido rapaz. Se tenho bênção de ter filho ainda vivo, tem hoje idade de Arthur. Até cabelo e olhos parecem com meu menino.

"Pronto, agora sabe por que amo ele tanto. Toca meu coração de pai como nenhum outro, nem mesmo você, amigo John, porque a experiência igual impede relação mais paternal. No entanto, mesmo quando diz coisas que comovem coração de marido e tocam coração de pai, o rei Riso surge na minha frente e grita no ouvido 'Aqui! Aqui!' até sangue concentrar todo no rosto, a ponto de explodir. Ah, amigo John, vivemos em mundo estranho, mundo triste, cheio de mistério, pesar e problema. E mesmo assim, quando o rei Riso aparece, faz tudo dançar ao som de sua melodia. Corações sofridos, ossos secos no cemitério e lágrimas quentes que abrasam rosto, tudo isso dança ao som da música que produz com lábio sem sorrisos. E acredita amigo John, sua vinda atesta quão bom e gentil ele é. Somos cordas retesadas puxadas em direções diferentes. Lágrimas vêm e pranto puxa com tanta força que rompe de tanta pressão. Mas rei Riso aparece e afrouxa a pressão, faz suportar que precisa, que é exigido de nós."

Não quis magoá-lo fingindo não compreender seu argumento, mas, como ainda não entendia o que provocara seu riso, perguntei-lhe o motivo. Ele respondeu-me muito sério:

"Foi a ironia macabra de tudo. Lucy tão adorável, rosto emoldurado por flores, tão bela que, um por um, todos chegamos até duvidar que está morta. Seu corpo repousa em mausoléu elegante, cemitério afastado, com restos mortais de antepassados, com mãe que ama ela em vida e que ela ama também. Os sinos repicam badaladas solenes, pungentes e lentas, e religiosos, com traje branco de anjo, fingem ler livros de oração, mas olha para outro lado enquanto todos ali, parados, de cabeça baixa. E tudo isso para quê? Está morta, não está?"

"Francamente, professor", respondi, "não consigo ver graça em nada disso. E sua explicação torna o enigma ainda mais indecifrável do que antes. Mas mesmo que o enterro tenha sido cômico, o sofrimento do pobre Arthur não foi. Ora, ele estava simplesmente arruinado."

"Exato. E não disse que transfusão de sangue faz Lucy sua esposa?"

"Sim, foi uma ideia terna e reconfortante para ele."

"Bastante. Mas aí está o problema, amigo John. Se transfusão une em matrimônio, e os outros? Rá, rá! Se for o caso, então doce donzela é polígama e eu, com mulher insana que embora morta para mim, permanece esposa por leis da igreja, eu, marido fiel dessa pobre esposa, sou bígamo."

"Continuo sem ver graça!", retruquei, um pouco contrariado por ele dizer aquelas coisas. Pousou a mão no meu braço e disse:

"Amigo John, peço perdão se magoo. É para evitar mágoas que não dou vazão aos sentimentos na frente de outros, revelo apenas para você, velho amigo, que posso confiar. Se você enxerga que passa dentro do meu coração quando rio, quando o riso chega e agora, que o rei Riso já pega coroa e parte para longe, para não voltar por longo tempo, talvez se você enxergar lá dentro, vê que mereço a compaixão mais que qualquer outra pessoa."

Fiquei comovido pela ternura do seu tom e perguntei o porquê.

"Porque eu sei!"

E agora estamos todos separados, um em cada canto, e durante longos dias a solidão com suas negras asas continuará pousada sobre nossos telhados. Lucy jaz com os seus em nobre mausoléu em cemitério afastado, distante da agitação de Londres, onde o ar é fresco e o sol desponta sobre Hampstead Hill, onde as flores nascem ao sabor de sua própria natureza selvagem. Posso encerrar então este diário, e só Deus sabe se algum dia hei de começar outro. Se isso acontecer, ou se voltar a abri-lo novamente, será para versar sobre pessoas e assuntos diferentes, pois aqui, neste desfecho do romance de minha vida, antes que eu retome o meu trabalho, só me resta dizer, com tristeza e sem esperança,

FINIS.

WESTMINSTER *Gazette, 25 de setembro*

O MISTÉRIO DE HAMPSTEAD

A vizinhança de Hampstead encontra-se em alerta graças a uma série de acontecimentos que se assemelha aos descritos em ocasiões passadas por manchetes como "O Horror de Kensington", "A Esfaqueadora" e "A Mulher de Preto". Há aproximadamente três dias, foram reportados diversos casos de crianças pequenas atraídas para fora de suas casas ou que desapareceram quando saíam para brincar. Em todos os casos, as crianças eram muito pequenas para fornecer relatos inteligíveis, mas há consenso em suas explicações: estavam com a "moça buíta". Os sumiços sempre se deram tarde da noite e, em duas ocasiões, as crianças só foram encontradas na manhã seguinte. Como a primeira criança a ser encontrada explicou que sumiu pois a "moça buíta" a chamou para um passeio, supõe-se que as demais passaram a repetir a frase. A brincadeira favorita dos pequeninos atualmente é reproduzir o aliciamento da misteriosa figura, e um de nossos correspondentes relatou que vê-los imitando a "moça buíta" é simplesmente hilário. Segundo ele, um de nossos caricaturistas poderia aprender muito sobre a ironia do grotesco comparando a realidade com a fantasia, e que a "moça buíta" ter se tornado popular nessas apresentações infantis ao ar livre muito se coaduna com os princípios gerais da natureza humana.

Nosso correspondente afirmou, ingenuamente, que nem mesmo Ellen Terry poderia ser tão cativante quanto esses pequeninos de rostinho sujo fingem (ou acreditam) ser. O assunto, porém, não é tão inofensivo quanto pode parecer: algumas crianças, todas desaparecidas à noite, voltaram com ferimentos no pescoço. As feridas parecem ter sido causadas por um rato ou um cão de pequeno porte e, embora insignificantes individualmente, mostram que o animal que as infligiu parece ser um tanto metódico. A polícia local foi instruída a ficar atenta a crianças desacompanhadas, sobretudo as muito pequenas, nas vizinhanças de Hampstead Heath, bem como a cães abandonados na área.

Westminster Gazette, 25 de setembro

Edição extraordinária

O HORROR DE HAMPSTEAD
MAIS UMA CRIANÇA FERIDA

A "moça buíta"

Acabamos de saber que mais uma criança, desaparecida ontem à noite, foi encontrada hoje de manhã sob um arbusto em Shooter's Hill, nos arredores menos movimentados de Hampstead Heath. Apresenta as mesmas diminutas marcas no pescoço observadas nos casos anteriores. Estava muito fraca e abatida. Quando se recuperou um pouco, contou a mesma história das outras crianças: fora levada pela "moça buíta".

CAPÍTULO XIV

Diário de Mina Harker

23 de setembro

BRAM STOKER

Após uma noite ruim, Jonathan está melhor. Fico contente por ele ter tanto trabalho, pois isso o distrai um pouco dos maus pensamentos. Não está mais tão inseguro também com a responsabilidade de sua nova posição na firma. Sempre soube que ele era capaz e agora estou tão orgulhosa de ver meu Jonathan à altura da promoção e capaz de dar conta de todas as suas obrigações. Hoje ele só volta mais tarde, avisou que não vem para o almoço. Terminei as tarefas domésticas e agora vou me trancar no quarto para ler o diário de viagem dele.

24 de setembro

Não tive cabeça para escrever ontem à noite, tão perturbada que fiquei com os tenebrosos relatos no diário de Jonathan. Pobrezinho! Seja realidade ou apenas imaginação, como deve ter sofrido! Pergunto-me se algum daqueles acontecimentos foi de fato real. Será que sua escrita é produto da febre cerebral ou a febre foi justamente causada pelas experiências horrendas que viveu no castelo? Acho que nunca vou descobrir, pois não ouso tocar no assunto. Mas e o homem que vimos ontem? Jonathan parecia ter tanta certeza, tadinho! Talvez o funeral o tenha entristecido e levado sua mente a divagar. Ele, de fato, acredita em tudo o que viveu. Lembro-me de que no dia do nosso casamento disse: "A não ser que um dever solene me force a regressar para essas horas tão amargas, em sonhos ou em vigília, louco ou são...". Contudo, parece haver certa lógica na sequência dos fatos. O terrível conde se preparava para vir a Londres. Se conseguiu, se está entre nós, em uma cidade apinhada de gente... Talvez isso constitua um dever solene e, sendo assim, não devo me acovardar. Estarei preparada. Vou pegar minha máquina de escrever imediatamente e transcrever o diário. Assim, teremos tudo organizado, se precisarmos mostrar para alguém. E, caso seja necessário, quando pronta talvez possa falar por ele, coitadinho, para que não se perturbe ou se preocupe novamente com esses assuntos. Se um dia Jonathan conseguir superar seu nervosismo, pode ser que queira me contar tudo e poderei então questioná-lo e apurar direitinho o que aconteceu para consolá-lo.

CARTA *de Van Helsing para a sra. Harker*

---

24 de setembro
(Confidencial)

Cara madame,

Espero perdão por escrever novamente, sou desconhecido, e ademais o desconhecido que já comunica notícia triste da morte da srta. Lucy Westenra. Lorde Godalming gentilmente autoriza acesso a cartas e documentos da falecida, porque sou muito preocupado com questões de máxima importância. Encontro correspondências da senhora e vi que não só são muito amigas como a senhora ama srta. Westenra profundamente. Ah, madame Mina, em nome desse amor, imploro ajuda. É para bem dos demais que peço auxílio, para evitar desgraças maiores, muito mais graves que a senhora imagina. A senhora permite visitar você? Pode confiar em mim. Sou amigo do dr. Seward e lorde Godalming (esse é o novo título de Arthur, noivo da srta. Lucy). Por enquanto, mantenho tudo segredo. Se senhora concede o privilégio de visita, parto para Exeter assim que informar dia, hora e endereço. Rogo perdão, madame. Leio suas cartas enviadas para pobre Lucy e sei que a senhora é pessoa boa e seu marido sofre muito. Então, peço, não comentar nada com ele por enquanto para não preocupar. Mais uma vez, desculpa e espero seu perdão.

Van Helsing.

TELEGRAMA *da sra. Harker para Van Helsing*

---

25 de setembro.

Venha hoje mesmo no trem das dez e quinze, se conseguir embarcar a tempo. Estarei à sua disposição.

Wilhelmina Harker.

Diário de Mina Harker

25 de setembro

Aguardo ansiosa a chegada do dr. Van Helsing, pois de algum modo espero que possa esclarecer um pouco a traumática experiência de Jonathan. Como cuidou de Lucy durante a doença, suponho que possa me contar com detalhes como tudo se deu. É esse o motivo de sua visita: tem a ver com Lucy e seu sonambulismo, não com Jonathan. Acho que nunca vou descobrir o que realmente se passou com ele! Que tolice. Aquele diário maldito mexe com minha cabeça e tinge tudo com seus tons sombrios. Óbvio que é sobre Lucy. Minha pobre amiga teve uma recaída em seu antigo hábito e aquela noite pavorosa no penhasco deve ter sido a causa da doença. Concentrada em meus próprios problemas, esqueci-me de como adoeceu logo depois. Lucy deve ter contado o episódio do penhasco para ele e dito que eu estava junto; agora, provavelmente quer conversar comigo para se informar melhor disso. Espero ter feito a coisa certa na época ao não comentar nada com a sra. Westenra. Eu jamais me perdoaria se um ato meu, mesmo que bem-intencionado, prejudicasse minha querida Lucy. Também espero que o dr. Van Helsing não me culpe por isso. Ultimamente, ando tão preocupada e ansiosa que sinto que não suportaria mais nenhum pesar. Suponho que um bom choro faça bem de vez em quando, que desafogue o peito. Talvez a leitura do diário ontem tenha me perturbado e, para completar, Jonathan saiu cedo hoje para passar o dia inteirinho longe de mim. É a primeira vez que nos separamos desde nosso casamento. Espero que se cuide bem e que não sofra nenhum aborrecimento. Duas da tarde já, o doutor está quase chegando. Não vou comentar nada sobre o diário de Jonathan, a não ser que pergunte. Estou tão contente por ter datilografado meu diário. Se ele quiser saber mais sobre Lucy, posso lhe emprestar. Vai nos poupar muitas perguntas.

*M*AIS *tarde*

Ele já veio e foi-se embora. Que encontro estranho, estou com a cabeça a mil. Parece que fui transportada para um sonho. Será que tudo o que ele me disse pode ser mesmo real — ou pelo menos uma parte? Se não tivesse lido o diário de Jonathan antes, não teria sequer cogitado a possibilidade. Coitado do meu querido Jonathan! Como deve ter sofrido. Se Deus quiser, esses assuntos não mais o perturbarão. Vou tentar poupá-lo de tudo isso. No entanto, saber que seus olhos, seus ouvidos e sua mente não o enganaram talvez fosse um conforto, uma ajuda para ele; descobrir que, por mais terrível e traumático, pode ter sido real. Talvez esteja assombrado pela dúvida e, quando não houver mais dúvida — independentemente do que aconteceu, realidade ou delírio —, ele fique mais satisfeito e mais apto a enfrentar o choque. O dr. Van Helsing deve ser um bom homem, e inteligente, pois não só é amigo de Arthur e do dr. Seward como eles o trouxeram da Holanda para cuidar de Lucy. Agora que o conheci de perto, sinto que é bondoso, gentil e íntegro. Quando voltar amanhã, vou perguntar sobre Jonathan. E então, se Deus quiser, esse sofrimento e essa agonia chegarão ao fim. Sempre quis entrevistar alguém. Um amigo de Jonathan que trabalha no jornal disse que, nesse trabalho, o segredo é a memória: você tem que ser capaz de reproduzir tudo o que foi dito, mesmo que, depois de pronto, queira enfeitar um pouco o texto. A minha conversa com ele foi bastante peculiar; vou tentar reproduzi-la *verbatim*.

Já eram duas e meia quando ouvi baterem à porta. Arregimentei toda minha coragem e esperei. Instantes depois, Mary entrou no aposento e anunciou o "dr. Van Helsing".

Levantei-me, cumprimentei-o com uma reverência e ele prontamente veio em minha direção. É um homem forte, de peito rijo e ombros largos. A cabeça, que se ergue harmoniosa do pescoço, equilibra-se sobre o tronco com elegância e lhe confere ar de inteligência e poder. O crânio é bem proporcional, amplo. O rosto glabro projeta o queixo quadrado sob boca grande, firme e dinâmica; tem nariz bem-feito e reto, com narinas que se dilatam quando fala, além de mover também as espessas sobrancelhas e retesar os lábios. A testa é larga, ergue-se altiva sobre o nariz e depois recua em duas saliências que mantêm seu cabelo avermelhado longe dos olhos. Os olhos azul-escuros são separados, ligeiros e oscilam entre a doçura e a sisudez, em consonância com a disposição. Logo disse:

"Sra. Harker, certo?"

Assenti com uma mesura.

"Antes srta. Mina Murray, não é?"

Tornei a assentir.

"É com Mina Murray que venho para conversar, amiga da pobre menina Lucy Westenra. Madame Mina, estou aqui trazido pelos mortos."

"Senhor, não há para mim melhor cartão de visita do que o fato de ter sido amigo e médico de Lucy Westenra." Disse isso e estendi minha mão. Ele a tomou e respondeu com muita ternura:

"Ah, madame Mina, imagino que amiga da nossa querida Lucy só pode ser pessoa gentil. Agora, tenho certeza." E encerrou sua fala com reverência cortês. Perguntei em que poderia lhe ajudar e logo se pôs a explicar o motivo da visita.

"Li cartas para a srta. Lucy. Perdão, mas preciso de ponto de partida para investigar e não tem outro. Sei que está com ela em Whitby. Ela às vezes escreve diário — não precisa se alarmar, madame Mina; começa depois de você partir, acho que para imitar. E, nesse diário, menciona incidente de sonambulismo e dá a entender que você salvou ela. Quero saber exatamente o que acontece, se puder, por gentileza, relatar o que lembra disso."

"Acho que posso lhe contar com detalhes, dr. Van Helsing."

"Ah, tem memória para fatos e detalhes? Não é comum entre moças."

"Não, doutor, mas anotei tudo na época. Posso lhe mostrar minhas anotações se quiser."

"Ah, madame Mina, fico muitíssimo grato. É grande favor."

Não pude resistir à tentação de surpreendê-lo um pouco; acho que o ressaibo da maçã do pecado original ainda permanece em nossas bocas. Assim, entreguei-lhe o diário taquigrafado. Ele o tomou com reverência e perguntou:

"Posso ler?"

"Se quiser", respondi com toda a modéstia que pude simular. Ele o abriu e, por um instante, seu rosto foi tomado por uma expressão de atordoamento. Recuperou-se e levantou-se em mais uma mesura.

"Que mulher inteligente!", exclamou. "Sei que sr. Jonathan é homem de muita sorte, e aqui está prova: sua esposa tem todas qualidades. Não tem também a gentileza de ler para mim, então? Infelizmente, não sei taquigrafia."

A essa altura, minha traquinagem deu-se por encerrada e fiquei um pouco sem graça. Apanhei a cópia datilografada no cesto de costura e a entreguei ao doutor.

"Perdoe-me a brincadeira", disse. "Não pude evitar. Porém, imaginei que desejaria saber sobre nossa querida Lucy e, como suponho que seja um homem ocupado, talvez não tivesse tempo para esperar, fiz uma cópia datilografada para o senhor."

Ele a apanhou e seus olhos brilharam. "A senhora é formidável", disse. "Posso ler agora mesmo? Talvez tenho perguntas depois da leitura."

"É claro", concordei, "leia enquanto dou as ordens para o almoço. O senhor pode me perguntar o que quiser depois, durante nossa refeição."

Ele assentiu e, acomodando-se em uma poltrona, de costas para a claridade, mergulhou na leitura enquanto fui tratar do almoço, mais para deixá-lo a sós do que por real necessidade. Quando voltei, encontrei-o andando agitado de um lado para o outro na sala, com expressão eufórica. Precipitou-se em minha direção ao me ver e tomou minhas mãos nas suas.

"Madame Mina, como agradeço? Este diário é raio de sol. Ilumina caminho para mim. Estou zonzo, atordoado com tanta luz, mas ainda existem nuvens nesse céu. O que são essas nuvens você não compreende, não pode imaginar. Seja como for, sou imensamente grato. Que mulher inteligentíssima." E, em tom muito solene, acrescentou: "Se algum dia Abraham Van Helsing pode fazer algo por você ou pelos seus, por favor, não hesita pedir. Será prazer e honra ajudar como amigo e, como amigo, coloco todo meu conhecimento em prática e faço todo o possível para atender. Na vida existe treva, mas também existe luz. Você é uma. Tem vida plena e feliz e seu marido tem em você a maior das bênçãos".

"Ora, doutor, o senhor mal me conhece e já me cobre de elogios."

"Mal conheço? Justo eu, velho e que dedico vida para estudar homens e mulheres, especializado no cérebro e em seus pormenores! E li este diário, que tem a bondade de transcrever, diário que respira verdade a cada linha. Eu, que leio sua bela carta para a pobre Lucy, sobre seu casamento... Mal a conheço? Ah, madame Mina, boas mulheres, ao longo de suas vidas, a cada dia, a cada hora, a cada minuto, contam coisas que só anjos compreendem. E nós, os homens que buscam compreender, aprendemos se ver com olhos de anjo também. Seu marido tem nobreza, e você também, porque confia nas pessoas e confiança é atestado de bondade. E ele como está? Curou completamente a febre cerebral, está recuperado e com saúde?"

Vi uma abertura para entrar no assunto, então comentei:

"Mais ou menos, ficou muito perturbado com a morte do sr. Hawkins."

Ele interrompeu:

"Ah, sim, claro, sei. As duas últimas cartas."

"Acho que isso o afligiu muito", prossegui, "pois quando estávamos em Londres quinta-feira passada, ele passou por um choque."

"Choque, mal recuperado de febre cerebral? Não é bom. Que tipo de choque?"

"Pensou ter visto alguém que o fez lembrar de algo terrível, o motivo pelo qual adoeceu."

Súbito, fui tomada por uma emoção incontrolável. Senti como se tudo transbordasse: a compaixão por Jonathan, o horror a que foi submetido, o tenebroso mistério que permeia seu diário e o pânico que me atormenta em silêncio desde então. Acho que tive uma crise de histeria, pois me atirei de joelhos aos pés de Van Helsing, ergui minhas mãos em súplica e implorei para que curasse meu marido. Ele segurou minhas mãos, ergueu-me novamente, me conduziu ao sofá e sentou-se ao meu lado. De mãos dadas comigo, disse com infinita ternura:

"Minha vida é deserto seco e solitário e, por causa do trabalho árduo, nunca tem tempo para amizades. No entanto, desde que sou convocado pelo amigo John Seward para ajudar, tenho honra de conhecer tantas pessoas valorosas e testemunhar tanta nobreza de caráter que sinto, mais que nunca, a solidão da minha vida, mais profunda agora na velhice. Sabe que venho hoje com muito respeito e você dá esperança, não exatamente para solução dos tormentos, mas esperança de existir neste mundo boas mulheres, capazes de fazer vida das pessoas melhor e mais alegre. Mulheres que atos e preceitos servem de exemplo para crianças. Nada dá mais alegria que ajudar. Seu marido padece de mal que está no escopo de meu estudo e experiência médica. Prometo ter muita satisfação em fazer por ele tudo que posso, para voltar a ser homem forte e varonil de antes e vocês terem vida plena e feliz juntos. Mas agora você precisa alimento. Está esgotada e aflita. Seu marido não gosta de estar assim tão pálida e não é bom preocupar quem ama a gente. Sendo assim, faz esse esforço por ele: come e desanuvia. Já li tudo de Lucy e, por ora, damos o assunto por encerrado, para não causar mais aflição. Pernoito em Exeter hoje, porque quero refletir bastante tudo que li, e amanhã, se puder, quero voltar para mais perguntas. Então você conta tudo da doença de Jonathan, mas não agora. Agora precisa comer. Conversamos depois."

Depois do almoço, ao voltarmos para a sala de visitas, ele disse: "Conta tudo de Jonathan."

Chegado o momento de me abrir com aquele homem importante e erudito, receei que me tomasse por uma tola casada com um lunático. Os relatos do diário são tão estranhos que hesitei antes de começar. Mas era tão meigo e gentil, e prometera me ajudar, de modo que confiei nele e disse:

"Dr. Van Helsing, o que estou prestes a compartilhar é tão absurdo que peço que não ria de mim ou de meu marido. Estou, desde ontem, em agonia tremenda, sem saber no que acreditar. Rogo que seja gentil comigo e não me considere tola por cogitar crer em coisas tão esquisitas."

Tranquilizando-me com gestos e palavras, disse:

"Minha querida, você ri e não eu, se sabe quão bizarro é assunto que me traz aqui. Aprendi não depreciar a crença dos outros, por mais peculiar que pode ser. Tento manter cabeça aberta, porque não são coisas corriqueiras da vida que podem fechar, mas coisas insólitas, extraordinárias, que fazem duvidar da própria sanidade."

"Obrigada, mil vezes obrigada! O senhor tirou um grande peso do meu coração. Se me permite, vou lhe dar o relato inteiro por escrito. É longo, mas datilografei tudo. Creio que a leitura esclarecerá minha angústia e também a de Jonathan. É uma cópia do diário de viagem dele, relato de tudo o que aconteceu. Não ouso tecer comentários. O senhor vai ler e julgar por conta própria. E, quando nos reencontrarmos, quem sabe terá a gentileza de me dar sua opinião."

"Prometo", disse, apanhando os papéis. "Se puder, quero vir amanhã cedo para conversar com você e marido."

"Jonathan chega às onze e meia. O senhor pode vir e almoçar conosco. Se pegar o trem que parte às 15h34, chegará em Paddington antes das oito."

Ele pareceu surpreso por eu saber os horários de cor; não sabe que decorei todos os horários dos trens que chegam e partem de Exeter para ajudar Jonathan se um dia precisar sair com pressa.

Levou os papéis, partiu e, desde então, estou aqui sentada, com meus pensamentos a divagar sem rumo.

CARTA *de Van Helsing para a sra. Harker (escrita à mão)*

25 de setembro, 18 horas

Querida madame Mina,

O diário de seu marido é fascinante. Dorme hoje com uma certeza: por mais improvável e aterrorizante que pareça o relato, é tudo verdade! Juro por minha vida. Ainda pode ter graves consequências para outros, mas vocês dois estão fora de perigo. Seu marido é sujeito honrado e digo, como médico, que alguém capaz de subir e descer duas vezes por fachada de castelo não fica permanentemente inválido por causa de choque. Tranquiliza: antes mesmo de ver, posso afirmar que não há nada de errado com Jonathan: não perdeu nem razão, nem coração. Contudo, preciso perguntar outras coisas. Foi uma bênção visitar você hoje. De uma só feita, conheço tantas coisas novas que estou novamente zonzo e atordoado — mais que jamais estive na vida. Preciso tempo para pensar.

Do seu leal,
Abraham Van Helsing

CARTA *da sra. Harker para Van Helsing*

25 de setembro, 18h30

Meu caro dr. Van Helsing,

Muitíssimo obrigada pela sua carta tão gentil, que tirou um grande peso da minha consciência. Entretanto, ao saber que tudo é verdade, não consigo deixar de pensar que este mundo abriga coisas terríveis e o perigo que corremos se aquele sujeito, aquele monstro, estiver realmente em Londres! Tenho medo até de pensar. Enquanto escrevia, recebi um telegrama de Jonathan: ele parte hoje às 18h25 de Launceston e chegará em casa às 22h18. Ainda bem, pois não vou precisar passar a noite aqui sozinha. Se não for cedo demais, o senhor viria, em vez de almoçar, tomar café da manhã conosco às oito horas? Se tiver pressa, pode partir no trem de 10h30, que o deixará em Paddington às 14h35. Não precisa responder; tomarei seu silêncio como um aceite.

Sua grata e leal amiga,
Mina Harker

Diário de Jonathan Harker

26 de setembro

Pensei que nunca mais escreveria neste diário, mas é chegada a hora de retomar. Quando cheguei em casa ontem à noite, Mina me recebeu com a ceia pronta e, terminada a refeição, me contou da visita de Van Helsing e disse que entregara a ele as duas cópias de nossos diários, pois estava muito preocupada comigo. Mostrou-me a carta do doutor e confirmou que todo o meu relato aconteceu de verdade. Tive a sensação de voltar a ser eu mesmo. O que estava me matando era a dúvida. Sentia-me impotente, no escuro, desconfiado. Mas agora que tive essa confirmação não tenho mais medo de nada, nem mesmo do conde. Então ele conseguiu mesmo vir para Londres. E rejuvenesceu também, não sei como. Van Helsing, se for tudo o que Mina diz que é, me parece o homem ideal para desmascarar e caçar Drácula. Ficamos acordados até tarde, conversando. Mina já está se arrumando; vou buscar o doutor no hotel daqui a pouco.

Acho que ficou surpreso ao me ver. Quando cheguei no hall e apresentei-me, segurou meus ombros, virou-me para a luz e disse, após examinar bem o meu rosto:

"Mas madame Mina diz que você está doente, choque!"

Foi engraçado ouvir aquele senhor amável e de feições fortes chamar minha mulher de "madame Mina". Sorri e disse:

"*Estava* doente, *sofri* um choque, mas o senhor já me curou."

"Curei? Como?"

"Com sua carta para Mina ontem à noite. Contaminado pela dúvida, tudo me parecia irreal e desconfiei até mesmo da evidência dos meus próprios sentidos. Sem saber em que acreditar, não sabia o que fazer e me restou apenas continuar trabalhando, pois o trabalho sempre foi meu norte. Mas nem isso eu conseguia fazer mais, já que perdera completamente a autoconfiança. Doutor, o senhor não sabe o que é duvidar de tudo, desconfiar até de si mesmo. Não, o senhor é um homem de certezas, é o que deduzo por suas sobrancelhas."

Ele pareceu satisfeito e, gargalhando, disse:

"Ah, vejo que senhor é fisionomista. Vocês não param de surpreender! Estou muito feliz por convidarem para desjejum e, senhor, perdoa o galanteio do velho, mas devo dizer que é abençoado com mulher extraordinária."

Poderia ouvi-lo elogiar Mina o dia inteiro, então apenas assenti em silêncio.

"É mulher moldada por Deus, feita por Suas mãos para mostrar aos homens e demais mulheres que tem paraíso ao alcance de todos e Sua luz está na terra entre nós. Tão sincera, tão doce, tão nobre! E altruísta, raro nos dias de hoje, tão céticos e egoístas. E quanto ao senhor... Leio cartas de sua esposa para a pobre srta. Lucy, e algumas falam do senhor, de modo que sinto que já conheço, ainda que por outros. Mas ontem de noite, com diário, vejo verdadeira essência de Jonathan. Dá a mão, por favor. Vamos ser amigos para o resto da vida."

Apertei a mão do doutor com firmeza e me pareceu tão sincero e afetuoso que precisei conter minha emoção.

"Agora", disse, "posso pedir favor? Tenho tarefa importante e, antes de mais nada, preciso compreender melhor. É nesse ponto que preciso da ajuda. Pode contar o que acontece antes da Transilvânia? Mais adiante, preciso outra ajuda, mas, por enquanto, é que preciso saber."

"Doutor, diga-me uma coisa. Essa tarefa que precisa cumprir tem a ver com o conde?", indaguei.

"Tem", respondeu solene.

"Então conte comigo, estou com o senhor de corpo e alma. Já que vai partir no trem de 10h30, não terá tempo de ler tudo, mas vou providenciar as anotações. Pode levá-las para ler na viagem."

Depois do desjejum, levei-o à estação. Quando nos despedíamos, disse:

"Vem a Londres para encontrarmos logo. E leva madame Mina junto."

"Assim que o senhor quiser", respondi.

Eu tinha providenciado os jornais matutinos e alguns periódicos de Londres da noite anterior e, enquanto conversávamos pela janela do trem, aguardando sua partida, ele seguia folheando casualmente os exemplares. De repente, seus olhos se arregalaram, como se alguma notícia tivesse lhe chamado a atenção. Foi no *Westminster Gazette*, que reconheci pela cor. O doutor ficou pálido, ao ler a matéria muito concentrado e murmurou "*Mein Gott! Mein Gott!* Já começa! Tão cedo!" Parecia ter se esquecido completamente da minha presença. O apito soou e o trem se moveu, o que fez ele voltar a si, debruçar-se na janela, acenar e gritar: "Manda abraço para madame Mina. Escrevo logo que der!".

Diário do dr. Seward

26 de setembro

Nesta vida, de fato, nenhuma decisão é definitiva. Há menos de uma semana escrevi *Finis* e cá estou, começando novamente, ou melhor, retomando de onde parei. Até hoje à tarde, não tive motivos para rememorar o que se passou. Renfield, para todos os efeitos, voltou a seu comportamento padrão. Avançou com a coleção de moscas, retomou a de aranhas e não tem me dado trabalho algum. Recebi uma carta de Arthur, escrita no domingo, e pelo que pude inferir, está lidando excepcionalmente bem com a situação. Quincey Morris está com ele e isso o tem ajudado bastante, pois Quincey é uma fonte inesgotável de animação e bom humor. Ele me escreveu algumas linhas também, contando que Arthur começa a recuperar sua velha energia de modo que, em relação aos dois, também não tenho motivos para me preocupar. Quanto a mim, voltava a me entusiasmar novamente com meu trabalho, e posso afirmar que a ferida que a pobre Lucy deixou em mim começava a cicatrizar.

Contudo, voltou a ser reaberta agora e só Deus sabe qual será o fim. Tenho a impressão de que Van Helsing acha que sabe, mas só dá a conhecer fragmentos do mistério, para aguçar ainda mais minha curiosidade. Ontem foi para Exeter e passou a noite lá. Voltou hoje e adentrou meu gabinete às cinco e meia da tarde como uma bólide, atirou um exemplar do *Westminster Gazette* em minhas mãos.

"Que acha?", perguntou, deu um passo para trás e cruzou os braços.

Olhei para o jornal sem entender direito do que ele falava. Então o apanhou de volta e apontou para o parágrafo sobre crianças desaparecidas em Hampstead. A matéria me parecia desimportante, até um trecho em que descrevia pequenas feridas no pescoço das crianças. Uma ideia me ocorreu e olhei para ele.

"Então?", indagou o doutor.

"Parecem ser como as da pobre Lucy."

"Que acha disso?"

"Que devem ser a mesma causa. Seja lá o que a feriu, feriu também as crianças."

Não entendi bem a resposta dele:

"Indireto, sim, mas não direto."

"O que você quer dizer com isso, professor?", indaguei.

Estava inclinado a não o levar muito a sério, pois, afinal de contas, quatro dias de repouso e liberdade depois de tanta ansiedade e sofrimento realmente haviam contribuído para restaurar meu bom humor. Mas, quando olhei para o rosto dele, fiquei imediatamente sóbrio. Nunca, nem mesmo nos piores momentos do nosso desespero com a pobre Lucy, o vira tão circunspecto.

"Diga-me!", supliquei. "Não faço a menor ideia. Não sei o que pensar e não tenho dados suficientes para arriscar sequer uma conjectura."

"Quer dizer, amigo John, não desconfia da causa da morte da pobre Lucy, nem depois de todas as pistas dos próprios acontecimentos, além das pistas que dou também?"

"Creio ter sido de prostração nervosa, após perda substancial de sangue."

"Como perde tanto sangue?"

Dei de ombros, sem saber responder. Aproximando-se, sentou ao meu lado e prosseguiu:

"Você é inteligente, amigo John. Tem bom raciocínio e é perspicaz, mas muito preconceituoso. Não tem mente aberta e atenta para que extrapola convencional. Não acha que existem coisas que não compreende, mas são reais? Não acredita que pessoas podem ver coisas que outras não conseguem? Existem coisas, antigas e novas, que não são para olhos humanos, porque conhecem, ou acham conhecer, tudo que foi ensinado. O mal da ciência é querer explicar tudo e, se não consegue, diz não ter explicação. No entanto, vemos ao redor diariamente crescimento de novas crenças, que acham modernas, mas não passam de velhas disfarçadas de jovens, como algumas senhoras na ópera. Imagino que não acredita em transferência corporal. Não? Nem materialização? Não? Corpos astrais? Também não, não é? Leitura de pensamentos? Hipnotismo?"

"Bem", respondi, "isso Charcot[1] provou perfeitamente."

---

1 Jean-Martin Charcot (1825-1893), neurologista francês famoso por usar o hipnotismo para estudar casos de histeria. Sigmund Freud, que estudou em Paris com o grande mestre, foi um de seus mais célebres alunos.

Sorriu. "A explicação dele satisfaz, não? Então compreenda como funciona e acompanha a mente do grande Charcot, que infelizmente não está mais entre nós, até alma do paciente hipnotizado. Não? Então, amigo John, concluo que apenas aceita fatos e não importa lacunas da premissa até conclusão? Não? Então diga, e sou estudioso de faculdades cerebrais, como aceita hipnotismo e rejeita leitura de pensamento? Deixa contar, meu amigo, que existem coisas feitas hoje em dia na ciência elétrica consideradas diabólicas até mesmo pelo descobridor da eletricidade, descoberta que, não faz assim tanto tempo, também podia levar muita gente para a fogueira. A vida é repleta de mistérios. Por que Matusalém viveu novecentos anos, o velho Parr cento e sessenta e nove e a pobre Lucy, com sangue de quatro homens nas veias, não sobrevive um único dia? Se vive um dia a mais, conseguimos salvar. Você conhece todos os mistérios da vida e morte? Conhece todos pormenores da anatomia comparativa para dizer por que traços animais manifestam em alguns homens e não em outros? Pode dizer por que, quando outras aranhas morrem pequenas e muito cedo, tem aranha que vive séculos a fio na torre de uma antiga igreja na Espanha, cresce sem parar até que, ao descer, é capaz de beber todo o óleo das lamparinas? Pode explicar por que nos Pampas e em outros lugares também existem morcegos que à noite dilaceram as veias do gado e cavalos e bebem todo o sangue? Como algumas ilhas ocidentais têm morcegos que passam o dia todo pendurados nas árvores, descritos por quem vê como nozes gigantes, mas quando é calor e os marinheiros dormem no convés atacam com tanta violência que, no dia seguinte, só restam defuntos lívidos no navio, tão brancos como a srta. Lucy?"

"Deus do céu, professor!", exclamei. "Está querendo me dizer que Lucy foi mordida por um desses morcegos e que existe algo assim aqui em Londres, em pleno século XIX?"

Fez gesto com a mão pedindo silêncio e continuou:

"Pode explicar por que tartaruga vive mais que gerações humanas, por que elefante sobrevive a dinastias inteiras e por que papagaio não morre de forma natural, só mordido por gato, cachorro ou outra agressão externa? Sabe dizer por que, em todas épocas e lugares, dura a crença que existem homens e mulheres imortais? Sabemos, porque a ciência já comprova, que existem sapos que ficam milhares de anos enfurnados em buracos de pedra mínimos, que provavelmente estão lá desde início dos tempos. Pode dizer como faquir indiano morre, é enterrado, tem túmulo vedado e meses depois abrem o caixão e lá está, vivo, prestes a levantar e andar como se não morreu?"

Fui obrigado a interrompê-lo, pois estava atordoado. Ele enchera tanto minha mente com sua lista das excentricidades da natureza e suas possibilidades que minha cabeça parecia que ia explodir. Tinha a vaga impressão de que me dava uma aula, como costumava fazer quando era seu aluno em Amsterdã. A diferença é que, naquela época, eu sabia do que estávamos falando e ele usava seus exemplos para que não perdesse o objeto da discussão de vista. Agora, porém, estava completamente no escuro. Como queria acompanhar seu pensamento, disse:

"Professor, deixe-me voltar a ser seu aluno favorito. Diga-me a tese para que eu possa aplicar seu conhecimento enquanto fala. Do jeito que está, pulo de exemplo para exemplo, como um alucinado e não como um bom aluno tentando acompanhar um raciocínio são. Sinto-me como um principiante, trôpego em um pântano no meio da neblina, pulando daqui para ali em um esforço cego para seguir em frente sem sequer saber para onde vou."

"É boa imagem", comentou. "Está bem, digo. Minha tese é: preciso que acredita."

"Acredite em quê?"

"Em que julga impossível. Exemplifico: certa vez ouvi um norte-americano definir fé como 'capacidade de acreditar nas coisas que sabemos que não existem'. Concordo plenamente. Que isso diz é que precisamos abrir mente, não permitir que pequeno obstáculo de dúvida impeça avanço da verdade, como pedrinha na estrada pode fazer com caminhão. O que primeiro ocorre é dúvida. Ótimo! Pode ter dúvidas e valorizar, mas não deve confundir com verdade por trás dos fatos."

"Então, o que você tenta dizer-me é que não devo permitir que minhas certezas prejudiquem a minha mente para receber algo improvável, é isso?"

"Ah, você continua aluno favorito. Dá gosto ensinar algo. Bem, agora que está disposto compreender, dá primeiro passo para compreensão. Acha que feridas no pescoço das crianças foram do agente agressor que atacou a srta. Lucy?"

"Suponho que sim."

Levantou-se e disse muito solene:

"Está enganado. Ah, como quero que tenha razão! Mas, infelizmente, não tem. É muito pior que imagina."

"Em nome de Deus, professor Van Helsing, o que quer dizer com isso?"

Deixou-se cair na cadeira com um gesto de desespero, colocou os cotovelos sobre a mesa e cobriu o rosto enquanto falava.

"São causadas pela própria srta. Lucy!"

CAPÍTULO XV

Diário do dr. Seward
(CONTINUAÇÃO)

BRAM STOKER

Por alguns instantes, fui tomado pela raiva. Foi como se ele tivesse esbofeteado Lucy na face, quando ainda estava viva. Bati na mesa com força, levantei-me e perguntei tomado de indignação: "Dr. Van Helsing, o senhor enlouqueceu?".

Levantou a cabeça e olhou para mim; sua expressão de ternura imediatamente tranquilizou-me. "Bem que gostava de ser louco!", exclamou. "A loucura é mais tolerável que essa sombria verdade. Ah, meu amigo, por que acha que faço tantos circunlóquios, por que acha que levo tanto tempo para contar algo tão simples? Por acaso detesto e não suporto você a vida inteira? Quero causar sofrimento de propósito? É essa minha maneira de retribuir a vez que me salva de morte terrível? Ora, claro que não!"

"Perdoe-me", disse.

Ele prosseguiu: "Meu amigo, levo todo esse tempo porque quero dar a notícia mais delicada possível, porque sei que ama aquela doce menina. E, mesmo agora, não acho que acredita. É difícil acreditar de primeira em verdade abstrata, que passa a vida inteira na dúvida se é possível. É mais difícil ainda aceitar verdade concreta tão penosa, sobretudo da srta. Lucy. Hoje de noite, busco provas. Você tem coragem de ir junto?".

Hesitei. Não estava ansioso para comprovar *aquela* verdade. Aliás, penso como Byron: a única verdade dolorosa digna de ser investigada é a gerada pelo ciúme; casos em que é preciso "provar a verdade que mais abominamos".[1]

Ele percebeu minha hesitação e disse:

"Agora lógica é bem simples, não está mais como alucinado no pântano com neblina. Se não é verdade, prova traz alívio. Na pior das hipóteses, mal não faz. Agora, se é... então estamos diante de algo realmente apavorante. Mas pavor serve para endossar meu pleito, porque preciso que acredita em mim. Minha proposta é: primeiro, vamos até hospital, ver tal criança. O jornal menciona amigo meu, o dr. Vincent, do North Hospital. Acho que vocês são colegas de Amsterdã também. Se não liberar o acesso de dois amigos, certamente não pode impedir dois médicos de entrar. Sem detalhes com ele, somente apurar o necessário. E então..."

"E então?"

Apanhou uma chave do bolso e mostrou. "Então passamos a noite, você e eu, no cemitério de Lucy. Esta é chave do mausoléu. Pedi o coveiro para entregar a Arthur." Senti aperto no peito, contemplando a terrível provação que nos aguardava. No entanto, não havia nada que pudesse fazer. Reuni toda a minha coragem e falei para nos aviarmos, pois já anoitecia.

A criança estava acordada quando chegamos. Dormira, se alimentara e de modo geral passava bem. O dr. Vincent removeu o curativo da garganta para nos mostrar as pequenas perfurações. Eram semelhantes às de Lucy; um pouco menores e com as bordas mais vívidas, mas inegavelmente parecidas. Perguntamos a Vincent a que as atribuía e respondeu que pareciam mordidas de animal, como um rato. Disse, no entanto, que estava inclinado a considerar a possibilidade de a vítima ter sido atacada por um morcego, uma vez que são bastante numerosos na área norte de Londres.

"Embora sejam predominantemente inofensivos", explicou, "pode haver algum espécime nocivo vindo do sul. Pode ter vindo com algum marinheiro e escapado ou, quem sabe, fosse a cria fujona de algum morcego-vampiro, mantido em cativeiro no zoológico. Essas coisas acontecem, vocês sabem. Há menos de dez dias um lobo escapou de lá e veio parar por essas bandas. As crianças passaram uma semana depois do acontecido brincando de Chapeuzinho Vermelho em tudo que é canto, até surgir essa história da 'moça buíta'. Agora, não se fala em outra coisa. Até este pequeno malandrinho aqui, quando acordou hoje, perguntou logo à enfermeira se podia ir embora. Quando

---

[1] O dr. Seward cita *Don Juan* (1819), de lorde Byron.

ela quis saber o motivo de tanta pressa, respondeu que queria brincar com a 'moça buíta'."

"Quando dá alta", aconselhou Van Helsing, "diga a pais para vigiar de perto. Essa cisma de sair de casa é perigosa e se fica mais uma noite fora pode ser até mesmo fatal. De todo modo, imagino que ainda fica aqui no hospital mais dias, não é mesmo?"

"Certamente, pelo menos uma semana e talvez mais, se a ferida não cicatrizar."

Nossa visita demorou mais do que calculáramos e o sol já tinha se posto ao sairmos do hospital. Quando Van Helsing viu que já era noite, disse:

"Não precisa pressa. É mais tarde que espero, mas não tem problema. Vem, procuramos lugar para jantar antes de seguir."

Jantamos no pub Jack Straw's Castle, junto de uma pequena turba de ciclistas e outros fregueses efusivamente barulhentos. Saímos por volta das dez da noite. Estava bem escuro nas ruas e os esparsos postes de luz que ofereciam uma intermitente claridade pareciam mergulhar a noite em um breu ainda maior em seus intervalos. O professor decerto estudara o caminho com antecedência, pois avançava sem hesitação. Já eu estava completamente perdido. À medida que andamos, notei que as ruas ficavam mais e mais vazias. O único movimento que nos pegou de surpresa foi o da polícia montada em sua habitual patrulha noturna pela região. Chegamos enfim ao cemitério; escalamos e pulamos o muro com alguma dificuldade, pois estava muito escuro e não conhecíamos o lugar direito, e então encontramos o mausoléu da família Westenra. O professor apanhou a chave, abriu a porta, que rangeu em um gemido e, cortesia inconsciente, fez um gesto para que entrasse primeiro. Havia uma deliciosa ironia naquela reverência, que atestava uma espécie de resistência da etiqueta mesmo em circunstâncias tão lúgubres. Ele me seguiu prontamente e fechou a porta, não sem antes verificar se o fecho era de encaixe e não de mola (nesse caso, corríamos o risco de ficar trancados sem querer). Em seguida, tateou o interior de sua bolsa, sacou uma caixa de fósforos e uma vela, e apressou-se em iluminar o ambiente. Mesmo durante o dia, quando ainda ornado por guirlandas de flores frescas, o sepulcro já tinha aparência soturna e tenebrosa. Agora, dias depois, o efeito era ainda mais deprimente e sórdido. As flores pendiam podres e murchas, suas pétalas brancas enegrecidas e o verde das folhas e caules adquiriram tonalidade marrom. Aranhas e besouros já haviam reivindicado seus costumeiros postos. As pedras desgastadas pelo avanço dos anos, a argamassa incrustada de poeira, o ferro oxidado, o cobre sujo e os baços revestimentos de prata devolviam a centelha débil da chama. O ambiente inteiro transmitia de modo pungente a ideia de que a vida animal não era a única passível de decomposição.

Van Helsing prosseguia sistematicamente com sua tarefa. Ergueu a vela para ler as inscrições enquanto buscava o caixão de Lucy, deixando pingar gotas de cera que se endureciam em manchas brancas ao contato com o metal. De repente, retirou da bolsa uma chave de fenda.

"O que você vai fazer?", perguntei.

"Abrir caixão. Veja com próprios olhos."

Sem demora, pôs-se a remover os parafusos e enfim ergueu a tampa revestida de chumbo, revelando seu interior. A cena me perturbou profundamente. Pareceu-me uma afronta à morta, como desnudá-la em seu sono quando ainda viva. Cheguei mesmo a tentar impedi-lo, segurando sua mão.

Ele apenas disse: "Vê". E novamente tateou o interior da bolsa e apanhou um pequeno arco de serra. Munido da chave de fenda, golpeou a superfície de chumbo com uma ligeira pancada que me fez estremecer. O golpe abriu um pequeno buraco, amplo o bastante para a ponta da serra. Esperando que o caixão liberasse uma descarga de gases, recuei em direção à porta. Afinal, o cadáver já estava sepultado havia uma semana e nós, médicos, por estudar o processo de decomposição, conhecemos suas consequências. Mas o professor não hesitou nem por um instante. Serrou o caixão até conseguir uma abertura lateral de uns sessenta centímetros, depois uma transversal e finalmente outra, na lateral oposta. Segurou a beira da aba solta, inclinou-a para trás e, erguendo a vela sobre a abertura, fez um gesto para que me aproximasse para examiná-la.

Cheguei perto e olhei. O caixão estava vazio.

A surpresa me causou um choque tremendo, mas Van Helsing parecia imperturbável. Parecia mais convicto do que nunca de que tinha razão e, encorajado por tal certeza, pronto para dar continuidade à tarefa. "Convencido agora, amigo John?", indagou.

A pergunta despertou meu lado mais teimoso e questionador.

"Estou convencido de que o corpo de Lucy não está no caixão, mas isso só prova uma coisa", respondi.

"Que, amigo John?"

"Que o corpo não está aí."

"Não deixa de ser boa lógica", reconheceu. "Mas como explica sumiço?"

"Talvez um ladrão de cadáveres", arrisquei. "Ou foi roubado por algum funcionário da funerária." Senti que falei bobagem, mas não conseguia pensar em nenhuma outra hipótese.

O professor suspirou. "Está bem", disse ele. "Precisa de mais provas. Vem comigo."

Fechou a aba do caixão, recolheu suas ferramentas e as devolveu para dentro da bolsa. Em seguida, apagou a vela e também a guardou. Abrimos a porta e saímos. Van Helsing fechou e trancou a porta. Entregou-me então a chave e pediu: "Guarda? Por garantia?".

Ri — desprovido de alegria, devo dizer — e fiz o gesto para que ficasse com ela. "Uma chave não é nada", expliquei. "Pode haver outras cópias e, de todo modo, não é muito difícil arrombar uma fechadura como essa."

Em silêncio, tornou a guardar a chave no bolso. Depois, sugeriu que nos separássemos para cada um monitorar um dos lados do cemitério. Assumi meu posto atrás de um teixo e vi o vulto negro de Van Helsing avançar na direção oposta, até que as lápides e as árvores o ocultassem de minha vista.

Foi uma vigília solitária. Pouco depois de me esconder atrás da árvore, ouvi soarem as doze badaladas em um relógio distante. As horas se passaram: uma, duas. Congelava de frio, estava desanimado e irritado: com o professor por ter me convencido a acompanhá-lo, e comigo mesmo, por me deixar convencer. Estava com muito frio e muito sono para ser um observador atento, mas não o bastante para descuidar de minha vigília — ou seja, passei uma noite enfadonha e miserável.

De repente, ao me virar, julguei ver um vulto branco mover-se entre as árvores, na extremidade mais afastada da tumba. Ao mesmo tempo, uma sombra negra agitou-se no lado oposto, onde estava o professor, e abalou atrás do vulto. Parti em seu encalço, mas tive de contornar as lápides e os túmulos cercados por grades e tropecei nas sepulturas. O céu estava encoberto e, a distância, ouvi o galo cantar. Um pouco mais adiante, além da fileira de esparsos zimbros que marcava o caminho para a igreja, uma figura branca e indistinta vagava rumo ao mausoléu. Como o local estava oculto pelas árvores, não pude ver onde entrou. Ouvi um som da direção onde vira a figura branca e, chegando mais perto, encontrei o professor com um bebê no colo. Assim que me viu, estendeu os braços e perguntou:

"Satisfeito agora?"

"Não", retruquei um tanto agressivo.

"Não vê criança?"

"Vejo. Mas quem a trouxe até aqui? Está ferida?"

"Vejamos", respondeu o professor e afastou-se com o bebê adormecido nos braços.

Logo adiante, encontramos um aglomerado de árvores. Ele acendeu um fósforo e examinou a garganta da criança. Não havia coisa alguma.

"Viu como eu tinha razão?", indaguei triunfante.

"Chegamos a tempo", respondeu o professor em tom de alívio.

Precisávamos decidir o que fazer com a criança. Ponderamos nossas opções. Se a levássemos até a delegacia, teríamos que justificar a incursão ao cemitério no meio da noite; teríamos que, no mínimo, explicar como e onde encontramos a criança. Por fim, decidimos levá-la até o parque e, ao ouvirmos a polícia se aproximar, deixá-la em algum lugar onde pudesse ser prontamente encontrada. Em seguida, voltaríamos para casa o mais depressa possível. Tudo correu como planejado. Nos arredores do parque, ouvimos os passos pesados de um policial e, após deixar a criança na calçada, nos escondemos para acompanhar o desenrolar da cena. Vimos quando vasculhou a área com a lanterna, ouvimos sua exclamação de surpresa e saímos de fininho. Por sorte, conseguimos um cabriolé perto do pub Spaniards e voltamos para o centro.

Insone, decidi fazer este registro. Mas preciso dormir um pouco, pois Van Helsing ficou de me buscar ao meio-dia. Insiste que o acompanhe em outra expedição.

---

27 de setembro

Somente às duas da tarde conseguimos uma brecha oportuna para nossa peripécia. O funeral do meio-dia chegara ao fim e os enlutados retardatários partiram a passos lentos. Escondidos atrás das árvores, vimos quando o sacristão saiu e trancou o portão. Se quiséssemos, poderíamos ficar até a manhã do dia seguinte, mas o professor explicou que só precisaríamos de uma hora, no máximo. Mais uma vez experimentei o assombro perante a realidade do que vivíamos, uma situação na qual qualquer esforço imaginativo parece sem nexo, e atinei com clareza as leis que infringíamos em nossa profana expedição. E, para piorar, tudo aquilo me parecia tão inútil. Violar um caixão para ver se uma mulher sepultada havia quase uma semana estava mesmo morta já fora absurdo; abrir o sepulcro novamente, após ver com nossos próprios olhos que o caixão estava vazio, parecia o cúmulo da insensatez. No entanto, não me dei ao trabalho de protestar, pois Van Helsing tem um jeito obstinado de levar suas ideias a cabo, sem se importar com reprovação. Apanhou a chave, abriu a cripta e, mais uma vez, ofereceu-me a cortesia de entrar na frente. O lugar não me pareceu tão macabro quanto na

véspera, mas quando os raios de sol filtravam pelas frestas, descortinava-se um cenário desolador. Van Helsing se aproximou do caixão de Lucy e eu o segui. Debruçou-se e novamente ergueu a aba de chumbo. Atônito, fui inundado por uma onda de espanto.

Lá estava Lucy, com a mesma aparência da noite anterior ao seu funeral e, não sei como, ainda mais bela e radiante do que antes. Não era possível que estivesse morta. Seus lábios estavam escarlates, mais vermelhos do que em vida, e havia um rubor delicado em suas faces.

"Que brincadeira é essa?", indaguei.

"Convencido agora?", perguntou o professor, enquanto esticava a mão e, de um modo que me fez estremecer, arreganhou os lábios mortiços, revelando caninos protuberantes.

"Olha: ainda mais afiados que antes. Com isto e isto", disse e tocou os caninos superiores e inferiores de Lucy, "que mordeu crianças. Acredita agora, amigo John?"

Novamente, fui tomado por uma hostilidade argumentativa. Não podia aceitar a ideia absurda que ele sugeria. Tentei lançar mão de argumento tão pífio que, mal o verbalizei, me senti imediatamente envergonhado:

"Devem ter devolvido o corpo de ontem para hoje."

"Ah, é? Quem?"

"Não sei. Alguém."

"Morta uma semana. Tem cadáver dessa aparência depois de tanto tempo?"

Sem saber o que responder, não disse mais nada. Van Helsing não pareceu notar meu silêncio. Não demonstrava nem pesar nem triunfo. Contemplava fixamente o rosto da morta, puxou as pálpebras para ver os olhos e tornou a abrir os lábios para examinar os dentes. Finalmente, virou-se para mim e disse:

"Aqui tem diferença dos casos registrados. Essa dúplice existência não é comum. Ela é mordida por vampiro quando está em transe, sonâmbula. Ah, você não sabe disso, amigo John, mas agora sabe. Em transe, é mais fácil tirar sangue dela. Como morreu em transe, virou desmorta. Nesse ponto, é diferente das demais. Normalmente, quando desmorto dorme em casa", disse e fez gesto largo para abarcar o cemitério, o "lar" dos vampiros, "o rosto exibe a real aparência. Mas com Lucy, tão doce antes de ser transformada, a coisa muda de figura. Não há maligno aqui, que é ainda mais difícil matar ela enquanto dorme."

Aquilo enregelou meu sangue, pois percebi que estava aceitando as teorias de Van Helsing. Contudo, se ela estava realmente morta, por que a ideia de matá-la me causava tanto horror?

Olhando para mim, creio que logo percebeu a mudança em minha expressão, pois disse, quase contente:

"Agora acredita!"

"Não me pressione tanto. Estou disposto a acreditar, mas como você vai realizar essa tarefa tenebrosa?"

"Corto cabeça, encho boca de alho e enfio estaca no coração."

Estremeci diante da ideia de mutilar assim o corpo da mulher que amei. O desconforto, no entanto, não foi tão intenso quanto imaginara. A verdade é que estava incomodado na presença daquela criatura, a desmorta, como Van Helsing a chamara, e começava a repudiá-la. Seria o amor subjetivo ou objetivo?

Van Helsing demorou um bom tempo para agir. Parecia absorto em seus pensamentos. Por fim, fechou a bolsa de repente e disse:

"Penso aqui e decido melhor coisa a fazer. Se seguir minha inclinação, resolvo tudo que preciso agora, nesse minuto. Mas preciso levar outros fatores em conta, especialmente que são mil vezes mais difíceis por não conhecermos. Isso aqui é simples. Ainda não tirou vida, mas é questão de tempo, e se agimos depressa, salvamos do perigo para sempre. Mas podemos precisar de Arthur, e como vamos contar isso? Se você, que vê marcas na garganta de Lucy e feridas no menino no hospital, que vê caixão vazio ontem à noite e hoje com mulher não decomposta ainda mais bonita uma semana depois da morte... Se você, que vê tudo isso, que vê figura branca que ontem traz criança para cemitério, não permite ser convencido pelos próprios sentidos, como esperar que Arthur, sem saber nada, acredita? Ele estranhou quando impeço beijo, quando está quase morta. Sei que perdoa, mas ainda acha que por equívoco impeço de despedir como quer da mulher amada. Pois bem, pode achar que por equívoco ainda maior, é enterrada viva e, por maior equívoco de todos, matamos ela. Vai argumentar que nós, equivocados, matamos com nossas ideias e está para sempre infeliz. Jamais tem certeza, isso é pior. Às vezes pensa que amada é enterrada viva e essa possibilidade forja mais terríveis pesadelos, imagina quanto ela sofreu. Ou então conclui que temos razão e a amada é desmorta. Não! Aviso uma vez e, de lá para cá, aprendo muitas coisas. Agora sei que é tudo verdade, tenho certeza absoluta: ele tem de atravessar a tempestade para alcançar bonança. Pobre rapaz, passa por horas sombrias que faz próprio paraíso parecer infernal. Mas, depois, podemos fazer o que precisa e ele fica em paz. Está decidido. Vamos. Volta para seu hospício e vê se está tudo em ordem por lá. Passo noite aqui no cemitério sozinho. Amanhã de noite, encontra no hotel Berkeley, dez horas. Convoco Arthur e aquele bom norte-americano doador de sangue para

Lucy. Tem muito a fazer. Acompanho você até Piccadilly para jantar e depois volto, preciso retornar antes de o sol se pôr."

Fechamos o mausoléu, pulamos o muro do cemitério, que não era muito alto, e voltamos para Piccadilly.

Recado deixado por Van Helsing para o dr. John Seward em sua valise no hotel Berkeley

---

(Não entregue)

27 de setembro

Amigo John,

Deixo estas instruções, caso algo aconteça comigo. Faço vigília sozinho no cemitério. Fico para garantir que desmorta, srta. Lucy não sai hoje e, consequentemente, fica mais desesperada para sair amanhã de noite. Uso alho e crucifixo que ela abomina para vedar porta do mausoléu. Ainda é jovem desmorta e surte efeito. Ademais, é recurso apenas para impedir que saia, ou seja, não impede de querer entrar, porque quando desmorto é desesperado sempre encontra via de acesso. Fico a postos a noite inteira, do crepúsculo ao amanhecer, e apuro todo o necessário. Não tenho medo *da* srta. Lucy, nem temo *por* ela, mas aquele que transforma ela agora tem poder de encontrar túmulo e buscar abrigo ali. É ardiloso, constato por relato do sr. Jonathan e como faz a gente de tolos na luta pela vida da srta. Lucy que perdemos. E é forte também; tem força de vinte homens e alimenta de nós quatro quando damos sangue para a srta. Lucy. Sem contar que invoca lobos sabe lá que mais. Assim, pode ser que apareça hoje de noite e encontra a mim. Mas ninguém mais encontra até ser tarde demais. É possível, no entanto, que não chega perto do cemitério; não tem motivos para ir lá. Seu terreno de caça é mais farto que cemitério com desmorta e velho de vigília.

Escrevo, portanto, por precaução... guarda documentos que deixo com esta mensagem e diários do casal Harker. Lê, encontra desmorto, corta cabeça, queima coração ou crava estaca no peito. Liberta mundo desse mal.

Se for o caso, adeus.

Van Helsing

Diário do dr. Seward

28 de setembro

É maravilhoso o que uma boa noite de sono pode fazer por nós. Ontem estava inclinado a aceitar as ideias monstruosas de Van Helsing, mas agora me parecem tão fantásticas que soam como um atentado ao bom senso. Não tenho dúvidas de que ele acredita em tudo isso. Pergunto-me se perdeu o juízo. Certamente deve haver uma explicação racional para todos esses mistérios. Será possível que o professor forjou tudo? Ele tem uma inteligência tão extraordinária que, se porventura enlouquecesse, daria um jeito de levar seus planos adiante e embasar uma ideia fixa de maneira bastante convincente. Sei que é horrível pensar isso; Van Helsing louco para mim seria um choque quase tão grande quanto o que tive perante toda a história de desmortos. Seja como for, vou vigiá-lo com bastante atenção. Posso obter alguma pista para a solução desse mistério.

29 de setembro

Ontem à noite, pouco antes das dez, Arthur e Quincey nos encontraram no quarto de Van Helsing, que explicou tudo o que gostaria que fizéssemos. Concentrou suas instruções em Arthur, como se nossa atuação fosse de alguma forma subordinada à dele. Disse esperar que todos nós o acompanhássemos, pois precisávamos cumprir um dever solene. "Aposto que está surpreso com carta, não é?", perguntou a lorde Godalming.

"Fiquei surpreso, sim. E um pouco perturbado também. Passei por tantos pesares ultimamente, a última coisa que queria era ter de lidar com mais problemas, mas admito que também fiquei curioso. Quincey e eu conversamos sobre o assunto, porém, quanto mais especulávamos, menos o compreendíamos. Posso dizer que estou completamente no escuro."

"Eu também", disse Quincey Morris, lacônico.

"Ah, então estão mais perto do início que amigo John aqui, ainda com longo caminho até chegar lá."

Sem que tivesse dito uma única palavra, ele obviamente percebeu meu retorno à costumeira disposição cética. Virando-se para os dois, disse com muita seriedade:

"Peço permissão para que considero certo esta noite. Sei que peço demais, mas quando sabem o que é, entendem. Quero que comprometam comigo no escuro para que depois não se sentem responsáveis por nada; embora podem ficar zangados."

"Sua franqueza me basta", interrompeu Quincey. "Coloco minha mão no fogo pelo professor. Não sei aonde quer chegar, mas garanto que é honesto, e isso é o bastante."

"Muito obrigado, senhor", agradeceu Van Helsing, satisfeito. "Tenho honra de considerar você amigo de verdade e estimo muito confiança." Estendeu a mão para Quincey, que a apertou.

Então foi a vez de Arthur se pronunciar:

"Dr. Van Helsing, a ideia de fazer qualquer coisa 'no escuro' não me agrada e, se a tarefa em questão violar minha honra como cavalheiro e minha fé cristã, não posso prometer nada. Se o senhor garantir que sua proposta não vai contra os meus princípios, pode contar comigo, embora não faça a menor ideia do que se trata."

"Aceito restrições", disse Van Helsing, "tudo que peço é reflita bastante antes de condenar qualquer ato e pondera se de fato violam princípios."

"Combinado!", disse Arthur. "Parece-me justo. E agora que já estamos todos de acordo, posso saber o que o senhor quer de nós, afinal?"

"Que acompanhem, em segredo, até cemitério em Kingstead."

Arthur murchou na hora:

"Onde a pobre Lucy está enterrada?", perguntou atônito.

O professor assentiu com a cabeça.

"Para fazer o que lá?"

"Entrar em mausoléu!"

Arthur ficou em pé. "Professor, o senhor está falando sério ou isso é uma brincadeira de mau gosto? Perdão, vejo que é sério mesmo." Sentou-se novamente, mas notei que adotou postura firme e altiva, como alguém orgulhoso de sua dignidade. Após um instante de silêncio, indagou: "E o que faremos no mausoléu?".

"Vamos abrir caixão."

"Isso já é demais!", exclamou e levantou-se furioso. "Estou disposto a ter paciência com tudo o que for razoável, mas essa... essa profanação do túmulo de alguém que...", tartamudeou, quase engasgado de tanta indignação.

O professor fitou-o com compaixão. "Meu pobre amigo, Deus sabe como gosto poupar você disso", falou. "Mas se hoje de noite não pisamos sobre espinhos, os pés daquela que ama caminham para sempre sobre brasas!"

Arthur ergueu o rosto, transtornado e lívido, e disse:

"Muito cuidado com o que diz, senhor, muito cuidado!"

"Não é melhor ouvir que digo até o fim?", perguntou Van Helsing. "Assim, sabe exatamente que proponho. Continuo?"

"Sim", interrompeu Morris.

Após a pausa, Van Helsing prosseguiu visivelmente com cautela:

"A srta. Lucy está morta, não está? Pois bem, isso não prejudica mais. Mas se não está morta..."

Arthur pula e exclama "Meu Deus! O que você quer dizer com isso? Houve algum erro? Foi enterrada viva?", indagou com aflição, incapaz de ser amenizada até mesmo pela esperança.

"Não disse que está viva, meu filho. Não é que quero dizer. Que posso dizer, por enquanto, é que pode ser desmorta."

"Desmorta? Não está viva? O que quer dizer com isso? Isso é um pesadelo, o que está acontecendo?"

"Existe mistério que só pode especular e que, com passar dos séculos, é solucionado apenas em parte. Acredita: estamos diante de um. Mas ainda não termino. Preciso de permissão para cortar cabeça da srta. Lucy."

"Mas nem por cima do *meu* cadáver!", gritou Arthur, em acesso de fúria. "Não vou permitir que mutile o corpo dela por nada deste mundo. Dr. Van Helsing, o senhor abusa da minha paciência. O que fiz para o senhor, para merecer tal tortura? O que aquela pobre e doce garota fez para que o senhor queira profanar assim seu túmulo? Já não sei quem é mais louco: o senhor, por falar essas coisas, ou eu por escutá-las! Não ouse sequer pensar em tal ato! Não lhe dou meu consentimento para nada disso! Tenho o dever de proteger o sepulcro de Lucy e, com a graça de Deus, hei de protegê-lo de qualquer profanação!"

Van Helsing levantou-se do lugar onde estava sentado e disse, muito sério e circunspecto: "Meu caro lorde Godalming, também tenho dever a cumprir: com outros, com você, com morta e, pela graça de Deus, eu cumpro! A única coisa que peço é acompanhar, ver e escutar. Se mais tarde, quando faço mesmo pedido, você não estiver mais empenhado que eu na execução, assumo responsabilidade sozinho. Então estou à disposição para responder por meus atos, onde e quando quiser".

A voz dele fraquejou. Em seguida, prosseguiu com muita compaixão:

"Mas imploro, não tem raiva. Ao longo de vida repleta de obrigações desagradáveis, que muitas vezes causam dissabor, essa é a mais penosa. Acredita: se um dia mudar de ideia em relação a mim, basta um olhar seu para apagar esta hora infeliz que vivemos, pois faço todo o humanamente possivel para poupar sofrimento. Pensa bem. Por que tanto trabalho, por que passar tantos percalços? Vim da minha terra para fazer bem; primeiro, atender o pedido do meu amigo John, depois para ajudar doce menina, que agora amo também. É com pudor que digo, mas com boa intenção, que por ela dou o sangue, assim como você. Eu que, diferente de você, não sou noivo, apenas médico, apenas amigo. Dei noites e dias, antes e depois da morte, e agora é desmorta, se tem que morrer para salvar, morro de bom grado." Van Helsing disse isso com muita seriedade e certo orgulho.

Arthur ficou visivelmente comovido. Segurou a mão do velho professor e disse com a voz embargada: "É dificil pensar nisso e não consigo compreender nada direito, mas acompanharei o senhor para ver o que acontece".

CAPÍTULO XVI

Diário do dr. Seward
(CONTINUAÇÃO)

BRAM STOKER

O RELÓGIO marcava quinze para a meia-noite quando pulamos o muro e entramos no cemitério. Estava escuro, com ocasionais clarões de luar perpassando as pesadas nuvens que turvavam o céu. Avançamos juntos, com Van Helsing um pouco adiante, conduzindo-nos pelo caminho. Ao chegarmos perto do mausoléu, mantive os olhos fixos em Arthur, pois receava que a proximidade de um local tão carregado de lembranças funestas pudesse perturbá-lo. Ele, porém, portou-se com firmeza. Supus que o mistério que permeava nossa expedição de alguma forma serviu para amenizar sua tristeza. O professor destrancou a porta e, ao ver que demonstrávamos natural hesitação por diversos motivos, solucionou o impasse ao entrar primeiro. Nós o seguimos e ele fechou a porta. Acendeu a lanterna e apontou para o caixão. Arthur avançou hesitante. Van Helsing então disse, dirigindo-se a mim:

"Estava aqui comigo ontem. Tinha corpo da srta. Lucy no caixão?"

"Tinha."

O professor virou-se para os dois e disse: "Vocês ouvem e, mesmo assim, não acreditam".

Munido da chave de fenda, pôs-se a remover a tampa do caixão. Arthur acompanhava cada gesto, muito pálido, e em silêncio. Quando viu a tampa aberta, deu um passo à frente. Evidentemente, não sabia que havia o reforço de chumbo ou, se sabia, não se recordava. Quando viu o rasgo no chumbo, seu rosto corou por um instante, mas logo depois voltou à palidez mortiça que exibia até então. Permaneceu em silêncio. Quando Van Helsing abriu a aba de chumbo, todos nós olhamos e demos um passo para trás.

O caixão estava vazio!

Por alguns instantes, ninguém disse palavra. Foi Quincey Morris quem rompeu o silêncio:

"Professor, coloquei minha mão no fogo por você. Não preciso de mais nada, a não ser da sua palavra. Não perguntaria isso em outra circunstância, não cometeria a desonra de insinuar algo semelhante, mas esse é um mistério que ultrapassa qualquer limite de honra ou desonra. Foi você quem tirou o corpo daqui?"

"Juro por tudo que é mais sagrado que não removo ou toco corpo. Que aconteceu é o seguinte: duas noites atrás, meu amigo Seward e eu estamos aqui, com boa intenção, acredita. Abro caixão vedado, e encontramos vazio como agora. Ficamos na espera e figura branca vem entre as árvores. No dia seguinte, voltamos durante o dia e Lucy está aqui. Não está, amigo John?"

"Estava."

"Chegamos bem na hora. Outra criança pequena está desaparecida, mas encontramos, graças a Deus, ilesa entre túmulos. Ontem venho antes do sol se pôr, porque, após crepúsculo, desmortos movem com mais facilidade. Passo noite toda aqui, até amanhecer, mas não vejo nada. Provavelmente por colocar alho na porta do mausoléu e não suportam alho, entre outras coisas. Noite passada vedo acesso, impeço saída, então hoje de noite tiro alho e o resto. Por isso encontramos caixão vazio. Aguardamos. Até agora, muitas coisas estranhas acontecem. Vem comigo, esperar lá fora, escondidos, e ver coisas ainda mais estranhas. Vem", disse e apagou a lanterna. "Saímos." Abriu a porta, esperou sairmos em fila e a trancou novamente.

Ah, como o ar da noite parecia fresco e puro depois do terror opressivo da cripta! Que alívio ver as nuvens deslizando no céu, na alternância do breu noturno com os fugazes raios do luar, assim como a alegria e a tristeza se alternam na vida humana. Que alívio respirar ar fresco, não conspurcado pela mácula da morte e da decomposição. Que reconfortante ver as luzes da cidade além da colina, ouvir o burburinho abafado e distante que caracteriza a vida na metrópole. Cada um de nós, a seu modo, sentia-se solene e compenetrado. Arthur, em silêncio, esforçava-se visivelmente para compreender o propósito e o significado daquele mistério. Eu, mais paciente, estava inclinado a deixar a dúvida de lado e, mais uma vez, aceitar as conclusões de Van Helsing. Quincey Morris exibia a fleuma de alguém pronto para aceitar tudo e enfrentar qualquer combate com pétrea coragem, ainda que colocasse sua vida em risco. Sem poder acender um cigarro, cortei um pedaço de tabaco e o mastiguei. Já Van Helsing ocupava-se de tarefas práticas. Primeiro, pegou na bolsa um punhado do que me pareceu ser bolacha fina, cuidadosamente embrulhado em um guardanapo branco. Depois, dois punhados de uma substância esbranquiçada como massa. Então esmigalhou as bolachas, misturou o farelo à massa e apertou-a entre as mãos. Em seguida, converteu a massa em tiras bem finas e aplicou-as nas fendas entre a porta e o batente. Aquilo me intrigou e, por estar por perto, perguntei o que fazia. Arthur e Quincey logo se aproximaram, igualmente curiosos. Ele respondeu:

"Vedo mausoléu para impedir entrada de desmorto."

"E vai conseguir com isso?"

"Consigo."

"O que o senhor está usando?", perguntou Arthur.

Van Helsing ergueu o chapéu em reverência e respondeu:

"Hóstia sagrada. Trouxe de Amsterdã. Tem autorização da igreja."

A resposta silenciaria até mesmo o mais cético e sentimos, de fato, que a intenção do professor só poderia ser mesmo muito séria; era impossível desconfiar de algo que o levava a usar recursos que lhe eram tão sagrados. Em respeitoso silêncio, assumimos nossos postos próximos ao mausoléu, escondidos de possíveis visitantes. Senti pena dos meus companheiros, sobretudo de Arthur. Devido às minhas participações anteriores naquelas vigílias tenebrosas, já estava mais calejado, mas até mesmo eu — que há uma hora repudiava as provas — experimentava um medo crescente. Nunca os túmulos me pareceram tão sinistros, nunca aquelas árvores tiveram ar mais fúnebre. O próprio farfalhar das folhas parecia um som agourento e o roçar dos galhos, um ruído nefasto. O uivo distante dos cães ecoava como presságio dolente na noite.

Fez-se um longo silêncio — vácuo profundo e doloroso — e então o professor pediu que permanecêssemos calados, com um sopro sibilante. Ele apontou para a alameda de teixos e vimos uma figura branca se aproximar, uma figura indistinta, carregando algo escuro no colo. A figura estacou e, naquele exato momento, um raio de luar penetrou a massa de nuvens esvoaçantes e iluminou em cheio uma mulher de cabelos negros,[1] envolta em uma mortalha. Não conseguimos ver o rosto, pois estava inclinada enquanto ela fitava a criança loira em seus braços.

---

1 Os cabelos de Lucy, antes descritos como dourados, agora surgem negros. Não sabemos até hoje se foi um descuido de Stoker, um efeito causado pela escuridão do cemitério ou um novo detalhe de sua transformação vampírica.

Após uma pausa, ouvimos o gritinho agudo de uma criança adormecida ou o ganido de um cachorro dormitando em frente à lareira. Instintivamente, demos um passo à frente, mas o professor, atrás de uma árvore, fez o gesto para que não avançássemos. A figura continuou a vir em nossa direção até ficar próxima o bastante para a enxergarmos com clareza, ainda banhada pelo luar. Meu coração gelou e pude ouvir o suspiro atônito de Arthur assim que reconhecemos as feições de Lucy Westenra. Lucy Westenra, mas como estava mudada! A doçura convertera-se em bruta crueldade impiedosa; a pureza, em despudorada lascívia. Van Helsing avançou e, seguindo sua deixa, fomos atrás dele. Paramos na porta do mausoléu e impedimos sua entrada. O professor ergueu a lanterna e, quando a luz incidiu no rosto de Lucy, vimos que o sangue fresco que tingia seus lábios escarlates escorreu pelo queixo, conspurcando a brancura imaculada de seus trajes.

Estremecemos de horror. Constatei, pelo tremor da lanterna, que a visão perturbara até mesmo os nervos de aço de Van Helsing. Por sorte, eu estava ao lado de Arthur: acho que se não tivesse segurado seu braço, ele teria desfalecido.

Quando Lucy — chamo a criatura que estava diante de nós de "Lucy" apenas por ainda possuir sua aparência — nos viu, recuou com um sibilo, como fazem os gatos acuados. Depois, olhou para cada um de nós. No formato e na cor, eram os olhos de Lucy, mas em seu brilho infernal e malicioso em nada se assemelhavam ao olhar puro e meigo que conhecíamos. Naquele momento, o que restava do meu amor por ela acabou de vez e, em seu lugar, surgiram ódio e repulsa. Se ela precisava ser morta, eu o faria com selvagem deleite. Enquanto nos fitava, seus olhos faiscavam com um lume profano e o rosto se contorcia em um sorriso lascivo. Meu Deus, só de olhar para ela sentia um calafrio percorrer todo meu corpo! Em um gesto descuidado, insensível como um demônio, atirou no chão a criança que até então sufocava em seu peito e rosnou como um cão abocanhando osso. A criança soltou um grito e pôs-se a gemer. Arthur não pôde conter um suspiro diante de tamanha frieza. Quando Lucy avançou em sua direção, estendeu os braços e abriu o sorriso malicioso, ele recuou e escondeu o rosto com as mãos.

Ela prosseguiu e, com trejeitos lânguidos e lascivos, disse:

"Venha para mim, Arthur. Deixe os outros e venha para mim. Meus braços anseiam por seu corpo. Venha, vamos descansar juntos. Venha, meu marido, venha!"

Havia doçura diabólica em sua voz, um som cristalino que, apesar de direcionado a Arthur, afetou a todos nós. Arthur parecia enfeitiçado:

afastou as mãos do rosto e abriu os braços para ela, que se apressou em sua direção. Nesse momento, Van Helsing saltou, interpôs-se entre eles e ergueu seu pequeno crucifixo de ouro. Ela recuou, contorceu o rosto em esgar de ódio e correu para o mausoléu.

A poucos passos da entrada, estacou, como se imobilizada por uma força irresistível. Virou-se para nós, com o rosto banhado duplamente pela claridade do luar e da lanterna, que Van Helsing agora erguia com firmeza. O rosto dela exibia uma fúria contrariada e nunca na minha vida vi tamanha expressão de maldade — espero que ninguém mais veja algo semelhante. A bela cor de sua tez transformou-se em lividez macabra, os olhos pareciam lançar as chamas do inferno, as dobras de pele enrugada na testa pareciam serpentes de Medusa e a boca manchada de sangue, escancarada, parecia retangular e rígida como máscaras teatrais gregas e japonesas. Se a morte tinha um rosto, nós o vimos naquele momento.

Por cerca de meio minuto, tempo que para nós pareceu uma eternidade, ela permaneceu imóvel entre o crucifixo e a entrada do mausoléu que, guarnecida com a hóstia sagrada, a repelia. Van Helsing rompeu o silêncio e perguntou a Arthur:

"Responda, meu amigo! Prossigo com trabalho?"

"Faça como quiser, meu amigo. Faça como quiser. Não podemos permitir a existência de um horror como esse", respondeu com um gemido profundo de dor. Quincey e eu corremos para acudi-lo e o seguramos pelos braços. Van Helsing fechou a lanterna, aproximou-se do mausoléu e removeu das frestas a proteção sagrada que usara para vedar sua entrada. Quando o professor recuou, foi com aterrorizada perplexidade que vimos a criatura, cujo corpo era tão real quanto o nosso, atravessar a porta por uma fresta tão estreita que mal comportaria uma lâmina de faca. Sentimos um grande alívio quando vimos o professor vedar a entrada novamente com sua massa esbranquiçada.

Depois de terminar a tarefa, Van Helsing apanhou a criança do chão e disse:

"Vamos embora, meus amigos. Não tem mais nada para fazer até amanhã. Tem enterro meio-dia, precisa chegar aqui bem antes. Por volta das duas, acho que amigos do morto já saem e depois do sacristão fechar o portão, ficamos aqui dentro. Tem muito para fazer, coisas bem diferentes de hoje de noite. Quanto a este pequeno, não está machucado e até amanhã fica bom. Vamos deixar em algum lugar para a polícia ver, como da outra vez, e depois vamos para casa."

Aproximou-se de Arthur e disse:

"Meu amigo Arthur, passou por árdua provação esta noite, mas depois, em retrospecto, vê que é necessária. Você está em coração da tempestade, meu filho. Se Deus quiser, esta hora amanhã está em plena bonança. Não lamenta em excesso. Até lá, não peço que me perdoa."

Arthur e Quincey vieram para casa comigo e tentamos nos confortar mutuamente no caminho. Deixamos a criança em segurança e depois seguimos direto para o merecido descanso. Adormecemos, entregues à turva realidade dos sonhos.

---

29 de setembro, noite

Um pouco antes de meio-dia, Arthur, Quincey Morris e eu fomos encontrar o professor. Por curiosa coincidência, estávamos todos com roupas pretas; Arthur, por luto, nós, por instinto. Chegamos ao cemitério por volta de uma e meia e ficamos fazendo hora e evitando sermos vistos. Quando os coveiros terminaram sua tarefa e o sacristão, supondo que todos haviam partido, trancou o portão, ficamos a sós no cemitério. Em vez da pequena bolsa preta, dessa vez Van Helsing trouxe uma bolsa comprida de couro que parecia um saco de críquete visivelmente pesado.

Assim que ficamos sozinhos, ao ouvir o som dos derradeiros passos silenciarem na rua, seguimos o professor até o mausoléu em silêncio. Ele abriu a porta e tornou a fechá-la depois que entramos. Removeu a lanterna da bolsa, acendeu-a, e em seguida apanhou também duas velas. Uma vez acesas, as fixou na superfície de dois caixões contíguos com alguns pingos da cera quente, para iluminar bem o ambiente. Ao suspender a tampa do caixão, nos aproximamos para olhar seu interior. Arthur tremia da cabeça aos pés. Lá estava o cadáver, em toda sua beleza mortal. Mas não havia amor em meu coração, apenas repulsa pela coisa nojenta que se apossara do corpo e da alma de Lucy. Até mesmo Arthur a olhou com desprezo e disse a Van Helsing:

"É mesmo o corpo de Lucy ou é um demônio com sua aparência?"

"É corpo dela, e ao mesmo tempo não é. Espera mais um pouco e vai ver ela como antes, e como ainda é, de certa forma."

A criatura parecia uma versão de Lucy em um pesadelo: caninos afiados, boca lasciva manchada de sangue (que nos estremecia só de olhar), toda a aparência carnal e libidinosa, enfim, como um diabólico escárnio à sua doce pureza. Van Helsing, metódico como sempre, removeu um a um os itens de sua bolsa e os dispôs sobre o túmulo, prontos para o uso. Primeiro, apanhou o soldador e a solda de estanho. Depois, a pequena lamparina a óleo que, ao ser acesa no canto da cripta, emitiu gás e produziu uma forte chama azulada. Vieram então as lâminas cirúrgicas, dispostas ao alcance da mão, e por fim a estaca arredondada de madeira com uns oito centimetros de largura e quase um metro de comprimento. Uma das extremidades fora endurecida pelo fogo e afiada com precisão. Junto da estaca, ele sacou um pesado martelo, como os usados para partir carvão. Como médico, tais preparativos me são estimulantes, mas Arthur e Quincey pareciam apreensivos. Mantinham-se firmes, contudo, e permaneceram em silêncio.

Depois de arrumar tudo, Van Helsing disse:

"Antes de começar, compartilho com vocês coisas que aprendo com folclore, com experiência de gerações passadas e com todos que estudam o poder dos desmortos. Com transformação, vem maldição da imortalidade. Não só não morrem como precisam arrebatar, século após século, novas vítimas e multiplicar males neste mundo. Porque todos que morrem atacados por desmorto também viram desmorto e se alimentam de humanos. E assim o contágio dissemina, como pedra atirada em lago. Amigo Arthur, se beija a pobre Lucy aquele dia, antes da morte, ou ontem de noite, quando abre os braços para Lucy, com o tempo, ao morrer, você vira um *nosferatu*, como chamam as criaturas no Leste Europeu, e transforma também outros humanos nesses desmortos que tanto causam horror. A trajetória dessa pobre moça tão querida para nós acaba de começar. As crianças que ataca para sugar sangue ainda não são como ela, mas se desmorta permanece viva, perdem mais e mais sangue; ela já controla e faz que venham até ela para se alimentar do sangue com boca maldita. Mas, se exterminamos ela, tudo cessa. As feridas na garganta das crianças desaparecem e voltam a brincar inocentes, sem lembrar que acontece. Mas maior beneficiada com exterminio da desmorta é a alma daquela que amamos, pois só então é liberta. Em vez de praticar crueldades de noite e repousar de dia, cada vez mais degradada, pode enfim juntar aos anjos do céu. Assim, meu amigo, bendita é a mão que desfere golpe da libertação. Estou disposto a isso, mas penso que há entre nós alguém com mais direito. Não é alegre pensar, no silêncio de noite insone, 'Esta mão envia Lucy para estrelas. A mão daquele que mais ama Lucy, a mão que ela própria escolhe se puder?' Não está essa pessoa entre nós?"

Olhamos para Arthur. Ele, assim como nós, também percebera a infinita bondade de Van Helsing ao sugerir que fosse ele o responsável por restituir Lucy como uma memória sagrada, e não profana, para nós. Deu um passo à frente e expressou-se com muita coragem, embora suas mãos tremessem e seu rosto estivesse branco como a neve:

"Meu grande amigo, agradeço do fundo do meu coração despedaçado. Diga-me o que devo fazer e farei sem hesitar!"

Van Helsing colocou a mão no ombro dele e disse: "Meu bravo rapaz! Basta momento de coragem e pronto. Precisa atravessar o corpo dela com estaca. É terrível provação, na verdade, mas é breve e recompensa que aguarda é muito maior que suplício. Você sai desta cripta renovado, mas é importante que, uma vez desferido o golpe inicial, não fraqueja. Lembra que nós, os melhores amigos, estamos o tempo todo do seu lado, rezamos por você".

"Prossiga", disse Arthur com voz rouca. "Diga-me o que devo fazer."

"Pega estaca com mão esquerda, aponta coração da criatura, e segura martelo com mão direita. Começo oração para mortos, trouxe livro comigo, e os outros seguem. Crava então estaca no peito dela, em nome de Deus, extermina a desmorta e dá paz a quem amamos."

Arthur pegou a estaca e segurou firme o martelo. Uma vez imbuído de seu propósito, suas mãos mantiveram-se firmes. Van Helsing abriu o missal e começou a prece. Quincey e eu tentamos acompanhar. Arthur posicionou a afiada ponta da estaca sobre o coração da criatura, pressionou levemente a carne branca do seu peito e, então, golpeou com toda a força.

A coisa se contorceu no caixão e de seus lábios escarlates brotou um grito tenebroso, capaz de gelar o sangue nas veias. O corpo tremeu e sacudiu em violentas convulsões. Os dentes afiados chocavam-se uns nos outros, cortavam os lábios e manchavam a boca com uma espuma vermelha, mas Arthur não fraquejou. Parecia um verdadeiro Thor: cravou a estaca com mãos firmes e resolutas cada vez mais fundo no cadáver, até que o sangue do coração trespassado esguichasse profusamente. Em seu rosto impassível transparecia a seriedade de alguém engajado no cumprimento de grave dever. Olhá-lo nos deu coragem e nossas vozes ecoaram ainda mais alto na estreita cripta.

Finalmente, o corpo parou de se contorcer, os dentes não mais se chocavam e o rosto se desanuviou. O cadáver estava imóvel; a terrível tarefa chegou ao fim.

O martelo deslizou da mão de Arthur, que cambaleou e teria caído se não acorrêssemos para segurá-lo. Grossas gotículas de suor escorriam da sua testa e sua respiração arquejava. O desgaste fora tremendo e, não fosse uma questão de compaixão humana, não teria conseguido. Por alguns instantes, ficamos tão concentrados nele que esquecemos de olhar dentro do caixão. Quando finalmente o fizemos, murmuramos de espanto. Nossa expressão atônita foi tão acentuada que Arthur se levantou na mesma hora do chão e juntou-se a nós diante da morta. Um brilho de contentamento iluminou seu rosto, dissipando a sombra de horror que até então o tomava.

No caixão, não se via mais a coisa repulsiva que tanto nos aterrorizou, que passamos a odiar, cuja destruição se tornou um privilégio ao mais indicado para realizá-la, e sim a nossa Lucy. Lucy, tal como em vida, com a antiga expressão de inigualável doçura e pureza no rosto. É bem verdade que havia, como em seus últimos dias, traços de dor, sofrimento e desgaste, mas nos eram caros, pois restituíam-lhe a aparência humana. Sentíamos que a serenidade beatífica que agora iluminava sua tão sofrida figura como um raio de sol era apenas a amostra mundana da paz que haveria de gozar para sempre no céu.

Van Helsing colocou a mão no ombro de Arthur e disse:

"E agora, meu amigo Arthur, meu querido rapaz, sou perdoado?"

Já abalado pelo tormento que enfrentou, Arthur sucumbiu à emoção, tomou a mão de Van Helsing, levou-a até os lábios, a beijou, e respondeu:

"Perdoado? Deus o abençoe por ter devolvido a alma da minha amada e me dado finalmente paz." Colocou as mãos nos ombros do professor, encostou a cabeça em seu peito e chorou por um tempo em silêncio, enquanto permanecíamos imóveis diante da cena. Quando Arthur levantou o rosto, Van Helsing disse:

"Agora, filho, pode beijar. Beija lábios mortos se quer, como ela decerto escolhe se pode escolher, porque não é mais demônio de sorriso macabro, coisa repulsiva condenada à eternidade monstruosa. Não é mais emissária do diabo. É morta de verdade, alma com Deus!"

Arthur inclinou-se, a beijou e, em seguida, pedimos que Quincey e ele saíssem do mausoléu. O professor e eu serramos a estaca, mas mantivemos a ponta afiada no corpo. Depois, cortamos a cabeça e enchemos a boca de alho. Soldamos o caixão com chumbo, aparafusamos a tampa e, após recolhermos nossos pertences, saímos. Depois de trancar a porta, o professor entregou a chave para Arthur.

Lá fora, o ar era doce, o sol brilhava e os pássaros cantavam; a natureza parecia vibrar em outra sintonia. O mundo estava pleno de alegria e de paz, pois estávamos tranquilos e contentes, embora nosso contentamento fosse marcado pelo pesar.

Antes de nos despedirmos, Van Helsing disse:

"Agora, meus amigos, cumprimos primeira etapa da tarefa, mais penosa para nós. Tem, no entanto, outra etapa: precisa encontrar responsável por todo esse sofrimento e eliminar da face da terra. Tenho pistas para seguir, mas é longo processo, muito árduo, e tem perigo e sofrimento pela frente. Posso contar com vocês? Acho que todos aprendemos a acreditar, não é? Nosso dever é evidente, certo? Fazemos promessa solene de irmos até o fim, por mais amargo que for?"

Um por um, apertamos sua mão e prometemos. O professor disse, antes de nos despedirmos:

"Encontramos daqui duas noites. Jantamos com amigo John, sete horas. Convido outros dois que ainda não conhecem e então planejamos. Amigo John, vem comigo, preciso ajuda, quero consulta de diversos assuntos. Parto hoje para Amsterdã, mas volto amanhã de noite. E então começa grande busca. Mas tenho muito para dizer antes, para saber o que faz e o que teme. Renovamos promessa de hoje, porque a missão é terrível e, uma vez comprometido com ela, não pode voltar atrás."

CAPÍTULO XVII

Diário do dr. Seward
(CONTINUAÇÃO)

BRAM STOKER

Quando chegamos ao hotel Berkeley, havia este telegrama para Van Helsing:

Estou a caminho de trem. Jonathan está em Whitby. Tenho notícias importantes. — Mina Harker

O professor ficou eufórico: "Ah, extraordinária madame Mina, verdadeira pérola entre mulheres!", disse. "Já deve chegar, mas não posso esperar. Leva para sua casa, amigo John; busca na estação. Manda logo telegrama para avisar."

Depois de enviar o telegrama, tomamos uma xícara de chá. Ele então me contou sobre o diário de viagem de Jonathan Harker, dando-me uma cópia datilografada do conteúdo, bem como o diário da sra. Harker quando estava em Whitby. "Leva e estuda criteriosamente. Assim, quando volto, você sabe de tudo e podemos conversar melhor. Guarda com cuidado, são verdadeiros tesouros. Você precisa de muita fé, mesmo depois de tudo que viveu hoje. O que é escrito aqui", disse muito solene, com a mão sobre os papéis, "pode ser o começo do fim para muitos, inclusive você e eu, ou derradeira pá de cal sobre todos os desmortos que vagam pela terra. Lê tudo com mente aberta, eu peço, e se tem alguma contribuição a estes relatos, faz, pois toda informação é relevante. Você tem registrado em diário todos esses acontecimentos estranhos, não tem? Então! Vamos repassar juntos, assim que volto." Terminou os preparativos para sua viagem e logo depois seguiu para Liverpool Street. Já eu fui direto para Paddington e cheguei na estação com quinze minutos de antecedência.

Passado o costumeiro tumulto de passageiros na plataforma de desembarque, comecei a ficar preocupado e receei ter me desencontrado de minha hóspede. Foi então que uma moça muito simpática e delicada se aproximou e, após me olhar de relance, perguntou "Dr. Seward, não é?".

"E você é a sra. Harker!", respondi prontamente, tomando a mão que me oferecia em cumprimento.

"Eu o reconheci pela descrição da pobre Lucy, mas...", interrompeu a fala e um rubor espalhou-se em seu rosto.

Senti que também ruborizava, o que nos deixou mais à vontade, como se cúmplices em nosso constrangimento. Apanhei sua bagagem, que incluía uma máquina de datilografar, e fomos de metrô até Fenchurch Street. Eu havia despachado um telegrama para minha governanta e solicitei que preparasse os aposentos para a sra. Harker.

Não demoramos muito para chegar. Ela estava ciente, é claro, de que se tratava de um manicômio, mas notei que mesmo assim não pôde evitar um arrepio quando entramos.

Ela disse-me que tinha muito a contar e perguntou se poderia ir logo ter comigo em meu gabinete. Registro o relato de hoje em fonógrafo enquanto espero por ela. Ainda não tive a oportunidade de olhar os papéis que Van Helsing deixou comigo, abertos aqui na minha frente. Preciso dar alguma ocupação à sra. Harker para ter tempo de ler tudo o que preciso. Ela não sabe que nosso tempo é precioso e que uma tarefa assombrosa nos espera. Preciso tomar cuidado para não assustá-la. Ei-la!

Diário de Mina Harker

29 de setembro

Depois de fazer minha toalete, desci para o gabinete do dr. Seward. Estaquei junto à porta, pois o ouvi falando com alguém lá dentro. No entanto, como havia me dito que não devíamos perder tempo, decidi bater à porta e quando respondeu "entre", obedeci.

Para minha enorme surpresa, não havia ninguém. Estava sozinho e na mesa a sua frente identifiquei um fonógrafo. Como jamais vira um de perto, fiquei imediatamente muito interessada.

"Espero não o ter feito esperar muito tempo", disse, "mas ouvi sua voz e achei que tinha alguém com você, por isso aguardei um pouco antes de bater."

"Ah, não", respondeu sorrindo. "Estava apenas atualizando meu diário."

"Seu diário?", perguntei surpresa.

"Sim", pousou a mão no fonógrafo e disse: "registro tudo aqui". Muito entusiasmada, não consegui me conter e exclamei: "Mas isso é ainda melhor do que taquigrafia! Posso ouvir alguma coisa gravada?".

"Claro", respondeu, igualmente empolgado, e levantou-se para preparar a máquina. Mas se deteve e detectei em seu rosto um ar de preocupação.

"O único problema", disse constrangido, "é que as únicas gravações que tenho são os registros do meu diário e, como versam quase exclusivamente sobre meus casos clínicos, podem parecer estranhas para os seus ouvidos... entende?" Ele não falou mais nada e tentei ajudá-lo a ficar menos envergonhado.

"Você cuidou de nossa querida Lucy até o fim. Deixe-me ouvir como ela morreu, ficaria muito grata se me permitir, em nome da amizade que sempre nos uniu. Éramos muito, muito amigas mesmo."

Para minha surpresa, reagiu com uma expressão de horror:

"Contar sobre a morte de Lucy? Por nada neste mundo!"

"Por que não?", perguntei e senti um temor imenso tomar conta de mim.

Ele silenciou novamente e percebi que tentava inventar uma desculpa. Por fim, balbuciou: "Sabe, não sei como localizar um trecho específico do diário".

Enquanto falava, era como se percebesse que de fato dizia a verdade e, com tom de voz diferente e bem despretensioso, declarou com a inocência de um menino: "Juro para você, pela minha honra. Palavra de escoteiro!".

Não pude conter um sorriso, que retribuiu, descontraído. "Acabei me entregando! Mas é a mais pura verdade: sabe que, embora mantenha o diário há meses, nunca parei mesmo para pensar como vou fazer para encontrar um trecho específico se quiser consultá-lo?"

Àquela altura, já estava convencida de que o diário do médico que cuidou de Lucy poderia ter algo a acrescentar à nossa pesquisa sobre a criatura terrível que buscávamos e, sem pestanejar, propus:

"Então, dr. Seward, é melhor deixar que eu passe tudo a limpo na minha máquina de escrever."

Lívido de pânico, exclamou: "Não, não, de jeito nenhum! Está fora de cogitação. Não posso deixar que ouça uma história tenebrosa como esta!".

Então era tenebrosa. Minha intuição estava correta! Corri os olhos pelo aposento, pensativa, inconscientemente em busca de algo que pudesse me ajudar. Foi então que bati os olhos no calhamaço de papéis datilografados sobre a mesa dele. Acompanhou meu olhar sem querer e percebeu que eu os reconhecera.

"Você não me conhece", disse. "Aí estão o meu diário e o do meu marido, datilografados por mim. Quando terminar de ler tudo, vai me conhecer melhor. Lerá meu relato honesto, com tudo o que sei sobre o assunto. Mas, é claro, como estamos nos conhecendo agora, não espero que confie em mim ainda."

Trata-se mesmo de um sujeito muito nobre. A pobre Lucy estava certa a seu respeito. Levantou-se, abriu uma ampla gaveta com diversos cilindros ocos de metal cobertos por cera escura e dispostos em ordem. Então disse:

"Você está coberta de razão. Não confiava, pois não a conhecia. Mas conheço agora e deixe-me dizer que deveria ter conhecido há tempos. Sei que Lucy falou de mim para você; ela também falou de você para mim. Posso fazer a única reparação ao meu alcance? Tome os cilindros, ouça-os. Os seis primeiros são apenas sobre minha vida pessoal, não vão lhe causar nenhum espanto. Mas vão ajudar a me conhecer melhor. Quando terminar, o jantar já estará pronto. Enquanto isso, vou adiantar a leitura dos diários, o que me ajudará a compreender melhor algumas coisas."

Então, levou o fonógrafo até meus aposentos e instalou a máquina. Estou prestes a ouvir um relato interessante, tenho certeza; a outra versão de um episódio romântico do qual conheço apenas um dos lados.

Diário do dr. Seward

29 de setembro

Fiquei tão absorto nos formidáveis diários de Jonathan Harker e de sua esposa que esqueci completamente da hora. A sra. Harker não apareceu quando a criada anunciou o jantar, então eu disse: "Ela deve estar cansada. Vamos esperar mais uma hora", e segui minha leitura. Tinha acabado de ler seu diário quando ela apareceu. Estava muito bonita, mas muito triste, e seus olhos inchados de tanto chorar. Fiquei ainda mais comovido; Deus sabe que ultimamente tenho muitos motivos para lágrimas! Mas, como esse alívio me foi negado, ver os vestígios de choro iluminando aqueles olhos graciosos tocou-me profundamente. Disse, com toda a gentileza:

"Receio tê-la entristecido."

"Ah, não, não é culpa sua", respondeu. "Mas fiquei muito comovida com seu sofrimento. É uma máquina extraordinária, mas cruelmente honesta. Relatou-me, com sua própria entonação, as profundezas de sua angústia. Foi como ouvir uma alma clamando a Deus. Ninguém mais deve ouvi-lo, assim tão exposto! Veja, tentei encontrar uma maneira de ser útil. Transcrevi tudo com minha máquina de escrever e agora ninguém mais precisa escutar os compassos do seu coração como eu escutei."

"Ninguém precisa ou vai saber", murmurei.

Ela colocou a mão na minha e disse muito solene: "Mas deveriam!".

"Deveriam? Mas por quê?", perguntei.

"Porque é parte de uma história terrível, parte da morte de nossa querida Lucy e de suas causas. Porque na missão que temos pela frente, de escorraçar esse monstro pavoroso da face da terra, precisamos de todo o conhecimento e auxílio que pudermos arregimentar. Acho que, nos cilindros que me entregou, tinha muito mais do que pretendia que eu soubesse. Mas em seus registros existem muitas pistas para elucidarmos esse obscuro mistério. Deixe-me ajudar, está bem? Já sei tudo o que aconteceu até determinado ponto e percebi, embora tenha avançado apenas até o dia 7 de setembro, como a pobre Lucy sofreu e de que maneira seu tenebroso destino se desenrolou. Jonathan e eu trabalhamos dia e noite desde que estivemos com o professor Van Helsing. Ele foi até Whitby obter mais informações para nos ajudar. Não precisamos de segredos entre nós. Se trabalharmos juntos, com confiança absoluta uns nos outros, seremos mais fortes do que se mantivermos uma parte do grupo no escuro."

Ela me encarou com uma expressão tão convincente e demonstrava tamanha coragem e determinação que imediatamente capitulei e cedi aos seus desejos. "Faça como você achar melhor e que Deus me perdoe se estiver cometendo um erro! Ainda vamos descobrir muitas coisas pavorosas. Porém, se você já começou a estrada que conduz à morte da pobre Lucy, suponho que vá querer percorrê-la até o final. Melhor: o final, o verdadeiro final, vai fazer mais do que lhe tirar do escuro, vai lhe dar um lampejo de paz. Venha, o jantar está pronto. Precisamos nos manter fortes para o que vem por aí, pois temos uma tarefa cruel e odiosa adiante. Depois do jantar, você vai saber do resto e poderei responder tudo que quiser perguntar, caso algo não fique claro, embora, para nós que estávamos lá presentes, não tenha restado uma só dúvida."

Diário de Mina Harker

29 de setembro

Após o jantar, reuni-me com o dr. Seward em seu gabinete. Ele trouxe o fonógrafo que estava em meus aposentos de volta e, enquanto acomodava-me na cadeira, instalou o aparelho de modo que pudesse manipulá-lo sem ter de me levantar, e mostrou como pará-lo caso eu precisasse de uma pausa. Puxou então uma cadeira para ele também e, de costas para mim, para me deixar o mais à vontade possível, retomou sua leitura. Coloquei o auscultador de metal nos ouvidos e prossegui com os registros.

Quando terminei de ouvir sobre a morte de Lucy e tudo o que aconteceu depois, encostei-me sem fôlego no espaldar da cadeira. Por sorte, não tenho tendência a desmaiar. Quando o dr. Seward bateu os olhos em mim, levantou-se de sobressalto, soltou uma exclamação consternada e apressou-se para apanhar uma garrafa do armário. Ele me deu uma pequena dose de conhaque e, em poucos minutos, a bebida me reavivou um pouco. Minha cabeça ainda girava e, em meio ao turbilhão de horrores, despontava um único raio de luz: minha querida Lucy estava finalmente em paz. Não fosse isso, acho que não teria suportado sem ter uma crise. Era tudo tão violento e absurdo que, se eu não conhecesse de antemão a experiência de Jonathan na Transilvânia, não acreditaria no que ouvi. Mesmo assim, confesso que não sabia mais em que acreditar e precisei me distrair com outra coisa para me recuperar. Retirei a capa da minha máquina de escrever e disse para o dr. Seward:

"Deixe-me transcrever logo tudo isso. Precisamos estar com tudo pronto para quando o dr. Van Helsing voltar. Enviei um telegrama para Jonathan, pedindo que venha direto para cá quando chegar em Londres. As datas são de extrema importância e acho que se conseguirmos preparar o material todo e colocarmos todos os relatos em ordem cronológica, teremos uma grande vantagem. Você me disse que lorde Godalming e o sr. Morris também estão a caminho. Vamos deixar tudo pronto para compartilhar com eles quando chegarem."

Ele ligou o fonógrafo em uma velocidade mais lenta e transcrevi a partir do início do décimo sétimo cilindro. Usei papel-carbono para fazer três cópias do diário, assim como fiz com os outros. Já era tarde quando terminei; o dr. Seward, após completar sua habitual ronda para ver seus pacientes, voltou ao gabinete e sentou-se ao meu lado, onde permaneceu lendo para me fazer companhia enquanto eu trabalhava. É um homem bom e atencioso. Existem de fato muitos homens valorosos neste mundo — embora existam também monstros. Antes de me recolher, lembrei que Jonathan havia registrado em seu diário que Van Helsing pareceu perturbado ao ler uma notícia no jornal vespertino, na estação em Exeter. Vi que o dr. Seward tem o hábito de guardar jornais, portanto, pedi emprestadas as edições do *Westminster Gazette* e do *Pall Mall Gazette* e as levei comigo para o quarto. Lembrei-me de que os recortes que fizera do *Dailygraph* e do *Whitby Gazette* nos ajudaram a compreender os terríveis acontecimentos em Whitby, quando o conde Drácula aportou, e, por isso, decidi verificar as edições vespertinas desde então; pode ser que encontre algo que nos dê alguma luz. Estou sem um pingo de sono e o trabalho vai ajudar a me acalmar um pouco.

Diário do dr. Seward

30 de setembro

O sr. Harker chegou às nove horas. Recebeu o telegrama de sua esposa um pouco antes de sair de Whitby. É homem excepcionalmente inteligente, a julgar por sua fisionomia, e cheio de energia. Se os relatos do diário forem verdadeiros, levando em consideração as experiências fantásticas que viveu, deve ser também homem de extrema coragem. Regressar à cripta do castelo foi uma façanha e tanto. Por seu diário, tive a impressão de que me depararia com um sujeito corpulento e varonil, não com o cavalheiro reservado e pragmático que recebi aqui em casa hoje.

Mais tarde

Após o almoço, Harker e sua esposa regressaram aos seus aposentos e, quando passei ainda agora pelo corredor, ouvi o som da máquina de escrever. Trabalham com muito afinco. A sra. Harker disse-me que estão costurando em ordem cronológica todos os fragmentos de evidência que possuem. Harker conseguiu as cartas trocadas entre o consignatário das caixas em Whitby e os carregadores que as transportaram em Londres, e agora está lendo a transcrição que sua esposa fez do meu diário. Estou curioso para saber o que concluíram de tudo que leram. Ei-los!

E não é que nunca me ocorreu que o esconderijo do conde fosse justamente na mansão aqui ao lado! Deus sabe que tivemos diversas pistas pela conduta do meu paciente Renfield! Junto da transcrição, anexaram as cartas que relatavam a compra da propriedade. Se soubéssemos disso antes poderíamos ter salvado a pobre Lucy! Não devo pensar assim! É um caminho certo para a insensatez!¹ Harker voltou para o quarto e está coletando mais material. Disse que na hora do jantar já terão tudo pronto para apresentar uma narrativa linear e coerente. Ele acha que, nesse meio-tempo, devo visitar Renfield, uma vez que, até agora, ele parece ser um indicador das idas e vindas do conde. Não percebi isso ainda, mas, quando tiver acesso à cronologia dos fatos, suponho que ficará evidente. Que ideia espetacular teve a sra. Harker ao transcrever meus cilindros! Não teríamos conectado as datas se não fosse por ela.

Encontrei Renfield muito plácido, sentado no quarto, com as mãos cruzadas sobre os joelhos e sorriso sereno. Parecia tão são quanto qualquer um de nós. Sentei-me ao seu lado e conversamos assuntos diversos, muitos que discorreu com naturalidade. Então, por conta própria, mencionou a possibilidade de voltar para casa; assunto que, até onde sei, nunca surgiu durante toda sua internação. Para falar a verdade, falou com a confiança de um paciente prestes a receber alta. Se já não tivesse conversado com Harker e cotejado as cartas com as datas de seus surtos maníacos, teria sido até capaz de liberá-lo após breve período de observação. Agora, porém, estou bastante desconfiado, pois, se todos os seus surtos estavam de algum modo vinculados à proximidade do conde, o que significa então essa súbita tranquilidade? Será que está, instintivamente, satisfeito com o triunfo supremo do vampiro? Bom, é zoófago e, em seus ataques na porta da capela da mansão abandonada, sempre mencionou o "Mestre". Tudo

---

1 *That way madness lies!*, citação da peça *Rei Lear* (1605), de William Shakespeare.

isso parece confirmar nossa suposição. Depois de passar algum tempo com ele, voltei para o gabinete. Pareceu-me são em demasia e sondá-lo nesse momento pode não ser muito prudente. Ele pode começar a refletir e então... Assim, o deixei. Como desconfio de sua recente quietude, pedi ao enfermeiro que o vigiasse de perto, com a camisa de força pronta, caso haja necessidade.

Diário de Jonathan Harker

29 de setembro, no trem para Londres

Quando recebi a mensagem cortês do sr. Billington que me daria todas as informações que pudesse, achei melhor ir para Whitby conversar com ele pessoalmente. Meu objetivo agora é rastrear o carregamento sinistro do conde até seu destino em Londres. Essas informações podem ser úteis. Billington Junior, um simpático rapaz, encontrou-me na estação e conduziu-me a casa de seu pai, onde decidiram que deveria pernoitar. São verdadeiros exemplos da típica hospitalidade de Yorkshire: dão tudo o que um hóspede precisa, mas deixam-no à vontade para fazer o que quiser. Sabiam que estava ocupado e que minha permanência seria curta, por isso o sr. Billington deixou todos os documentos referentes ao transporte das caixas preparados em seu escritório. Senti um ligeiro mal-estar ao rever uma das cartas que avistara sobre a mesa do conde na Transilvânia, antes de conhecer seus planos diabólicos. Tudo fora cuidadosamente pensado e realizado de forma sistemática e precisa. Parecia ter se preparado para todo tipo de obstáculo que porventura o impedisse de levar suas intenções adiante. Como diz a expressão popular, "não deu ponto sem nó". O cumprimento preciso de suas instruções fora, assim, o resultado lógico de sua expedição. Vi a fatura e anotei seus dados: "Cinquenta caixas com terra comum, para fins experimentais". Havia também uma duplicata da carta para Carter Paterson e a resposta da firma. Fiz cópia de ambas. E essas foram as informações que o sr. Billington pôde me dar. Em seguida, fui até o cais conversar com os guardas-costeiros, os funcionários da alfândega e o capitão do porto que, gentilmente, colocou-me em contato com os empregados que haviam recebido as caixas. Seus relatos foram condizentes com a lista e não tiveram nada a acrescentar à descrição de "cinquenta caixas de terra comum", a não ser que eram "pesadas como chumbo" e que transportá-las deu bastante trabalho. Um deles comentou que era uma pena não se tratar de um cavalheiro "assim como o senhor" para recompensar monetariamente o abissal esforço empreendido. Outro, aproveitando o ensejo, declarou que até o momento ainda não conseguiram saciar a sede adquirida na execução do trabalho. Obviamente, antes de partir, tomei providências para dar, de forma definitiva e adequada, um fim a tais queixas.

30 de setembro

O chefe da estação ferroviária foi gentil o bastante para enviar um recado ao seu velho colega em King's Cross, de modo que quando cheguei a Londres hoje cedo pude conversar sobre a chegada das caixas. Ele, por sua vez, logo me colocou em contato com os funcionários encarregados do serviço e seus relatos também eram compatíveis com a descrição da fatura original. As condições de trabalho aqui não geraram sede anormal, mas valorizaram de tal maneira o serviço que fui, mais uma vez, obrigado a lidar com a consequência *ex post facto*.

De lá, segui direto para o escritório central de Carter Paterson, onde fui muitíssimo bem recebido. Após conferirem a transação em seus registros, telefonaram para o escritório em King's Cross para mais detalhes. Por sorte, os sujeitos que fizeram o trabalho estavam livres no momento e o oficial pediu para comparecerem ao escritório imediatamente, com os documentos referentes à entrega das caixas em Carfax. Mais uma vez, os relatos coincidiam com os fatos e os carregadores suplementaram a escassez de informação escrita com alguns detalhes. Logo descobri que versavam predominantemente sobre a natureza empoeirada do trabalho e a sede que provocou naqueles que o executaram. Diante da minha oferta de aliviar, ainda que tardiamente, o desconforto deles com algumas moedas, um dos homens comentou:

"Olha, patrão, nunca tive num lugar tão esquisito em toda minha vida. Deus me livre! Parece que ninguém pisa lá faz uns cem anos. A camada de poeira é tão grossa que dá para dormir em cima como se fosse um colchonete. É um lugar tão abandonado que achei que tivesse entrando na antiga Jerusalém. E aquela capela... cruz-credo! Eu e meu colega saímos de lá correndo e Deus sabe que eu só ficaria num lugar daqueles de noite se me pagassem uma libra por minuto."

Como estive na casa, sabia bem do que falava, mas não comentei nada sobre o local, para não encarecer os termos de nosso acordo monetário.

Uma coisa é certa: *todas* as caixas que chegaram em Whitby de Varna, transportadas pelo *Deméter*, foram despachadas na velha capela em Carfax. Assim, deve haver cinquenta caixas lá, a não ser que alguma tenha sido removida — o que, infelizmente, a julgar pelo diário do dr. Seward, receio ser uma possibilidade.

Vou tentar localizar os carregadores que transportaram as caixas de Carfax quando Renfield os atacou. Podemos apurar informações importantes com essa pista.

MAIS tarde

Mina e eu trabalhamos o dia todo e colocamos todos os papéis em ordem.

Diário de Mina Harker

30 de setembro

Estou tão alegre que mal posso me conter. Acho que é uma reação ao fim do medo que me assombrava: de que toda essa história tenebrosa reabrisse velhas feridas e adoecesse Jonathan novamente. Eu o vi partir para Whitby com expressão firme de coragem, mas, mesmo assim, fiquei em estado febril de apreensão. A viagem, contudo, fez bem para ele. Nunca o vi mais decidido, forte e pleno de energia vulcânica. Foi como disse o bondoso professor Van Helsing: Jonathan é uma fortaleza e prospera sob a pressão que aniquilaria outro de natureza mais frágil. Regressou cheio de vida, esperança e determinação. Estamos com tudo pronto para hoje à noite. Estou em um entusiasmo louco também. Às vezes acho que deveria sentir compaixão por uma criatura tão caçada quanto o conde. Ele é uma *coisa* — não é humano, sequer um animal. Mas ter lido o relato do dr. Seward sobre a morte de Lucy e tudo o que aconteceu depois foi o bastante para secar a nascente de piedade no meu coração.

Mais tarde

Lorde Godalming e o sr. Morris chegaram mais cedo do que imaginávamos. O dr. Seward saíra para trabalhar e levara Jonathan, de modo que tive de recebê-los sozinha. Foi para mim um doloroso encontro, pois trouxe de volta as esperanças acalentadas por minha amiga há poucos meses. Lucy já falara de mim para eles e parece que o dr. Van Helsing também andou "me jogando confetes", como disse o sr. Morris. Coitadinhos, nenhum dos dois imagina que sei tudo sobre os pedidos de casamento que fizeram a Lucy. Não sabem direito o que dizer ou como devem se portar, pois ainda não têm certeza do quão informada estou sobre tudo que aconteceu, por isso falamos apenas amenidades. No entanto, refletindo melhor, concluo que devia atualizá-los o quanto antes. Sabia graças ao diário do dr. Seward que estiveram presentes na morte de Lucy, a morte verdadeira, e que não precisava temer revelar nenhum segredo antes do tempo. Assim, contei-lhes que havia lido todos os documentos e diários e que meu marido e eu, após datilografarmos tudo, tínhamos colocado os papéis em ordem. Dei então uma cópia para cada, para ler na biblioteca. Quando lorde Godalming recebeu a sua e a folheou, reparou o tamanho do calhamaço, perguntou:

"Você datilografou tudo isso, sra. Harker?"

Assenti com a cabeça, e ele prosseguiu:

"Ainda não entendi direito do que se trata, mas vocês são tão bons e gentis e trabalharam com tanta seriedade e afinco que só posso aceitar suas ideias às cegas e tentar ajudar. Já recebi uma lição de humildade no que diz respeito a aceitar os mistérios da vida. E, além do mais, sei que amava muito minha Lucy..."

Virou o rosto, o cobriu com as mãos, e pude ouvir as lágrimas. O sr. Morris, com gentileza instintiva, pousou a mão no ombro dele, saiu do cômodo e nos deixou a sós. Penso que existe algo na natureza feminina que permite a um homem sentir-se à vontade para desabafar com uma mulher, expressar seus sentimentos e revelar seu lado mais emotivo sem sentir-se aviltado em sua masculinidade. Assim que ficamos sozinhos, lorde Godalming sentou-se no sofá e abriu seu coração sem reservas. Acomodei-me ao seu lado e tomei sua mão nas minhas. Espero que não tenha interpretado mal o meu gesto e, ao relembrá-lo, não me considere muito atrevida. Não, estou sendo injusta: sei que jamais pensaria assim, pois é um genuíno cavalheiro. Vendo seu coração dilacerado, disse-lhe:

"Amava muito nossa querida Lucy e sei o que vocês significavam um para o outro. Éramos como irmãs e, agora que ela se foi, deixe-me ser sua irmã também. Sei o quanto sofreu, embora não possa medir a profundidade da dor. Se minha solidariedade e compaixão puderem ajudá-lo em seu pesar, permita-me ser seu esteio, em nome de Lucy."

Ao ouvir isso, o pobrezinho capitulou, rendendo-se a sua dor. Tive a impressão de que extravasou, de uma só vez, todo o sofrimento que vinha acumulando em silêncio. Sucumbiu à histeria, ergueu as mãos abertas no ar e apertou palma contra palma, em verdadeiro surto de desespero. Levantou-se e tornou a se sentar, vertendo lágrimas que lhe encharcavam o rosto. Senti uma piedade infinita por aquele homem e, sem pensar no que fazia, abri meus braços para ele. Aos soluços, aninhou-se em meu peito e chorou como uma criança exausta, que sacode o corpo todo, entregue à emoção.

Nós mulheres temos o instinto maternal que nos leva a passar por cima de determinadas convenções quando tocadas pelo desamparo alheio. Senti a cabeça daquele homem tão sofrido em meu colo como se fosse a do bebê que um dia talvez repouse no meu peito e acariciei seus cabelos como se fosse meu próprio filho. Não parei para pensar, no momento, quão pouco convencional tudo aquilo poderia ser.

Após alguns instantes, seus soluços se acalmaram, se ergueu e desculpou-se, sem, no entanto, preocupar-se em esconder a emoção. Contou-me que há muito tempo, dias exaustivos e noites insones, via-se incapaz de conversar com alguém, como um homem deveria poder fazer em tempos de luto. Não havia por perto nenhuma mulher para consolá-lo ou com quem, levando em consideração as terríveis circunstâncias do seu pesar, pudesse se abrir sem reservas.

"Sei o quanto sofri", disse secando os olhos, "mas acho que ainda não sei o quanto sua doce solidariedade me ajudou hoje. Saberei melhor com o tempo e, embora já lhe seja muito grato, acredite: minha gratidão há de crescer com o meu entendimento. Posso ser seu irmão, para o resto de nossas vidas, em nome da nossa querida Lucy?"

"Em nome de Lucy", repeti, enquanto entrelaçávamos nossas mãos.

"E em seu nome também", acrescentou, "pois se existe algum valor na estima e na gratidão de um homem, você conquistou as minhas hoje. Se um dia precisar da minha ajuda, tenha certeza, seu chamado não será em vão. Deus permita que nenhuma nuvem escureça seus raios de sol, mas, se isso porventura acontecer, prometa-me que vai me chamar sem demora."

Parecia-me tão sério e ainda tão comovido que o confortei:

"Prometo."

Quando saí pelo corredor, vi o sr. Morris olhando pela janela. Virou-se ao ouvir meus passos. "Como está Art?", perguntou. Ao notar meus olhos inchados, prosseguiu: "Ah, vejo que consolou meu pobre amigo! Ele estava mesmo precisando. Ninguém melhor do que uma mulher para ajudar um homem quando está com o coração despedaçado e não tem ninguém que o conforte".

Ele suportava sua própria dor com tamanha bravura que senti um aperto no coração. Vi que tinha o manuscrito nas mãos e soube que, após ler seu conteúdo, entenderia que já estava a par de tudo. Sendo assim, disse:

"Gostaria de confortar todos os que estão com o coração despedaçado. Deixe-me ser sua amiga e saiba que estarei aqui por você, sempre que precisar. Você vai entender depois por que estou dizendo isso."

Ao ver que eu era sincera, curvou-se, tomou minha mão, levou-a até os lábios e a beijou. O gesto pareceu-me pouco reconfortante para uma alma tão corajosa e altruísta como a dele e, num impulso, inclinei-me e beijei seu rosto. Seus olhos encheram-se de lágrimas e, por um instante, as palavras entalaram em sua garganta. Recuperou-se e disse, muito sereno:

"Querida garota, jamais esquecerei essa gentileza tão sincera e afetuosa, até o fim de nossas vidas!" Logo depois, saiu e foi ter com seu amigo no gabinete.

"Querida garota": o mesmo modo como chamava Lucy. Ele acaba de ganhar uma amiga para sempre.

CAPÍTULO XVIII

Diário do dr. Seward

30 de setembro

BRAM STOKER

Cheguei por volta das cinco horas e descobri que Godalming e Morris não só haviam chegado como já haviam lido a transcrição dos diários e cartas. Harker ainda não retornou da visita aos transportadores, os mencionados pelo sr. Hennessey na carta. A sra. Harker preparou chá e posso dizer com franqueza que, pela primeira vez, esta velha casa parece um lar de verdade. Quando terminamos, ela disse:

"Dr. Seward, posso pedir um favor? Gostaria de conhecer seu paciente, o sr. Renfield. Por favor, deixe-me vê-lo. Pareceu-me tão interessante, pelo que relatou em seu diário!" Estava tão entusiasmada e adorável que não pude recusar o pedido — não havia motivos para tal. Sendo assim, levei-a até o quarto dele. Quando entrei, anunciei que uma dama gostaria de vê-lo, ao que ele retrucou: "Por quê?".

Respondi que ela estava de visita e gostaria de ver todos os pacientes. "Está bem", concordou, "pois não, deixe-a entrar, dê-me apenas um minuto para ajeitar o quarto um pouquinho." Seu método de arrumação era bem peculiar: simplesmente engoliu todas as moscas e aranhas que guardava nas caixas antes que pudesse impedi-lo. Ficou claro que temia qualquer tipo de interferência, zeloso que era com sua coleção. Quando terminou a repulsiva limpeza, disse em tom animado: "Deixe a dama entrar" e sentou-se na beira da cama, com a cabeça baixa, mas os olhos atentos para ver a entrada da visita. Por um momento, tive medo de algum impulso homicida. Lembrei de sua serenidade pouco antes de me atacar em meu gabinete e fiquei a postos, pronto para detê-lo caso tentasse pular sobre ela. A sra. Harker entrou no quarto com graça serena que imediatamente conquistaria o respeito de qualquer lunático, pois serenidade é uma das qualidades que os loucos mais respeitam. Aproximou-se dele com um sorriso encantador e lhe estendeu a mão.

"Boa noite, sr. Renfield", cumprimentou. "Sabe, é quase como se já lhe conhecesse, pois o dr. Seward me contou sobre o senhor." Ele não respondeu, mas, franziu a testa e fitou-a demoradamente. Sua expressão oscilou da surpresa para a dúvida e então, para minha perplexidade, perguntou:

"Você não é a garota com quem o doutor queria se casar, não é? Não pode ser, é claro, pois ela está morta."

A sra. Harker abriu um sorriso amável e respondeu:

"Ah, não! Eu já tenho um marido, casei-me muito antes de conhecer o dr. Seward e ele, a mim. Sou a sra. Harker."

"Então, o que está fazendo aqui?"

"Meu marido e eu estamos hospedados com o dr. Seward."

"Não fiquem."

"Por que não?"

Julgando que o rumo da conversa poderia não agradar a sra. Harker, assim como não me agradava, desconversei:

"Como sabia que eu queria me casar?"

Ele respondeu com um trejeito de desdém, desviou os olhos da sra. Harker para me encarar, depois voltou a ela e exclamou:

"Que pergunta mais imbecil!"

"De modo algum, sr. Renfield", disse a sra. Harker, em minha defesa.

O tom cortês e respeitoso que usou para se dirigir a ela era equivalente ao de desprezo que empregou comigo:

"Você vai compreender, sra. Harker, que quando um homem é tão amado e honrado quanto nosso anfitrião, tudo o que diz respeito a ele interessa à nossa pequena comunidade. O dr. Seward não é querido apenas pelos funcionários e amigos, mas também pelos pacientes e alguns, devido ao desequilíbrio mental, tendem a distorcer causas e efeitos. Eu mesmo sou interno de um manicômio e não pude deixar de notar que as tendências sofísticas de alguns dos pacientes incorrem em torno de falácias de *non causa* e *ignoratio elenchi*."

Arregalei os olhos, admirado. Ali estava meu lunático de estimação, o mais grave que já encontrara, versando sobre filosofia elemental e portando-se como refinado cavalheiro. Talvez a presença da sra.

Harker tivesse lhe avivado alguma memória. De todo modo, fosse a nova fase uma reação espontânea ou provocada por alguma influência inconsciente, devo dizer que a sra. Harker deve possuir um dom raro, um verdadeiro poder.

Conversamos mais um pouco e, como se portava de maneira bastante razoável, ela arriscou (olhou hesitante para mim no início) conduzi-lo ao seu assunto predileto. Mais uma vez fiquei perplexo, pois ele abordou o tópico com sã imparcialidade. Chegou até mesmo a usar a si próprio como exemplo ao mencionar certas características da doença.

"Ora, eu mesmo sou o exemplo de alguém que possuía crença estranha. Não é de se admirar que meus amigos tenham se alarmado e insistido para que me internasse. Imaginava que a vida era uma entidade positiva e perpétua e que, se consumíssemos uma quantidade de seres vivos, ainda que inferiores na escala da criação, seria possível prolongá-la indefinidamente. Em alguns momentos, fiquei tão convicto da crença que atentei contra vidas humanas. O doutor aqui pode confirmar: tentei matá-lo para fortalecer meus poderes vitais, absorvendo sua vida em meu corpo através do sangue. Inspirei-me, é claro, na frase bíblica: ‹Porque o sangue é vida›, embora um vendedor de panaceias tenha vulgarizado o truísmo de modo que se tornou quase ridículo. Não é verdade, doutor?"

Assenti com a cabeça, pois estava tão impressionado que não sabia o que pensar ou dizer. Era difícil imaginar que há menos de cinco minutos ele comera moscas e aranhas. Consultei meu relógio, vi que era hora de buscar Van Helsing na estação e disse a sra. Harker que precisávamos ir. Ela logo consentiu, mas não sem antes se despedir do sr. Renfield: "Adeus, que possamos nos ver novamente em circunstâncias mais agradáveis para o senhor". Para minha surpresa, ele respondeu:

"Adeus, minha querida. Queira Deus que eu não torne a ver seu rosto encantador novamente. Que Ele te abençoe e guarde!"

Fui buscar Van Helsing na estação sozinho. Acho que desde o período anterior à doença de Lucy não via o pobre Art tão bem-disposto e Quincey também parece ter recuperado seu costumeiro entusiasmo.

Van Helsing desceu do trem com a agilidade afoita de um menino. Avistou-me sem demora e apressou-se em minha direção:

"Ah, amigo John, como vai tudo? Bem? Ótimo! Estava ocupado, porque venho para ficar, caso necessário. Preciso deixar coisas em ordem e tem muito para contar. Madame Mina está com você? Certo. E aquele excelente marido dela? E Arthur e meu amigo Quincey também? Excelente!"

Enquanto íamos para casa, relatei os acontecimentos recentes e como meu próprio diário foi útil, por sugestão da sra. Harker. Nesse ponto, o professor me interrompeu:

"Ah, extraordinária madame Mina! Tem cérebro de homem, cérebro de homem prodigioso, aliado a coração de mulher. O bom Deus cria alguém assim com propósito especial, acredita, brindar com essa rica combinação. Amigo John, temos sorte de contar com ajuda dela até agora, mas a partir de hoje, não deve mais envolver nessa história pavorosa. Não podemos permitir tamanho risco. Nós, homens, estamos determinados, ou melhor, comprometidos a destruir o monstro. Mas isso não é tarefa de mulher. Mesmo que nada aconteça, o coração pode não suportar tanto horror e ela sofre depois, tanto na vigília, com nervos, quanto no sonho, com pesadelo. Além do mais, é jovem recém-casada e tem outras coisas para fazer. Diz que ela fez todas transcrições e, por isso, está com a gente mais tarde. Mas, amanhã, diz adeus a esse trabalho e seguimos sozinhos."

Concordei plenamente e contei o que descobríramos em sua ausência: que a propriedade adquirida por Drácula ficava ao lado da minha casa. Ficou estupefato e pareceu tomado por consternação:

"Ah, se sabemos disso antes!", exclamou. "Pode chegar nele a tempo e salvar pobre Lucy. Contudo, 'não chore sobre leite derramado', como dizem. Não pensa mais nisso, concentramos em cumprir missão até o fim." Ficou então em silêncio até chegar no portão de casa. Antes do jantar, disse para a sra. Harker:

"Meu amigo John contou, madame Mina, que você e seu marido arrumam todos relatos em ordem cronológica, até presente momento."

"Não até o presente momento, professor", corrigiu impulsiva, "até esta manhã."

"Por que não até presente momento? Vimos como mesmo coisas mais triviais podem ser de grande utilidade. Todos revelam segredos e ninguém sai prejudicado por isso."

A sra. Harker enrubesceu, retirou um papel do bolso e disse: "Dr. Van Helsing, leia isto e me diga se devo compartilhar. É o meu registro de hoje. Também concordo que anotar tudo, até mesmo as coisas mais corriqueiras, é importante neste momento. Mas quase tudo em meu relato é de caráter pessoal. Devo incluir junto do resto?".

O professor leu com expressão muito séria e devolveu o papel, dizendo:

"Não precisa incluir se não quer, mas espero que inclua, sim. Só serve para que seu marido ame você mais ainda; desperta também em nós, amigos que honram você, mais estima e amor." Ela recolheu o papel, ainda muito corada, com largo sorriso.

Temos então, até o momento, todos os registros completos e em ordem. O professor apanhou uma cópia para examinar após o jantar e se preparar para nossa reunião, marcada para as nove horas. Todos nós já lemos e, quando nos encontrarmos mais tarde no gabinete, estaremos com todos os fatos, prontos para montar o plano de batalha contra este terrível e misterioso inimigo.

Diário de Mina Harker

30 de setembro

Quando nos encontramos no gabinete do dr. Seward, duas horas depois do jantar, em torno das seis horas, havíamos inconscientemente formado uma espécie de conselho ou comitê. O professor Van Helsing assumiu a cabeceira da mesa, a ele oferecida pelo dr. Seward assim que entrou no aposento. Ele me pediu então que sentasse à sua direita e atuasse como secretária. Jonathan sentou ao meu lado. À nossa frente estavam lorde Godalming, dr. Seward e o sr. Morris; lorde Godalming ao lado do professor, e o dr. Seward no meio. Van Helsing disse:

"Suponho todos a par dos fatos destes documentos." Assentimos com a cabeça e ele prosseguiu: "É hora então de compartilhar que descobri do inimigo que enfrentamos. Vou contar a história dele para traçar nossos planos e tomar precauções necessárias.

"Os seres chamados vampiros existem, e alguns de nós têm evidências disso. Mesmo sem provas em nossa desafortunada experiência, ensinamentos e registros do passado são suficientes para qualquer entendimento sadio. Confesso que, no início, sou cético. Se não treino ao longo dos anos para ter mente aberta, não acredito até fatos gritarem nos ouvidos: 'Vê, vê, uma prova!'. Que lástima! Se sei antes o que sei agora, ou ao menos suspeito, salvo preciosa vida de alguém que tanto amamos. Mas isso fica no passado e agora precisa trabalhar para que mais nenhuma pobre alma pereça. O *nosferatu* não é abelha, que morre depois da picada. Ao contrário: fica mais forte e, forte, tem ainda mais poder para crueldades. O vampiro que combatemos tem força de vinte homens e astúcia que ultrapassa dos meros mortais, pois é acúmulo de muitos séculos. Também usa necromancia que, como sugere etimologia, é adivinhação pelos mortos, e comanda todos sob seu jugo. É como animal selvagem, mas bem mais que simples fera; cruel como demônio e sem coração. Comanda, quando ao alcance, elementos: tempestade, nevoeiro, trovão. Também controla criaturas como ratos, corujas, morcegos e mariposas, além de raposas e lobos. Aumenta e diminui de tamanho e desaparece em pleno ar. Por onde começar, então, a busca para destruir monstro? Como descobrir esconderijo e, descoberto, como aniquilar? Meus amigos, assumimos tarefa tenebrosa, com consequências para estremecer até mais valentes. Porque o fracasso em nossa luta, é vitória dele e o que acontece com nós? Não tem medo de morrer. Mas problema de fracassar não é morte: é ficar como ele, criatura asquerosa da noite, sem coração e sem consciência, predador dos corpos e das almas daqueles que mais amamos. Se portões do céu se fecham para sempre, quem abre novamente? Somos abominados por todos, mácula aos olhos de Deus, flecha no flanco de Seu filho, morto por nós. Estamos em gravíssima missão; devemos recuar? Digo não, mas sou velho. Vida com todos raios de sol, lugares belos, cantos de pássaros, músicas e amores fica para trás. Vocês ainda jovens. Alguns já passam muito sofrimento, mas ainda têm muito a desfrutar da vida. O que dizem?"

Enquanto ele falava, Jonathan tomou minha mão. Quando o vi esticar o braço em busca do meu conforto, temi que fraquejasse diante do perigo que se descortinava a nossa frente. Foi um alívio sentir seu toque firme, confiante e resoluto. O gesto de um valente diz mais do que muitas palavras e não é preciso ser uma mulher por ele enamorada para ouvir o que clama seu coração.

Quando o professor terminou de falar, meu marido e eu trocamos um olhar demorado e não precisamos dizer nada.

"Respondo por Mina e por mim mesmo", disse.

"Conte comigo, professor", disse o sr. Quincey Morris, lacônico como de costume.

"Estou com você", disse lorde Godalming, "em nome de Lucy."

O dr. Seward simplesmente assentiu com a cabeça. O professor se levantou e, após pousar o crucifixo dourado sobre a mesa, estendeu as mãos para que as segurássemos. Tomei sua mão direita e lorde Godalming, a esquerda; Jonathan segurou minha mão direita com a esquerda, estendendo a outra para o sr. Morris. Assim, todos de mãos dadas, fizemos um pacto solene. Senti um calafrio no âmago do meu ser, mas em nenhum momento pensei em desistir. Depois que nos sentamos novamente, o dr. Van Helsing prosseguiu com entusiasmo, demonstrando que nosso trabalho havia de fato começado. Deve ser levado adiante com seriedade e de forma objetiva, como qualquer trabalho importante.

"Bem, agora sabem contra quem lutar, mas sabem que não estamos sem recursos. Ser grupo fortalece e é recurso que vampiros não têm. Tem do nosso lado o conhecimento científico, liberdade para agir, pensar e nenhuma hora do dia nos enfraquece; nossas forças não são limitadas e empregamos como queremos. Somos dedicados a causa e objetivo final não é egoísta. Tudo isso tem muito valor.

"Examino agora restrições dos poderes do inimigo e limitações pessoais. Penso nas limitações dos vampiros em geral e as do conde em particular.

"Só podemos guiar por tradições e superstições, que inicialmente não parece muita coisa, sobretudo quando é assunto de vida ou morte — ou melhor, assunto além da questão de vida ou morte. Mas isso deve satisfazer, primeiro por que é que tem ao alcance e segundo por que tradição e superstição são grande valia neste caso. A própria crença em vampiros não parece supersticiosa aos olhos do mundo? Não mais para nós, infelizmente, pois sabemos que existem. Mas, um ano atrás, algum de nós aceita a possibilidade, em pleno século XIX? Na era científica, cética e pragmática que vivemos? Mesmo com evidências diante de nossos narizes, custa acreditar. Aceitamos isto: a crença nos vampiros, bem como limitações e meios de extermínio, por ora são mesmos fundamentos. Sabem que vampiro é conhecido em todos os lugares por onde o ser humano existe. Grécia e Roma antigas, Alemanha, França, Índia, península da Malásia e China, em todos esses lugares distantes da gente. Seguiu o rastro de *berserkers* islandeses, diabólicos hunos, eslavos, saxões e magiares. Tem, a partir desses registros, tudo que precisa para saber como derrotar ele e que nossas malfadadas experiências comprovam tais crenças. O vampiro vive eternamente e não sucumbe à mera passagem do tempo, prospera com sangue de vivos. Vimos também que pode rejuvenescer e que suas faculdades vitais fortalecem quando encontra seu *pabulum*[1] especial em abundância. Contudo, sem a dieta, não consegue viver, porque não come como vivos. Até mesmo amigo Jonathan, que mora com ele semanas a fio, nunca vê conde comer! Jonathan também descobre que ele não projeta sombra e não tem reflexo no espelho. Tem nas mãos a força de muitos homens, novamente como testemunha Jonathan quando fecha a porta diante dos lobos e também ajudado por ele quando desce da diligência. Pode transformar em lobo, como apuramos com chegada do navio em Whitby, e em morcego, como madame Mina em Whitby, amigo John aqui na mansão do lado e amigo Quincey na janela da srta. Lucy constatam. Vira

---

[1] Em latim no original: "Alimento".

névoa, como relata nobre capitão do navio, mas pelo que sabemos, só percorre distância limitada nessa forma e só existe ao redor dele. Também vira poeira nos raios do luar, como as irmãs que Jonathan viu no castelo de Drácula. O vampiro diminui tamanho, como constatamos quando srta. Lucy passou por fresta estreita na porta do mausoléu, antes de encontrar repouso final. Uma vez encontrado caminho, entra e sai de onde quer, mesmo trancado ou soldado. Enxerga no escuro, poder considerável sobretudo no mundo que vive metade do tempo nas sombras. Mas presta atenção: pode fazer todas essas coisas, mas não é livre. É tão preso quanto um condenado às galés ou um louco na cela, porque não pode ir aonde quer. Não sabemos o motivo, mas mesmo sendo aberração da natureza é obrigado a respeitar as leis naturais. Não pode entrar em lugar sem ser convidado por um morador, mas, depois do primeiro convite, tem livre acesso no local. O poder, assim como de todas as coisas malignas, diminui com o nascer do sol. A liberdade é limitada a determinados períodos do dia. Se ainda não está no local de repouso, só muda de forma ao meio-dia, aurora ou crepúsculo. É que diz lendas e que se deduz pelo registro que temos. Por isso, embora age de acordo com seus desejos, guarda certos limites ligado à sua terra, seu caixão, morada infernal ou lugar profanado — como quando foi para túmulo do suicida em Whitby —, só se transforma em determinados horários. Também só atravessa água corrente no estofo da maré ou quando está cheia. Algumas coisas o afligem que neutralizam poder, como alho e objetos sagrados como este crucifixo aqui. Diante dessas coisas, fica impotente e afasta em respeitoso silêncio. Também existem outras medidas e menciono todas, caso necessário lançar mão delas na missão. Um ramo de tramazeira deposto no caixão impede sua saída. Bala consagrada mata de verdade, e já sabem que, para descansar em paz, é preciso cravar estaca no coração e cortar cabeça. Vimos com nossos próprios olhos.

"Assim, quando encontramos esconderijo da criatura que um dia é humana, podemos confinar ela no caixão e destruir, se seguir à risca tudo que sabemos. Não esquece que é astuto. Pedi ao meu amigo Arminius, de Budapeste, para conseguir informações desse vampiro e ele, por todos os meios ao alcance, levantou história do conde. Parece ser, de fato, o voivode Drácula célebre pela luta contra turcos, nas margens do rio da fronteira otomana. Assim, é homem extraordinário, não apenas na época, bem como nos séculos vindouros, tido como mais inteligente, sagaz e corajoso dos filhos da 'terra além da floresta'.[2]

---

2 A etimologia de "Transilvânia" remonta ao latim medieval *ultra silvam* ("além da floresta").

A mente prodigiosa e a determinação ferrenha não são extintas com a morte e estão agora usadas contra nós. Segundo Arminius, a linhagem dos Drácula é grande e nobre, mas, de tempos em tempos, um deles tinha trato com o Maldito. Aprendem seus segredos em Scholomance, entre montanhas sobre o lago Hermanstadt, a escola onde o próprio demônio reivindica alma de um dos dez alunos por pagamento. Arminius encontrou palavras como *stregoica* — 'bruxa', *ordog* e *pokol*, que significam 'Satã' e 'inferno', e em manuscrito o próprio Drácula é chamado de *wampyr*, termo que entendido sem tradução. Homens e mulheres honradas também nascem na linhagem e são seus túmulos que consagram a terra onde a criatura repulsiva repousa: não basta todo resto, esse maligno é enraizado na bondade e não descansa em solo sem memórias sagradas."

Enquanto o professor falava, reparei que o sr. Morris não tirava os olhos da janela. De repente, levantou-se sem fazer barulho e saiu do gabinete. Após breve pausa, Van Helsing continuou:

"Agora precisa decidir que fazer. Tem muitos dados e podemos traçar planos. Jonathan apura cinquenta caixas de terra em Whitby, vindas do castelo, todas entregues em Carfax. Também sabemos que umas já saem. Acho que primeiro passo é saber quais caixas continuam aqui ao lado e quais não estão mais. Se não estão, precisa rastrear..."

Fomos interrompidos por um susto: ouvimos som de disparo de pistola do lado de fora da casa e, logo em seguida, o vidro da janela foi estilhaçado por bala que, ricocheteando nas frestas, atingiu a parede do outro lado do aposento. Receio ser no fundo uma grande covarde, pois gritei. Todos os homens ficaram de pé e lorde Godalming correu até a janela e abriu os caixilhos. Ouvimos então a voz do sr. Morris lá de fora:

"Perdão! Desculpe por assustá-los. Vou entrar e explicar o que aconteceu." Ele logo voltou ao gabinete e disse:

"Foi uma idiotice e peço desculpas, sra. Harker, de coração, acho que lhe dei um susto tremendo. Acontece que, enquanto o professor falava, vi um enorme morcego se aproximar e pousar no parapeito da janela. Tomei tanto horror deles após os acontecimentos recentes que não consigo mais suportá-los e saí para ver se conseguia atirar nele, como passei a fazer sempre que avisto um. Você costumava rir de mim por isso, Art."

"E acerta?", indagou o dr. Van Helsing.

"Não sei, acho que não, voou para a mata." Sem dizer mais nada, retomou o seu lugar e o professor prosseguiu:

"Precisa rastrear cada caixa dessas e, quando prontos, ou captura ou mata monstro no covil. Outra opção é esterilizar terra, para não poder mais buscar segurança nela. Assim, a gente encontra ele em forma humana entre meio-dia e o crepúsculo e ataca no período que é mais fraco.

"Quanto à madame Mina, esta é última noite de trabalho. Você é preciosa demais para correr tamanho risco. Depois de despedir hoje, não deve perguntar mais. Contamos tudo na hora certa. Somos homens e suportamos o que vem, mas você é nossa estrela e esperança; agimos com mais liberdade se não corre mesmo perigo que nós."

Todos os homens, inclusive Jonathan, mostraram-se aliviados, mas não me pareceu justo que enfrentassem o perigo sozinhos. A força é a melhor garantia de segurança e senti que minha exclusão de certa forma comprometia a potência do grupo. Estavam decididos, porém, e embora tenha sido difícil aceitar, não tive alternativa a não ser acatar em silêncio aquele cuidado cavalheiresco.

O sr. Morris disse: "Como não há tempo a perder, meu voto é investigarmos a mansão agora mesmo. O tempo é de extrema importância no combate ao nosso inimigo e, se agirmos com presteza, podemos salvar outra vítima".

Confesso que meu coração fraquejou ao constatar que a hora de agir se aproximava, mas não disse nada, pois tinha um receio ainda maior: o de parecer um estorvo ou um obstáculo ao trabalho deles e acabar sendo excluída até mesmo das reuniões. Partiram agora para Carfax, com o intuito de invadir a mansão.

Em uma atitude tipicamente masculina, me recomendaram que fosse para cama dormir, como se uma mulher pudesse dormir quando aqueles que ama correm perigo! Vou deitar e fingir que durmo, para não preocupar Jonathan quando regressar.

Diário do dr. Seward

1º de outubro, quatro da manhã

Estávamos prestes a sair de casa quando recebi uma mensagem urgente de Renfield, pedindo que fosse vê-lo imediatamente, pois tinha algo muito importante para me dizer. Avisei ao mensageiro que o veria pela manhã, pois estava ocupado no momento. O enfermeiro disse:

"Ele parece muito inquieto, senhor. Nunca o vi tão aflito. Não sei, mas receio que possa ter um dos seus ataques violentos se o senhor não for vê-lo logo." Sabia que o enfermeiro não insistiria à toa, então disse: "Está bem, vou agora", e pedi aos outros que me esperassem um pouco, pois precisava ver meu paciente.

"Leva junto, amigo John", pediu o professor. "Tenho muito interesse nele, pelo que leio em seu diário. E acho que tem relação com nosso caso. Quero muito ver, sobretudo agitado."

"Posso acompanhá-los?", perguntou lorde Godalming.

"E eu também?", indagou Quincey Morris.

"Posso ir com vocês?", perguntou Harker.

Assenti e fomos todos pelo corredor.

Encontramos meu paciente em estado de considerável agitação, mas jamais o vira tão racional na fala e nos modos. Demonstrou raro entendimento de sua própria condição, coisa que nunca vi em um lunático, certo de que sua argumentação seria suficiente para convencer pessoas sãs. Entramos os cinco no quarto, mas meus companheiros ficaram inicialmente em silêncio. O pedido que Renfield tinha para me fazer era que o liberasse do manicômio e o mandasse para casa. Fundamentou o pleito com argumentos que atestavam recuperação absoluta e, à guisa de prova, citou a sanidade que demonstrava naquele exato momento.

"Apelo aos seus amigos", disse, "que sirvam, se não for inconveniente, de árbitros no meu caso. A propósito, o senhor ainda não nos apresentou." Estava tão atordoado que não atinei para a estranheza de apresentar um lunático de manicômio aos meus companheiros. Havia, entretanto, certa dignidade em seu comportamento que o equiparava aos demais presentes, de modo que, sem demora, fiz as apresentações: "Lorde Godalming, professor Van Helsing, sr. Quincey Morris, do Texas, e sr. Jonathan Harker. Este é o sr. Renfield".

Ele cumprimentou cada um e fez comentários lisonjeiros. "Lorde Godalming, tive a honra de ser assistente do seu pai em Windham e, agora que o senhor ostenta o título, deduzo que ele lamentavelmente não está mais entre nós. Foi um homem estimado e honrado por todos que o conheceram e soube que, em sua juventude, foi o inventor do ponche de rum aquecido, muito popular nas noites de Derby. Sr. Morris, o senhor deve se orgulhar do seu grande estado. Seu ingresso na União constitui precedente que doravante há de ter efeitos de amplo alcance, pois um dia, quem sabe, os polos e os trópicos vão se aliar à bandeira estrelada. O poder do Tratado pode se mostrar um valoroso recurso de expansão, quando a doutrina Monroe ocupar seu merecido lugar entre as fábulas políticas. E como um homem pode expressar em palavras a satisfação de conhecer Van Helsing? Senhor, não peço desculpas por ignorar todas as formas convencionais de tratamento. Quando um indivíduo revolucionou a ciência graças à descoberta da evolução contínua da matéria cerebral, nenhuma forma de tratamento convencional parece adequada, pois o limitariam a uma única categoria. Peço que os senhores, cavalheiros — que por nacionalidade, hereditariedade ou dons naturais têm a capacidade de ocupar seus respectivos lugares no mundo —, sirvam como testemunha de que estou tão são quanto a maioria dos homens livres lá fora. E estou certo de que o senhor, dr. Seward, cientista, humanitário e médico-jurista, há de considerar dever moral reconhecer que as minhas circunstâncias são excepcionais." Proferiu esse último apelo com altivez, convicção e até mesmo certo encanto.

Acho que ficamos todos igualmente estupefatos. Eu, de minha parte, estava convencido de que o paciente recuperara a razão e, apesar de seu temperamento e histórico, sentia um forte impulso de declarar que o julgava são e que tomaria as providências necessárias para que recebesse alta pela manhã. Contudo, achei mais prudente aguardar antes de afirmar algo tão definitivo, familiarizado com as mudanças súbitas que aquele paciente em particular era propenso. Limitei-me a declarar que ele parecia melhorar depressa e que conversaríamos com mais calma pela manhã, quando conseguiria analisar melhor o que poderia ser feito para atender ao pedido. Aquilo não o satisfez, pois logo disse:

"Receio que o senhor não compreendeu meu pedido, dr. Seward. Quero ir agora, já, neste minuto, se puder. O tempo urge e é a essência do nosso implícito acordo com o velho ceifador. Creio que basta apresentar a um médico tão admirável quanto o senhor, dr. Seward, um pedido tão simples, mas tão importante, para garantir que seja acatado."

Ele perscrutou meu rosto, detectou a expressão de recusa, virou-se para os demais e os examinou. Ao não encontrar nenhuma reação favorável, prosseguiu:

"Será que me enganei em minha suposição?"

"Enganou-se", respondi com franqueza, mas senti ao mesmo tempo que soava ríspido. Fez-se longa pausa e, em seguida, ele disse calmamente:

"Suponho então que devo mudar a motivação do meu pedido. Peço-lhe que me faça uma concessão, um benefício, um privilégio, chame do que quiser. Recorro à súplica de bom grado, não apenas por mim, mas em nome dos outros. Não estou autorizado a revelar todos os meus motivos, mas garanto que são bons, sãos e altruístas, fundamentados no mais elevado senso de dever. Se o senhor pudesse olhar dentro do meu coração, decerto aprovaria os sentimentos que me motivam. Mais do que isso: me tomaria como um de seus melhores e mais verdadeiros amigos."

Ele tornou a lançar um olhar demorado para cada um de nós. Cada vez mais me convencia de que aquela mudança repentina não passava de mais uma fase de sua loucura e estava determinado a deixar que continuasse seu pleito, sabendo por experiência que, como todos os lunáticos, acabaria se entregando no final. Van Helsing o fitava com olhar intenso, as espessas sobrancelhas quase se encontrado sobre o nariz. Então se dirigiu a Renfield, usando um tom que na hora me passou despercebido, mas que depois, em retrospecto, reconheci como o que usa quando se dirige aos seus pares:

"Não pode contar verdadeiro motivo para ser liberado hoje de noite? Se me convence, um estranho sem preconceitos e que gosta de manter mente aberta, estou certo que dr. Seward concede, por seu risco e responsabilidade, o privilégio que deseja."

Ele sacudiu a cabeça, desolado, com ares de profundo pesar. O professor continuou:

"Vamos, senhor, pensa bem. O senhor alega total posse da razão e busca impressionar com racionalidade. Temos, porém, motivos para duvidar, porque ainda está em tratamento médico. Se não nos ajuda a tomar rumo mais prudente, como podemos cumprir dever que incute? Seja sensato e ajuda. Se possível, ajudamos alcançar seus desejos."

Balançou a cabeça e disse: "Dr. Van Helsing, não tenho nada mais a dizer. Seu argumento é perfeito e, se tivesse liberdade para falar, não hesitaria um minuto, mas não estou autorizado. Posso pedir apenas que confiem em mim. Se meu pedido não for acatado, isento-me de toda e qualquer responsabilidade".

Achei que estava na hora de encerrar aquela cena, que se tornava comicamente dramática. Dirigi-me à porta e disse apenas:

"Vamos, meus amigos, temos trabalho a fazer. Boa noite."

Quando me aproximei da porta, nova mudança tomou conta do paciente: ele precipitou-se em minha direção com tamanha avidez que, por um momento, temi ser vítima de outro ataque homicida. Meu medo, contudo, foi infundado: ele apenas ergueu as mãos em súplica e repetiu seu pleito de maneira comovente. Ao perceber que sua emoção exagerada militava contra ele e restaurava nossa antiga relação, tornou-se ainda mais persuasivo. Olhei de relance para Van Helsing e vi que compartilhava da mesma opinião, de modo que me portei com mais sisudez e fui até mesmo mais severo para mostrar-lhe que seus esforços eram inúteis. Já vira aquela crescente agitação em pedidos anteriores, como quando quis um gato, e estava preparado para vê-lo cair em prostrada aquiescência, conforme fizera outras vezes. Minhas expectativas não se concretizaram agora. Quando percebeu que seu apelo não fora bem-sucedido, foi tomado por um frenesi. Atirou-se ao chão de joelhos, ergueu novamente as mãos e desfiou um rosário de súplicas, com lágrimas pelas faces, sacudindo-se em expressivos e sentidos soluços.

"Eu imploro, dr. Seward, ah, eu imploro, deixe-me ir embora daqui o quanto antes. Mande-me como e para onde quiser, com guardas munidos de chicotes e correntes, deixe que me coloquem na camisa de força, prendam-me por mãos e pés, enfiem-me numa jaula, se for o caso, mas deixe-me sair daqui. O senhor não sabe o perigo de me manter aqui. Estou falando do fundo do meu coração, do âmago de minha alma. O senhor não sabe quem está contrariando, e como, e não posso contar. Pobre de mim! Não posso contar. Por tudo que é mais sagrado, por tudo que é caro ao senhor, pelo amor que perdeu, pela esperança que ainda vive, pelo amor do Todo-poderoso, deixe-me sair daqui e salve minha alma da culpa! Não está ouvindo, homem? Não consegue compreender? Será que não vai aprender nunca? Não percebe que estou são e que falo sério, que não sou um lunático em surto, mas um homem são, lutando por sua alma? Escute-me! Por favor, escute-me! Deixe-me ir, deixe-me ir, deixe-me ir!"

Achei que quanto mais nos demorássemos ali dentro, mais perturbado ele ficaria, o que na certa desencadearia um ataque. Tomando-o pela mão, ajudei-o a se levantar.

"Vamos", disse muito sério, "chega disso, já foi demais por hoje. Vá para a cama e tente se controlar."

Ele parou de supetão, o olhar fixo em mim por alguns instantes. Depois, sem dizer palavra, ergueu-se, afastou-se e sentou na cama. Era o momento da prostração, como eu vira anteriormente.

Quando saía do quarto, ele disse com um tom calmo e polido:

"Espero que o senhor seja justo, dr. Seward, e lembre-se no futuro que fiz tudo o que pude para convencê-lo esta noite."

CAPÍTULO XIX

Diário de Jonathan Harker

1º *de outubro,* CINCO DA MANHÃ

Saí tranquilo para a expedição com o grupo, pois acho que nunca vi Mina tão forte e bem. Estou muito feliz por ela concordar em ficar de fora e deixar que nós, homens, executemos sozinhos a tarefa. Era para mim uma temeridade vê-la tão enfronhada nessa história medonha, mas, agora que seu trabalho está concluído, espero que saiba que foi graças a sua energia, inteligência e previdência que conseguimos organizar a história de modo coerente e compreenda que sua colaboração chegou ao fim; é hora de deixar o resto para nós. A cena do sr. Renfield nos deixou um pouco abalados; quando saímos do quarto, ficamos em silêncio até voltarmos ao gabinete. Então o sr. Morris disse ao dr. Seward:

"Olha, Jack, se aquele homem não estava blefando, diria que é o lunático mais são que já vi na vida. Não sei, não, acho que estava falando sério e, se estava, deve ter sido difícil ter seu pedido negado."

Lorde Godalming e eu ficamos quietos, mas o dr. Van Helsing acrescentou:

"Amigo John, você entende mais de lunáticos que eu e ainda bem por isso, porque se tenho de tomar tal decisão, precipito e dou alta antes daquele último ataque histérico. Mas vivo e aprendo, e em nossa missão atual não pode bobear, como diz meu amigo Quincey. Melhor assim."

O dr. Seward respondeu aos dois em tom pensativo:

"Não sei, mas concordo com vocês. Se fosse um lunático comum, teria dado uma chance e confiado nele, mas parece estar tão vinculado ao conde que tive medo de cometer um erro e ceder aos seus caprichos. Não posso esquecer que implorou com o mesmo fervor por um gato e depois tentou dilacerar minha garganta com os dentes. Além do mais, chamou o conde de 'Mestre' e 'Senhor' e pode estar tramando algo diabólico para ajudá-lo. Aquela criatura apavorante conta com a ajuda de lobos, ratos e outros de sua espécie, de modo que não duvido comandar também um respeitável lunático. No entanto, ele realmente parecia falar sério. Espero que tenhamos feito a coisa certa. Tais incidentes, junto do trabalho insano que temos pela frente, acabam com os nervos de qualquer um."

O professor aproximou-se, colocou a mão em seu ombro e disse em tom sério e gentil:

"Amigo John, não tem medo. A gente tenta cumprir com dever em caso triste e terrível e só resta fazer que parece melhor. Em que mais pode ter esperança, a não ser na piedade do bom Deus?"

Lorde Godalming afastara-se por instantes, mas já estava de volta. Mostrou-nos um apito prateado e disse:

"Aquele lugar deve estar infestado de ratos, mas terei um antídoto em mãos."

Pulamos o muro e dirigimo-nos à mansão, com cuidado, protegendo-nos nas sombras das árvores quando o raio do luar despontava no céu. Ao alcançarmos o alpendre, o professor abriu a maleta, removeu vários itens e os dispôs nos degraus em quatro pequenos grupos — evidentemente, um para cada um de nós. Disse-nos então:

"Meus amigos, estamos para enfrentar temerário perigo e precisa todo tipo de arma. Nosso inimigo não é apenas espiritual. Lembra que tem força de vinte homens e que, embora nossos pescoços e traqueias quebram e são esmagáveis, os dele não. Depende das circunstâncias, homem muito forte ou grupo de homens fortes pode conter, mas não podem ferir do mesmo jeito que ele pode. Cuida para não nos tocar. Mantenham isto perto do coração", aconselhou e mostrou um pequeno crucifixo de prata, que entregou a mim, a pessoa mais próxima dele. "Coloquem flores no pescoço", prosseguiu, entregando-me uma guirlanda de flores secas de alho, "para inimigos mais mundanos, revólver e faca; para ajuda em todo caso, estas pequenas lâmpadas elétricas, que prendem no peito e, mais importante, que não deve profanar à toa: isto aqui." Um pedaço da hóstia sagrada, que colocou em um envelope e entregou-me. Todos receberam os mesmos itens. "Agora", disse, "amigo John, onde estão chaves mestras? Se abrimos a porta, não precisa quebrar janela para entrar, como na casa da srta. Lucy."

O dr. Seward testou uma ou duas das chaves mestras, ajudado por sua destreza manual de cirurgião. Por fim, conseguiu encaixar uma delas na fechadura e, após algumas manobras, a tranca cedeu com ruído enferrujado. Empurramos a porta e as dobradiças oxidadas rangiam, ao se abrir lentamente. A cena me fez recordar da abertura da tumba da srta. Westenra e acho que os demais pensaram a mesma coisa, pois recuamos todos juntos. O professor foi o primeiro a avançar, cruzando a soleira da porta.

"*In manus tuas, Domine!*",[1] exclamou e persignou-se ao entrar. Uma vez lá dentro, fechamos a porta novamente para evitar que ao acender as lâmpadas chamássemos a atenção de alguém na rua. O professor testou a fechadura para saber se era possível abri-la com facilidade caso precisássemos escapar às pressas. Depois, com as lâmpadas devidamente acesas, começamos a busca.

A luz das pequeninas lâmpadas, cujos raios se entrecruzavam, iluminava todo tipo de formas estranhas e a opacidade de nossos corpos projetava sombras sinistras no recinto. Por mais que me esforçasse, não conseguia afastar da minha mente a impressão de que não estávamos sozinhos. Acho que a atmosfera lúgubre do lugar trouxe de volta as lembranças da minha traumática experiência na Transilvânia. Suponho que os outros também tenham tido sensação semelhante, pois ao menor ruído e a cada nova sombra olhavam para trás por cima dos ombros, exatamente como eu fazia.

O lugar estava coberto por uma camada espessa de poeira que se adensava no chão. Ao iluminar o piso, detectei pegadas recentes e marcas de botas. As paredes estavam revestidas pelo mesmo acúmulo de poeira, e nos cantos havia massas de teias de aranha parcialmente destruídas. No vestíbulo, encontramos um molho de chaves sobre a mesa, cada uma com uma etiqueta amarelada pelo tempo. Pareciam muito usadas, por causa das marcas deixadas na poeira que cobria o tampo da mesa, semelhante àquela deixada pelo professor ao suspendê-las. Virou-se para mim e disse:

"Conhece este lugar, Jonathan, melhor que nós: você copia planta. Onde fica capela?" Embora não tivesse entrado na mansão na minha visita anterior, tinha uma ideia da localização e conduzi o grupo. Após errar o caminho algumas vezes, vi-me diante de uma porta baixa e arqueada de carvalho, guarnecida com barras de ferro. "É aqui", disse o professor ao iluminar um pequeno mapa da casa, cópia da minha correspondência original sobre a aquisição da propriedade. Após certo

---

1 Latim: "Em tuas mãos, Senhor".

esforço, localizamos a chave no molho e abrimos a porta. Esperávamos algo desagradável, pois enquanto abríamos a porta, um ar malcheiroso exalava pelas frestas, mas nenhum de nós estava preparado para o fedor que nos aguardava lá dentro. Nenhum dos outros encontrou o conde de perto antes, e eu o vira ou em seus aposentos durante seu período de jejum ou quando estava repleto de sangue fresco, em uma construção em ruínas ao ar livre. O lugar onde estávamos era pequeno e estreito, e os longos anos de abandono impregnaram o ar estagnado com odor repugnante. Havia cheiro de terra, como miasma seco, em meio ao ar pestilento. Quanto ao fedor, como descrevê-lo? Parecia composto por todos os males da mortalidade misturado ao cheiro pungente e acre de sangue; era como se a podridão em si tivesse apodrecido. Nojo! Sinto náuseas só de recordar. Cada ar exalado por aquele monstro parecia impregnado no lugar e potencializava sua repugnância.

Em circunstâncias normais, aquele fedor teria sido suficiente para encerrarmos a expedição, mas não se trata de um caso normal, e o propósito louvável e ao mesmo tempo terrível da nossa missão nos deu coragem para desconsiderar as contrariedades físicas. Após a primeira reação involuntária de repúdio perante a primeira lufada de ar nauseabundo, trabalhamos como se em um jardim de rosas.

Examinamos minuciosamente o local e o professor disse, ao começarmos:

"Primeira coisa é ver quanta caixa sobrou, depois tem de examinar cada buraco, cada canto, cada fresta e ver se consegue pista do paradeiro das outras."

Uma olhadela superficial foi o bastante para vermos quantas haviam sobrado, pois as caixas de terra eram grandes e inconfundíveis. Das cinquenta caixas, restavam apenas vinte e nove! Súbito, levei um susto, pois notei que lorde Godalming virou-se de repente para a porta, perscrutou o corredor escuro lá trás. Olhei na mesma direção e, por um segundo, senti meu coração parar. Julguei ter visto o rosto maligno do conde: o nariz aquilino, os olhos vermelhos, a arrepiante palidez. Foi num átimo de segundo; lorde Godalming comentou: "Pensei ter visto um rosto, mas acho que foi só uma sombra", e continuou sua tarefa. Iluminei a porta e fui ao corredor. Não havia ninguém, tampouco rota de escape: nada de cantos, portas, aberturas de qualquer tipo — apenas as paredes sólidas do corredor. Nem mesmo *ele* teria onde se esconder. Concluí que o medo me levara a ver coisas e não disse nada.

Alguns minutos depois, vi Morris recuar de repente, enquanto examinava um canto. Acompanhamos seus movimentos com os olhos, pois já estávamos todos nervosos. Vimos uma volumosa massa fosforescente de brilho estrelar. Por instinto, demos um passo para trás. Havia ratos por todos os lados.

Ficamos paralisados por alguns instantes, exceto lorde Godalming, que parecia preparado para aquela emergência. Correu até a porta de carvalho e ferro, descrita na parte externa pelo dr. Seward em seu diário e que eu também já vira, girou a chave na fechadura, abriu o pesado ferrolho e a escancarou. Depois, apanhou seu pequeno apito prateado do bolso e emitiu um sopro estridente. O som foi respondido pelo latido de cães, da parte de trás da casa do dr. Seward, e sem demora três terriers correram e contornaram a esquina da mansão. Em um gesto inconsciente, nos aproximamos todos da porta e, ao avançar, reparei em várias marcas na poeira do chão: as caixas desaparecidas saíram por aquela porta. Menos de um minuto havia se passado, mas o número de ratos aumentara exponencialmente. Pareciam cobrir todo o local, e as lâmpadas que incidiam sobre seus corpos escuros e os brilhantes olhos nefastos faziam a capela parecer um banco de terra infestado de vaga-lumes. Os cães chegaram correndo, mas estacaram na soleira da porta, rosnando. Logo depois, levantaram o focinho e uivaram. Os ratos multiplicavam-se aos milhares; saímos.

Lorde Godalming pegou um dos cães no colo, levou-o para dentro da capela e o soltou no chão. Assim que suas patinhas tocaram o assoalho, pareceu recobrar a coragem e avançou para cima de seus inimigos naturais. Os ratos fugiram tão depressa que, após o cão exterminar um punhado, quando seus dois companheiros chegaram — colocados na capela da mesma maneira — havia poucas presas para caçar, antes de todos desaparecerem.

Foi como se uma presença maligna desaparecesse com eles. Os cães, saltitantes, latiam alegremente enquanto corriam até seus inertes inimigos, giravam-nos e atiravam-nos no ar com sacudidelas violentas. Todos nós sentimos alívio e ânimo. Não sei se foi a purificação da atmosfera funesta com a abertura da porta da capela ou o alívio ao nos ver novamente ao ar livre, mas a sombra do pavor se desprendeu de nós como um manto despido. Nosso próprio medo perdeu um pouco sua natureza soturna, embora continuássemos firmes em nosso propósito. Fechamos a porta externa com a tranca e o ferrolho, trouxemos os cães conosco e vasculhamos a casa. Não encontramos nada além de poeira em proporções extraordinárias; tudo permanecia intocado e distingui ainda as pegadas de minha primeira visita. Em momento algum os cães deram sinais de inquietação e, mesmo quando regressamos à capela, continuaram correndo de um canto ao outro como se caçassem coelhos em um bosque no verão.

Quando saímos da mansão, a manhã já despontava ao leste. O dr. Van Helsing retirou do molho a chave do vestíbulo e, após trancar a porta, guardou a chave em seu bolso.

"Por enquanto", disse, "noite é muito bem-sucedida. Tenho medo de algo acontecer, mas saímos incólumes e ainda apuramos quantas caixas faltam. Que faz mais contente é saber que esse primeiro passo, quiçá mais difícil e perigoso, foi dado sem arrastar junto doce madame Mina: poupamos ela de ser assombrada, na vigília ou no sonho, por visões, sons e odores que jamais consegue esquecer. Aprendemos também lição: criaturas comandadas pelo conde não são suscetíveis ao poder espiritual. Os ratos que atendem seu chamado, assim como lobos que convoca no alto do castelo para impedir saída de Jonathan e silenciar aquela pobre mãe no pátio, embora apareçam, fogem depressa se acuados pelos cachorrinhos do amigo Arthur. Tem outras questões pela frente, bem como outros perigos, temores e aquele monstro... Ele não usa seu poder sobre mundo animal hoje pela única ou última vez. Que bom que vai para outro lugar. Ótimo! Temos oportunidade de gritar 'xeque' nesse xadrez que jogamos para salvar almas humanas. Agora, para casa. O dia já clareia e tem motivo para ficar satisfeito com primeira noite de trabalho. Espero muitas noites e muitos dias pela frente e, mesmo repletos de risco, devemos seguir em frente e não acovardar diante de nenhum deles."

A casa estava mergulhada em silêncio quando voltamos, exceto pelos gritos longínquos de um pobre lunático e um gemido baixinho que vinha do quarto de Renfield. O coitado devia estar se torturando, como costumam fazer os insanos, com pensamentos sofridos e desnecessários.

Entrei pé ante pé em nosso quarto e encontrei Mina adormecida, com respiração tão suave que precisei encostar minha cabeça em seu peito para ouvir. Parecia mais pálida do que de costume. Espero que a reunião não a tenha perturbado. Sou grato por ter sido excluída de nosso futuro trabalho e acho que seria melhor se sequer participasse das reuniões. É desgaste demais para uma mulher. No início não achava isso, mas agora tenho certeza. Sendo assim, estou satisfeito com essa resolução. Ela poderia ficar assustada ao ouvir certas coisas, mas escondê--las pode ser pior do que revelar, caso suspeite de omissão. Doravante, nosso trabalho precisa ser um livro fechado para ela, pelo menos até podermos contar que está terminado e que livramos a terra desse monstro. Confesso que não será fácil guardar segredo, visto que temos confiança irrestrita um no outro, porém não devo fraquejar. Amanhã não comentarei nada dos acontecimentos desta noite e me recusarei a falar sobre o que vimos e fizemos. Vou dormir no sofá para não acordá-la.

1º de outubro, mais tarde

Como já era de se esperar, dormimos até mais tarde, pois o dia foi cheio e a noite, sem descanso. Até mesmo Mina ficou exausta, pois quando acordei, com o sol já alto, ela ainda dormia e só despertou depois que a chamei duas ou três vezes. Dormia tão pesadamente que custou até mesmo a me reconhecer quando abriu os olhos, fitando-me com expressão de pânico, como quem desperta de um pesadelo. Queixou-se um pouco de cansaço e a deixei dormir mais um pouco. Sabemos agora que vinte e uma caixas foram removidas da mansão e, caso tenham sido retiradas em quantidade de cada vez, podemos rastrear todas. Isso vai simplificar bastante o trabalho, e o quanto antes pudermos agir, melhor. Vou falar com Thomas Snelling ainda hoje.

Diário do dr. Seward

1º de outubro

Já era quase meio-dia quando fui despertado pelo professor, que me acordou ao entrar no meu quarto. Estava mais alegre e bem-disposto do que de costume e era evidente que o trabalho da véspera diminuíra o peso das preocupações acumuladas em sua cabeça. Após avaliar em retrospecto nossa aventura da noite passada, comentou:

"Estou muito interessado no seu paciente. Posso visitar hoje com você? Se está muito ocupado, vou sozinho, se permite. Para mim é experiência inédita: encontrar lunático que versa de filosofia e parece raciocinar tão bem."

Como precisava resolver assuntos urgentes, incentivei-o a ir sozinho, para que o paciente não ficasse esperando. Chamei um enfermeiro e passei as devidas instruções. Antes de o professor sair do quarto, acautelei-o para não se deixar enganar por falsas impressões.

"Quero que fala dele mesmo e discorra mais sobre antiga mania de ingerir criaturas vivas. Vi no registro ontem que contou para madame Mina que, durante certo tempo, nutre essa crença. Por que sorri, amigo John?"

"Perdoe-me", respondi. "Mas a resposta está aqui", expliquei e pus a mão nas páginas datilografadas. "Quando nosso são e culto lunático mencionou seu *antigo* costume de ingerir bichos vivos, estava com a boca imunda pelas moscas e aranhas que comeu, pouco antes de a sra. Harker entrar no quarto."

Van Helsing sorriu também. "Ótimo!", exclamou. "Bem lembrado, amigo John. Devo recordar também. No entanto, é exatamente essa obliquidade de pensamento e memória que faz doenças mentais objeto de estudo tão fascinante. Talvez aprendo mais com loucura desse lunático que com ensinamento de sábio. Quem sabe?"

Retomei meu trabalho e não tardou para que resolvesse tudo que precisava. Parecia ter transcorrido pouco tempo, mas eis que Van Helsing já voltava a meu gabinete.

"Interrompo?", indagou, parado educadamente na porta.

"De jeito nenhum", respondi, "Já terminei meu trabalho e estou livre. Posso ir com você agora se quiser."

"Não precisa, já estive com ele!"

"E então?"

"Acho que não me tem em alta conta. Conversa breve. Quando entro, está sentado no banquinho em meio do quarto, com cotovelos nos joelhos e expressão descontente e amuada. Dirijo a ele tom mais simpático, com máximo de respeito. Ignora. 'Não reconhece a mim?', pergunto. Resposta não é muito afável: 'Claro que reconheço, é o velho tolo Van Helsing. Gostaria que se retirasse daqui com suas teorias idiotas sobre o cérebro. Malditos holandeses de cabeça dura!'. Não disse mais palavra; sentado com implacável rabugice, permanece indiferente a mim e age como se sequer estou no quarto. Ainda não é dessa vez que tenho oportunidade de aprender algo com lunático tão inteligente. Assim, se permite, para alegrar bocadinho, converso com doce madame Mina. Amigo John, é alívio inenarrável saber que ela não é mais perturbada com nossas terríveis empreitadas, nem tem mais motivos para se preocupar com elas. Sua ajuda faz falta, é bem verdade, mas melhor assim."

"Concordo plenamente", respondi resoluto, pois não queria dar motivos para mudar de ideia nesse assunto. "É melhor a sra. Harker ficar fora disso. As coisas já estão complicadas até mesmo para nós, homens do mundo, que vivemos muitas situações difíceis. Não é lugar para mulher e, se ela continuasse envolvida, não tenho dúvidas de que, com o passar do tempo, pagaria um alto preço."

Van Helsing partiu para confabular com o sr. e sra. Harker; Quincey e Art estão fora, atrás das pistas das caixas de terra. Vou fazer minha ronda e ver os pacientes e, mais tarde, teremos uma reunião.

Diário de Mina Harker

1º de outubro

É estranho estar no escuro como hoje, sobretudo após tantos anos acostumada com a plena confiança de Jonathan. É estranho vê-lo evitar determinados assuntos, especialmente alguns tão vitais. Dormi até mais tarde, exausta depois do dia penoso de ontem, e embora Jonathan também tenha despertado mais tarde do que o costume, acordou primeiro. Antes de sair, conversou comigo com carinho e ternura, mas não disse uma só palavra sobre a visita à mansão do conde. Deve saber, contudo, que fiquei aqui numa preocupação medonha. Coitado do meu amor! Imagino que isso o deixe ainda mais aflito do que a mim. O consenso foi que devo ser poupada desse trabalho tenebroso e só pude acatar. Mas a ideia de Jonathan escondendo algo me magoa! Estou chorando como uma boba, quando no fundo sei que a decisão foi pautada no amor imenso que meu marido sente por mim e no zelo de nossos amigos, tão fortes e valentes.

Chorar me fez bem. Sei que um dia Jonathan me contará tudo. E, para que não pense nem por um segundo que escondo algo, mantenho este diário, como sempre fiz. Assim, se um dia ele duvidar de minha confiança, posso revelar todos os meus pensamentos. Sinto-me estranhamente triste e desanimada hoje. Acho que deve ser reação às fortes emoções de ontem.

Ontem fui me deitar depois de os homens saírem, mas só por que me obrigaram. Não estava com um pingo de sono e, para completar, uma ansiedade voraz me consumia. Fiquei pensando em tudo que aconteceu desde que Jonathan veio me ver em Londres, e tudo parece uma terrível tragédia, com o destino nos empurrando sem cessar rumo ao desfecho inescapável. Tudo o que fazemos, não importa quão louváveis sejam nossas intenções, parece desencadear justamente o resultado que mais abominamos. Se não tivesse ido a Whitby, talvez nossa querida Lucy ainda vivesse. Ela só foi visitar o cemitério depois que cheguei lá e, se não tivesse me acompanhado durante o dia, não regressaria àquele lugar em um episódio de sonambulismo. E, se não tivesse ido parar no cemitério de noite, sonâmbula, o monstro não a teria atacado. Meu Deus, por que fui para Whitby? Aqui estou chorando de novo! Não sei o que me deu hoje. Tenho que esconder isso de Jonathan, imagine se souber que já chorei duas vezes hoje... Justo eu, que nunca choro por causa de meus problemas, a quem ele jamais deu motivos para derramar uma única lágrima! Isso o deixaria atordoado. Vou melhorar minha aparência e, se continuar com vontade de chorar, darei um jeito de fazer isso longe dele. Suponho que seja uma dessas lições que nós, pobres mulheres, precisamos aprender na vida...

Não consigo me recordar exatamente como foi que peguei no sono ontem à noite. Lembro-me de ter escutado o latir repentino de cães e diversos sons estranhos, como preces bastante aflitas, vindos do quarto do sr. Renfield, que fica bem abaixo do meu. Depois, fez-se silêncio absoluto, tão profundo que chegou a assustar, e levantei para olhar pela janela. Lá fora, a noite era escura e quieta, e as sombras negras projetadas pelo raio de luar continham seus próprios mistérios. Não havia o menor sinal de movimento; o cenário era lúgubre e inescapável como a morte ou o destino. Notei então uma faixa estreita de névoa branca que deslizava com lentidão quase imperceptível em direção à casa, movendo-se pela grama como se dotada de senciência e propósito. Acho que a distração me fez bem, pois, quando voltei para a cama, senti crescente letargia se apossar do meu corpo. Deitei mas não consegui dormir, então levantei novamente e fui olhar pela janela. A névoa, que aumentara, quase alcançava a casa e pude vê-la aderir à fachada, como se se dirigisse para as janelas. O pobre lunático pôs-se a falar mais alto e, embora não compreendesse uma palavra do que dizia, identifiquei pelo tom de voz uma súplica desesperada. Ouvi então um som de luta e imaginei que os enfermeiros o segurassem à força. Fiquei tão assustada que voltei depressa para a cama e me cobri até a cabeça, com os dedos nos ouvidos para abafar os sons. Continuava sem sono, ou pelo menos tinha essa impressão, mas devo ter adormecido logo depois. A não ser pelos sonhos, não lembro de mais nada: apenas de Jonathan me acordando hoje pela manhã. Levei alguns segundos para me situar e entender que era Jonathan inclinado sobre mim. Tive um sonho curioso, desses que exemplificam bem como os pensamentos da vigília se fundem ou continuam em nosso sono.

Sonhei que dormia esperando Jonathan voltar. Estava muito aflita, preocupada com ele, e não conseguia me mexer: meus pés, mãos e cabeça pesavam absurdamente. Dormi inquieta, a mente divagante. Percebi então o ar carregado, úmido e frio. Tirei a coberta do rosto e, para minha surpresa, descobri que o quarto inteiro estava escuro. A luz da lâmpada a gás que deixara acesa para Jonathan, bem fraca, parecia uma minúscula fagulha vermelha em meio à neblina que se adensara e invadira o quarto. Lembrei-me então de que fechara a janela antes de me deitar. Quis levantar para verificar, mas uma letargia de chumbo parecia deter meu corpo e entorpecer minha vontade. Fiquei imóvel, suportando o peso que me paralisava, e isso foi tudo. Fechei os olhos, mas ainda conseguia enxergar pelas pálpebras (os truques que os sonhos nos pregam são realmente extraordinários e nossa imaginação os acompanha de maneira bastante conveniente). A neblina se adensava mais e mais, e pude ver como entrou no quarto: penetrara como fumaça, não pela janela, e sim pelas frestas da porta. A névoa tornava-se ainda mais espessa, se concentrou e formou uma espécie de pilar nebuloso no quarto. No topo desse pilar, a luz acesa reluzia como um olho vermelho. Minha cabeça girou com a coluna de névoa que rodopiava pelo quarto e uma frase bíblica me ocorreu: ‹‹De dia, coluna de nuvem; de noite, coluna de fogo››. Seria um auxílio espiritual que me visita durante o sono? Mas o pilar em meu quarto combinava dia e noite, pois o olho vermelho ardia como fogo e me fascinava. Até que, enquanto o fitava, o fogo se dividiu e tive a impressão de que me encarava através da densa bruma, como dois olhos vermelhos, como Lucy descrevera em sua fugaz divagação mental no penhasco, quando os derradeiros raios de sol do poente bateram nas janelas da igreja de St. Mary. Fui então tomada pelo horror, pois recordei que também Jonathan vira a mesma névoa a rodopiar sob a luz da lua, antes da bruma se materializar como aquelas terríveis mulheres. Acho que desmaiei no sonho, pois mergulhei em profunda escuridão. O último esforço consciente da minha imaginação foi revelar um rosto lívido que, saído da névoa, curvou-se sobre mim.

Preciso tomar cuidado com esses sonhos, pois caso se repitam com frequência, podem levar qualquer um a perder a razão. Gostaria de pedir ao dr. Van Helsing ou ao dr. Seward que me receitassem algum remédio para dormir, mas temo alarmá-los. Relatar um sonho desses, nas atuais circunstâncias, aumentaria ainda mais o receio que já sentem por mim. Hoje à noite vou me esforçar para dormir naturalmente. Se não conseguir, amanhã à noite peço uma dose de cloral: uma vez só não creio que me faça mal e pode garantir uma boa noite de sono. Fiquei mais cansada ontem à noite do que se passasse a noite em claro.

2 de outubro, dez da noite

Ontem consegui pegar no sono, mas não sonhei. Devo ter dormido pesadamente, pois sequer acordei quando Jonathan veio para a cama. O sono, no entanto, não me reanimou: passei o dia inteiro hoje fraca e abatida. Ontem, passei o dia tentando ler e cochilando. De tarde, o sr. Renfield pediu que fosse vê-lo. Pobre homem, tratou-me com tanta gentileza, e quando nos despedimos, beijou minha mão e pediu que Deus me abençoasse. Aquilo me tocou profundamente e agora, ao lembrar do gesto, choro de novo. Esta é uma nova fraqueza, preciso me controlar. Jonathan ficaria arrasado se soubesse que ando chorando pelos cantos. Ele e nossos amigos ficaram fora até a hora do jantar e voltaram cansados. Fiz o que pude para alegrá-los e acho que o esforço me fez bem, pois esqueci do meu próprio cansaço. Após o jantar, me mandaram para cama e disseram que iam fumar, mas sei muito bem que queriam conversar sobre os acontecimentos do dia. Notei pelo comportamento de Jonathan que tinha algo importante para comunicar. Não estava sonolenta como deveria, então, antes que saíssem, pedi ao dr. Seward que me desse algum narcótico, pois não dormira bem na noite anterior. Com muita gentileza, logo me preparou uma dose e afirmou que não faria mal, por ser bem suave. Tomei e espero o sono, que agora vive escapando. Espero não ter feito bobagem, pois agora que a sonolência flerta comigo tive um novo medo: talvez tenha sido tolice me privar de estar acordada, pois posso precisar estar desperta. Ai vem o sono. Boa noite.

CAPÍTULO XX

Diário de Jonathan Harker

1º de outubro, NOITE

BRAM STOKER

ENCONTREI Thomas Snelling em sua casa em Bethnal Green, mas, infelizmente, não estava em condições de se lembrar de coisa alguma. Motivado pela mera promessa de uma cerveja, incitada pela minha vinda, tratou de adiantar a presumida farra. No entanto, sua esposa — que me pareceu senhora boa e decente — me informou que ele era apenas um assistente e que o responsável pelo serviço fora Smollet. Assim, parti direto para Walworth e encontrei o sr. Joseph Smollet em casa, em mangas de camisa, tomando chá. Logo vi que se tratava de trabalhador digno, inteligente e confiável, dotado de inteligência e astúcia. Recordou com minúcias o incidente, sacou do bolso da calça um gasto caderninho coberto com seus garranchos a lápis e informou-me o destino das caixas. Levara seis de Carfax até o número 197 da Chicksand Street, em Mile End New Town, e outras seis foram depositadas em Jamaica Lane, Bermondsey. Se a intenção do conde era espalhar seus sinistros refúgios pela cidade, tais endereços devem ter sido escolhidos como bases para distribuições posteriores. O caráter sistemático de seu planejamento levou-me a crer que não pretende ficar circunscrito a duas regiões de Londres. Estava no extremo leste da margem norte, ao leste da margem sul e ao sul. O norte e o oeste decerto não deveriam estar fora de seus diabólicos planos, muito menos o centro e o sofisticado coração da cidade, no sudeste e oeste. Regressei à casa de Smollet e perguntei se outras caixas haviam sido transportadas de Carfax.

"Olha, chefia, o senhor me tratou como rei" — havia lhe dado meia coroa — "então estou às ordens. Ouvi num pub em Pincher's Alley um sujeito chamado Bloxam contar que, há quatro noites, ele e um camarada fizeram um servicinho empoeirado numa casa velha em Purfleet. Como serviços dessa categoria são raros por aqui, acho que Sam Bloxam pode ter algo pra dizer."

Perguntei onde poderia encontrá-lo — avisei que essa informação valeria mais meia coroa. Então engoliu depressa o restante do chá e disse que ia começar a busca naquele instante. Estacou, porém, diante da porta e disse:

"Chefia, não faz sentido o senhor ficar aqui que nem um dois de paus me esperando. Não sei se vou encontrar o Sam rápido e, seja como for, ele não vai ter condições de contar muita coisa hoje de noite. Aquele lá quando bebe não é fácil. Se o senhor me der um envelope com um selo, com seu endereço, descubro onde ele está e mando pelo correio ainda hoje. Mas é bom o senhor ir amanhã bem cedo, pois mesmo se encher a cara na véspera Sam sai de casa com as galinhas."

Era uma solução prática. Pedi a uma das crianças que comprasse papel e envelope, e disse-lhe que podia ficar com o troco. Quando a menina voltou, sobrescritei o envelope e colei o selo. Smollet renovou a promessa de postar a informação pelo correio assim que a obtivesse e voltei para casa. Seja como for, parece ser o caminho certo. Estou cansado hoje, preciso dormir. Encontrei Mina adormecida e me pareceu um pouco pálida. Tinha os olhos inchados, como se tivesse chorado. Pobrezinha, deve sofrer por não saber mais o que está acontecendo e suponho que a preocupação comigo e com nossos amigos a deixe duplamente nervosa. Mas é melhor assim. É melhor que fique frustrada e aflita agora do que traumatizada para sempre depois. Dr. Seward e Van Helsing tinham razão em insistir que fosse poupada da horrenda tarefa. Sou quem carrega o mais pesado fardo do silêncio, mas tenho que ser forte. Sob nenhuma circunstância devo tocar no assunto com ela. Na verdade, pensando bem, a tarefa não tem sido tão penosa: ela tem sido bastante reticente e não mencionou mais nem o conde nem nada que lhe diga respeito desde que a informamos de nossa decisão.

2 de outubro, noite

Um dia longo, difícil e empolgante. Recebi o envelope prometido no primeiro correio da manhã, com um pedaço imundo de papel escrito, com lápis de carpinteiro em caligrafia esparramada:

Sam Bloxam, Korkrans, Poters Cort, Bartel Street, n. 4, Walworth. Procure o sub instituto.

Recebi a carta na cama e levantei sem despertar Mina. Parecia entregue ao sono pesado, muito pálida, de aparência preocupante. Não quis acordá-la, mas tomei uma decisão: quando voltar mais tarde, providenciarei para que retorne a Exeter. Acho que vai ficar melhor na nossa casa, distraída com as tarefas rotineiras, do que aqui conosco, sem saber o que acontece. Estive rapidamente com o dr. Seward, contei para onde ia e prometi voltar o quanto antes com novas informações. Segui então direto para Walworth e descobri, com certa dificuldade, o tal Potter's Court. O sr. Smollet escreveu o endereço errado e procurava "Poter's" em vez de "Potter's". Ao encontrar o local, porém, logo descobri a pensão Corcoran.

Quando perguntei ao sujeito na porta onde encontraria o "sub instituto", sacudiu a cabeça e disse: "Não faço ideia. Não tem nenhum lugar aqui com esse nome e nunca ouvi isso em toda a minha vida. Não acho que tem nenhum sub instituto aqui por estas bandas". Apanhei a carta de Smollet, li-a novamente à luz do equívoco na grafia do endereço, e resolvi perguntar: "O que o senhor faz?". Ele respondeu: "Sou o substituto do patrão".

Logo vi que estava no caminho certo. Os erros ortográficos me confundiram novamente, mas uma gorjeta de meia coroa foi o bastante para colocar o "substituto" à minha disposição e informou que o sr. Bloxam, que passara a noite ali se recuperando de excesso etílico, saíra para trabalhar às cinco da manhã. Não soube me informar onde ficava o trabalho, mas lembrou vagamente de um "armazém novo" e, com essa pista, fui para Poplar. Já era quase meio-dia quando consegui alguma indicação sobre o local, em uma cafeteria onde alguns operários almoçavam. Um deles informou que construíam um depósito em Cross Angel Street e, como a descrição se encaixava com a do tal armazém, segui direto para lá. Conversei com um porteiro mal-humorado e um contramestre mal-humoradíssimo, ambos apaziguados com uma moedinha da rainha, e finalmente apurei o paradeiro de Bloxam. O contramestre, ao ser informado que eu estava disposto a pagar um dia de salário pelo privilégio de uma conversa em particular com Bloxam, logo mandou chamá-lo. Era sujeito astuto, embora rústico na fala e na aparência. Diante da promessa da ajudinha monetária, me contou que fez duas viagens entre Carfax e uma casa em Piccadilly, com nove grandes caixas "pesadas que só" em carroça alugada.

Perguntei se lembrava do número da casa em Piccadilly, ao que respondeu:

"Bão, patrão, eu minsqueci do númiro, mas ficava perto duma igrejona branca, nova. Uma casa véia e cheia de puera tamém, mas nem tanto que nem a outra, que tiramo as danada das caixa."

"E como entrou nas casas, se estavam vazias?"

"Tinha um véio minsperando na casa de Purfleet. Ele mim ajudô a alevantar as caixa e botar na carroça. Valha-me Deus, é o sujeito mais forte que vi na vida, e não era moço, não, véio de bigode branco e magro que parecia sem sombra."

Essa frase provocou um calafrio no meu corpo.

"Pur Deus, o campeão me levantô a caixa como um pacotinho de chá inquanto eu cortava um dobrado pra tirar os peso do chão e olhe que num sô um fracote."

"E como entrou na casa em Piccadilly?", perguntei.

"Ele tava lá tamém. Deve de ter madrugado pra chegá antes de mim, purque quando toquei a campainha abriu a porta e me ajudô a botar as caixa pra dentro."

"As nove?", indaguei.

"Isso, cinco na primera viage e quatro na segunda. Foi um trabaio do diabo e não sei como consegui chegar em casa dispois."

"Você deixou as caixas no vestíbulo?", interrompi.

"Deixei, era uma sala bem grande e tava tudo vazia."

Fiz uma última tentativa de apurar mais detalhes.

"Ele não entregou a você nenhuma chave?"

"Não, não mim deu nada. O tal véio abriu a porta e fechô quando terminei o serviço. Não mim lembro bem como foi na última vez, mas aí é culpa das cerveja."

"E não se recorda mesmo do número da casa?"

"Não, sinhor. Mas isso não é difíci descobri. É um casarão, fachada de pedra, arco na entrada e degrau alto na frente. Cunheço bem aqueles degrau, tive que subir as caixa com a ajuda de três desocupado que tava na área e queria faturar um troco. O véio distribuiu umas moeda e eles, vendo que tinha dinheiro, quiseram logo se aproveitá. Mas o camarada pegou um deles pelo ombro e tava pra jogar o disgramado pela escada quando os outro saíram correndo e xingando."

Pela descrição achei que seria capaz de localizar a casa e, após recompensar meu chapa pela informação, segui para Piccadilly. Fiz descoberta inquietante: o conde consegue transportar as caixas sozinho. Sendo assim, o tempo era precioso, pois agora que as distribuíra pela cidade podia completar a tarefa quando quisesse, sem ser notado. Desci do cabriolé em Piccadilly Circus e caminhei para oeste. Após passar pelo clube Junior Constitutional, avistei a casa descrita por Bloxam e logo vi que era um dos covis de Drácula. A casa parecia há muito abandonada. Janelas estavam encrustadas de poeira, todas as venezianas fechadas. A madeira estava escurecida e o ferro, descascado. Até bem pouco tempo devia haver um anúncio na varanda anunciando que a propriedade estava à venda. Parece que foi arrancado e ficou apenas a estrutura que o sustentava. Pelas grades, reparei tábuas soltas na varanda, esbranquiçadas nas extremidades. Gostaria de ver a placa intacta, pois talvez oferecesse alguma pista sobre o antigo proprietário da casa. Lembrei de minha experiência no processo de compra da residência em Carfax, e concluí que se conseguisse encontrar o antigo dono talvez descobrisse como entrar na casa.

Sem mais nada para ver ou fazer em Piccadilly, dei a volta até os fundos da casa para ver se descobria alguma coisa. Havia muito movimento nas estrebarias, pois a maioria dos imóveis na região estava ocupada. No caminho, cruzei com empregados e cavalariços, e sondei para ver se podiam me dar alguma informação da casa vazia. Um deles comentou que ouvira dizer que fora comprada recentemente, mas não sabia informar por quem. Acrescentou, contudo, que lembrava do anúncio na porta da casa até pouco tempo atrás e que talvez os corretores da Mitchell, Filhos & Candy pudessem me dar alguma informação. Não quis parecer muito afoito para não despertar suspeitas, então agradeci casualmente e continuei meu caminho. Apressei-me, pois a tarde escurecia e a noite outonal caía sobre a cidade. Após consultar o endereço da firma Mitchell, Filhos & Candy no hotel Berkeley, parti para seu escritório em Sackville Street.

O que o cavalheiro que me recebeu tinha de polidez, tinha de reticência. Após me informar que a propriedade em Piccadilly, a que se referia como a "mansão", fora vendida, deu a conversa por encerrada. Quando perguntei pelo comprador, arregalou os olhos e fez pausa antes de responder:

"Foi vendida, senhor."

"Perdão", respondi igualmente polido, "mas tenho um motivo especial para buscar tal informação."

Após uma pausa ainda mais longa, ergueu as sobrancelhas e repetiu, lacônico: "Foi vendida, senhor".

"O senhor decerto não vai se importar em compartilhar essa informação."

"Vou, sim", retrucou. "As transações de nossos clientes são guardadas em sigilo absoluto na Mitchell, Filhos & Candy."

Tratava-se de um pedante de marca maior e não adiantava perder meu tempo e discutir com ele. Achei melhor vencê-lo com suas próprias armas: "Seus clientes são muito afortunados por terem um guardião tão zeloso de seus interesses. Também sou um profissional", declarei e entreguei-lhe meu cartão. "Não sou movido apenas por curiosidade. Estou aqui em nome de lorde Godalming, que gostaria de mais informações da propriedade em questão."

A situação logo mudou de figura:

"Gostaria muito de ajudá-lo, sr. Harker, e gostaria sobretudo de prestar serviço ao prezado lorde. Certa vez alugamos alguns quartos para ele, quando ainda era o honorável Arthur Holmwood. Se o senhor deixar o endereço do senhorio, posso consultar a firma a respeito disso e enviarei uma resposta por correio ainda hoje. Será um prazer abrir um precedente em nossas regras para fornecer a informação solicitada pelo senhorio."

Para garantir um aliado e não fazer um inimigo, eu agradeci, dei o endereço do dr. Seward e fui embora. Já anoitecera; estava cansado e com fome. Tomei um chá na Aerated Bread Company e voltei para Purfleet de trem.

Encontrei todos em casa. Mina estava abatida e pálida, mas esforçou-se para se mostrar animada e bem-disposta. Afligia-me ter de esconder dela tudo o que acontecia e deixá-la assim tão inquieta. Graças a Deus, esta há de ser sua última noite conosco, em que se sente excluída de nossas reuniões e lamenta nosso silêncio. Foi necessário um esforço monumental para manter a sábia decisão de afastá-la de nossa macabra tarefa. Não sei se está mais resignada ou se o assunto tornou-se repugnante, pois agora estremece sempre que nos escapa alguma alusão acidental. Ainda bem que tomamos essa decisão a tempo; vulnerável como está, seria temeroso se continuasse a par de nossos passos.

Não pude comentar as descobertas do dia até estar a sós com meus amigos. Após o jantar, seguido de um pouco de música para manter as aparências, levei Mina até o quarto, para que se recolhesse. Minha adorável garota mostrou-se mais afetuosa do que nunca e abraçou-me como se não quisesse mais soltar, mas havia muito a relatar aos companheiros que precisei me desvencilhar e partir. Graças a Deus, o regime de silêncio não comprometeu o que sentimos um pelo outro.

Ao descer, encontrei todos no gabinete, reunidos ao redor da lareira. Como aproveitei a viagem de trem para anotar os acontecimentos do dia, achei mais prático ler o que escrevi para colocá-los a par de minhas novidades. Quando terminei, Van Helsing disse:

"Foi excelente dia de trabalho, amigo Jonathan. Não tem dúvida que estamos no rastro das caixas desaparecidas. Se encontramos elas na casa, nosso trabalho fica perto de concluído. Mas se não localizamos todas, tem de seguir até achar. Só então podemos partir para golpe decisivo e caçar monstro até morrer de verdade."

Ficamos em silêncio por um instante, até que o sr. Morris perguntou:

"Mas vem cá, como é que vamos entrar na casa?"

"Ora, entramos na outra, não é mesmo?", respondeu lorde Godalming.

"Art, agora é diferente. Invadimos Carfax, é verdade, mas estávamos protegidos pela noite e pelos muros do terreno. Uma invasão de domicílio em plena Piccadilly, de dia ou de noite, é bem diferente. Confesso que não faço ideia de como vamos entrar, a não ser que o paspalho da imobiliária nos arrume uma chave."

Lorde Godalming franziu a testa; levantou-se, pôs-se a caminhar pelo gabinete. Estacou de repente e olhou para cada um de nós:

"Quincey tem razão. Essa história de arrombamento é coisa séria. Conseguimos uma vez, mas agora mudou de figura. A única solução é conseguir as chaves do conde."

Como não podemos fazer nada até amanhã e é recomendável esperarmos a imobiliária entrar em contato com lorde Godalming, decidimos não agir até o café da manhã. Ficamos no gabinete por um bom tempo: fumamos, confabulamos e examinamos o assunto em minúcias. Aproveitei para atualizar o diário com o registro das últimas horas. Estou caindo de sono e agora vou me deitar...

Só para terminar: Mina dorme profundamente e sua respiração parece normal. A testa está franzida, como se estivesse ocupada em pensamentos, mesmo adormecida. Continua bem pálida, mas não abatida como hoje cedo. Amanhã espero que tudo se resolva. Ela voltará a ficar bem em nossa casa. Agora vou; estou com muito sono...

Diário do dr. Seward

1º de outubro

Renfield volta a me intrigar. Seus humores mudam tão depressa que tenho dificuldade em acompanhar e, como sempre transcendem seu bem-estar, compõem um estudo bastante interessante. Hoje de manhã, quando fui vê-lo após rechaçar Van Helsing, comportou-se como alguém no comando de seu próprio destino. E parecia, de fato, comandá-lo — ainda que subjetivamente. Não se interessava mais por coisas terrenas, estava com a cabeça nas nuvens e contemplava das alturas nossas fraquezas e anseios, pobres mortais. Resolvi aproveitar a oportunidade para descobrir algo:

"E as moscas?"

Ostentava ares de superioridade e sorriu para mim — sorriso digno de um Malvólio[1] — e respondeu:

"As moscas, meu caro senhor, possuem uma característica fascinante. Suas asas simbolizam os poderes aéreos das faculdades psíquicas. Os antigos acertaram ao usar a borboleta como símbolo da alma."

Com o intuito de verificar os limites lógicos de sua analogia, indaguei:

"Ah, então quer dizer que agora está em busca de almas?"

A loucura nublou a razão e ele pareceu desnorteado, balançando a cabeça com uma determinação que poucas vezes observei em seu rosto.

"Ah, não, não, não! Não quero almas. Quero apenas vida", respondeu e alegrou-se. "Mas isso não importa agora. Está tudo bem, tenho tudo que quero. Vai ter que arrumar outro paciente, doutor, se quiser estudar zoofagia!"

Aquilo me intrigou; decidi insistir um pouco mais:

"Então você comanda a vida. É uma espécie de deus?"

Ele sorriu com superioridade inefável, benigna. "Isso não. Longe de mim valer-me dos atributos da divindade. Sequer me interesso por feitos espirituais. Se fosse definir minha posição intelectual a respeito das coisas puramente terrestres, diria que ocupo o lugar que Enoque ocupou espiritualmente."

A comparação me escapou. Não consegui recordar quais os atributos de Enoque e fui obrigado a retrucar com uma pergunta simples, sentindo que corria o risco de me rebaixar aos olhos do lunático.

"E por que Enoque?"

"Porque andou com Deus."

Não entendi a analogia, mas não quis admitir isso. Voltei então ao seu argumento anterior:

"Então você não se importa mais com a vida e não quer saber de almas. Por que não?", perguntei em tom abrupto e um pouco severo, para propositalmente desconcertá-lo.

A estratégia deu certo, pois logo regressou ao seu costumeiro comportamento subserviente e curvou-se em submissa reverência: "É verdade, não quero almas, não quero mesmo! Não poderia usá-las, não teriam nenhuma serventia. Não poderia comê-las nem...".

---

1 Personagem de *Noite de Reis* (1601-1602), de William Shakespeare.

Calou-se de repente e seu rosto tornou a exibir expressão astuta, como a superfície da água agitada pelo vento.

"E quanto à vida, doutor, o que é a vida, afinal? Quando se tem tudo que quer e sabe que nunca vai passar necessidade, isso basta. Tenho amigos, bons amigos, como o senhor, dr. Seward." Ele me fitou com olhar malicioso, matreiro. "Sei que meios de vida nunca me faltarão!"

Acho que, mesmo pela nebulosidade da loucura, ele detectou algum antagonismo em mim, pois logo se recolheu no refúgio dos lunáticos: o silêncio obstinado. Vi que era inútil continuar insistindo. Estava amuado, então decidi ir embora.

Mais tarde, mandou me chamar. Normalmente, não atenderia o pedido, a menos que tivesse alguma razão especial. Ando, contudo, bastante interessado nele e, sendo assim, aceitei vê-lo de bom grado. Além do mais, preciso mesmo de distração para passar o tempo. Harker saiu para novas investigações e lorde Godalming e Quincey também estão na rua. Van Helsing se trancafiou no meu gabinete e estuda o material do casal Harker. Parece convencido de que vai descobrir outras pistas se souber a história em todas as suas minúcias. Pediu para não ser interrompido, a não ser emergências. Eu o convidaria para ver meu paciente, mas achei que após ser repelido por Renfield não quisesse vê-lo novamente. Ocorreu-me também que Renfield talvez não se abrisse na presença de uma terceira pessoa.

Encontrei-o sentado no banquinho, no meio do quarto, o que geralmente indica certo grau de maquinação mental. Assim que entrei, indagou, como se a pergunta estivesse na ponta da língua:

"E as almas?"

Minha suposição estava correta. Mesmo em um lunático, havia atividade cerebral inconsciente em curso. Resolvi esmiuçar a questão.

"Conte-me você sobre elas", disse.

Ele não respondeu de imediato e olhou ao redor, para cima e para baixo, como se em busca de inspiração para a resposta.

"Não quero almas!", disse em tom débil, apologético. O assunto parecia perturbar sua cabeça, mas insistia: "Ser cruel para ser gentil".[2] Perguntei, então: "Você prefere vidas, deseja vidas?".

"Exatamente! Mas está tudo bem. Não se preocupe com isso!"

"Mas como vamos conseguir a vida sem levar a alma junto?"

A pergunta o intrigou e, aproveitando o ensejo, continuei:

---

2 *Hamlet* (1599-1601), ato III, cena IV.

"Quero só ver quando você voar por aí, com a alma de milhares de moscas, aranhas, pássaros e gatos zunindo, piando e miando ao seu redor. Você não consumiu suas vidas? Então! Agora vai ter que aturar as almas também!"

Aquilo pareceu afetá-lo, pois tapou os ouvidos e fechou os olhos com toda a força, como uma criança enquanto alguém ensaboa seu rosto. Havia algo de patético naquele gesto que me comoveu e ensinou uma lição: tinha diante de mim uma criança, apenas uma criança, embora seu rosto fosse velho e fios brancos despontassem da barba por fazer. Era evidente que lutava contra alguma perturbação mental e, conhecendo suas alterações de humor e o modo como traduziam conteúdos que não conseguia acessar conscientemente, decidi penetrar em sua mente também. O primeiro passo era recuperar sua confiança em mim. Perguntei bem alto, para que me ouvisse mesmo de ouvidos tapados:

"Quer um pouco de açúcar para atrair as moscas novamente?"

Despertou de supetão, balançou a cabeça e respondeu, gargalhando: "Eu, não! Moscas, no fim das contas, são criaturas insignificantes!". Após uma pausa, acrescentou: "Mas, mesmo assim, não quero suas almas zumbindo ao meu redor".

"E aranhas?", insisti.

"Que se danem as aranhas! Para que servem? Não têm nada para se comer ou..." Calou-se de repente, como se lembrasse de um assunto proibido.

"Ora, ora", pensei com meus botões, "é a segunda vez que evita pronunciar 'beber'. Por que será?"

Renfield parecia ciente do lapso, pois recomeçou a falar depressa, como se tentasse desviar a atenção: "Tais coisas não me interessam. 'Ratos, camundongos e outros bichos miúdos', como disse Shakespeare,[3] comida pouca na despensa. Superei essa bobagem. É mais fácil pedir que um sujeito coma moléculas com palitinhos japoneses do que despertar meu interesse por carnívoros inferiores quando sei o que me aguarda".

"Entendi", retruquei. "Você busca morder coisas maiores? Gostaria de um elefante para o café da manhã?"

"Que tolice absurda é essa?"

Estava cada vez mais desperto, então decidi pressioná-lo um pouco mais.

"Como será a alma de um elefante?", indaguei em tom de reflexão.

---

3 *Rei Lear* (1605), ato III, cena IV.

A estratégia surtiu o efeito desejado: perdeu de pronto a empáfia e voltou a se comportar como criança.

"Não quero alma de elefante, não quero alma nenhuma!", exclamou. Ficou um instante em silêncio, desanimado. De repente, ergueu-se num pulo, com os olhos chispantes e com todos os sinais de intensa atividade cerebral. "Que se danem o senhor e suas almas!", gritou. "Por que está me infernizando com isso? Já tenho muita preocupação e angústia para ainda pensar em almas!"

Parecia tão irado que tive medo de outro ataque homicida e soprei o apito. Ele se acalmou imediatamente e disse em tom contrito:

"Perdoe-me, doutor. Passei dos limites. O senhor não precisa pedir ajuda. Ando tão preocupado que acabo perdendo a paciência. Se o senhor ao menos soubesse o problema que preciso enfrentar, soubesse o que estou passando, teria pena de mim, seria tolerante comigo, me perdoaria. Por favor, não me coloque na camisa de força. Preciso pensar e não consigo raciocinar direito quando meu corpo está preso. O senhor compreende, tenho certeza."

Recuperara visivelmente o autocontrole e, quando os enfermeiros chegaram, avisei que estava tudo resolvido e foram embora. Renfield os observou se afastarem. Quando fecharam a porta, disse, muito amável, com ar de dignidade:

"Dr. Seward, o senhor é muito atencioso comigo. Acredite: sou-lhe muito grato!"

Achei melhor deixá-lo calmo e me retirei. Há muito que refletir sobre o seu estado. Diversos aspectos de sua condição, se dispostos em ordem, parecem compor o que os jornalistas norte-americanos chamam de "matéria". Ei-los:

Evita o verbo "beber".
   Teme ser atormentado pela "alma" de qualquer criatura.
   Não teme ser privado de "vida" no futuro.
   Repudia criaturas inferiores, embora tema ser perseguido por suas almas.

É claro que tudo isso aponta para uma explicação lógica. Ele parece ter algum tipo de certeza de que vai adquirir uma espécie superior de vida. Mas teme a consequência, o fardo de uma alma. Então o que espera é uma vida humana!

E por que está tão seguro de que pode obtê-la...?

Deus do céu! O conde esteve com ele e estão tramando algo terrível!

Mais tarde

Concluída a ronda, fui ter com Van Helsing e lhe contei minhas suspeitas. Ficou muito sério e, após refletir sobre o assunto, pediu que o levasse até Renfield. Fomos juntos. Quando nos aproximamos da porta, o ouvimos cantar alegremente lá dentro, como fazia em uma época que agora parece muito distante. Ao entrarmos, ficamos surpresos ao ver que voltara a espalhar açúcar pelo quarto. As moscas, letárgicas com o clima outonal, zumbiam pelo aposento. Tentamos estimulá-lo a retomar o assunto da última conversa, mas nos ignorou. Continuou cantando, como se não estivéssemos presentes. Conseguira uma folha de papel e dobrava-a, entretido, como se montasse uma caderneta. Saímos de lá sem apurar uma mísera informação.

É caso deveras curioso. Precisamos vigiá-lo esta noite.

Carta de Mitchell, Filhos & Candy para lorde Godalming

1º de outubro

Prezado lorde Godalming,

É grande satisfação para nós servi-lo. Atendemos ao pedido de Vossa Excelência, a nós solicitado pelo sr. Harker, e fornecemos as seguintes informações referentes à aquisição da propriedade localizada em Piccadilly, número 347. A residência foi posta à venda pelos testamenteiros do falecido sr. Archibald Winter-Suffield. O comprador é nobre estrangeiro, o conde de Ville,[4] que efetuou a transação pessoalmente, em espécie e, com o perdão da expressão vulgar, "na boca do caixa". Fora isso, não sabemos mais nada a seu respeito.

Seus humildes criados,
Mitchell, Filhos & Candy.

---

4 Drácula, ao apresentar-se como conde de Ville, faz trocadilho com a palavra *devil* (diabo). Stoker provavelmente inseriu o pseudônimo inspirado pela informação de que a palavra *Dracul* em romeno significa "diabo". A escritora Dodie Smith usa o mesmo artifício no romance *Os 101 Dálmatas* (1956) ao batizar sua vilã de Cruella de Vil.

Diário do dr. Seward

2 de outubro

Ontem à noite, instruí um enfermeiro a vigiar o corredor, atento a qualquer som do quarto de Renfield. Dei também instruções para que me chamasse caso notasse algo estranho. Após o jantar, depois que a sra. Harker se recolheu, nos reunimos em volta da lareira no gabinete e discutimos as novidades do dia. Harker foi o único a apresentar resultados e estamos esperançosos que sua pista nos leve a uma descoberta importante.

Antes de deitar, fui até o quarto de Renfield e o observei pela janelinha da porta. Dormia pesadamente e respirava normalmente.

Hoje cedo o enfermeiro relatou que pouco depois de meia-noite o paciente ficou agitado e rezou em voz alta. Perguntei se notou algo peculiar, porém disse que não ouviu mais nada. Achei o comportamento suspeito e perguntei à queima-roupa se adormecera. Negou, mas admitiu ter dado umas "cochiladas". É lamentável, mas não se pode confiar nos funcionários, precisam ser vigiados o tempo todo.

Hoje Harker segue sua pista, e Art e Quincey cuidam dos cavalos. Art acha que devemos manter os animais sempre prontos, pois quando conseguirmos a informação necessária, não teremos tempo a perder. Será preciso esterilizar todas as caixas da terra estrangeira entre a aurora e o crepúsculo. Assim, pegaremos o conde em suas horas mais vulneráveis e não terá onde se refugiar. Van Helsing foi consultar algumas autoridades em medicina antiga no Museu Britânico. Os médicos antigamente registravam até mesmo o que não era aceito por seus seguidores, e o professor busca armas e curas para combater bruxas e demônios, coisas que nos podem ser úteis futuramente.

Às vezes, penso que somos todos loucos e que vamos acabar em camisas de força.

MAIS *tarde*

Outra reunião. Finalmente, parece que estamos na pista certa e amanhã pode ser o início do fim. Pergunto-me se a tranquilidade de Renfield tem algo a ver com tudo isso. Como seus humores parecem em constante sintonia com as movimentações do conde, a iminente destruição do monstro pode de alguma forma repercutir em seu comportamento. Se ao menos conseguíssemos ter ideia do que se passou em sua mente, da hora que conversamos até sua decisão de voltar a capturar as moscas, poderíamos ter alguma pista. Parece calmo há algum tempo. Ou não? Acabo de ouvir um grito alucinado em seu quarto...

O enfermeiro entrou correndo aqui e disse-me que Renfield sofreu um acidente. Ouviu seu grito, correu para acudi-lo e o encontrou de bruços no chão, coberto de sangue. Preciso ir!

CAPÍTULO XXI

Diário do dr. Seward

3 de outubro

BRAM STOKER

PRECISO relatar com exatidão tudo o que aconteceu, valendo-me da memória, desde meu último registro. Não devo esquecer de nenhum detalhe e proceder com muita calma.

Encontrei Renfield caído no chão, deitado com o flanco esquerdo em uma poça brilhante de sangue. Ao movê-lo, logo percebi que sofrera lesões graves. Seu corpo parecia desconjuntado, sem a natural compostura que encontramos mesmo em um indivíduo são quando em estado de letargia. O rosto estava coberto de hematomas, como se o tivessem batido contra o chão; a poça de sangue era desses golpes na face. O enfermeiro, ajoelhado ao lado do corpo, me ajudou a virá-lo e disse:

"Acho que quebrou a coluna, senhor. Veja, o braço e a perna direita não se mexem e metade do rosto está paralisada." O enfermeiro estava aturdido, sem entender como algo assim podia ter acontecido. Absolutamente perplexo, com sobrancelhas franzidas, comentou:

"Não entendo como as duas coisas podem acontecer ao mesmo tempo. Ele até poderia machucar o rosto batendo a cabeça no chão. Vi uma moça fazer isso uma vez no hospício em Eversfield, antes que pudéssemos contê-la. Ele podia quebrar o pescoço ao cair da cama, se tivesse uma convulsão ou algo assim. Mas o que não consigo entender é como as duas coisas aconteceram: se quebrou a coluna, não teria como bater a cabeça, e se já estivesse com o rosto assim antes de cair, mancharia a roupa de cama".

"Vá chamar o dr. Van Helsing", respondi, "e peça, por gentileza para vir o quanto antes, o mais rápido que puder."

O enfermeiro correu e em poucos minutos o professor apareceu, de pijama e chinelos. Ao ver Renfield no chão, olhou-o demoradamente, depois se virou para mim. Acho que leu meus pensamentos, pois logo disse, cuidando para que o enfermeiro pudesse ouvi-lo:

"Ah, infeliz acidente! Precisa muitos cuidados, tem que acompanhar de perto. Fico aqui com você, deixa apenas trocar roupa. Não sai daqui, já volto."

O paciente respirava com dificuldade; era evidente que sofreu um golpe violento.

Van Helsing retornou com rapidez extraordinária, munido da maleta cirúrgica. Percebi que não só refletira o assunto como tomara uma decisão, pois antes mesmo de olhar para o paciente sussurrou:

"Manda enfermeiro embora. Precisa estar sós com Renfield quando recobra consciência, depois de operação."

"Por hoje basta, Simmons. Fizemos o possível por enquanto. É melhor prosseguir a ronda, o dr. Van Helsing vai operá-lo. Avise-me imediatamente se encontrar algo estranho, está bem?"

O enfermeiro foi embora e nós começamos um exame minucioso no paciente. Os ferimentos no rosto eram superficiais; a lesão realmente grave era a fratura no crânio, que atingiu a área motora. Após breve instante de reflexão, Van Helsing disse:

"Precisa reduzir pressão e recuperar condições normais, melhor que puder. Rapidez da sufusão indica gravidade da lesão. Toda área motora parece afetada. Sufusão cerebral aumenta depressa, tem fazer trepanação quanto antes ou é tarde demais."

Enquanto falava, bateram à porta. Fui abrir e deparei-me com Arthur e Quincey no corredor, de pijamas e chinelos. Arthur disse:

"Ouvi o enfermeiro chamar Van Helsing e dizer algo de um acidente. Acordei Quincey, ou melhor, o chamei, pois já estava acordado. As coisas estão avançando muito depressa e de modo muito estranho de uns tempos para cá para que qualquer um de nós adormeça profundamente. Amanhã à noite tudo pode ter mudado de figura. Teremos que olhar para trás e um pouco mais à frente do que fizemos até agora. Podemos entrar?"

Assenti com a cabeça e segurei a porta aberta para que entrassem e fechei-a novamente em seguida. Quando Quincey viu o estado do paciente e notou a terrível poça de sangue no chão, murmurou:

"Meu Deus do céu! O que aconteceu com ele? Coitado deste pobre-diabo!"

Contei o que sabia e acrescentei esperarmos que recobrasse a consciência depois da operação — nem que por um breve período. Quincey se sentou na beira da cama, com Godalming ao seu lado. Aguardamos pacientemente.

"Esperamos", explicou Van Helsing, "até achar melhor ponto para trepanação. Isso ajuda remover coágulo sanguíneo mais depressa e mais preciso. Hemorragia aumenta."

Os minutos em que ficamos aguardando pareceram passar com lentidão medonha. Meu coração estava apertado e, a julgar pela expressão de Van Helsing, notei que também estava temeroso e apreensivo. Temia o possível relato de Renfield. Tinha medo até de pensar. Não obstante, não conseguia afastar o presságio do que estava por vir, como li que sentem os condenados à morte. O pobre homem respirava com dificuldade. Tinha a impressão de que, a qualquer momento, abriria os olhos e falaria. Minha expectativa era, contudo, logo frustrada por um prolongado estertor e ele recaía em profunda inconsciência. Mesmo habituado às doenças e à morte, o suspense me consumia. Quase podia ouvir as batidas do meu coração, e o sangue que pulsava em minhas têmporas soava como golpes de martelo. O silêncio era agonizante. Olhei para cada um dos meus companheiros e constatei, pelos seus rostos afoguados e testas cobertas de suor, que viviam semelhante tortura. Um suspense desesperador nos envolvia, como se tenebroso sino pairasse sobre nós, prestes a badalar quando menos esperássemos.

Por fim, ficou evidente que o estado de Renfield se deteriorava rapidamente, e ele poderia morrer a qualquer momento. Olhei para o professor e percebi que me observava muito concentrado. Seu rosto estava sério quando disse:

"Não tem tempo a perder. As palavras dele podem salvar vidas. Penso enquanto aguardo: uma alma em perigo! Vamos operar bem acima da orelha."

Sem dizer mais uma única palavra, realizou a operação. A respiração do paciente continuou ruidosa por mais alguns minutos. Adveio então uma aspiração tão prolongada que parecia prestes a arrebentar seu peito. De repente, abriu as pálpebras e revelou um olhar vidrado, impotente. Permaneceu assim por alguns instantes, mas logo o olhar suavizou, expressou agradável surpresa e ele suspirou de alívio. Agitou-se convulsivamente e disse:

"Vou sossegar, doutor. Peça que tirem a camisa de força. Tive um pesadelo horrível e fiquei tão fraco que não consigo me mexer. O que aconteceu com meu rosto? Parece inchado e arde como o diabo."

Tentou virar a cabeça, mas o esforço deixou os olhos vidrados novamente. Com cuidado, empurrei-a para a posição anterior. Van Helsing então disse em tom sóbrio e calmo:

"Conta sonho, sr. Renfield."

Ao ouvir a voz do professor, seu rosto se iluminou, mesmo mutilado:

"Dr. Van Helsing. Que gentileza do senhor estar aqui. Dê-me um pouco de água, minha boca está seca, e vou tentar contar como foi. Sonhei..."

Ele silenciou e pareceu prestes a desmaiar. Virei-me para Quincey e sussurrei "O conhaque em meu gabinete, depressa!". Correu e voltou rapidamente com copo, garrafa de conhaque e jarra de água. Umedecemos os lábios ressecados e o paciente logo se reavivou. Tive a impressão, contudo, de que seu pobre cérebro lesionado continuou trabalhando naquele intervalo, pois, quando voltou a si, cravou-me um olhar penetrante de agonizante confusão que jamais vou me esquecer. Então disse:

"Não adianta me enganar. Não foi um sonho, mas sim a triste realidade." Seus olhos passearam pelo quarto. Quando viu Art e Quincey sentados pacientemente na beira da cama, prosseguiu: "Se ainda me restasse alguma dúvida, bastaria olhar para eles para ter certeza".

Ele fechou os olhos, não por dor ou sono, mas voluntariamente, como se quisesse se concentrar. Quando tornou a abri-los, disse rapidamente e em tom mais enérgico do que empregara até então:

"Depressa, doutor, depressa, estou morrendo! Sinto que me restam apenas alguns minutos e depois precisarei regressar para a morte ou para algo pior! Molhe mais um pouco meus lábios com conhaque. Preciso dizer algo antes de morrer, ou antes que meu pobre cérebro destruído pare de funcionar de vez. Obrigado! Foi naquela noite, depois de o senhor ir embora, quando implorei para me dar alta. Não pude falar nada na ocasião, pois sentia que algo me impedia. Mas, tirando isso, estava realmente são aquela noite, assim como estou agora. Depois que o senhor saiu, fui tomado por uma agonia desesperadora e assim fiquei durante muito tempo, me pareceram horas. De repente, experimentei súbita sensação de paz. Minha mente se aquietou e percebi onde estava. Ouvi os cães latirem atrás da casa, mas não sabia onde Ele estava!"

Enquanto Renfield falava, Van Helsing o encarava fixamente, sem pestanejar. No entanto, estendeu a mão e agarrou a minha, com força. Mantinha, porém, o rosto impassível. Assentiu com a cabeça e disse em voz baixa: "Prossegue" e Renfield continuou:

"Ele veio na neblina pela janela, como já vira diversas vezes, mas dessa vez se mostrou em carne e osso, não como fantasma. Seus olhos eram ferozes como os de um homem tomado pela cólera. Seus lábios muito vermelhos estavam escancarados em sorriso, e os dentes brancos e afiados reluziram à luz do luar quando se virou em direção às árvores, de onde vinham os latidos. Sempre soube que queria entrar, apenas esperava meu convite. No começo, recusei. Depois, Ele começou com promessas, que não eram apenas palavras vazias, pois as cumpria."

"Como?", interrompeu o professor.

"Fazendo acontecerem. Mandava moscas nos dias de sol. Moscas grandes e gordas com aço e safira nas asas. E mariposas enormes, com ossos e caveiras no dorso."

Van Helsing assentiu com a cabeça e sussurrou para mim: "A *Acherontia atropos*, da família dos esfingídeos, também chamada de mariposa-caveira".

Renfield continuou, sem pausa:

"Então começou a sussurrar: 'Ratos, ratos e mais ratos! Centenas, milhares, milhões de ratos, em cada um, uma vida. E cães para comê-los, e gatos também. Muitas e muitas vidas! Todos repletos de sangue, com anos de vida pulsando, não apenas moscas barulhentas!'. Eu achei graça e ri dele, pois queria ver do que era capaz. Então os cães latiram para além das árvores escuras, na casa dele. Ele me atraiu até a janela; levantei e fui olhar. Com um gesto, levantou as mãos e foi como se os chamasse sem precisar de palavras. Uma massa negra se espalhou pela grama, alastrou-se como incêndio. Ele movimentou a neblina de um lado para o outro e pude ver milhares de ratos; com olhos vermelhos faiscantes como os Dele, apenas menores. Quando levantou a mão, os ratos pararam e foi como se o ouvisse dizer: 'Posso lhe dar todas essas vidas e muitas outras, ainda maiores, ao longo de incontáveis eras. Basta que se ajoelhe e me idolatre'. Então uma nuvem vermelha como sangue cobriu meus olhos e, antes que atinasse o que fazia, vi-me abrindo a janela e Lhe dizendo: 'Entre, Mestre!'. Os ratos tinham desaparecido, mas Ele se esgueirou pela mínima fresta da janela. Era como a própria lua, que diversas vezes penetrava pela menor das brechas e pairava diante de mim em todo o seu imenso esplendor."

A voz dele fraquejou. Molhei seus lábios com o conhaque novamente e ele continuou, mas foi como se sua memória tivesse continuado a funcionar durante o intervalo, pois quando tornou a falar, a narrativa tinha avançado. Estava prestes a corrigi-lo, mas Van Helsing sussurrou:

"Deixa continuar, não interrompe. Não consegue retomar de onde para e talvez não consegue ir até o fim se perde fio da meada."

Renfield prosseguiu:

"Passei o dia todo aguardando algum recado, mas não me mandou nada, nem sequer uma varejeira. Quando a lua despontou no céu, estava irado com Ele. Fiquei ainda mais enfurecido quando passou pela janela, mesmo fechada, sem nem bater. Vi seu rosto pálido surgir em meio à neblina e me fitou com desdém, os olhos vermelhos reluzindo. Portou-se como o dono do lugar, como se eu fosse insignificante. Até mesmo seu cheiro parecia diferente. Não consegui segurá-lo. Quando passou por mim, tive a impressão de que a sra. Harker entrou no quarto."

Arthur e Quincey se levantaram imediatamente da cama e se aproximaram, ficaram atrás de Renfield, lugar onde ele não conseguia vê-los, mas em que podiam ouvi-lo melhor. Estavam ambos em silêncio, mas o professor estremeceu de susto. Seu rosto, no entanto, ficou ainda mais sério e soturno. Renfield, que não percebeu nada, prosseguiu:

"Quando a sra. Harker veio me ver naquela tarde, já não era mais a mesma pessoa. Parecia um chá aguado." Todos nós nos sobressaltamos, mas ninguém disse nada. Continuou:

"Só notei que estava aqui depois que começou a falar e não parecia mais ela mesma. Não gosto de gente pálida. Gosto de gente repleta de sangue e o dela parecia ter se esvaído. Na hora não me dei conta, mas depois que ela saiu, pensei e conclui, irritado, que Ele sugara a vida dela." Um calafrio percorreu meu corpo e senti que todos estremeceram. No entanto, continuamos imóveis. "Quando Ele veio ontem à noite, estava preparado. Vi a neblina penetrar pela janela e tentei agarrá-la. Ouvi dizer que os loucos têm força descomunal e, sabendo que sou louco — de vez em quando, pelo menos —, decidi usar meu poder. Ah, Ele também sentiu minha força, pois teve que sair da neblina para lutar comigo. Segurei firme e cheguei a crer que ia derrotá-lo, pois não queria que tirasse mais a vida da sra. Harker. Foi então que vi os olhos Dele. Senti como se me queimassem, e minha força me abandonou. Ele conseguiu se desvencilhar e, quando tentei agarrá-lo novamente, me ergueu no ar e me arremessou no chão. Havia uma nuvem vermelha na minha frente, ouvi um barulho como trovão e a neblina desapareceu por baixo da porta."

A voz dele estava cada vez mais fraca e a respiração, mais ruidosa. Van Helsing se levantou, instintivamente.

"Sabemos pior agora", disse. "Está aqui e conhecemos seu propósito. Pode não ser tarde demais ainda. Às armas, como outra noite, depressa. Não pode perder mais um segundo."

Não havia necessidade de colocar em palavras nosso temor, ou melhor, nossa certeza, pois compartilhávamos o mesmo sentimento. Corremos para os quartos e buscamos os objetos que tínhamos conosco quando invadimos a mansão do conde. O professor já estava com os seus à mão e, quando nos encontramos no corredor, apontou para eles:

"Não ando mais sem e assim é até nossa infeliz tarefa chegar no fim. Sejam igualmente prudentes, meus amigos. Não lidamos com inimigo comum. Que golpe, que desgraça, bem a querida madame Mina!". Van Helsing não pôde continuar, a voz embargou. No meu coração, não sei o que predominava: o ódio ou o terror.

Paramos diante do quarto do casal Harker. Art e Quincey hesitaram. "Será que devemos acordá-la?", perguntou Quincey.

"Devemos", respondeu Van Helsing determinado. "Se porta é trancada, arrombo."

"Mas ela vai morrer de susto! Não é de bom-tom arrombar o quarto de uma senhora!"

Van Helsing disse então, muito solene:

"Você tem sempre razão. Mas agora é questão de vida ou morte. Um médico não pode fazer distinções, todos quartos são iguais. E, mesmo que não são, é assim que vejo hoje de noite. Amigo John, quando giro maçaneta, se a porta não abre, avança com ombro e derruba. Vocês também, meus amigos. Agora!"

Ele girou a maçaneta, mas a porta não abriu. Arremessamos contra ela, que cedeu com estrondo, e quase caímos todos. O professor chegou a tombar; eu o vi de quatro, tentando se erguer. O que vimos lá dentro me encheu de pavor. Senti um arrepio eriçar os pelos da nuca e foi como se meu coração parasse de bater um instante.

O forte clarão do luar penetrava pela grossa cortina amarela e iluminava bem o quarto. Na cama sob a janela, Jonathan Harker, rosto afogueado e respirando com dificuldade, aparentemente em estado de estupor. Ajoelhada na beira da cama e virada para a porta sua esposa, vestida de camisola branca. De pé, à sua frente, um sujeito alto e magro, todo vestido de preto. Estava virado para ela, mas reconhecemos imediatamente o conde pelo perfil — vimos até mesmo a cicatriz na testa. Com a mão esquerda, segurava as mãos da sra. Harker e afastava-as do corpo com tanta rigidez que seus braços estavam tesos e esticados. Com a mão direita, a puxava pela nuca e forçava o rosto dela contra seu peito. A camisola branca da sra. Harker estava coberta de nódoas vermelhas e, por um rasgo na camisa do conde, vimos um fio de sangue escorrer pelo seu peito nu. A cena me evocou uma terrível comparação: uma criança que empurra o focinho de um gato em uma tigela de leite e obriga o bicho a beber. Com o barulho de nossa entrada, o conde virou o rosto e finalmente me vi na mira do olhar diabólico que os outros descreveram. Seus olhos vermelhos queimavam em ardor infernal. As largas narinas do pálido nariz aquilino estavam dilatadas e trêmulas. Por trás dos lábios grossos que pingavam sangue, seus dentes brancos e afiados rangiam e ele parecia um animal selvagem prestes a atacar. Com gesto violento, arremessou a vítima na cama — com tanta força que foi como se ela despencasse de altura considerável — e avançou contra nós. O professor, já de pé, empunhava o envelope com a hóstia sagrada. O conde se deteve, tal qual a pobre Lucy na porta do mausoléu, e deu um passo para trás. Recuou cada vez mais, à medida que avançávamos com os crucifixos. Súbito, uma nuvem negra deslizou pelo céu e obscureceu a luz da lua. Quincey riscou um fósforo e acendeu a lâmpada a gás, mas não vimos nada além de um tênue vapor deslizar por baixo da porta (que tornou a se fechar depois que a escancaramos à força). Van Helsing, Art e eu nos precipitamos em direção à sra. Harker que, a essa altura, já respirava normalmente e gritou alucinada, grito tão lancinante e desesperado que acho que ressoará em meus ouvidos enquanto viver. Por alguns segundos, permaneceu paralisada, imóvel em desmazelada impotência. O sangue que maculava lábios, face e queixo parecia acentuar ainda mais a sinistra lividez, e escorria pelo pescoço em rastro escarlate. Tinha os olhos rútilos de horror. Cobriu então o rosto com as pobres mãos machucadas, cujas rubras marcas deixadas pelos dedos do conde contrastavam com sua brancura, e emitiu um lamento desolado diante do qual seu tenebroso grito parecia apenas a fugaz expressão de pesar infinito. Van Helsing avançou, cobria-a gentilmente com a colcha, enquanto Art, após fitá-la desesperado, correu do quarto. Van Helsing me disse, aos sussurros:

"Jonathan em transe induzido por vampiro. Não pode fazer nada por pobre madame Mina até ela recuperar. Precisa acordar ele!"

Após embeber a ponta de uma toalha em água fria, o professor bateu com ela no rosto de Jonathan. Enquanto isso, a sra. Harker continuava de rosto coberto e seus ininterruptos soluços cortavam o coração. Levantei a cortina e espiei pela janela. A lua iluminava o pátio e distingui Quincey Morris correr pelo gramado e se esconder à sombra de frondosa árvore, o que me intrigou bastante. Naquele exato momento, porém, ouvi Harker exclamar algo, recuperando parcialmente a consciência, e virei-me para a cama. Como era de se esperar, havia profunda perplexidade em seu rosto. Ficou atônito por alguns segundos, mas logo depois voltou a si e sentou-se na cama, num sobressalto. O movimento fez a sra. Harker reagir e virar-se para ele com os braços estendidos, como para abraçá-lo. Em seguida, contudo, recolheu-os depressa e cobriu novamente o rosto. O tremor que sacudia seu corpo fez a cama estremecer.

"Em nome de Deus, o que está acontecendo?", gritou Harker. "Dr. Seward, dr. Van Helsing, o que houve? O que aconteceu? O que se passa? Mina, meu amor, o que houve? Que sangue é esse? Meu Deus, meu Deus do céu! Não me diga que..." Ajoelhou-se na cama e uniu as palmas em desesperada súplica. "Meu Deus, nos ajude! Ajude minha mulher! Nos ajude!"

Levantou-se da cama em um pulo e se vestiu. A necessidade de ação urgente avivou sua energia. "O que aconteceu? Digam!", gritou afobado. "Dr. Van Helsing, sei que o senhor ama Mina. Por favor, faça algo para salvá-la. Ainda não deve ser tarde demais. Cuide dela enquanto vou atrás dele!"

Mesmo consumida pelo horror e desespero, a sra. Harker percebeu o risco que ele estava prestes a correr. Esquecendo-se momentaneamente de seu próprio sofrimento, agarrou-o pelo braço e gritou:

"Não, não! Jonathan, não me deixe. Deus sabe que já sofri muito esta noite, não vou aguentar ficar aqui aflita, temendo que aconteça algo com você também. Fique comigo. Fique aqui com nossos amigos, que podem protegê-lo!", suplicou, em frenesi. Ao sentir que Jonathan cedia, o puxou para que se sentasse na cama e o agarrou com toda força.

Van Helsing e eu tentamos acalmá-los. Empunhando seu crucifixo dourado, o professor disse com extraordinária tranquilidade:

"Não tem medo, minha querida. Estamos aqui com vocês e enquanto tiver isto nenhuma criatura monstruosa pode se aproximar. Você está salva hoje de noite. Agora, precisa calma e discutir juntos que fazer."

Nossa amiga estremeceu, silenciou e escondeu o rosto no peito de Harker. Quando ergueu a cabeça, notou que seus lábios mancharam de sangue o pijama branco do marido, bem como as feridas do pescoço salpicaram gotículas vermelhas na roupa dele. Ela recuou imediatamente, soltou um pungente gemido e murmurou entre sentidos soluços:

"Impura, impura! Não posso mais tocá-lo ou beijá-lo. Que tristeza, meu Deus, ser agora sua pior inimiga, aquela a quem deve mais temer!"

Ao ouvi-la, retrucou enfático:

"Que bobagem, Mina. Fico magoado ao ouvi-la falar assim. Não repita mais isso. Que Deus me julgue pelos meus méritos e me puna com desgraças mais amargas do que a que vivemos agora se eu permitir, por ato ou intenção, que algo nos separe!"

Abriu os braços e a apertou contra seu peito, onde ela permaneceu soluçando por alguns instantes. Por cima da cabeça inclinada da sra. Harker, ele nos fitou com olhos marejados e narinas dilatadas. Tinha a boca rígida como aço. Os soluços dela escasseavam. Virou-se para mim e senti que Harker exercitava todo o seu controle para aquietar os nervos ao dizer, com estudada calma:

"Agora, dr. Seward, conte-me tudo o que aconteceu. Já compreendi os fatos. Agora, quero saber os detalhes."

Contei tudo o que se passou e ele ouviu, aparentemente impassível. No entanto, notei que suas narinas estremeceram e uma fúria acendeu-se nos olhos quando relatei como as mãos impiedosas do conde forçaram a cabeça da sua esposa naquela terrível posição e obrigou-a a sorver o sangue que brotava da ferida aberta em seu peito. Também reparei que enquanto seu rosto lutava bravamente para reprimir a fúria que o arrebatava, suas mãos acariciavam com suave ternura os cabelos despenteados da esposa. Logo que terminei o relato, Quincey e Godalming bateram à porta; pedimos que entrassem depressa. Van Helsing lançou-me olhar inquisitivo, que logo compreendi; queria saber se devíamos aproveitar a chegada de nossos amigos para distrair os pensamentos do desafortunado casal. Assim que assenti com a cabeça, perguntou o que viram e fizeram, e lorde Godalming disse:

"Não vi sinal dele no corredor, nem em nenhum dos quartos. Já no gabinete... Esteve lá, mas não mais. Contudo..." Calou-se de repente e olhou para a pobre figura na cama.

Van Helsing ordenou, muito sério:

"Prossegue, amigo Arthur. Não deve ocultar mais nada. Nossa esperança agora é saber máximo possível. Não meça palavras."

Art continuou:

"Ele esteve lá e não ficou mais do que alguns segundos, mesmo assim virou o lugar de cabeça para baixo. Todos os manuscritos foram queimados; ainda vi resquício das chamas. Também atirou os cilindros do fonógrafo na lareira, acho que a cera alimentou ainda mais o fogo."

"Graças a Deus temos uma cópia no cofre!", interrompi.

Detectei um lampejo fugaz de alegria em seu rosto, que logo recobrou sua expressão consternada. "Desci as escadas depressa, mas não havia sinal dele. Fui até o quarto de Renfield, porém não tinha nada lá, a não ser...", fez outra pausa.

"Continue", disse Harker com voz rouca.

Art abaixou a cabeça e umedeceu os lábios com a língua: "A não ser o corpo do pobre coitado".

A sra. Harker ergueu a cabeça, olhou para cada um de nós e disse muito solene: "Que seja feita a vontade de Deus!".

Senti que Art escondia algo, contudo, julguei que tivesse suas razões para fazê-lo e fiquei quieto. Van Helsing virou-se para Morris:

"Você, amigo Quincey, tem algo para contar?".

"Acho que sim", respondeu. "Pode ser algo relevante; por enquanto, ainda não sei. Achei que seria bom descobrir, se possível, para onde o conde foi depois que saiu daqui. Não o vi, porém avistei um morcego sair da janela de Renfield e voar na direção oeste. Imaginei que fosse voltar para Carfax, mas obviamente se abrigou em outro covil. Não volta hoje à noite, pois o céu está avermelhado e a aurora se aproxima. Amanhã teremos muito trabalho!", exclamou e cerrou os dentes.

Fez-se silêncio por alguns minutos e tive a impressão de que podia ouvir a batida de nossos corações. Então Van Helsing, ao acariciar a cabeça da sra. Harker:

"Agora, madame Mina, minha tão querida pobre madame Mina, conta exato que aconteceu. Deus sabe, última coisa que quero é prolongar sofrimento, mas é importante saber tudo. Agora, mais que nunca, precisa agir depressa e muita determinação. O fim está próximo e agora é chance de aprender com que acontece para sobreviver."

A pobre moça estremeceu e pude ver que seus nervos estavam à flor da pele; agarrou-se ao marido e enterrou a cabeça em seu peito. Depois a ergueu altiva e estendeu a mão para Van Helsing que, após se inclinar para beijá-la com reverência, a segurou. O marido segurava a outra mão, envolvendo-a na proteção do seu braço. Após uma pausa para ordenar os pensamentos, começou:

"Tomei o sonífero que você gentilmente me deu, mas demorou muito para fazer efeito. Tive a impressão de que estava mais desperta, e uma infinidade de ideias macabras invadiu minha mente, todas ligadas à morte, com vampiros, sangue, dor e tormento." Seu marido não conseguiu conter o gemido; ela virou-se em sua direção e disse muito amorosa: "Não se aflija, meu querido. Preciso que seja corajoso e forte, para me ajudar a vencer essa horrível tarefa. Se soubesse como me custa relatar esses acontecimentos tenebrosos, entenderia como preciso de você. Bem, vi que precisava ajudar o remédio a fazer efeito, então me obriguei a forçar o sono, que deve ter vindo depressa, pois não me lembro de mais nada. Não acordei quando Jonathan chegou e, quando dei por mim, mais tarde, ele dormia ao meu lado. O quarto estava envolto na mesma névoa branca de antes, não lembro agora se contei isso para vocês ou não. Vou mostrar o relato no diário depois. Senti o mesmo vago terror da outra vez e tive novamente a sensação de uma presença no quarto. Virei-me para acordar Jonathan, mas dormia tão pesadamente que parecia ter sido ele, e não eu, a tomar o sonífero. Tentei, mas não acordava de jeito nenhum, e isso me encheu de pavor. Olhei ao redor em pânico, e o que vi então quase fez meu coração parar. Ao lado da cama, como se saído da névoa, ou melhor, como se a névoa se transformasse em uma pessoa, pois desaparecera por completo, estava parado o homem alto e magro, todo de preto. Reconheci-o na mesma hora pela descrição de vocês. Rosto pálido, nariz aquilino, lábios vermelhos entreabertos que revelaram dentes brancos afiados, olhos vermelhos que vi no reflexo do poente nas janelas da igreja em Whitby. Reconheci até mesmo a cicatriz avermelhada na testa, onde Jonathan o golpeou. Por um instante, senti meu coração parar e ia gritar, mas estava paralisada. Então apontou para Jonathan e falou em um sussurro incisivo e áspero:

'Silêncio! Se fizer algum barulho, vou esmagar os miolos dele na sua frente.' Ainda perplexa, estava atordoada demais para fazer ou dizer qualquer coisa. Com sorriso de escárnio, pousou a mão no meu ombro, segurou-me com força e desnudou meu pescoço com a outra mão, 'Primeiro, um aperitivo para recuperar minhas forças. Acho bom ficar bem quietinha: não é a primeira nem a segunda vez que mato minha sede em suas veias!'. Estava aturdida e, curiosamente, não tive vontade de impedi-lo. Acho que é um dos poderes dessa horrenda maldição, subjugar as vítimas pelo toque. E então... meu Deus, tenha misericórdia de mim! Então, encostou os lábios pestilentos na minha garganta!'". Harker gemeu novamente. Ela apertou sua mão e o fitou com piedade, como se fosse ele a vítima. Depois, prosseguiu:

"'Senti que perdia as forças e estava à beira do desmaio. Não sei precisar a duração do horror, mas tive a impressão de que um longo tempo se passou antes de desprender a boca imunda, nefasta e escarninha da minha garganta. Vi o sangue fresco pingar de seus lábios!'" A recordação enfraqueceu-a e fez seu corpo cambalear. Teria tombado se não fosse o braço do marido. Com grande esforço, recompôs-se e continuou:

"'Então se dirigiu a mim, zombeteiro: 'Você, assim como os outros, julga-se mais inteligente do que eu. Ajudou esses homens a me perseguir e a frustrar meus planos! Agora sabe o que acontece com quem ousa cruzar meu caminho; eles já sabem em parte e, em breve, saberão por completo. Deveriam concentrar as energias em proteger o que tinham dentro de casa. Enquanto mediam inteligência comigo — eu, que comandei nações, que montei estratégias e guerreei centenas de anos antes que sequer tivessem nascido —, eu os ludibriei. E você, a quem tanto amam, agora é minha: carne da minha carne, sangue do meu sangue, parte da família... Por enquanto, é apenas minha farta fonte de vinho, mas em breve será minha companheira e ajudante. Você também terá sua vingança e todos eles, sem exceção, vão saciar sua sede de sangue. Por enquanto, deve ser punida pelo que fez. Você os ajudou a me prejudicar. A partir de agora, vai atender ao meu chamado. Quando minha mente disser ‹Venha!›, você vai cruzar terras e mares para obedecer. Para isso, precisamos apenas de mais uma coisa›. Assim dizendo, desabotoou a camisa e com as unhas compridas e afiadas, abriu uma veia no peito. Quando o sangue jorrou, segurou minhas mãos com a sua e, com a outra, puxou minha nuca e pressionou minha boca contra a ferida. Não tive saída: ou morria sufocada ou engolia um pouco do... Ah, meu Deus! Meu Deus! O que foi que fiz? O que fiz para merecer esse destino, justo eu que busquei a vida inteira seguir o caminho da humildade, da virtude. Deus, piedade de mim! Olhai esta pobre alma, que corre um perigo maior do que o mortal. Em Sua misericórdia, tenha piedade daqueles que a amam!» Pôs-se então a esfregar os lábios, como se quisesse limpá-los da impureza.

Enquanto contava sua terrível história, o dia raiou e deixou tudo ainda mais claro. Harker permanecia imóvel e em silêncio. No entanto, conforme ouvia a macabra narrativa de sua esposa, uma sombra cinzenta ia ofuscando seu rosto, escurecendo-o cada vez mais sob a luz matutina que despontava. Quando os primeiros raios avermelhados da aurora invadiram o quarto e iluminaram seu rosto, vimos que a escuridão que tomara conta de seu semblante destacava-se ainda mais em contraste com os cabelos, embranquecidos ao longo da madrugada.

Combinamos que um de nós ficará por perto do desafortunado casal até nos reunirmos para decidir o que fazer daqui para a frente.

De uma coisa tenho certeza: em seu trajeto diário, o sol não deitará seus raios em casa mais infeliz que a nossa.

CAPÍTULO XXII

Diário de Jonathan Harker

3 de outubro

BRAM STOKER

Como preciso me ocupar para não enlouquecer, escrevo. Já são seis horas e combinamos de nos encontrar daqui a meia hora no gabinete e de comer algo, pois tanto dr. Van Helsing quanto dr. Seward concordam que se não nos alimentarmos, não vamos conseguir trabalhar direito. E Deus sabe que hoje precisamos dar nosso melhor. Vou tentar escrever sempre que tiver oportunidade, pois não tenho condições de parar para pensar. Preciso anotar tudo, do mais insignificante ao mais importante. Talvez, no fim das contas, as maiores lições possam ser extraídas justamente dos detalhes. Todo o nosso aprendizado, contudo, não impediu que Mina e eu hoje nos víssemos na pior situação possível. Devemos, porém, confiar e cultivar a esperança. A pobre Mina me disse agora mesmo, com lágrimas no rosto que tanto amo, que é nas dificuldades e no sofrimento que nossa fé é testada. Disse que precisamos continuar confiando, pois Deus nos ajudará até o fim. O fim! E qual será esse fim, meu Deus do céu? Bom, ao trabalho! Ao trabalho!

O dr. Van Helsing e o dr. Seward foram ver o pobre Renfield e, quando retornaram, discutimos o que fazer. Dr. Seward nos contou que quando ele e Van Helsing entraram no quarto Renfield estava no chão, com o corpo desconjuntado; seu rosto coberto de hematomas e esmagado, o pescoço quebrado.

O dr. Seward perguntou ao enfermeiro de plantão se ouvira algo. Confessou ter dormitado um pouco, sentado em seu posto, mas relatou ouvir uma balbúrdia no quarto de madrugada e que Renfield gritara diversas vezes: "Deus! Deus! Deus!". Em seguida, ouviu um baque e, quando entrou no quarto, viu o paciente caído no chão de bruços, tal como os médicos o encontraram depois. Van Helsing perguntou se ouviu "vozes" ou "voz", mas não soube responder com certeza. Disse que inicialmente pareciam duas pessoas, mas como não havia ninguém além de Renfield no quarto quando entrou, acreditava ser uma voz só. Porém, acrescentou que tinha certeza absoluta de que a palavra repetida pelo paciente fora "Deus". Quando ficamos a sós, o dr. Seward explicou que não queria esmiuçar muito o assunto, para evitar investigação e provável inquérito policial — situação em que estaríamos em maus lençóis, pois de nada adiantaria dizer a verdade: ninguém acreditaria. Assim, com o enfermeiro de testemunha, achou melhor emitir o atestado de óbito em decorrência de queda da cama. Caso o legista exigisse, poderiam abrir investigação formal, mas o resultado seria o mesmo.

Ao discutirmos qual seria nosso próximo passo, a primeira decisão foi restituir Mina ao grupo e mantê-la a par de absolutamente tudo. Concordamos que nada deveria ser ocultado, por mais doloroso que fosse. Ela própria julgou a decisão prudente e foi penoso vê-la tão corajosa, mas ao mesmo tempo tão sofrida, mergulhada nas profundezas de seu desespero.

"Vocês não devem me esconder nada", disse. "Infelizmente, já esconderam demais. Além disso, não há nada neste mundo que possa me fazer sofrer mais do que sofri, mais do que estou sofrendo agora! Seja o que for, me trará renovada esperança e nova dose de coragem!"

Van Helsing, que a olhava fixamente enquanto falava, disse de maneira repentina, mas tranquila:

"Mas minha querida madame Mina, não tem medo? Sei que não teme por você, mas por outros, depois do acontecido?"

Seu rosto estava rígido e impassível, mas ardia nos olhos o brilho devoto de mártir quando respondeu:

"Não tenho, pois já tomei uma decisão!"

"Qual decisão?", perguntou o professor, afetuoso, enquanto permanecíamos imóveis, todos com vaga ideia do que se passava em sua mente.

Ela respondeu direta e simples, como se apenas constatasse um fato:

"Se detectar em mim mesma, e saibam que estarei atenta, o menor sinal de risco para aqueles que amo, escolherei a morte."

"Você não pensa em suicidar, pensa?", perguntou o professor, a voz rouca.

"Penso. Caso não haja nenhum amigo que me ame e possa me salvar do sofrimento desse ato desesperado!", disse e olhou de modo significativo para ele.

Van Helsing, que até então estava sentado, levantou-se. Aproximou-se dela, colocou a mão em sua cabeça e disse, muito solene:

"Minha filha, se for para seu bem, que não falta é amigos que amam você. Eu mesmo assumo responsabilidade de acertar contas com Deus se acho que eutanásia é melhor solução para você. Se é mais seguro! Mas filha..."

Por um momento, pareceu prestes a chorar e precisou engolir o soluço que subia pela garganta. Então, prosseguiu:

"Existe aqui amigos que livram você do tormento. Mas não pode morrer. Não é morta por ninguém, muito menos por próprias mãos. Até desgraçado que arruinou sua doce existência estar verdadeiramente morto, você não morre. Se ele não é destruído, sua morte transforma em criatura igual ele. Não, você precisa vida! Resiste e luta pela sua vida, embora morte agora parece bênção inenarrável! Deve combater a própria Morte, vem como dor ou deleite, de dia ou de noite, na proteção ou no perigo! Pelo bem de sua alma, ordeno que não se mate. Não pensa morrer até monstro ser aniquilado da face da terra."

A pobrezinha ficou pálida e um tremor sacudiu todo o seu corpo, como treme a areia movediça no fluxo da maré. Estávamos todos em silêncio. Não havia nada que pudéssemos fazer. Aos poucos, ela se acalmou, virou para o professor, estendeu a mão e disse com doçura e infinita tristeza:

"Prometo, querido amigo. Se Deus me deixar viver, lutarei para combater a morte até que, com a graça divina, possa me livrar de vez desse horror."

Ela demonstrou tamanha bondade e coragem que renovou nossas forças, ao restaurar em nossos corações o empenho para trabalhar e lutar por ela. Começamos a discutir quais seriam nossos próximos passos. Expliquei que ela teria acesso a todos os manuscritos do cofre, bem como a todos os documentos, diários e gravações a partir de agora, e estava novamente encarregada de organizá-los, como antes. Ela ficou contente por ter alguma ocupação — se é que posso associar a palavra "contente" a tarefa tão soturna.

Van Helsing, como sempre, já se adiantara a todos e traçou plano detalhado de nossas próximas tarefas.

"No fim das contas, acho que foi bom não fazer nada com caixas na incursão em Carfax", disse. "Se fazemos, conde adivinha nossa intenção e certamente toma providência para salvaguardar demais. Como não mexemos nada, desconhece nossos objetivos. Acho até provável que não sabe que podemos esterilizar os refúgios para não poder mais usar eles. Conhecemos bem a disposição das caixas e acho que, quando examinamos a casa em Piccadilly, a gente conseguir rastrear até a última. O dia de hoje é nosso e nele mora esperança. O mesmo sol que mais cedo descortina nossa desgraça, protege até crepúsculo. Até poente, monstro não muda a forma. Está confinado às limitações do invólucro terreno. Não desaparece em pleno ar nem passa por fendas, brechas ou frestas. Para atravessar porta, precisa abrir, como qualquer mortal. Precisa aproveitar então o dia hoje para encontrar todos covis e esterilizar um por um. Assim, mesmo se não conseguimos capturar e destruir, podemos acuar ele em algum lugar que nossa tarefa fica mais fácil e o extermínio é garantido."

Levantei-me, pois não aguentava mais ficar ali sabendo que cada minuto, cada segundo eram cruciais para salvaguardar a vida e a felicidade de Mina, e que perdíamos tempo em conversa em vez de partir logo para a ação. Mas Van Helsing ergueu a mão para acalmar-me.

"Não, amigo Jonathan", disse, "nesse caso, pressa é inimiga da perfeição, como fala provérbio. Vamos agir com máxima presteza na hora certa. Pensa bem, a casa em Piccadilly é provável chave de tudo. O conde pode ter muitas propriedades, mas guarda seus pertences em só uma. Deve ter escrituras, chaves, documentos, talões de cheque. Por que não escolhe lugar central, sossegado, que pode entrar e sair por porta da frente ou do fundo a qualquer hora, sem ninguém notar no meio do burburinho do tráfego? Tem que vasculhar essa casa. Quando descobrir o que guarda lá, quando ‹mapear terreno›, como diz Arthur em expressão de caça, aí sim pode encurralar a velha raposa, concordam?"

"Então vamos logo", gritei. "Estamos perdendo tempo precioso!"

O professor não se mexeu: "E como entra na casa de Piccadilly?".

"Vamos dar um jeito!", exclamei. "Arrombamos a porta, se preciso."

"E a polícia? O que pensará disso?"

Estava atônito, mas sabia que Van Helsing tinha bons motivos para protelar nossa ida. Disse apenas isto, com muita calma:

"Não vamos esperar mais do que o necessário. Vocês sabem, tenho certeza, a tortura que está sendo para mim."

"Meu filho, sei. E não tem desejo de prolongar mais angústia. Mas pensa bem: que pode fazer nessa circunstância? Precisa aguardar hora certa. Penso bastante e parece que melhor solução é mais simples. Queremos entrar na casa, mas não temos chave, não é isso?"

Concordei.

"Agora, imagina que você é, de fato, dono da casa e está sem chave. Se não sabe como arrombar porta, o que faz?"

"Chamaria um bom chaveiro e pediria que abrisse a fechadura."

"A polícia, por acaso, intervém?"

"De modo algum, se souber que o chaveiro foi contratado pelo dono da casa."

"Então", prosseguiu e encarou-me enquanto falava, "que está em questão é honestidade do possível dono e discernimento de policial, para ver se é bem ou mal-intencionado. Os policiais devem ter realmente zelo e inteligência em avaliações, para casos assim. Não, meu amigo Jonathan, você pode abrir fechadura de centenas de casas desertas em Londres ou outra cidade do mundo e, se faz tudo direito e na hora certa, ninguém nota, nem intervém. Sei de um sujeito que tem bela casa aqui em Londres e, quando tranca e parte para verão na Suíça, a casa é invadida por ladrão, que entra pela janela. O ladrão escancara venezianas e entra e sai pela porta da frente, nas barbas da polícia. Logo depois, organiza leilão na casa, bastante alardeado, atrai bastante gente. E, em dia marcado, com ajuda de leiloeiro experiente, vende todos pertences da casa. Por fim, faz acordo com construtora, vende casa e arranja demolição. Tudo isso com ajuda de polícia e autoridades. Quando o dono da casa volta das férias, encontra apenas buraco onde antes era residência. Tudo feito *en règle*,[1] assim como vai ser nosso trabalho. Não pode ir muito cedo, para não despertar suspeita da polícia que, nesse horário, é menos ocupada e mais atenta. Mas, se for depois das dez, quando ruas são mais movimentadas, pode agir como donos da casa."

Admiti que ele tinha razão e o rosto de Mina, até então contraído de desespero, se desanuviou. A sensata estratégia nos trouxe um pouco de esperança.

Van Helsing continuou: "Uma vez dentro, pode encontrar outras pistas. Alguns ficam lá enquanto outros procuram demais esconderijos de caixas na Bermondsey e na Mile End".

Lorde Godalming ficou de pé. "Posso ser útil lá", disse, "Vou mandar um telegrama para que os empregados deixem cavalos e carruagens à disposição."

"Escute, meu velho", disse Morris, "acho uma ótima ideia deixar os animais a postos, mas você não acha que as suas carruagens vistosas, com adornos heráldicos, paradas nas ruazinhas de Walworth ou Mile End vão chamar muita atenção? Acho melhor usar cabriolé mesmo quando formos para as áreas sul ou leste da cidade. E até deixá-los em algum lugar próximo de onde formos."

---

[1] Expressão francesa que significa "dentro das regras".

"Amigo Quincey está certo!", disse o professor. "Tem cabeça no lugar, como se diz. Tem tarefa difícil pela frente e a última coisa que precisa é chamar atenção de passantes."

Mina estava bastante interessada em tudo, e com alívio notei que a premência dos planos a ajudavam a esquecer da terrível experiência na madrugada. Ostentava lividez cadavérica e estava tão magra que os lábios pareciam mais finos e exibia os dentes proeminentes. Não comentei para não a preocupar à toa, mas senti o sangue gelar quando me lembrei do que aconteceu com a pobre Lucy depois que o conde sugou seu sangue. Por enquanto, os dentes dela não parecem afiados, mas se passou pouco tempo e receio termos muito a temer ainda.

Novas fontes de dúvida surgiram ao discutirmos a sequência das tarefas e a distribuição do grupo. Finalmente, concordamos que antes de partir para Piccadilly, deveríamos esterilizar o covil mais próximo do conde. Mesmo que descobrisse antes da hora, ainda assim teríamos vantagem na estratégia de destruição. E a presença dele, em forma humana e nas horas mais vulneráveis, poderia nos fornecer novas pistas.

Quanto à distribuição do grupo, o professor sugeriu que, após a ida para Carfax, entrássemos juntos na casa em Piccadilly. Depois, eu ficaria lá com os dois médicos, enquanto lorde Godalming e Quincey procurariam os covis em Walworth e Mile End para destruir. Ele disse ser possível, até mesmo provável, que encontrássemos o conde em Piccadilly durante o dia e, se isso acontecesse, poderíamos destruí-lo lá mesmo, ou seguir juntos em seu encalço. No que dizia respeito a mim, opus-me categoricamente a esse plano, pois pretendia ficar em casa e proteger Mina. Tinha me decidido, porém Mina insistiu para que mudasse de ideia, e alegou que meus conhecimentos jurídicos poderiam ser úteis e, entre os papéis do conde talvez houvesse pistas que minha experiência na Transilvânia ajudasse a decifrar; e que também precisamos reunir nossas forças para lutar contra o poder extraordinário dele. Fui obrigado a ceder, pois Mina estava irredutível. Ainda lembrou que nosso trabalho em grupo era sua última esperança de salvação.

"Quanto a mim", disse, "não tenho medo. O pior já me aconteceu. Seja lá o que vier agora, terei alguma esperança e conforto. Vá, meu marido! Se for a vontade de Deus, estarei tão protegida sozinha quanto acompanhada."

Levantei-me e exortei-a: "Então, pelo amor de Deus, vamos logo, estamos perdendo tempo. O conde pode ir para Piccadilly mais cedo do que imaginamos".

"Duvido!", disse Van Helsing, que ergueu a mão para me conter.

"Por quê?"

O professor sorriu e respondeu: "Porque dorme até tarde. Ou você esquece que ontem banqueteia fartamente?".

"Esquecer? Como poderia! Como qualquer um de nós pode esquecer aquela cena terrível!" Mina se esforçou para manter a expressão de coragem, mas foi subjugada pelo sofrimento, cobriu o rosto com as mãos e foi acometida por convulsivos soluços que estremeceram seu corpo inteiro. Não fora a intenção de Van Helsing fazer com que se recordasse da tenebrosa experiência; distraído com seu raciocínio, esqueceu-se de que ela estava conosco e de seu papel em todo o horror que viviamos.

Ao perceber o que havia dito, ficou horrorizado com sua insensibilidade e tentou confortá-la.

"Madame Mina, querida", disse, "minha tão querida madame Mina! Justo eu, que tanto reverencio, como posso dizer algo tão impensado? Estúpida língua solta e cabeça tola de velho não merecem, mas você esquece isso, não?", perguntou e inclinou-se diante dela; Mina segurou a mão do professor, fitou-o através das lágrimas e respondeu com voz rouca:

"Não, não vou esquecer, pois é prudente que me recorde. Mas guardarei junto às boas lembranças que tenho do senhor. Agora, devem partir em breve. O café da manhã está pronto e precisamos nos alimentar, para recuperar o vigor."

Foi uma estranha refeição. Tentamos ficar alegres e incentivar uns aos outros; Mina mostrou-se a mais radiante e animada. Quando terminamos, Van Helsing levantou-se e disse:

"Agora, meus caros amigos, partimos para terrível missão. Armados como na noite da invasão do covil do inimigo? Contra ataques espectrais e físicos?" Assentimos com a cabeça. "Ótimo, então. Agora, madame Mina, é segura até o sol se pôr, mas voltamos a tempo, se voltar... Não, retornamos! Antes de partir, deixo arma contra ataque pessoal. Depois de descer, preparo quarto, espalho itens que sabe que ele não tolera, para que não entre. Agora, deixa proteger fisicamente. Abençoo a testa com hóstia sagrada, em nome de Pai, de Filho e de..."

Um grito pungente ecoou no ar e enregelou nossos corações. A hóstia queimou a testa de Mina e marcou a pele como ferro em brasa. O cérebro da minha querida processou o significado do incidente com a mesma rapidez que seus nervos reagiram à dor da queimadura e aquele pavoroso grito era o resultado da constatação que dilacerara seu espírito. Mas as palavras logo a socorreram; o eco do grito sequer se dispersara no ar quando ela tombou de joelhos no chão, em submissa agonia. Cobriu o rosto com o lindo cabelo, como fazem os leprosos com os mantos e exprimiu um lamento:

"Impura! Impura! Mesmo o Todo-poderoso rejeita a impureza da minha carne! Hei de carregar esta marca da vergonha na testa até o Juízo Final!"

Estávamos todos paralisados. Tomado pela angústia do pesar impotente, me atirei no chão ao seu lado e a abracei com força. Por alguns instantes, nossos infelizes corações bateram juntos, enquanto os amigos ao redor desviavam os olhos, em lágrimas silentes. Van Helsing então se virou para nós e disse muito sério, com tanta seriedade que parecia tomado por inspiração divina:

"Pode carregar esta marca até Juízo Final, quando Deus corrige todas injustiças do mundo e dos Seus filhos. Minha querida madame Mina, neste dia, nós que amamos você podemos estar lá e ver sumir a cicatriz vermelha, sinal que Deus sabe que acontece, e testemunhar sua testa ser tão imaculada quanto coração de volta. Tenho certeza que cicatriz desaparece quando Deus remove fardo que agora pesa em nós. Até lá, carregamos nossa cruz, como fez Seu filho, por Sua vontade. Talvez sejamos instrumentos escolhidos por Ele e, como Cristo, ascender aos céus por flagelo e degradação, por lágrima e sangue. Por dúvidas, por medo e por tudo que distingue Deus de homens."

Havia esperança e conforto em suas palavras, e elas nos trouxeram resignação. Mina e eu compartilhamos a mesma sensação, pois simultaneamente tomamos cada uma das mãos do professor, nos inclinamos e as beijamos. Então, em silêncio, todos se ajoelharam e, de mãos dadas, juramos lealdade uns aos outros. Nós, homens, fizemos a promessa solene de erguer o véu de sofrimento que encobria a cabeça daquela que, cada um a sua maneira, todos amávamos. Rezamos juntos, e pedimos ajuda e orientação divina para nossa horrenda missão.

Quando terminamos, era hora de partir. Despedi-me de Mina, despedida que nenhum de nós dois há de esquecer até o último suspiro, e partimos.

Quanto a mim, me decidi. Se Mina se transformar em vampira, não vou deixar que ingresse nesse universo desconhecido e terrível sozinha. Suponho que, antigamente, os vampiros se multiplicaram desta forma: assim como seus corpos odiosos só podiam repousar em terra sacra, o amor mais sagrado deve ter recrutado muitos soldados para seus exércitos infernais.

Entramos em Carfax sem problemas e encontramos tudo como na incursão anterior. Era difícil crer que um ambiente tão prosaico de abandono e poeira ocultasse tamanho horror. Se não estivéssemos tão determinados, com lembranças tão tenebrosas para encorajar, acho que não prosseguiríamos a missão. Não encontramos documentos nem sinal de habitação na casa. Na velha capela, as caixas estavam exatamente no mesmo lugar. Dr. Van Helsing, muito sério:

"Agora, meus amigos, tem dever a cumprir. Precisa esterilizar esta terra, consagrada com memórias sacras, trazida de local longínquo para uso tão macabro. Escolheu esta terra porque é sagrada. Assim, derrotamos com nossa própria arma, que fica ainda mais benta. É santificada para uso de homens, agora, a santificamos para Deus."

Enquanto falava, retirou da bolsa a chave de fenda e a chave-inglesa. Sem dificuldade, abriu a tampa de uma caixa. A terra exalou cheiro de mofo, mas aquilo não nos distraiu, pois estávamos concentrados no professor. Tirou a hóstia sagrada de um pequeno recipiente, a depositou com reverência sobre a terra e, depois de fechar a tampa, aparafusou-a novamente com nossa ajuda.

Repetimos o procedimento em todas as caixas e as deixamos com a mesma aparência externa; por dentro, contudo, havia um pedaço de hóstia em cada. Quando saimos da casa e fechamos a porta, o professor disse, em tom solene:

"Já fizemos trabalho aqui. Se temos mesma sorte com as outras, quando o poente hoje deita derradeiros raios de sol sobre testa de madame Mina, ela está branca como marfim, sem mancha!"

A caminho da estação de trem, atravessamos o gramado e passamos na porta do manicômio. Olhei ansiosamente para a janela do nosso quarto e avistei Mina. Acenei e informei com gestos que o trabalho correra bem. Ela assentiu com a cabeça, para demonstrar que havia compreendido. Depois, acenou-nos um gesto de adeus. Foi com o coração apertado que cheguei à estação e embarquei no trem, que se preparava para partir. Aproveitei para escrever na viagem.

Piccadilly, 12h30

Pouco antes de chegarmos à Fenchurch Street, lorde Godalming me disse:

"Quincey e eu vamos procurar o chaveiro. É melhor não vir conosco: caso haja alguma dificuldade, seremos obrigados a arrombar a casa e tentaremos contornar a situação, se descobertos. Mas você é advogado e a Ordem dos Advogados decerto não aprova um dos seus envolvido em invasão domiciliar."

Relutei diante da ideia de que se arriscariam sozinhos, mas ele prosseguiu:

"Além do mais, em menor número, chamamos menos atenção. Meu título vai nos ajudar com o chaveiro e a polícia, em caso de algum contratempo. É melhor que vá com Jack e o professor para Green Park e esperar lá, de onde possam ver a casa e, quando o chaveiro for embora e a porta estiver aberta, se encontram conosco. Estaremos à sua espera."

"É bom conselho!", disse Van Helsing.

Concordamos. Godalming e Morris partiram em um cabriolé e nós fomos em outro. Na esquina da Arlington Street, os médicos e eu descemos e caminhamos até Green Park. Meu coração acelerou quando avistei a casa em que depositávamos tanta esperança. A propriedade erguia-se sombria e silenciosa, distintamente abandonada entre a vizinhança de casas alegres e bem-cuidadas. Escolhemos um ponto para vê-la do parque, nos acomodamos no banco e ficamos quietos, com nossos charutos, para não chamar atenção. Os minutos pareciam se arrastar a passos de chumbo enquanto esperávamos a chegada de nossos companheiros.

Por fim, vimos o veículo se aproximar. Lorde Godalming e Morris desceram calmamente, seguidos por um operário robusto que saltou da boleia com sua cesta de ferramentas. Morris pagou o motorista, que com um toque no chapéu se afastou. Subiram então os degraus diante da casa e lorde Godalming explicou o serviço ao chaveiro. O sujeito tirou o casaco sem pressa e pendurou-o em uma haste do corrimão enquanto comentava algo com o policial que, por acaso, passava ali naquele exato momento. O policial assentiu com a cabeça e o chaveiro, ajoelhou-se diante da porta e apoiou sua cesta no chão. Após vasculhar seu conteúdo, retirou algumas ferramentas e as dispôs metodicamente ao seu lado. Levantou-se, olhou pelo buraco da fechadura, assoprou e, virando-se para seus dois contratantes, fez algum comentário. Lorde Godalming sorriu e o homem ergueu um volumoso molho de chaves. Selecionou uma, começou a testar a fechadura e experimentar o encaixe. Após manusear a primeira chave, testou a segunda e depois a terceira. A porta então se abriu com um leve empurrão e os três adentraram o vestíbulo da casa. Permanecemos sentados no parque, esperando. Meu charuto queimava à toa, sem que o tragasse, e o de Van Helsing já se apagara por completo. Aguardamos pacientemente até ver o chaveiro sair da casa com sua cesta. Usou os joelhos para manter a porta aberta e encaixou outra chave na fechadura. Por fim, entregou-a para lorde Godalming, que sacou a carteira e lhe deu algo. Despediu-se com um toque no chapéu, o sujeito recolheu sua cesta, vestiu o casaco e partiu. A operação transcorreu sem que ninguém notasse.

Quando o homem já estava relativamente longe, atravessamos a rua e batemos à porta. Quincey Morris a abriu sem demora, acompanhado de lorde Godalming, que acendia um charuto.

"Este lugar tem cheiro tenebroso", disse assim que entramos na casa.

O cheiro era mesmo tenebroso, como o da velha capela em Carfax. Pelos sinais que aprendemos a detectar em nossa incursão anterior, logo entendemos que o conde utilizava o local com frequência. Inspecionamos a casa juntos, sempre em grupo para nos proteger de ataques. Nosso inimigo é forte e astuto, e ainda não sabíamos se estava ou não em casa. Na sala de jantar, nos fundos do vestíbulo, encontramos oito caixas de terra: uma delas havia sumido! Nossa tarefa não estava terminada e só poderíamos dá-la por concluída quando encontrássemos a caixa desaparecida. Primeiro, abrimos as venezianas da janela que dava para o estreito pátio de pedras, nos fundos do estábulo, que imitava a fachada de uma casa em miniatura. Como não tinha janelas, não nos preocupamos em ser vistos. Sem perder tempo, examinamos as caixas: abrimos uma a uma com nossas ferramentas e repetimos o procedimento da velha capela. Com a certeza de que o conde não estava em casa, varremos o local em busca de alguns de seus pertences.

Após averiguar todos os cômodos, do porão ao sótão, concluímos que os únicos pertences do conde estavam na sala de jantar mesmo. Examinamos tudo minuciosamente. Estavam dispostos em uma bagunça organizada sobre a mesa de jantar. Encontramos a escritura da casa em Piccadilly, bem como as de Mile End e Bermondsey, papéis de carta, envelopes, canetas e tinta — tudo coberto por finos papéis de embrulho, para proteger da poeira. Havia também uma escova de roupas, uma escova de cabelo, um pente, uma jarra e uma bacia. A bacia continha água suja e avermelhada, que parecia misturada com sangue. Achamos também chaves de todos os tipos e tamanhos, provavelmente das demais casas. Quando terminamos de examinar nosso último achado, lorde Godalming e Quincey Morris anotaram os endereços dos imóveis do leste e do sul, pegaram as chaves e partiram para destruir as outras caixas. Fiquei com os médicos e aqui, em um exercício de paciência, aguardamos o regresso de nossos amigos ou a chegada do conde.

CAPÍTULO XXIII

Diário do dr. Seward

3 de outubro

BRAM STOKER

𝕬GUARDAMOS o retorno de Godalming e de Quincey Morris por tempo que me pareceu interminável. O professor tentou ocupar nossa mente com estímulos constantes. Percebi que era uma estratégia caridosa pelo modo como relanceava, de tempos em tempos, na direção de Harker. Coitado do nosso amigo: vê-lo assim arrasado era de cortar o coração. Ainda ontem era homem de aparência alegre, rosto forte e jovem, enérgico, cabelos castanhos. Hoje é um velho gasto, exaurido, cujos cabelos brancos combinam com os olhos vazios e as rugas em seu rosto. Sua energia, no entanto, permanece intacta. Na verdade, é uma chama viva. Isso talvez seja sua salvação, pois se tudo correr bem servirá como esteio no período de desespero e o ajudará a despertar novamente para as realidades da vida. Pobre sujeito, e eu achava que meus infortúnios eram cruéis, mas os dele... O professor também tem consciência disso e se esforça para distraí-lo. Diante das circunstâncias, até que sua fala foi bem interessante. Vou registrá-la aqui, tal como a recordo:

"Desde que o material veio para minhas mãos, estudo com afinco todos documentos desse monstro, e quanto mais estudo, mais sei que precisa exterminar por completo. Sinais mostram que fortalece, é mais poderoso e sabe disso. Aprendo com pesquisas do amigo Arminius de Budapeste: vivo, o conde é homem extraordinário. Soldado, estadista e versado no ápice do conhecer científico da época, a alquimia. Possui mente prodigiosa, instrução incomparável e coração destemido, sem remorso. Ousa até mesmo frequentar a Scholomance e, na época, não tem um único ramo de conhecimento que não estuda. A inteligência sobrevive a morte física, embora sofre alguma perda da memória. Em algumas faculdades mentais, é como criança. Mas cresce e amadurece. Testa as forças e vai bem. Se não cruzamos seu caminho, se torna — e ainda pode se fracassamos — o pai e provedor de nova ordem de seres que caminho conduz a Morte não a Vida."

Harker gemeu e disse:

"E todas as suas forças agora se concentram na minha amada! Mas como assim, testa suas forças? Conhecer seus limites pode nos ajudar a derrotá-lo!"

"O tempo inteiro, desde que chega, testa poderes, de forma lenta, mas determinada. Seu cérebro pueril trabalha, mas, por sorte, ainda continua cérebro de criança, porque ousa avançar em plena potência, nos sobrepuja. Sua intenção, contudo, é vencer, e homem que tem séculos pela frente pode aguardar e ir com calma. Seu lema bem pode ser *festina lente*."[1]

"Não consigo entender", disse Harker com voz cansada. "Seja mais claro, por favor! Acho que a tristeza e o sofrimento obscureceram meu cérebro."

O professor colocou carinhosamente a mão no ombro dele e disse:

"Está bem, meu filho, sou mais claro. Não percebe como, de tempos para cá, esse monstro aprende por tentativa e erro? Usa o paciente zoófago para entrar na casa do amigo John. Os vampiros só entram em casa se são convidados por morador, embora, depois do primeiro convite, entram e saem à vontade. Mas essa não é a experiência mais importante. No início, as caixas são transportadas por terceiros, pois ele não atina que pode fazer diferente. Mas seu cérebro de criança amadurece e especula se ele próprio não faz o serviço; ajuda carregadores e logo vê que consegue carregar caixas sozinho. E assim faz e espalha suas sepulturas pela cidade sem ninguém mais saber onde estão escondidas. Talvez a intenção é enterrar no solo sepulturas para usar apenas de noite ou quando muda forma, sem ninguém identificar seus esconderijos. Mas, meu filho, não desespera, pois ele tem essa ideia tarde demais! Tem apenas mais um covil para esterilizar e, antes do pôr do sol, fazemos isso. Então não tem mais local para escapar e esconder. Protelo nossa saída hoje cedo porque quero certeza. A gente tem mais a perder que ele, não é mesmo? Então precisa ser mais cauteloso. Meu

---

[1] "Apressa-te devagar", em latim.

relógio marca uma hora e, logo logo, se tudo dá certo, nossos amigos Arthur e Quincey estão de volta. Hoje é nosso dia e precisa avançar com confiança, mas sem pressa, para não perder chance. Somos cinco quando rapazes voltam."

Enquanto Van Helsing falava, um barulho na porta nos sobressaltou; era a batida dupla de um garoto de recados, que trazia um telegrama. Por instinto, acorremos juntos ao vestíbulo e Van Helsing ergueu a mão para fazermos silêncio, deu um passo à frente e abriu a porta. O menino entregou o recado. O professor fechou a porta e, após conferir o destinatário, abriu e leu em voz alta:

Cuidado com D. Saiu às pressas agora mesmo de Carfax, 12h45, e seguiu em direção ao sul. Parece estar fazendo a ronda e pode encontrá-los. — Mina

Fez-se breve silêncio, quebrado por Jonathan Harker:
"Graças a Deus! Em breve estaremos face a face!"
Van Helsing virou-se depressa para ele e disse:
"Deve entregar a Deus para agir no Seu tempo e como Sua vontade. Não teme, mas não comemore ainda. Aquilo que ansiamos pode ser nossa desgraça."
"Nada mais me importa", respondeu exaltado, "a não ser aniquilar o monstro da face da terra. Venderia minha alma para isso!"
"Não diz isso, meu filho!", interpelou Van Helsing. "Deus não compra almas assim e o Diabo, embora compra, não mantém promessa. Deus é piedoso e justo, conhece sofrimento e devoção que tem por querida madame Mina. Mas pensa como ela sofre duplamente se ouve essas palavras impulsivas. Acredita, estamos todos devotados a essa causa, e hoje luta chega ao fim. É hora da ação. Hoje, vampiro está restrito a poder humano e até crepúsculo não pode mudar forma. Ele ainda demora para chegar aqui, por mais que apressa, tem chão pela frente e já é uma e vinte. Vamos torcer para amigos chegarem antes."

Mais ou menos meia hora após o telegrama da sra. Harker, ouvimos uma batida discreta, porém enérgica, na porta da frente. Foi batida comum, como milhares dadas e ouvidas em milhares de portas diariamente, mas fez meu coração disparar e vi que o mesmo se deu com o professor. Nos entreolhamos e avançamos depressa para o vestíbulo, munidos de nossas armas: as espirituais na mão esquerda e as mortais na direita. Van Helsing abriu a tranca, manteve a porta entreaberta e recuou com as mãos prontas para a ação. A alegria deve ter transparecido no rosto quando vimos lorde Godalming e Quincey Morris parados nos degraus da entrada. Entraram depressa e fecharam a porta. Morris disse enquanto avançava pelo vestíbulo:

"Deu tudo certo. Encontramos os dois covis. Seis caixas em cada e destruímos todas."

"Destruíram?", perguntou o professor.

"Para ele!"

Ficamos em silêncio por um instante e então Quincey disse:

"Não temos mais nada a fazer, a não ser aguardar aqui. Se não aparecer até às cinco da tarde, levantamos acampamento. Não é prudente deixarmos a sra. Harker sozinha depois que o sol se pôr."

"Ele logo está aqui", disse Van Helsing após consultar seu caderninho de notas. "Veja: de acordo com telegrama de madame Mina, sai de Carfax, direção sul. Isso significa que tem que atravessar rio e só pode no estofo da maré, que é pouco antes da uma. Seguir para sul é pista importante para nós. Por enquanto, tem apenas suspeita e vai primeiro para Carfax, local que imagina menos provável de interferência. Vocês chegam em Bermondsey pouco antes dele. Vai para Mile End depois e por isso que ainda não está aqui. Isso deve demorar tempo, pois tem que ser carregado pelo rio. Acreditem, meus amigos, não esperamos muito agora. Vamos preparar plano de ataque para não desperdiçar chance. Silêncio, o tempo é curto. Tenham armas em mãos! Preparados!", exclamou e ergueu a mão em gesto de advertência. Ouvimos então o ruído de chave na porta da entrada.

Mesmo em momento crítico como aquele, não pude deixar de admirar como se destaca um espírito de liderança. Em todas as nossas caçadas e aventuras em diversas partes do mundo, Quincey Morris sempre se encarregou de traçar o plano de ação, e Arthur e eu nos acostumamos a obedecê-lo. Agora, o velho hábito ressurgia, como por instinto. Com apenas ligeiro olhar pelo aposento, rapidamente traçou nosso plano de ataque e, sem dizer uma palavra, nos posicionou em locais estratégicos. Van Helsing, Harker e eu atrás da porta para que, ao ser aberta, o professor ficasse de guarda enquanto nos interporíamos entre o conde e a porta. Quincey e Godalming ficariam escondidos, prontos para impedir que escapasse pela janela. Esperamos com ansiedade que fez os segundos transcorrerem com aflitiva lentidão. Finalmente, escutamos passos lentos e cautelosos no vestíbulo. O conde na certa estava preparado para um ataque ou, pelo menos, o temia.

De repente, surgiu em um salto e passou por nós tão depressa que, antes que pudéssemos segurá-lo, estava fora do nosso alcance. Movia-se como uma pantera e, por sua velocidade inumana, despertamos do choque que a súbita aparição causara. O primeiro a agir foi

Harker que, com rápido movimento, lançou-se diante da porta do quarto da frente. Quando o conde nos viu, rosnou horrendamente e revelou seus caninos pontiagudos. O ricto maligno, contudo, logo se dissipou, e nos encarou com olhar gélido de desdenhoso leão. Quando avançamos todos juntos em sua direção, a expressão mudou mais uma vez. Foi uma lástima não ter um plano de ataque mais organizado, eu não sabia o que fazer. Também não sabia se nossas armas mortíferas serviriam para alguma coisa. Harker parecia decidido a tentar, pois com sua grande faca kúkri desferiu golpe feroz e intempestivo contra o inimigo. Foi um golpe vigoroso, mas o conde safou-se graças à sua diabólica rapidez. Por um átimo, a incisiva lâmina não o atingiu; abriu apenas um rasgo no casaco, por onde vazaram um punhado de notas e uma torrente de moedas de ouro. A expressão do conde era tão assustadora que temi pela vida de Harker, que empunhava a faca para novo golpe. Instintivamente, avancei movido por impulso protetor, e ergui o crucifixo e a hóstia na mão esquerda. Senti um grande poder irradiar pelo braço, e sem sobressalto vi o monstro recuar quando, um por um, os demais repetiram meu gesto. É impossível descrever a expressão de ódio e atônita maldade, de ira infernal, que despontou no rosto do conde. Em contraste com os olhos chamejantes, o tom pálido do rosto tornou-se amarelo-esverdeado, e a cicatriz vermelha na testa, realçada pela lividez da pele, destacava-se como ferida latejante. O conde deslizou sob o braço de Harker em sinuoso mergulho, esquivou-se do golpe, apanhou um punhado do dinheiro no chão, atravessou a sala e atirou-se contra a janela. Entre o estrondo e o brilho do vidro estilhaçado, tombou no pátio do lado de fora. Com o som dos cacos, distingui o tilintar das moedas de ouro, pois algumas se dispersaram na queda.

Corremos até a janela e o vimos levantar-se ileso do chão. Apertou o passo, atravessou depressa o pátio e escancarou a porta do estábulo. Virou-se então para trás e nos disse:

"Acham que me assustam com seus rostos pálidos, enfileirados como ovelhas no abatedouro? Vocês vão se arrepender, um por um! Acham que me deixaram sem abrigo, mas tenho outros. Minha vingança só está começando! Estende-se pelos séculos, e o tempo está do meu lado. As garotas que vocês tanto amam já são minhas. E, por elas, vocês e muitos outros também serão meus; minhas criaturas, para atender minhas ordens e ser meus chacais quando quiser me alimentar!"

Com o rosto contorcido em esgar de desprezo, passou depressa pela porta e logo depois escutamos o som do trinco enferrujado. A porta abriu e fechou novamente. Percebemos a dificuldade de partir no encalço do conde pelo estábulo, e voltamos para o vestíbulo. O professor foi o primeiro a quebrar o silêncio:

"Aprendo algo... muito, na verdade! Apesar de destemido discurso, teme a gente. Tem medo do tempo, tem medo de fome! Caso contrário, por que tanta pressa? A própria voz trai ele, ou meus ouvidos estão muito enganados. Por que leva dinheiro? Vão atrás, depressa! Vocês caçam animais selvagens e sabem como se comportam. Fico aqui e destruo tudo que ele tem, para não encontrar nada quando retorna."

Assim, Van Helsing embolsou o restante do dinheiro, apanhou as escrituras e, junto dos demais pertences, atirou tudo na lareira e ateou fogo com um fósforo.

Godalming e Morris correram pelo pátio e Harker pulou a janela. O conde, no entanto, havia trancado a porta do estábulo e quando finalmente conseguiram arrombá-la, não havia mais sinal do inimigo. Van Helsing e eu vasculhamos os fundos da casa, mas as estrebarias estavam desertas e ninguém o viu sair.

A tarde chegava ao fim e o crepúsculo se aproximava. Fomos obrigados a reconhecer que perdêramos aquela batalha. Com peso no coração, concordamos com o professor quando disse:

"Vamos para madame Mina, nossa pobre madame Mina. Fizemos tudo que podia por hoje e lá, pelo menos, protegemos ela. Mas sem desespero. Só sobra mais uma caixa e vamos encontrar. Quando conseguir, tudo ainda pode ficar bem."

Notei que procurava soar firme e confiante para confortar Harker. Nosso pobre amigo estava bastante alquebrado e, de vez em quando, deixava escapar um gemido involuntário. Pensava em sua mulher.

Voltamos desolados para casa, onde encontramos a sra. Harker a nossa espera. Sempre corajosa e altruísta, se esforçou para nos receber com entusiasmo. Ao ver a expressão em nossos rostos, empalideceu e por um ou dois segundos fechou os olhos, como em uma prece silenciosa. Depois, recuperou o ânimo e disse:

"Serei eternamente grata a todos vocês. Ah, meu querido!", exclamou, tomou a cabeça grisalha do marido e a beijou. "Encoste a cabeça no colo e repouse um pouco. Tudo ficará bem, amor! Deus nos protegerá, se for essa a Sua vontade."

Harker apenas gemeu. Em sua estupenda tristeza, não havia lugar para palavras.

Nos reunimos mecanicamente para jantar, mas a refeição de certa forma nos animou. Talvez tenha sido o mero conforto da comida em um grupo de homens famintos — nenhum de nós se alimentava desde o café da manhã — ou a sensação de companheirismo, pois ao término do jantar estávamos menos pesarosos e víamos o dia seguinte com um pouco mais de esperança. Cumprimos a promessa, relatamos tudo o que se passou à sra. Harker. Embora tenha empalidecido nos trechos de nosso relato nos quais seu marido correra perigo e corado nos momentos em que dera provas de sua devoção a ela, ouviu tudo com bravura e serenidade. Quando relatamos o ataque intempestivo de Harker contra o conde, segurou com força o braço do marido, como se para protegê-lo. No entanto, permaneceu em silêncio até narrarmos tudo. Só então, sem soltar a mão de Harker, se levantou e falou. Ah, como gostaria de poder reproduzir a cena com as exatas palavras. Diante de nós, aquela doce e bondosa mulher, em toda a radiante beleza de sua vigorosa juventude, consciente da cicatriz vermelha na testa — cicatriz que nos estremecia ao lembrarmos como surgiu. Sua amorosa gentileza contrastava com nosso ódio sombrio; sua fé serena com nossos temores e dúvidas. E sabíamos que, mesmo com toda a bondade, pureza e confiança, estava proscrita aos olhos de Deus.

"Jonathan", disse, e a palavra soou melódica em seus lábios cheios de amor e ternura, "Jonathan, meu amor, e vocês, meus grandes e verdadeiros amigos, quero que tenham algo em mente durante estes tempos horrendos. Sei que precisam lutar. Que precisam destruí-lo assim como destruíram a falsa Lucy, para que a Lucy verdadeira pudesse encontrar a vida eterna. Mas esse não deve ser um trabalho de ódio. A pobre alma que provocou toda essa desgraça merece compaixão. Pensem na alegria que ele há de sentir quando a parte maligna for destruída e a parte boa finalmente merecer a eternidade. Devem ter pena dele, sem que a piedade os impeça de destruí-lo."

Enquanto falava, vi o rosto de seu marido adquirir expressão soturna e rígida, como se lutasse para reprimir uma fúria avassaladora. Instintivamente, apertou a mão dela com tanta força que os nós dos dedos ficaram brancos. Sem dar indícios da dor que devia estar sentindo, fitou o marido com gracioso olhar de súplica. Quando ela terminou de falar, ele se ergueu em um rompante:

"Que Deus o entregue em minhas mãos para que possa destruir sua forma terrena. Mas se, além disso, puder mandar sua alma para arder eternamente no fogo do inferno, o faria com prazer!"

"Não diga isso, em nome do bom Deus. Não repita mais essas coisas, Jonathan, meu querido, não me encha de medo e horror. Pense bem, meu amor. Durante este longo, longo dia, uma coisa não me saiu da cabeça... Quem sabe um dia... talvez... eu também precise dessa compaixão, e outra pessoa como você, com motivos semelhantes para me odiar, venha a me negar tal piedade! Ah, meu adorado marido! Eu teria lhe poupado dessa reflexão se pudesse. Mas rogo a Deus que não guarde palavras impensadas e as tome como o lamento desolado de um homem amável, tocado pelo mais profundo desespero. Deus, que esses cabelos brancos sirvam para atestar o sofrimento do meu pobre marido, que em toda a sua vida nunca fez mal algum e sobre quem caíram tantas desgraças!"

Estávamos todos aos prantos. Sem nos preocupar em conter as lágrimas, chorávamos despudoradamente. Vendo que seus meigos conselhos prevaleceram, ela também chorou. Harker atirou-se de joelhos aos seus pés, abraçou-a pela cintura e escondeu o rosto nas dobras de seu vestido. Van Helsing fez um gesto para sairmos do aposento e assim deixamos o afetuoso casal a sós com seu Deus.

Antes que se recolhessem, o professor voltou ao quarto e preparou tudo para impedir a entrada do vampiro, e garantiu para sra. Harker que poderia descansar em paz. Ela se esforçou para acreditar e, visivelmente tranquilizar o marido, lutou para parecer contente. Foi um combate e tanto, mas, penso, teve suas recompensas. Van Helsing colocou um sino no quarto, para que nos chamem em caso de emergência. Depois que os dois deitaram, Quincey, Godalming e eu combinamos que nos revezaremos a noite toda em vigília, para garantir a segurança de nossa pobre amiga. O primeiro turno ficou com Quincey; Art e eu decidimos deitar o quanto antes. Art já se recolheu, pois renderá Quincey na vigília. Agora que concluí meu trabalho, também vou deitar.

Diário de Jonathan Harker

3-4 de outubro, perto da meia-noite

Pensei que o dia de ontem nunca fosse chegar ao fim. Minha ânsia para dormir mesclava-se à crença estúpida de que, de algum modo, ao acordar veria tudo mudado — e para melhor. Antes de nos despedir, decidimos nosso próximo passo, mas não chegamos a nenhuma conclusão. Tudo o que sabemos é que sobrou ainda uma caixa e apenas o conde sabe onde ela está. Se resolver se esconder, pode nos tapear por anos. E nesse meio-tempo... As perspectivas são tão horríveis que sequer ouso cogitá-las. Uma coisa é certa: nunca houve neste mundo mulher tão perfeita quanto a minha pobre e injustiçada Mina. Meu amor por ela tornou-se mil vezes maior após a terna demonstração de piedade ontem à

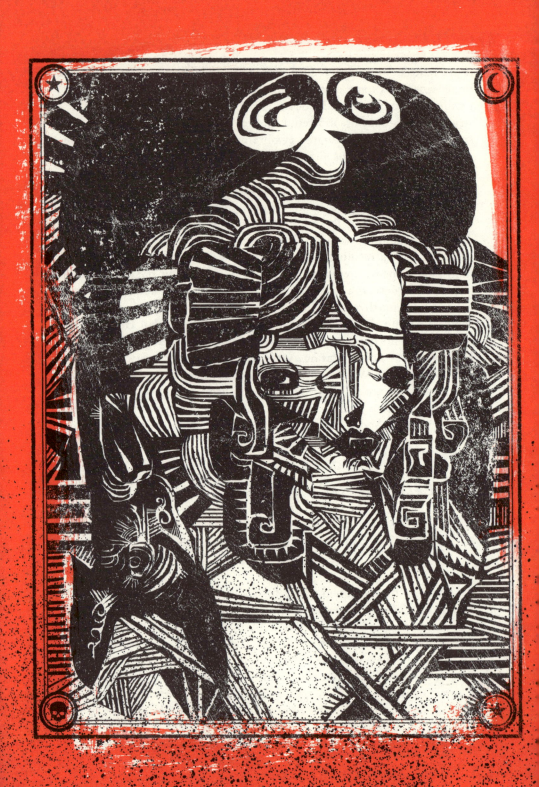

noite, piedade que fez meu próprio ódio pelo monstro parecer desprezível. Estou certo de que Deus não permitirá que o mundo empobreça com a perda de uma criatura como ela. Nessa crença jaz minha esperança. Estamos todos à deriva e nossa única âncora é a fé. Mina dorme, e dorme sem sonhos, graças a Deus! Temo que tipo de sonhos possa ter, com memórias tão tétricas a servir-lhe de estofo. Reparei que, desde o pôr do sol, ficou mais agitada. No entanto, notei depois uma serenidade no rosto, como a chegada da primavera após as intempéries do inverno. Na hora, achei que fosse a claridade avermelhada do poente que desanuviava seu rosto, mas agora acho que tem significado mais profundo. Estou sem sono, embora completamente exausto. Vou tentar dormir. Há muito para se pensar amanhã e não posso descansar até que...

Mais tarde

Peguei no sono sem querer. Fui acordado por Mina, sentada na cama, com expressão de pânico. Podia vê-la nitidamente, pois deixamos as lâmpadas do quarto acesas. Colocou a mão na minha boca e sussurrou em meu ouvido:

"Tem alguém no corredor!"

Levantei-me sem fazer barulho, atravessei o quarto e abri a porta devagar.

No corredor, em um colchonete, estava o sr. Morris, bem desperto. Levantou a mão para impedir que eu falasse e disse em voz baixa:

"Pode voltar para a cama. Está tudo bem. Vamos nos revezar aqui a noite toda. Não vamos mais correr nenhum risco!"

Sua expressão e seu gesto impediam qualquer discussão, então obedeci, voltei para a cama e contei à Mina. Ela suspirou e detectei a sombra de um sorriso no pobre rosto lúrido. Abraçou-me e disse baixinho:

"Sou grata a Deus por estar cercada de homens tão bons e corajosos!"

Com outro suspiro, adormeceu novamente. Aproveitei para escrever estas linhas, pois perdi o sono. Vou tentar de novo.

4 de outubro, manhã

Mina acordou-me outra vez durante a noite. Notei, porém, que dormimos bastante, pois os raios cinzentos da aurora já incidiam na janela e a chama do gás não emitia mais um disco de luz, e sim tênue faísca. Ela me disse, apressada:

"Vá chamar o professor. Preciso vê-lo imediatamente."

"Por quê?", indaguei.

"Tive uma ideia. Acho que surgiu durante a noite e amadureceu sem que estivesse consciente. Ele precisa me hipnotizar antes do amanhecer, assim poderei falar. Vá depressa, amor, está quase na hora."

Abri a porta. O dr. Seward descansava no colchonete e, ao me ver, levantou-se num salto.

"O que houve?", perguntou alarmado.

"Nada", respondi. "Mas Mina quer ver o dr. Van Helsing imediatamente."

"Vou chamá-lo", disse e correu para o quarto do professor.

Dois ou três minutos depois, Van Helsing apareceu no quarto, ainda de pijama. O sr. Morris e lorde Godalming estavam à porta e faziam perguntas ao dr. Seward. Quando o professor viu Mina, um sorriso dissipou a apreensão em seu rosto. Esfregou as mãos e disse:

"Ah, minha querida madame Mina, que mudança. Vê, amigo Jonathan, nossa querida madame Mina está de volta, como antigamente!" Virou-se para ela e perguntou entusiasmado: "E que faço por você? A esta hora da madrugada, decerto é pedido importante".

"Quero que o senhor me hipnotize!", disse. "Tem de ser agora, antes de o sol nascer, pois sinto que posso falar livremente. Rápido, não temos muito tempo!"

Sem dizer palavra, Van Helsing fez um gesto para que ela se sentasse na cama. Manteve o olhar fixo em Mina, e mexeu as mãos verticalmente diante dela, primeiro uma, depois a outra. Mina o fitou por alguns minutos, durante os quais meu coração parecia prestes a explodir, pois sentia uma crise se aproximar. Aos poucos, seus olhos se fecharam e continuou sentada, absolutamente imóvel. Um sutil movimento em seu peito era o único sinal de que estava viva. O professor oscilou as mãos mais um pouco e depois parou; notei que sua testa estava coberta por gotículas de suor. Mina abriu os olhos, mas não parecia a mesma mulher. Seu olhar estava distante e havia na voz um tom melancólico e sonhador inédito para mim. O professor ergueu a mão para pedir silêncio e fez um gesto para que chamasse nossos amigos, que entraram na ponta dos pés, fecharam a porta e ficaram imóveis aos pés da cama, observando a cena. Era como se Mina não os visse. O silêncio foi quebrado por Van Helsing, que disse em tom suave, para não interromper o fluxo do pensamento de Mina:

"Onde está?"

A resposta veio em tom neutro:

"Não sei. Não encontro lugar para dormir."

Por vários minutos, permanecemos em silêncio. Mina sentava-se ereta, e o professor a encarava fixamente. Mal ousávamos respirar. O quarto ficava mais claro. Sem desviar os olhos do rosto dela, Van Helsing fez o gesto para que eu abrisse as cortinas. Obedeci; o dia amanhecia lá fora. Uma faixa de luz avermelhada adentrou o quarto e sua rósea claridade inundou o ambiente. Nesse momento, o professor perguntou novamente:

"Onde está agora?"

A resposta veio em um tom vago, mas decidido. Era como se tentasse interpretar algo. Já a ouvi usar o mesmo tom ao ler suas anotações taquigráficas em voz alta.

"Não sei, é tudo desconhecido ao meu redor!"

"O que vê?"

"Nada. Está tudo escuro."

"Consegue ouvir algo?" Detectei leve tensão na voz paciente do professor.

"Ouço som de águas, como pequenas ondas lá fora."

"Então, está dentro de barco?"

Nós todos nos entreolhamos, buscando algum indício de compreensão. Tínhamos medo até mesmo de pensar. A resposta veio depressa:

"Estou!"

"Consegue ouvir mais coisa?"

"Som de passos acima, pessoas se deslocando. Há ruído de corrente e um tilintar alto, quando o trinquete do cabrestante bate na catraca."

"O que você faz?"

"Estou parada, completamente paralisada. É como estar morta!" A voz aos poucos foi substituída por respiração ruidosa, como a de alguém em pleno sono. Ela fechou os olhos.

A essa altura, o sol já tinha nascido e sua luz banhava todo o quarto. O dr. Van Helsing colocou as mãos nos ombros de Mina e deitou sua cabeça delicadamente no travesseiro. Ela permaneceu imóvel nessa posição, como criança adormecida, até que, com longo suspiro, acordou e olhou atônita para todos nós ao seu redor. "Eu falei enquanto dormia?", foi só o que disse. Pareceu recordar-se da situação depressa, antes mesmo de a explicarmos, pois se mostrou ansiosa para saber o que disse. O professor relatou a conversa e ela disse:

"Então não temos tempo a perder! Pode não ser tarde demais ainda!"

O sr. Morris e lorde Godalming correram para a porta, mas a voz serena do professor os chamou de volta:

"Calma, meus amigos. O navio, seja qual for, iça âncora em vasto porto de Londres. De todos os navios de lá, qual é o que buscamos? Graças a Deus tem novamente uma chance, mas ainda não sabe para onde a chance conduz. Até agora, somos cegos. Cegos em termos, pois pode agora olhar para trás e enxergar o que era justo na frente quando não via nada. Perdão, acho que complico em vez de descomplicar. Agora sei o que conde tem em mente quando apanha o dinheiro, mesmo com risco de facada de Jonathan. Quer fugir, ouviram, *fugir!* Percebeu que, com apenas uma caixa de terra e um grupo de homens no encalço como cães atrás de raposa, Londres não é mais lugar seguro. Embarca então a última caixa em navio e sai do país. Acha livre de nós, mas está enganado! Vamos atrás. Nossa velha raposa é astuta, ah, tão astuta e caçamos ela de maneira igualmente ardilosa. Mas também sou astuto e logo consigo antecipar seus passos. Enquanto isso, pode descansar tranquilo, pois ele não quer, e nem consegue, atravessar águas que agora separam a gente dele, a não ser que navio atraque em maré alta ou em estofo. Vejam, o sol acaba de nascer e tem dia todo. Vamos para banho, nos vestir e tomar muito merecido café da manhã, porque pode comer tranquilo agora que ele não está nem no mesmo país que nós."

Mina o fitou com olhar suplicante:

"Mas por que precisamos ir atrás dele, se já foi embora?"

Van Helsing segurou sua mão, acariciou-a e respondeu:

"Não pergunta nada agora. Depois de comer, respondo todas perguntas."

Não disse mais nada. Separamo-nos e fomos nos arrumar.

Depois do café, Mina repetiu a pergunta. Ele a olhou com muita seriedade e respondeu em tom pesaroso:

"Porque, minha caríssima madame Mina, agora mais que nunca, precisa encontrar ele, nem que para isso tem que descer até portas do inferno!"

Mina empalideceu e perguntou em fiapo de voz:

"Por quê?"

"Porque", respondeu muito solene, "ele vive séculos, mas você é mulher mortal. Não pode perder tempo, porque lembra: foi mordida por vampiro."

Por sorte, segurei Mina a tempo; assim que ouviu as palavras do professor, ela desfaleceu.

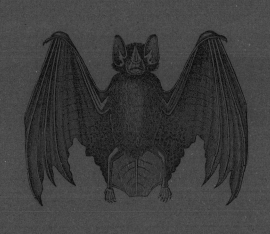

CAPÍTULO XXIV

Registro do dr. Van Helsing no fonógrafo do dr. Seward

BRAM STOKER

Esta mensagem é para Jonathan Harker.
Fica com sua querida madame Mina. Vamos fazer nossa busca, embora "busca" não é a palavra mais adequada, já que é certeza e queremos apenas confirmação. Fica com ela, cuida dela hoje. Essa é a melhor e mais sagrada tarefa. O conde está longe agora. Deixa colocar você a par do que converso com outros. Nosso inimigo foge; volta para castelo na Transilvânia. Sei isso com absoluta certeza. De alguma maneira, é preparado para isso e deixa aquela última caixa de terra pronta para embarcar. Por isso leva dinheiro, é também o motivo da pressa: medo de alcançarmos ele antes de o sol se pôr. É sua última esperança, a não ser que descansa na tumba da pobre srta. Lucy, porque acha que ela ainda é que nem ele. Pelo tempo curto, lança mão do último recurso. É esperto, muito esperto! Percebe que jogo aqui chega ao fim e decide voltar para casa. Encontra navio com mesmo percurso para chegar aqui e embarca. Saímos agora para descobrir o navio e seu destino. Assim que descobrir, voltamos para contar. Então podemos confortar vocês, dar nova esperança, porque ainda tem esperança, nem tudo é perdido. A criatura leva centenas de anos para chegar em Londres, e expulsamos ela em um só dia. Embora muito poderoso e mais resistente que nós, é finito.

Mas também somos fortes, cada um do seu modo, e fortalecemos ainda mais juntos. Coragem, meu caro marido de madame Mina. Nossa batalha apenas começa e somos vitoriosos no final. Tenho certeza disso, assim como creio que Deus, sentado no trono das alturas, cuida dos filhos aqui na terra. Por isso, calma até regresso.

Van Helsing

Diário de Jonathan Harker

4 de outubro

Quando mostrei à pobre Mina a mensagem de Van Helsing no fonógrafo, se animou consideravelmente. A mera certeza de que o conde não está mais no país a tranquilizou bastante — e a tranquilidade a fortalece. Quanto a mim, agora que não corremos mais o risco de nos vermos face a face com esse perigo terrível, chega a ser difícil acreditar que tudo o que vivemos foi real. Até mesmo minhas experiências tenebrosas no castelo de Drácula parecem um sonho há muito esquecido, sobretudo em dias como hoje: ensolarado e temperado por fresca brisa outonal.

Quem me dera! Quisera poder de fato esquecer! Absorto em devaneios, deparei-me com a cicatriz vermelha na alva testa de minha pobre adorada. Enquanto ela existir, não posso duvidar da realidade. Para nos ocuparmos, resolvemos ler todos os diários novamente. Embora os registros pareçam mais reais e críveis a cada leitura, o sofrimento e o temor diminuíram. Percebemos uma espécie de propósito que conduzia todos os relatos, o que nos trouxe conforto. Mina acha que talvez sejamos instrumentos de um bem maior. Que assim seja! Vou tentar pensar como ela. Ainda não conversamos sobre o futuro. Acho melhor esperar o resultado da investigação de nossos amigos.

O dia passa mais depressa do que imaginei. Já são três horas.

Diário de Mina Harker

5 de outubro, dezessete horas

Relatório da reunião. Estavam presentes: professor Van Helsing, lorde Godalming, dr. Seward, sr. Quincey Morris, Jonathan Harker, Mina Harker.

O dr. Van Helsing descreveu as ações do dia para descobrir em qual navio o conde Drácula embarcou, bem como seu destino:

"A gente sabe que quer volta para Transilvânia, certo que vai pela foz do Danúbio ou por algum lugar no mar Negro, já que usa antes esse caminho. Exceto por essa certeza, tem à frente tremendo vácuo. *Omne ignotum pro magnifico.*[1] Assim, é com peso nos corações que apuramos os navios que partem para mar Negro ontem de noite. Pelo que madame Mina relata na hipnose, ele está em barco de vela. Essas embarcações não são listadas no jornal. Então, por sugestão de lorde Godalming, vamos ao Lloyd's, que tem lista completa de embarcações, até menores. Lá descobre que só um navio parte para mar Negro, *Czarina Catherine*. Sai do cais de Doolittle para Varna e de lá para outros portos, pelo Danúbio. ‹Ai está!›, disse. ‹Esse é o navio onde está o conde.› Vamos para cais de Doolittle e encontramos funcionário que informa trajeto de *Czarina Catherine*. Um sujeito rubicundo, muito desbocado e que fala alto demais, mas, mesmo assim, prestativo. Quando Quincey tira pequena contribuição do bolso e entrega em saquinho, logo mete dentro da roupa e é ainda mais prestativo, o humilde servo. Acompanha e aborda vários trabalhadores rústicos e afogueados, que após receber contribuição, são bastante prestativos também. Foi festival de palavrão, uns para mim incompreensíveis, embora imagino o significado. Não obstante, fornecem todas as informações que precisamos.

"Relataram que ontem de tarde, por volta das cinco horas, um cavalheiro muito apressado surge no cais. Era homem alto, magro e pálido, nariz proeminente, dentes muito brancos e olhos que parecem chamuscar. Todo de preto, menos o chapéu de palha que não combina nem com traje nem com clima outonal. No afã de saber depressa que navio parte para mar Negro, distribui um festival de moedas. Graças

---

[1] Latim: "Tudo o que é desconhecido parece magnífico".

a isso, é levado primeiro a escritório, depois navio; lá recusa subir a bordo, fica na extremidade da prancha que toca terra firme e solicita que capitão fala com ele. Informado que estranho paga bem, o capitão atende pedido e, apesar de xingar muito no inicio, fecha acordo. O cavalheiro magro então indaga onde aluga carroça e parte. Volta logo depois, conduz ele mesmo o veículo, transporta caixa grande. Descarrega sozinho, embora precisa diversos homens para transportar ela até navio. Dá instruções minuciosas ao capitão, explica como e onde armazena a caixa. O capitão perde paciência, derrama torrente de palavrões e diz para o sujeito que arrume a caixa do jeito que quer. Mas ele recusa entrar no navio, o camarada diz que tem muito para fazer antes do embarque. O capitão responde, boca suja, que é melhor apressar e acrescenta com boca mais suja ainda que navio zarpa antes da mudança da maré. O sujeito magro sorri e diz que, obviamente, o capitão decide a hora da partida, mas que, pelo seu cálculo, não é assim tão imediata. O capitão retruca, a boca imunda a essa altura, e o sujeito faz reverência, agradece simpatia e garante que volta a tempo. Por fim, o capitão, roxo de raiva e com boca mais imunda que nunca, diz que não quer francês no navio. O camarada pergunta onde comprar formulários náuticos e vai embora.

"Ninguém sabe aonde vai ou 'pouco se lixam', como dizem, porque tem mais que fazer. Logo fica claro que *Czarina Catherine* não parte na hora marcada. Fina bruma ergue do rio e fica mais e mais espessa, até formar densa neblina que envolve todo navio. O capitão desfia rosário de palavrões, pragas e imprecações, mas não pode nada. A água sobe e receia perder a maré. Está com mau humor de meter medo quando, exatamente na cheia da maré, sujeito magro surge na prancha e pede para ver caixa armazenada. O capitão responde que ele e maldita caixa vão para o inferno. Mas o camarada não está ofendido; desce com imediato, confere o local, sobe de volta e fica no convés, cercado por neblina. Deve sair sozinho, pois ninguém mais vê. Na verdade, ninguém mais nem pensa nele, pois a neblina dissipa e finalmente desaparece. Meus prestativos amigos de boca suja contam, às gargalhadas, como capitão triplica dose habitual de palavrão quando conversa com outros marinheiros nas redondezas e descobre que ninguém vê nem fumacinha de névoa sequer, exceto em torno do cais. Seja como for, o navio parte na maré baixa e, hoje pela manhã, já vai longe, como eles dizem.

"Assim, minha cara madame Mina, descansa um pouco, porque inimigo está em alto-mar, caminho da foz do Danúbio. Navio leva tempo para chegar no destino, não é mais veloz dos transportes.

Viajamos mais depressa por terra e alcançamos ele. A esperança é encontrar caixa entre aurora e pôr do sol, porque é mais vulnerável e assim podemos atacar. Tem ainda dias pela frente, preparamos plano. Sabemos para onde vai. Dono do navio mostrou fatura e demais documentos. A caixa desembarca em Varna, aos cuidados de agente chamado Ristics, que está no local para receber caixa. Amigo negociante cumpre então papel. Pergunta se tem algo errado, porque, fosse o caso, envia telegrama e aciona autoridades de Varna. Disse não, porque não precisa envolver polícia e alfândega. É tarefa que somente nós cumprimos e a nosso modo."

Quando o dr. Van Helsing terminou de falar, perguntei se tinha certeza de que o conde permanecera a bordo do navio. Respondeu:

"Tem melhor prova: confirmação de hoje cedo, quando em transe hipnótico."

Perguntei novamente se era mesmo necessário que partissem para caçar o conde, pois a ideia de separar-me de Jonathan enche-me de pavor e sei que, se os outros forem, decerto vai querer acompanhá-los. O professor respondeu inicialmente em tom sereno, mas se exaltou à medida que falava, tornando-se mais inflamado e contundente. Ao concluir, não pudemos deixar de reconhecer e admirar seu espírito de liderança, que há muito o faz um mestre entre os homens.

"Sim, necessário, muitíssimo necessário! Primeiro lugar, para seu bem; segundo, para bem de toda a humanidade. Esse monstro já causa muito mal, apesar de seu limitado escopo de atuação e curto período que tateia às cegas na escuridão, busca ficar mais forte cada vez. Explico isso aos outros. Você confere, minha querida, no fonógrafo do meu amigo John ou no diário do seu marido. Explico que conde demora séculos para executar plano de trocar terra que nada mais tem para ele por novo país que vida humana prolifera e prospera. Outro desmorto, se tenta isso, talvez não tem êxito, mesmo com muitos séculos à disposição. Mas conta com ajuda extraordinária de todas forças da natureza, que são misteriosas, profundas e poderosas. O próprio lugar onde mantém durante todos esses séculos é cheio de estranhezas geológicas e químicas. Existem cavernas e fissuras com profundezas desconhecidas e até mesmo vulcões extintos deixam crateras que expelem água de propriedade misteriosa e gás capaz de matar ou ressuscitar os mortos. Na certa, tem combinações de forças ocultas em algum componente magnético ou elétrico capaz de efeitos estranhos na vida física — assim como próprio conde sempre tem qualidades extraordinárias. Em períodos difíceis de guerra, é celebrado pelos nervos de aço, inteligência apurada e coração valente. Algum princípio vital atinge ápice em sua pessoa. E assim como corpo fortalece, cérebro evolui cada vez mais. Tudo isso antes mesmo de contar com auxílios diabólicos sempre à disposição, mas que, não obstante, podem enfraquecer pelos poderes do bem. Esse é inimigo. Infectou você, minha querida, perdoa dizer isso, mas digo para seu bem. E infectou de maneira que, mesmo se ele não faz mais nada, basta que continue viva em sua costumeira retidão para que, na hora da morte, que é certa para todos nós e sancionada por Deus, se transforma em criatura como ele. E isso não pode! Fizemos promessa de não permitir isso. Somos ministros da vontade de Deus; trabalhamos para que mundo e humanos, por quem Seu filho morre, não sejam tomados por monstros que a existência conspurca Seu nome. Ele permite salvar uma alma e agora partiremos, como os antigos cavaleiros na cruzada, para salvar outras. Como eles, viajamos rumo à aurora e, se tombamos, é por causa nobre."

Ele fez uma pausa e então perguntei:

"Mas será que o conde não vai aprender com derrota? Afinal, foi expulso da Inglaterra. Será que não vai evitar outras invasões, como o tigre evita a aldeia onde foi caçado?"

"Comparação com tigre é muito boa, adoto para mim", respondeu. "Na Índia, tigre que prova sangue humano é 'devorador de homens', porque não quer mais outra presa e ronda, sem cessar, em busca de novas vítimas humanas. Do mesmo modo, devorador de homens ataca nossa aldeia e não desiste de caçar; não é de seu feitio recolher, manter distância. Quando vivo, atravessa fronteira turca e investe contra inimigos em próprio solo. É derrotado, mas desiste? Não! Volta novamente, e mais outra, e outra. É genuíno exemplo de persistência e tenacidade. Seu cérebro pueril há muito concebe a ideia de mudar para metrópole. E o que faz? Pesquisa qual é, em todo mundo, lugar mais promissor. Em seguida, começa preparativos de viagem. Com muita paciência, testa força, avalia poderes. Aprende novas línguas. Assimila novos costumes sociais, novos ambientes; estuda política, leis, finanças, ciências e os hábitos de país e povo que nem existem quando vivo. O que vislumbra aqui só serve para aumentar apetite e aguçar desejo. Na verdade, serve para amadurecer. Obtém comprovação de que suposições são corretas. E pensa: faz tudo sozinho, completamente sozinho! Da sepultura em ruínas em terra esquecida. Imagina que é capaz quando vasto mundo do pensamento se abre de vez? Ele, que sorri diante da morte, que floresce entre epidemias capazes de dizimar povos inteiros. Ah, se tal criatura vem de Deus e não do Diabo, é monumental força do bem no mundo. Mas fazemos promessa de exterminar esse mal da terra. O trabalho é silencioso, os esforços empreendidos em segredo. Porque nesta era tão esclarecida, que homens duvidam até do que veem, a dúvida de sábios é melhor força do inimigo. É proteção, armadura, arma para destruir oponentes, dispostos a arriscar até mesmo nossa alma pela segurança da pessoa que amamos. Para bem da humanidade e para honra e glória de Deus."

Após debate geral, resolveu-se que não tomaríamos decisão definitiva hoje. Vamos dormir cientes de todos os fatos e deixar que nossas mentes façam suas próprias elucubrações. No desjejum amanhã, tornaremos a nos reunir; só então definiremos o que fazer daqui para a frente...

Sinto paz e sossego esta noite, como se a presença maligna tivesse me deixado. Talvez...

Não consegui sequer terminar a frase; avistei no espelho a marca vermelha na testa e soube que continuo impura.

Diário do dr. Seward

5 de outubro

Acordamos cedo e acho que o sono fez bem para todos. Ao nos encontrar no café da manhã, experimentamos alegria que não esperávamos sentir novamente.

A resiliência humana é algo realmente extraordinário. Basta que um obstáculo seja de algum modo removido, até mesmo pela morte, que logo recuperamos a esperança, a satisfação. Mais de uma vez, durante a agradável refeição, fiquei admirado; tive a impressão de que os últimos dias não passavam de sonho. A marca vermelha na testa da sra. Harker, no entanto, trouxe-me de volta à realidade. Mesmo agora, refletindo sobre o assunto com sobriedade, é quase impossível acreditar que a causa de todas as nossas tribulações ainda exista. Até mesmo a sra. Harker parece, por horas a fio, esquecer seu sofrimento, e só quando algum pensamento a arrasta de volta para o assunto que recorda da nefasta cicatriz. Vamos nos encontrar aqui no meu gabinete em meia hora para decidir os próximos passos. Vejo, mais por instinto do que por raciocínio, apenas uma dificuldade imediata. Combinamos de ser sempre muito francos uns com os outros, mas receio que, por algum motivo misterioso, a pobre sra. Harker não possa mais cumprir o combinado. Sei que é inteligente e tem suas próprias conclusões, brilhantes e corretas. Mas parece não querer mais dividi-las conosco — ou talvez não possa. Comentei minha desconfiança com Van Helsing e ficamos de conversar a sós. Receio que o tenebroso veneno que agora traz nas veias comece a surtir efeito. O conde devia ter algum plano em mente quando a submeteu ao que Van Helsing chamou de "batismo sangrento de vampiro". Pode bem existir o veneno que se destila a partir de coisas boas. Em uma época que a existência das ptomaínas é um mistério, tudo é possível! Tenho apenas uma certeza: se meu instinto em relação ao silêncio da pobre sra. Harker estiver mesmo correto, então teremos um grande obstáculo e um perigo desconhecido pela frente. A mesma força que a obriga a calar pode obrigá-la a falar. Não ouso continuar para não desonrar mulher tão nobre com minhas conjecturas!

Van Helsing ficou de chegar em meu gabinete um pouco antes dos outros. Vou discutir esse assunto com ele.

Mais tarde

Quando o professor chegou, conversamos. Logo vi que tinha algo em mente: senti que queria falar, mas hesitava, sem saber como abordar o assunto. Após alguns rodeios, disse:

"Amigo John, existe algo para discutir a sós, pelo menos por enquanto. Depois, talvez, tenhamos que conversar com outros também."

Ficou em silêncio e aguardei. Prosseguiu então:

"Madame Mina, nossa pobre e querida madame Mina, muda."

Ao ouvi-lo endossar meus piores temores, senti um calafrio percorrer meu corpo.

"Depois da triste experiência com srta. Lucy, dessa vez precisa cuidado antes de ser tarde demais. A tarefa agora é mais difícil e nova dificuldade torna cada segundo crucial. Já vejo no rosto dela os traços vampiro. Por enquanto, ainda estão bem tênues, mas se você sabe olhar sem prejulgamentos, detecta. Dentes já estão mais afiados e, por vezes, exibe olhar cruel. E não é tudo: anda muito silenciosa, como acontece também a srta. Lucy. Na época, ela não consegue falar e escreve o que quer que a gente conheça. Meu medo é: se consegue, em transe hipnótico, dizer o que conde vê e ouve, não é ainda mais provável ele — que hipnotiza primeiro, bebe sangue e obriga beber o sangue dele — pode invadir sua mente para saber tudo aqui?"

Assenti com a cabeça. Prosseguiu:

"Precisa evitar isso. Não deve contar nada para ela, para não conhecer nossos planos; ela não revela o que não sabe. É penosa tarefa! Tão penosa que sofro só de pensar, mas não tem outra saída. Quando encontramos hoje, digo que continua protegida, mas, por motivos confidenciais, não faz mais parte da reunião."

Enxugou a testa, coberta de suor diante da mera ideia de provocar mais sofrimento na pobre alma tão atormentada. Imaginei que poderia consolá-lo um pouco ao dizer que cheguei à mesma conclusão, e assim tirar peso de sua dúvida. Foi o que fiz — e surtiu o efeito esperado.

Já está quase na hora da reunião. Van Helsing foi se preparar, especialmente agora que tem uma árdua tarefa pela frente. Creio que está a sós para rezar.

Mais tarde

Logo no início da reunião, Van Helsing e eu fomos agraciados com a notícia que nos deixou muito mais tranquilos. A sra. Harker enviou uma mensagem pelo marido, de que não participaria do encontro, pois achava melhor ficarmos livres para discutir os próximos movimentos sem sua presença. O professor e eu nos entreolhamos, e acho que detectamos em nossas expressões alívio profundo. De minha parte, acho que se a sra. Harker percebeu sozinha o risco, nos poupou muito sofrimento e evitou grande perigo. Bastou a troca de olhares e o gesto discreto de levar o dedo até os lábios para que Van Helsing e eu concordássemos em manter nossas suspeitas em silêncio até conversarmos novamente. Traçamos então nosso plano de ataque. Primeiro, Van Helsing expôs os fatos:

"*Czarina Catherine* sai do Tâmisa ontem de manhã. Mesmo em velocidade máxima, leva pelo menos três semanas para chegar em Varna. Mas podemos, por terra, chegar lá em apenas três dias. Sabem que conde provoca alteração climática e encurta viagem, mas mesmo com dois dias a menos, um dia e uma noite para possíveis obstáculos que nos atrasam, tem ainda margem de umas duas semanas. Por isso, por cautela, sugiro partir, no máximo, dia 17. De qualquer modo, estamos em Varna um dia antes do navio e tem tempo para providências necessárias. Vamos armados, claro, contra ameaças malignas, espirituais e físicas."

Quincey Morris então acrescentou:

"Pelo que sei, o conde vem de uma região com muitos lobos. Na eventualidade de chegar lá antes de nós, proponho acrescentar Winchesters ao nosso armamento. Creio que é a melhor opção para combater lobos. Lembra-se, Art, quando aquela alcateia nos perseguiu em Tobolsk? O que não teríamos dado por uma boa arma de repetição!"

"Ótimo!", exclamou Van Helsing. "Levamos rifles, então. Quincey sempre ajuda a sentir terreno, ainda mais quando fala de caça, mas minha comparação é mais prejudicial à ciência que lobos para os homens. Enquanto isso, não pode fazer nada aqui. Como nenhum de nós conhece Varna, por que não ir antes? Dá no mesmo esperar aqui ou lá. Podemos preparar viagem hoje de noite e amanhã e, se tudo corre bem, nós quatro partimos."

"Nós quatro?", perguntou Harker, olhando cada um de nós.

"Claro!", respondeu o professor. "Você fica e toma conta da querida esposa!"

Harker ficou em silêncio um instante e depois disse com a voz abafada:

"Falamos sobre isso amanhã cedo. Quero consultar Mina primeiro."

Achei que aquela talvez fosse a hora apropriada para Van Helsing alertá-lo sobre o risco de revelar nossos planos para Mina, mas não percebeu. Lancei um olhar significativo para ele e pigarreei. Como resposta, colocou o dedo nos lábios e virou-se de costas.

Diário de Jonathan Harker

5 de outubro, tarde

Passei um tempo, depois da reunião hoje pela manhã, sem conseguir pensar em nada. Nossa situação atual deixa-me tão aturdido que não consigo raciocinar direito. A decisão de Mina de não participar do encontro hoje cedo me intrigou. Como não pude discutir o assunto com ela, restaram-me apenas conjecturas. Estou completamente perdido. O modo como os outros reagiram a sua ausência também me intrigou. Da última vez que conversamos disso, concordamos que não esconderíamos nada uns dos outros. Mina dorme agora, tranquila e docemente, como uma criança. Exibe suave sorriso e o rosto está radiante de alegria. Graças a Deus ainda pode desfrutar de alguns instantes de paz.

Mais tarde

Que estranho. Sentei e observei o alegre sono de Mina, e experimentei contentamento que não sei se vou tornar a sentir um dia. À medida que a noite se aproximava e a terra mergulhava em sombras, como o sol no horizonte, o silêncio do quarto parecia mais e mais solene.

Mina abriu os olhos de repente e, olhando-me com infinita ternura, disse "Jonathan, quero que me prometa algo, que me dê sua palavra de honra. Será uma promessa feita para mim, embora sagrada por ter Deus como testemunha, que não deve ser quebrada nem que me ajoelhe e implore, debulho-me em lágrimas. Depressa, preciso que prometa agora".

"Mina, promessas desse quilate não podem ser feitas de modo intempestivo. Sabe-se lá se tenho o direito de fazê-la."

"Mas amor", disse com tamanha intensidade espiritual que os olhos luziam como estrelas, "é desejo meu. E não é egoísta. Consulte o dr. Van Helsing, veja se não estou certa. Se ele discordar, faça como achar melhor. Se todos assim concordarem, pode se abster da promessa."

"Prometo!", exclamei e, por um instante, me pareceu imensamente feliz; embora, para mim, qualquer alegria em seu rosto fosse aniquilada pela cicatriz vermelha na testa.

"Prometa que não vai me contar nada dos planos que traçarem para caçar o conde. Nem por palavras, deduções ou insinuações, não enquanto isto continuar em mim!" Ela apontou para a cicatriz, muito circunspecta. Vi que falava sério e repeti em tom solene:

"Prometo!"

Senti que, nesse momento, era como se uma porta se fechasse entre nós.

Mais tarde, meia-noite

Mina estava alegre e animada esta noite. Sua alegria era tão contagiante que encorajou todo o grupo — até eu tive a impressão de que a escuridão que pesa sobre nós fora temporariamente removida. Todos se recolheram cedo. Mina dorme como um bebê. É maravilhoso notar que, mesmo enfrentando a terrível adversidade, não perca o sono. Graças a Deus, pois ao menos quando dorme esquece as preocupações. Acho que o sono, assim como a alegria desta noite, contagiou-me: vou tentar dormir também. Aí vou eu — e rezo para que seja um sono sem sonhos.

6 de outubro, manhã

Outra surpresa. Mina me acordou bem cedo, mais ou menos na mesma hora de ontem, e pediu que chamasse o dr. Van Helsing. Achei que queria ser novamente hipnotizada e, sem perguntas, saí para buscá-lo. Encontrei-o já vestido no quarto: decerto esperava ser chamado. Estava com a porta entreaberta para ouvir a porta do nosso quarto abrir. Veio prontamente e, assim que pisou no aposento, perguntou a Mina se poderia chamar os outros.

"Não", respondeu calmamente, "não será necessário. Pode apenas contar para eles: vou viajar com vocês."

O dr. Van Helsing ficou tão espantado quanto eu. Após breve instante de silêncio, indagou:

"Por quê?"

"Vocês precisam me levar. Estarei mais segura com vocês e vice-versa."

"Qual motivo, minha querida madame Mina? Sabe que sua segurança é nosso dever mais solene. Enfrentamos perigo que você está, ou fica, mais vulnerável que qualquer um de nós por causa das... das circunstâncias... Por causa do que aconteceu", disse constrangido.

Mina respondeu, apontando para sua testa:

"Eu sei. É exatamente por isso que preciso ir. Posso contar agora, enquanto o sol começa a raiar, mas talvez depois não possa mais. Sei que quando o conde me chamar serei obrigada a atender. Sei que se me mandar ir em segredo, vou ludibriá-los. Serei capaz de enganar até mesmo Jonathan."

Deus é testemunha do olhar que ela lançou para mim enquanto falava e, se existir um anjo registrando os atos humanos, estou certo de que aquele olhar lhe garantiu honra eterna. Segurei sua mão, mas não consegui falar. Estava tão emocionado que não consegui sequer encontrar alívio no pranto. Ela prosseguiu:

"Vocês são fortes e corajosos. Em grupo, têm ainda mais força, pois juntos podem derrotar aquele que os subjugaria se o enfrentassem individualmente. E, além do mais, posso lhes ser útil, já que podem me hipnotizar e acessar um conhecimento oculto até mesmo para mim."

O dr. Van Helsing disse com muita seriedade:

"Madame Mina, você é, sempre, exemplo de sabedoria. Viaja conosco, sim. Juntos conseguimos cumprir a missão."

Quando acabou de falar, o silêncio de Mina me fez olhar para ela. Estava novamente deitada, com a cabeça no travesseiro, e dormia.

Não acordou sequer quando abri as venezianas para deixar a luz do sol entrar. Van Helsing fez um gesto para que o acompanhasse. Fomos até o seu quarto e, logo em seguida, lorde Godalming, dr. Seward e o sr. Morris juntaram-se a nós. Ele relatou a decisão de Mina e disse:

"Partimos para Varna de manhã. Tem novo fator a considerar: madame Mina. Sua alma é verdadeira. Deve sofrer para contar tudo que já contou. Mas tem razão e somos avisados a tempo. Não pode perder oportunidade e, em Varna, precisa estar pronto para agir assim que o navio chega."

"O que faremos exatamente?", perguntou o sr. Morris.

"Primeiro, entramos navio. Depois, assim que achar caixa, colocamos galho de rosa selvagem nela, pois se estiver presa na caixa, não pode sair — pelo menos assim diz superstição e precisa acreditar nela. Era crença dos homens em tempos primevos, ainda hoje, têm na fé as raízes. Então, assim que surge oportunidade, quando não tem ninguém perto, abrimos caixa e... e tudo fica bem."

"Não vou esperar a oportunidade", disse Morris. "Assim que vir a caixa, vou abri-la e destruir o monstro, mesmo que na frente de mil pessoas, mesmo que me linchem no minuto seguinte!"

Busquei sua mão, instintivamente, e a senti firme como aço. Acho que compreendeu meu olhar; espero que sim.

"Meu bom rapaz", disse o dr. Van Helsing. "Rapaz corajoso. Quincey, você é homem e tanto, e Deus te abençoe por isso. Meu filho, é certo, nenhum de nós perde tempo precioso ou se esquiva com medo diante do perigo. Apenas especulo que fazer... Que devemos fazer. Mas, de fato, não dá para prever com exatidão. Muita coisa pode acontecer, de modo tão variado e com tanto desfecho possível que ainda não tem como precisar. De todo modo, estamos armados. E, quando chega a hora final, não hesitamos. Preparam tudo hoje, colocam assuntos em ordem. Deixam bem organizado tudo que nossos entes queridos e daqueles que dependem de nós, porque não sabemos que fim vem, nem quando se dá e qual consequência tem. Quanto a mim, já tenho tudo pronto e não faço mais nada; começo arranjos para a viagem, compro passagens e faço devidas provisões."

Como não havia mais nada a ser dito, nos despedimos. Vou agora organizar minhas coisas e ficar pronto para nossa jornada.

Mais tarde

Tudo pronto. Fiz meu testamento. Mina, se sobreviver, é minha única herdeira. Caso contrário, meus bens serão divididos entre os amigos, que têm sido tão bons para nós. O crepúsculo se aproxima e percebo a inquietação de Mina. Estou certo de que tem algo em mente, que o pôr do sol revelará. Essas ocasiões são uma tortura para todos nós, pois cada amanhecer e crepúsculo descortinam novos perigos, novos sofrimentos. Acredito, porém, com a graça de Deus, que possam servir para nos conduzir ao desfecho bem-sucedido da missão. Escrevo tudo isto no diário, pois minha amada ainda não pode saber o que penso. Mas, quando tudo estiver bem, pode ler aqui o que agora não posso revelar. Ela me chama.

CAPÍTULO XXV

Diário do dr. Seward

11 de outubro, noite

BRAM STOKER

Jonathan Harker pediu-me para registrar os últimos acontecimentos, pois receia não estar à altura da tarefa e precisamos de um registro fiel.

Acho que nenhum de nós ficou surpreso quando a sra. Harker nos convocou pouco antes do pôr do sol. Já compreendemos que a aurora e o poente são os momentos em que goza liberdade peculiar; quando sua antiga natureza se manifesta sem nenhuma força controladora para subjugá-la e impedir que fale conosco ou mesmo a incite a agir contra nós. Esse estado começa aproximadamente meia hora antes do amanhecer ou do crepúsculo e dura até o sol estar alto ou enquanto as nuvens ainda reluzem com os raios no horizonte. No início, há uma espécie de entrave; depois, como se algo se destravasse, ela tem liberdade absoluta para falar. No entanto, ao cessar essa liberdade, rapidamente o estado anterior se manifesta, precedido por um silêncio de alerta.

Hoje à noite, quando nos encontramos, ela me pareceu retraída e exibia todos os sinais de luta interna. Era como se precisasse empreender violento esforço para se conter nos primeiros instantes de liberdade.

Em poucos minutos, porém, retomou o autocontrole. Fez o gesto para que o marido sentasse ao seu lado no sofá, pediu que aproximássemos nossas cadeiras. Segurou a mão de Harker e começou a falar:

"Estamos aqui reunidos em liberdade, provavelmente pela última vez! Sei que você ficará comigo até o fim", disse virada para o marido, que apertou sua mão. "Amanhã vamos partir em nossa missão e só Deus sabe o que nos espera. Sou muito grata por me deixar acompanhá-los. Tenho certeza de que farão tudo que homens destemidos e determinados podem fazer por uma pobre e fraca mulher, cuja alma talvez já esteja perdida... Não, perdida ainda não, mas, de todo modo, em risco. Mas precisam lembrar que não sou mais como vocês: existe veneno no meu sangue, na minha alma, que quer me destruir, que vai me destruir, a não ser que tenhamos êxito em nossa empreitada. Ah, meus amigos, vocês sabem tanto quanto eu que minha alma está em perigo. Embora exista uma saída para mim, vocês não devem recorrer a ela, assim como eu também não!"

Lançou o olhar suplicante em seu marido primeiro, depois cada um de nós, e então novamente em Harker.

"Que saída é?", perguntou Van Helsing, a voz rouca. "Que caminho é que não deve nem pode tomar?"

"Minha morte imediata, seja por minhas próprias mãos ou pelas de vocês, antes que o maior dos males se concretize e eu me transforme por completo. Assim como vocês, também sei que, uma vez morta, vocês libertariam meu espírito, como fizeram com a pobre Lucy. Se a morte, ou melhor, o medo da morte, fosse o único empecilho, não pensaria duas vezes e morreria aqui, agora, entre os amigos que me amam. Mas não é. Não creio que seja a vontade de Deus que pereça quando há esperança e a tarefa ingrata a nossa frente. Sendo assim, abro mão da certeza do repouso eterno e mergulho na escuridão, onde talvez encontre o que há de mais maligno, aqui neste mundo ou no além!"

Ficamos todos em silêncio, pois sabíamos, por instinto, que era apenas o prelúdio. Nossos rostos estavam tensos, contraídos, e Harker empalideceu bruscamente. Talvez soubesse melhor do que nós o que viria. Ela prosseguiu:

"É o que posso fazer, dentro da minha circunscrição." Não pude deixar de notar o termo jurídico, e seu uso pareceu bastante peculiar naquelas circunstâncias. "O que cada um de vocês pode oferecer? Suas vidas, eu sei", acrescentou depressa. "Isso é fácil para homens corajosos como vocês. Suas vidas pertencem a Deus e vocês podem devolvê-las a Ele, mas o que podem oferecer para mim?"

Olhou-nos suplicante novamente, mas dessa vez evitou o rosto do marido. Quincey pareceu compreender, pois assentiu com a cabeça, o que a fez abrir um discreto sorriso.

"Digo-lhes abertamente o que quero, pois não deve haver dúvida alguma entre nós. Quero que me prometam, todos, até mesmo você, meu amado Jonathan, que, na hora certa, vão me matar."

"E que hora seria essa?", perguntou Quincey, com a voz baixa e embargada.

"Quando tiverem certeza de que já estou tão mudada que a morte será preferível à vida. Uma vez morta, quero que enfiem a estaca no meu peito e cortem minha cabeça sem hesitar; façam o necessário para que minha alma repouse!"

Quincey foi o primeiro a se levantar, após breve pausa. Ajoelhou-se diante dela, tomou sua mão e disse muito solene:

"Sou apenas um camarada rústico, que a vida talvez não esteja sequer à altura de tamanha distinção, mas juro por tudo que é mais sagrado que, chegada essa hora, não vou me acovardar diante do dever que nos incumbiu. Prometo ficar atento e, ao menor sinal de mudança, saberei que está na hora!"

"Meu amigo sincero e leal!", exclamou ela. Foi tudo o que conseguiu dizer; as lágrimas escorriam pelo rosto quando se inclinou para beijar a mão dele.

"Faço mesma promessa, minha querida madame Mina!", disse Van Helsing.

"E eu também!", disse lorde Godalming.

Os dois ajoelharam-se diante dela e oficializaram a promessa. Fiz o mesmo. Então seu marido virou-se para ela com os olhos baços e com tom lívido no rosto, que diminuía o contraste com seus cabelos brancos, perguntou:

"Também preciso fazer essa promessa, minha esposa?"

"Você também, amor", respondeu com infinita piedade na voz e nos olhos. "E não deve hesitar. Você é quem mais amo, você é meu mundo. Nossas almas estão unidas para todo o sempre, pela eternidade. Lembre-se, amor, dos homens corajosos que em tempos passados mataram suas esposas para que não caíssem nas mãos inimigas. Suas mãos se mantiveram firmes, pois as próprias mulheres imploraram para ser mortas. É dever de um homem, em tempos turbulentos, perante aqueles que ama! E, meu amor, se tiver que ser morta, que seja pelas mãos daquele que mais me ama. Dr. Van Helsing, não me esqueci do seu gesto com a pobre Lucy, ao deixar seu repouso final nas mãos daquele que mais a amava...", enrubesceu e mudou a frase, "daquele que tinha o direito de lhe dar o repouso final. Se essa hora chegar, conto com o senhor para garantir ao meu marido que guarde por toda a sua vida a memória feliz de ter sido ele a me libertar desta terrível maldição."

"Eu prometo, mais uma vez!", disse o professor, com voz retumbante.

A sra. Harker sorriu, verdadeiramente satisfeita, suspirou de alívio, recostou-se no sofá e disse:

"E agora uma palavra de alerta, um aviso que não devem nunca esquecer. Quando a hora chegar, se chegar, será súbito e inesperado, e vocês não devem perder tempo. Lembrem-se de que se isso acontecer, poderei ser... Poderei, não, *serei* aliada do nosso inimigo e, desse modo, estarei contra vocês. Tenho mais um último pedido", disse em tom solene. "Não é vital e necessário como o outro, mas gostaria que fizessem uma coisa por mim."

Assentimos com a cabeça, e ninguém disse uma só palavra. Eram desnecessárias.

"Quero que recitem o ofício dos mortos."

O gemido de pesar de Harker a interrompeu nesse momento. Segurou a mão do marido, a levou até seu peito, a colocou sobre o coração e continuou: "Terão de fazê-lo, mais cedo ou mais tarde. Seja qual for o desfecho de nossa tétrica jornada, será uma doce lembrança para todos nós. Gostaria que fizesse isso por mim, amor, pois levarei comigo para sempre a memória de sua voz, aconteça o que acontecer!".

"Mas, meu amor, a morte ainda está muito distante", suplicou.

"Não", disse e interrompeu-o com a mão erguida. "Estou mais próxima da morte neste exato momento do que se enterrada em um túmulo!"

"Minha querida, tem certeza?", perguntou antes de prosseguir.

"Seria um grande conforto para mim, amor", insistiu ela.

Sem mais nada a dizer, Harker pôs-se a ler o ofício assim que ela providenciou o livro.

Creio que nem eu nem ninguém neste mundo pode descrever a estranha cena que se seguiu — solene, sombria, melancólica, terrível, mas, ao mesmo tempo, terna. Até mesmo um cético, desses que julgam o sagrado e o sentimental como o falseamento de amarga verdade, teria se comovido se visse nosso pequeno grupo de sinceros e devotados amigos ajoelhados em volta de dama tão honrada, em seu momento de maior aflição e pesar, ou ouvisse a paixão enternecida com que Harker, em tom tão emotivo que o fez parar diversas vezes, leu a simples e bela liturgia do ofício dos mortos. Não consigo mais escrever. As palavras... me faltam...

A intuição dela estava certa. Por mais estranho que tenha sido, e por mais peculiar que possa ser o futuro — mesmo para nós que sentimos sua potente influência na hora —, a leitura confortou. E o silêncio que marcou na sra. Harker o fim da liberdade de sua alma não nos pareceu tão assustador como temíamos.

Diário de Jonathan Harker

VARNA, *15 de outubro*

Partimos de Charing Cross na manhã do dia 12, chegamos em Paris à noite e embarcamos no Expresso do Oriente. Viajamos noite e dia, e chegamos aqui às cinco da tarde. Lorde Godalming foi até o consulado verificar se tinha algum telegrama, enquanto o resto do grupo seguiu direto para este hotel, o Odessus. Nossa jornada não foi sem incidentes, mas eu estava muito ansioso para seguir viagem, de modo que nada desviou minha atenção. Até que o *Czarina Catherine* atraque no porto, não hei de me interessar por mais nada neste mundo. Mina está bem, graças a Deus, e parece se fortalecer aos poucos. Sua pele está mais corada e tem dormido bastante também; dormiu praticamente a viagem inteira. Torna-se, porém, muito desperta no período que antecede o nascer e o pôr do sol. Van Helsing acostumou-se a hipnotizá-la nessas horas. No início, era necessário algum esforço e vários passes para induzi-la ao transe. Agora, cede de imediato, como se por hábito, e ele não precisa mais se empenhar tanto. É como se a controlasse com o poder da mente e seus pensamentos lhe obedecessem. Nessas ocasiões, sempre pergunta o que ela vê e ouve.

À primeira pergunta, ela responde: "Nada, tudo está escuro".

E à segunda:

"Posso ouvir as ondas chocarem-se contra o casco do navio e a água correr. A vela está esticada e ouço os mastros estalarem. O vento sopra bastante... A proa avança pela espuma."

Pela descrição, é evidente que o *Czarina Catherine* segue em alto-mar e avança à toda em direção a Varna. Lorde Godalming acaba de regressar. Recebeu quatro telegramas, um para cada dia de viagem desde que partimos de Londres, e todos com a mesma mensagem: o *Czarina Catherine* ainda não havia notificado sua chegada ao Lloyd's. Antes de partirmos, tomou providências para que seu agente lhe enviasse um telegrama por dia, e avisasse se havia algum registro do navio no Lloyd's. As mensagens deveriam ser enviadas mesmo em caso negativo, para que se certificasse de que o agente acompanhava com atenção.

Jantamos e fomos cedo para a cama. Amanhã encontraremos o vice-cônsul, para conseguir permissão de subir a bordo assim que o navio atracar no porto. Van Helsing acha que teremos mais chance se conseguirmos entrar no navio entre o amanhecer e o crepúsculo. O conde, mesmo que adote a forma de morcego, não pode atravessar água quando quer e, assim, não conseguirá sair do navio. Como não vai adotar a forma humana, uma vez que certamente não deseja levantar suspeitas, permanecerá dentro da caixa. Se conseguirmos entrar no navio depois do amanhecer, estará à nossa mercê: abriremos a caixa e realizaremos o mesmo procedimento que fizemos com a pobre Lucy, antes que ele acorde. Não teremos piedade. Acho que não vamos ter muito problema com os oficiais ou marinheiros, graças a Deus! Aqui neste país o suborno pode resolver qualquer situação e estamos todos com dinheiro. Precisamos apenas ser avisados da chegada do navio no porto entre a aurora e o crepúsculo e dará tudo certo. Acho que vamos ter de "molhar" muitas mãos pelo caminho!

16 de outubro

Mina continua a relatar o mesmo cenário. Ondas, águas, escuridão e ventos favoráveis. A vantagem é nossa e assim que tivermos notícias do *Czarina Catherine* estaremos prontos. Como o navio deve passar por Dardanelos, tenho certeza de que logo seremos notificados.

17 de outubro

Tudo preparado para a recepção do conde. Godalming disse aos oficiais do porto suspeitar que uma das caixas transportadas no *Czarina* tenha um objeto roubado de amigo seu e conseguiu, assim, permissão para abri-la, a seu próprio risco. O dono do navio emitiu o documento a ser entregue ao capitão, que concede a Godalming o direito de transitar pela embarcação e proceder conforme seu desejo; encaminhou também autorização semelhante ao seu agente em Varna. Fomos encontrá-lo e ele ficou muito impressionado com a gentileza de Godalming; tenho certeza de que fará tudo ao seu alcance para colaborar. Já sabemos o que fazer ao abrirmos a caixa. Se o conde estiver lá, Van Helsing e Seward vão cortar a cabeça e cravar a estaca no coração. Morris, Godalming e eu ficaremos de guarda, para não haver interferência, mesmo que tenhamos que usar armas — já vamos deixar tudo pronto. O professor disse que, se destruirmos o conde, o corpo dele virá pó em seguida. Nesse caso, não haverá nenhuma evidência contra nós, se houver suspeita de assassinato. Seja como for, assumiremos a responsabilidade do ato e, talvez um dia, o próprio registro que faço agora sirva de prova e livre alguns de nós da forca. Por mim, aceitaria de bom grado. Não vamos medir esforços para lograr nosso intento. Já combinamos com os oficiais portuários: assim que o *Czarina Catherine* for avistado, seremos informados por um mensageiro especial.

---

24 de outubro

Uma semana inteira de espera. Telegramas diários para Godalming, mas sempre a mesma mensagem: "Nenhuma notificação". O mesmo se dá com as informações que Mina nos transmite em seus transes hipnóticos. Ondas, águas e mastros estalando.

Telegrama, *24 de outubro*

De Rufus Smith, Lloyd's, Londres, para lorde Godalming, aos cuidados do vice-cônsul de Sua Majestade em Varna

A passagem do *Czarina Catherine* por Dardanelos foi notificada esta manhã.

Diário do dr. Seward

---

25 de outubro

Que falta faz meu fonógrafo! Escrever o diário à mão é uma tortura para mim! Mas Van Helsing disse que é importante. Ficamos numa euforia louca ontem, quando Godalming recebeu o telegrama do Lloyd's. Agora sei o que os homens devem sentir durante uma batalha quando são finalmente chamados à ação. A única pessoa do nosso grupo a não demonstrar sinais de emoção foi a sra. Harker.

Mas não é de se espantar, pois cuidamos para não comentar detalhe algum perto dela nem mesmo parecer muito eufóricos. Tenho certeza de que a sra. Harker de antigamente teria notado, por mais que tentássemos ocultar, mas ela mudou drasticamente nas últimas três semanas. Está cada vez mais letárgica e, embora pareça mais forte e mais corada, Van Helsing e eu estamos preocupados. Conversamos muito a respeito disso, mas não comentamos nada com os outros. Nosso pobre Harker ficaria sentido e tenso se soubesse de nossas suspeitas. Van Helsing disse que tem aproveitado os transes hipnóticos para examinar os dentes com bastante atenção. Explicou-me que, enquanto não estiverem afiados, não existe risco de transformação. Se isso acontecer, teremos de tomar providências! E nós dois sabemos muito bem quais serão elas, embora não demos voz aos nossos pensamentos. Nem eu nem o professor nos absteríamos de cumprir nosso dever, por mais hediondo que seja. "Eutanásia" é uma palavra libertadora, que nos traz muito conforto. Sou grato a quem a inventou.

Na velocidade com que o *Czarina Catherine* saiu de Londres, são apenas vinte e quatro horas de viagem de Dardanelos até aqui. Como o navio deve chegar na parte da manhã, vamos deitar cedo. Combinamos de acordar uma da manhã para os preparativos.

25 de outubro, meio-dia

Nenhuma notícia do navio ainda. O relato hipnótico da sra. Harker hoje de manhã foi o mesmo, então é provável que tenhamos alguma novidade a qualquer momento. Estamos todos em agitação febril, menos Harker, que se mostra calmo. Suas mãos estão frias como gelo e, há uma hora, encontrei-o afiando a faca gurkha da qual não se separa ultimamente. Coitado do conde se esta mão firme e gelada, com a afiada kúkri, desferir um golpe que seja em seu pescoço!

Van Helsing e eu ficamos um pouco alarmados hoje com o estado da sra. Harker. Por volta de meio-dia, caiu em preocupante prostração. Não comentamos nada com os outros, mas ficamos apreensivos. Durante toda a manhã, esteve agitada; chegamos até a ficar contentes ao saber que dormia. Mas quando seu marido mencionou casualmente que tinha sono tão pesado que não conseguia acordá-la, fomos até o quarto do casal examiná-la. A respiração estava normal e tinha aparência tão serena que fomos obrigados a concordar que era melhor que continuasse dormindo. Pobrezinha, tem tantas memórias horrendas que não é de se admirar que o sono, ao apagá-las temporariamente, lhe faça tão bem.

Mais tarde

Tínhamos razão: após o sono restaurador de algumas horas, ela acordou melhor e mais bem-disposta. Colhemos o relato hipnótico quando o sol se pôs. Onde quer que esteja no mar Negro, o conde se aproxima de seu destino que, espero, há de ser a completa destruição.

26 de outubro

Mais um dia se passou sem notícias do *Czarina Catherine*. Pelos nossos cálculos, já deveria ter chegado. Sabemos, porém, que ainda está no mar, graças ao relato da sra. Harker ao amanhecer. Talvez a neblina retarde o avanço do navio. Alguns barcos a vapor que chegaram ontem à noite no porto reportaram neblina ao norte e ao sul. Vamos continuar de prontidão, já que o navio pode chegar a qualquer momento.

27 de outubro, meio-dia

Estranho. Nada do navio ainda. Os relatos da sra. Harker ontem à noite e hoje pela manhã permanecem iguais: ondas agitadas e água em movimento. Acrescentou apenas que "as ondas estão mais fracas". Os telegramas de Londres também não trouxeram novidade. Van Helsing está numa ansiedade medonha e confessou agora há pouco que teme que o conde tenha escapado. E disse preocupado:

"Não gosto nada dessa letargia de madame Mina. Durante transe, alma e memórias podem viajar para lugares estranhos."

Estava prestes a pedir que me explicasse melhor seu comentário quando Harker entrou no cômodo e Van Helsing fez o gesto para que me calasse. Hoje, ao crepúsculo, devemos tentar induzi-la a falar mais livremente durante a hipnose.

Telegrama, 28 de outubro.

De Rufus Smith, Lloyd's, Londres, para lorde Godalming, aos cuidados do vice-cônsul de Sua Majestade em Varna

Czarina Catherine entrou em Galatz hoje uma da tarde.

Diário do dr. Seward

28 de outubro

Quando descobrimos que o navio estava em Galatz, acho que nenhum de nós ficou tão atônito quanto seria de se esperar. É bem verdade que não sabíamos de onde, como ou quando viria o imprevisto, mas estávamos todos preparados para algo que frustrasse nossos planos. Assim que chegamos em Varna, percebemos que as coisas não sairiam exatamente como planejamos; apenas esperávamos que algo acontecesse. Não obstante, foi uma surpresa e tanto. Acho que temos uma natureza tão esperançosa que acreditamos que as coisas sairão sempre como deveriam ser e não como sabemos que serão. O transcendentalismo é farol para anjos, mas não passa de fogo-fátuo para homens. Van Helsing ergueu a mão sobre a cabeça por um momento, como se em protesto contra os céus, mas não proferiu palavra. Levantou-se em seguida, com expressão sisuda. Lorde Godalming empalideceu na hora e precisou sentar-se, com a respiração ofegante. Eu, aturdido, olhei para cada um de meus companheiros. Quincey Morris apertou o cinto, cacoete que conhecia bem: em nossas aventuras, significava que estava pronto para ação. A sra. Harker ficou de tal modo lívida que a cicatriz em sua fronte parecia arder, mas apenas uniu as palmas das mãos e pôs-se a rezar. Harker sorriu — sorriso soturno e amargo de alguém que já perdeu as esperanças —, porém, ao mesmo tempo, um gesto involuntário traiu seu pessimismo, pois reparei que a mão buscou instintivamente o punho da faca kúkri.

"Quando é próximo trem para Galatz?", perguntou Van Helsing.

"Amanhã, às seis e meia da manhã."

Ficamos espantados, pois a resposta veio da sra. Harker.

"E como você sabe?", indagou Art.

"Você esquece, ou talvez não saiba, que sou aficionada por trens. Jonathan sabe bem, assim como o dr. Van Helsing. Lá em casa, em Exeter, decorava os horários para ser útil ao meu marido. Gostei tanto que adquiri o hábito. Sabia que, se tivéssemos que ir até o castelo de Drácula, iríamos por Galatz ou Bucareste, então decorei os horários com antecedência. Infelizmente, não existem muitas rotas, e somente um trem parte amanhã, nesse horário das seis e meia."

"Que mulher extraordinária!", murmurou o professor.

"Será que não conseguimos alugar um?", perguntou lorde Godalming.

Van Helsing fez um gesto negativo com a cabeça.

"Receio que não", respondeu. "Esta terra é muito diferente da sua e da minha. Mesmo que conseguimos trem particular, provavelmente não é tão veloz quanto nossos comuns. Ademais, tem preparativos para fazer. Tem que colocar as ideias em ordem. Vamos organizar. Você, amigo Arthur, vai a estação, compra as passagens e deixa tudo pronto para embarque amanhã cedo. Você, amigo Jonathan, vai ao agente do navio e providencia para ele enviar para o agente em Galatz as autorizações que já temos aqui, porque precisa de permissão para entrar no navio lá. Morris Quincey,[1] vai ver vice-cônsul e pede para interceder com colega dele em Galatz, certifica que ele fará tudo que pode para não termos nenhum problema, e não perder tempo depois de cruzar Danúbio. John fica comigo e madame Mina e vamos confabular. Pode ser que demorem, mas não tem problema: quando o sol se pôr, estou aqui com madame Mina e registro relato na hipnose."

"Eu", disse a sra. Harker em tom alegre, parecendo nossa amiga de antigamente, "tentarei ser útil de todas as maneiras: pensarei em estratégias e registrarei tudo por escrito para vocês, como costumava fazer. Operou-se em mim uma mudança peculiar e sinto-me livre como não me sentia há tempos!"

Ao ouvir tais palavras, nossos três jovens amigos ficaram visivelmente contentes, mas Van Helsing e eu nos entreolhamos, tensos e preocupados. Entretanto, não comentamos nada.

Quando os três partiram, Van Helsing pediu a sra. Harker que buscasse, na cópia dos diários, o trecho em que Jonathan descreve sua permanência no castelo. Saiu para buscar e, assim que fechou a porta, o professor disse:

"Você pensa mesmo que eu! Diz!"

---

1 Van Helsing aqui, à moda Drácula, usa o sobrenome antes do nome.

"Está mudada, sim. Mas é uma esperança que me incomoda, pois pode não passar de ilusão."

"Verdade. Sabe por que pedi para buscar manuscrito?"

"Não, achei que quisesse apenas a oportunidade para falar comigo a sós."

"Em parte, sim, amigo John, mas apenas parte. Queria dizer algo. Ah, meu amigo, assumo imenso risco. Mas acho é certo. Na hora que madame Mina diz as palavras que chamam nossa atenção, algo me ocorre. Há três dias, durante transe hipnótico, o conde envia seu espírito e lê mente de madame Mina. Ou, mais provável, leva a alma dela até caixa de terra a bordo, porque durante nascer e pôr do sol tem controle do espírito dela. Assim, sabe que estamos aqui, porque ao contrário dele, preso no caixão sem nada ver ou ouvir, ela está livre, vê e ouve tudo em volta. Agora, a principal preocupação do conde é escapar do nosso cerco. Por ora, não está interessado nela. Tem certeza que atende chamado assim que ele quer. Mas, no momento, corta conexão que une eles, para ela não localizar. É aí que mora a esperança: nossos cérebros maduros, desde sempre humanos e abençoados por graça de Deus, podem superar o cérebro pueril de criatura que passa séculos na tumba, e ainda não alcança nossa estatura e só é dedicado a propósitos egoístas e mesquinhos. Aí vem madame Mina. Não diz nada da hipnose! Não sabe e isso pode perturbar, deixar ela desesperada justamente quando precisamos de toda esperança, coragem e prodigioso cérebro dela, que funciona como de homem, mas com doçura de mulher; cérebro acrescido de poder especial conferido por conde, poderes que, mesmo que quer, ele não remove de todo. Silêncio! Deixa falar, apenas ouve. Ah, John, meu amigo, estamos em situação periclitante. Nunca tenho tanto medo em toda minha vida. Só pode confiar no bom Deus. Silêncio! Aí vem ela!"

Achei que o professor fosse ter um ataque de histeria, como após o funeral de Lucy, porém se controlou e demonstrou equilíbrio impecável quando a sra. Harker adentrou o aposento, efusiva e alegre e, aparentemente, distraída de preocupações. Ao entrar, entregou o maço de folhas datilografadas para Van Helsing, que as examinou com atenção; seu rosto se iluminou ao lê-las. Segurou as folhas entre o indicador e o polegar e disse:

"Amigo John, eis aqui lição para você, tão experiente, e você também, minha cara madame Mina, ainda tão jovem. Nunca ter medo de pensar. Um pensamento incompleto me atazana há dias, e receio dar asas a ele. Agora, diante da informação que preciso, descubro que meu pensamento não é incompleto. É pensamento perfeito, mas ainda não tem forças para usar as asinhas. Assim como ‹patinho feio› do meu amigo Hans Andersen, não é pato, e sim belo cisne, que aguarda momento certo para testar nobres asas. Vou ler trecho do diário de Jonathan:

> Não foi esse Drácula quem, de fato, inspirou outro de sua raça a, anos mais tarde, conduzir seus exércitos repetidas vezes pelo rio até a Turquia? E, quando rechaçado, retornou inúmeras vezes — e, com suas tropas massacradas em sangrento campo de batalha, atacou sozinho, com a certeza de que somente ele era capaz de finalmente conquistar a vitória!

"O que isso diz? Muito pouco? Não! O conde, de cérebro pueril, fala mais do que deve. Vocês, mesmo de raciocínio amadurecido, não enxergam nada. Não enxergo nada também, pelo menos não até agora. Mas eis que chega até mim algo dito sem pensar, porque a pessoa que diz não faz ideia do que significa. Assim como existe elemento estático na natureza que subitamente move por conta própria. Como raio de luz que clareia céu, pode cegar, matar, destruir, mas ao mesmo tempo, ilumina toda terra embaixo, por léguas e léguas. Não é mesmo? Bem, explico. Vocês já estudaram filosofia do crime? ‹Sim› e ‹não›. Você, John, respondeu sim, porque é parte do trabalho com lunáticos. Já você, madame Mina, não, porque não é ligada ao assunto, embora é vítima de crime recente. Ainda assim, raciocínio é correto, sem argumentar *a particulari ad universale*.[2] Existe peculiaridade nos criminosos. É tão constante, observada em todos países e épocas, que até polícia, que não tem grandes conhecimentos filosóficos, descobre empiricamente. O criminoso está sempre envolvido em crime, isto é, o autêntico criminoso, predestinado ao crime, e não empreende mais nada na vida. Seu cérebro não é igual homem maduro. É inteligente, astuto e expedito, mas o cérebro não amadurece. É cérebro de criança. Nosso criminoso também é predestinado ao crime. Seu cérebro também é pueril, seus atos, consequentemente, imaturos. Filhotes de pássaro, peixe e outros animais não aprendem por princípio, e sim de modo empírico. E, quando aprendem algo, usam conhecimento adquirido como base para novas tentativas e erros. Como disse Arquimedes, *Dos pou sto*: ‹Deem-me base e a partir dela movo o mundo›. O primeiro aprendizado é base, o processo que o cérebro pueril vira cérebro adulto. E, até encontrar estímulo para avançar, sempre faz a mesma coisa, repete o

---

2 Latim: "Do particular ao universal".

que fez antes. Ah, minha querida, vejo que seus olhos enxergam algo, meu raio de luz ilumina as léguas de sua terra."

A sra. Harker, de fato, batia palmas e os olhos brilhavam. Ele prosseguiu:

"Fala, conta a dois maçantes cientistas que enxerga com olhos luzidios", disse, segurou a mão dela e tocou seu pulso com o indicador e o polegar. Tomei como gesto instintivo e inconsciente do professor.

"O conde é criminoso e se encaixa em um perfil", disse ela. "Max Nordau e Cesare Lombroso assim classificariam-no e, enquanto tal, não possui de fato mente perfeitamente formada. Portanto, quando encontra dificuldade, recorre ao hábito. Seu passado é para nós uma grande pista e o que sabemos a respeito dele, contado por ele mesmo, nos mostra que em tempos antigos, quando se viu em um 'aperto', como diria o sr. Morris, deixou a terra que pretendia invadir e regressou ao seu país, preparar-se para novo combate em solo natal. Mais bem equipado, venceu. O mesmo se deu agora: foi para Londres com a intenção de invadir nova terra. Derrotado, perdeu as esperanças de êxito, viu que corria perigo e voltou depressa de navio para sua pátria, assim como escapou da Turquia pelo Danúbio."

"Perfeito! Ah, minha brilhante amiga!", exclamou Van Helsing, eufórico. Inclinou-se e beijou sua mão. Em seguida, virou-se para mim e, muito calmamente, como se atendesse um paciente no consultório, disse:

"Setenta e dois de pulso, mesmo com toda agitação. Estou esperançoso."

Virou-se para ela novamente e disse entusiasmado:

"Mas continua. Continua! Pode contar mais. Não tem medo. John e eu sabemos que fala. Eu, pelo menos, sei e digo se tem razão. Fala, fala sem medo!"

"Vou tentar. Perdoem-me se parecer muito presunçosa."

"Não se preocupe; precisamos da audácia de seu pensamento."

"Bom, sendo criminoso, é egoísta. E, como tem o intelecto limitado e baseia suas ações em seus próprios interesses, fica preso a um único objetivo. E esse objetivo é implacável. Do mesmo modo como, no passado, só tinha em mente a fuga pelo Danúbio e deixou seu exército para ser destroçado nas mãos do inimigo, agora só pensa em encontrar refúgio. Assim, seu próprio egoísmo libertou minha alma do terrível poder que conquistou sobre mim naquela noite macabra. Eu sinto, posso sentir! Obrigada, meu Deus, por Sua misericórdia! Há muito não sinto minha alma tão livre. Meu único temor é que, durante algum transe ou sonho, ele se aproveite do meu conhecimento para seus objetivos."

Van Helsing se ergueu e disse:

"Usa sua mente, sim, e por isso ficamos aqui em Varna à toa, enquanto navio avança pela neblina até Galatz, onde, sem dúvida, fez preparativos para escapar. Mas cérebro pueril não consegue planejar muito além. E pode ser que, com ajuda da providência divina, o malfeitor é derrotado exatamente por aquilo que julga maior vantagem. O caçador é pego na própria armadilha, como diz grande salmista. Pois agora, acha que despistou e tem muitas horas de vantagem, seu cérebro imaturo diz para descansar. Também pensa que, como corta conexão, você não tem acesso à mente dele. Mas é aí que engana! Seu indesejado batismo de sangue permite você ir até ele em espírito, como faz nos momentos de liberdade, no nascer e no pôr do sol. Nessas ocasiões, vai guiada por mim, e não para atender chamado. Esse poder, que é benéfico para você e outros, é concedido ao sofrer nas mãos do conde. E agora, mais que nunca, é precioso, porque para proteger ele renuncia mesmo a saber onde estamos. Nosso propósito, no entanto, não é egoísta e acreditamos que Deus está conosco neste vale de sombras e atravessa as trevas do nosso lado. Vamos atrás do inimigo, não vamos desistir ou hesitar, mesmo com risco de virar criaturas como ele. Amigo John, nossa conversa agora é importante e serve para avançar no caminho. Você registra tudo que é dito na última hora, para os outros, ao regressar das tarefas, saber o que conversamos."

Fiz o presente registro enquanto aguardamos o retorno de nossos amigos, e a sra. Harker datilografou tudo que se passou desde que nos trouxe o diário de seu marido.

CAPÍTULO XXVI

Diário do dr. Seward

29 de outubro

BRAM STOKER

Escrevo no trem que nos leva de Varna a Galatz. Ontem à noite, nos reunimos pouco antes do crepúsculo. Cada um de nós cumpriu sua tarefa da melhor maneira possível e, no que diz respeito a foco, empenho e senso de oportunidade, estamos preparados para a viagem e para o trabalho que nos espera em Galatz. Chegada a hora costumeira, a sra. Harker se aprontou para a hipnose, mas, ao contrário das vezes anteriores, ontem Van Helsing precisou se esforçar e insistir por mais tempo para fazê-la entrar em transe. Em geral, ela começa a falar espontaneamente, mas dessa vez o professor precisou de perguntas, e de forma bastante decidida, antes que pudesse nos revelar algo. Por fim, respondeu:

"Não vejo nada. Estamos parados. Não há ondas, apenas água corre contra a boça. Ouço marinheiros, vozes próximas e outras distantes, e o barulho dos remos nas forquetas. Ouço também um disparo de arma cujo som reverbera como eco distante. Escuto passos lá em cima e o ruído do arrastar de cordas e correntes. O que é isso? Vislumbro uma nesga de luz. Sinto a rajada de ar sobre mim."

Ela ficou em silêncio. Depois, levantou-se do sofá num impulso, ergueu as mãos no ar, com as palmas para cima, como se levantasse um peso. Van Helsing e eu logo compreendemos o gesto e trocamos um olhar cúmplice. Quincey fitou-a compenetrado, ergueu as sobrancelhas, e Harker mais uma vez segurou o punho da sua faca kúkri. Houve uma pausa demorada. Sabíamos que não restava mais muito tempo, mas sentimos que era inútil comentar algo. De repente, se sentou, abriu os olhos e perguntou, muito amável:

"Alguém aceita chá? Vocês devem estar tão cansados!"

Aceitamos mais para agradá-la, e ela foi providenciar as bebidas. Assim que saiu, Van Helsing disse:

"Vocês ouvem, meus amigos. Ele aproxima da terra firme e sai da caixa de terra. Mas ainda não alcança porto. Pode esconder de noite em algum lugar, mas se não alcança costa a bordo do navio, não atravessa águas. Pode mudar forma e pula na água ou voa até costa, mas, de todo modo, tem que ser carregado de volta para refúgio depois e, nesse caso, funcionários da alfândega podem descobrir o que há dentro da caixa. Assim, se não foge esta noite, antes do amanhecer, perde dia inteiro. Ainda podemos chegar a tempo; se não escapa de noite, podemos surpreender de dia, quando está dentro da caixa, à nossa mercê. Sabemos que não adota forma verdadeira, desperto e visível de dia, com medo de descobrirem."

Não havia mais a ser dito, aguardamos pacientemente até a aurora, momento em que a sra. Harker poderia nos dizer se houve alguma mudança.

Foi com ansiedade quase paralisante que nos reunimos para ouvir seu relato, hoje bem cedo. Ela demorou ainda mais do que ontem para entrar em transe e, como faltava pouco para o sol raiar, nos desesperamos. Van Helsing empreendeu esforço redobrado para induzi-la ao estado hipnótico e, por fim, ela obedeceu ao comando de voz e disse:

"Tudo escuro. Ouço a água, no mesmo nível que eu, e um som de madeira se chocar contra madeira."

Parou de falar e o sol despontou avermelhado no horizonte. Vamos ter que esperar até a noite.

Viajamos rumo a Galatz imersos na aflição da expectativa. Nossa chegada é prevista entre duas e três da manhã, mas, como já estávamos três horas atrasados quando passamos por Bucareste, não creio que possamos chegar antes do nascer do sol. Teremos pela frente mais duas mensagens hipnóticas da sra. Harker! Uma delas, ou as duas, podem nos ajudar a compreender melhor o que está acontecendo com o conde.

Mais tarde

O crepúsculo já se foi. Por sorte, o sol se pôs em um momento propício, sem nada para atrapalhar a hipnose. Se estivéssemos parados em uma estação na hora, não conseguiríamos a tranquilidade e o isolamento necessários à indução ao transe. A sra. Harker demorou ainda mais do que pela manhã para obedecer aos comandos de Van Helsing. Receio que seu poder de acessar as sensações do conde esteja diminuindo — justo agora, quando mais precisamos. Parece-me também que tem dado asas à imaginação, pois, no transe, Mina, que costumava se ater a fatos, agora não é mais tão objetiva. Se continuar assim, pode mais confundir do que ajudar. Se o poder de sentir onde o conde está se extinguisse junto do poder que ele tem de acessar a mente dela, veria a situação com bons olhos. Mas temo que não funcione dessa maneira.

Quando finalmente falou, as palavras foram enigmáticas:

"Alguma coisa saiu do lugar. Sinto passar por mim, como vento gelado. Ouço sons confusos a distância: o alarido de vozes em línguas estrangeiras, uma violenta queda d'água e uivo de lobo."

Ficou em silêncio e um calafrio percorreu seu corpo, que se intensificou até se transformar em convulsão. Ela não conseguiu mais responder a nenhuma das perguntas imperiosas do professor. Quando despertou do transe, estava gelada, exausta e lânguida, mas a mente permanecia alerta. Não se lembrou de nada, mas quis saber o que havia dito. Quando contamos, refletiu profundamente e por longo tempo em silêncio.

30 de outubro, sete da manhã

Aproximamo-nos de Galatz e não sei se terei tempo para escrever depois. Aguardamos ansiosos pelo nascer do sol hoje. Ciente da dificuldade cada vez maior de induzir a sra. Harker ao transe hipnótico, Van Helsing começou mais cedo do que de costume. Mas seus esforços só surtiram efeito na hora costumeira; ela finalmente cedeu, e com muita dificuldade, quando faltava apenas um minuto para o sol nascer. O professor não perdeu tempo nas perguntas e ela as respondeu com a mesma pressa:

"Está tudo escuro. Ouço a água correr, no nível das minhas orelhas, e o estalar de madeira contra a madeira. Ouço o gado, a distância. Há também outro som, um som estranho como...".

Nesse momento, se calou e empalideceu mais.

"Continua, continua! Ordeno falar!", exclamou Van Helsing com voz aflita. Vi em seus olhos que estava desesperado, pois o sol já despontava — os primeiros raios vermelhos iluminaram o rosto lívido da sra. Harker, que abriu os olhos; assustamo-nos quando disse, dócil e aparentemente tranquila:

"Professor, por que pede para fazer algo que sabe que não posso? Não me lembro de nada." Percebeu nosso espanto, olhou para cada um de nós e perguntou agoniada: "O que eu disse? O que eu fiz? Não me lembro de nada, apenas de estar deitada aqui, cochilando, e escutá-lo dizer 'continua, ordeno falar!'. Achei engraçado ouvi-lo me dar ordens, como se fosse uma criança levada!".

"Ah, madame Mina", disse tristemente, "você estranhar ordem dada para seu bem, mas com tom autoritário, apenas prova, se é que precisa provas, do quanto amo e respeito você: afinal, você manda e tenho orgulho em obedecer sempre!"

Ouço o apito do trem. A estação de Galatz se aproxima e estamos doidos de ansiedade.

Diário de Mina Harker

3o de outubro

O sr. Morris trouxe-me ao hotel. Nossas acomodações foram reservadas por telegrama e ele, o único que não fala uma língua estrangeira, ficou encarregado de me fazer companhia. O grupo se dividiu de modo semelhante ao definido em Varna, mas dessa vez quem foi ter com o vice-cônsul foi lorde Godalming, pois o título de nobreza pode servir como garantia e temos muita pressa. Jonathan e os médicos foram procurar o agente naval e apurar detalhes da chegada do *Czarina Catherine*.

MAIS tarde

Lorde Godalming voltou. O cônsul está fora, e o vice-cônsul, doente. Foi recebido pelo funcionário encarregado das tarefas de rotina na ausência dos superiores. O sujeito mostrou-se bastante solícito e se ofereceu para fazer tudo ao seu alcance para ajudar.

Diário de Jonathan Harker

30 de outubro

Às nove horas, dr. Van Helsing, dr. Seward e eu fomos ter com os srs. Mackenzie & Steinkoff, agentes da firma Hapgood, em Londres. Atendiam ao pedido previamente feito por lorde Godalming, pois receberam telegrama da matriz londrina para nos receber com muita deferência. De fato, foram gentis e corteses, e levaram-nos imediatamente a bordo do *Czarina Catherine*, ancorado no porto fluvial. Já no navio, conhecemos o capitão, sujeito chamado Donelson, que relatou sua viagem. Disse que, em toda a sua vida, nunca fizera travessia mais fácil.

"Olha", disse, "mas tivemos até medo, pois chegamos a crer que, por compensação, enfrentaríamos algum tipo de azar. É raro viajar de Londres até o mar Negro assim, de vento em popa. Parecia que o próprio diabo soprava as velas, por algum motivo. E não víamos um palmo a nossa frente. Quando nos aproximávamos de outro navio, porto ou promontório, uma neblina nos envolvia e se deslocava conosco. Mesmo depois que desaparecia, não conseguíamos enxergar grande coisa. Passamos por Gibraltar sem poder sequer sinalizar. Até chegarmos em Dardanelos, onde paramos para obter autorização, não conseguimos nos comunicar com ninguém. No início, pensei em baixar as velas e esperar a neblina dissipar. Mas me ocorreu que se o diabo estava com pressa e queria chegar logo ao mar Negro, querendo ou não, estávamos entregues à sua vontade. E, de mais a mais, uma viagem expedita não seria malvista pelos donos do navio, nem prejudicaria os negócios. Sem contar que o diabo haveria de ficar grato conosco por não atrapalhar seus propósitos."

Aquela mistura de simplicidade, astúcia, superstição e tino comercial divertiu Van Helsing:

"Meu amigo, o diabo é mais esperto que muitos imaginam e sabe bem quando encontra adversário à altura!"

O capitão não se ofendeu com o comentário e continuou o relato:

"Depois que passamos pelo Bósforo, meus homens começaram a reclamar. Alguns marujos romenos vieram falar comigo e pediram para atirar ao mar uma caixa espaçosa embarcada por um velho esquisito em Londres. Eu os vira espiar o sujeito e, quando ele passou, ergueram dois dedos no ar, para proteção de mau-olhado. Olha, como é ridícula a superstição dessa gente! Ordenei que voltassem depressa ao trabalho, porém, quando a neblina envolveu o navio daquele jeito, pensei que talvez tivessem razão, ainda que nada daquilo tivesse a ver com a caixa. Bem, seguimos viagem, e como a neblina não deu descanso por cinco dias seguidos, deixei que o vento nos carregasse. Afinal, se o diabo queria bancar o capitão, eu não ia arrumar confusão com ele. Mesmo assim, fiquei atento. Avançamos velozes, em águas profundas o tempo todo, até que anteontem, quando os raios de sol atravessaram a névoa, vi que estávamos no rio, em frente a Galatz. Os romenos estavam alucinados, queriam atirar a caixa no rio de qualquer jeito. Tive que convencê-los com a ajuda do meu espeque. Quando o último se ergueu do convés com a cabeça entre as mãos, tive certeza de que aprenderam que, com ou sem mau-olhado, uma propriedade confiada a mim estava melhor em meu navio do que no fundo do Danúbio. Já tinham removido a caixa do porão e a levado até o convés para atirá-la ao mar. Como estava marcada com ‹Galatz via Varna›, achei melhor deixá-la quieta até desembarcar e poder me livrar dela de uma vez. A neblina continuou e passamos a noite inteira ancorados. Pela manhã, antes mesmo de o sol raiar, um sujeito veio a bordo com uma carta enviada da Inglaterra, que o autorizava a receber a caixa para o conde Drácula. Não encontrei irregularidades, os documentos estavam em ordem, e fiquei feliz em me livrar daquele trambolho, pois já estava encucado com ela também. Agora, se o diabo tinha bagagem a bordo, não tenho dúvida de que era aquela caixa!"

"O senhor recorda nome do sujeito que busca caixa?", perguntou o dr. Van Helsing, tentando não parecer muito afoito.

"Um instante", respondeu e desceu até a cabine, voltou com uma fatura em nome de "Immanuel Hildesheim". O endereço era Burgen-strasse, número 16. O capitão não sabia de mais nada; agradecemos a atenção e partimos.

Encontramos Hildesheim em seu escritório. Era um judeu do tipo que se vê nos palcos do teatro Adelphi, com nariz de ovelha e fez na cabeça. Suas informações foram pontuadas por pequenos incentivos, que coube a nós pontuá-los em espécie. Fartamente incentivado, contou tudo o que sabia. Sua contribuição foi simples, mas importante. Recebera carta de um sr. De Ville, de Londres, pedindo que recebesse uma caixa que chegaria em Galatz, a bordo do *Czarina Catherine*, se possível antes do amanhecer, para evitar a alfândega. Deveria então deixar a caixa aos cuidados do tal Petrof Skinsky, camarada que negociava com os eslovacos que descem o rio para oferecer seus serviços no porto. Pago por seus préstimos com nota bancária inglesa, já devidamente trocada por ouro no Banco Internacional do Danúbio. Quando Skinsky foi ter com ele, Hildesheim o levou ao navio e entregou-lhe a caixa para evitar pagar o transporte. Isso era tudo o que sabia.

Fomos atrás de Skinsky, mas não conseguimos encontrá-lo. Um de seus vizinhos, que não parecia tê-lo em alta conta, disse que partira havia dois dias, sem que ninguém soubesse seu destino. Essa informação foi confirmada pelo senhorio, que recebera via portador a chave da casa e o aluguel vencido em moeda inglesa. Tudo isso se deu ontem, entre dez e onze da noite. Chegamos a novo impasse.

Enquanto conversávamos com os vizinhos, um sujeito chegou afobado e disse que o corpo de Skinsky fora encontrado no cemitério de St. Peter, a garganta dilacerada como se atacado por animal selvagem. Os vizinhos logo acorreram para ver o horror de perto e as mulheres gritaram: "É obra de eslovaco!". Escapamos depressa, antes que nos enredassem no caso e perdêssemos mais tempo, já curto.

Voltamos para o hotel e para Mina com o coração apertado. Não chegáramos a nenhuma conclusão definitiva. Sabíamos que a caixa era transportada por água para algum lugar, mas não tínhamos ideia do seu destino.

Quando nos reunimos, o primeiro assunto em pauta foi Mina: contamos ou não o que estava acontecendo? Nossa situação está cada vez mais desesperadora e essa pode ser ao menos uma chance, embora arriscada. Sendo assim, fui liberado da promessa que fiz a ela.

Diário de Mina Harker

30 de outubro, noite

Os rapazes estavam tão cansados, tão abatidos e tão desanimados. Logo percebi que, até descansarem um pouco, nada poderia ser feito. Sugeri que se deitassem por pelo menos meia hora enquanto datilografo os últimos acontecimentos. Sou grata ao inventor da máquina de escrever portátil e ao sr. Morris, que conseguiu uma para mim. Estaria perdida se tivesse que escrever tudo isso à mão...

Terminei. Coitado do meu amor, meu querido Jonathan, o que não deve ter sofrido, o que não deve estar sofrendo agora. Está deitado no sofá e mal consigo detectar sua respiração; o corpo parece em colapso:

testa franzida e rosto contraído em esgar de dor. Pobrezinho, com o rosto todo enrugado, acho que algum pensamento lhe exige máxima concentração. Se ao menos pudesse ajudá-lo... Vou fazer o possível para isso.

Pedi ao dr. Van Helsing que me mostrasse todos os relatos que ainda não li. Enquanto descansam, vou estudar tudo com atenção e ver se concluo algo útil. Tentarei seguir o exemplo do professor e analisar os fatos sem preconceitos...

Acho que, com a graça de Deus, descobri algo. Vou buscar os mapas e examiná-los.

Estou certa de que tenho razão. Anotei minhas conclusões e vou reunir o grupo para lê-las em voz alta. Deixarei que julguem por si próprios. É fundamental sermos objetivos, pois cada minuto é precioso.

Memorando de Mina Harker
(ANEXADO AO DIÁRIO)

Problema a ser resolvido: o retorno de conde Drácula para sua própria casa.

(a) Ele terá de ser levado por alguém. Isso sabemos. Se tivesse condição de se movimentar livremente, iria como homem, lobo, morcego ou outra forma. Ele certamente teme ser descoberto ou sofrer interferência no estado vulnerável em que está, confinado entre o amanhecer e o crepúsculo na caixa de madeira.

(b) Como será transportado? Aqui podemos proceder por eliminação. Estrada, ferrovia ou transporte marítimo?

1. Por estrada: inúmeras dificuldades, sobretudo para sair da cidade.

(x) Muitas pessoas pelo caminho. E as pessoas são curiosas e podem querer sondar. Uma indireta, suspeita, especulação sobre o conteúdo da caixa poderia destruí-lo.

(y) A presença de fiscais aduaneiros ou de coletores de taxas alfandegárias.

(z) Pode ser perseguido, seu principal temor. E, para evitar possível traição, rechaçou até mesmo a vítima: eu!

2. Pela ferrovia: ninguém fica encarregado da caixa, o que pode atrasar o transporte, e um atraso seria fatal, sobretudo com inimigos

no encalço. Ele pode escapar à noite, é verdade. Mas como faria em lugar desconhecido, sem poder voar para seu refúgio? Isso não está nos planos, e não vai correr riscos desnecessários.

3. Por transporte marítimo: por um lado, é o caminho mais seguro, mas, por outro, o mais perigoso. O conde enfraquece na água, exceto à noite; e, mesmo assim, durante esse período pode apenas alterar o clima e conjurar neblina, tempestade e neve, ou convocar lobos. No entanto, na hipótese de naufrágio, seria tragado pela água, ficaria indefeso e, consequentemente, seria liquidado. A vantagem do transporte marítimo, por sua vez, é que pode conduzir a embarcação até a terra firme, mas se a terra em questão não for segura e não tiver liberdade para se deslocar, está em maus lençóis.

Sabemos, pelo meu transe, que está em alto-mar: o que precisamos descobrir agora é *onde*.

A primeira coisa a fazer é avaliar tudo o que foi feito até agora. Só assim poderemos ter ideia do que pretende daqui para a frente.

Em primeiro lugar, temos que diferenciar sua ação em Londres do seu plano geral, pois corria contra o tempo e teve de se arranjar como pôde.

Em segundo lugar, temos de avaliar, considerando os fatos, o que já fez aqui.

Em relação ao primeiro ponto, sabemos que pretendia chegar em Galatz, mas enviou a fatura a Varna para nos enganar, caso descobríssemos o navio que embarcara na Inglaterra. Seu único e imediato objetivo era fugir. A prova disso são as instruções de Immanuel Hildesheim para retirar a caixa do navio *antes do amanhecer* — bem como a orientação de Petrof Skinsky. Não sabemos exatamente qual era, mas deve ter escrito carta ou bilhete, pois Skinsky procurou Hildesheim.

Sabemos que, até agora, seus planos foram bem-sucedidos. O *Czarina Catherine* fez travessia excepcionalmente veloz, a ponto de despertar suspeitas no capitão Donelson, cujo comportamento supersticioso e sagaz favoreceu o jogo do conde. Ele deixou-se levar pelos ventos favoráveis através da neblina e foi conduzido às cegas até Galatz. Também já ficou provado que o conde teve êxito em todos os preparativos. Hildesheim buscou a caixa, removeu-a do navio e a entregou a Skinsky. Sabemos que tomou posse dela, mas, depois disso, perdemos seu rastro. Nossa única certeza é que é transportada por mar, para evitar possíveis fiscais aduaneiros e coletores de taxas alfandegárias.

Especulemos agora o que o conde pode ter feito após chegar *em terra firme* a Galatz.

A caixa foi entregue a Skinsky antes do amanhecer. Ao raiar do sol, o conde poderia assumir sua forma. Perguntemo-nos então: por que ele foi escolhido para auxiliá-lo nessa empreitada? No diário de meu marido, Skinsky é mencionado como possível intermediário para os eslovacos que descem o rio para negociar no porto. O comentário de uma das vizinhas afirma que o assassinato fora "obra de eslovaco", demonstra que não são bem-vistos, de modo geral. Isso favorece o conde, que busca isolamento.

Minha hipótese é: ainda em Londres, o conde decidiu regressar ao castelo pelo mar, por ser o meio mais seguro e menos conspícuo. Quando fez o caminho inverso, foi levado do castelo pelos *szgany*. Eles provavelmente entregaram a carga aos eslovacos, que transportaram as caixas para Varna, de onde foram para Londres. Por isso, o conde já conhecia pessoas para executar o serviço. A partir do momento que a caixa foi desembarcada do navio, ele podia sair de seu refúgio antes do amanhecer e do crepúsculo. Foi em uma dessas ocasiões que se encontrou com Skinsky para providenciar o transporte da caixa rio acima. Quando soube que suas ordens foram cumpridas, tentou apagar seus rastros e assassinou o agente.

Examinei o mapa e concluí que os eslovacos subiram pelo rio Pruth ou pelo rio Sereth. Em um dos meus relatos hipnóticos, mencionei ouvir o som do gado ao longe, a água no nível das orelhas e estalar de madeira. Podemos deduzir então que o conde está na caixa e sobe o rio em barco aberto — provavelmente, a remo. Está próximo às margens e vai contra a corrente, porque na direção oposta os sons seriam outros.

É claro que posso estar enganada e não ser nenhum desses rios, mas acho válido investigar as duas possibilidades. Deles, o mais navegável é o Pruth, mas o Sereth, na altura de Fundu, une-se ao Bistrita, que corre pelo desfiladeiro do Borgo. Assim, seu curso é o mais próximo do castelo de Drácula.

Diário de Mina Harker
(CONTINUAÇÃO)

Quando terminei a leitura, Jonathan me tomou nos braços e me beijou. Nossos amigos me cumprimentaram efusivamente e o dr. Van Helsing disse:

"Querida madame Mina, mais uma vez, é nossa mestra. Seus olhos são capazes de ver que para nós é invisível. Agora está no caminho certo novamente e, dessa vez, vencemos. Nosso inimigo está mais vulnerável que nunca; se o alcançamos de dia ou ainda no rio, nossa tarefa está concluída. Consegue sobre nós leve vantagem, mas não tem como apressar viagem. Não pode sair da caixa, para não levantar suspeita de quem carrega caixa. Uma vez desconfiados, atiram no rio, onde sem dúvida perece. Sabe isso e não arrisca. É hora, amigos, de fazer conselho de guerra, porque deve planejar quanto antes o que cada um de nós faz."

"Vou providenciar uma lancha a vapor para seguir o conde", disse o lorde Godalming.

"E eu, cavalos, para acompanhar a travessia pela margem do rio e estar de prontidão, caso desembarque", falou o sr. Morris.

"Ótimo!", exclamou o professor, "ambas ideias bem pensadas. Mas não devem ir sozinhos. Em caso de ataque, precisam reforços. Os eslovacos são robustos e armados."

Os rapazes sorriram, pois carregavam um pequeno arsenal. O sr. Morris informa:

"Trouxe algumas Winchesters. São excelentes armas para ataques em grupo e servirão igualmente para combater os lobos. Não podemos esquecer que o conde pode ter tomado outras providências que ignoramos. Lembrem-se de que a sra. Harker ouviu ordens em língua estrangeira, ordens que não ouviu direito nem compreendeu. Precisamos estar preparados."

"Acho melhor acompanhar Quincey", disse o dr. Seward. "Estamos acostumados a caçar juntos e nós, bem-armados, poderemos enfrentar qualquer ataque. Você não deve ir sozinho, Art. Pode ter que lutar com os eslovacos. Não creio que carreguem armas de fogo, mas podem aniquilá-lo na eventualidade de um golpe fatal. Não vamos correr nenhum risco nem descansar até cortar a cabeça do conde e ter certeza absoluta de que não reencarnará novamente."

Enquanto falava, o doutor olhou para Jonathan que, por sua vez, olhou para mim. Vi meu pobre marido dividido: queria ficar ao meu lado, mas sabia que, na lancha, teria mais chances de destruir o... o... o vampiro (por que hesito escrever essa palavra?). O dr. Van Helsing viu que Jonathan ponderava e dirigiu-se a ele:

"Amigo Jonathan, essa tarefa é sua, por dois motivos. Primeiro, por que é jovem e destemido, luta e precisamos de toda força ao fim desse combate. E, segundo, por que tem direito de destruir o conde, responsável por tanto sofrimento para você e sua esposa. Não preocupa com madame Mina. Cuido dela, se permitir. Sou velho; minhas pernas não são mais ágeis, não estou acostumado a cavalgar muito tempo em caso de perseguição e não sou apto na luta com armas mortais. Mas sou útil de outras maneiras, luto do meu modo. Estou disposto a morrer, se necessário, que nem vocês, mais jovens. Deixa explicar que tenho em mente. Enquanto meu lorde Godalming e amigo Jonathan sobem rio na lancha a vapor e John e Quincey acompanham por terra a eventualidade de desembarque, levo madame Mina para coração do território do inimigo. Aproveito que velha raposa está presa na caixa, rio acima — sem possibilidade de escapar para terra firme, sem ousar sair do refúgio, porque teme que carregadores eslovacos em pânico atirem ele na água —, refaço trajeto de Jonathan, de Bistrita ao Borgo; quero encontrar caminho para castelo de Drácula. O transe hipnótico de madame Mina, quando próximos do fatídico lugar, certamente ajuda e consigo estar lá após primeiros raios do amanhecer. Tem muito a fazer no castelo: esterilizar outros refúgios e destruir aquele ninho de cobras para sempre."

Jonathan o interrompeu acaloradamente:

"Não posso acreditar, professor Van Helsing, que o senhor sugere levar Mina, no estado lastimável em que se encontra, contaminada com a marca daquele demônio, justamente para o seu antro de perdição! De jeito nenhum! Nem pelo céu ou pelo inferno!" Calou-se um instante e, em seguida, continuou: "O senhor faz ideia do que é aquele lugar? Por acaso já viu de perto aquele reduto tétrico de infâmia diabólica, onde até mesmo os raios do luar se avivam em formas tenebrosas e cada partícula de poeira que rodopia no vento dá origem a monstros vorazes? Já sentiu lábios de vampiro no pescoço?". Virou-se para mim, fitou a marca em minha testa, ergueu os braços e gritou: "Meu Deus do céu, o que fizemos para merecer tanto terror nos atormentando?". Em seguida, desabou no sofá, destruído pelo sofrimento.

A doce entonação na voz do professor, que de tão clara parecia vibrar no ar, tranquilizou a todos nós.

"Meu amigo, quero justamente salvar madame Mina daquele lugar tenebroso. Deus me livre de levar ela lá. Mas há tarefa macabra à espera: purificar de vez o lugar. Lembra que estamos em situação periclitante. Conde é forte, ladino e astuto; se escapa novamente, pode dormir por mais um século." Segurou minha mão e prosseguiu: "Se isso acontece, nossa querida madame Mina se junta a ele e é igual àquelas mulheres do castelo, Jonathan. Você conta de lábios lascivos. Ouve gargalhada enquanto agarravam o saco que conde atira com bebê dentro. Estremece e não sem motivo. Perdoa trazer à baila lembrança tão macabra, mas é pelo bem. Meu amigo, estou disposto a dar a vida. Se alguém cumpre esse dever e entra no castelo, quiçá nunca mais volta, esse alguém sou eu".

"Faça como achar melhor", disse Jonathan aos soluços, "estamos nas mãos de Deus!"

Mais tarde

Ver esses homens valentes se prepararem para o combate me encheu de ânimo. É fácil para a mulher amar homens tão determinados, sinceros e corajosos! Refleti também sobre o poder extraordinário que tem o dinheiro: como pode abrir portas, se usado de maneira justa, mas como pode ser destrutivo, se usado com má intenção. Sou grata a lorde Godalming e sr. Morris, também muito rico, pela disposição em gastar quanto for preciso. Sem eles, não começaríamos nossa pequena expedição tão depressa e tão bem-equipados, como faremos daqui a uma hora. Há menos de três horas, decidimos o que cada um de nós fará e, agora, lorde Godalming e Jonathan já dispõem da bela lancha a vapor, pronta para partir a qualquer momento. Dr. Seward e sr. Morris providenciaram meia dúzia de vistosos cavalos, todos aparelhados para viagem. Temos à nossa disposição todos os mapas e apetrechos variados. O professor Van Helsing e eu embarcaremos hoje à noite para Veresti, no trem das onze e quarenta. Chegando lá, vamos de carruagem até o desfiladeiro do Borgo. Levaremos quantia expressiva de dinheiro vivo, pois teremos que comprar a carruagem e os cavalos. Nós mesmos a conduziremos, pois não se pode confiar em ninguém. Como o professor arranha várias línguas, creio que não teremos problema para nos comunicar com os locais. Estamos todos armados, sem exceção: até mesmo eu recebi um revólver de cano longo. Jonathan fez questão de que partisse armada, como o resto do grupo. Infelizmente, não posso usar as armas espirituais — a marca na testa não permite. Mas meu querido dr. Van Helsing garantiu que estou equipada adequadamente, pois podemos encontrar lobos pelo caminho. O tempo esfriou bastante e uma nevasca intermitente parece anunciar intempéries mais violentas.

Mais tarde

Precisei de toda a minha coragem para a despedida de meu amado. Talvez não nos encontremos nunca mais. Coragem, Mina! O professor está de olho em mim, atento. Não posso chorar; a não ser que Deus, em breve, permita-me derramar lágrimas de alegria.

Diário de Jonathan Harker

30 de outubro, noite

Aproveito a claridade da caldeira na lancha para estas anotações. Lorde Godalming guarnece o fogo. Estou em companhia de comandante experiente, pois tem duas lanchas na Inglaterra, uma para passeios no Tâmisa, e outra em Norfolk. Em relação aos nossos planos, decidimos que o palpite de Mina era correto e que o conde, provavelmente, fugiu para seu castelo pelo rio Sereth, para seguir pelo Bistrita depois. Calculamos que, aproximadamente a quarenta e sete graus de latitude norte, encontra-se o melhor local para a travessia entre o rio e os Cárpatos. Avançamos rio acima a boa velocidade e sem medo, mesmo à noite, pois o rio é profundo e largo, o que facilita bastante a navegação. Lorde Godalming disse que posso dormir um pouco, pois, por enquanto, basta um de nós de vigia. Mas não consigo pegar no sono, é impossível repousar enquanto minha querida Mina corre perigo, ainda mais a caminho daquele lugar medonho... O que me conforta é saber que estamos nas mãos de Deus. Não fosse a fé que me norteia, seria mais fácil morrer do que viver, pois a morte extinguiria todas as aflições. O sr. Morris e o dr. Seward partiram antes de nós; têm longa cavalgada pela frente. O plano é se manterem na margem direita, afastados o bastante do rio para poderem avistá-lo do alto, sem precisar se ater às suas curvas. Para a primeira etapa da jornada, contrataram dois sujeitos para conduzir os quatro cavalos sobressalentes, para não chamar a atenção. Logo dispensaram os sujeitos e, então, cuidarão eles próprios dos cavalos. Talvez seja necessário unir nossas forças mais adiante; nesse caso, há cavalos para todos nós. Uma das selas tem pito removivel e pode facilmente ser adaptada para Mina, caso haja necessidade.

Embarcamos na aventura frenética. Sou atingido por essa constatação enquanto avançamos pela escuridão, atingidos pelo vento gelado do rio; ouvimos misteriosas vozes da noite, penetramos em lugares desconhecidos por caminhos incertos, mergulhamos em um mundo de trevas e terrores. Godalming fechou a caldeira, vou ficar sem luz...

31 de outubro

Prosseguimos a viagem a todo vapor. Amanheceu; Godalming dorme, estou de sentinela, grato pelo calor da caldeira. O dia acordou gelado e sentimos frio, apesar de usar grossos casacos de pele. Cruzamos com poucos barcos no caminho até agora, mas nenhum transportava caixa ou pacote do tamanho que procuramos. Quando lançamos o facho de nossas lanternas elétricas sobre os barcos, os tripulantes prostravam-se de joelhos e rezavam.

1º de novembro, entardecer

Nenhuma novidade. Ainda não encontramos nada semelhante ao que buscamos. Já estamos no Bistrita e, se escolhemos o rio errado, perdemos nossa chance. Revistamos todos os barcos, pequenos e grandes. Hoje cedo, uma tripulação nos confundiu com agentes do governo; não desmentimos e fomos tratados como tal. Descobrimos assim, sem querer, uma estratégia para facilitar futuras revistas. Em Fundu, na junção do Bistrita com o Sereth, conseguimos uma bandeira da Romênia, que hasteamos na lancha. O truque funcionou com todos os barcos que revistamos desde então. Fomos tratados com máxima deferência e não houve objeção às perguntas ou à inspeção. Alguns eslovacos relataram que um grande barco passara por eles, em velocidade superior à normal e com o dobro da tripulação esperada. Avistaram o barco antes de chegar a Fundu, então não souberam informar se desviou para Bistrita ou continuou pelo Sereth. Em Fundu, ninguém ouviu falar no barco, de modo que deve ter feito a travessia à noite. Estou morto de sono. O frio começa a me afetar e meu corpo precisa de repouso. Godalming insistiu em ficar com o primeiro turno de vigia. Que Deus o abençoe por ser amigo tão bom para mim e para minha querida Mina.

2 de novembro, manhã

O sol já está alto no céu; meu amigo deixou-me dormir a noite toda. Disse que teve pena de me acordar, pois dormia tão sereno que parecia ter esquecido ao menos por ora todos os meus problemas. Sinto-me egoísta por dormir tanto, deixando-o sozinho de sentinela a noite inteira, mas devo admitir que tem razão. Acordei renovado. Estou a postos agora, enquanto ele dorme e sei que tenho condições de fazer tudo o que precisa: vigiar os motores, guiar o timão e ficar de vigia. Sinto-me mais forte, mais enérgico. Gostaria de saber notícias de Mina e Van Helsing. O combinado era partirem para Veresti por volta de meio-dia, na quarta-feira. Imaginamos que precisassem de algum tempo para providenciar a carruagem e os cavalos. Se tudo correu bem, e se avançaram velozes, devem estar agora no desfiladeiro do Borgo. Que Deus os guie e proteja! Não gosto nem de pensar no que pode acontecer. Se ao menos fôssemos mais depressa... Mas não podemos. A lancha opera em velocidade máxima. E o dr. Seward e o sr. Morris, como será que estão? Inúmeros riachos descem pela montanha em direção ao rio, mas nenhum deles é muito caudaloso, por isso imagino que os dois não tiveram muitos obstáculos no caminho — embora, no inverno e em épocas de degelo, esses riachos aumentem consideravelmente de volume. Torço para avistá-los antes de chegarmos a Strasba. Se não tivermos detido o conde até lá, será preciso pensar juntos os próximos passos.

Diário do dr. Seward

2 de novembro

Três dias na estrada. Nenhuma novidade e, mesmo que houvesse, não temos tempo para escrever, pois cada minuto vale ouro. Paramos apenas para os cavalos terem o necessário descanso. Quincey e eu aguentamos bem até aqui. A experiência que adquirimos em nossas antigas aventuras se mostra útil. Precisamos avançar; só sossegaremos quando avistarmos a lancha novamente.

3 de novembro

Em Fundu, soubemos que a lancha subiu pelo Bistrita. Gostaria que não fosse tão frio. Há indícios de neve e, se nevar muito, seremos obrigados a parar. Se for o caso, precisaremos de trenó, para seguir viagem à moda russa.

4 de novembro

Hoje soubemos que a lancha foi detida por um acidente ao subir as corredeiras. Os barcos eslovacos sobem com ajuda de corda e da experiência dos condutores. Alguns subiram há poucas horas. Godalming é safo e conhece bem o funcionamento da lancha; aposto que consertou o problema sozinho. Soube que subiram com a ajuda dos locais e retomaram o curso. Temo, porém, que o acidente tenha danificado a lancha. Os camponeses disseram que, mesmo após alcançar águas planas, a embarcação parou diversas vezes e avançou com dificuldade. Precisamos ser ainda mais velozes, pois podem precisar de nossa ajuda em breve.

Diário de Mina Harker

31 de outubro

Chegamos a Veresti por volta de meio-dia. O professor disse-me hoje cedo que quase não conseguiu me induzir ao transe e arrancou de mim apenas as palavras: "Escuro e silencioso". Saiu para comprar a carruagem e os cavalos. Disse que tentará comprar outros cavalos depois, para poder trocar os animais ao longo da viagem. Temos aproximadamente cem quilômetros pela frente. A região é belíssima e muito interessante. Se estivéssemos aqui em outras circunstâncias, teria tanto prazer em explorá-la. Adoraria passear aqui a sós com Jonathan; parar pelo caminho, conhecer as pessoas, aprender um pouco sobre suas vidas e seus costumes, e levar para sempre a memória de todas as cores deste pitoresco, agreste e lindo país, bem como a de seus exóticos habitantes! É mesmo uma pena...

Mais tarde

O dr. Van Helsing retornou com a carruagem e os cavalos. Vamos jantar e partir em uma hora. A estalajadeira prepara enorme cesta de provisões para a viagem. É o bastante para uma tropa de soldados. O professor não se fez de rogado: encorajou-a, e sussurrou para mim que pode ser que só tenhamos comida daqui a uma semana. Fez compras também e recebemos aqui na estalagem formidável coleção de casacos de pele, mantas e todo tipo de agasalho. Tenho certeza de que não passaremos frio.

Partiremos em breve. Temo pelo que pode acontecer conosco. Estamos verdadeiramente nas mãos de Deus. Só Ele sabe o que está por vir e rogo, com todas as forças de minha pesarosa e humilde alma, para que zele pelo meu adorado marido. Aconteça o que acontecer, Jonathan deve saber que o amei e honrei mais do que posso expressar com meras palavras, e que meus derradeiros e mais sinceros pensamentos estão reservados apenas para ele.

CAPÍTULO XXVII

Diário de Mina Harker

1º de novembro

BRAM STOKER

VIAJAMOS o dia inteiro, sem perder velocidade. Os cavalos parecem reconhecer que são bem tratados e avançam vigorosos e velozes de bom grado. Já trocamos os animais diversas vezes e o mesmo se deu em todas as ocasiões, de modo que estamos confiantes que a jornada será tranquila. Dr. Van Helsing é lacônico: diz aos camponeses que tem pressa de chegar a Bistrita e paga bem para trocar os cavalos. Tomamos sopa, café ou chá e partimos em seguida. Como este país é encantador. Dotado de todas as belezas imagináveis e habitado por povo corajoso, forte, simples e que parece repleto de qualidades admiráveis. São, contudo, incrivelmente supersticiosos. Já na primeira casa em que paramos, quando a senhora que nos atendeu viu a cicatriz em minha testa, benzeu-se e esticou dois dedos em minha direção para se proteger do mau-olhado. Pior que se deram ao trabalho de colocar porção extra de alho na comida — e não suporto alho. Desde então, cuido para permanecer de chapéu ou de véu, para escapar das suspeitas. Avançamos depressa e como dispensamos a comodidade do cocheiro, não há ninguém para espalhar boatos e fomentar escândalos. Receio, porém, que o medo do mau-olhado nos acompanhará por todo o caminho. O professor é incansável. Não quis parar para descansar o dia inteiro, embora me obrigasse a dormir bastante. Hipnotizou-me ao pôr do sol e disse que minha resposta continua: "Escuridão, águas agitadas e estalar de madeira". Nosso inimigo continua no rio. Fico aflita quando penso em Jonathan, mas, de algum modo, não temo mais por ele ou por mim. Aproveito para escrever enquanto paramos em uma fazenda e espero aprontarem os cavalos. Dr. Van Helsing dorme. Coitado, parece exausto e envelhecido, mas mesmo adormecido preserva a expressão facial firme e resoluta, como um herói conquistador. Depois que partirmos, vou ver se o convenço a descansar mais um pouco enquanto tomo as rédeas da carruagem. Vou argumentar que ainda tem muitos dias pela frente e não pode fraquejar quando mais precisarmos de suas forças... Tudo pronto. Partiremos em breve.

2 de novembro, manhã

Van Helsing ouviu-me e alternamo-nos em turnos a noite toda. O dia amanheceu claro, contudo, muito frio. Sinto um peso esquisito no ar. Digo "peso" por falta de palavra melhor; parece que o ar nos oprime. A temperatura caiu drasticamente, mas estamos bem confortáveis, embrulhados nas peles. Van Helsing hipnotizou-me ao amanhecer e disse que minha resposta foi "Escuridão, ranger de madeira e água bem agitada", de modo que a correnteza do rio intensifica conforme o barco do conde avança. Rezo para que meu amor não corra perigo desnecessário, embora saiba que estamos nas mãos de Deus.

2 de novembro, noite

Avançamos o dia inteiro. Estamos mais embrenhados no interior e os picos dos Cárpatos, que em Veresti pareciam distantes e mergulhados no horizonte, agora rodeiam-nos e agigantam-se a nossa frente. Dr. Van Helsing e eu estamos bem-humorados; acho que ao nos esforçar para animar um ao outro, nos divertimos de verdade. Ele disse que alcançaremos o desfiladeiro do Borgo pela manhã. As casas são cada vez mais raras e o professor já avisou que não trocaremos mais de cavalos, os que estão conosco agora provavelmente ficarão até o fim. Estamos com quatro; dr. Van Helsing comprou mais dois além da parelha que trocamos. São animais dóceis e pacientes, que não dão o menor trabalho. Como não precisa se preocupar com outros viajantes pelo caminho, até eu posso conduzi-los sem medo. Alcançaremos o Borgo com dia claro, pois não queremos chegar de madrugada.

Viajamos com calma, alternando-nos em turnos mais longos de descanso. Não faço ideia do que nos espera amanhã. Vamos justamente para o lugar onde meu pobre Jonathan sofreu tanto. Que Deus nos guie e proteja meu marido e nossos amigos queridos, que correm perigo mortal. Quanto a mim, não sou digna de que volva Seus olhos em minha direção. Infelizmente, sou impura, e assim permanecerei até que me conceda a graça de ser abençoada como serva piedosa que não incorreu em Sua ira.

Memorando de Abraham Van Helsing

4 de novembro

Isto é para meu velho e bom amigo dr. John Seward, de Purfleet, Londres, caso não ver ele mais. Explica o que acontece. É manhã e escrevo junto à fogueira que mantive acesa a noite toda, com a ajuda de madame Mina. Faz frio, muito frio. O pesado céu cinzento é carregado de neve e, quando ela cai, cobre a terra por todo inverno. O clima parece afetar madame Mina. Anda com cabeça pesada e age estranho. Dorme, dorme muito, o tempo todo! Normalmente é tão produtiva, mas não faz nada dia inteiro. Perdeu até apetite. Percebo também que não escreve mais diário, embora na viagem registra fielmente acontecimentos sempre que para e descansa. Intuição diz que tem algo errado. Hoje de noite, porém, está mais vivaz. Dormir dia todo parece bom para ela, que agora está afável e bem-disposta como sempre. Tento hipnotizar no crepúsculo, mas infelizmente não consigo. O poder diminui, dia após dia, e hoje de noite desaparece por completo. Bem, que faça a vontade de Deus, qualquer que é e aonde leva a gente.

Agora, fatos, porque madame Mina não escreve mais, sou obrigado a assumir a tarefa e relato acontecimentos do meu modo, antiquado e arrevesado, para ter registro diário da viagem.

Chego no desfiladeiro do Borgo ontem, ainda de manhã, logo após nascer do sol. Preparo para hipnotizar Mina assim que vejo indícios da aurora. Paro carruagem e descemos, para não ser interrompidos. Improviso assento com peles e mantas, e madame Mina, deitada, entra em transe hipnótico — embora, dessa vez, demora mais e dura menos. A resposta é a mesma: "Escuridão e águas agitadas". Logo em seguida desperta, animada e radiante, e seguimos viagem até o desfiladeiro. Em exato momento e exato local, é tomada por entusiasmo febril. Como se misterioso poder guia, aponta estrada e diz:

"É por ali."

"Como sabe?", pergunto.

"Claro que sei", responde. Após breve pausa, acrescenta: "Meu Jonathan já fez esse trajeto e descreve no diário, lembra?".

Inicialmente, estranho, mas logo vejo uma única estrada secundária. É pouco usada e bem diferente da principal que vai de Bucovina a Bistrita, mais ampla, plana e frequentada.

Avançamos por estrada menor e, ao longo do caminho, vimos outros atalhos, mas não sei dizer se são estradas mesmo, pois eram bem abandonadas e cobertas de neve. Afrouxo rédeas e deixo cavalos guiarem, o que fazem, mansos e pacientes. Logo reconheço paisagem descrita por Jonathan em formidável diário. Viajamos por longas horas. Digo a madame Mina para descansar primeiro e logo dorme. Dorme profundamente até que, desconfiado, tento acordar. Porém, dorme e não consigo despertar Mina de jeito nenhum. Não insisto, com medo de assustar. Sei que sofre muito, e o sono é único verdadeiro repouso. Acho que cochilo pouco também, porque de repente sinto culpa, como faço algo errado, e vejo rédeas na mão, que acompanham trote constante de nossos bons cavalos. Olho para baixo e vejo madame Mina ainda adormecida. O crepúsculo aproxima e sobre neve ainda paira a luz amarelada do sol, projeta grandes sombras sobre montanhas. Subo, subo sem parar, e caminho é bravio e pedregoso, como perto do fim do mundo.

Acordo madame Mina e desperta depressa dessa vez, e tento induzir transe. Mas não cede, age como se não me vê. Tento mais até ficar escuro. Olho ao redor, vejo sol já está posto. Madame Mina ri; viro para lado e olho ela. Estava bem desperta e não vejo com melhor aparência desde da noite que entramos na mansão do conde em Carfax primeira vez. Fico surpreso, mas bastante preocupado também. Mas é tão disposta, meiga e atenciosa que coloco medo de lado. Acendo fogueira, trouxe lenha; ela prepara comida para a gente enquanto alimento cavalos. Quando volto, comida está pronta. Quero servir, mas sorri e diz que é tanta fome que não me espera e come antes. Não gosto nada disso, desconfio cada vez mais. No entanto, não falo para não assustar Mina. Ela me serve e como sozinho. Depois embrulhamos a gente nas peles e deitamos perto da fogueira; digo para dormir, eu vigio. No entanto, distraio e quando lembro de ser sentinela, percebo ela deitada, profundo silêncio, mas desperta e observa com olhos brilhantes. Durante noite, isso repete umas vezes, mas consigo dormir bastante. Acordo e tento hipnose, mas, infelizmente, em vão. Embora fecha olhos obediente, não dorme de jeito nenhum. No entanto, basta sol levantar, ela adormece profundamente e não consigo mais acordar Mina. Preparo cavalos para viagem, pego no colo e acomodo ela, ainda adormecida, dentro da carruagem. Dorme e, em sono, parece mais saudável e corada que antes. Não gosto nada desses sinais. Tenho medo, muito medo! Tenho medo de tudo, até dos pensamentos, mas preciso seguir. É questão de vida ou morte; até mais que isso, e não pode fraquejar.

---
5 de novembro, manhã

Preciso registrar tudo claro, porque embora vejo coisas muito estranhas com vocês, temo que pode pensar que eu, Van Helsing, enlouqueço. Que peso de tantos horrores e a tensão nos nervos finalmente compromete razão.

Viajo ontem o dia inteiro, aproximo de montanhas e penetro em região mais agreste e deserta. Vejo precipícios majestosos e diversas quedas d'água, e a natureza parece fazer aqui verdadeira festa. Madame Mina ainda dorme. Não consigo acordar ela nem para refeição quando, com fome, paro um pouco para comer. Temo que feitiço funesto do local influencia Mina, contaminada pelo batismo do vampiro. Se dorme dia todo, eu passo noite acordado. Por isso, ao percorrer rústica estrada, antiga e imperfeita, abaixo cabeça e durmo.

Acordo novamente com culpa, como se muito tempo passa, e encontro madame Mina ainda adormecida. O sol já está baixo. A paisagem em volta muda bastante: montanhas parecem mais distantes e estamos próximos de íngreme colina, com castelo no topo, exatamente igual descreve Jonathan no diário. Sinto misto de euforia e medo. O fim agora está próximo, para bem ou para mal.

Acordo madame Mina e tento hipnose mais uma vez, sem sucesso. A escuridão desce em nós e crepúsculo perdura, porque mesmo depois poente, a neve reflete derradeiros raios de sol. Solto e alimento cavalos, e improviso lugar para descanso deles. Acendo fogueira e acomodo madame Mina perto. Estava bem alerta, mais encantadora que nunca, sentada confortável em mantas de pele. Preparo algo para comer, mas recusa, diz não ter fome. Não insisto, não adianta. Como sozinho, porque preciso todas minhas forças agora. Depois, com medo do que pode acontecer, traço círculo em volta de madame Mina, amplo o bastante para ficar confortável, e espalho pedacinhos da hóstia ao redor para proteger toda circunferência. Durante todo o tempo, permanece imóvel e rígida como cadáver, tão pálida que brancura da pele supera da neve. Não diz, porém, uma palavra. Quando aproximo, agarra a mim e vejo a pobre alma em pânico; treme da cabeça aos pés e corta meu coração.

Quando se acalma um pouco, pergunto:

"Não quer vir mais perto da fogueira?"

Queria testar e ver se saía do círculo. Ela levanta, obediente, mas basta um passo e estaca, paralisada, como atingida por raio.

"Por que não vem?", indago.

Balança cabeça, dá meia-volta, regressa onde está sentada até então. Olha com olhos bem abertos, como alguém que acorda no susto:

"Não consigo!"

Ficamos em silêncio e eu, por dentro, aliviado. Se ela não consegue, isso diz que os vampiros também não conseguem. Embora corpo ainda corre perigo, alma está protegida!

De repente, cavalos relincham, tentam soltar cordas. Corro até lá e acalmo animais. Quando sentem toque, serenam e lambem as mãos. Levanto diversas vezes na noite para ver eles, e todas vezes minha presença tranquiliza. Até chegar hora mais fria da madrugada, quando a própria natureza descansa. O fogo começa morrer e levanto para reavivar, porque neve cai em flocos velozes e gélida bruma envolve a gente. Mesmo escuro, tem claridade — como sempre com neve — e distingo, nos flocos e espirais da névoa, contornos de formas femininas em compridas vestes que arrastam no chão. O silêncio é macabro, sepulcral; ouço só relinchos aterrorizados de cavalo. Sinto medo profundo, até logo perceber estar no círculo e tranquilizo. Acho que imagino coisas, influenciado pela noite, atmosfera soturna, meu cansaço e toda aflição medonha que passamos. Talvez lembranças da experiência terrífica de Jonathan pregam peça, porque flocos de neve e névoa rodopiam, giram meu redor. Finalmente, vislumbro vulto de mulheres que tentam beijar Jonathan quando está aqui. Cavalos, acuados, abaixam crinas, gemem dor e parecem humanos de tão apavorados; não conseguem nem fugir. Quando estranhas figuras aproximam, rodeiam, temo por minha querida madame Mina. Olho ela, sentada, muito calma e sorri para mim. Faço menção de avançar até fogueira para intensificar chamas, segura braço, puxa de volta e sussurra com voz tão baixa que acho ser sonho:

"Não vá, não sai daqui, aqui está seguro."

Viro para ela, olho fundo nos olhos e pergunto: "Mas e você? Temo por você!".

Riu, riso abafado e irreal, e responde:

"Por *mim*? Por quê? Ninguém neste mundo está mais protegida delas do que eu."

Enquanto tento compreender palavras, lufada de vento reanima fogueira e vejo cicatriz vermelha na testa. Entendo que diz e mesmo se não entendo logo fica evidente, porque figuras rodopiantes de névoa e neve chegam mais perto. A única coisa que detém elas é círculo consagrado pela hóstia. Começam a materializar e, se Deus não me tira a sanidade mental, vejo com próprios olhos, em carne e osso, as mesmas três mulheres de Jonathan no castelo, quando tentam beijar pescoço dele. Reconheço os corpos curvilíneos, olhos vivazes e cruéis, dentes brancos, faces coradas e lábios sensuais. Insinuam sorridentes até para minha pobre madame Mina. Gargalhada das três corta silêncio da noite. Entrelaçam braços, apontam minha amiga, sussurram com tom doce e cristalino, exatamente como Jonathan descreve:

"Venha, irmã, junte-se a nós. Venha!"

Apavorado, viro para minha pobre madame Mina e sinto coração pular de alegria. Porque nos meigos olhos tem horror e repulsa, que enche a mim de esperança. Graças a Deus, não se transforma ainda em elas. Apanho pedaços de lenha do lado, empunho hóstia sagrada e avanço confiante para fogueira. Elas recuam, gargalham atrozes. Alimento chamas sem temer, porque sei que estamos seguros no círculo; nem madame Mina pode sair, nem elas podem entrar. Cavalos param de gemer e deitam. Neve cai e acumulava sobre corpos inertes deles, cobre de flocos brancos. Sei então que pobres animais repousam em paz eterna, livres do terror.

E assim fica até brilho avermelhado da aurora descer como manto na neve lúgubre. Estava desolado, com medo, coração cheio de tristeza e pavor. Mas contemplo beleza do sol no horizonte, sinto meu ânimo despertar com ele. Aos primeiros sinais da aurora, vultos pavorosos dissipam em névoa e neve, afastam sombrios e diáfanos em direção ao castelo, até desaparecer por completo.

Por instinto, com chegada da aurora, viro para madame Mina, com intuito de hipnotizar. Porém, está em sono súbito e profundo e não consigo despertar ela. Tento induzir transe enquanto dorme, mas não reage e o dia clareia de vez. Custo criar coragem para mexer. Acendo fogueira e verifico cavalos; estão mesmo mortos. Há muito para fazer hoje, mas espero o sol mais alto. Vou enfrentar lugares que luz do sol, embora obnubilada por neve e neblina, é minha proteção.

Fortaleço a mim com bom café da manhã e, em seguida, parto para cumprir indigesto dever. Madame Mina ainda dorme, graças a Deus. No sono, tem paz e tranquilidade.

Diário de Jonathan Harker

4 de novembro, entardecer

O acidente da lancha foi inconveniente para nós. Não fosse por isso, já teríamos alcançado o barco do conde há tempos e, a esta altura, minha querida Mina já estaria livre da maldição. Estremeço ao imaginá-la nos confins do mundo, próxima daquele castelo infernal. Conseguimos cavalos e seguiremos por terra. Aproveito para escrever enquanto Godalming faz os últimos preparativos. Vamos armados. Se os *szgany* quiserem luta, que tomem cuidado conosco. Gostaria que Morris e Seward estivessem aqui, mas ainda tenho esperança! Se não puder escrever mais, adeus, Mina! Que Deus a abençoe e a guarde sempre.

Diário do dr. Seward

5 de novembro

Quando o dia raiou, vimos um grupo de *szgany* sair às pressas do rio, proteger com os cavalos a carroça que avançava no centro. Iam velozes, como se acossados. A neve cai suave e há estranha expectativa no ar. Pode ser impressão nossa, mas tudo parece tão temerário. Ouço o uivo dos lobos ao longe. A neve faz com que se desloquem das montanhas. Estamos cercados de perigo por todos os lados. Os cavalos estão quase prontos e partiremos em breve. Sinto que alguns de nós não sobreviverão, mas só Deus sabe quem, onde, quando e como...

Memorando do dr. Van Helsing

5 de novembro, tarde

Pelo menos continuo são. Agradeço a Deus por misericórdia da lucidez, a despeito de tão árduas provações. Deixo madame Mina dormir protegida no círculo sagrado e parti rumo ao castelo. O martelo de ferreiro de Veresti foi útil, porque embora encontro portas todas abertas, arranco à martelada elas das enferrujadas dobradiças, para não ficar preso aqui dentro — por má-fé ou má sorte. Amarga experiência de Jonathan serve para guiar os passos, lembro de diário e encontro caminho da velha capela. Sei que é ali que cumpro a missão. Ar é opressivo e parece impregnado de um vapor sulfuroso que deixa tonto. Ou ouvidos enganam ou ouço lobos uivar a distância. Penso em querida madame Mina e fico de coração confrangido. Vejo dilema atroz para mim. Não ouso levar Mina junto e deixo protegida de vampiros em círculo sagrado. Mas, ouço lobos, percebo correr outros perigos! Por fim, decido ter tarefa a cumprir e que entrego ameaça de lobos nas mãos de Deus, para fazer Sua vontade. Em todo caso, morte física é apenas finitude e libertação. Assim, escolho por minha amiga. Considero, todo modo, escolha relativamente fácil: é preferível morrer destroçado por lobo que viver no caixão de vampiro! Resolvido dilema, prossigo o trabalho.

Sei que preciso encontrar pelo menos três tumbas habitadas. Depois de muita busca, localizo uma. A vampira dorme sono diabólico, tão vivaz e voluptuosa que estremeço, como prestes a assassinar. Não duvido que, em tempos remotos, muitos homens partem missões como a minha e descobrem, em último minuto, que não têm coragem de matar as criaturas. Contemplam elas, ficam inertes, até beleza e encanto da tentadora vampira hipnotizar. Paralisam até crepúsculo, quando cessa sono vampírico. Bela mulher abre olhos e tem neles promessas de amor; boca lasciva sedenta por beijos e homens não resistiam — e outra vítima cai na armadilha dos vampiros. Mais um incauto para engrossar as fileiras do sombrio batalhão dos desmortos!

Não posso negar a existência de encanto e fico fascinado por mera presença da criatura — mesmo adormecida na tumba desgastada pelo avanço dos anos, coberta por séculos e mais séculos de poeira e com mau cheiro repugnante, o mesmo sentido nos covis de Drácula em Londres. Sim, fico fascinado. Eu, Van Helsing, imbuído de incansável propósito e com todos motivos do mundo para odiar ela, fico tão deslumbrado que desejo quedar ali e admirar, parece paralisar a vontade e embota a alma. Talvez consequência da falta de sono nos últimos dias ou ar opressivo que entontece. Quase pego no sono, mas era sono de olhos abertos, induzido por delicioso feitiço. Foi então que longo e sonoro lamento retumba lá fora; lamento lancinante e sofrido, que desperta como toque estridente de clarim. A voz da minha querida madame Mina.

Concentro imediatamente na infeliz tarefa e encontro, quando arrasto as tampas dos túmulos, outra vampira morena. Não ouso parar e contemplar, como sua irmã, para não ser outra vez capturado pelos encantos. Procuro até localizar, em tumba maior e digna de verdadeira rainha muito amada, a vampira loira que eu, assim como Jonathan, vejo materializar a partir dos átomos da névoa. É tão linda, radiante e exuberantemente voluptuosa que desperta em mim instinto masculino: quero amar e proteger; sinto a cabeça girar, aturdido com tamanha emoção. Mas, graças a Deus, o lamento das profundezas da alma de minha adorada madame Mina ainda ressoa nos ouvidos. Antes de ser completamente enfeitiçado, tomo coragem e desempenho minha macabra tarefa. Àquelas alturas, já examinadas todas as tumbas da capela e, como são apenas três vampiras na noite anterior, deduzo ser as únicas desmortas em atividade. Tem monumental tumba, mais majestosa do que todas demais, de proporções colossais e nobres. Nela, lê apenas uma palavra:

Drácula

Ali, o lar imemorial do rei dos vampiros, aquele que domina os outros. Ostenta vazio eloquente, que serve para confirmar a suspeita. Antes de começar a tétrica tarefa para dar morte verdadeira àquelas mulheres, espalho pedaços da hóstia na tumba de Drácula, para banir ele para sempre de refúgio.

Chega, por fim, temida hora. Se é apenas uma vampira, é relativamente mais simples. Mas são três... Após concluir o primeiro feito de horror, tem de repetir mais duas vezes. Se tarefa com nossa amável srta. Lucy é árdua, que dizer com três desconhecidas que não só sobrevivem a séculos e fortalecem com passar dos anos, vampiras dispostas, se têm a chance, lutam por suas repulsivas vidas!

Ah, meu amigo John, foi verdadeira chacina. Se não mantenho em mente memória dos mortos e a lembrança dos vivos ameaçados tão gravemente, não consigo ir até o fim. Tremo ainda, mas, mesmo com nervos à flor da pele, graças a Deus, não fraquejo. Se não vejo serenidade conferida pelo repouso derradeiro, a fugaz expressão de júbilo que ilumina rosto da primeira vampira pouco antes da morte definitiva, confirma resgate triunfante da alma, não prossigo com a carnificina. Não suporto gritos alucinados enquanto enterro estaca em seus peitos, corpos retorcem com espasmos de dor, lábios espumam sangue. Fujo em pânico e deixo o trabalho pela metade. Mas não, está feito! Quanto a pobres almas, agora compadeço e derramo lágrimas por elas, tão plácidas em seus sonos da morte, um instante antes de desvanecer. Pois, amigo John, mal a faca decepa as cabeças, os corpos dissolvem e regressam a pó, como se morte que deve ceifar elas há séculos finalmente aparece.

Antes de sair do castelo, consagro todas as entradas para que conde não possa mais pisar.

Assim que entro no círculo que deixo madame Mina, ela acorda e, ao ver, grita, muito aflita, que já sofro demais.

"Vem, vamos embora deste lugar horrível! Vamos sair daqui e encontrar meu marido; sei que vem para cá."

Depauperada e pálida, mas tem fervor ardente nos olhos límpidos. Confesso alívio ao ver tão lívida e emaciada, porque o horror das vampiras coradas e voluptuosas ainda é fresco em minha mente.

E assim, confiantes e esperançosos, mas cheios de medo, partimos para leste, encontrar amigos e também *ele*, que madame Mina tem certeza estar próximo.

Diário de Mina Harker

6 de novembro

A tarde caía quando o professor e eu prosseguimos viagem rumo ao leste, de onde sabia que Jonathan vinha. Não fomos muito depressa, embora tenhamos descido ladeira íngreme, pois precisávamos carregar os casacos e as mantas pesadas. Não queríamos correr o risco de ficar sem agasalhos no frio e na neve. Levamos também algumas provisões, uma vez que estávamos no meio do nada e, até onde podíamos ver, não havia sequer sinal de casas. Após caminhar pouco mais de um quilômetro com todo aquele peso, fiquei exausta e precisei sentar para descansar. Ao olhar para trás, vimos a silhueta do castelo de Drácula destacar-se no horizonte. Erguia-se em toda a sua grandeza, a trezentos metros de altura, no topo de vertiginoso precipício, solitário entre as montanhas adjacentes. Havia algo selvagem e inquietante naquele lugar. Ouvimos uivos longínquos, embora os lobos estivessem distantes e o som chegasse abafado pela nevasca, enchiam-nos de terror. Percebi, pelo modo como o dr. Van Helsing examinava o terreno, que procurava ponto estratégico onde estaríamos menos expostos em caso de ataque. Apesar da neve, não perdemos a trilha da ladeira íngreme, que descia por mais um estirão.

Pouco depois, o professor chamou-me com um gesto. Levantei-me e fui ao seu encontro. Ele encontrou um ótimo recanto, espécie de gruta, cuja abertura se assemelhava a um umbral entre dois rochedos. Tomou-me pela mão e conduziu-me para dentro.

"Vê!", disse, "aqui fica protegida. E, se lobos aparecem, aniquilo um por um."

Trouxe as peles e fez um ninho aconchegante para mim. Depois, preparou comida, e insistiu para que me alimentasse. No entanto, só de pensar em comer, já ficava enjoada e, por mais que quisesse agradá-lo, não consegui sequer tentar. Vi que ficou triste, mas não me censurou. Apanhou o binóculo da maleta, subiu no rochedo e perscrutou o horizonte. De repente, gritou:

"Madame Mina, vem ver!"

Saí às pressas e subi no rochedo; ele passou-me o binóculo e apontou uma direção. A nevasca aumentara e os flocos rodopiavam frenéticos a nossa volta, fustigados pelo vento. Porém, nos intervalos entre as lufadas, era possível enxergar a paisagem e, como estávamos em ponto alto, ver a grande distância. Bem ao longe, para além da imensidão branca da neve, vi o rio serpentear como fita negra. À nossa frente, nem tão distante — na verdade, tão próximo que fiquei admirada por não ver antes —, um grupo de cavaleiros avançava veloz. No centro, ladeada pelos homens a cavalo, a carroça sacudia de um lado para o outro a cada desnível do solo, e balançava como cauda de cachorro. O fundo branco realçava distintamente suas figuras e, pelas roupas, vi que eram camponeses ou ciganos.

Na carroça, havia um imenso baú quadrado. Meu coração pulou quando o avistei, pois senti que o fim estava próximo. Anoitecia, e sabia bem que durante o crepúsculo a criatura, até então confinada, ganharia liberdade e poderia adotar uma de suas múltiplas formas para escapar da perseguição. Apavorada, virei-me para o professor e constatei, aturdida, que não estava mais ao meu lado. Instantes depois, o vi lá embaixo. Traçara um círculo em volta do rochedo, como fizera em torno da fogueira ontem à noite. Ao terminar, voltou ao meu lado e disse:

"Pelo menos aqui fica protegida dele!" Apanhou o binóculo da minha mão e, à primeira trégua do vento, vasculhou o terreno. "Vê como avançam com pressa. Chicoteiam cavalos e galopam a toda velocidade."

Fez uma pausa e disse com voz abafada:

"Correm para o crepúsculo. Acho que é tarde demais. Que se faça a vontade de Deus!"

Uma rajada de neve desceu como manto branco a nossa frente e bloqueou a paisagem. Quando conseguimos ver novamente, dr. Van Helsing ergueu o binóculo e fitou fixamente o terreno. De repente, gritou:

"Vê, madame Mina, vê! Dois cavaleiros avançam no encalço, vindos do sul. Deve ser Quincey e John. Toma binóculo, vê rápido antes da neve cobrir tudo de novo!"

Peguei o binóculo e olhei. Poderiam ser de fato o dr. Seward e o sr. Morris, mas só tive uma certeza: nenhum dos dois era Jonathan. Pressenti, no entanto, que não estava muito longe. Olhei ao redor e distingui ao norte dois outros cavaleiros avançarem freneticamente. Reconheci Jonathan na hora e o outro, é claro, só podia ser lorde Godalming. Também perseguiam o grupo da carroça. Avisei ao professor, que gritou eufórico como um menino. Examinou o panorama com máxima atenção e, quando a neve tornou a bloquear nossa vista, deixou seu rifle Winchester pronto para uso, encostado na entrada de nossa gruta.

"Todos convergem", disse. "Quando chega hora, estamos cercados de ciganos por todos os lados."

Preparei o revólver, pois enquanto falávamos o uivo dos lobos ficou mais alto e mais próximo. À primeira trégua da nevasca, olhamos novamente. Era estranho ver a neve cair em flocos pesados ao nosso redor e constatar que, a distância, o sol parecia ainda mais reluzente ao se pôr, mergulhado entre os cumes das montanhas. Com o binóculo, vasculhei toda a área em volta e detectei pontinhos escuros que se moviam na paisagem — sozinhos, duplas, trios ou grupos. Eram lobos, que se agrupavam para atacar.

Cada segundo parecia um século enquanto esperávamos. O vento soprava feroz e a neve nos atingia em furiosos turbilhões. Às vezes, mal conseguíamos ver um palmo a nossa frente; em outras, o vento clareava o espaço e enxergávamos longe. Estávamos tão acostumados a observar o amanhecer e o crepúsculo que aprendêramos a calcular, com relativa precisão, a sua hora. Sabíamos, portanto, que o sol estava prestes a se pôr.

Era difícil acreditar que, de acordo com os relógios, menos de uma hora se passou desde que começáramos a observar os grupos convergirem a nossa frente. O vento, mais feroz e constante, parecia vir do norte e varreu as nuvens para longe, pois a neve caía só em intervalos ocasionais. Distinguíamos nitidamente os membros de cada grupo — perseguidos e perseguidores. Era curioso notar que os perseguidos não pareciam se dar conta de que eram perseguidos; ou, se percebiam, não se perturbavam. Apressavam-se, contudo, com velocidade redobrada à medida que o sol desaparecia no horizonte.

Estavam cada vez mais e mais próximos. O professor e eu nos escondemos atrás do rochedo com nossas armas em punho. Vi que estava determinado a deter a passagem dos inimigos que, por sua vez, ignoravam nossa presença.

De repente, ouvimos duas vozes gritarem ao mesmo tempo:
"Parem!"

Uma das vozes era Jonathan, que bradara a ordem, impetuoso e passional. A outra era o sr. Morris, em tom controlado, forte e decidido de comando. Os ciganos podiam não compreender a língua, mas a entonação era inconfundível em qualquer idioma. Puxaram as rédeas por instinto e, no mesmo instante, foram flanqueados por lorde Godalming e Jonathan de um lado e pelo dr. Seward e o sr. Morris do outro.

O líder dos ciganos, sujeito de aparência exuberante que montado em seu cavalo parecia um centauro, fez um gesto para que não se aproximassem e esbravejou feroz a ordem para o seu grupo continuar em movimento. Açoitaram os cavalos, que se precipitaram adiante, mas nossos quatro valentes ergueram as Winchesters e ordenaram que não avançassem mais. Nesse exato momento, o dr. Van Helsing e eu saímos de trás do rochedo e apontamos as armas para eles. Ao se ver cercados, puxaram com firmeza as rédeas de seus cavalos. O líder virou-se para eles e ordenou algo; todos os ciganos obedeceram, sacaram armas e puseram-se em posição de ataque com facas e pistolas. O combate era iminente.

O líder puxou a rédea num ligeiro solavanco, avançou com o cavalo e apontou primeiro o sol, que desaparecia por trás das montanhas, e depois o castelo, disse algo que não compreendemos. Como resposta, nossos quatro guerreiros desmontaram depressa e avançaram lépidos em direção à carroça. Deveria estar com o coração na mão ao ver Jonathan arremessar-se rumo ao perigo, mas não estava: acho que também fui tomada pelo fervor da batalha. Não senti medo algum, apenas o desejo crescente e incontrolável de agir. Ao ver o ligeiro movimento de nosso grupo, o líder dos ciganos deu outra ordem aos homens que, imediatamente, cercaram a carroça na tentativa canhestra de defendê-la, acotovelando-se desajeitados no afã de atender à ordem de seu general.

Em meio a essa cena, reparei que Jonathan e Quincey abriam caminho entre os ciganos, cada um de um lado, para se aproximar da carroça; era evidente que lutavam para executar a missão antes de o sol desaparecer por completo. Estavam tão concentrados que tive a impressão que nada nem ninguém poderia detê-los ou impedir seu avanço. Era como se ignorassem tudo ao redor: as armas apontadas em sua direção, as afiadas lâminas que cintilavam na mão dos ciganos, o uivo dos lobos. A determinação impetuosa de Jonathan pareceu intimidar até mesmo nossos inimigos; instintivamente recuaram e o deixaram passar. Saltou na carroça, ergueu a caixa com força inacreditável e a atirou no chão. O sr. Morris, nesse meio-tempo, recorreu à violência para se desembaraçar dos inimigos e alcançar a carroça pelo lado oposto. Enquanto observava Jonathan, vi com o canto dos olhos o avanço desesperado do nosso amigo que, cercado pelos inimigos, sofria golpes de faca. Vi-o defender-se com sua faca bowie, e tive a impressão que escapava incólume aos ataques. Porém, assim que se acostou ao lado de Jonathan, reparei que apertava o flanco com a mão esquerda e que o sangue jorrava aos borbotões por seus dedos. O ferimento, contudo, não o deteve — enquanto Jonathan tentava desesperadamente abrir um dos lados da tampa da caixa com a faca kúkri, Quincey forçava a abertura do outro lado com a bowie. Graças à força conjunta dos dois, a tampa cedeu e finalmente rebentou com som estridente e voo dos pregos que a prendiam.

Os ciganos, ao ver-se na mira de rifles e à mercê de lorde Godalming e dr. Seward, renderam-se. O sol quase completava seu mergulho por trás das montanhas e as sombras do grupo se projetavam na neve. Vi o conde deitado dentro da caixa. Os trancos sofridos espalharam um pouco da terra em seu rosto. Estava mortalmente lívido, como uma figura de cera, e em seus olhos vermelhos ardia o tenebroso brilho vingativo que conhecia tão bem.

Enquanto olhava fixamente para ele, notei que seus olhos relancearam o horizonte e, ao ver os derradeiros raios do sol, sua máscara de ódio transformou-se em expressão de triunfo.

Mas, naquele exato instante, Jonathan mergulhou sua faca, rápida e reluzente, no pescoço de Drácula. Estremeci ao vê-lo dilacerar a garganta da criatura, enquanto o sr. Morris, ao mesmo tempo, enterrava sua lâmina no coração do vampiro.

Foi como um milagre: diante de nossos olhos, num átimo de segundo, o corpo de Drácula se desfez em pó e desapareceu.

Vi, no instante derradeiro, uma expressão de paz iluminar o rosto do conde, paz que jamais imaginara possível para ele. Essa imagem me trará alegria e alívio para o resto da vida.

Contra o céu vermelho, jazia o castelo de Drácula, e os últimos raios do sol poente repousavam seu fulgor mortiço em cada pedra das muralhas arruinadas.

Os ciganos, tomando-nos como responsáveis pelo desaparecimento extraordinário do morto, deram meia-volta e dispararam em desabalada fuga, apavorados. Os que não estavam a cavalo saltaram na carroça e partiram na esteira dos companheiros. Os lobos, que recuaram durante o combate, seguiram o rastro dos ciganos e nos deixaram em paz.

O sr. Morris, tombado ao chão, esforçava-se para levantar, apoiado nos cotovelos, enquanto pressionava seu ferimento. O sangue ainda jorrava entre seus dedos. Corri para ter com ele, pois o círculo sagrado já não me detinha. Os dois médicos também se precipitaram para acudi-lo. Jonathan ajoelhou-se atrás dele e amparou o corpo do amigo ferido, para que repousasse a cabeça em seu peito. Com suspiro de dor, segurou minha mão. Deve ter visto a angústia que transparecia em meu rosto, pois sorriu e disse:

"Morro feliz por ter lhe ajudado. Meu Deus!", exclamou de repente, esforçou-se para sentar e apontou para mim. "Vale a pena morrer por isso! Olhem!"

Os raios avermelhados de sol escapavam por trás das montanhas e iluminavam meu rosto, banhado por sua rósea tonalidade. Ao me olhar, os homens prostraram-se de joelhos: "Amém". Às portas da morte, nosso amigo disse:

"Graças a Deus, não foi tudo em vão! Vejam! A brancura da neve não é mais imaculada do que sua fronte! É o fim da maldição!"

E assim, para nossa infinita tristeza, morreu com sorriso silencioso; um cavalheiro valente até seu último suspiro.

Nota

Já se passaram sete anos desde que atravessamos as chamas. E a felicidade com que fomos abençoados desde então fez todo o sofrimento que compartilhamos valer a pena. É motivo de alegria para Mina e para mim saber que nosso filho nasceu no aniversário de morte de Quincey Morris. Sei que ela acalenta em segredo a crença de que, de algum modo, o espírito de nosso corajoso amigo passou para nosso menino. Nós o batizamos em homenagem a todos os nossos amigos, mas o chamamos apenas de Quincey.

Este ano, no verão, viajamos para a Transilvânia e refizemos o velho caminho, que esteve e sempre estará impregnado de memórias tão vívidas e terríveis para nós. É praticamente impossível acreditar que tudo o visto com nossos próprios olhos e escutado com nossos próprios ouvidos tenha sido real. Não restou um único vestígio do que vivemos. Apenas o castelo resiste, erguendo-se imponente sobre a vasta terra desolada.

Ao voltarmos para a Inglaterra, conversávamos sobre os velhos tempos. Podemos relembrá-los agora sem medo, pois tanto Godalming quanto Seward estão casados e felizes. Retirei o manuscrito do cofre, onde esteve guardado desde que regressamos, há tantos anos. Percebemos então, perplexos, que, em meio ao volumoso material que compõe nosso registro, não há sequer um único documento original. Tudo não passa do maço de cópias datilografadas, com exceção dos últimos relatos meus, de Mina e de Seward, e do memorando de Van Helsing. Mesmo que quiséssemos, não poderíamos convencer alguém a aceitá-los como evidências de história tão inacreditável. A palavra final veio de Van Helsing. Sentado, com nosso menino acomodado sobre seus joelhos, disse:

"Não precisa provas. Não pedimos que acreditem em nós! Um dia, este menino, que conhece sua doçura e carinho, sabe o quão valente e intrépida é sua mãe. E, mais tarde, então, compreende o imenso amor que sentimos por ela; um amor capaz de enfrentar e vencer a própria morte, apenas para salvá-la."

Jonathan Harker

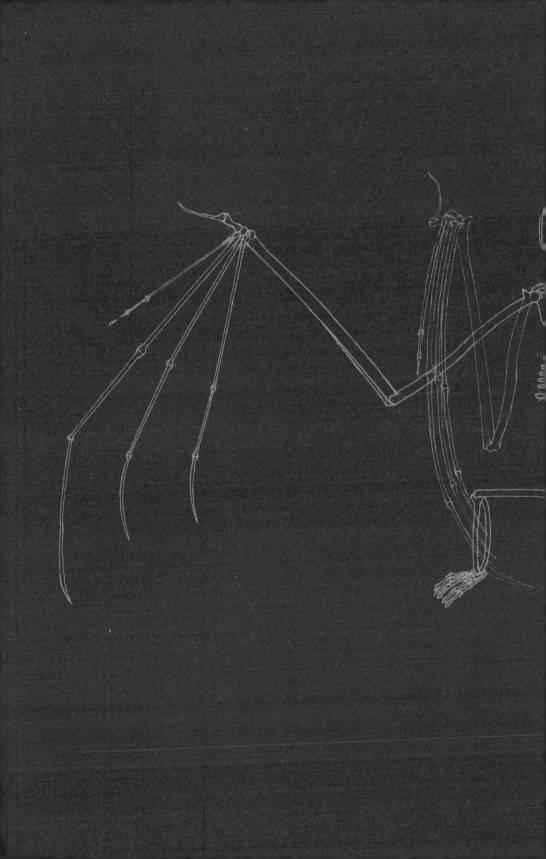

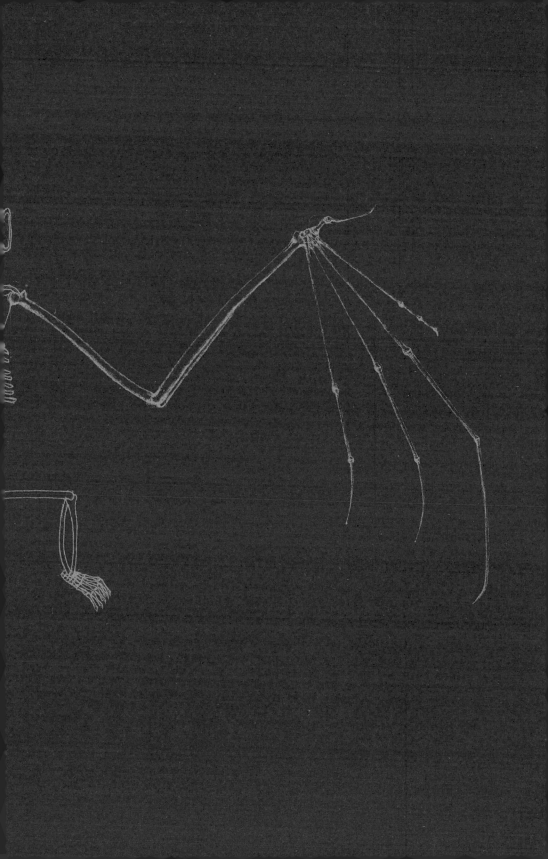

Drácula

MEDO CLÁSSICO

CONTO: O HÓSPEDE DE DRÁCULA

Florence Balcombe Stoker

Poucos meses antes da lamentada morte de meu marido — já com a sombra do fim pairando sobre ele — Bram planejou três livros de contos para publicar e este presente volume é um deles. Em sua lista original de contos para este livro, acrescentei um episódio até então inédito de *Drácula*. Ele foi originalmente excluído devido à extensão do romance e pode ser de interesse para os muitos leitores daquela que é considerada a obra mais notável do meu marido. As demais histórias já haviam sido publicadas em jornais ingleses e norte-americanos. Se meu marido tivesse vivido mais, certamente teria feito ajustes e ajudado na revisão desta obra, composta principalmente por suas primeiras histórias. Mas, como o destino confiou a mim essa missão, considero adequado e apropriado publicá-la praticamente como foi deixada por ele.

422.

Conto

O Hóspede de Drácula

Tradução
Bruno Dorigatti & Maria Clara Carneiro

BRAM STOKER

uando começamos nossa viagem, o sol brilhava forte sobre Munique, e o ar estava repleto da alegria de início da primavera. Estávamos a ponto de partir, quando *Herr* Delbrück (o *maître* do hotel Quatre Saisons, onde eu estava hospedado) desceu sem seu chapéu até a carruagem e, após desejar-me um passeio agradável, dirigiu-se ao cocheiro, sem deixar de segurar a porta do veículo: "Lembre-se de voltar ao anoitecer. O céu parece claro, mas há um fremir no vento do norte que sugere uma possível tempestade repentina. Mas estou certo de que você não se atrasará". Nesse momento, ele sorriu e acrescentou, "Pois sabe que noite é esta".

Johann respondeu com um enfático "*Ja, mein Herr*" e, tocando seu chapéu, partiu rapidamente. Quando tínhamos nos afastado da cidade, eu disse, após pedir-lhe que parasse:

"Diga-me, Johann, o que há esta noite?"

Ele fez o sinal da cruz, enquanto respondia laconicamente: "*Walpurgisnacht*".[1] Depois tirou seu relógio do bolso, um modelo alemão prateado e fora de moda, tão grande quanto um nabo, e olhou para ele, com suas sobrancelhas bem unidas e um ligeiro e impaciente encolher de ombros. Percebi que era o jeito dele de protestar respeitosamente contra o atraso desnecessário e afundei-me na carruagem, com um gesto para que prosseguíssemos. Partiu de forma brusca, como se isso fosse compensar o tempo perdido. De tempos em tempos, os cavalos pareciam erguer suas cabeças, farejando desconfiados o ar. Quando isso acontece, sempre olho ao meu redor, em alerta. A estrada estava totalmente deserta; atravessávamos uma espécie de planície varrida pelo vento. Enquanto avançávamos, vi uma estrada que parecia pouco usada, que mergulhava através de um pequeno vale sinuoso. Era tão convidativa que, mesmo arriscando ofendê-lo, pedi a Johann que parasse — e, quando subiu à cabine, disse-lhe que eu gostaria de prosseguir por aquela estrada. Ele deu todo tipo de desculpas e fez por diversas vezes o sinal da cruz enquanto falava. De certa forma, isso aguçou a minha curiosidade; logo lhe fiz várias perguntas. Ele respondeu esquivando-se, enquanto olhava repetidamente seu relógio, em protesto.

Finalmente, eu disse: "Bem, Johann, quero ir por aquela estrada. Não pedirei a você para acompanhar-me a não ser que queira; mas diga-me por que não quer ir, é apenas o que lhe peço". Como resposta, saltou para fora da cabine, e alcançou o chão rapidamente. Então estendeu suas mãos em súplica, implorando para não ir. Falava um alemão misturado o suficiente com inglês para que eu entendesse por alto o sentido do que tentava dizer. Ele parecia estar a todo momento a ponto de dizer-me algo — o motivo pelo qual estava tão assustado; mas a cada vez ele impedia a si mesmo, fazendo o sinal da cruz e exclamando: "*Walpurgisnacht!*".

Tentei argumentar, mas é tão difícil argumentar com alguém quando não falamos sua língua. A vantagem decerto estava com ele mas, embora começasse a falar em um inglês rude e falho, acabava alternando com o alemão sempre que ficava nervoso — e, a cada vez que o fazia, olhava seu relógio. Então os cavalos ficaram inquietos e farejaram o ar. Foi quando ele empalideceu e, olhando em volta

---

[1] *Walpurgisnacht*, a Noite de Santa Valburga, tradicional festa cristã cujas origens remontam em parte ao paganismo, celebrada na noite de 30 de abril, em honra de Santa Valburga, abadessa de Heidenheim, na Baviera, no século VIII. Durante os festejos, costuma-se fazer grandes fogueiras para afugentar espíritos malignos e almas penadas. A festa anuncia a chegada da primavera.

aterrorizado, pulou num ímpeto para a frente, tomou as rédeas e guiou-os cerca de seis metros adiante. Segui-o e perguntei-lhe por que tinha feito aquilo. Como resposta, fez o sinal da cruz de novo, apontou para o ponto que havíamos deixado, e direcionou sua carruagem para a outra estrada, indicando a encruzilhada. Então disse, primeiro em alemão, depois em inglês: "Sepultado — os que matou eles mesmos".

Lembrei-me do costume de sepultar suicidas em encruzilhadas: "Ah! Entendo, um suicida. Que interessante!". Mas não consegui entender por que os cavalos estavam tão aterrorizados.

Enquanto falávamos, ouvimos um som, semelhante a um ganido ou um latido. Estava bem longe. Os cavalos, porém, ficaram bastante irrequietos, e Johann levou tempo para acalmá-los. Estava pálido e comentou: "Parece um lobo — mas não há lobos por aqui agora".

"Não?", questionei. "Não faz tanto tempo assim, os lobos estavam bem próximos da cidade, não?"

"Muito, muito tempo", respondeu, "na primavera e no verão; mas com a neve os lobos não ficam muito por aqui."

Enquanto ele acariciava os cavalos e tentava acalmá-los, nuvens escuras cobriram rapidamente o céu. Os raios de sol desapareceram e uma brisa fria nos envolveu. A brisa, no entanto, logo se dispersou e o sol reapareceu, brilhando. Fora, não obstante, um aviso.

Johann apoiou a mão na testa para proteger os olhos, fitou o horizonte e disse: "A nevasca chegou antes do tempo". Olhou seu relógio mais uma vez e, segurando as rédeas com firmeza, puxou os cavalos, que ainda inquietos batiam as patas sobre o solo e sacudiam a cabeça. Subiu de volta ao assento, dando a entender que era chegada a hora de continuar nossa jornada.

Senti-me um tanto obstinado e não quis voltar de pronto à carruagem.

"Conte-me", falei, "sobre esse lugar para onde a estrada leva", e apontei para baixo.

Mais uma vez, ele fez o sinal da cruz e murmurou uma prece antes de me responder: "É diabólico".

"O que é diabólico?", interroguei.

"O vilarejo."

"Então há um vilarejo lá?"

"Não, não. Ninguém vive lá há centenas de anos."

Minha curiosidade estava aguçada. "Mas você disse que existe um vilarejo."

"Existia."

"O que aconteceu lá?"

Ele desatou a relatar uma longa história misturando alemão e inglês, tão confusa que não compreendi boa parte do que disse. Entendi apenas que há centenas de anos, aldeões foram mortos e enterrados no local; mas um som vindo de baixo da terra era ouvido constantemente. Quando os túmulos foram abertos, encontraram homens e mulheres ainda corados, com lábios vermelhos de sangue. Então, desesperados para salvar suas vidas (e suas almas!, acrescentou, fazendo o sinal da cruz), aqueles que escapavam corriam dali para outros lugares, onde os vivos viviam e os mortos estavam mortos, "não... não aquela coisa". Ele estava evidentemente com medo de pronunciar aquelas últimas palavras. Enquanto prosseguia com sua narrativa, ficava cada vez mais agitado. Transido pelo pavor que a história lhe provocava, tornou-se uma perfeita caricatura do medo — rosto lívido, coberto de suor, tremendo, e olhando em volta como se esperando uma terrível presença que pudesse se manifestar ali mesmo sob o brilho do sol e ao ar livre. Finalmente, na agonia do desespero, exclamou: "*Walpurgisnacht!*" e apontou para a carruagem, para que eu entrasse nela.

Todo o meu sangue inglês subiu à cabeça nesse momento e, recuando, disse:

"Você está com medo, Johann, está com medo. Vá para casa, voltarei sozinho, a caminhada me fará bem." A porta da carruagem estava aberta. Tomei de meu assento a bengala de carvalho que sempre levo comigo em minhas excursões de férias e fechei a porta. Apontando para Munique, disse: "Vá para casa, Johann. Para nós, ingleses, *Walpurgisnacht* é uma noite como outra qualquer".

Os cavalos estavam agora mais rebeldes do que nunca, e Johann tentava segurá-los, enquanto me implorava avidamente para não fazer nenhuma bobagem. Tive pena do pobre camarada, tão sincero em seu zelo; mas não pude deixar de achar graça. Seu inglês já havia se perdido completamente. Em sua ansiedade, ele havia esquecido que a única forma de me fazer compreendê-lo seria falando em minha língua, mas tagarelava em alemão. Começou a ficar um tanto tedioso. Após dar-lhe a direção — "Casa!" — pus-me a descer pela encruzilhada até o vale.

Com um gesto desesperado, Johann direcionou seus cavalos de volta para Munique. Inclinei-me sobre a minha bengala e observei sua partida. Seguiu lentamente pela estrada por um tempo. De repente, um homem magro e alto apareceu no alto da colina. Pude ver bem a distância. Quando ele se aproximou dos cavalos, começaram a pular e a dar coices, relinchando apavorados. Johann não pôde detê-los; dispararam estrada abaixo, galopando loucamente. Assisti-os até desaparecerem de meu campo de visão, tentando localizar o estranho, mas descobri que ele, também, havia desaparecido.

De coração leve, comecei a descer em direção ao vale do qual Johann tanto se esquivara. Não havia nenhum motivo aparente para tal objeção. Vaguei por algumas horas, sem pensar no tempo ou na distância, e não avistei pessoa ou casa alguma. O vilarejo estava completamente deserto. No entanto, não notei essa particularidade até que, ao virar no fim da estrada, deparei-me com um bosque esparso; percebi então que estava inconscientemente impressionado pela desolação do local.

Sentei-me para descansar e olhei ao redor. Notei que esfriara bastante desde o início de minha caminhada — tive a impressão de ouvir um som como suspiro ao meu entorno acompanhado, de vez em quando, de uma espécie de rugido abafado que parecia vir do alto. Olhando para cima, percebi grandes nuvens espessas que se moviam velozes pelo céu, do norte para o sul. Eram indícios de tempestade iminente. Estava com um pouco de frio e, associando o frio ao repouso após a caminhada, retomei meu rumo.

Caminhava agora por uma área muito mais pitoresca. Não havia nada especificamente impressionante em que pudesse pousar o olhar, mas tudo ali continha um encanto de beleza. Esqueci-me do tempo, e somente quando o crepúsculo envolveu-me em sombras é que comecei a pensar em como encontraria meu caminho para casa. O ar estava frio, e as nuvens deslocavam-se com mais velocidade no céu. Havia uma espécie de ruído ao longe, que parecia intercalado por um ganido misterioso, o mesmo que o cocheiro dissera ser de lobos. Por um momento, hesitei. Cismara em ver o vilarejo deserto, de modo que prossegui minha caminhada e logo me deparei com uma grande extensão de campo aberto, cercado por colinas ao redor. Era ladeada por árvores que se estendiam pela planície, com moitas pontilhando as encostas, e esporádicos declives. Segui com meus olhos o restante da estrada e vi que fazia uma curva próxima a uma das mais densas dessas moitas e perdia-se por trás dela.

Enquanto contemplava o caminho, um calafrio cortou o ar, e a neve começou a cair. Pensei nas milhas e milhas de campo ermo pelas quais havia passado e apressei-me em busca de abrigo no bosque à frente. Mais e mais escuro ficava o céu, e mais rápida e mais pesada caía a neve, até que o terreno que me circundava transformou-se em um reluzente carpete branco cujas bordas se perdiam em uma névoa imprecisa. A estrada estava lá, mas quase desaparecendo, com seus contornos cada vez menos visíveis. Logo descobri que havia me desviado dela, pois não sentia mais a superfície dura da terra, e meus pés afundavam na grama e no musgo. Então o vento ficou mais forte e soprou cada vez mais, até que fui forçado a correr contra ele. O ar tornou-se gélido e, apesar do movimento, não consegui me aquecer. A neve pôs-se a cair de forma tão densa e seus flocos rodopiavam ao meu redor em redemoinhos tão rápidos que tive muita dificuldade em deixar meus olhos abertos. Por vezes, raios vívidos rasgavam o céu, e com os relâmpagos pude ver a minha frente uma grande massa de árvores, em sua maioria teixos e ciprestes, todos fortemente revestidos de neve.

Avançando, abriguei-me sob as árvores, e protegido por relativo silêncio pude ouvir o rumor do vento bem alto sobre mim. Não tardou para que a escuridão da tempestade se mesclasse com as trevas noturnas. Aos poucos, a tempestade começou a serenar; logo restavam apenas algumas nuvens amedrontadoras e ocasionais rajadas de vento. Nesses instantes, ecoava o estranho uivo do lobo, reverberando sons similares à minha volta. De quando em quando, através das nuvens negras que flutuavam à deriva, surgia um disperso raio de luar, que iluminava a vastidão e mostrava que eu me encontrava na extremidade de uma massa densa de ciprestes e teixos. Como a neve havia parado de cair, saí do abrigo e investiguei mais detalhadamente. Presumi que, no meio de tantas construções antigas pelas quais havia passado, deveria haver ao menos uma casa, ainda que em ruínas, onde poderia me abrigar. Ao contornar a beirada do bosque, descobri que um muro baixo a circundava e, seguindo-o, encontrei uma abertura. Então os ciprestes formaram um caminho em direção a algum tipo de construção. Assim que a avistei, porém, as nuvens negras esconderam a lua, mergulhando o caminho na escuridão. O vento deve ter ficado mais gelado, pois passei a ter calafrios conforme andava; contudo, havia a esperança de um abrigo, e tateei o caminho às cegas.

Parei, pois adveio um calma repentina. A tempestade tinha passado e, talvez solidário com o silêncio da natureza, meu coração parecia ter parado de bater. Mas foi apenas uma quietude momentânea; de repente, o luar atravessou as nuvens, revelando que eu me encontrava em um cemitério, e que o quadrado à minha frente era uma enorme tumba de mármore maciço, tão branca como a neve que cobria tudo ao meu redor. Ao despontar da lua, a tempestade rugiu, violenta, retomando sua força com longos e abafados uivos, como se provenientes de muitos cães ou lobos. Apavorado e perplexo, fui tomado por um frio que pareceu enregelar meu coração. O raio de luar ainda banhava a tumba de mármore quando a tempestade deu sinais de regresso, como se estivesse voltando com tudo. Impelido por algum tipo de fascinação, aproximei-me do sepulcro para ver o que era, intrigado por sua presença isolada em local tão desértico. Contornando-a, li, na porta em estilo dórico, em alemão:

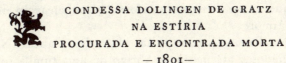

CONDESSA DOLINGEN DE GRATZ
NA ESTÍRIA
PROCURADA E ENCONTRADA MORTA
— 1801—

No topo da tumba, aparentemente cravado no mármore — pois a estrutura era composta de uns poucos blocos enormes de pedra —, estava uma enorme estaca de ferro. Ao ir para a parte de trás, vi, esculpido em enormes letras cirílicas:

OS MORTOS VIAJAM DEPRESSA.

Tudo era tão estranho e misterioso que fiquei tonto e me senti bastante fraco. Desejei, pela primeira vez, ter seguido o conselho de Johann. Então um pensamento me atingiu em cheio, sob circunstâncias quase misteriosas, provocando um choque terrível. Era a Noite de Santa Valburga!

De acordo com a crença de milhões de pessoas, era na Noite de Santa Valburga que o diabo andava solto entre nós — quando os túmulos eram abertos e os mortos despertavam. Quando todas as coisas malignas da terra, do ar e da água se rejubilavam. O cocheiro evitara aquele lugar em especial: o vilarejo despovoado de séculos atrás. O local onde jaziam os suicidas; e onde eu estava sozinho — sozinho, tremendo de frio em uma mortalha de neve, com uma forte tempestade vindo novamente ao meu encontro! Foram necessárias toda a minha filosofia, toda a religião que me fora ensinada, toda a minha coragem para não sucumbir a um acesso de pânico.

Eis que surgiu então um violento tornado. O chão tremeu como se milhares de cavalos trovejassem sobre ele, e dessa vez a tempestade trouxe em suas asas geladas não a neve, mas grandes pedras de granizo que caíam com tamanha violência que pareciam ter sido arremessadas por fundas das ilhas Baleares[2] — granizos que atingiam as folhas e os ramos e tornavam o abrigo dos ciprestes tão inútil como um milharal. Corri primeiro para a árvore mais próxima; mas logo

---

2 Arquipélago pertencente à Espanha, localizado no mar Mediterrâneo, cujas principais ilhas são Maiorca, Menorca, Cabrera, Ibiza e Formentera, e cujos habitantes eram hábeis atiradores de pedras com funda.

me vi forçado a sair e busquei o único lugar em que poderia me refugiar, a profunda porta dórica da tumba de mármore. Lá, agachado contra a porta de bronze maciço, consegui me proteger um pouco dos granizos, que só me atingiam conforme ricocheteavam no chão e ao lado do mármore.

Quando me inclinei contra a porta, ela cedeu e abriu. Naquela tempestade impiedosa, até mesmo o abrigo de uma tumba foi bem-vindo e estava para entrar quando o clarão de um raio bifurcado iluminou toda a vastidão dos céus. Na hora, juro por minha própria vida, ao volver os olhos para dentro da escuridão da tumba, vi uma linda mulher, com bochechas arredondadas e lábios vermelhos, aparentemente dormindo em um caixão. Com o estouro do trovão acima, fui como que agarrado pela mão de um gigante e arremessado para a tempestade. Foi tudo tão repentino que, antes que pudesse perceber o choque, tanto moral quanto físico, fui derrubado pelas pedras de granizo. Ao mesmo tempo, fui acometido pela sensação de que não estava sozinho. Olhei para a tumba. Logo então veio outro clarão ofuscante, que pareceu acertar a estaca de ferro acima da tumba e se estender até o chão, atingindo o mármore em uma explosão em chamas e deixando-o em ruínas. A mulher morta ergueu-se por um momento em agonia, enquanto era lambida pelas chamas, e seu grito amargo de dor foi abafado pelo ruído do trovão. A última coisa que ouvi foi essa terrível mistura de sons, pois fui arremessado para longe novamente, enquanto as pedras de granizo me atingiam e o ar ao redor parecia reverberar com o uivo dos lobos. A última visão de que me lembro foi de uma diáfana massa em movimento, como se todos os túmulos ao meu redor tivessem expulsado os fantasmas de seus mortos, e eles se aproximassem de mim pelo nevoeiro branco de granizo.

Aos poucos, comecei a recobrar vagamente a consciência; fui tomado então por uma terrível sensação de cansaço. Por um tempo, não me lembrei de nada; mas vagarosamente meus sentidos foram voltando. Meus pés pareciam dilacerados pela dor, ainda que eu não pudesse movê-los. Era como se estivessem anestesiados. Senti um calafrio atrás do meu pescoço, que desceu pela minha espinha, e minhas orelhas, assim como meus pés, estavam dormentes, ainda que doloridos. Meu peito, no entanto, irradiava uma sensação deliciosa de calor. Era como um pesadelo — um pesadelo físico, por assim dizer; pois algo pesado em meu peito dificultava minha respiração.

Esse período de vaga letargia pareceu durar um longo tempo e, conforme foi sumindo, devo ter dormido ou desmaiado. Senti então uma espécie de enjoo, igual à náusea quando estamos embarcados, e um louco desejo de me livrar de algo — que não sabia o que era. Uma profunda quietude apoderou-se de mim, como se todo o mundo estivesse dormindo ou morto — interrompida apenas por um som ofegante e baixo, como um animal próximo à espreita. Senti algo quente e áspero na minha garganta, e então veio a consciência da terrível verdade, que me gelou o coração e mandou o sangue direto para o meu cérebro. Algum animal de grande porte estava deitado sobre mim, lambendo minha garganta. Fiquei com medo de me mexer, pois algum instinto de prudência me levou a permanecer deitado; mas a besta pareceu perceber que algo mudara em mim, pois levantou a cabeça. Com olhos entreabertos, vi os olhos grandes e flamejantes de um lobo gigante. Seus dentes brancos afiados brilhavam na boca vermelha e escancarada, e eu podia sentir sua respiração quente, feroz e acre sobre mim.

Perdi a consciência por mais um tempo. Então distingui um rosnado baixo, seguido de um uivo, que se repetiu diversas vezes. Depois, parecendo vir de muito longe, ouvi alguns gritos, como se muitas vozes me chamassem em uníssono. Ergui a cabeça com cautela e olhei na direção de onde vinha o som; mas o cemitério bloqueou a minha visão. O lobo continuava a uivar de maneira estranha, e um brilho vermelho começou a se mover em volta do bosque de ciprestes, como se seguisse o som. Conforme as vozes se aproximavam, o lobo uivava mais alto e de modo mais contínuo. Temi fazer qualquer som ou movimento. O brilho vermelho se aproximava, sobre o manto branco que se estendia na escuridão ao meu redor. Então, de uma vez só, surgiu trotando do meio das árvores uma tropa de cavaleiros segurando tochas. O lobo levantou-se do meu peito e foi em direção ao cemitério. Vi um dos cavaleiros (soldados, a julgar por suas boinas e longas capas militares) levantar sua carabina e mirar. Um companheiro bateu em seu braço e ouvi a bala zumbir acima da minha cabeça. Ele evidentemente havia confundido meu corpo com o do lobo. Outro soldado avistou o animal escapando e seguiu-se novo tiro. Então, a galope, a tropa avançou — alguns na minha direção, outros seguindo o lobo que desaparecia entre os ciprestes cobertos de neve.

Conforme se aproximavam, tentei me mexer, mas não tive forças, embora pudesse ver e ouvir tudo o que acontecia ao meu redor. Dois ou três dos soldados saltaram de seus cavalos e ajoelharam-se ao meu lado. Um deles levantou a minha cabeça e colocou a mão sobre meu coração.

"Boas notícias, camaradas", gritou ele. "O coração dele ainda bate!"

Empurraram-me um pouco de conhaque garganta abaixo; a bebida me revigorou e consegui abrir completamente os olhos e olhar em volta. Luzes e sombras se moviam entre as árvores e ouvi os homens falarem uns com os outros. Eles se reuniram, proferindo exclamações assustadas; e as luzes brilharam enquanto alguns saíram do cemitério, como homens possuídos. Quando se aproximaram de nós, os que estavam ao meu redor perguntaram-lhes, ansiosos:

"E então, vocês o encontraram?"

"Não! Não!", exclamaram, apressados. "Venham rápido — rápido. Este não é um lugar para se ficar, nem nesta nem em nenhuma outra noite!"

"O que era aquela coisa, afinal?", perguntaram as mais diversas vozes. A resposta veio de várias maneiras, todas indefinidas, como se os homens tomados por um impulso coletivo de falar, fossem contidos por algum medo também coletivo de dar voz aos seus pensamentos.

"Uma coisa — uma coisa mesmo", respondeu um deles, temporariamente atordoado demais para se fazer coerente.

"Um lobo... mas não apenas um lobo!", balbuciou o outro, tremendo.

"Nem adianta tentar acertá-lo sem a bala sagrada", comentou um terceiro, de maneira mais ordenada.

"Bem feito, quem mandou termos saído esta noite! Se bem que merecemos nossos mil marcos", comentou um quarto.

"Havia sangue sobre o mármore quebrado", disse outro, após uma pausa — "um raio nunca faria isso. E quanto a ele — está a salvo? Verifiquem a garganta! Vejam, camaradas, o lobo estava deitado sobre ele, mantendo o seu sangue quente."

O oficial olhou minha garganta e respondeu:

"Ele está bem; a pele não foi perfurada. O que significa tudo isso? Nós nunca o teríamos encontrado, se não fosse o uivo do lobo."

"E para onde ele foi?", perguntou o homem que segurava a minha cabeça, e que parecia o menos apavorado entre eles, pelas mãos firmes e sem tremor. Em sua manga estava a divisa de um suboficial.

"Para casa", respondeu o homem, muito pálido, tremendo de terror enquanto olhava ao redor, amedrontado. "Há túmulos o bastante ali onde ele poderia deitar. Venham, camaradas — venham rápido! Vamos deixar esse lugar amaldiçoado."

Ele colocou-me sentado, enquanto proferia uma palavra de comando; então vários homens me puseram sobre um cavalo. Ele subiu na sela atrás de mim, tomou-me em seus braços e deu ordem para avançarmos. Deixando os ciprestes para trás, afastamo-nos como um veloz batalhão militar.

Como a minha língua se recusava a trabalhar, permaneci forçosamente em silêncio. Acho que peguei no sono; o que me lembro depois disso foi de me encontrar de pé, auxiliado por um soldado de cada lado. Era quase dia claro, e ao norte uma risca de luz do sol se refletia, como uma marca de sangue, sobre os restos de neve. O oficial estava dizendo aos homens para não revelarem nada do que haviam visto, exceto sobre ter encontrado um estrangeiro inglês, guardado por um enorme cão.

"Cão! Não havia cão algum", interrompeu o homem que parecera amedrontado.

"Acho que sei identificar muito bem um lobo quando o vejo."

O jovem oficial respondeu calmamente: "Eu disse um cão".

"Cão!", reiterou o outro, irônico. Era evidente que sua coragem estava aumentando com o nascer do sol. Apontando para mim, disse: "Olhe para a garganta dele. É o trabalho de um cão?"

Instintivamente, levei minha mão à garganta, e, quando a toquei, gritei de dor. Os homens aproximaram-se em volta de mim para olhar, alguns inclinando-se sobre suas selas; e ainda assim o jovem oficial continuou, com a voz calma: "Um cão, como eu disse. Se algo mais for dito, todos rirão de nós".

Então me ajudaram a montar junto a um dos soldados e seguimos para os arredores de Munique. Assim que encontramos um coche, me acomodaram em seu interior e o cocheiro me levou de volta ao Quatre Saisons — o jovem oficial foi comigo, enquanto um soldado nos seguiu a cavalo e os outros regressaram para a caserna.

Quando chegamos, *Herr* Delbrück precipitou-se tão depressa escada abaixo para me encontrar que tive certeza de que nos observava. Tomando-me com ambas as mãos, guiou-me solícito para dentro. O oficial me saudou e estava prestes a se retirar, mas compreendi seu objetivo e insisti que me acompanhasse até meus aposentos. Com um copo de vinho, agradeci-lhe calorosamente e a seus bravos camaradas por salvar minha vida. Ele replicou que estava mais do que feliz, e que *Herr* Delbrück tomara providências para dar motivos de felicidade a todo o grupo de resgate. Ao ouvir essa frase ambígua, o *maître* do hotel sorriu, e em seguida o oficial pediu permissão e se retirou.

"Mas *Herr* Delbrück", perguntei, "como e por que esses soldados foram me buscar?"

Ele encolheu os ombros, como se depreciasse sua própria participação no resgate, e replicou: "Tive muita sorte em conseguir permissão do comandante do regimento em que servi para chamar voluntários".

"E como soube que eu estava perdido?", perguntei.

"O cocheiro voltou com os destroços da carruagem, que tombou quando os cavalos fugiram."

"Mas isso, por si só, não era motivo para enviar um grupo de resgate, não é?"

"Oh, não!", respondeu, "porém, antes de o cocheiro chegar, recebi este telegrama do boiardo de quem o senhor é hóspede", disse ele, tirando de seu bolso um telegrama, onde li:

Bistrita.

Cuide bem de meu hóspede — sua segurança é muito preciosa para mim. O que quer que lhe aconteça, ou se ele se perder, não poupe esforços para encontrá-lo e garanta sua segurança. Ele é inglês e, portanto, aventureiro. Há sempre os perigos da neve, dos lobos e da noite. Não perca um minuto se suspeitar de algo que lhe ameaça. Eu respondo a seu zelo com a minha fortuna. — Drácula.

Enquanto segurava o telegrama, tive a impressão de que o quarto girava ao meu redor; se o atencioso *maître* do hotel não tivesse me segurado, acho que teria caido. Havia algo tão estranho naquilo tudo, algo tão bizarro e inimaginável, que fui tomado pela sensação de estar à mercê de forças opostas — essa vaga ideia foi o bastante para me paralisar. Uma força misteriosa decerto me protegia, pois de um pais distante chegara, no exato momento de perigo, a mensagem que me salvara de sucumbir à neve e às garras do lobo.

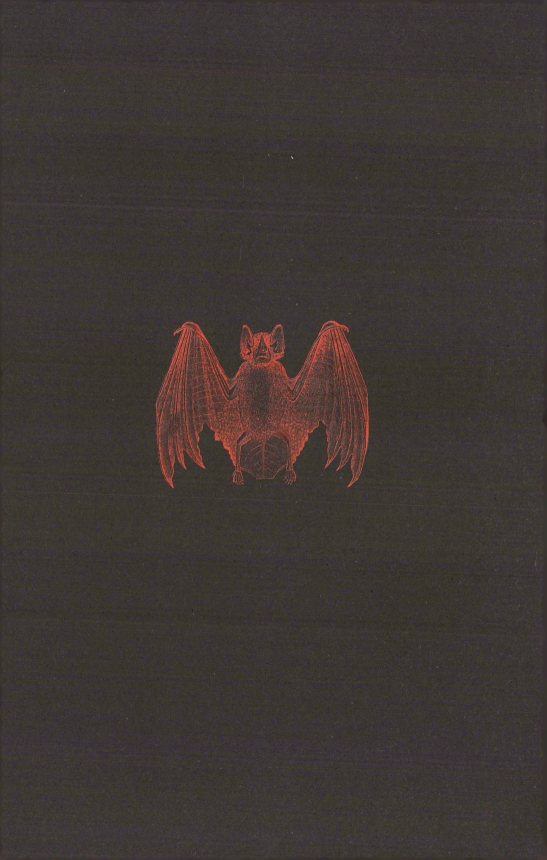

Material Extra

Drácula

Resenhas, Entrevista & Cartas

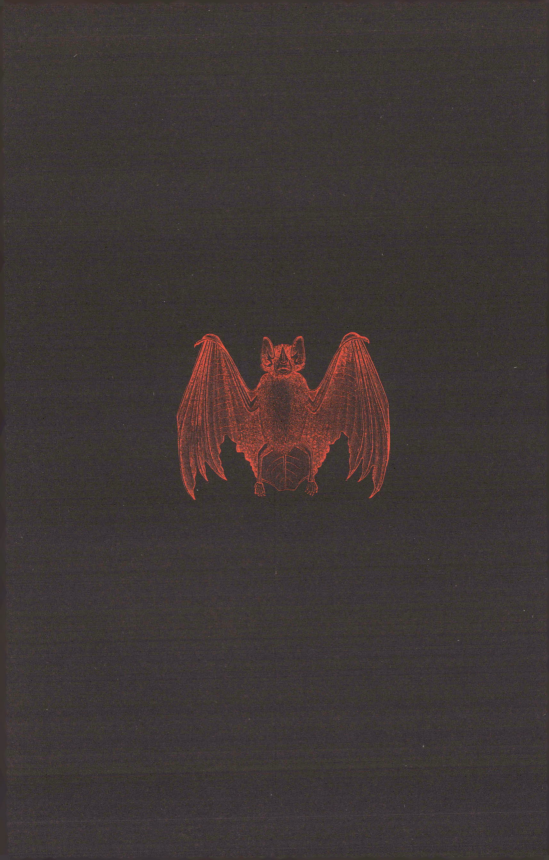

Drácula

MEDO CLÁSSICO

A NOVA HISTÓRIA DO
sr. Bram Stoker
THE DAILY NEWS

27 de maio de 1897, Londres

[publicado hoje]

Será que antigas crenças de fato não mais impressionam a imaginação humana? Talvez, mas nossos romancistas claramente experimentam renovada fé no encanto do sobrenatural. Eis, como exemplo mais recente, o sr. Bram Stoker. Valendo-se de antigas lendas do velho mundo como lobisomens e vampiros, inspirou-se nas estranhas e fascinantes histórias sobre criaturas que sugam sangue e consomem carne humana, e as alinhavou em densa narrativa com seriedade, franqueza e boa-fé capazes de convencer leitores a entregar sua imaginação nas mãos do autor. O segredo, é claro, está aí. Se o autor de ficção pretende que leitores acreditem em sua história, precisa ele próprio acreditar nela ou, pelo menos, aprender a escrever como se acreditasse. Não deve exibir retórica vazia nem reprisar terrores gastos de empoeirados cenários teatrais. Quanto mais extraordinários os fatos, mais direto devem ser estilo e método narrativo. Alguns, ao versar sobre tais temas, preferem situar suas histórias em tempos remotos. No entanto, a história sobrenatural que não se sustenta na atualidade sucumbe perante a reluzente claridade do mundo ao nosso redor e acaba reduzida a uma disfarçada impostura. O sr. Stoker não descuidou dos fundamentos da arte do autor de romances fantásticos. Sua história é narrada em seções, compostas por cartas e fragmentos de diários de diversos personagens, o que é por si só um recurso objetivo que confere ar documental ao romance. Diários de bordo e registros de casos clínicos também compõem a trama, bem como a inserção pontual de trechos de jornais como *The Westminster* e *The Pall Mall Gazette* — com matérias de crimes atribuídos a uma figura misteriosa conhecida popularmente como "a moça buíta [sic]", cujas vítimas são na maioria crianças pequenas encontradas com dois furinhos no pescoço, semelhantes aos que antigamente supunham ser provocados pela mordida do morcego-vampiro, que se alimenta de sangue humano. Tais detalhes não servem como mero pano de fundo da história; os mistérios da licantropia (outrora tomados como críveis na maior parte da Europa, assim como na Ásia) permeiam toda a narrativa, dando colorido peculiar ao romance. Os instintos artísticos do autor estabelecem como prioridade a tarefa de afinar a mente do leitor ao tom de sua narrativa. Nesse sentido, nada poderia ser mais eficaz do que os primeiros capítulos do romance, compostos pelo diário de viagem do nosso herói, Jonathan Harker. O jovem advogado, após deixar a noiva Mina Murray na Inglaterra, parte para executar a transação jurídica relacionada à compra de várias propriedades e uma antiga mansão em Londres. O comprador é o misterioso conde Drácula, nobre da Transilvânia, que mora em um solitário castelo nos montes Cárpatos. A longa jornada por Budapeste é descrita em detalhes, ao mesmo tempo que somos tomados por vaga sensação de catástrofe eminente, construída de modo gradual e inteligente pelo autor, que logra despertar o interesse e a curiosidade de seus leitores. Da troca suspeita e ansiosa de olhares dos donos e hóspedes da pousada onde Harker se instala, a caminho da sua estada no castelo sombrio e quase inacessível do conde, às palavras estrangeiras que ele capta, tudo confere ao romance atmosfera sinistra. A amável senhora, proprietária da hospedagem, coloca um rosário em volta do pescoço de Harker, lembrando que é véspera do Dia de São Jorge e que, à meia-noite, tudo que existe de maléfico no mundo ganha reforçada potência. Ela implora em vão para que reconsidere sua ida e então lhe concede o rosário, à guisa de proteção. Até mesmo as pessoas reunidas na porta do hotel parecem compartilhar o receio da boa senhora.

Quando partimos, a multidão que se reunira na porta do hotel — que, àquelas alturas, aumentara substancialmente — se persignou e apontou dois dedos na minha direção. Com certa dificuldade, consegui que um passageiro me explicasse do que se tratava o gesto. De início não quis responder, mas, ao descobrir que eu era inglês, explicou que era um gesto de proteção contra mau-olhado. Aquilo não me caiu muito bem, visto que estava prestes a partir para lugar desconhecido, encontrar um estranho. Mas todos pareceram tão gentis, tão penalizados e simpáticos que não pude deixar de me comover com suas preocupações. Jamais esquecerei meu último relance do pátio da hospedagem e do volumoso grupo de figuras exóticas que lá se ajuntou, todos se benzendo ao longo do amplo arco do pórtico, com a rica folhagem de oleandros e laranjeiras em verdes vasos amontoados no centro do pátio. Então, nosso cocheiro, cujas calças de linho cobriam a parte da frente do assento da diligência — *gotza*, como são chamadas aqui —, estalou seu comprido chicote sobre os quatro cavalos, que dispararam emparelhados, e começamos nossa viagem. À medida que avançávamos pelo caminho, a beleza da paisagem logo me fez deixar para trás os medos que me assombravam. No entanto, se eu entendesse a língua, ou melhor, as línguas que meus companheiros de viagem falavam, talvez não conseguisse abstrair tão facilmente o meu desconforto.

De fato, o jovem viajante passará por experiências estranhas e sobrenaturais no castelo do conde já nos primeiros capítulos do romance, que podem ser considerados uma espécie de prólogo da história. Mas o autor faz bem em não frustrar o interesse dos leitores, sobretudo em uma narrativa que depende tanto da curiosidade. Para saber os detalhes de como Jonathan Harker finalmente escapa das terríveis ameaças do castelo para o refúgio de um acolhedor convento, onde é encontrado sofrendo de febre cerebral por sua fiel Mina, assim como para conhecer os incidentes extraordinários ocorridos após o regresso do casal à Inglaterra, onde se passa a maior parte da história, recomendamos que o leitor leia o romance do sr. Bram Stoker. Poucos romances recentes mostraram-se tão bem-sucedidos em inspirar horror por meio de sugestões tão sutis.

MEDO CLÁSSICO
RESENHA
DE
Drácula
DAILY MAIL

1º de junho de 1897, Londres

Reza a lenda que, enquanto escrevia seus atualmente quase esquecidos romances, a sra. Radcliffe trancafiava-se em absoluta reclusão, alimentando-se apenas de carne crua para conferir ao seu trabalho a desejada atmosfera soturna de tragédia e terror. Não é de todo inconcebível supormos que o sr. Bram Stoker tenha adotado método e regime similares ao compor seu novo romance, *Drácula*. Ao buscarmos afinidades para essa história estranha, poderosa e plena de horror, recordamos narrativas como *Os Mistérios de Udolpho*, *Frankenstein*, *O Morro dos Ventos Uivantes*, "A Queda da Casa de Usher" e *Margery de Quether*.[1] Contudo, considerando o sombrio fascínio que exerce nos leitores, *Drácula* é ainda mais surpreendente do que todos os exemplos citados.

Começamos nossa leitura ao cair da tarde e acompanhamos Jonathan Harker em sua jornada rumo aos montes Cárpatos, sem desconfiar do que nos esperava no castelo de Drácula. Quando nos vemos na estrada rochosa em plena noite, perseguidos por lobos que o cocheiro repeliu quase por milagre com um mero gesto, começamos a farejar mistério, mas continuamos firmes. O primeiro mal-estar assustador adveio da descoberta de que o cocheiro e o conde Drácula eram a mesma pessoa, que o único morador humano do castelo era ele mesmo e que ratos, morcegos, espectros e lobos uivantes obedeciam suas ordens e chamados.

---

[1] Escritas, respectivamente, por Ann Radcliffe, Mary Shelley, Emily Brontë, Edgar Allan Poe e Sabine Baring-Gould.

Por volta das dez da noite, estávamos tão absortos na história que não conseguimos pausar sequer para fumar o cachimbo. Ao badalar das doze horas, já estávamos bastante impressionados com a narrativa; sentimos insidioso e crescente terror apossar-se de nosso espírito e, ao despontar da aurora, quando finalmente fomos nos deitar, o fizemos com garantia certa de pesadelos. Apavorados, receamos ouvir o som de morcegos bater asas na janela e sentimos até mesmo que nossos pescoços corriam o risco de ser mordidos por um vampiro de verdade, deixando as duas marcas horrendas descritas pelo livro do sr. Stoker como evidência dos diabólicos ataques de Drácula.

Sem dúvida, as lembranças dessa história macabra e tenebrosa hão de nos assombrar por muito tempo. Seria injusto com o autor divulgar o enredo do romance. Sendo assim, nos limitamos a revelar que os sinistros capítulos que o compõem foram escritos e concatenados com arte e astúcia, bem como inegável talento literário. Ressaltamos também a rica imaginação generosamente ostentada pelo sr. Bram Stoker. Aqueles que se assustam com facilidade ou sofrem dos nervos devem restringir a leitura de páginas tão macabras às horas que se estendem do amanhecer ao pôr do sol.

MEDO CLÁSSICO
LEITURA
PARA
Meia-Noite
PALL MALL GAZETTE

1º de junho, 1897, Londres

O livro do sr. Bram Stoker deveria vir com um aviso: "Apenas para os fortes" — ou algo semelhante. Deixado irresponsavelmente ao alcance de qualquer leitor, pode cair nas mãos daquela tia solteirona que acredita piamente em monstros debaixo da cama ou da nova criada que esconde insuspeitas tendências a histeria. Para pessoas assim, *Drácula* seria fatal. A leitura do romance deveria ficar circunscrita aos homens de sã consciência e assimilação de ideias, que podem apagar as velas e subir para cama sem olhar diversas vezes para trás ou desejar, mesmo que veladamente, ter consigo um crucifixo ou um punhado de alho para evitar ataques de eventuais vampiros. A história versa sobre o rei dos vampiros, e é tétrica e apavorante em demasia. É também excelente e uma das melhores narrativas sobrenaturais que tivemos a sorte de ler até hoje. Revelar qualquer detalhe da história seria não apenas cometer grosseira injustiça com o sr. Bram Stoker, mas um feito impossível, devido à riqueza de minúcias e reviravoltas que, apesar de tudo, podem ser acompanhadas sem dor de cabeça. O romance começa com a viagem de um advogado rumo ao coração dos montes Cárpatos, onde o terror dos campesinos sugere que está prestes a encontrar algo inusitado. Ele encontra, de fato: é Drácula. Transcorridas as primeiras páginas, os leitores decerto terminarão o resto com rapidez e, pelos motivos descritos acima, nos abstemos de

contar o desenrolar da trama. Basta dizer que o sr. Bram Stoker domina com maestria os verdadeiros segredos de um romance verdadeiramente "de arrepiar". Um olhar de soslaio para seus cachimbos ou para os jornais vespertinos de nada adiantará para dispersar o medo do leitor, pois o sr. Bram Stoker localiza as passagens principais da narrativa na Inglaterra e em Londres, nos dias atuais, com máquinas de escrever, fonógrafos, o *Pall Mall Gazette*, o zoológico e todas as inovações mais recentes. Eis a melhor estratégia para tornar convincente uma história de horror. Nada contra as tramas medievais, mas quem se importa com as assombrações que tiraram o sono de nossos antepassados? Além disso, o sr. Stoker sabe como ninguém manter o interesse de seus leitores. Ele oferece fragmentos de trivialidades realistas que, não obstante, se encaixam perfeitamente na história e os mescla com engenhosa coletânea de diários, trechos de matérias de jornal e demais registros em ordem cronológica. Existem algumas leves discrepâncias e o mecanismo que auxilia os personagens é às vezes por demais mecânico, mas isso é inevitável. De dez em dez páginas, há um susto aguardando o leitor. Para quem aprecia o gênero, é um prato cheio. Nós nos fartamos e não temos nenhuma vergonha de assumir o gosto pelo repasto.

MEDO CLÁSSICO

Drácula

HAMPSHIRE ADVERTISER

5 de junho, 1897

Drácula, escrito por Bram Stoker e publicado pela Constable and Co., é composto por uma série de interessantíssimos documentos e diários, organizados em ordem cronológica pelo autor. O romance, uma das mais curiosas e extraordinárias produções recentes, resgata a superstição medieval do "lobisomem", recriado e modernizado pelo sr. Bram Stoker. A história tem duas admiráveis virtudes: a primeira é o uso acertado da superstição como pano de fundo para uma narrativa moderna; a segunda, ainda mais significativa, é a inserção de antigas lendas em localidades contemporâneas, como o porto de Whitby ou Hampstead Heath. *Drácula* é um dos romances mais inusitados e assustadores dos últimos tempos.

Drácula

MEDO CLÁSSICO

Romances Recentes

THE TIMES

23 de agosto de 1897

Drácula não pode ser descrito como um romance banal, muito menos como uma banalidade. Para começar, as circunstâncias da história são, no mínimo, peculiares. Um jovem advogado, chamado para atender seu cliente na Transilvânia, passa por experiências insólitas. Ele se vê confinado em um castelo em ruínas, com anfitrião que só aparece à noite e três lindas mulheres que, para seu azar, têm a infelicidade de ser vampiras. As intenções das moças, longe de poderem ser descritas como louváveis, resumem-se a sugar o sangue do pobre rapaz para manterem a própria vitalidade. Conde Drácula também é vampiro, mas (cansado das compatriotas, ainda que jovens e belas) nutre desejo por sangue novo — literalmente. Convoca o advogado para que o ajude em sua mudança para a Inglaterra e posterior inserção na sociedade londrina. Sem compreender os planos do conde, o sr. Harker tem bons motivos para desconfiar do cliente: lobos atendem seu chamado, neblinas também, e possui uma habilidade bastante incomum para escaladas. O terraço do castelo ostenta vista esplêndida, que nosso narrador teria apreciado não fosse a convicção de que jamais escaparia do local com vida:

> Na luz sutil, as colinas distantes se fundiam com as sombras nos vales e nas ravinas em uma escuridão aveludada. A beleza da paisagem serviu para me dar ânimo; respirei mais aliviado e inalei paz e conforto. Ao me inclinar na janela, vi movimento no andar de baixo, à minha esquerda, onde supunha ser, pela ordem dos quartos, as janelas do aposento do conde. A janela de pedra onde me encontrava era alta e funda e, embora desgastada pelo avanço dos anos, permanecia

inteira, com exceção de seu caixilho. Afastei-me do parapeito e coloquei a cabeça para fora a fim de examinar melhor.

Vi a cabeça do conde também fora da janela. Não enxerguei seu rosto, mas o reconheci pela nuca e pelos movimentos das costas e dos braços. As mãos, em todo caso, eram inconfundíveis, visto que já tivera diversas oportunidades para estudá-las. Em um primeiro momento, a cena me despertou interesse e certa diversão — é incrível como as coisas mais insignificantes podem interessar e divertir um sujeito quando está aprisionado. Mas meus sentimentos se transformaram em repulsa e terror quando o vi projetar lentamente o corpo inteiro para fora da janela e descer, rastejante e de cabeça para baixo, as paredes do castelo rumo ao tenebroso abismo lá embaixo, com capa esvoaçante, pairando no ar como imensas asas negras.

Tais cenas e situações tornam-se corriqueiras comparadas às atividades do conde Drácula em Londres. Assim como Falstaff não só é espirituoso, mas faz com que os demais tenham espirituosidade, o vampiro, ao que parece, obriga aqueles mordidos por ele a se tornar vampiros também após a morte. Para afastá-los, nada melhor do que alho; deve ser por isso que o alho goza de tamanha popularidade em certos países. E, após a chegada do conde, torna-se bastante popular na Inglaterra também. A única chance de combater o vampirismo é matar o conde antes da morte de suas vítimas, o que é tarefa bastante árdua. Embora acumule vários séculos, aparenta ser jovem, é bem forte e ainda pode se transformar em cachorro e morcego quando assim deseja. No entanto, um grupo de protagonistas obstinados e heroicos decide combatê-lo a todo custo e o romance descreve as etapas de tal combate, pleno de situações dramáticas. Não obstante, não recomendamos a leitura de *Drácula* à noite para pessoas de nervos frágeis.

MEDO CLÁSSICO

ENTREVISTA DA

BRITISH WEEKLY COM

Bram Stoker

1º de julho, 1897

Sr. Bram Stoker: Uma Conversa com o Autor de *Drácula*

Por Lorna[1]

Um dos romances recentes mais interessantes e instigantes é *Drácula*, escrito pelo sr. Bram Stoker. A história é inspirada na antiga lenda medieval dos vampiros e, até então, nenhuma obra de ficção em língua inglesa trabalhara a lenda de maneira tão brilhante. A trama se passa metade na Transilvânia e metade na Inglaterra. As primeiras cinquenta e quatro páginas,[2] compostas pelo diário de Jonathan Harker desde sua partida de Viena até a decisão de tentar escapar do castelo de Drácula, por si só demonstram, em seu peculiar vigor, feito único na literatura recente. Até onde sei, o único livro que se compara aos primeiros capítulos de *Drácula* é *As Águas de Hércules*, de Emily Gerard, que também versa sobre essa região selvagem e desconhecida do Leste Europeu. Sem revelar o enredo do romance, posso dizer que Jonathan Harker, cujo diário nos apresenta ao conde vampiro, é um jovem advogado enviado pelo chefe para o castelo de Drácula, a fim de auxiliá-lo na aquisição de uma mansão e outras propriedades na Inglaterra.

---

1 Pseudônimo da jornalista Jane Stoddard.
2 Da edição original de 1897.

Desde o primeiro dia da jornada, Harker é perseguido por sinais e acontecimentos estranhos. No hotel Golden Krone em Bistrita, a dona do estabelecimento tenta dissuadi-lo de prosseguir viagem rumo ao castelo de Drácula e, ao constatar que está irredutível, coloca um rosário em seu pescoço. No decorrer da história, ele terá bons motivos para ser grato pelo presente. Os companheiros de viagem parecem cada vez mais preocupados com sua segurança quando se aproximam dos domínios do conde. Gentilmente, lhe presenteiam com rosa selvagem, alho e tramazeira, para protegê-lo de mau-olhado. O autor parece conhecer cada recanto da Transilvânia e suas superstições. No desfiladeiro de Borgo, uma carruagem com quatro cavalos para junto ao coche:

> Os cavalos eram conduzidos por um homem alto, de barba comprida castanha e grande chapéu preto que parecia esconder seu rosto. Pude apenas distinguir de relance o fulgor de seus olhos brilhantes, que pareciam vermelhos à luz das lamparinas [...] Enquanto falava, sorriu e a luz iluminou sua boca: a aparência era cruel, com lábios escarlates e dentes pontiagudos, brancos como marfim. Um dos meus companheiros sussurrou para o outro um verso de "Lenore", de Bürger: *Denn die Todten reiten Schnell* (Pois os mortos viajam depressa.).

Trata-se de conde Drácula, o famoso rei dos vampiros, que em tempos remotos fora um nobre guerreiro na Transilvânia. Desde o primeiro momento, Jonathan Harker tem consciência de estar cercado por atmosfera fantasmagórica e terrível. Na viagem noturna até o castelo, os lobos que se agrupam em volta da carruagem desaparecem com um mero gesto do tenebroso cocheiro. Ao chegar, o convidado aguarda alguns instantes na porta, até ser finalmente recebido por um senhor idoso e alto, que logo desconfia ser o próprio cocheiro. O homem lhe dá as boas-vindas. Com o passar dos dias, Harker observa que o conde nunca faz uma refeição. Desaparece durante o dia, mas conversa com seu convidado durante a noite até o nascer do sol. Não há um único espelho no castelo e os temores do jovem advogado se confirmam quando um dia o conde entra inesperadamente em seu quarto pela manhã e, parado atrás de Harker, não projeta reflexo algum no espelhinho de barbear que o hóspede trouxera de Londres. As aventuras de Jonathan Harker merecem mais de uma leitura; após os capítulos a elas dedicados, o trecho mais contundente do romance é a descrição da viagem do navio *Deméter* de Varna para Whitby. Um terror sobrenatural assombra a tripulação desde que partem de Dardanelos e, dia após dia, um tripulante sempre desaparece. Rumores afirmam que, à noite, um homem alto, magro e pálido é visto circulando pelo navio. O imediato, romeno e provavelmente familiarizado com a lenda dos vampiros, vasculha diversas caixas antigas durante o dia e encontra em uma delas o conde Drácula, adormecido. O imediato se suicida e o capitão também morre. Quando o navio aporta em Whitby, o vampiro escapa transformando-se em um imenso cão. O mais estranho é que, embora seja de fato um livro horripilante em diversos aspectos, o romance deixa a melhor das impressões em seus leitores. Os acontecimentos descritos estão tão distantes da nossa experiência cotidiana que não assombram a imaginação. Uma coisa é certa: nenhum outro autor contemporâneo poderia ter escrito um livro tão extraordinário.

Na manhã de segunda-feira tive o prazer de conversar com o sr. Bram Stoker que, como a maioria de nossos leitores sabe, é gerente de sir Henry Irving no teatro Lyceum. Contou-me que o enredo de *Drácula* já estava há muito tempo em sua mente e que levou pelo menos três anos para colocá-lo no papel. Ele sempre teve interesse nas lendas de vampiros. "É, sem dúvida, um tema muito fascinante, pois dialoga tanto com mistérios, quanto com fatos. Na Idade Média, o terror provocado pelos vampiros dizimou aldeias inteiras."

British Weekly: Existe algum fundamento histórico para a lenda?

Bram Stoker: Presumo que sim, exatamente em casos como esses. Suponha que uma pessoa entre em estado cataléptico e seja enterrada prematuramente. O corpo pode ser exumado e, encontrada ainda viva, a pessoa passar a ser vista como evidência de experiência sobrenatural, gerando pavor na comunidade que, em sua ignorância, atribui o fato a um vampiro. Os mais histéricos, tomados por medo excessivo, podem entrar em estados semelhantes de catalepsia; é daí que advém a crença de que o vampiro pode contaminar outras pessoas e transformá-las em vampiros. Mesmo em aldeias menores, acreditava-se que havia verdadeiras infestações de tais criaturas. Quando o pânico tomava conta da população, as pessoas entravam em desespero e só pensavam em escapar.

BW: Em quais regiões da Europa essa crença foi mais frequente?

Stoker: Em algumas áreas na Estíria sobreviveu por mais tempo e com maior intensidade, mas é uma lenda encontrada em diversos países, não apenas na Europa, como a China, por exemplo. Na Europa, existem relatos na Islândia, na Alemanha, na Turquia, na Grécia, na Polônia, Itália, França e Inglaterra, além de todas as comunidades tártaras.

BW: Para compreender a lenda, imagino que o senhor tenha consultado muitas autoridades.

O sr. Stoker contou-me que adquiriu o conhecimento sobre as superstições relacionadas aos vampiros demonstrado em *Drácula* por meio de variadas leituras.

Stoker: Nenhum dos livros que conheço apresenta a totalidade dos fatos. Aprendi muito com Emily Gerard em seu artigo sobre superstições romenas, publicado inicialmente na *The Nineteenth Century* e depois editado em livro e lançado em dois volumes. O livro do sr. Baring Gould sobre lobisomens também foi imprescindível. O sr. Gould prometeu um livro sobre vampiros, mas não sei se de fato levou a ideia adiante.

Os leitores de *Drácula* decerto se recordam de seu personagem mais famoso: o dr. Van Helsing, médico holandês que, valendo-se de extraordinárias habilidades, dedicação incansável e muito empenho, consegue por fim vencer e destruir o vampiro. O sr. Stoker revelou que Van Helsing foi baseado em uma pessoa real.

Uma resenha recente sobre Drácula, publicada em jornal local, sugeriu que o leitor pode extrair valiosas lições morais do romance. Perguntei ao sr. Stoker se o escrevera com tal intenção, mas foi evasivo na resposta: "Suponho que todos os livros possuam lições embutidas nas tramas, mas prefiro que os leitores as descubram sozinhos", retrucou.

Respondendo às demais perguntas, o sr. Stoker contou que nasceu em Dublin e que trabalhou por treze anos como funcionário público. Ele se formou no Trinity College, em Dublin, e é cunhado do sr. Frankfort Moore, um dos jovens escritores mais populares da atualidade.

O sr. Stoker também começou sua carreira literária ainda jovem. Seu primeiro livro publicado foi *The Duties of Clerks of Petty Sessions in Ireland*. Depois, lançou uma série de histórias infantis chamadas *Under the Sunset*, publicadas por Sampson Low. Em seguida, veio o romance pelo qual é mais conhecido até agora, *The Snake's Pass*. Seus editores na Constable também publicaram um romance fascinante chamado *The Watter's Mou* que, junto de *The Shoulder of Shasta* completa a produção literária do sr. Stoker. Ele reside em Londres há dezenove anos e considera a cidade o melhor destino para um autor literário. "Se for bom, o autor encontrará oportunidade aqui e o reconhecimento de seu talento será apenas questão de tempo." O sr.

Stoker também ressaltou a generosidade que marca o meio literário na cidade, mostrando que, pelo menos de sua parte, não existe nenhum desejo de se indispor com os críticos.

O sr. Stoker não conta com agente literário, por considerar tal contratação desnecessária. Em sua opinião, qualquer autor que entenda minimamente de negócios tem capacidade de negociar melhor sozinho do que por meio de agente. "Alguns autores hoje em dia lucram dez mil libras por ano com seus livros e não considero justo que sejam obrigados a pagar dez ou cinco por cento dessa quantia a um intermediário. Basta que escrevam um punhado de cartas e, em um ano, serão capazes de administrar suas transações literárias por conta própria." Embora o sr. Stoker não tenha dito isso, sinto-me inclinada a pensar que, para ele, o agente literário é o equivalente oitocentista do vampiro medieval.

Nenhuma entrevista realizada esta semana estaria completa sem uma referência ao Jubileu da rainha Vitória, de modo que perguntei ao sr. Stoker — morador de Londres há quase duas décadas — qual foi sua opinião das comemorações. "Assim como todos, fiquei contente, pois o grande dia foi um verdadeiro sucesso. Tivemos um panorama magnífico do império e a procissão da semana passada ilustrou de maneira incomparável a imensa variedade dos domínios da rainha."

Drácula

MEDO CLÁSSICO

BRAM STOKER

PARA

William Gladstone

A CARTA de Stoker para o ex-primeiro ministro britânico é célebre por ser um dos raros registros do autor sobre **Drácula**. Gladstone foi líder do Partido Liberal e serviu à coroa em três períodos distintos, de 1868 a 1894. Stoker o conheceu, assim como a diversas personalidades importantes do período vitoriano, por intermédio de sir Henry Irving. Stoker enviou uma cópia de **Drácula** para Gladstone dois dias antes do lançamento do romance.

24 de maio de 1897

Meu caro Gladstone,

É com alegria que encaminho uma cópia de meu novo romance, *Drácula*, a ser lançado no dia 26. Espero que, em seus momentos de lazer, possa conceder-me a honra de lê-lo. É a história de um vampiro: um velho vampiro medieval, mas passada nos dias de hoje. Acho que condensei de forma bem-sucedida todas as lendas sobre vampiros e suas limitações, e a história pode interessá-lo, sobretudo à luz de suas inovadoras especulações sobre a imortalidade. O livro, inevitavelmente, está repleto de horrores, mas creio que calculados para "purificar a mente por meio de compaixão e terror". De todo modo, não há nada indecente no livro e, embora verse sobre superstições, trago também seus antídotos de forma, espero eu, nada desrespeitosa. Espero que me perdoe por acrescentar a leitura até mesmo desta carta às incumbências que já pesam sobre sua rotina. Durante toda minha vida, nutri imensa admiração por você e seu trabalho, de modo que considero um altíssimo privilégio poder me dirigir a você com intimidade e enviar um livro de minha autoria, embora seja apenas um mero átomo no reino intelectual sobre o qual impera.

Do seu sincero e respeitoso amigo,
Bram Stoker

MEDO CLÁSSICO

MARY ELIZABETH BRADDON

PARA

Bram Stoker

A LONDRINA Mary Elizabeth Braddon foi uma popular escritora sensacionalista na era vitoriana; tornou-se célebre com a publicação do romance **O Segredo de Lady Audley**, em 1862. A incansável produção de Braddon cessou apenas cinco anos antes de sua morte, em 1915. Na carta para Stoker, se mostra entusiasmada com **Drácula** e cita duas obras de sua autoria: um conto vampírico publicado em 1896 e o romance **London Pride; or, When the World was Younger**, lançado no mesmo ano. Ela assina a carta com o sobrenome do marido, o editor John Maxwell.

23 de junho de 1897

Caro sr. Stoker,

Vejo que não esqueceu a definição de Sydney Smith[1] sobre o que constitui um bom romance! Muito bem! Devo confessar que *Drácula* me fez apressar a meia hora que dedico à minha correspondência, cortando-a pela metade. Peguei seu livro, programada para ler apenas algumas páginas e retomar a leitura após o jantar, pois precisava trabalhar em revisões pesadas de cinco e meia até às sete da noite. Mas não consegui parar de ler *Drácula* e, quando vi, o relógio já marcava sete e quinze! Muito obrigada pelo presente e pela linda dedicatória. Vamos conversar bastante sobre seu livro em breve! Vou terminar de ler com toda a atenção e refletir a respeito dele. Inseri uma transfusão de sangue na minha humilde narrativa em "Good Lady Ducayne" ano passado, mas sua *moça buíta* é "vinho de outra pipa"! Estou mandando para você o *London Pride*. Uma besteirinha, mas o livro que mais gosto entre todos meus muitos escritos absurdos. Minhas lembranças a você e à sra. Bram.

Com carinho,
Mary Maxwell

[1] Sydney Smith (1771-1845), clérigo inglês célebre pelos ditos espirituosos, certa vez postulou: "A grande questão que devemos nos fazer acerca de um romance é: foi uma leitura divertida? Você levou um susto ao perceber que perdeu a hora do jantar? Achou que não eram ainda dez da noite e já se passava das onze? Atrasou-se para se arrumar para sair? Ficou acordado lendo até mais tarde do que de costume? Se um romance produz tais efeitos, é bom; se não, não há nada que possa salvá-lo: nem enredo, escrita, amor ou polêmica... Um bom romance deve entreter; se não serve para isso, não serve para nada".

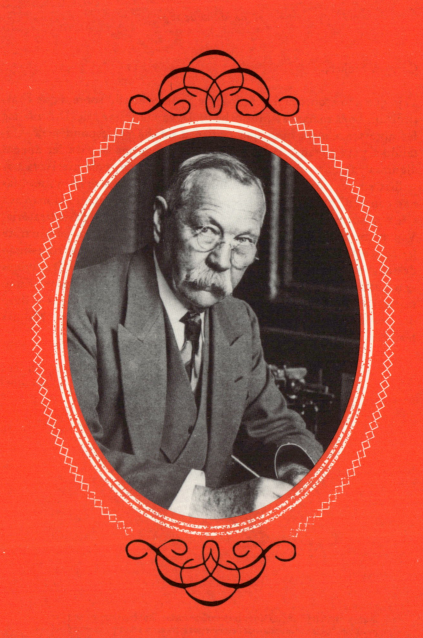

Drácula

MEDO CLÁSSICO

SIR ARTHUR CONAN DOYLE

PARA

Bram Stoker

STOKER enviou cópias de **Drácula** a amigos e conhecidos. Nesta carta, o respeitado autor escocês Conan Doyle — imortalizado por criar o detetive Sherlock Holmes — comenta a impressão causada pela leitura do romance, bem como elogia o enredo, o ritmo e os personagens de Stoker.

20 de agosto de 1897

Meu caro Bram Stoker,

Espero que não me julgue impertinente por tomar a liberdade de lhe escrever esta carta, mas gostaria que soubesse que gostei muito de ler *Drácula*. Acho que é a melhor história de horror que li nos últimos anos. É extraordinário o modo como o senhor conseguiu, em romance tão longo, manter o interesse do leitor, sem um único anticlímax. O enredo nos captura desde as primeiras linhas e avança mais e mais cativante a cada capítulo, até tornar-se quase dolorosamente vívido. O velho professor é um personagem excelente, assim como as duas moças. Parabenizo-o, do fundo do meu coração, por ter escrito um romance tão admirável.

Minhas carinhosas lembranças à sra. Bram Stoker e ao senhor.

Atenciosamente,
A. Conan Doyle

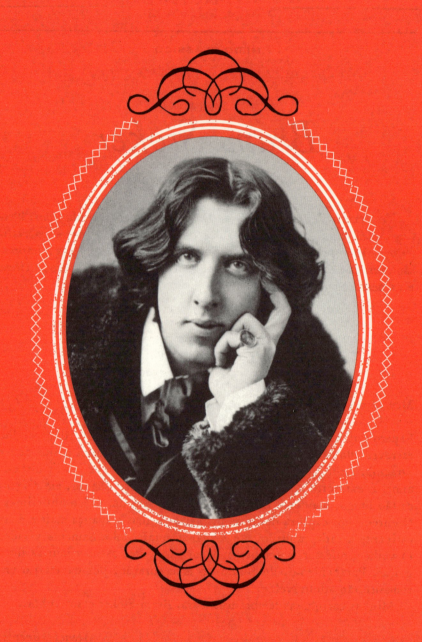

MEDO CLÁSSICO

OSCAR WILDE

PARA

Bram Stoker

A TRAJETÓRIA familiar, pessoal e profissional do irlandês Oscar Wilde atravessou a de Stoker desde a juventude. Nos tempos de colégio, Stoker frequentava a casa dos Wilde, onde encantava-se com as narrativas da poeta Lady Speranza, mãe de Oscar e uma das mais celebradas pesquisadoras do folclore irlandês. Wilde e Stoker estudaram no Trinity College, cortejaram a mesma mulher (que, preterindo Oscar, acabou se casando com Bram) e se mudaram para Londres, onde viriam a conhecer o sucesso nos palcos da cidade: Wilde, como autor de prestígio e Stoker, como gerente de um dos mais célebres teatros da capital. A relação íntima dos dois, motivo de especulação acadêmica, permanece envolta em mistério. Quando Wilde foi julgado e condenado à prisão, o silêncio de Stoker não passou despercebido, bem como sua deliberada omissão de Wilde na biografia que escreveu sobre o ator Henry Irving. O tom deste bilhete sugere uma amizade que talvez tenha sido preservada do escrutínio social e reservada apenas para a intimidade. Seja como for, é um documento que atesta o carinho de um dos maiores gênios da literatura com seu igualmente extraordinário conterrâneo.

MARÇO de 1889

Meu caro Bram,

Minha esposa não tem passado bem. Viajou para Brighton, onde ficara dez dias repousando. Mas ficarei muito feliz em ir jantar com você no dia 26.

Do seu,
Oscar Wilde

Drácula

MEDO CLÁSSICO
POSFÁCIO
LIÇÕES OCULTAS E MISTÉRIOS REVELADOS

Decodificando Drácula com Bram Stoker

BRAHAM "Bram" Stoker levou sete anos para completar aquela que viria a ser sua obra mais célebre; há sete anos, lancei-me em uma jornada de pesquisa que começou na Transilvânia, passou por Londres e Dublin, e culmina com a publicação deste *Drácula* na DarkSide. Ao longo de todo o percurso, Stoker esteve comigo — tão ou mais presente do que seu conde vampiro. Jantamos juntos em minha primeira noite na Romênia, cercados pelo excesso *kitsch* de um restaurante que acho que sequer existe mais; um buraco para turistas, onde se podia comer um bife à moda do conde, tomar vinho de procedência duvidosa e reconhecer óbvias alusões ao romance e suas mais populares adaptações cinematográficas. Um historiador da Universidade de Bucareste tentou desmistificar a identificação do conde vampiro com Vlad Tepes, mas Stoker e eu estávamos mais interessados no ambiente do que na conversa: as toalhas vermelhas, o brilho confiante da profusão de velas, as falsas manchas de sangue nas paredes, o acetinado sintético das imitações de pele animal nos tapetes. Ao fim do jantar, um senhor já avançado em anos percorreu o salão de candelabro em punho, fazendo as vezes de Drácula. Como a maioria dos intérpretes do conde, desde a estreia da versão cênica da obra na Broadway em 1927, sua encenação reproduzia uma melancólica caricatura de Béla Lugosi, repetindo frases seminais do romance com sotaque forçado. Nem Stoker nem eu conseguimos apurar a nacionalidade do sujeito que, embrulhado em uma capa preta, deslizava performático pelo restaurante com rosto empoado e falsas olheiras de maquiagem. Um pensamento, no entanto, não me saía da cabeça: tudo ao meu redor existe graças à cabeça prodigiosa desse irlandês que hoje, na intimidade, chamo apenas de Bram — mágico titereiro que transformou palavras inanimadas em ilusão de realidade. Quanto mais *Drácula* se assentava em mim enquanto ramo de pesquisa, rota de viagem e *raison d'être*, maior minha interlocução com Stoker. Em diálogo com ele, peguei aviões, escalei ruínas, visitei túmulos. Pisei manso em mosteiros, galopei rija a cavalo, desbravei castelos e experimentei comidas e bebidas (bastante) exóticas. E, quando precisei voltar para casa (pois até mesmo as mais errantes ciganas carecem de centro), me despedi em uma tarde de julho, diante de uma casa em Londres, contemplando na fachada uma placa azul onde se lia: "Bram Stoker, autor de *Drácula*, morou aqui". Agradeci por dentro, como fazemos diante de comoções insondáveis, e parti avisando que era possível que, nos próximos anos, eu precisasse trocar uma ideia com ele de vez em quando. "Todos os livros possuem lições embutidas em suas tramas, mas prefiro que os leitores as descubram sozinhos",[1]

admoestou ele. Não obstante, graças ao casamento inapelável da minha insistência de pesquisadora com sua generosidade falastrona de contador de histórias, conversamos bastante de 2011 para cá; diálogos imaginários, pactos feitos às pressas, enigmas decifrados em tom de conluio, pistas sussurradas em transes oníricos e, às vezes, conversas soltas, em confraria, em que a voz de Bram se perdia na algazarra interdisciplinar e intercontinental de outros pesquisadores que, devotos da literatura, ainda se encontram e bebem em seu nome.

A seguir, compartilho algumas lições que aprendi com Bram — e ofereço chaves para a solução de mistérios que rondam a gênese, a escrita e a publicação de *Drácula*, desde as anotações precursoras de seu autor até o lançamento oficial da icônica "edição amarela" em Londres, no dia 26 de maio de 1897.[2]

O début *de* Drácula

Fiel à sua natureza plural, *Drácula* coleciona várias datas de nascimento. Para alguns, a origem do

---

[1] Trecho de entrevista com Bram Stoker, feita por Jane Stoddard e publicada na *British Weekly* em 1º de julho de 1897.
[2] Não se sabe exatamente o dia, mas em 24 de maio de 1897, Stoker escreveu em carta para William Gladstone: "É com alegria que encaminho uma cópia de meu novo romance, *Drácula*, lançado agora no dia 26". (Ver Miller, Elizabeth. *Dracula: Sense and Nonsense*. UK: Desert Island Books, 2002).

conde vampiro se deu na manhã de 8 de março em 1890, quando Bram Stoker começou a colocar no papel o que viria a ser sua obra-prima.[3] Em geral, toma-se a data de sua publicação em Londres, sete anos mais tarde, como aniversário oficial do romance. No entanto, oito dias antes de ser publicado, *Drácula* estreou para o público... no teatro.

Às 10:15 da manhã, no dia 18 de maio de 1897, Bram Stoker deu início a uma leitura dramática de sua autoria chamada *Drácula ou O Desmorto*. O texto do romance, adaptado em cinco atos, foi apresentado no Lyceum Theatre em Londres, onde Stoker trabalhava como gerente desde 1878.[4] Funcionários do local e passantes curiosos foram os primeiros a ouvir a narrativa de Stoker, transformada em peça para assegurar publicamente seus direitos autorais sobre a obra. Assim, *Drácula* nasceu no teatro — e, de certa forma, foi gestado no teatro também.

A intimidade de Stoker com a atmosfera cênica desempenha um papel basilar no ritmo ágil do romance. Ao longo de sua carreira, Stoker pode não ter demonstrado dedicação exclusiva aos livros, mas, definitivamente, foi incansável operário dos palcos. Apesar de ter se tornado um prolífico autor de fantasia, seu compromisso com o Lyceum provou-se indissociável de sua vida pessoal e serviu de inspiração para que, nos momentos de folga, pudesse compor seu universo literário.

Ainda como crítico de peças em Dublin, Stoker chamou atenção do ator Henry Irving ao escrever uma resenha sobre *Hamlet*. Irving quis conhecê-lo pessoalmente e, a partir desse encontro, surgiu uma parceria que duraria até a morte do ator. Stoker, que na época trabalhava como funcionário no Castelo de Dublin, foi convidado a se mudar para Londres e gerenciar o novo teatro de Irving, o Lyceum.

---

3   É a data mais antiga encontrada nas anotações de Stoker e consiste em um esboço do que viria a ser a primeira parte do romance: a ida de Jonathan ao castelo de Drácula. Decifrando a letra praticamente ilegível de Bram, vemos que a ideia inicial era que a trama se passasse na Estíria. Jonathan, ainda sem nome, é chamado apenas como "o advogado", assim como o conde permanece identificado apenas pelo título de nobreza. Ao longo dos anos, Stoker viria a batizá-lo de conde Wampyr e, posteriormente, Drácula. (Ver Miller, Elizabeth e Eighteen-Bisang, Robert. *Bram Stoker's Notes for Dracula — A Facsimile Edition*. NY: McFarland & Company, 2008).

4   O Lyceum, cuja construção atual foi concebida pelo arquiteto Samuel Beazley e inaugurada em 14 de julho de 1834, é até hoje um dos teatros mais populares de Londres. Stoker trabalhou na casa por exatos vinte anos, de 1878 a 1898. Desde 1999, o teatro exibe apenas o musical *O Rei Leão*. Em homenagem ao centenário da morte de sir Henry Irving, em 2006, uma placa comemorativa foi inaugurada pelo ator sir Ian McKellen na fachada do teatro. Entre informações sobre o ator, lê-se: "Bram Stoker escreveu *Drácula* enquanto trabalhava no Lyceum, como gerente de Irving". Uma curiosidade: a placa foi doada pela The Edgar Allan Poe Society.

Ele partiu para a Inglaterra em dezembro de 1878, cinco dias após seu casamento com Florence Balcombe. Nos anos seguintes, tornou-se amigo pessoal, confidente, secretário, acompanhante e biógrafo do ator, além de homenageá-lo batizando seu filho único de Irving. Na tentativa perene de identificar uma possível inspiração real para o conde Drácula, alguns estudiosos distinguem no personagem traços incontestes da imponente presença dramática de Irving. Para Elizabeth Miller, a persona teatral de Irving — sobretudo nos grandes vilões — pode ter inspirado a caracterização do Drácula literário, mas ela ressalta a experiência de Stoker no teatro, de modo geral, como o aspecto mais pertinente para o romance.[5]

Durante a gestão de Irving, foram produzidas quarenta peças; dessas, onze eram de Shakespeare. A exposição contínua de Stoker ao texto do Bardo é perceptível em *Drácula*, em que encontramos citações da forma que foram adaptadas para as montagens do Lyceum, não como publicadas originalmente. Além de *Hamlet*, estudiosos detectaram no romance a influência de outras obras shakespearianas, como *Rei Lear*, *Macbeth* e *O Mercador de Veneza*.[6]

Se Stoker de fato vislumbrava uma carreira teatral para seu texto, jamais saberemos. Uma das inúmeras lendas urbanas que circulam nos bastidores anedóticos de *Drácula* relata que, após ouvir a leitura dramática conduzida por Stoker, Irving teria exclamado: "Péssimo!", destruindo qualquer esperança do autor de ter seu ídolo interpretando o conde no teatro.[7] O texto da leitura foi arquivado e, dias depois, ressurgiu como o romance que se mantém atual e vibrante até os dias de hoje.

Bram, no entanto, teria seu sonho teatral realizado no século XX, com a adaptação do romance para os palcos ingleses em

---

5 "O impacto biográfico mais importante na criação de *Drácula* resulta dos anos que Stoker passou [...] trabalhando com o famoso ator Irving. A influência do teatro em geral, assim como de peças específicas — sobretudo o *Fausto*, de Johann Wolfgang von Goethe e diversas do repertório de Shakespeare — não pode ser subestimada." Ver Miller, ibid., xvi.

6 Para Leatherdale: "Stoker era um homem de teatro até a raiz dos cabelos e *Drácula* é pontuado por elementos teatrais do início ao fim. Isso fica evidente não só no texto, mas na própria estrutura do romance. As quebras de capítulo, as idas e vindas dos personagens como movimentações cênicas; tudo aponta para um trabalho concebido tanto para o palco quanto para o papel". Ver Leatherdale, Clive. *Bram Stoker's Dracula Unearthed*. Westcliff-on-Sea: Desert Island Books, 1998.

7 A lenda surgiu em 1962, na pioneira biografia de Stoker, escrita por Harry Ludlam. O biógrafo alega ter ouvido a história do filho do próprio autor, Irving Noel Stoker. Ver Ludlam, Harry. *A Biography of Bram Stoker: Creator of Dracula*. Londres: New English Library, 1962.

1924 e depois na Broadway, em 1927.[8] Do teatro, *Drácula* migrou rapidamente para as telas e, século após século, continua a exercer sobre nós seu irresistível fascínio.

Desmorto no celeiro

Pensilvânia, Estados Unidos, início da década de 1980. Aproveitando uma manhã clara de sol, os herdeiros do colecionador Thomas Donaldson decidem fazer uma arrumação no celeiro da antiga propriedade da família, construída no século xix. O local, há anos negligenciado, encontra-se em estado deplorável. Enquanto vasculham o espaço, os familiares deparam-se com três misteriosos baús. Antigos, pesados e cobertos por uma espessa camada de poeira, parecem não ser manuseados há décadas — quiçá há mais de um século. Os baús são levados para a área externa da casa, para serem examinados à luz do dia. Em um deles, há um intrigante embrulho com um maço irregular de folhas soltas. São 541 páginas datilografadas, com inúmeros acréscimos feitos à tinta. Na primeira página, o autor escreveu à mão o título da obra, assinou seu nome e datou o documento: THE UN-DEAD, *by Bram Stoker, 1897*. Uma análise confirmou o que os estupefatos herdeiros suspeitavam: tratava-se do romance vampírico mais celebrado da literatura, ainda com o título inicial, que seria trocado de última hora, às vésperas da publicação.

Como o texto original de Bram Stoker, publicado na Inglaterra no século xix, foi parar em um celeiro nos Estados Unidos no século xx? Imagina-se que tenha sido pelas mãos do próprio Stoker, que o teria legado a Thomas Donaldson, mas não sabemos quando, onde ou o porquê. A teoria que corre à boca pequena, nos circuitos acadêmicos que alinhavam fofoca aos fatos, é que Donaldson garantira um local de estima no coração de Bram ao realizar um de seus maiores sonhos: ser apresentado pessoalmente ao poeta norte-americano Walt Whitman. O encontro se deu por intermédio de Donaldson, em uma das viagens de Stoker aos Estados Unidos.[9]

---

[8] A versão de Hamilton Deane estreou em Derby em agosto de 1924 e, após uma turnê de três anos pela Inglaterra, chegou aos palcos londrinos em fevereiro de 1927. No mesmo ano, uma nova versão, reescrita por John L. Balderston, debutou na Broadway, com Béla Lugosi interpretando Drácula e Edward Van Sloan, Van Helsing. Ambos repetiriam seus papéis na versão cinematográfica de 1931, dirigida por Tod Browning.

[9] É a história que nos contam Peter Haining e Peter Tremayne em *The Un-Dead: The Legend of Bram Stoker and Dracula*. Londres: Constable & Co., 1997. Stoker conheceu Whitman na casa de Donaldson em 1884 e, no ano seguinte, visitou o poeta em sua residência, também acompanhado por Donaldson.

Esse inesperado tesouro é a única cópia original existente de *Drácula*, minuciosamente corrigida, aperfeiçoada e editada pelo autor, cujas marcas de revisão estão presentes ao longo de todo o texto. Bram suprimiu alguns trechos, acrescentou outros e cortou e colou algumas folhas, inserindo remendos que alteram partes significativas da história: até mesmo o desfecho é diferente. Quinze linhas datilografadas aparecem cortadas à tinta, mas nos revelam que a intenção de Stoker era fazer com que o castelo de Drácula fosse destruído por uma espécie de cataclismo sobrenatural e, tragado pela terra, desaparecesse por completo. Analistas da cópia também distinguiram anotações feitas pelo irmão de Stoker, o médico William Thornley Stoker, que contribuiu com uma espécie de revisão técnica, orientando o irmão acerca dos procedimentos médicos que Van Helsing realiza na trama. Uma terceira caligrafia – provavelmente de um dos editores da Archibald & Co. – encarregou-se de correções gramaticais, feitas a lápis. O texto final é tido por alguns especialistas como um rascunho elaborado, devido ao excesso de anotações. Os autores Peter Haining e Peter Tremayne alegam que Stoker entregou essa cópia aos seus editores no dia 20 de maio de 1897; o fato de *Drácula* ter sido publicado apenas seis dias depois talvez justifique as inconsistências que encontramos no texto final.[10] Podemos apenas especular, mas, em algum momento dessa mágica semana, alguém trocou o título *The Un-Dead* para *Drácula*. Rebatizada com um título mais sonoro e instigante, a história do conde vampiro continua a ser impressa até hoje, cento e vinte e um anos depois.

Atualmente, a cópia integra a coleção particular de Paul G. Allen, um dos fundadores da Microsoft, que a adquiriu por 940 mil dólares em 2002. Entusiasta do gênero, Allen possui outras preciosidades da história cultural do horror, como a máscara original de Jason Voorhees em *Sexta-Feira*

---

[10] Tese defendida por Elizabeth Miller, que reconhece: "Existem incompatibilidades na grafia: *leiter-wagon/leiter-waggon* e *gipsies/gypsies*, por exemplo. [...] Van Helsing escreve da Antuérpia quando deveria estar em Amsterdã. Um registro informa que Drácula deixou o navio *Deméter* sob a forma de um cachorro, mas depois se torna um lobo. O lobo Bersicker salta com facilidade para dentro do quarto de Lucy, que fica no segundo andar. O cabelo de Lucy, descrito inicialmente como ‹dourado›, muda para preto. Mina é inexplicavelmente bilíngue ao traduzir a fala dos ciganos. Harker é citado como participante de uma reunião da qual foi excluído" (Miller, *Worshipping at the Shrine of St Bram*. Apresentação feita pela autora na International Conference on the Fantastic in the Arts, na Flórida, em março de 2001. Além das falhas no enredo, há equívocos históricos, sobretudo os que dizem respeito à história romena. No entanto, é preciso lembrar, como faz a autora no mesmo texto, "Stoker, afinal de contas, não estava escrevendo um tratado histórico; estava escrevendo um romance".

13 (1980) e o icônico machado usado por Jack Nicholson em *O Iluminado* (1980).

Drácula *e suas edições*

A primeira edição de *Drácula* foi lançada em maio de 1897 em Londres. O romance, envolto em uma conspícua capa amarelo-mostarda com letras vermelhas,[11] teve tiragem inicial de 3 mil cópias e logo atraiu o público vitoriano, embora não tenha sido um imediato sucesso de crítica. A despeito da curiosidade gerada por sua publicação, *Drácula* não transformou Bram Stoker instantaneamente em autor literário respeitado, tampouco rico. Relativizando o impacto do romance na vida financeira de seu autor, Elizabeth Miller é taxativa: "O melhor que se pode dizer sobre *Drácula* é que o livro não foi um fracasso".[12]

A imprensa londrina, no entanto, publicou algumas críticas bastante animadoras na época do lançamento. O *Daily News* apontou o viés sensacionalista da obra, mas reconheceu que "poucos romances recentes foram tão bem-sucedidos em inspirar horror por meio de sugestões tão sutis".[13] O *Daily Mail* exaltou o inegável talento literário de Bram Stoker, mas aconselhou leitores mais impressionáveis a não lerem *Drácula* à noite, alegando que "aqueles que se assustam com facilidade ou sofrem dos nervos devem restringir a leitura de páginas tão macabras às horas que se estendem do amanhecer ao pôr do sol".[14] Foi essa a opinião do *Pall Mall Gazette*, que declarou que o livro deveria vir com um aviso: "Apenas para os fortes".[15] Entusiasmada com as críticas positivas na imprensa londrina, Charlotte Stoker escreveu da Irlanda para seu filho: "Os jornais não estão exagerando nos elogios. Nenhum romance desde o *Frankenstein* da sra. Mary Shelley se iguala ao seu em termos de originalidade ou terror — Poe não chegou nem perto".[16] A mãe de Stoker não

---

11 *Drácula* teve mais três edições em 1897, uma em 1898, duas em 1899 e uma em 1904. A editora tratou cada nova tiragem como uma nova edição. A edição de 1904, chamada de "Oitava Edição", ganhou três novas capas: uma azul-escura com letras douradas e desenho floral vermelho, uma preta com letras douradas e desenho vermelho e uma vermelha com letras e desenho em azul-escuro.
12 Ver Miller, *Dracula: Sense and Nonsense*, 2002.
13 *The Daily News*, Londres, 27 de maio de 1897.
14 *The Daily Mail*, Londres, 1º de junho de 1897.
15 *Pall Mall Gazette*, Londres, 1º de junho de 1897.
16 Ver Ludlam, Harry. *A Biography of Bram Stoker, Creator of Dracula*. Londres: New English Library, 1962, p. 122 e, mais recentemente, a excelente biografia escrita por David Skal, *Something in The Blood: The Untold Story of Bram Stoker, The Man Who Wrote Dracula*. Londres: W.W. Norton & Co., 2016, p. 430.

foi a única a exaltar o talento do autor e sua habilidade para criar uma narrativa aterrorizante; sir Arthur Conan Doyle, o respeitado criador de Sherlock Holmes, não se conteve após a leitura do romance e enviou uma carta a Stoker, parabenizando-o por ter escrito "um romance admirável"[17].

O "romance admirável" logo seguiria carreira fora do Reino Unido. Além da chamada "edição colonial" (distribuída na Índia e nas colônias britânicas), Drácula foi traduzido para o húngaro em 1898, aportou em terras estadunidenses em 1899 e, finalmente, chegou à Islândia em 1901. No mesmo ano, o livro foi relançado na Inglaterra, com uma redução de aproximadamente 25 mil palavras do texto original. Ainda que as mudanças tenham contribuído para a correção de algumas imprecisões e acelerado o ritmo da narrativa, o romance reduzido perdeu a opulência, a intertextualidade e obsessiva atenção que Stoker dispensava à construção de seus personagens. Na versão condensada, por exemplo, o leitor não fica sabendo que a mulher de Van Helsing enlouqueceu ou que o casal perdeu seu único filho. A intenção era tornar o romance menor, mais barato e acessível ao público. Custando apenas seis pence, o Drácula mais enxuto ganhou capa mais simples, com ilustração do conde vampiro rastejando pela fachada do castelo, enquanto o intrigado Jonathan Harker o observa da janela.

A cada nova edição, o texto era modificado. É por isso que encontramos tantos Dráculas diferentes; editores, revisores e até mesmo tradutores podem escolher uma das versões ou combinar elementos de duas ou mais. Para o especialista Robert Eighteen-Bisang, existem quatro edições principais: a primeira londrina de 1897; a primeira nova-iorquina de 1899; a versão condensada de 1901; e a de 1912, já editada pela William Rider and Son, que adquiriu os direitos do romance em 1911. Nesta edição DarkSide, optamos por usar a versão completa, restituindo assim trechos e personagens cortados na versão condensada.

O percurso das edições de Drácula — e suas traduções — é uma seara de pesquisa tão vasta que alguns especialistas no

---

[17] Ver Miller, Elizabeth. *Bram Stoker's Dracula: A Documentary Journey into Vampire Country and The Dracula Phenomenon.* Nova York: Pegasus Books, 2009, p. 267. Em 1896, Doyle escreveu um conto de Holmes & Watson chamado "A Aventura do Vampiro de Sussex". A história, porém, só seria lançada em janeiro de 1924, como parte da coleção *The Case-Book of Sherlock Holmes*, publicada na revista londrina *The Strand*.

romance dedicam-se exclusivamente a explorá-la.[18] Em seu mais de um século de vida, *Drácula* foi traduzido para idiomas tão diversos quanto russo, tcheco, francês, holandês, alemão, italiano, espanhol, chinês, gaélico, finlandês, hebraico, grego, japonês, coreano, polonês, lituano, sueco, ucraniano e português. Curiosamente, a edição romena foi lançada apenas em 1990, com quase cem anos de atraso. Embora os romenos soubessem da existência do romance, o advento do regime comunista dificultou a circulação de livros estrangeiros no país. Em 1948, por exemplo, foi divulgada uma lista de livros proibidos, banindo oficialmente mais de dois mil autores — sobretudo os estrangeiros oriundos de países capitalistas. Quando Nicolae Ceaușescu assumiu o poder na década de 1960, houve uma relativa abertura e, nos anos seguintes, diversos clássicos foram finalmente traduzidos. Uma tradução de *Drácula*, feita na década de 1970, estava prestes a ser lançada quando o polêmico estudo de McNally e Florescu foi publicado em 1972. Em *In Search of Dracula*, os autores argumentam que Stoker usou Vlad Tepes como modelo para o conde Drácula, inspirado pela suposta crueldade do Dracula histórico. Supõe-se que o romance de Stoker — vítima do que o pesquisador Duncan Light define como um período de "nacionalismo paranoico" na Romênia — tenha sido proibido uma vez que, assim como muitos romenos, Ceaușescu defendia Vlad Tepes como herói nacional.[19]

Incentivados pelas descobertas de Hans de Roos, que traduziu a versão islandesa para o inglês e encontrou um romance completamente diferente do *Drácula* que conhecemos,[20] uma nova geração de pesquisadores empenha-se em escavações ainda mais profundas. Conhecendo a vitalidade de *Drácula* e a tenacidade de seus aficionados, não duvido que novas edições possam ser, literalmente, desenterradas nos próximos anos, graças ao trabalho arqueológico de infatigáveis bibliógrafos dracúleos.

---

18 Aos interessados, recomendo o valioso livro do italiano Simone Berni, *Dracula by Bram Stoker: The Mistery of the Early Editions*. Macerata: Bibliohaus, 2016.
19 Ver Light, Duncan. *The Dracula Dilemma: Tourism, Identity and the State in Romania*. UK: Routledge, 2016.
20 Ver Roos, Hans de. *Power of Darkness: The Lost Version of Dracula*. NY: The Overlook Press, 2017. A versão islandesa, chamada *Makt Myrkranna*, apresenta não apenas um texto bastante condensado, mas difere em diversos aspectos significativos da versão britânica. A trama, que inclui personagens inéditos, se passa primordialmente no castelo de Drácula, transferindo a ação para Londres apenas em seus derradeiros capítulos. A versão tornou-se referência importante para os pesquisadores de *Drácula* em 1986, quando o prefácio de Stoker para a edição islandesa foi publicado pela primeira vez em língua inglesa.

Rascunhos notáveis: as Notas de Bram Stoker

A maior e mais segura fonte de informações sobre o processo criativo de Stoker são as anotações feitas pelo próprio autor ao longo da composição de *Drácula*. Compradas pelo *Rosenbach Museum & Library* na Filadélfia em 1970, permaneceram durante décadas um material restrito aos afortunados que conseguiam autorização para consultá-las, armazenadas com manuscritos de dois patrícios de Stoker: Oscar Wilde e James Joyce. Em 1973, em uma visita ao museu em busca de um panfleto do século xv sobre o Dracula histórico, os pesquisadores Raymond McNally e Radu Florescu descobriram as notas, por acaso. Desde então, diversos especialistas as consultaram *in loco* e compartilharam trechos de seu conteúdo em artigos, livros e apresentações em congressos. Somente em 2008 as notas foram finalmente publicadas na íntegra, em luxuosa edição fac-símile, comentada e transcrita por Elizabeth Miller e Robert Eighteen-Bisang.

As Notas mostram que, durante o longo período de gestação do romance, Stoker mudou de ideia diversas vezes. Também fornecem pistas de suas leituras e fontes, referenciando autores lidos, recortes de jornal e até mesmo pesquisas de campo. Em Whitby, por exemplo, Stoker elaborou um glossário com gírias e expressões locais, anotou sua conversa com três pescadores da região, consultou registros de naufrágios e copiou diversos nomes encontrados nas lápides do cemitério que viria a se tornar um cenário marcante em *Drácula*. As notas documentam também o desastre da embarcação russa *Dimitry*, que aportou em Whitby em 1885 e que viria a se tornar a base para seu fictício navio *Deméter*.

Igualmente interessante é o processo de construção da trama e de seus personagens. Stoker planejava dividir o romance em quatro partes, com sete capítulos cada: "Rumo a Londres", "Tragédia", "Descoberta" e "Castigo". Alguns especialistas defendem que a proposta inicial de Stoker sugere a divisão de uma peça em quatro atos, o que reforça o argumento de que o autor tinha em mente uma posterior adaptação teatral de sua obra. Decifrando as notas, o leitor também descobre que alguns personagens desapareceram por completo, ao passo que outros tiveram traços e atributos combinados. Em seu rascunho inicial, Stoker incluiu: 1. Um advogado; 2. Assistente do advogado que viaja para Estíria; 3. Médico em um hospício, apaixonado por moça; 4. Paciente do médico;

tem uma teoria sobre vida eterna; 5. Historiador filosófico; 6. Moça, que morre; 7. Irmã cética do advogado; 8. Professor alemão de história; 9. Criado surdo e criada muda; empregados do conde em Londres; 10. Um detetive, inspetor de polícia. Pela lista, constatamos que os personagens que se tornariam Jonathan Harker, John Seward, Mina Murray, Renfield e Lucy Westenra estavam planejados desde o início, mas Van Helsing, por exemplo, nasceu da junção de três personagens: o historiador, o professor alemão e o detetive.[21]

Em anotação posterior, aparentemente criada em dois estágios diferentes, a lista aparece mais elaborada e os personagens ganham seus nomes definitivos. Van Helsing continua ausente e, mais tarde, assumirá múltipla função dramática: será médico, professor, advogado, doutor em Letras e atuará, em certa medida, como historiador, detetive e investigador paranormal.

    Médico do hospício — Seward
    Noiva do médico — Lucy Westenra — colega de colégio da srta. Murray
    Paciente do médico

    Advogado ~~John~~ Peter Hawkins — Exeter
    Seu assistente — Jonathan Harker
    Noiva do assistente — professora de crianças, Wilhelmina Murray (chamada de Mina)
    ~~Advogado~~
    ~~Irmã do advogado~~
    ~~Leiloeiro~~
    Amiga da noiva, colega de colégio, Kate Reed
    O conde — conde ~~Wampyr~~ Drácula
    ~~Criada surda-muda~~
    ~~Criado surdo~~
    Detetive — Cotford
    Investigador paranormal — Alfred Singleton
    ~~Inventor norte-americano do Texas~~
    Professor alemão — Max Windshoeffel
    Pintor — Francis Aytown
    Texano — Brutus M. Marix[22]

As notas também revelam quais livros Stoker consultou durante a concepção de *Drácula*, comprovando pelo menos três influências determinantes. A primeira é *The Book of Were-Wolves* (1865), o tratado sobre lobisomens escrito por Sabine Baring-Gould, do

---

21 Miller e Eighteen-Bisang. *Bram Stoker's Notes for Dracula — A Facsimile Edition*, p. 15. A lista é um pouco maior e inclui personagens secundários que também foram suprimidos da versão final, como agentes funerários.

22 Reprodução parcial da *Historiae Personae* elaborada por Stoker, com os cortes e substituições feitos pelo autor. Para a lista completa, ver Miller e Eighteen-Bisang, ibid., p. 27.

qual Stoker extraiu traços para seu animalesco vampiro.[23] Em entrevista ao *British Weekly* na ocasião do lançamento do romance, Stoker citou o autor ao revelar suas fontes na composição do vampiro: "Aprendi muito com o livro de lobisomens do senhor Baring-Gould. Ele prometeu um livro sobre vampiros, mas não sei se levou a ideia adiante".[24] Na ausência de um tratado sobre vampirismo abrangente como o de licantropia, Stoker deu ao conde Drácula traços e características que correspondem a uma representação do homem-lobo: caninos afiados, mãos grandes com palmas peludas, sobrancelhas que se unem sobre o nariz e a habilidade de se transformar em lobo, bem como de controlá-los. Outra influência basal foi o artigo de Emily Gerard, "Superstições da Transilvânia", publicado em 1885. Casada com um militar que assumira posto na região, a autora escocesa mudou-se para a Transilvânia com o marido e seus dois filhos e, posteriormente, registrou sua experiência em livro.[25] Entre os trechos de seu artigo aproveitados por Stoker estão as superstições relacionadas à véspera do Dia de São Jorge, as chamas azuladas que Harker avista no caminho para o castelo de Drácula, o uso apotropaico do alho, a diabólica Scholomance e a palavra "nosferatu". Por fim, o livro do cônsul britânico William Wilkinson,[26] no qual Stoker encontrou o nome Drácula, constitui outra fonte importante. Entre as notas, há uma página inteira composta por trechos datilografados da obra de Wilkinson, consultada por Stoker na Biblioteca Pública de Whitby em 1890.[27] Apesar da crença que perdura até os dias de hoje, a associação do Dracula real com o vampiro literário deu-se apenas pela sonoridade e significado do nome "Dracula" — não há nenhuma evidência de que Stoker tenha pesquisado a biografia de Vlad Tepes e decidido aproveitar o histórico sangrento do voivode na construção ficcional do seu conde.[28]

23 Baring-Gould, Sabine. *The Book of Were-wolves*. Londres: Smith, Elder & Co., 1865.
24 Miller, Elizabeth. *Bram Stoker's Dracula: A Documentary Journey into Vampire Country and The Dracula Phenomenon*. Nova York: Pegasus Books, 2009, p. 276.
25 Gerard, Emily. *The Land Beyond the Forest: Facts, Figures, and Fancies From Transylvania*. Nova York: Harper & Brothers, 1888.
26 Wilkinson, William. *An Account of the Principalities of Wallachia and Moldavia*, p. 19.
27 Ver Miller, ibid., p. 207.
28 Nos círculos acadêmicos, é quase "pecado" defender a associação intencional de Vlad Tepes com o Drácula de Stoker. No entanto, na cultura popular, eles continuam vinculados — sobretudo no cinema. Tanto o exuberante *Drácula de Bram Stoker* (dirigido por Francis Ford Coppola em 1992) quanto o inexpressivo *Dracula Untold* (dirigido por Gary Shore em 2014), por exemplo, combinam o Dracula histórico com o vampiro criado por Bram Stoker.

Os antepassados literários de Drácula

A imaginação humana concebeu os vampiros muito antes de eles se tornarem ancestrais literários de *Drácula*. As variações locais são múltiplas, mas existem relatos da crença vindos do Egito Antigo, da Grécia, da Rússia, de países orientais e inúmeras regiões europeias. O autor Clive Leatherdale assim explica a origem de um mito universal que permanece indestrutível entre nós, em pleno século XXI: "O conceito de vampirismo baseia-se em dois preceitos: a crença na vida após a morte e no poder mágico do sangue".[29]

As primeiras narrativas literárias europeias inspiradas pelos vampiros folclóricos datam do século XVIII. Entre os títulos inaugurais, destacam-se três obras alemãs: o poema *Der Vampir*, de Heinrich August Ossenfelder (1748); a balada *Lenore*, de Gottfried August Bürger (1773); e o poema *Die Braut von Korinth*, de Johann Wolfgang von Goethe (1797).

Embora o século seja pontuado por obras notáveis, o responsável pela maior contribuição à literatura vampírica oitocentista antes de *Drácula* foi o poeta lorde Byron. Em primeiro lugar, sua própria persona deu origem a um dos elementos fundamentais na caracterização do vampiro literário: o arquétipo do herói byroniano.[30] Em segundo lugar, seu poema *The Giaour* (1813) aborda diretamente o tema do vampirismo, inserindo-o com propriedade na literatura de língua inglesa. E, por fim, "O Vampiro" — obra reconhecida como inspiração para *Drácula* —, escrita por John Polidori, seu médico particular, baseada em um rascunho de Byron. Escrito em 1816,[31] mas publicado somente em 1819, o conto é influente por apresentar um vampiro aristocrata que se insere na sociedade

---

29 Leatherdale, Clive. *Dracula: The Novel and The Legend*. Northamptonshire: The Aquarian Press, 1985, p. 15.

30 O poeta londrino continua uma das figuras mais extraordinárias da literatura de língua inglesa. Iconoclasta, subversivo, amoral e sedutor, foi praticamente banido da Inglaterra, devido aos escândalos que colecionava. Além dos incontáveis casos com mulheres casadas, Byron foi acusado de manter um relacionamento sexual com sua própria irmã. Caroline Lamb, uma de suas amantes mais célebres, escreveu um *roman à clef* onde Byron surge mal disfarçado como lorde Ruthven. É dela a frase que mais bem define o arquétipo do herói byroniano: "*mad, bad and dangerous to know*". Curiosamente, Ruthven é o nome utilizado por Polidori para o vilão vampiro de seu conto. Estudiosos sugerem que a relação de Byron com Polidori foi bastante traumática para o jovem médico, que — assim como Caroline Lamb — usou a escrita ficcional como recurso terapêutico (e literária vingança).

31 "O Vampiro" nasceu na mesma noite que o *Frankenstein* de Mary Shelley. Hospedados na Villa Diodati, a mansão que lorde Byron alugara na Suíça, Percy Bysshe Shelley, sua namorada Mary (que ainda era Wollstonecraft Godwin, mas em breve se tornaria Mary Shelley), a meia-irmã de Mary, Claire Clairmont, John Polidori e Byron inventaram um concurso de histórias de horror. De todos os participantes, apenas Mary e Polidori concluíram os esboços rascunhados naquela noite.

inglesa, onde seduz e drena virtuosas mocinhas — antecipando o movimento de Drácula décadas mais tarde. Polidori, um jovem prodígio que se formou em medicina aos dezenove anos após escrever uma tese sobre sonambulismo, apagou-se à sombra de lorde Byron. Suicidou-se em Londres, aos vinte e cinco anos, deprimido e com dívidas de jogo.

No mesmo ano de 1816, *Christabel*, de Samuel Taylor Coleridge,[32] se tornaria outro marco na cronologia da literatura vampírica. O poema narra a história da jovem Christabel que, após sonhar que seu noivo corria perigo, sai pelos bosques à noite e encontra a misteriosa Geraldine. A moça, que lhe causa simultâneo terror e fascínio, é descrita como extraordinariamente bela, apesar de seus "olhos de serpente". Embora a palavra "vampiro" não seja mencionada, a caracterização de Geraldine dialoga com o folclore vampírico, assim como seu contato com Christabel subtrai as energias da moça, sugerindo um processo de vampirização.

Correndo por fora do cânone, os vampiros dos romances sensacionalistas também conquistaram o público vitoriano. O folhetim *Varney the Vampire; or, the Feast of Blood*, de James Malcolm Rymer, foi um *penny dreadful* de tremendo sucesso durante os anos em que foi comercializado em panfletos baratos que custavam — como explicita o próprio nome — apenas um *penny*. Publicado em livro pela primeira vez em 1847, é notável pelo seu tamanho colossal e pela introdução de um dos traços mais distintivos dos vampiros: os caninos afiados.

Traços animalescos como marcas de vilania também surgiram em *O Morro dos Ventos Uivantes*, o *tour de force* literário de Emily Brontë, publicado em 1847. Apesar de não ser propriamente uma obra de horror, o romance é permeado por acontecimentos aterrorizantes e tem em seu anti-herói, Heathcliff, um exemplo notável de monstruosidade. Violento e primitivo, com dentes afiados e uivos de lobo, Heathcliff drena a energia vital dos demais personagens. Em um trecho do romance, a criada Nelly Dean chega a cogitar se ele não seria, de fato, "um vampiro".

Outra reconhecida inspiração para *Drácula* é *The Mysterious Stranger*, conto publicado anonimamente em 1860.[33] Na trama, um nobre que habita um castelo nos Cárpatos ataca uma donzela vizinha, deixando marcas em seu pescoço. A moça enfraquece aos poucos, enquanto o conde Azzo von Klatka rejuvenesce. Assim como *Drácula*, o nobre é capaz de controlar lobos, não é visto

---

32 Coleridge, Samuel Taylor. *Christabel*. Londres: Dover Publications, 1992.
33 A identidade do autor foi posteriormente identificada. O conto, cujo título original em alemão é "Der Fremde", foi escrito por Karl Adolf von Wachsmann.

se alimentando e é encontrado dormindo no caixão em uma capela em ruínas no subsolo de seu castelo.

O conto "Carmilla" também guarda notáveis semelhanças com o romance de Bram Stoker. Inspirado pelo poema de Coleridge, foi publicado pelo autor irlandês Sheridan Le Fanu em 1872. Na trama, a heroína Laura e a vampira Carmilla ecoam como releituras finisseculares de Christabel e Geraldine. Tanto Christabel quanto Laura são nobres órfãs de mãe que moram com o pai em um castelo próximo a uma floresta. Ambas acolhem uma estranha de impactante beleza, ignorando augúrios sinistros, e são drenadas mental e fisicamente por um íntimo contato noturno do qual não se recordam com clareza no dia seguinte. Em "Carmilla", porém, a natureza vampírica do personagem-título é mais explícita. A obra também é referência notável por conter alguns elementos encontrados mais tarde em *Drácula*, como o uso da estaca para eliminar o morto-vivo, a presença de caçadores de vampiros (barão de Vordenburg e Abraham Van Helsing, respectivamente) e o ataque do vampiro sob a forma animal (Carmilla se transforma em grande felino negro). As semelhanças comprovam a dívida de Bram com Fanu — e de ambos com o folclore do Leste Europeu.[34]

Por fim, a afinidade temática de *O Retrato de Dorian Gray* (1890) com o vampirismo levou estudiosos a conjecturar a influência do romance de Oscar Wilde em *Drácula*. Não é difícil imaginar o motivo: ambos romances versam sobre energia vital, perecimento, envelhecimento interrompido, imortalidade, narcisismo e angústia de uma não imagem. A vida pessoal e profissional de Stoker cruzou diversas vezes com a de Wilde,

---

34 Talvez a maior evidência da influência de "Carmilla" esteja fora de *Drácula*, em "O Hóspede de Drácula", publicado postumamente em 1914 (e incluído nesta edição brasileira). No conto, um inglês anônimo vaga por Munique em plena *Walpurgis Night*, antes de seguir para o castelo de Drácula na Transilvânia. Durante a temerária noite, ele se embrenha na floresta, é seguido por uma presença misteriosa e encontra uma vampira loira adormecida em seu túmulo. A vampira, assim como Carmilla (cujo nome verdadeiro é condessa Mircalla Karnstein), é identificada em sua lápide como nobre: condessa Dolingen de Gratz, morta na Estíria — o mesmo local usado por Le Fanu em sua obra. Pelas suas anotações, atualmente publicadas, sabemos que Bram Stoker cogitou a Estíria como morada do conde Drácula, antes de optar em definitivo pela Transilvânia. O conto, segundo a viúva de Stoker um episódio de *Drácula* eliminado pelos editores devido à extensão do romance, embora apresente elementos encontrados na versão final da obra, tem estilo absolutamente diferente do tom do romance — alguns diriam até mesmo incompatível. Outras referências do "Hóspede" no texto final de *Drácula* indicam que Stoker em algum momento pretendeu aproveitar o material, mas acabou desistindo. É possível que o tenha concebido apenas como um conto mesmo.

sem que os dois jamais tenham sido amigos íntimos.[35] No entanto, em termos literários, há um indiscutível diálogo entre suas obras. David J. Skal chama atenção para as semelhanças:

> Wilde e Stoker apresentam um conjunto fascinante de sustentáculos vitorianos, espelhos duplicados em órbitas recíprocas desconfortáveis. [...] Ambos escreveriam uma obra-prima de ficção macabra retratando protagonistas arquetípicos que permanecem sobrenaturalmente jovens drenando a força vital de inocentes. Ambos tinham atração por temas de duplos, máscaras e fronteiras em geral.[36]

Assim como a de Dorian, a monstruosidade de Drácula sugere um horror *moral*. A aparência do vampiro pode ser apolínea, mas seu ritual é sempre dionisíaco. A própria rotina alimentar do vampiro é feita de *sparágmos*, como nos antigos cultos a Dionísio. Omofagia e oferenda de sangue; orgia e fusão pagãs. Para ser assustadora, a aparência impecável do vampiro precisa trair uma impiedosa amoralidade. Os traços animalescos e as próprias metamorfoses servem para nos lembrar que o vampiro não é humano. Historicamente sedutores, eles enfeitiçam pelo olhar. Altivos, nobres, elegantes, transformam-se em morcegos, ratos ou lobos para que possamos lembrar que estamos diante do indomável. O vampiro vitoriano apavora porque não pode ser domesticado e, por contágio, acaba despertando o primitivo em suas vítimas. A natureza predadora do vampiro é uma lembrança de nossa própria animalidade reprimida. O triunfo de Drácula é o triunfo da natureza sobre a sociedade civilizada e a mente racional do século XIX. Enquanto invasor estrangeiro que fecha o cerco contra o doméstico, precisa ser aniquilado para a restituição da ordem.

Drácula, porém, foi derrotado — mas, como veremos a seguir, não foi *destruído*.

---

35 Além de conterrâneos e estudar no mesmo colégio, outro vínculo entre Stoker e Wilde foi Florence Balcombe, que veio a se tornar esposa de Stoker. Considerada uma das moças mais bonitas de Dublin, Florence fora namorada de Wilde durante dois anos. Wilde se ressentiu com o casamento deles, mas não perdeu contato com Florence, mandando cartas, flores e até mesmo edições de dois de seus livros, com dedicatórias. Quando jovem, Stoker manteve um relacionamento amistoso com a mãe de Wilde, notória estudiosa do folclore irlandês, mas não se sabe muito sobre sua relação com o próprio Oscar. Ainda que não fossem amigos, certamente Stoker tinha conhecimento das obras e da reputação artística de Wilde. Por esse motivo, muitos estudiosos questionam o silêncio de Stoker durante o período em que Wilde foi julgado, condenado e preso em 1890. O autor David J. Skal analisa com profundidade a relação dos dois em sua biografia de Stoker, *Something in The Blood: The Untold Story of Bram Stoker, The Man Who Wrote Dracula*. Londres: W.W. Norton & Co., 2017.

36 Skal, David J. *Hollywood Gothic: The Tangled Web of Dracula from Novel to Stage and Screen*, p. 60.

O legado literário de Drácula*:*
diálogos e dissidências

O processo de evolução literária da caracterização vampírica é, antes de tudo, um processo didático. O que lorde Byron insinuou, John Polidori tornou flagrante. James Malcom Rymer, não querendo deixar dúvidas, deu ao seu vampiro os dentes pontiagudos que nos séculos posteriores seriam a epítome de sua caracterização. Bram Stoker o fez ainda mais animalesco: seu vampiro era tão evoluído que *involuía* para atacar suas vítimas. Surge o vampiro-morcego, ampliando o temor causado pelo morcego-vampiro — animal inofensivo que, subitamente, foi eleito embaixador de Drácula no mundo natural.

Na primeira grande retomada da literatura de vampiros do século xx, Anne Rice criou o vampiro filosófico em *Entrevista com o Vampiro* (1976).[37] Mais humanos, belos e existencialistas, os vampiros de Rice atravessaram a largos passos a fronteira que os alijava num reino antagônico ao dos humanos, removendo o rótulo de monstruosidade que até então os classificara. Continuavam cativos de carne e sangue; mas, enquanto as criaturas grotescas da era vitoriana eram forçadas a perpetuar sua maldição alimentando-se obrigatoriamente de seres vivos, o vampiro do século xx conquistou relativo livre-arbítrio. Encontramos na literatura de Rice, por exemplo, representações multidimensionais do vampirismo, refletidas no comportamento e nas escolhas de três vampiros construídos de maneira bastante distinta: Lestat, Louis e Claudia. A ficção de Rice também foi marcante ao estabelecer o vampiro como entidade marginal e rebelde. Ao contrário do conde Drácula, concebido em uma época na qual pertencimento e aderência às normas vigentes eram valores desejáveis e indispensáveis para inserção social, o vampiro da década de 1970 é admirado justamente por estar à margem, por ser diferente e por ousar um comportamento por vezes incompatível com rígidos imperativos morais. O vampiro *outsider* de Rice não só possui livre-arbítrio: possui também a liberdade de agir de maneira imprevisível. Essa imprevisibilidade reforça o inato caráter transgressor do vampiro, ditado pela sua própria liminaridade. Vivo e morto, animal e homem, jovem e velho — o vampiro recusa encaixar-se em uma única categoria, o que faculta mobilidade para transitar por todas. Contudo, nenhum vampiro é igual. Em

---

[37] Outras obras de destaque do século xx incluem *Senhorita Christina* (1936), de Mircea Eliade, *Eu sou a Lenda* (1954), de Richard Matheson, *Salem* (1975), de Stephen King, *The Dracula Tape* (1975), de Fred Saberhagen, *Fome de Viver* (1981), de Whitley Strieber e *Anno Dracula* (1992), de Kim Newman.

busca de identidade, o vampiro resiste ao encaixe em um padrão, reafirmando cada vez mais sua singularidade. Talvez a grande mudança na concepção dos vampiros literários, do século XIX aos dias de hoje, esteja no fim da generalização do vampiro, que deixou de ser encarado como espécie e tornou-se indivíduo.

A década de 1980 trouxe o vampiro sensual, erótico. Na década de 1990, o vampiro podia, literalmente, ser seu vizinho, seu melhor amigo, seu cônjuge — é a década do *undead next door*. Quando os vampiros pareciam ter se reduzido a um confuso amálgama que reunia o dândi, o rato e o vampiro *pop star*, a segunda retomada apresentou uma criação inédita nos anos 2000: o vampiro que praticamente não é vampiro, como os da saga *Crepúsculo* (2005-2008).[38]

Os vampiros de *Crepúsculo* não têm presas, não atacam humanos, alimentam-se de animais e cursam o segundo grau eternamente. São descritos como belos e atraentes, dirigem carros caros e moram em uma mansão com paredes de vidro. Cada vampiro tem uma habilidade: superforça, clarividência, telepatia. É uma espécie de Liga da Justiça do além-túmulo. O herói Edward mantem-se casto, repreendendo a mocinha por seus avanços sexuais. A ausência de erotismo é mais um fator de neutralização do animalesco na figura do vampiro. Em suma, não há sexo, não há sangue, não há perigo. O vampirismo torna-se uma questão secundária: *Crepúsculo* é uma utopia sobre a beleza eterna, imaculada pela nódoa do tempo, a decrepitude da velhice e a putrefação da morte. Ao contrário de Drácula, descrito no romance como uma criatura repulsiva, com caninos protuberantes, pelos nas mãos e mau hálito, Edward é um tributo à mais prístina perfeição. O entusiasmo da protagonista Bella por ele é tão obsessivo que nenhuma aparição ou menção do personagem surge desacompanhada de descrições de sua aparência: "deus grego", "Adônis esculpido", "absurdamente lindo", "incandescente", "peitoral perfeitamente musculoso", "cílios cintilantes", "estátua perfeita, brilhando como um cristal", "lindo demais para ser real", "lábios impecáveis". Os vampiros da casa de vidro evocam a experiência estética da natureza controlada em um jardim zoológico. Assim como no zoo, os animais selvagens não mais exibem o comportamento predatório inerente a sua natureza. São itens

---

38 Nos anos 2000, outros lançamentos relevantes para a literatura vampírica incluem o sueco *Låt Den Rätte Komma In*, de John Ajvide Lindqvist (2004), *O Historiador*, de Elizabeth Kostova (2005), *Fangland*, de John Marks (2007), e a continuação "oficial" de *Drácula*, escrita por Dacre Stoker, sobrinho-neto de Bram, *Drácula, o Morto-Vivo* (2009). Digna de nota é a série *The Southern Vampire Mysteries*, de Charlaine Harris, composta por treze romances. A obra de Harris deu origem ao seriado *True Blood*, da HBO (2008-2014), uma alternativa contemporânea ao vampirismo frígido da saga *Crepúsculo*.

de coleção, domados e descaracterizados, submissos ao olhar estetizante do leitor/espectador. Da crueza pagã embutida nas narrativas dos séculos XVIII e XIX à higienização mórmon do horror ctônico, houve um fenômeno de esterilização do monstruoso na literatura vampírica — mas, por sorte, não durou muito. Logo o vampiro demasiado humano despertou incômodo em seus leitores e, seja por apego à tradição, seja por estratégia compensatória, favoreceu o retorno do vampiro vitoriano: assustador, monstruoso, animalesco. Toda sedução vampírica precisa de um elemento de perigo para provocar respostas sensoriais mais intensas; Bram sempre soube disso e não entende por que esquecemos uma equação que lhe parece tão simples.

Da fantasmagórica Geraldine, com seus olhos de serpente ao galã asséptico, a literatura vampírica fez longa e improvável jornada. A criatura folclórica saiu do caixão descerebrada e faminta, uma figura quase indistinta do zumbi e, conduzido por poetas e romancistas, fez sua estreia na literatura de língua inglesa em trajes de gala. O vampiro tornou-se culto, dândi, aristocrata. Por vezes, assumiu uma forma feminina voraz, drenando donzelas em castelos no Leste Europeu. Foi para o teatro, de onde seguiu confiante para o cinema; Max Schreck nos deu o vampiro mais cru de todos: ancião, rato, portador-da-Peste. Já Béla Lugosi o fez sofisticado e Christopher Lee, demoníaco. *Drácula* inspirou balés, óperas, quadrinhos, séries televisivas, novelas e até mesmo roteiros turísticos. A onipresença do conde de vez em quando parece ameaçada, mas ele sempre retorna, triunfante. Afinal, vampiros são imortais, mas apenas Drácula é eterno.

Enquanto escrevo estas linhas de madrugada, *Drácula* comemora exatamente cento e vinte e um anos de publicação. Às vezes, sinto como se tivesse estado com Bram desde o início, quando ele rascunhou suas primeiras anotações; como se eu fosse uma espécie de espectro de tempos vindouros, um fantasma do futuro, pairando curiosa sobre seus ombros, ouvindo o ruído seco do lápis no papel. Hoje, não sei se por cumplicidade ou um ideal simétrico de retribuição, sinto ele aqui comigo enquanto finalizo este posfácio, acompanhando pacientemente o som elegante dos meus dedos no teclado.

Drácula atravessou séculos e continentes, mas encontrou enfim um destino. Aprendi com uma amiga recente que existe uma diferença crucial entre refúgio e abrigo: refúgio pressupõe fuga, perseguição. Abrigo sinaliza acolhimento, abraço, morada. Digo a Bram que a DarkSide é o melhor abrigo para sua obra, que estou finalmente conduzindo *Drácula* para um lar.

Ele não diz nada, apenas sorri. Ele tem certeza.

Marcia Heloisa
Rio de Janeiro, *maio de 2018*

Drácula

MEDO CLÁSSICO

A SOMBRA DO VAMPIRO

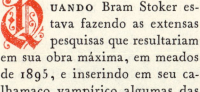

QUANDO Bram Stoker estava fazendo as extensas pesquisas que resultariam em sua obra máxima, em meados de 1895, e inserindo em seu calhamaço vampírico algumas das invenções tecnológicas que confirmavam a Inglaterra como um dos países mais industrializados do século XIX, estava surgindo na Europa continental uma nova forma de entretenimento que não apenas se tornaria um fenômeno de massa sem precedentes, como também seria determinante para imortalizar a criação do escritor irlandês: o cinema.

O primeiro filme de terror realizado no mundo, um curta-metragem francês de três minutos chamado *Le Manoir du Diable*, feito pelo mágico Georges Méliès em 1896, mostra um Mefistófeles que tem a capacidade de se transformar em morcego, invoca diversos seres sobrenaturais de um enorme caldeirão e no final é derrotado por um rival que empunha um crucifixo. Tais características também sugerem que nascia ali o filme de vampiro, ou pelo menos trazia alguns dos clichês que ao longo das próximas décadas seriam exaustivamente repetidos nas histórias do monstro imortal que naquele momento monopolizava os interesses de Stoker.

Drácula sequer havia sido lançado ainda (o livro foi publicado um ano depois do filme de Méliès), e uma adaptação para as telas surgiria somente duas décadas depois (e de maneira ilegal, não autorizada; abordaremos isso mais adiante); de fato, o escritor nunca veria uma versão de sua criação para outra mídia — Bram Stoker morreu em 1912, aos 64 anos — e seriam os palcos de teatro, e não as telas de cinema, a ferramenta decisiva para injetar sangue fresco e juventude no conde vampiro.

O ator e dramaturgo Hamilton Deane, também irlandês de origem, foi quem primeiro levou ao teatro a história de Drácula, ao adquirir com Florence

Balcombe, a viúva de Stoker, os direitos de adaptação em 1924. Foi ele quem reimaginou a figura do conde vampiro como um aristocrata sofisticado, sedutor, impecavelmente vestido e com modos cavalheirescos; o formato era muito mais adequado aos melodramas teatrais da época, e tornava mais plausível o convívio do vampiro em meio à elegante e educada sociedade londrina. A mudança se mostraria crucial, e seriam raras as ocasiões em que Drácula voltaria a ser retratado como Stoker originalmente o concebeu, como uma criatura repelente e cadavérica.

A produção de Deane excursionou pelo interior da Grã-Bretanha durante três anos e chegou a Londres em 1927, com o autor e ator assumindo no palco o papel de Van Helsing, que tinha muito mais diálogos e tempo em cena em comparação ao monstro do título. Levada à Nova York naquele mesmo ano, a peça foi totalmente reescrita pelo jornalista, roteirista e dramaturgo John L. Balderston para estrear nos palcos da Broadway pelo produtor Horace Liveright, e protagonizada pelo ator austro-húngaro Béla Lugosi, que alegava ter fugido de seu país natal devido a perseguições políticas. A peça foi um enorme sucesso e era somente questão de tempo até a história chegar também às telas de cinema.

DRÁCULA *dos estúdios Universal:
a casa de Béla Lugosi*

Drácula, produzido pelos estúdios Universal em 1931, foi a primeira adaptação oficial para as telas do conde vampiro criado por Bram Stoker. O enorme sucesso da película deu origem a um ciclo de filmes de monstros em Hollywood que se estendeu por mais de quinze anos. Dirigido por Tod Browning, um veterano vindo do cinema mudo, *Drácula* foi protagonizado por Béla Lugosi, já devidamente familiarizado com o personagem nos palcos — mas ele não era a primeira opção para o papel. O preferido do diretor era Lon Chaney, astro de vários de seus filmes, mas o ator — conhecido como "o homem das mil faces" pela capacidade de se transformar fisicamente por meio de truques de maquiagem que ele mesmo criava — faleceu vítima de um câncer pouco antes de iniciarem as filmagens.

O roteiro segue mais a versão teatral, assinada por Hamilton Deane e John L. Balderston, e não tanto o romance de Bram Stoker, embora os estúdios Universal tenham adquirido os direitos de adaptação tanto da peça quanto do livro. A decisão de filmar a versão simplificada para os palcos foi tomada, em parte, devido à crise econômica provocada pela Grande Depressão, que ainda impactava a sociedade norte-americana naquele momento. Com ambientação contemporânea — podemos rapidamente ver automóveis nas ruas em algumas cenas externas —, o filme tranquilamente se passaria no final do século XIX, principalmente a primeira metade, que transcorre nos ermos do Leste Europeu.

Começa com a viagem de Renfield (Dwight Frye) rumo a Bistrita, na Transilvânia, onde vai se encontrar com o conde Drácula (Béla Lugosi) para tratar do arrendamento da abadia de Carfax. O filme se apressa em apresentar nos primeiros minutos toda a mitologia de Drácula e suas três esposas que vivem no castelo: são vampiros que se transformam em morcegos e lobos e abandonam seus caixões à noite para se alimentar do sangue dos vivos, conta a Renfield um assustado aldeão. A fantasmagórica viagem de carruagem do desfiladeiro de Borgo ao castelo, quando Renfield percebe que a carruagem é conduzida por um morcego, é um dos momentos mais espetaculares. A cenografia colossal do castelo em ruínas, com longas escadarias e teias de aranha, é impressionante.

A aparição do conde vampiro também é antológica: "Eu sou... Drácula. Eu lhe dou as boas-vindas", seguida por outras frases memoráveis, como quando se delicia com o uivo de lobos dizendo "Ouça-as... as crianças da noite. Que música elas compõem!", e ensina sobre a natureza de predador e presa, alertando que "A aranha tece sua teia para pegar a mosca incauta. O sangue é vida, sr. Renfield". A mais famosa de todas não constava no livro nem na peça, e foi criada para o filme — ao recusar o convite para acompanhar Renfield na bebida, Drácula justifica: "Eu nunca bebo... vinho".

O que o filme oferece em atmosfera gótica, deixa a desejar em mostração: muitas cenas deixam clara sua origem teatral, e alguns dos melhores momentos — a transformação em lobo, o sonho de Mina com o vampiro em forma de névoa em seu quarto, Drácula abrindo uma veia de seu braço e dando seu sangue para Mina beber — são descritas pelos personagens, mas jamais mostradas. Mesmo os precários efeitos visuais da época eram inventivos o bastante para traduzir em imagens esses relatos. Essas falhas são compensadas pelas breves cenas do *Vesta*, o navio fretado por Drácula para sua viagem à Inglaterra, e que termina com uma tomada antológica de Renfield enlouquecido e toda a tripulação morta pelo conde vampiro. Os primeiros vinte minutos (do total de 74 de projeção) são essa espécie de prólogo estendido.

Alguns personagens são condensados, invertidos ou têm suas relações alteradas em relação ao romance: o dr. Seward (Herbert Bunston), médico do sanatório onde Renfield é internado (o qual, por coincidência, fica ao lado da abadia de Carfax), é pai de Mina (Helen Chandler), noiva de John Harker (David Manners). Renfield e Harker não se conhecem; no romance, eles são colegas de trabalho.

Drácula abusa do hipnotismo (um recurso muito comum no teatro da época), não tem dentes pontiagudos — as marcas de mordida são apenas mencionadas, nunca mostradas — e traja um impecável smoking, com capa e cartola. O vampiro só ataca mulheres, porque os produtores temiam passar uma imagem homoerótica com Lugosi mordendo homens. E, o mais curioso, Helen Chandler se torna a primeira imitadora do sotaque peculiar de Béla Lugosi, em uma cena em que caçoa do fascínio de sua amiga Lucy pelo excêntrico nobre transilvano. Nas décadas seguintes, imitar a maneira pitoresca de Lugosi falar se tornaria uma brincadeira quase inevitável (até Gary Oldman faz isso na refilmagem de 1992).

O grande inimigo do vampiro, Van Helsing (Edward Van Sloan), aparece apenas na segunda metade, tentando provar que a superstição de ontem é a evidência científica dos tempos atuais. Ele usa *wolfsbane* (mata-lobos, ou acônito) para repelir o monstro e filosofa que "A força do vampiro é que as pessoas não acreditem nele", talvez uma referência a Baudelaire e sua fala sobre a astúcia do Diabo. O filme termina com Van Helsing dizendo que "Drácula está morto para sempre". Ele nunca esteve tão errado.

A exemplo de outros filmes hollywoodianos dos primórdios do cinema sonoro, foi filmada uma versão em outra língua — neste caso, em espanhol — de *Drácula* nos mesmos cenários, mas com diretor e elenco diferentes. A versão hispânica é meia hora mais longa e tem muitas soluções visuais mais interessantes do que a original — por exemplo, sempre que Drácula (Carlos Villar, ou Villarías) sai de seu caixão, ele se materializa a partir de uma névoa espessa. Há também um elemento erótico mais evidente — especialmente a interpretação de Lupita Tovar como Eva Seward —, e as marcas no pescoço das vítimas são mostradas em detalhe.

O inesperado sucesso cinematográfico reacendeu o interesse pela peça de Deane-Balderston, que passou a ser encenada de maneira quase que ininterrupta por companhias menores por toda a América. No cinema, as continuações de *Drácula* chegaram em seu devido momento, começando com *A Filha de Drácula* (1936), que traz de volta Edward Van Sloan no papel de Van Helsing e começa com o professor sendo flagrado pela polícia quando cravava uma estaca no coração de Drácula. Depois veio *O Filho de Drácula* (1943), estrelado por Lon Chaney Jr. como conde Alucard ("Drácula" de trás para a frente), cuja trama contemporânea é ambientada em uma cidadezinha dos Estados Unidos. A saga de Drácula nos filmes da Universal prosseguiu em produções cada vez mais modestas, culminando na dobradinha *A Mansão de Frankenstein* (1944) e *Retiro de Drácula* (1945), com John Carradine assumindo o papel do vampiro ostentando um vistoso bigode, mais fiel à descrição de Stoker. Os filmes promoviam uma grande reunião dos monstros do estúdio — Drácula, Frankenstein, Lobisomem, cientistas loucos e corcundas — e não conseguiam disfarçar certa infantilização da fórmula. Na verdade, estava se tornando ridículo — tanto que a última aparição nas telas aconteceu em *Às Voltas com Fantasmas* (1948), comédia abestalhada da dupla Abbott e Costello que traz Béla Lugosi pela segunda e última vez no papel de Drácula. O riso é amargo diante da indignidade que o outrora imponente vampiro transilvano é submetido.

O renascer na Universal: o Drácula de Frank Langella

A peça de Deane-Balderston voltou a gozar de imenso sucesso na Broadway em 1977, com uma versão renovada — e assumidamente *kitsch* — com direção de arte e figurinos de Edward Gorey e estrelada por Frank Langella. Para valorizar a presença do astro, a peça foi parcialmente reescrita, aumentando seu tempo em cena e oferecendo muito mais diálogos para o vampiro. O sucesso nos palcos — chegando a quase mil apresentações — inspirou uma nova adaptação às telas, que tratou de aproveitar a popularidade em alta de Frank Langella — o filme, lançado em 1979, foi produzido pela Universal Pictures e teve direção de John Badham, rodado em estúdios em Londres e em locações na Cornualha. Começa em alta intensidade, com uma climática cena de tempestade a bordo do navio *Deméter*, o qual leva Drácula para Whitby, Yorkshire, onde ele comprou a abadia de Carfax. A primeira aparição do conde é na forma de um lobo, matando a tripulação do navio e fugindo em meio aos escombros do naufrágio.

Os nomes das protagonistas femininas estão invertidos nessa versão: Lucy, filha do dr. Jack Seward (Donald Pleasence), é noiva de Jonathan Harker, e sua amiga é Mina Van Helsing, de saúde frágil, que se hospeda na casa dos Seward para se recuperar e é quem primeiro avista o naufrágio. Milo Renfield é um empregado de Drácula e rival de Harker. Drácula se transforma em morcego — um de verdade, não os fajutos de borracha dos filmes anteriores — e ataca Renfield, que se torna seu escravo mental.

O filme tem ambientação de época, em meados da década de

1920, incluindo invenções modernas, como automóveis. Entre as cenas impressionantes está Drácula descendo de ponta-cabeça pela parede. Quando o vampiro invade o quarto de Mina, ela se entrega voluntariamente a ele, uma cena de clara conotação erótica e de natureza mais romântica; isso se deve à influência da sexualidade mais evidente dos filmes da Hammer. Na manhã seguinte, quando Mina morre asfixiada, o dr. Seward manda chamar o pai da moça, Abraham Van Helsing (Laurence Olivier), que vem de Amsterdã, na Holanda, e descobre que estão sob ataques de um vampiro.

O filme tem cenas espetaculares e mais explícitas do que as versões anteriores para as telas: depois de invadir o quarto de Lucy (materializado da névoa), Drácula faz sexo com ela, bebe seu sangue, corta uma veia em seu próprio peito e lhe dá de beber. Esse momento e a sequência do jantar de Drácula e Lucy — evocando "A Bela e a Fera", com seu palácio de fantasia todo iluminado a velas — seriam parcialmente recriados na versão de Francis Ford Coppola, em 1992, talvez a mais celebrada de todas, mas não a mais fiel, como veremos mais tarde.

Nosferatu, *ou* O Lobisomem

Quando falamos em *fidelidade* à obra original, devemos considerar o significado desse termo. Se a ideia é ser fiel aos acontecimentos e diálogos que constam no livro, inúmeros filmes os replicaram em maior ou menor medida, mas se pensarmos na *essência* do romance e suas principais implicações — principalmente no que se refere ao clima de horror — a produção alemã *Nosferatu* (1922), de F.W. Murnau, talvez seja o filme que mais bem traduziu em imagens o sufocante romance vampírico de Bram Stoker. E, ironicamente, foi uma adaptação não autorizada, que acabou levando ao tribunal os responsáveis pela empreitada.

Realizado por um dos maiores gênios do expressionismo alemão, e um dos diretores mais influentes da arte filmada, *Nosferatu* acabou se tornando a obra mais conhecida da vasta filmografia de Murnau, mas por pouco não caiu no esquecimento histórico — e isso fatalmente teria acontecido se a justiça dos tribunais tivesse sido tão eficiente quanto normalmente se espera que seja. Realizado à revelia de Florence, viúva de Bram Stoker e detentora do espólio do escritor (morto uma década antes), o filme chegou ao conhecimento dela por meio de uma carta anônima. A mulher, que enfrentava dificuldades financeiras na época, processou os produtores da empresa Prana Film, e a decisão final do tribunal veio somente depois de três extenuantes anos, em julho de 1925, determinando que todas as cópias do filme e os negativos da câmera fossem destruídos. No entanto, enquanto a sentença não era executada, os cineastas conseguiram vender cópias da obra e enviaram o negativo para o exterior, o que possibilitou a imortalidade de *Nosferatu*.

Lançado originalmente em 1922, na Alemanha, o filme se espalhou por outros países nos anos seguinte, e estreou no Brasil em julho de 1929, com o título *O Lobisomem*. O inusitado nome brasileiro — aparentemente uma confusão entre diferentes monstros — nos tempos modernos costuma ser tratado com deboche e como exemplo da incapacidade dos distribuidores nacionais para dar títulos adequados a filmes estrangeiros, mas talvez seja mais interessante como um indício do quanto a obra de Murnau era inovadora e abordava um tema ainda inédito nas telas. Primeiro de tudo, o próprio folclore do vampiro o define como uma criatura capaz de se transformar em lobo; portanto, também um lobisomem. E, segundo e mais importante, *Nosferatu* não se assumia como uma adaptação direta do livro de Bram Stoker, embora sua estrutura seja essencialmente idêntica, porém trocando os nomes dos personagens: Harker é Hutter, Mina é Ellen, Renfield é Knock, Van Helsing é o professor Bulwer, e o conde Drácula é o conde Orlok, interpretado de maneira magistral por Max Schreck. As características monstruosas do conde e sua condição patética como o *nosferatu* ("morto-vivo") amaldiçoado a viver eternamente, uma criatura cadavérica e solitária que espalha a morte por onde passa, contaminando suas vítimas com seu estado *desmorto*, são muito mais próximas do vampiro concebido por Stoker do que todos os filmes que viriam a seguir. As cenas da sombra do vampiro projetada na parede estão entre as mais antológicas do cinema de horror.

Se podemos considerar o *Nosferatu* de 1922 como a adaptação mais próxima de *Drácula* por ter se inspirado no livro antes das intervenções de Hamilton Deane, a refilmagem também alemã que Werner Herzog fez em 1979, intitulada *Nosferatu, o Vampiro da Noite*, é, ao mesmo tempo, um tributo ao gênio de F.W. Murnau e uma revisão bem ao estilo de Herzog, um diretor acostumado a filmar biografias de personagens patéticos, decadentes e inúteis. Por isso seu Drácula, vivido com um desempenho consagrador e comovente por Klaus Kinski, é uma figura triste, melancólica, um monstro incapaz de escapar de seu destino trágico e que é condenado a espalhar a Peste Negra por onde passa, acompanhado por legiões de ratazanas e ridiculamente carregando seu próprio caixão. Seu vampiro é uma espécie de força da natureza, irracional, desprovido de objetivos, sem vontade própria e condenado a matar tudo que toca. A fotografia quase mágica e a trilha hipnótica da banda Popol Vuh completam uma experiência sensorial irretocável, que ainda tem Bruno Ganz e uma pálida Isabelle Adjani como casal central.

Klaus Kinski voltaria ao papel do vampiro famoso em *Drácula em Veneza (Nosferatu, o Retorno)* (1988), de Augusto Caminito, uma modestíssima — e um tanto cafona — produção italiana que vale somente como curiosidade cinéfila. Ao contrário da cabeça calva e a aparência de roedor no filme de Herzog, neste Kinski aparece ostentando uma vistosa cabeleira, contracenando com Donald Pleasence e Christopher Plummer.

Drácula *da Hammer e o maior de todos os vampiros*

Drácula voltou para sua terra de origem literária em 1958, quando a produtora cinematográfica Hammer, de Londres, deu início à mais famosa e prolífica série de filmes inspirados no vampiro clássico. Pela primeira vez filmado por ingleses, e totalmente a cores (principalmente com o sangue vermelho vivo), o primeiro exemplar da saga, intitulado *O Vampiro da Noite*, investe de maneira incisiva em violência, terror, ação e erotismo, uma combinação ousada que até então era incomum no cinema. Sua premissa difere muito do livro, àquela altura conhecido demais do público em geral: o bibliotecário Jonathan Harker chega ao castelo de Drácula na Transilvânia com a intenção de matar o vampiro, mas seu plano falha e ele acaba sucumbindo ao monstro; porém, antes de morrer consegue enviar uma carta pedindo ajuda ao amigo Van Helsing.

O filme consagrou Christopher Lee, com 1,96 m de altura e 36 anos de idade, como a encarnação definitiva do conde vampiro nas telas, ao mesmo tempo animalesco e sedutor, elegante e imponente, com força sobre-humana e literalmente sangue nos olhos — o modelo e parâmetro pelos quais praticamente todos os outros vampiros das telas seriam baseados e julgados a partir de então. Peter Cushing, no papel de seu eterno nêmesis, o dr. Van Helsing, também se destacaria, e ao longo da próxima década e meia a dupla voltaria a se enfrentar em outras três aventuras do vampiro.

Porém, a primeira continuação não contaria com a presença de Christopher Lee. Diante da recusa do astro de reaparecer como Drácula na sequência *As Noivas do Vampiro* (1960), o morto-vivo da vez é o barão Meinster (David Peel), que seduz uma jovem e ingênua professora francesa que chega para lecionar em uma escola para moças. Depois de ter exterminado Drácula no clímax do filme anterior, Van Helsing (Peter Cushing) está de volta para caçar mais vampiros na Transilvânia.

Oito anos depois do primeiro filme da saga, Cushing e Lee se defrontaram novamente em *Drácula, o Príncipe das Trevas* (1966), considerado um dos melhores — e mais violentos — de todos os filmes da dupla. Dois casais de amigos passeiam pelos Cárpatos e acabam indo parar em um castelo (o qual foram aconselhados a não visitar) abandonado nas montanhas, onde são recebidos com cordialidade. No entanto, logo a visita se torna um pesadelo, quando o sangue de um deles é usado para ressuscitar Drácula de suas cinzas. Conhecido por sua voz grave e profunda, Christopher Lee tem um de seus melhores desempenhos, ironicamente, sem nenhum diálogo, apenas com rosnados e grunhidos.

O sucesso conquistado pelos filmes de Drácula — e outros monstros da produtora Hammer — demonstrava que a série estava longe de terminar, e ainda haveria mais meia dúzia de produções sobre o tema, as quais teriam de lidar (nem sempre de maneira convincente) com novas maneiras de, primeiro, ressuscitar o conde vampiro, e, em seguida, tratar de matá-lo mais uma vez. Muitas dessas soluções beiravam o ridículo. *Drácula, o Perfil do Diabo* (1968), acontece um ano depois da morte do conde, mas o vampiro ainda é temido no vilarejo próximo ao seu castelo. Um monsenhor e um padre tentam exorcizar o mal, mas Drácula (Christopher Lee) acidentalmente é descongelado e ressuscita quando gotas de sangue pingam em seu cadáver.

Lee voltou ao papel do vampiro nos quatro filmes seguintes, começando em 1970 em *O Sangue de Drácula*, no qual é revivido em uma cerimônia de magia negra — na época as produções do estúdio faziam constantes referências a ocultismo e satanismo em suas tramas. Também de 1970, *O Conde Drácula* parece desistir de buscar uma maneira convincente para reviver o vampiro: um morcego simplesmente baba sangue sobre seus restos (i)mortais e pronto, Drácula está de volta à ação. Cushing retorna nos dois últimos filmes de Lee como o vampiro, mas aparentemente com todas as possibilidades esgotadas na era vitoriana, é a vez de *Drácula no Mundo da Minissaia* (1972), no qual o professor Lorrimer Van Helsing, neto do original mas interpretado pelo mesmo Peter Cushing, enfrenta o vampiro ressuscitado por hippies satanistas liderado por Johnny Alucard em uma cerimônia de magia negra psicodélica. O confronto definitivo de Lee/Cushing aconteceu em *Os Ritos Satânicos de Drácula* (1974), também ambientado na época atual e em clima de Armagedom: disfarçado como D.D. Denham, um poderoso industrial, Drácula contrata cientistas para desenvolverem um vírus mortífero capaz de destruir a raça humana. Lorrimer Van Helsing mais uma vez chega a Drácula quando investigava rituais satânicos perpetrados por jovens rebeldes.

O tema parecia devidamente esgotado, mas a Hammer ainda teve fôlego para uma última investida no tema: associou-se à produtora Shaw Brothers, de Hong Kong, para realizar uma inusitada mistura de terror e kung fu — *A Lenda dos Sete Vampiros* (1974), com muita pancadaria, um pouco de humor, Peter Cushing de volta ao papel de Lawrence Van Helsing, e John Forbes-Robertson como Drácula.

Christopher Lee interpretou diversos outros vampiros em filmes das décadas de 1960 e 1970 (incluindo comédias como *Um Beatle no Paraíso*, *Uma Dupla em Sinuca* e *Drácula, Pai e Filho*), alguns deles na Europa continental, mas pelo menos um merece atenção especial por se tratar de uma tentativa de se aproximar do vampiro literário — e por ser, nas palavras do próprio ator, sua versão preferida da história. *O Castelo do Conde Drácula* (1970), dirigido pelo prolífico Jesus Franco, é uma coprodução entre Itália, Espanha e Alemanha Ocidental, e mesmo com baixíssimo orçamento, é uma versão bastante fiel ao livro — começa com Drácula grisalho e com um vasto bigode, segundo a descrição de Bram Stoker, e vai rejuvenescendo conforme bebe o sangue de suas vítimas. O filme traz ainda Klaus Kinski como Renfield, Herbert Lom como dr. Van Helsing e as beldades frequentes de outros filmes do diretor — Maria Rohm e Soledad Miranda — como Mina e Lucy, respectivamente.

DRÁCULA: *o clássico e o moderno*

A chegada da contracultura ao cinema, nos anos 1960 e 1970, reestruturou a maneira de se fazer filmes e afetou de modo decisivo os clichês do horror. O gênero nas telas se tornou mais provocador e autoconsciente, buscando uma reflexão de suas regras tradicionais, ao mesmo tempo que tornava mais evidente seu poder de metáfora dos problemas mundanos. Dessa maneira, o vampiro foi se tornando um símbolo de opressão política e racial, de relação de poder, conflitos emocionais, traumas sexuais e dificuldades de convívio social. Mas podia igualmente ser o pária, o estranho, o indivíduo indesejado pela sociedade. Um monstro não mais apenas para ser temido e odiado, mas também compreendido.

Uma das reinvenções mais instigantes e divertidas dessa época foi a versão *blaxploitation* da criação de Bram Stoker, intitulada *Blácula, o Vampiro Negro* (1972), com William Marshall como o príncipe africano Mamuwalde, que no impressionante prólogo é escravizado por Drácula (Charles Macaulay) e amaldiçoado a se tornar Blácula. O restante do filme se passa na Los Angeles da época atual, o que possibilita ao filme ter a trilha musical mais *groovy* de todos os filmes de vampiro. O êxito da fita motivou uma continuação, *Os Gritos de Blácula*

(1973), novamente com Marshall e contando com a preciosa presença de Pam Grier.

Outro exemplar representativo desse período de invenção é *Drácula de Andy Warhol* (1974), com direção de Paul Morrissey e supervisão do gênio da *pop art*. O alemão Udo Kier aparece no papel do vampiro nessa subversão absurda e excêntrica, que pode ser resumida pela tradução de seu título original italiano (aqui traduzido): "Drácula procura sangue de virgem... e morre de sede". O Japão contribuiu com uma trilogia ambientada nos tempos modernos, com bastante violência e erotismo, filmada a cores e em *widescreen*, produzida pela Toho, especializada em fitas de monstros: *A Noite do Vampiro* (1970), *O Lago de Drácula* (1971) e *O Inferno de Drácula* (1974). Outros países menos tradicionais no gênero fantástico também criaram versões mais ou menos fiéis ao livro, embora não tenham feito sucesso fora de seu local de origem, como a produção turca *Drakula Istanbul'da* (1953), a primeira a relacionar o vampiro do livro com a figura histórica Vlad Tepes, príncipe da Valáquia e antigo inimigo dos turcos-otomanos; a extravagante e ruidosa versão paquistanesa, *Zinda Laash* (1967), com muita música, danças sensuais e ação; e o telefilme tcheco *Hrabe Drakula* (1971), uma realização modesta, porém interessante.

O conde Drácula passou a fazer aparições menores em filmes de sua "família", como *Nocturna* (1979), com John Carradine no papel do vampiro ancião, avô da protagonista, a cantora e dançarina Nai Bonet, nessa versão *discothèque* da história, e *O Filho de Drácula* (1974), com Dan Meaden como Drácula em uma comédia musical que traz Harry Nilsson e Ringo Starr (no papel de Merlin). O monstro foi atualizado para o novo século em uma série de filmes que buscavam uma relevância renovada para o vampiro: *Drácula 2000* (2000), com Gerard Butler, foi seguido por *Drácula II: A Ascensão* (2003), com Stephen Billington, e *Drácula 3: O Legado Final* (2005), com Rutger Hauer.

Inúmeras versões para a televisão — todas intituladas *Drácula* — adaptaram o livro de Bram Stoker em formato de minisséries ou telefilmes, incluindo as estreladas por Louis Jourdan (em 1977) e Marc Warren (em 2006), ambas para a BBC, e Patrick Bergin (em 2002) para a RAI. Inspirado no sucesso da versão de Frank Langella na Broadway, o diretor Walter Avancini teve a ideia de fazer uma telenovela sobre o tema, resultando em *Drácula, uma História de Amor*, escrita por Rubens Ewald Filho, que teve apenas quatro capítulos exibidos na Rede Tupi em janeiro de 1980 e foi interrompida devido à crise financeira do canal. Em seguida foi retomada na Rede Bandeirantes, como *Um Homem Muito Especial*, que teve 137 capítulos exibidos de julho de 1980 a fevereiro de 1981. Na trama, o conde Drácula (Rubens de Falco) abandona a Transilvânia e vem ao Brasil à procura do filho Rafael (Carlos Alberto Riccelli), que foi tirado dele ainda muito jovem. Ao reencontrar o rapaz, Drácula acaba se apaixonando pela noiva do filho, Mariana (Bruna Lombardi), que o conde acredita ser a reencarnação de seu único amor.

DRÁCULA *de Francis Ford Coppola: a versão definitiva*

A superprodução *Drácula*, dirigida por Francis Ford Coppola e lançada pela Columbia Pictures em 1992, foi celebrada como o grande evento do cinema de terror naquela década. Acabou se mostrando muito mais do que isso: rompendo os limites do cinema de gênero, tornou-se um esmagador sucesso de bilheteria e conquistou plateias heterogêneas, graças ao seu tom romântico e a premissa de que "o amor nunca morre". Deu origem a um novo ciclo de refilmagens de monstros clássicos (Frankenstein, Lobisomem, Múmia) e motivou uma onda de novos filmes de vampiros, em todos os formatos e gêneros que se pode imaginar.

O *Drácula* de Coppola é, acima de tudo, um filme visualmente encantador, com direção de arte e figurinos esplendorosos, tecnicamente impecável em todos os aspectos, um tributo ao cinema orgânico, com efeitos especiais práticos que recriam técnicas dos primórdios da arte, como *stop-motion* e câmera rodada de trás para a frente. Talvez tenha sido realizado no último instante em que uma grande produção de Hollywood poderia se dar a esse capricho: poucos anos depois, os efeitos visuais gerados por computador se tornariam predominantes.

Contando com um elenco estelar, traz o inglês Gary Oldman no papel do conde vampiro; Winona Ryder como Mina Murray; Keanu Reeves como seu noivo, Jonathan Harker; Sadie Frost como sua melhor amiga, Lucy Westenra; um ensandecido Tom Waits como Renfield; e Anthony Hopkins no papel do excêntrico "filósofo metafísico" Abraham Van Helsing, o caçador de *nosferatu*. O filme resgata várias características do romance normalmente pouco aproveitadas: a narrativa epistolar, com trechos de diários lidos em voz alta, a devida distribuição dos personagens (sempre inexplicavelmente embaralhados nas versões anteriores) e a caracterização de Drácula primeiro como uma patética figura envelhecida e cadavérica, e depois rejuvenescido, com um vistoso bigode — embora nenhuma descrição de Bram

Stoker seja compatível com a beleza, o carisma e o poder de sedução de Gary Oldman.

Filmado em grande parte como uma espécie de conto de fadas adulto, é repleto de imagens encantadoras e que espalham homenagens às versões anteriores da história — as sombras inquietas de *Nosferatu*, a imitação do inconfundível sotaque de Béla Lugosi em uma cena, e um tributo à própria invenção do cinematógrafo. O vampiro se transforma em lobo, morcego, rato e névoa, em um espetáculo de efeitos visuais que vão da trucagem mais simples à maquiagem mais sofisticada. O prólogo é um dos grandes trunfos do filme: ambientado em 1462, mostra o príncipe Draculea (Gary Oldman) comandando um exército na Transilvânia contra o ataque de invasores turcos muçulmanos. Ao retornar a seu castelo depois de uma batalha sangrenta, ele descobre que sua amada Elisabeta (Winona Ryder), enganada por uma mensagem falsa enviada pelos inimigos, dizendo que Draculea havia sido morto em combate, atirou-se para a morte em um rio. Enfurecido, Draculea renuncia a Deus e à fé cristã e jura vingança eterna — o que explica sua aversão à cruz quando se torna vampiro. A história é retomada em 1897, quando Draculea — agora o decadente conde Drácula — reconhece no retrato de Mina, noiva de Jonathan Harker, a reencarnação de sua amada Elisabeta.

Se existe um deslize no *Drácula* de Coppola em termos de "adaptação fiel" do livro de Bram Stoker é essa premissa de reencarnação e amor eterno. Porém, não foi o primeiro filme a seguir esse caminho; de fato, uma produção de 1974, intitulada *Drácula, a Maldição do Demônio* tem muitos elementos praticamente idênticos aos do filme de Coppola. Realizado como telefilme, mas lançado em cinemas (inclusive no Brasil), *Drácula, a Maldição do Demônio* foi dirigido por Dan Curtis tendo Jack Palance no papel de um Drácula um tanto melancólico e triste, que volta a se apaixonar quando descobre que sua amada morta está reencarnada em Lucy Westenra (Fiona Lewis). É o primeiro filme ocidental a fazer um paralelo entre o Drácula da literatura e Vlad Tepes, príncipe da Ordem do Dragão da Valáquia, relação que o filme de Coppola também estabelece.

A ideia da reencarnação se deve, ao menos em parte, ao roteiro assinado por Richard Matheson, um escritor de literatura fantástica que explorou conceitos do espiritismo tanto em seus filmes de terror (*A Casa da Noite Eterna*) quanto em seus dramas românticos (*Em Algum Lugar do Passado*, *Amor Além da Vida*). A despeito do sucesso tanto do filme de Jack Palance quanto o de Gary Oldman, a vida eterna de Drácula na concepção de Bram Stoker não tinha relação com reencarnação.

Porém, o estrago estava feito: o tema está de volta no *Drácula* dirigido pelo italiano Dario Argento em 2012, filmado originalmente em 3D, no qual o vampiro se depara com a reencarnação da amada morta há quatrocentos anos. O outrora mestre do *giallo* e do horror surrealista se mostra pouco inventivo e um tanto convencional demais em sua abordagem da história clássica do vampiro transilvano. O baixíssimo orçamento também é um problema, que afeta sensivelmente os pobres efeitos visuais feitos com CGI. O alemão Thomas Kretschmann está bem como Drácula, mas suas metamorfoses em lobo, coruja, nuvens de moscas e em um louva-a-deus gigante se tornam risíveis diante do tom sério em que a história é narrada. Um envelhecido Rutger Hauer surge em cena na meia hora final no papel de Van Helsing, derrotando o vampiro com uma bala temperada com alho.

Uma adaptação imortal

Caso queiramos estender nosso debate sobre como levar o livro de Bram Stoker às telas, alguém pode argumentar que uma adaptação cinematográfica fiel deve se preocupar menos em recriar literalmente o que é descrito no papel e buscar mais *adaptar* ao audiovisual a essência de suas ideias. Para começar, o escritor narra uma história contemporânea, mas praticamente todas as versões para o cinema ambientam a trama na época em que o livro foi escrito, na Inglaterra da era vitoriana. Teríamos que ambientá-la na época atual, e com isso evocar discussões importantes que nos rondam nos dias de hoje: a doença do sangue, na época do livro influenciada por uma epidemia de sífilis, nos tempos modernos teria seu paralelo com outras doenças sexualmente transmissíveis, como a AIDS ou a hepatite C. O estilo narrativo em forma de romance epistolar, usando registros em diários e meios de comunicação modernos, como telegramas, cartas e gravações em fonógrafo com cilindro de cera, teriam que ser adaptados ao estilo *found footage*, quando se narra um filme juntando trechos de gravações encontradas; neste caso, dispositivos como smartphones e tablets, com trocas de e-mails, torpedos, áudios no WhatsApp, textão no Facebook e *stories* no Instagram. Harker nem teria que viajar para terras distantes: Drácula provavelmente encontraria seu lar longe de casa acessando o Airbnb, trocaria a carruagem por um Uber, encontraria Mina no Tinder e enviaria nudes pelo Snapchat. Drácula estaria devidamente adaptado ao século XXI, mas provavelmente seus leitores não iam saber como lidar.

Carlos Primati
Jundiaí, julho de 2018

Palavras & Sombras

BIBLIOGRAFIA CONSULTADA

BUNSON, Matthew. *The Vampire Encyclopedia*. Nova York: Gramercy Books, 1993.
FERREIRA, Cid Vale (org.). *Voivode:* Estudos Sobre os Vampiros, da Mitologia às Subculturas Urbanas. Jundiaí: Pandemonium, 2002
JONES, Stephen. *The Illustrated Vampire Movie Guide*. Londres: Titan Books, 1993.
PIRIE, David. *The Vampire Cinema*. Londres: Hamlyn, 1977.
SKAL, David J. *V Is for Vampire:* The A-Z Guide to Everything Undead. Nova York: Plume/Penguin, 1996.
_____. *Hollywood Gothic:* The Tangled Web of Dracula from Novel to Stage to Screen – Revised Edition. Nova York: Faber and Faber, 2004.

FILMES MENCIONADOS

AMOR ALÉM DA VIDA (*What Dream May Come*). Estados Unidos / Nova Zelândia, 1998. Dir. Vincent Ward.
Às Voltas com Fantasmas (*Meet Frankenstein*). Estados Unidos, 1948. Dir. Charles T. Barton.
UM BEATLE NO PARAÍSO (*The Magic Christian*). Inglaterra, 1969. Dir. Joseph McGrath.
BLÁCULA, O VAMPIRO NEGRO (*Blacula*). Estados Unidos, 1972. Dir. William Crain.
A CASA DA NOITE ETERNA (*The Legend of Hell House*). Inglaterra, 1973. Dir. John Hough.
O CASTELO DO CONDE DRÁCULA (*Il Conte Dracula / El Conde Drácula / Nachts, wenn Dracula erwacht*). Itália, Espanha e Alemanha Ocidental, 1970. Dir. Jesus Franco.

O CONDE DRÁCULA (Scars of Dracula). Inglaterra, 1970. Dir. Roy Ward Baker.
DRÁCULA (Dracula). Estados Unidos, 1931. Dir. Tod Browning.
DRÁCULA (Dracula). Estados Unidos, 1931. Dir. George Melford.
DRÁCULA (Count Dracula). Inglaterra, 1977. Dir. Philip Saville.
DRÁCULA (Dracula). Inglaterra / Estados Unidos, 1979. Dir. John Badham.
DRÁCULA (Bram Stoker's Dracula). Estados Unidos, 1992. Dir. Francis Ford Coppola.
DRÁCULA (Dracula). Itália / Alemanha, 2002. Dir. Roger Young.
DRÁCULA (Dracula). Inglaterra, 2006. Dir. Bill Eagles.
DRÁCULA (Dracula). Itália / Espanha, 2012. Dir. Dario Argento.
DRÁCULA 2000 (Dracula 2000). Estados Unidos, 2000, Patrick Lussier.
DRÁCULA II: A ASCENSÃO (Dracula II: Ascension). Estados Unidos / Romênia, 2003. Dir. Patrick Lussier.
DRÁCULA 3: O LEGADO FINAL (Dracula III: Legacy). Estados Unidos / Romênia, 2005. Dir. Patrick Lussier.
DRÁCULA, A MALDIÇÃO DO DEMÔNIO (Bram Stoker's Dracula). Inglaterra, 1974. Dir. Dan Curtis.
DRÁCULA, PAI E FILHO (Dracula père et fils). França, 1976. Dir. Edouard Molinaro.
DRÁCULA, O PERFIL DO DIABO (Dracula Has Risen from the Grave). Inglaterra, 1968. Dir. Freddie Francis.
DRÁCULA, O PRÍNCIPE DAS TREVAS (Dracula, Prince of Darkness). Inglaterra, 1966. Dir. Terence Fisher.
DRÁCULA DE ANDY WARHOL (Dracula cerca sangue di vergine e... morì di sete!!! / Du sang pour Dracula / Blood for Dracula). Itália / França / Estados Unidos, 1974. Dir. Paul Morrissey.
DRÁCULA EM VENEZA (Nosferatu, o Retorno) (Nosferatu a Venezia). Itália, 1988. Dir. Augusto Caminito.
Drácula no Mundo da Minissaia (Dracula A.D. 1972). Inglaterra, 1972. Dir. Alan Gibson.
DRÁCULA, UMA HISTÓRIA DE AMOR. Brasil, 1980. Dir. Atílio Riccó.
DRAKULA ISTANBUL'DA. Turquia, 1953. Dir. Mehmet Muhtar.
UMA DUPLA EM SINUCA (One More Time). Estados Unidos, 1970. Dir. Jerry Lewis.
EM ALGUM LUGAR DO PASSADO (Somewhere in Time). Estados Unidos, 1980. Dir. Jeannot Szwarc.

A FILHA DE DRÁCULA (Dracula's Daughter). Estados Unidos, 1936. Dir. Lambert Hillyer.
O FILHO DE DRÁCULA (Son of Dracula). Estados Unidos, 1943. Dir. Robert Siodmak.
O FILHO DE DRÁCULA (Son of Dracula). Inglaterra, 1974. Dir. Freddie Francis.
OS GRITOS DE BLÁCULA (Scream Blacula Scream). Estados Unidos, 1973. Dir. Bob Kelljan.
UM HOMEM MUITO ESPECIAL. Brasil, 1980-1981. Dir. Antônio Abujamra e Atílio Riccó.
HRABE DRAKULA. Tchecoslováquia, 1971. Dir. Anna Procházková.
O INFERNO DE DRÁCULA (Chi o suu bara). Japão, 1974. Dir. Yamamoto.
O LAGO DE DRÁCULA (Noroi no yakata: Chi o suu me). Japão, 1971. Dir. Michio Yamamoto.
A LENDA DOS SETE VAMPIROS (The Legend of the 7 Golden Vampires). Inglaterra / Hong Kong, 1974. Dir. Roy Ward Baker.
O LOBISOMEM (Nosferatu, eine Symphonie des Grauens). Alemanha, 1922. Dir. F.W. Murnau.
Le Manoir du Diable. França, 1896. Dir. Georges Méliès.
A MANSÃO DE FRANKENSTEIN (House of Frankenstein). Estados Unidos, 1944. Dir. Erle C. Kenton.

NOCTURNA. Estados Unidos, 1979. Dir. Harry Tampa.
A NOITE DO VAMPIRO (Yûrei yashiki no kyôfu: Chi wo sû ningyô). Japão, 1970. Dir. Michio Yamamoto.
AS NOIVAS DO VAMPIRO (The Brides of Dracula). Inglaterra, 1960. Dir. Terence Fisher.
NOSFERATU, O VAMPIRO DA NOITE (Nosferatu, Phantom der Nacht / Nosferatu, fantôme de la nuit). Alemanha Ocidental / França, 1979. Dir. Werner Herzog.
RETIRO DE DRÁCULA (House of Dracula). Estados Unidos, 1945. Dir. Erle C. Kenton.
OS RITOS SATÂNICOS DE DRÁCULA (The Satanic Rites of Dracula). Inglaterra, 1974. Dir. Alan Gibson.
O SANGUE DE DRÁCULA (Taste the Blood of Dracula). Inglaterra, 1970. Dir. Peter Sasdy.
O VAMPIRO DA NOITE (Dracula). Inglaterra, 1958. Dir. Terence Fisher.
ZINDA LAASH. Paquistão, 1967. Dir. Kh. Sarfraz.

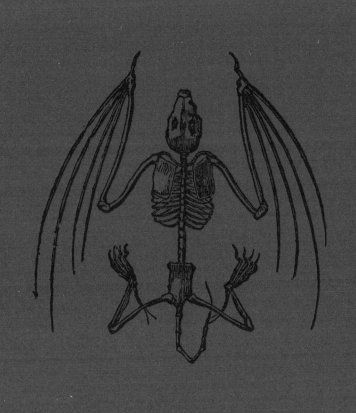

Drácula

Enciclopédia Britannica

Bram Stoker

☾ 💀 ★

Drácula

VAMPIRO
Enciclopédia Britannica
1888

VAMPIRO, termo aparentemente de origem sérvia (wampyr), originalmente usado na Europa Oriental para designar fantasmas sugadores de sangue, mas em tempos modernos se refere a uma ou mais espécies de morcegos hematófagos da América do Sul.

No primeiro sentido mencionado, vampiro significa a alma de um morto que abandona seu corpo sepultado para beber o sangue dos vivos. Por isso, quando a tumba do vampiro é aberta, seu corpo está fresco e rosado pelo sangue que tomou. Para acabar com a carnificina, uma estaca é atravessada no corpo do vampiro, ou ele é decapitado, ou seu coração é arrancado e o corpo queimado, ou água fervente e vinagre são despejados na tumba. Normalmente, quem se torna vampiro são feiticeiros, bruxas, suicidas e pessoas que tiveram mortes violentas ou foram amaldiçoadas pelos pais ou pela igreja. Mas qualquer um pode vir a ser vampiro caso algum animal (sobretudo gatos) salte por cima do cadáver ou pássaros voem sobre o corpo. Algumas vezes, o vampiro é entendido como a alma de um vivo que deixa o corpo durante o sono, e vai, na forma de palha ou penugem, chupar o sangue de outras pessoas adormecidas. A crença em vampiros provém, mais fortemente, de regiões eslavas, como Rússia (sobretudo Rússia Branca [atualmente conhecida como Belarus] e Ucrânia), Polônia e Sérvia, e entre os tchecos da Boêmia e outras etnias eslavas da Áustria. Se tornou predominante, sobretudo na Hungria, entre os anos de 1730 e de 1735, de onde partiram para toda a Europa relatos de façanhas vampirescas. Diversos tratados foram escritos sobre o tema, dentre eles vale mencionar *De masticatione mortuorum in tumulis* [Da mastigação dos mortos em seus túmulos] (1734), de Ranft, e *Calmet's Dissertation on the Vampires of Hungary* [Dissertação de Calmet sobre os vampiros da Hungria], traduzido para o inglês em 1750. É provável que a superstição tenha se enraizada ainda mais com relatos de pessoas sepultadas vivas que se pensava mortas, e tenha se baseado nos corpos retorcidos, marcas de sangue na mortalha, nas mãos e nas faces — por conta da luta frenética no caixão antes que a vida se extinguisse. A crença no vampirismo também tem raízes na Albânia e na Grécia moderna, mas nesses lugares, pode ser decorrência da influência eslava.

Drácula

Duas espécies de vampiros hematófagos (as únicas conhecidas até aqui) — *Desmodus rufus* e *Diphylla ecaudata* — representando dois gêneros, são nativos das regiões tropicais e subtropicais do novo mundo, e estão restritos às América Central e do Sul. Elas estariam confinadas majoritariamente às florestas, e seus ataques a pessoas e outros animais de sangue quente foi observada pelos primeiros escritores da região. Assim, Peter Martyr (Anghiera), que escreveu pouco depois da conquista da América do Sul, diz que no Istmo de Darién havia morcegos que sugavam o sangue de humanos e gado quando dormiam, a ponto de matá-los. Condamine, um escritor do século XVIII, lembra que, em Borja (Equador) e em outras regiões, os morcegos destruíram todo o gado trazido pelos missionários. sir Robert Schomburgk narra que em Wicki, no rio Berbice, nenhum frango poderia ser criado por conta dos ataques dessas criaturas, que atacavam as cristas das aves, esbranquiçando-as por conta da perda de sangue. Esse mesmo escritor, quando nas Américas Central e do Sul, teve diversos testemunhos de que se tratava de ataques de vampiros, e houve grande concordância entre os informantes que os morcegos tinham preferência por cavalos de cor cinza. É interessante imaginar o quanto os morcegos-vampiros podem ter sido fundamentais — quando existiram, provavelmente, de forma mais abundante — em acabar com os cavalos, que desapareceram da América antes da descoberta do continente.

Embora esses morcegos fossem conhecidos pelos europeus antigos, as espécies a que eles pertencem não foram catalogadas por um longo período, e várias das grandes espécies frutívoras foram erroneamente estabelecidas como sanguessugas e nomeadas em conformidade com isso. Assim, o nome *Vampyrus* foi indicado por Geoffrey e aceito por Spix, que também considerava os morcegos de língua longa do grupo *Glossophaga* viciados em sangue, e dessa forma descrevia *Glossophaga soricina* como um sanguessuga muito cruel (*sanguisuga crudelissima*), acreditando que a língua longa revestida de pelos fosse útil para o absorção do sangue. *Vampyrus spectrum*, um grande morcego nativo do Brasil, de aspecto bastante ameaçador, que por muito tempo foi considerado por naturalistas de hábitos completamente carnívoros, e catalogado de acordo com isso por Geoffrey, a partir das observações de viajantes é visto como principalmente frutívoro, e é tido pelos nativos nos países onde é encontrado como absolutamente inofensivo. Charles Waterson acreditava que o *Artibeus planirostris*, um morcego comum da Guiana Britânica [atualmente, República da Guiana], normalmente encontrado nos forros das casas, e hoje conhecido por comer frutas, era vampiro. Porém, nem ele nem outro naturalista anterior conseguiram ver um morcego desses no ato de beber sangue. Coube a Charles Darwin encontrar uma espécie hematófaga, e seu relato a seguir é da descoberta dos hábitos sanguinários do *Desmodus rufus*: "Os morcegos são muitas vezes a causa de grande transtorno, pois mordem os cavalos na junta do pescoço. A lesão geralmente não se dá devido à perda de sangue, mas sim à inflamação que depois se produz pelo atrito da sela. A veracidade desse fato foi há pouco posta em dúvida na Inglaterra, de modo que me considerei afortunado por presenciar um (*Desmodus d'orbignyi, Wat.*) no momento em que se achava sugando um dos cavalos. Certa noite, em nosso acampamento próximo de Coquimbo, no Chile, o meu criado, notando que um dos cavalos parecia inquieto, foi ver o que acontecia. Imaginando perceber qualquer coisa sobre o animal, avançou sorrateiramente a mão e agarrou o morcego". [*Viagem de um naturalista ao redor do mundo.* L&PM, 2013. Trad. Pedro Gonzaga. Entrada de 9 abr. 1832.]

Desmodus rufus, um morcego hematófago comum, dissemina-se pelas partes tropicais e subtropicais das Américas Central e do Sul, de Oaxaca [no México] ao sul do Brasil e do Chile. Comparativamente, é um morcego pequeno, um pouco maior que um morcego-arborícola [comum na Europa], com cabeça e corpo medindo em torno de três polegadas. Na largura, braços de $2\frac{1}{2}$, com dedo notavelmente longo e forte; sem cauda e com fisionomia muito peculiar. O corpo é coberto de pelo curto marrom-avermelhado, variando o tom, pois a ponta dos pelos é cinzenta. Os dentes são peculiares e característicos, admiravelmente adaptados para os propósitos que são necessários. Os dentes frontais superiores (os incisivos), apenas dois, são enormemente largos, de forma triangular obliqua como pequenas guilhotinas. Os caninos, menores que os incisivos, são largos e afiados, mas os dentes laterais, tão bem desenvolvidos em outros morcegos, são pequenos e reduzidos a dois na parte de cima e três na parte de baixo, de cada lado, com as coroas comprimidas lateralmente ascendentes, mas pouco acima da gengiva, com as arestas de corte dispostas longitudinalmente (no maxilar superior), contínuas à base do canino e umas as outras. Os dentes frontais inferiores (incisivos) são pequenos, bífidos, em par, e separados a partir dos caninos, com um espaço na frente. Os dentes laterais inferiores são estreitos, como na mandíbula superior, mas o dente anterior é ligeiramente maior que os demais e separados por pequeno espaço dos caninos. Atrás dos incisivos inferiores, a mandíbula é profundamente escavada para receber as pontas dos grandes incisivos superiores.

Com essa dentição tão peculiar, há um distanciamento significativo do tipo geral quanto ao aparato digestivo. O esôfago deveras estreito se abre em ângulos retos para um estômago fino, assemelhado a um intestino, que quase de presto termina a direita,

Drácula

sem um piloro distinto, no duodeno, mas à esquerda forma um ceco bastante alongado, curvado e dobrado sobre si, que parece, à primeira vista, ser parte dos intestinos. Assim, a extremidade cardíaca do estômago é, por uma curta distância na esquerda da entrada esôfago, muito estreita, mas logo aumenta de tamanho, até se aproximar de sua terminação quando atinge um diâmetro três vezes maior do que a porção pilórica curta. O comprimento desse divertículo cardíaco do estômago parece variar de duas a seis polegadas. O tamanho de cada espécime depende, provavelmente, da quantidade de alimento ingerida antes da captura do animal.

A única outra espécie de morcego hematófago, *Diphylla ecaudata*, nativa do Brasil, que parece menos abundante que o *Desmodus rufus*, do qual se diferencia pelo tamanho um pouco menor, ausência de sulco na parte frontal do lábio inferior, o não desenvolvimento da membrana interfemoral no centro e a presença de um calcâneo curto (ausente em *D. rufus*), mas mais particularmente pela presença de dente rudimentar lateral (? Molar) acima e abaixo, e a forma peculiar dos incisivos inferiores, muito expandidos na direção das mandíbulas e dos pectinados, formando uma fileira semicircular que se toca; os incisivos externos são mais largos que os internos, com seis entalhes; os incisivos, mais finos, têm três cada.

Assim constituídos, esses morcegos têm nessa extraordinária diferenciação do aparelho manducatório e digestivo um afastamento de outras espécies da família (*Phyllostomidae*) a que pertencem, sem paralelo em nenhuma outra ordem de *Mammalia*, estando à parte de todos os outros mamíferos por serem capazes de se ajustar a uma dieta exclusivamente de sangue e se sustentarem desse modo. Viajantes descrevem os ferimentos infligidos pelos incisivos largos e afiados como semelhantes a de navalhas de barbear: uma porção da pele é raspada e um grande número de vasos capilares fica exposto, garantindo o fluxo constante de sangue. Dessa fonte, o sangue é sugado pela garganta estreita — estreita demais para engolir algo sólido — para o estômago semelhante a um intestino, de onde seria retirado durante a lenta digestão, enquanto o animal, saturado de alimento, permanece pendurado, torpe, no teto da caverna ou dentro de árvores ocas.

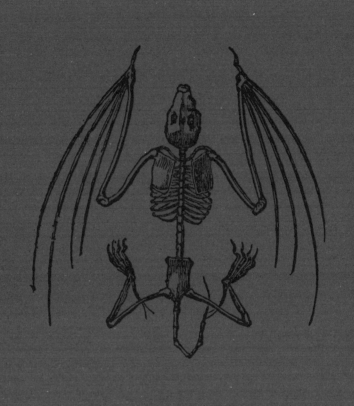

Galeria Sangrenta

Originais & Personificações

☾ ☠ ★

> Title.   (1 page)
>
> THE UN-DEAD
> By
> Bram Stoker
> author of "Under the
> Sunset", "The Snake's Pass,"
> "The Watter's Mou'", "The
> Shoulder of Shasta"
>
> Copyright 1897 By
> Bram Stoker. All Rights Reserved.

508. Capa de manuscrito encontrado pelos herdeiros do colecionador e amigo de Bram Stoker, Thomas Donaldson, na Pensilvânia, Estados Unidos, na década de 1980. Trata-se de um documento com mais de 500 páginas, e não se sabe de que maneira chegou aos EUA, ainda com o título antigo da obra, *The Un-Dead*.

DRACULA: or THE UNDEAD

Prologue

Scene 1. - Outside Castle Dracula

Enter Jonathan Harker followed by driver of caleche carrying his hand portmanteau and bag. Latter leaves luggage close to door (C) and exit hurriedly

Harker Hi! Hi! Where are you off to? Gone already! (*Knocks at door*) Well this is a pretty nice state of things! After a drive through solid darkness with an unknown man whose face I have not seen and who has in his hand the strength of twenty men and who can drive back a pack of wolves by holding up his hand, who visits mysterious blue flames and who wouldn't speak a word that he could help, to be left here in the dark before a – a ruin. Upon my life I'm beginning my professional experience in a romantic way! Only passed my exam. at Lincoln's Inn before I left London, and here I am conducting my business – or rather my employer Mr Hawkins' business with an accompaniment of wolves and mystery (*Knocks*) If this Count Dracula were a little more attentive to a guest when he does arrive he needn't have been so effusive in his letters to Mr Hawkins regarding my having the best of everything on the journey (*Knocks*) I wondered why the people in the hotel at Bistritz were so frightened and why the old lady hung the crucifix round my neck, and why the people on the coach made signs against the evil eye! Bygore, if any of them had this kind of experience, no wonder at anything they did – or thought. (*Knocks*) This is becoming more than a joke. If it were my own affair I should go straight back to Exeter; but as I act for another and have the papers of the Count's purchase of the London estate I suppose I must go on and do my duty – Thank God there is a light some one is coming. *Sounds of bolts being drawn, and a key turned. Door opens*

.509

Manuscrito de Bram Stoker com a versão para teatro do texto do romance. Isso foi feito para que o autor garantisse os direitos autorais sobre a obra. Aqui ainda havia dúvida quanto ao título.

35 a

Lawyer — Aaronson purchases
    do — (Sortes Virgilianæ) Conveyance of body
✓ do — purchase old house town
✓ Lawyer's Clerk — goes to Styria
✓ Mad Doctor — loves girl
✓ Mad patient — theory of perpetual life
Philosophic historian
Undertaker
Undertaker's Man
girl — dies
✓ Lawyer shrewd — sceptical, sister
Crank
German professor of history
Maid engaged with undertaker's man

✓ Silent Man & dumb woman — cannot serve
   in power of Count — terrible fear London
    much knows secret
✓ Detective inspector

510. Nesta e nas próximas páginas, temos as notas manuscritas de Bram Stoker sobre o enredo do romance. Na quinta e na sexta linhas, lemos "Médico louco — ama garota" e "Paciente louco — teoria da vida perpétua". O paciente se tornaria R.M. Renfield, que tenta estender a vida alimentado-se de moscas, aranhas e pássaros.

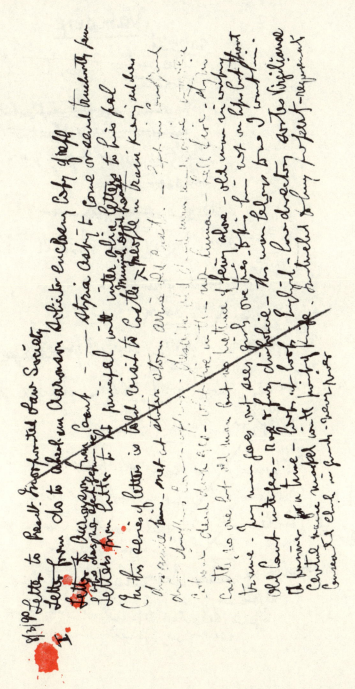

Menção às cartas que serviriam como um dos registros do romance, seguida do parágrafo que estabelece as bases para os capítulos 2 e 3, em que, entre outras situações, Jonathan Harker encontra as mulheres no castelo de Drácula, e uma delas tenta beijá-lo na garganta, sendo impedida pela intervenção do conde.

Vampire

memo(?)

~~no looking glasses in~~
~~house~~

never can see him reflected
in ~~one~~ — no shadow?

lights arranged to give no
shadow —

~~never eats nor drinks~~

Carried or led over threshold

~~enormous strength~~ —

see in the dark

power of getting small or large

Money always old gold — traced to
Salzburg banking house

At Munich Dead House see face among
I-2 flowers — think corpse — but is alive

II-1 (afterwards when white moustache grown is
same as face of Count in London

doctor at ~~dead~~ Custom house sees him
or corpse —

Coffins selected for Lutien over — one
missing we thought —

512. Nota em que Stoker explora as "regras" do vampirismo: sem espelhos na casa do conde / nunca pode vê-lo refletido em um — sem sombra? / luzes dispostas para não dar sombra / nunca come nem bebe / força enorme / enxerga no escuro / poder de ficar pequeno ou grande / dinheiro sempre ouro velho — rastreado até a casa bancária de Salzburgo.

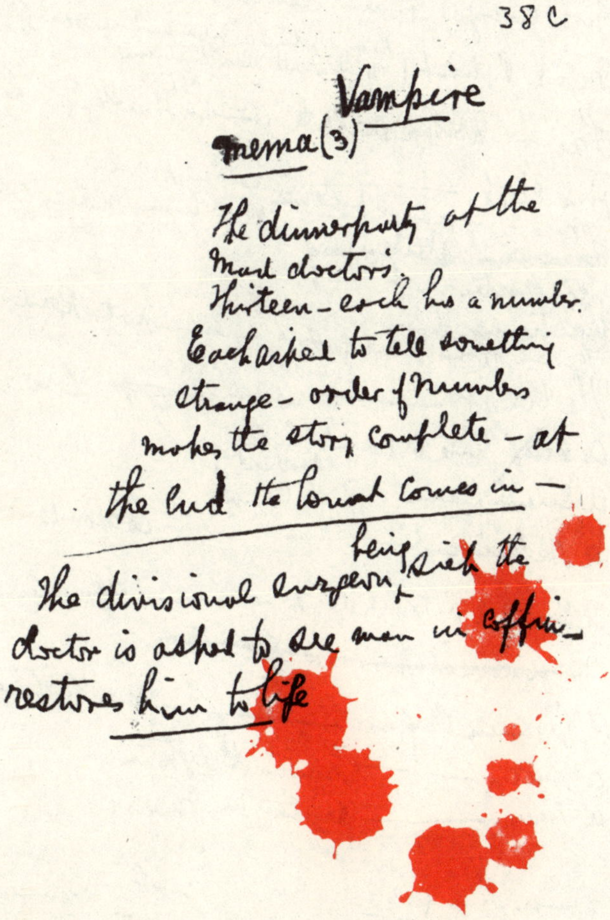

38C

~~mema~~(3) Vampire

The dinnerparty at the
mad doctor's.
Thirteen – each has a number.
Each asked to tell something
strange – order of numbers
makes the story complete – at
the end the Count comes in –

The divisional surgeon being sick the
doctor is asked to see man in coffin –
restores him to life

Nenhum dos eventos desta página são encontrados no romance. O jantar na casa do médico louco / treze — cada um tem um número / Cada um pediu para contar algo estranho [o que remete a Villa Diodati e aos mitológicos dias que deram origem a *Frankenstein*, de Mary Shelley] / a ordem dos números faz a história completar-se — o conde chega ao final.

Count Dracula
  Dracula   **Historiæ Personæ**   Dracula

- Director of Madhouse ~~Dr~~ *"y"* Seward
  Girl engaged to him Lucy Westenra Schoolfellow of Mrs Murray
- Mad Patient (theory of petty life – instinctively goes for count & follows up idea with mad cunning.
- Lawer ~~Arthur Abbott~~ John ₂Peter Hawkins Exet.
- His Clerk ——— Jonathan Harker
- Fiancée of above ~~Kept~~ ~~Tintin~~ Wilhelmina Murray called Mina
  ~~Jameson~~ ~~Whitming~~
  ~~his sister~~
- ~~Undertaken Jam~~
  Friend & schoolfellow of above ——— Kate Reed
  The Count ——— ~~Count Wampyr~~ Dracula
  A ~~Deaf~~ Mute woman) slightly
  A Silent Man } deformity } the Count
- A Detective ——— Cotford
- A Psychical Research Agent ——— Alfred Singleton
  ~~An American Inventor from Texas~~
- A German Professor ——— Max Windshoeffel
- A Painter ——— Francis Aytown
- A Texan ——— Brutus M. Marix

  makes dinner of 13   Mem.
            Secret room — Chenrest Liftblood

514.
"Conde Drácula" e sua "Historiae Personae", ou "Os personagens da história". A lista expande e nomeia muitos dos personagens já mencionados, como Lucy Westenra, aqui noiva de John Seward; o advogado Arthur Abbott, John Hawkins e, enfim, Peter Hawkins; seu funcionário Jonathan Harker; e sua noiva, Wilhelmina Murray (Mina). E o nome do conde de Wampyr para Drácula.

Originalmente, o romance se dividiria em quatro livros, com sete capítulos cada. Livro I: De Estíria (na Áustria, depois alterado para Transilvânia) a Londres. Livro II: Tragédia. Livro III: Descoberta. Livro IV: Punição. Repare que todas as ideias iniciais para o Livro II foram substituídas, e agora ambientadas em Whitby e Londres, focando em Lucy e Mina.

Book I
Chapter 1

Letter 1. Sir Robert Parton Pres. I.L.S. to Peter Hawkins Cathedral Place Exeter, stating letter rec'd from Count Wampyr

" 2. Count ~~Wampyr~~ Dracula Transylvania to Peter Hawkins, asking him to enclose estate.

" 3 Peter Hawkins to Count Wampyr — replying & telling him that he will send Harker, asking some kind of idea of value required

" 4 Count ~~Wampyr~~ Dracula to Peter Hawkins. giving information required

" 5. Peter Hawkins to Count ~~Wampyr~~ Dracula. place secured in official enclosing copies (2) of letters from Harker re estate at Purfleet

" 6 Kate Reed to Lucy Westenra telling of Harker's visit to the school to see Mina Murray, & of Mina's confidence & her story. with Postscript telling how she thought often it would be well to ask Mina's permission before telling her story — & she knows it all over long ago.— & that she goes & stays with her on summer holiday at Whitby.

" 8 Telegram Dracula to Hawkins, to let Harker start for Munich

516.

Esta e as próximas páginas expandem o resumo anterior da obra, com o conde Wampyr aparecendo nos tópicos 1 e 3, nome grifado e substituído por Drácula nos tópicos 2, 4 e 5.

Book I
Chapter 2

Journal of Jonathan Harker on his first journey abroad in Shorthand ~~expect~~ ...

Directors in letter of remit to go to Munich stop at ~~...~~ Quatre Saisons & wait instructions. Start on Sat a day & arrive direct. Service.

Visit to Pinacothek & museum &c & to Dead House. telling how brought about.

Sees old man on bier, describe — then to ladies — then hears talk & listens — man went to fiv [?] corpse — place taken — returned on inquiry & find corpse gone — Harker has seen the corpse, but does not take part in discussion

Back to Hotel to wait — in morning receives wire letter from

Transylvania - Bistritz

Stoker menciona os métodos então recém-criados de comunicação, como a taquigrafia e o telegrama.

Book I

Chapter 3

Jonathan Harker's ~~Diary~~ Journal (Continued)

The Journey to Bistritz — Hotel — Some knew — they sent on telegram &c — When knew destination all very sad & mysterious. Some strange gifts (see XIX Century.)

At Borgo Pass — ~~[illegible]~~ left by diligence — alone — solitude — Comfort (?) of driver — Arrival of carriage — driven by man muffled — the journey wolves howl & surround — blue flames — driver stops — [illegible] strange sounds — mist — thunder — dogs & wolves howl — midnight. Arrival at castle — describe — left alone — enter Count supper — to bed — describe ~~[illegible]~~ &c

8

Book I

Chapter 4

Jonathan Harkers Journal (Cont?)

Stay in the castle pending arrival of answers to letters. Left alone — a prisoner — the books — the visitors — is it a dream — women (quote Psychical Review) stoops to kiss him. terror of death. suddenly Count turns her away — "This man belongs to me".

518.

Nas ideias para os capítulos 3 a 7 do Livro I, Stoker anota a estrutura do romance através dos diários de Harker e do dr. Seward, e das cartas trocadas entre Lucy e Mina.

Book I
Chapter 5

Dr. Seward's Diary

Letter Lucy, letter to Mina Murray.

Book I
Chapter 6

Jonathan Harker's Diary cont'd
    Attempt to get away from Castle - Wolves - she-wolf - old chapel - cutting earth - shrieks from grave - sight of terror or falling senseless - found by Count.
    Is it all a dream - back to London
    Letter from Hawkins to be made partner or to London agent
    Choose London.

Book I
Chapter 7

Dr. Seward's Diary.
    Developments of Study - Lucy visits asylum - her effect on mad patient with flies - curiosity concerning closed estate - peep over wall or Seward promises to get leave to show it &c. Notice down - the notice board down - Mystery

[Manuscript page — handwritten notes by Bram Stoker]

> Book II
> Chapter 1
>
> Whitby
>
> Lucy in the cliff Churchyard — argument with old man — uncanny things — Letters to ~~Harker~~ Dr Seward & Mina & own diary
>
> Book II
> Chapter 2
>
> Whitby ~~Letters Lucy to Dr Seward & Mina~~
>
> The Storm — Mina away on business. Newspaper report ~~storm~~ Strange sail — seeming derelict — runs into harbour and aground — no one on board — bodies washed up on shore. Lucy worried re Mina & Dr Seward's Diary Red Eyes in Sunset Same night Lucy on cliff sunset. Sees strange man amongst tombs — describe — they talk — he reads inscription on tomb. Fisherman talk — ship full of clay — coffin found aboard — Local {attorney/merchant} his instructions to claim cargo & forward to London Care Harker. Mina (drops) hears name — shall ask Jonathan later.

520. Resumos e ideias para o que seria então o começo do Livro II, ambientado em Whitby, através dos diários de Lucy e Mina, além da carta de Lucy para o dr. Seward e reportagem de jornal sobre a tempestade e o navio *Deméter*.

Book II
Chapter 3

(Letters Lucy & Mina)

Whitby. Lucy's dreams — walks in sleep finds strange brooch on shore — & puts it on — she becomes fond of dreaming & walks in sleep reversing. old habits. Lucy's dream. Mina wakes suddenly arouses her — goes in pursuit sees something white — something dark in moonlight in old churchyard on cliff — seems like man — then wolf — then seems to fly. follows — finds Mina in sleep on bench — woman in trance & brooch covered with blood. "I must have picked myself in my my sleep. putting it on".

15

Book II
Chapter 4

Dr Seward's Diary

~~Mina alarmed at~~ ~~letter~~ ~~from~~ ~~Enfield~~

Lucy grows worse Mina goes about her to Dr Seward. He goes to Whitby having seen new tenant of Purfleet house. Finds Lucy much better — dreams cease — (made apparent that Dracula is now in London). Prick of brooch theory accepted — points in Lucy's teeth — ~~protrusion of the teeth~~. Jonathan & Mina are married — Lucy at wedding — gets worse — dreams again. What is the line she to are — two sisters Count Dracula & Dr Seward

·521

Os resumos acima abordam a troca de cartas entre Lucy e Mina (cap. 3), e mencionam o diário do dr. Seward (cap. 4), com Mina procurando o médico para conversar sobre a doença de Lucy, e não Arthur, como está no romance.

Book II
Chapter 5

<u>Lucy's Diary</u>

A night of Terror
(man attempts of Count Dracula to get in to Lucy's room in various ways — bird & beast & dark mist mass — scratching out window pane — threatening — finally cross glows with mass of blood — she seems to throw it out of hands — She is guarded by some spell (?) placed accidentally [describe beforehand] Dracula's rage — moonlight — recovery.

Dr. Seward's Diary

Dracula visits asylum. Stumbles on threshold &c —
Effect on madman with fly theory.

<u>Men</u> wolf missing from Zoological Gardens — has escaped antecedents [this at beginning of chapter] at end monster wolf captured in neighbourhood — off Lucy's house — dogs killed &c

522.

Surge a ideia de que Lucy seria protegida por um feitiço, mas o autor desistiu disso. A tentativa de proteção à personagem no romance é feita com flores de alho. O conde também não cambaleia pelo castelo após visitar o hospício.

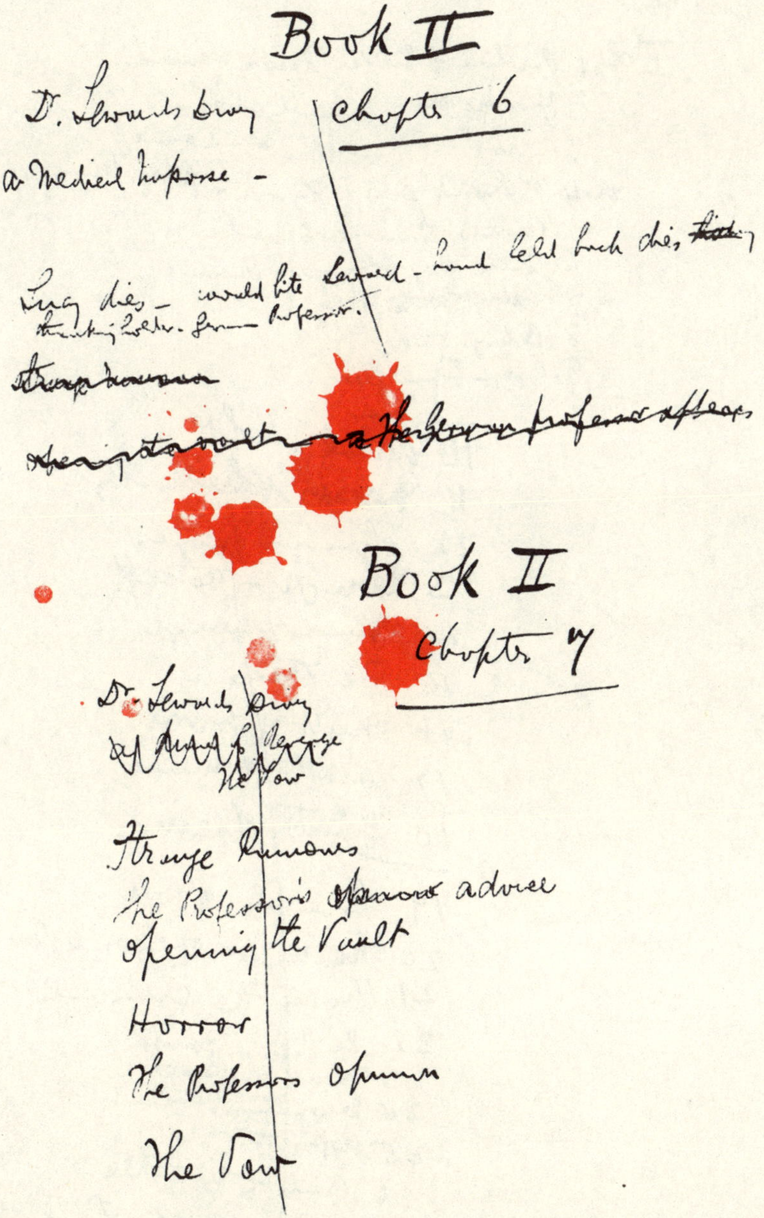

Book II
Chapter 6

Dr Seward's Diary

a Medical Impasse —

Lucy dies — would bite Seward — would tell back dies —
thinking Lucy — from Professor

Book II
Chapter 7

Dr Seward's Diary

Strange Rumours
The Professor's advice
Opening the Vault

Horror

The Professor's Opinion

The Vow

Lucy Westenra era noiva de John Seward nessas notas e o personagem que é seu noivo na versão final do romance, Arthur Holmwood, ainda não está nos planos de composição da obra. O personagem que seria o holandês Van Helsing era de nacionalidade alemã.

Ruth

I chp 1 Purchase of Estate. Harker & Mina
    2 Harker's Diary [illegible] wolf —
    3 do   do   [illegible]
  * 4 Dr [illegible] Diary. Hypnos — [illegible] Texan
    5 [illegible] to Castle Dracula
    6. Castle Dracula — [illegible]
  * 7 ~~[illegible]~~ Whitby
    8 Belongs [illegible]
    9. [illegible]
    10 Arrival at Whitby
    11 [illegible]
    12 Hypnos [illegible]
    13 The night [illegible] cliff
    14 [illegible]
    15 The Texan
    16 night [illegible]
    17 death of Mina
    18 Ghostly [illegible]
    19 Council of war
    20 In the vault. [illegible] Vow
    21 [illegible] the Criminal
    22 The [illegible]
    23 Mina on the scene
    24 [illegible]
    25 [illegible]
    26 [illegible] to the Castle
    27 — [illegible]

524. Aqui Bram Stoker monta um esqueleto de todo o romance, com a definição dos elementos fundamentais de cada um dos capítulos. O capítulo 9 refere-se a viagem de Jonathan para a Transilvânia. Já o capítulo 16 indica a morte de Mina, o que mostra que o autor a confundiu com Lucy.

35c

20 Van Helsing shows diaries to Seward
Seward tells him of his own diary

21 Harker + Mina arrive Mina undertakes
to type write Sewards Phonograph

Letters & documents got by Harker &c

22 Van Helsing tells the story whil Mina
has arranged + tells of Vampires

23 In want of a clu to whereabouts, Search
Essex house — flyman escapes — scene
in Bullie Dracula & flyman

24 meet with Dracula — tries the transfer

25 — stopping the earths

26 Transylvania the hunt

27 Transylvania apotis Castle, wolves
sunset

Nessa passagem, Stoker muda algumas coisas nas cenas finais de *Drácula*.
Vale notar também o uso do fonógrafo no capítulo 20. O aparelho foi criado em
1877 por Thomas Edison e seu principal uso era para anotações de observações
médicas sobre pacientes, como o dr. Seward faz no romance.

· 525

Books III. Chapters 27

29/2/92

I
- ✓ 1 — Purchase of Estate. Harker & Mina
- ✓ 2 — Harker's Diary — Munich
- ✓ 3 — do Munich (Bistritz - Borgo Pass. Castle
- 4 — ~~do~~ do sortes Vigl. Belongs to me
- 5 — Dr Sewards Diary — Fly man.
- 6 — Lucy's letters. Seward. Texan
- 7 — Harkers Diary. escape. graveyard. London
- 8 — Whitby. churchyard on cliff. owlers re
- 9 — do. Storm. ship arrives. derelict

II
- 1 — Lucy finds. brooch. red gs in sunset
- 2 — Sleepwalking the wounded. Mina married
- 3 — Sewards Diary. Lucy in London. Dr acute visits asy
- 4 — Wolf found. Medical impasse. death of Lucy
- 5 — Opening vault by carpenter of Prof. The Vow
- 6 — Harker's Diary. Mina on the track
- 7 — Researches. discoveries. Prof re Vampires, Texan
- 8 — Texan's diary — Transylvania
- 9 — Secret search Count's house. bloodied room.

III
- 1 — Return of Count
- 2 — Texan returns. Harker escapes. Munich man
- 3 — Vigilante Committee. necktie party
- 4 — ~~flaws & proofs~~
- 5 — The Count feeling hedged in
- 6 — Choice of dwelling
- 7 — ~~Disappearance of Count~~
- 8 — Filing the documents. The decision
- 9 — a tourist's tale. Dr Flyman & Texan out —

526.

Esse esboço revisa e resume várias páginas das notas sobre os capítulos. A obra ainda era dividida em três livros, com nove capítulos cada.

London to Paris 8.5 PM . 5.50 am
Paris to Munich 8.25 PM . 8.35 PM
Munich to Salzburg 8.35 ———
Salzburg. Vienna ——— 6.45 PM
Vienna to BudaPest 8 am — 1.30 am
B.P. to Klausenberg 2 PM — 10.34 PM
Klausenberg to Bistritz 12 hour ———
to Borgo Pass about 7 or 8 hours —

Leave Paris

A nota registra os horários de saída e chegada dos trens. Stoker procurou usar os horários precisos da época. Um trem de Londres a Paris levava então em torno de dez horas, já que havia a travessia do Canal da Mancha. De Paris a Munique, doze horas. De Viena a Budapeste, cinco horas. E de Budapeste a Bistrita, passando por Klausenburgo, mais de vinte horas.

26 a

189		Morning.	Evening.	Remarks.
March 6	Monday			
7	Tuesday			
8	Wednesday			
9	Thursday			
10	Friday			
11	Saturday			
Mar 12	Sunday			
Mar 13	Monday			
14	Tuesday			
15	Wednesday			
16	Thursday	Dracula's letter to Hawkins (dated 4 May old Style)		
17	Friday			
18	Saturday			
Mar 19	Sunday			
20	Monday			
21	Tuesday	Sir Robert Parton	letter to Hawkins	
22	Wednesday			
23	Thursday	Hawkins letter to Dracula		
24	Friday			
25	Saturday			
Mar 26	Sunday			
27	Monday			
28	Tuesday			
29	Wednesday			
30	Thursday	Dracula's letter to Hawkins (18 old Style)		
31	Friday			
April 1	Saturday			
Apr 2	Sunday			

528. Esta e as próximas três páginas são de um calendário comercial que lista os dias da semana, em que Stoker inseriu à mão os dias e meses (começando por março). Em 16 de março, anota a carta de Drácula a Hawkins no calendário gregoriano. No dia 21, a carta de sir Robert Parton a Hawkins, e no dia 23, outra carta de Drácula a Hawkins.

189			Morning.	Evening.	Remarks.
Mr	3	Monday			
	4	Tuesday			
	5	Wednesday			
	6	Thursday			
	7	Friday			
	8	Saturday			
Mr	9	Sunday			
	10	Monday			
	11	Tuesday			
	12	Wednesday	Harker goes to Purfleet	Letter 1200 Harker to Hawkins	
	13	Thursday	Continues work	Dracula writes to master d'Hôtel Quatre Saisons	
	14	Friday			
	15	Saturday	Harkers letter to Hawkins		
Mr	16	Sunday	Harker visits Mina at school		
	17	Monday			
	18	Tuesday	Kates letter to Lucy		
	19	Wednesday	Harker's letter to Hawkins		
	20	Thursday	Hawkins letter to Dracula		
	21	Friday			
	22	Saturday			
Mr	23	Sunday			
Mr	24	Monday	Telegram from Dracula		
	25	Tuesday	Leave London 8.5 P.M.		
	26	Wednesday	Leave Paris 8.25 P.M. Arrive Munich 8.35 P.M.		
	27	Thursday	tediastransdates snow storm and wolf		
	28	Friday	arrive early morning at Hotel		
	29	Saturday	Home all day		
Apl	30	Sunday	opera Flying Dutchman		

.529

No romance, Drácula recebe Jonathan Harker chamando-o pelo nome: "Eu sou Drácula; e lhe dou as boas-vindas, sr. Harker, à minha casa". Mas, como ele ainda não havia lido a carta de Hawkins [anotada no dia 19], a quem esperava originalmente, Stoker deixou apenas: Bem-vindo à minha casa!".

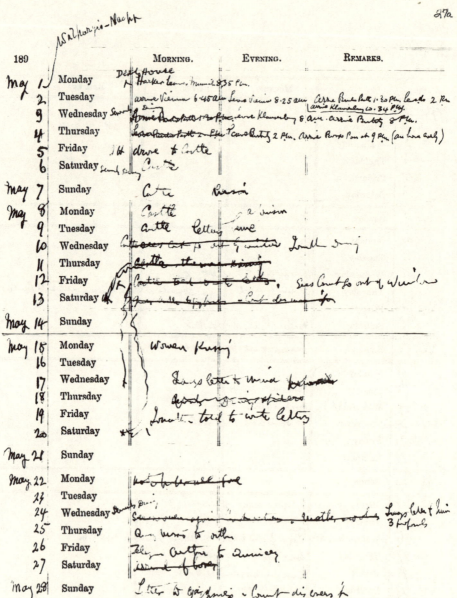

530. Aqui e na página ao lado, Stoker segue resumindo o enredo do romance em ordem cronológica. No dia 10 de maio, lemos: "Castelo", e riscado: "vê o conde sair pela janela", seguido de "Diário de Jonathan". Foi a primeira menção à clássica cena de Drácula andando pelas paredes externas do castelo.

189		Morning.	Evening.	Remarks.
May 29	Monday			
30	Tuesday	1st [illegible] letter [illegible]		
31	Wednesday	note [illegible] gone		
June 1	Thursday	goes to Count's [illegible]	[illegible]	
2	Friday			
3	Saturday			
June 4	Sunday			
June 5	Monday	2nd [illegible] letter [illegible] tomorrow	Scanty diary flies	
6	Tuesday	M[illegible]		
7	Wednesday			
8	Thursday	3rd [illegible] letter [illegible]	Count takes clothing, [illegible]	
9	Friday			
10	Saturday	Escape (30 June)		
June 11	Sunday			
June 12	Monday	1st [illegible] letter dated		
13	Tuesday	Give letter to [illegible] lost [illegible]		
14	Wednesday	[illegible]	[illegible] drunk of loaves	
15	Thursday	[illegible]	[illegible]	
16	Friday	goes to Count [illegible]	sea [illegible]	[illegible]
17	Saturday	Drink of Roses		
June 18	Sunday	[illegible] diary Spiders		
June 19	Monday	2nd [illegible] letter starts on 29th		
20	Tuesday			
21	Wednesday			
22	Thursday			
23	Friday	arrival of the boxes of earth	[illegible] [illegible]	
24	Saturday	Mina's letter to [illegible]		
June 25	Sunday	goes to Count's room		

Em 5 de junho, Stoker anota uma referência às moscas no diário do dr. Seward.
A entrada se refere a Renfield, o paciente que se alimenta do inseto.

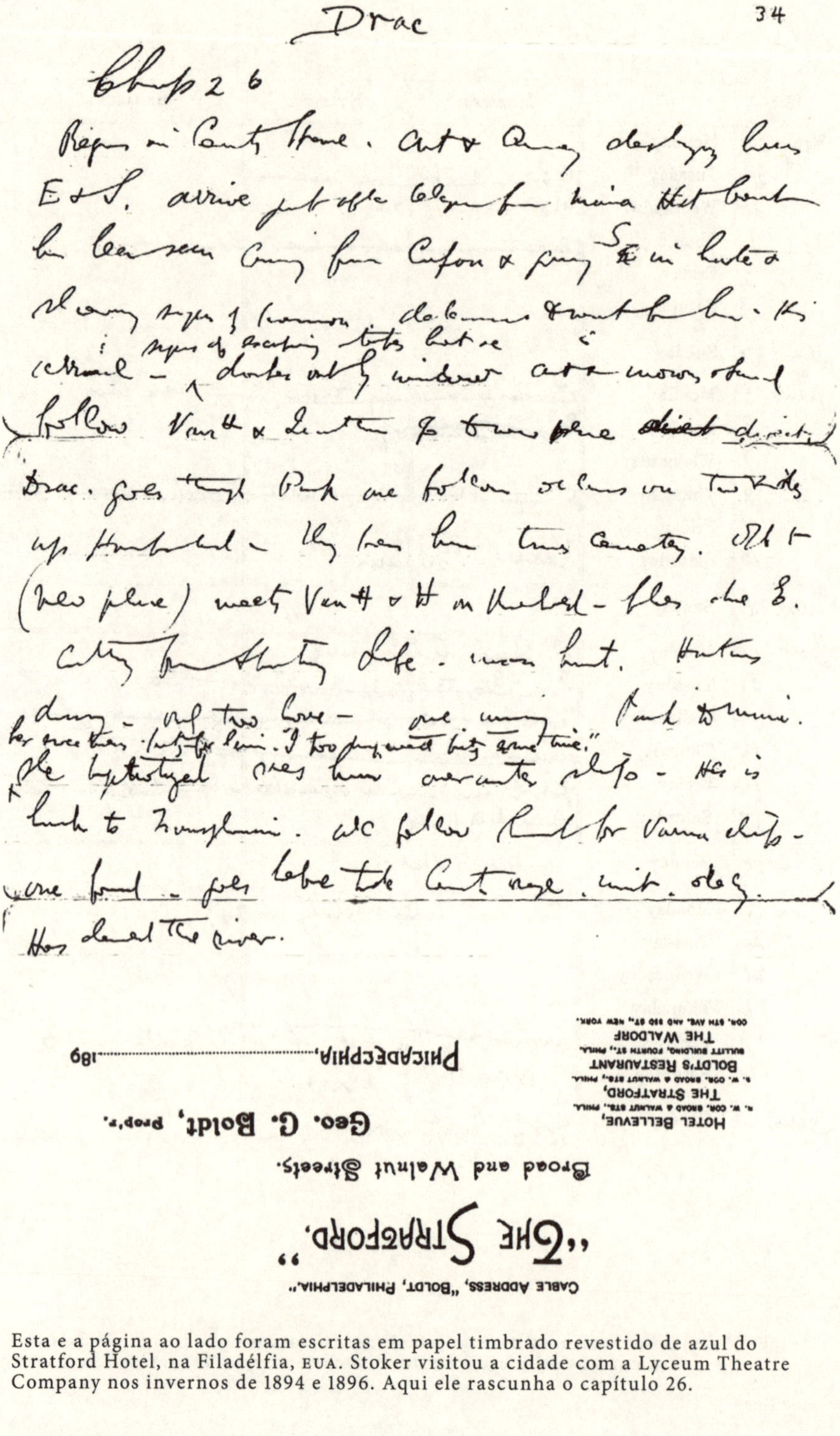

532.

Esta e a página ao lado foram escritas em papel timbrado revestido de azul do Stratford Hotel, na Filadélfia, EUA. Stoker visitou a cidade com a Lyceum Theatre Company nos invernos de 1894 e 1896. Aqui ele rascunha o capítulo 26.

Aqui Bram Stoker resume os acontecimentos do capítulo derradeiro de *Drácula*.
Ele menciona uma *maxim gun*, um tipo primitivo de metralhadora.
No romance, os caçadores de vampiros estão armados com rifles Winchester.

"Dracula" Notes, etc. [II]

39 v a

Transylvanian Superstitions ①
Mme E. de Laszowska Gerard
XIX Century Vol XVIII July 1885

pp. 130 – 150

Roumanians
Unlucky to look in glass after sunset

Pripolniza = evil spirit of noon
Miase nópte = evil spirit of night
later avoided by sticking a fork in the ground

Finger pointing to Rainbow seized with grawing disease
Rainbow in dead bodies misfortune

Night before Easter unholy witches & demons are
abroad and hidden treasures shew flame

St George's Day 23 April (corresponds to our 5 May)
Eve of which is for witches Sabbath.

Square cut blocks green turf front of doors reminders
break out witches

Right night to find treasures — night at which fern ag
treasures begin to bloom. State pale throw footsteps
& fling in direction of flame

38 vb
(2)

Scholomance = scholars' meeting where devil teaches mysteries of nature. Only 10 pupils at one & D. retains one as payment

Cattle endowed with speech on Xmas night

Xmas night devil can be conjured up. Three burning coals on threshold will protect conjuror

Swallow – goldielle Evi siew fowls toot – is lucky
Crow ill omen especially when flying straight over anyones head

Magpie perched on roof foretells approaching guest

To kill spider is unfortunate

Toad is servant of witch

Skull of horse over courtyard gate keeps away ghosts

Black fowls supposed ole in service of witch
Aumoftow book offspring of devil & damsel

Left bank of river is dangerous

Spiridusch = magic patron to find treasure

13 is unlucky number

"Transylvanian Superstitions" [Superstições da Transilvânia] foi uma das fontes de informação sobre o folclore para Bram Stoker. Referências a este artigo em suas primeiras notas demonstram que ele leu o livro antes ou logo depois que começou a escrever o romance.

③ 39a

wodna Zena = water spirit of spring
women won't draw water spirit burst or well
anger the spirit.

bolauer or wodna muz = Cruel water spirit in
deep pools.

Mavra prachuva = forest spirit. is food bring

pan[n]esch (Pan) is wood spirit lies await for murders

Dschurra = spirit of blaze — appears
as fire or hag

Roumanian must not cross without lighted
candle

Roumanians take it that death is only sleep
requiring waking.

Sometimes holes are cut in coffin opposite ears
of corpse so that can hear.

Vampire or Nosferatu
To kill vampire drive stake through corpse or fire
pistol shot into coffin, or cut off head & place
in coffin with mouth full of garlic, or extract heart &
burn it & strew ashes over grave

396

Werewolf or Prikolitsch.

Used to walk up & down in vault of old new
Church. Now walk up only staircase — Persons
looking away / People fear to have staircase litter

~~Satan~~

Should set down in living house or house
people will not sleep

Vampires cause droughts — & pest
row sick & destroy vampires

Fishery Barometer Manual
Robt. H. Scott. MA; F. RS
1887

P.26
Buys Ballot's Law (of Utrecht)
Stand with your back to the wind and the barometer will be lower to on your Left than on your Right. — This is for the Northern Hemisphere; the opposite being for Southern Hemisphere.

Thus the wind may be expected to be:—

Easterly when pressure is highest N & lowest S
Southerly "   "   "   " E "   "   W
Westerly   "   "   "   " S "   "   N
Northerly "   "   "   " W. "   " E

P.27 "When the wind shifts against the sun "Trust it not for back it doth run."

P.27 The wind usually shifts "with the watch hands" i.e. from L to R in front of you. A change in this direction is called "Veering".

P.27 The west wind shift to E through N.W. — N & N.E. If wind shifts in opposite way. viz from W. to S.W. S. & S.E. it is called "Backing" & generally indicates that a new storm is approaching.

538.
Notas acima foram usadas no romance nos relatos da tempestade que marcou a chegada do Drácula à Inglaterra.

P. 34-5. a cyclonic system (the wind will move against the watch hands) passing over the British Isles at any time of year brings on clouds & rain whenever the wind in it comes from a point between East round by South to West.
(mem what we want)

P 37 Cyclonic systems move rapidly in general from W — hardly ever (if ever) from East

P 45-6. Cloud signs
Gaudy or unusual hues, with hard definitely outlined clouds foretell rain and probably strong wind.
Small inky-looking clouds foretell rain.
Light scud clouds driving across heavy masses show wind & rain; but alone may indicate wind only — proportionate to their motion.

P. 46 After fine clear weather first signs of change are light streaks curls or wisps or mottled patches of white distant cloud followed by overcasting of murky vapour that grows into cloudiness.

Detail of Wrecks at Whitby
24th Octbr 1885

At 1.0 P.M observed vessel apparently in Distress & making for harbour called out L.S.A. Company wind N.E. Force 8 & Strong Sea on Coast followed the Vessel along coast where most likely to strand. The Life Boat at same time was launched but drove ashore & became of no further use The Vessel Stranded at about 2.0 pm. Got communication with 1st Rocket & landed 4 of the Crew by Whip & buoy fearing the masts would go whip snatch Block getting out of order Sent off Hawser & landed safe the remaining 2 of Crew being 6 all told. During this service observed a "Russian" Schooner making for harbour & likely to drive back of South Pier Called out S Pier L.S.A Company & both Companys watched her progress on each side of harbour the "Russian" got in but became a wreck during the night Crew landed safe by their own resourses the 1st L.S.A Company were out 5 hours & the 2nd L.S.A Company 4 hours on these services. 125 fms of Rocket Line & 9 fms of Hawser was Expended on the 1st Service having cut the hawser with hawser Cutter when the 2nd Vessel was observed in Distress.

Names of Ships
Mary & Agnes   British
Dimitry   Russian

Ao lado, relatório escrito em papel timbrado, que aparece em formulário que com "On Her Majesty's Service" [A serviço de vossa majestade]. As anotações trazem notícias sobre naufrágios em Whitby, com a data de 24 de outubro de 1885. Acima, glossário de palavras usadas na vizinhança de Whitby.

42a

Mem

Three old fishermen on cliff tonight 30/7/90. in churchyard told me of whaler the Esk which was lost at (dusk?) between Redcar & Saltburn. Master (Dunbar) would go on — said "Hell or Whitby tonight" & men braced him to slacken sail — he knocked them down one by one as they came to implore him. He was a powerful man with hands reaching below his knees & once in the Greenland fleet challenged the fleet & fought on the ice three hours and beat an American who came out to & on purpose to fight him — (a Stonish American) Whitby all — were lost of Esk except three of crew all cripples. Many [?] on ice tires of tunes mixed up

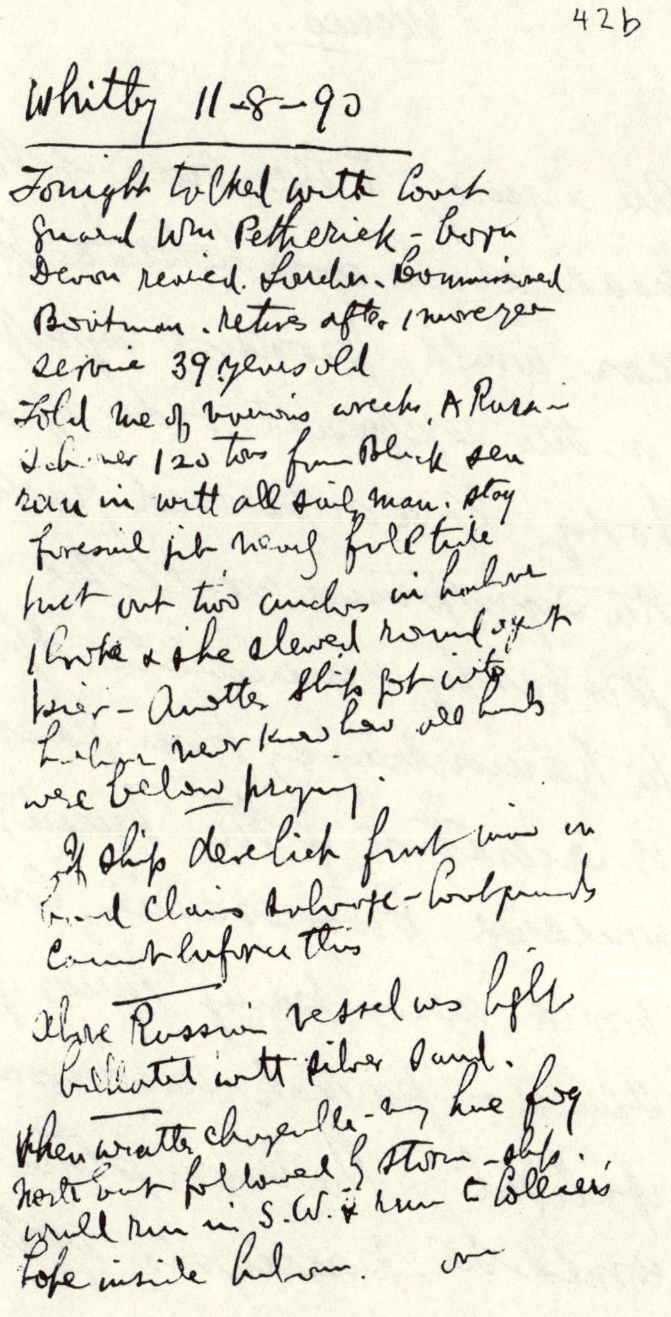

42b

Whitby 11-8-90

Tonight talked with Coast guard Wm Petherick — born Devon revised. Leader. Commissioned Boatman. Retires after 1 more year service 39 years old

Told me of various wrecks. A Russian schooner 120 tons from Black sea ran in with all sail man. Stay foresail jib nearly full tide but out two anchors in harbour & broke & she slewed round after — Another ship got into harbour never knew how all hands were below praying.

If ship derelict front win in [Coast] Claim Salvage — lookouts Cannot [enforce] this

Three Russian vessels left ballasted with silver sand.

When weather changeable — any time fog North but followed by storm — ships will run in S.W. & run to Collier's hope inside harbour.

Anotações feitas em Whitby. A data de 30 de julho de 1890 corresponde ao período que Stoker passou na cidade, bem como ao tempo dos episódios de Whitby no livro.

·543

45 a

Memo.

An injury to the side of the head above ~~and behind~~ the ear would produce symptoms on the opposite side of the body. If a depressed fracture the symptoms would be probably immediate. If due to haemorrhage, from fracture or laceration of the brain, they would be progressive. Coma would accompany them if severe — partial unconsciousness if slight. The symptoms would be paralysis of the

---

544. Essa anotação não é de Bram Stoker, mas de seu irmão mais velho, sir William Thornley Stoker, que era neurocirurgião. O conhecimento médico contido nas páginas que ele fez é adequado à época, porém, obsoleto hoje.

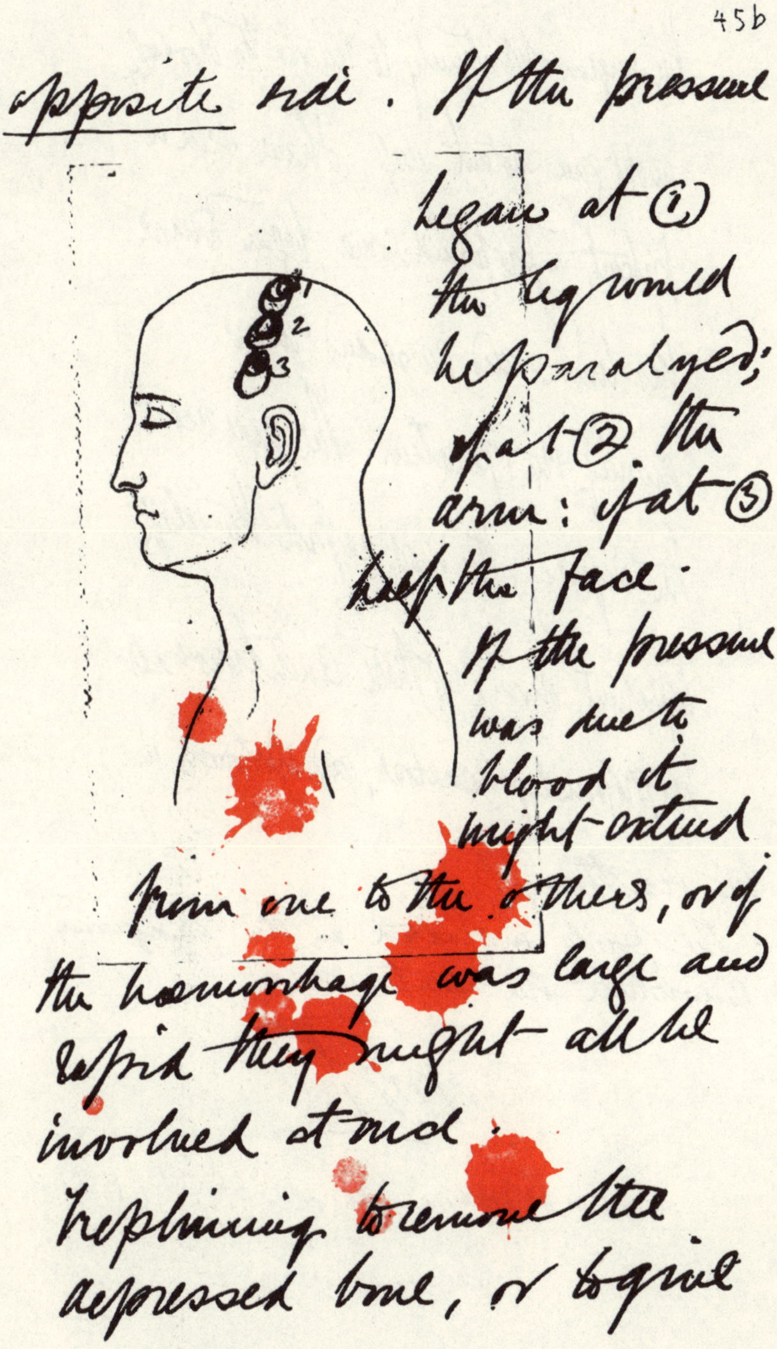

45b

opposite side. If the pressure
began at ①
the leg would
be paralyzed;
if at ②. the
arm: if at ③
half the face.
If the pressure
was due to
blood it
might extend
from one to the others, or if
the haemorrhage was large and
rapid they might all be
involved at end.
Trephining to remove the
depressed bone, or to give

·545

A imagem foi colada na página e o texto, possivelmente, escrito depois.
As indicações dizem que se pressionar o ponto 1, a perna paralisa; se for no
ponto 2, é o braço; já no ponto 3, metade do rosto é paralisada.

the surgeon opportunity to remove the blood clot might give instant relief. I have seen a patient in profound coma, begin to move his limbs and curse and swear during the operation. The more recent the injury, the more rapid the relief.

A patient dying of these conditions would be profoundly comatose, and stertorous in his breathing.
The parts indicated in the diagram constitute the "motor area"

(Sir William Thornley Stoker, Bart.)
President of Royal College of
Surgeons, Ireland.

546. A assinatura de sir William Thornley Stoker vem acompanhada de "Bart.", abreviação para o cargo de nobreza Baronet [baronete], na Inglaterra, título de nobreza intermediário entre barão e cavaleiro. Ele também foi presidente do Royal College of Surgeons da Irlanda.

VAMPIRES IN NEW ENGLAND.

Dead Bodies Dug Up and Their Hearts Burned to Prevent Disease.

STRANGE SUPERSTITION OF LONG AGO.

The Old Belief Was that Ghostly Monsters Sucked the Blood of Their Living Relatives.

RECENT ethnological research has disclosed something very extraordinary in Rhode Island. It appears that the ancient vampire superstition still survives in that State, and within the last few years many people have been digging up the dead bodies of relatives for the purpose of burning their hearts.

Near Newport scores of such exhumations have been made, the purpose being to prevent the dead from preying upon the living. The belief entertained is that a person who has died of consumption is likely to rise from the grave at night and suck the blood of surviving members of his or her family, thus dooming them to a similar fate.

The discovery of the survival in highly educated New England of a superstition dating back to the days of Sardanapalus and Nebuchadnezzar has been made by George R. Stetson, an ethnologist of repute. He has found it rampant in a district which includes the towns of Exeter, Foster, Kingstown, East Greenwich and many scattered hamlets. This region, where abandoned farms are numerous, is the tramping-ground of the book agent, the chromo peddler and the patent medicine man. The social isolation is as complete as it was two centuries ago.

Here Cotton Mather and the host of medical, clerical and lay believers in the uncanny ideas of bygone centuries could still hold high carnival. Not merely the out-of-the-way agricultural folk, but the more intelligent people of the urban communities are strong in their belief in vampirism. One case noted was that of an intelligent and well-to-do head of a family who some years ago lost several of his children by consumption. After they were buried he dug them up and burned them in order to save the lives of their surviving brothers and sisters.

TWO TYPICAL CASES.

There is one small village distant fifteen miles from Newport, where within the last few years there have been at least half a dozen resurrections on this account. The most recent was made two years ago in a family where the mother and four children had already succumbed to consumption. The last of these children was exhumed and the heart was burned.

Another instance was noted in a seashore town, not far from Newport, possessing a summer hotel and a few cottages of hot-weather residents. An intelligent man, by trade a mason, informed Mr. Stetson that he had lost two brothers by consumption. On the death of the second brother, his father was advised to take up the body and burn the heart. He refused to do so, and consequently he was attacked by the disease. Finally he died of it. His heart was burned, and in this way the rest of the family escaped.

This frightful superstition is said to prevail in all of the isolated districts of Southern Rhode Island, and it survives to some extent in the large centres of population. Sometimes the body is burned, not merely the heart, and the ashes are scattered.

In some parts of Europe the belief still has a hold on the popular mind. On the Continent from 1727 to 1735 there prevailed an epidemic of vampires. Thousands of people died, as was supposed, from having their blood sucked by creatures that came to their bedsides at night with goggling eyes and lips eager for the life fluid of the victim. In Servia it was understood that the demon might be destroyed by digging up the body and piercing it through with a sharp instrument, after which it was decapitated and burned. Relief was found in eating the earth of the vampire's grave. In the Levant the corpse was cut to pieces and boiled in wine.

VAMPIRISM A PLAGUE.

There was no hope for a person once chosen as a prey by a vampire. Slowly but surely he or she was destined to fade and sicken, receiving meanwhile nightly visits from the monster. Even death was no relief, for—and here was the most horrible part of the superstition—the victim, once dead and laid in the grave, was compelled to become a vampire and in his turn to take up the business of preying on the living. Thus vampirism was indefinitely propagated.

Realize, if you please, that at that period, when science was hardly born and no knowledge had been spread among the people to fight off superstition, belief in the reality of this fearful thing was absolute. Its existence was officially recognized, and military commissions were appointed for the purpose of opening the graves of suspected vampires and taking such measures as were necessary for destroying the latter.

Vampirism became a plague, more dreaded than any form of disease. Everywhere people were dying from the attacks of the blood-sucking monsters, each victim becoming in turn a night-prowler in pursuit of human prey. Terror of the mysterious and unearthly peril filled all hearts.

Evidence enough as to the prevalence of the mischief was afforded by the condition of many of the bodies that were dug up by the commissions appointed for the purpose. In many instances corpses which had been buried for weeks and even months were found fresh and lifelike. Sometimes fresh blood was actually discovered on their lips. What proof could be more convincing, inasmuch, as was well known, the buried body of a vampire is preserved and nourished by its nightly repasts? The blood on the lips, of course, was that of the victim of the night before.

The faith in vampirism entertained by the public at large was as complete as that which is felt in a discovery of modern science. It was an actual epidemic that threatened the people, spreading rapidly and only to be checked by the adoption of most drastic measures.

The contents of every suspected grave were investigated, and many corpses found in such a condition as that described were promptly subjected to "treatment." This meant that a stake was driven through the chest, and the heart, being taken out, was either burned or chopped into small pieces. For in this way only could a vampire be deprived of power to do mischief. In one case a man who was unburied sat up in his coffin, with fresh blood on his lips. The official in charge of the ceremonies held a crucifix before his face and, saying, "Do you recognize your Saviour?" chopped the unfortunate's head off. This person presumably had been buried alive in a cataleptic trance.

WERE THEY BURIED ALIVE?

How is the phenomenon to be accounted for? Nobody can say with certainty, but it may be that the fright into which people were thrown by the epidemic had the effect of predisposing nervous persons to catalepsy. In a word, people were buried alive in a condition where, the vital functions being suspended, they remained as it were dead for a while. It is a common thing for a cataleptic to bleed at the mouth just before returning to consciousness. According to the popular superstition, the vampire left his or her body in the grave while engaged in nocturnal prowls.

The epidemic prevailed all over southeastern Europe, being at its worst in Hungary and Servia. It is supposed to have originated in Greece, where a belief was entertained to the effect that Latin Christians buried in that country could not decay in their graves, being under the ban of the Greek Church. The cheerful notion was that they got out of their graves at night and pursued the occupation of ghouls. The superstition as to ghouls is very ancient and undoubtedly of Oriental origin. Generally speaking, however, a ghoul is just the opposite of a vampire, being a living person who preys on dead bodies, while a vampire is a dead person that feeds on the blood of the living. If you had your choice, which would you rather be, a vampire or a ghoul?

One of the most familiar of the stories of the Arabian Nights tells of a woman who annoyed her husband very much by refusing food. Nothing more than a few grains of rice would she eat, at meals. He discovered that she was in the habit of stealing away from his side in the night, and, following her on one such occasion, he found her engaged in digging up and devouring a corpse.

Among the numerous folk tales about vampires is one relating to a fiend named Dakanavar, who dwelt in a cave in Armenia. He would not permit anybody to penetrate into the mountains of Ulmish Altotem or to count their valleys. Every one who attempted this had in the night the blood sucked by the monster from the soles of his feet until he died.

At last, however, he was outwitted by two cunning fellows. They began to count the valleys, and when night came they lay down to sleep, taking care to place themselves with the feet of each under the head of the other. In the night the monster came, felt as usual and found a head. Then he felt at the other end and found a head there also.

"Well!" cried he, "I have gone through all of the three hundred and sixty-six valleys of these mountains and have sucked the blood of people without end, but never yet did I find one with two heads and no feet!" So saying he ran away, and never more was seen in that country, but ever since people have known that the mountains have three hundred and sixty-six valleys.

Belief in the vampire bats is more modern. For a long time it was ridiculed by science as a delusion, but it has been proved to be founded correctly upon fact. It was the famous naturalist Darwin who settled this question. One night he was camping with a party near Coquimbo, in Chili, and it happened that a servant noticed the restlessness of one of the horses. The man went up to the horse and actually caught a bat in the act of sucking blood from the flank of the animal.

While many kind of bats have been ignorantly accused of the blood-sucking habit, only one species is really a vampire. It constitutes a genus all by itself. Just as a man is the only species of the genus homo, so the vampire bat is the only species of the genus desmodus. Fortunately, it is not very large, having a spread of only two feet. This is not much for a bat. The so-called "flying foxes" of the old world, which go about in flocks and ravage orchards, are of much greater size, and there is a bat of Java, known as the "kalong," that has a spread of five feet from wing tip to wing tip. The body of the true vampire bat weighs only a few ounces.

A notícia acima fala de uma onda em Rhode Island, nos Estados Unidos, no final do século XIX, de desenterrar os cadáveres e queimar-lhes os corações, por medo de que ressuscitassem como vampiros. Em seguida, a reportagem apresenta casos reais de violação de sepultura, a história da superstição vampírica e suas origens na Europa. Fala também de narrativas clássicas com figuras que são ou se parecem com vampiros e dos morcegos-vampiros.

"Dracula" Notes, etc. [III.]

                              1
                        MAGYARLAND.
                              By a Fellow of the Carpathian Society.
                                    Sampson Low 1881.

"PAPRIKA HENDZ"

"szégény légény" "Poor lads" = robbers

fogado = inn.

                                    Northern
South east across of Carpathians are Rusniaks or Ruthenians-

⊙ — "Where the Turk treads no grass grows."

"Blats"- Swamps or marsh.

Grasses 8 or 10 feet hegh near L. Balaton

MAGYAR is pronounced MAD-YAR.

B.45.   Max Muller traces Magyars to Ural Mountains stretching
⊙   up to Artic Ocean. Close affinity of language to idiom
+ (H)   of Finnish race east of Volga. Says Magyars are 4th branch
        of Finnish stock viz. the Ugric - in 4th century were
        called Ugrogs [see Max Muller's *Science* of Language]
                        (*mem* wehrwolf legend through Fins)

⊙ — HUNS under Attila came between 3rd and 4th centuries-

548.

Soube-se depois que "O camarada da Carpaty Society", indicado na primeira linha, responsável pela escrita de *Magyarland* era Nina Elizabeth Mazuchelli. Já Max Muller, citado no último bloco de texto, pode ter sido o modelo para o professor Van Helsing.

2
MAGYARLAND.

a Century or two later came the Avars also of Northern race. Then came Magyars under Arpád.

P.53. "FARAS NÉPEK" = King Pharoah's people = Gypsies = Czigány.

P.57. The "HONFOGLALAS" = Conquest of Hungarians' fatherland by Arpád in 9th century.

P.75. "DELI-BÁB" = Mirage seen in the Hungarian plains = "Fairy of the South".

P.77. "ÖRDÖG" ---- Satan.
"POKOL" ---- Hell.
"KIS" ---- Little.
"NAGY" ---- Great.
"SZÓHORDÓK" = "word-bearers" = bench outside peasants' house.

The "ALFÖLD" is the great Hungarian plain.

[Men leeches - attracted to Count D, and then repelled - develop idea.]

P.113. "KÖDMÖNY" = Short sheepskin embroideried on smooth side bright coloured silk or wool.

P.169. "STRACENA" - Slav word for "vanished"

·549

No final da anotação relativa à página 77, há um lembrete do próprio autor sobre detalhes de trama para *Drácula*, que nesse caso, não foram aproveitados. Tratam-se criaturas fantasmagóricas conhecidas como *leechs*.

MAGYARLAND.

P.190.1. 470,000 Rusniaks in N.E. portion of Hungary, supposed descendents of band of Russians who came in with Arpád. Wear ponderous capes of black curly sheepskin.

P.191. Rusniaks and Slovaks wear loose jackets, large trousers of coarse wool, once white,— round waist enormous belts leather more than ½ inch thick 12 to 16 inches broad, studded with brass headed nails in various patterns. In these belts they keep knives, scissors, tobacco pouch, light box. &c

P.262. Rusniaks are called "Ruthenians" in Gallicia [Poland] and are, like Slavoks, of Greek Church.

P.316. "TOT NEM EMBER" = "Not a man of all" a saying of Magyars regarding Slovak.

As anotações são de ordem cultural e geográfica, além de traduções de algumas frases que poderiam ser inseridas no livro.

I have never heard in any country of such universal belief in devils, familiars, omens, ghosts, sorceries, and witchcrafts. The Malays have many queer notions about tigers, and usually only speak of them in whispers, because they think that certain souls of human beings who have departed this life have taken up their abode in these beasts, and in some places for this reason, they will not kill a tiger unless he commits some specially bad aggression. They also believe that some men a tigers by night and men by day!

The pelisit, the bad spirit which rode on the tail of Mr Maxwell's horse, is supposed to be the ghost of a woman who has died in childbirth. In the form of a large bird uttering a harsh cry it is believed to haunt forests and burial-grounds and to afflict children. The Malays have a bottle-imp, the polong, which will take no other sustenance than the blood of its owner, but it will reward him by aiding him to carry out revengeful purposes. The harmless owl has strange superstitions attaching to it, and is called the "spectre bird;" you may remember that the fear of encountering it was one of the reasons why the Permantang-Permantang Pasir men would not go with through the jungle of Rassa.

A vile fiend called the penangalan takes possession of the forms

Temos aqui anotações sobre lendas de espíritos
e criaturas paranormais da cultura malaia.

ROUND ABOUT THE CARPATHIANS.

A F Crosse. Blackwoods.1878.

E) P.7. Houses [Hungarian] Separate, Blank gable to road.

E) P.5. Horses four abreast and small

P.8. SLIVOVITZ= plum brandy.

P.84. "Robber steak". bits of beef bacon and onion strung on stick, seasoned with paprika and salt, and roasted over a fire; lower end of stick being rolled backwards and forwards between palms as you hold it over the embers.

P.89. CZARDAS= dances of Maygar peasant.

E) P-91. Hayricks in trees.

E) -102 dogs in Hungary dangerous.

E) -106. LEITERWAGEN - Ladderwagon, long cart without springs with a snake like vertebrae which adapts itself to inequalities of road.

E) -108. Weeping birch trees in Southern Carpathians.

552.

O livro de Crosse foi um dos consultados por Bram Stoker para obter informações sobre a Transilvânia. Na anotação marcada na página 7, há a descrição de uma cena que entrará no livro, em uma passagem do diário de Jonathan Harker.

(Round about Carpathians)
2

(E) P.110. Grey moss in abundant festoons from fir trees, & weird and solemn.

- 129. golden Mediasch, one of the best Translyvanian wines produces an agreeable pricking on tongue called by Germans "tschirpsen"

- 141. Maize variously cooked, water melons paprika *handl* and "gulgas" [sort of Irish stew]

+ - 141. Czigany = gypsies, 150,000 in Hungary.

+ - 146. Gypsies hang on to Magyar castles, and call themselves by names of the owner and profess his *faith*, whatever it be.

(F) - 149. In Hungarian the Christian name comes last Buda Adam not Adam Buda.

- MEM. see "The birds of Transylvania." Danford and Brown. 1875.

P.159. Matthias *Corvinus* King of Hungary, son of Hunyadi. *saying* "King Matthias is dead and justice with him!"

do. Capestrano was the monk who carried *Cross* to raise the

Stoker toma notas sobre o idioma húngaro aqui, informação que será aproveitada em falas do conde. No livro indicado na anotação da página 149, não se sabe se o autor de Drácula realmente o consultou ou apenas tomou algumas notas de outro lugar.

·553

(*Round about Carpathians*)
3
Hungarians against Moslems.

MEM. Horses to be disturbed at approach of Count Dracula and smell blood!

P.171. Old Saxon fortress-churches.

- 187. In Cox's Travels in Sweden, mentioned that Sainovitz the Hungarian Jesuit went to Lapland 1775. to see Transit of Venus; said Lapland and Hungarian idioms were the same.

- 202. Kronstadt. picturesque inn-yard seen through wide arched doorway. open arcade surrounds it   oleander trees in green tubs in centre. long wagons four horses abreast, peasantry with snow-white sheepskins or embroi-derie, white leather coats lined with black fur, flat caps, peaked hats, drum-shaped hats for girls — matrons wear close twisted and white kerchiefs.

- 205. SZEKLERS - 1 of 4 Transylvanian races — are of Turanian origin, like Maygar but older branch. When Maygars over-ran Pannonia in the 10th. Century under Arpad they found Szekler Szeklers in possession of part of the vast Carpathian horse-shoe — that part known as the Transylvanian frontier of Moldavia They claim to have come there in 4th Century. Descended from Huns.

MEM. Valley - belt of dark fir and then snow late Spring — and early Autumn.

(E.) P223 "grim phantom-haunted clouds"

554.
Há um lembrete (indicado por MEM.) que mostra outra anotação de Stoker para o romance.

(Round about Carpathians)
/4

E) P. 243.   Oak, Beech, Pine. Plenty water.

   - 264.   At St Miklos popn. mostly Armenians.

E) - 271.   "It is curious to notice sometimes in the higher Car-
           pathians how the clouds march continously through the
           winding valleys."

   -286.   Forest near Toplicza - Giant trees, Oaks, and many burned
           and fallen.

   - 294. MAROS VASARHELY - is central place of Szeklers.

   - 298. "A lord is a lord even in Hell." Peasant saying in time
           of forced labour.

   MEM.   Read "The New Landlord" Hungarian novel. G. Jokai.

   P.312. MEM - Robber incident, lady entertains robbers, and trusts
           their honour - they leave.

   - 345. RUSNIACKS - descended from Russian settlers - very
           savage.

E - 359. SLOVACKS - Shaggy coats of black sheepskin and usual
           long staff with axe at end.

·555

Apesar da nota relativa à página 298, os estudiosos de *Drácula* dizem não haver certeza de que Stoker tenha efetivamente lido a obra de Jokai.

1
TRANSLYVANIA.
Charles Bonner.
Longmans. 1865.

P.66. Wallacks, or as they call themselves "ROMANEN" [Roumains] are descendents of original settlers in Translyvania, as distinguished from Wallachians = inhabitants of Wallachia.

P.377. From 1836 to 1850. 5 general conflagrations in Bistritz. In former days its frontiers were exposed to devastations of Mongols and Tarters. In 1602. twenty days' seige, foe, famine and disease carried off 13,000 poeple. In war of 1564 between Translyvania and Austria, Bistritz had to furnish 3000 men armed with arquebuses. War contribution of that year was 30,000 florins and 200 horses.

P.406. Dancing in villages went on in street. Youths went to invite girls and carried white wands. Danced in moonlight. Intense cold, snow around, girls with only shift and coloured Kratsina and youths in shirt sleeves. Went on till 5.a.m.

P.417. BORGOS PRUND. to E. of Bistritz.

P.418. "MITTEL LAND" a ridge of low hills rising in the dale

Aqui temos mais um fichamento com material sobre a Transilvânia, com detalhes culturais como as designações dos povos do lugar. A nota pertinente à página 377 aparece no diário de Jonathan Harker, no romance.

(Wilkinson's Wallachia, Moldavia &c.)
?

Ancient Kingdom of DACIA =' Wallachia, Moldavia, Transylvania, and Temesvar -finally conquered by Romans.

P.26. 1600. after abdication of Sigismund of Translyvania, this principality became tributary to Emperor Rodolphus who appointed Michael VOÏVODE. Translyvanians revolted & wished to recall Sigismund but were defeated by Austrians and whole province subjugated.

P.32. 1695. Sultan Ahmet declared war against the Emperor and Voïvode Constantine Barancovano Bessarabba of Wallachia directed to form an army - did not help and at peace of Carlowitz Emperor Leopold made him Prince of Roman Empire and gave him landed estates in Translyvania.

P.57. THORNTON=' Present State of Turkey[P.116] says Boyars of ancient family assert descendants of the Slavi and are distinct race from offspring of Dacians and Romans.

P.79. Galatz is in Moldavian close to Wallachia at broadest & deepest part of Danube 60 miles from Black Sea and 72 from Bukorest .

P.91. Boyars use German Caleche chiefly - gaudy carriage with poor harness and horses and Gypsy driver in rags is common.

P.92-3. No coaches to be hired - but posting quick, but bad - like , Crate of earthenware on 4 small wheels by wooden pegs

·557

O porto de Galatz, localidade citada na anotação referente à página 79, é um ponto importante no trajeto de fuga do conde Drácula, ao sair de Londres rumo a Transilvânia.

(Whitby Tombstones)
/10

SACRED

to the Memory of

THOMAS BAXTER

Who was killed on board of

H.M.S. SCOUT

by a shot from a Spanish Gunboat

Off Cape Trafalgar Novr.2nd 1807

ALSO

JOHN ROBINSON who

died Aug. 3rd 1827. aged 36 years

This Stone was erected out of

Affectionate remembrance by

Mary their surviving Widow.

ALSO

the above Mary their

Wife who died Oct.27. 1833.

Aged 36 years.

Essas são apenas algumas anotações, entre diversas outras, que Bram Stoker fez para os epitáfios. Há uma cena de Mina e Lucy no cemitério em que são instigadas a ler os textos tumulares por um senhor que visitava o local com frequência.

DEGREES OF WIND.

"Beaufort's Scale of Wind force."

0 -- CALM.
1 -- LIGHT AIR..... Steerage way only
2 -- LIGHT BREEZE... 1 to 2 Knots ⎫ *what a* ⎞ *frigate about 1806*
3 -- GENTLE BREEZE. 3 to 4. do   ⎬ *Well appointed Man of war,*
4 -- MODERATE BREEZE. 5 to 6... do ⎭ *all sail set and clean hull would go in smooth water*
5 -- FRESH BREEZE .----Royals.
   ~~MODERATE GALE~~
That which she ⎧ 6 -- STRONG BREEZE.---- *Single reefed Topsails & Topgallant sails*
could just carry in ⎨ 7 -- MODERATE GALE. ... *Double reefed Topsails, Jibs &c*
Chase, full & by   ⎪ 8 -- FRESH GALE ..... *Triple reefed Topsails*
                     ⎩ 9 -- STRONG GALE. - .. *Close reefed Topsails & Courses*
10 -- WHOLE GALE..... - *Scarcely bear close reefed main Topsail & reefed foresail*
11 - STORM. --------- Reduce her to Storm Stay sails.
12 - HURRICANE.-------- No Canvas - bare poles.

·559

A Escala de Vento Beaufort foi introduzida em 1805 para ajudar os marinheiros
a estimar a força dos ventos por meio de observações das ondas do mar.
A escala de sir Francis Beaufort, que varia de 0 a 12, segue em uso.

Cena emblemática de *Nosferatu*, filme mudo de 1922, dirigido pelo alemão F.W. Murnau. O conde Graf Orlok, interpretado por Max Schreck, é um vampiro sanguinário que aterrorizou a cidade de Wisborg.

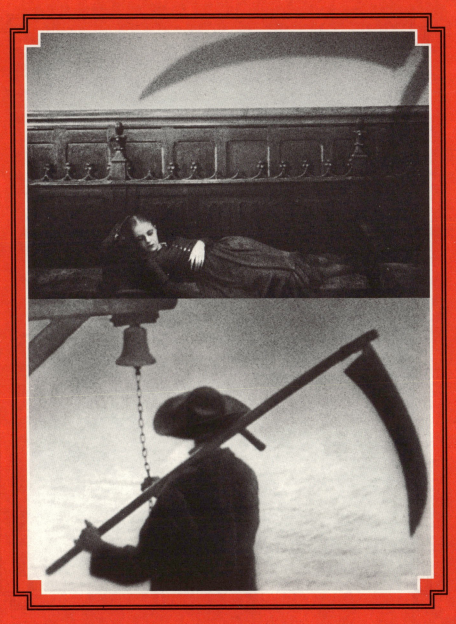

Acima: Cenas de gelar o sangue de *Vampyr* (1932), dirigido pelo dinamarquês Carl Theodore Dreyer. O filme foi baseado em *Carmilla* (1872), obra de Sheridan Le Fanu, considerada a primeira novela gótica com uma vampira.

Ao lado, acima: Mesmo o mais poderoso ser vampírico da noite capitula diante da luz solar, em *Nosferatu*. **Ao lado, embaixo:** O conde Orlok se dá conta de que o galo cantou e, portanto, amanhecia, em meio ao seu brutal ataque para beber sangue.

O ator húngaro Béla Lugosi e seu olhar aterrorizante encarnam tão bem a figura do conde Drácula que serve de modelo até hoje para a imagem do vampiro. O filme *Drácula* (1931), dirigido por Tod Browning, catapultou a carreira de Lugosi como ator de terror, graças a sua interpretação de gelar o sangue dos vivos.

Drácula é, talvez, o mais importantes entre os filmes de terror do estúdio Universal. Seu roteiro foi adaptado do texto teatral de Hamilton Deane e John L. Balderston. A peça, por sua vez, era baseada no livro de Bram Stoker.
Ao lado: O sanguinário conde olha sedento para o pescoço de Mina Harker, interpretada por Helen Chandler no filme.

Acima: Outro ator que ficou notoriamente conhecido por interpretar o nefasto conde sugador de sangue foi Christopher Lee. Aqui, o vampiro ataca Laura Bellows, vivida por Caroline Munro no filme *Drácula no Mundo da Minissaia* (1972).

Ao lado: Drácula, encarnado por Christopher Lee, encontra seu destino no filme *O Vampiro da Noite* (1958), dirigido por Terence Fisher. Ambos os filmes são da empresa inglesa Hammer, conhecida por seus filmes de terror. Christopher Lee como Drácula é uma das principais caras do estúdio.

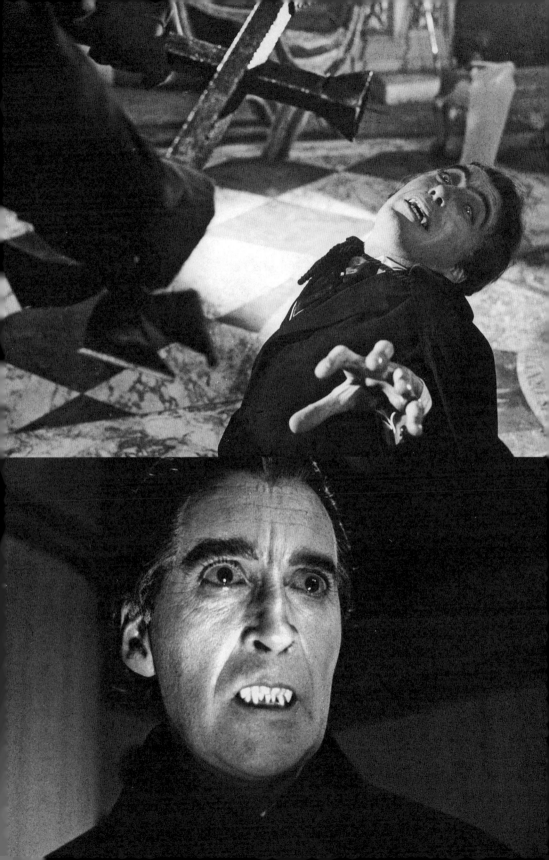

Gary Oldman interpreta o conde Drácula, prestes a atacar Mina Harker (Wynona Rider), no filme *Drácula de Bram Stoker* (1991), dirigido por Francis Ford Coppola e lançado em 1991. O roteiro segue bastante de perto a obra de Bram Stoker. O filme mostra um conde sedutor e ao mesmo tempo terrível, se distanciado da criatura monstruosa de *Nosferatu* ou das encarnações malignas de Drácula de Béla Lugosi e Christopher Lee. O vampiro, porém, não é menos sanguinário por conta disso.

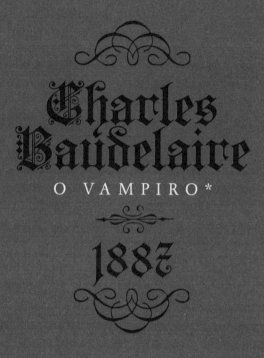

*As Flores do Mal. Nova Fronteira, 1985.
Trad. Ivan Junqueira.

Tu que, como uma punhalada,
Em meu coração penetraste,
Tu que, qual furiosa manada
De demônios, ardente, ousaste,

De meu espírito humilhado,
Fazer teu leito e possessão
— Infame à qual estou atado
Como o galé ao seu grilhão,

Como ao baralho o jogador,
Como à carniça o parasita,
Como à garrafa o bebedor
— Maldita sejas tu, maldita!

Supliquei ao gládio veloz
Que a liberdade me alcançasse,
E ao veneno, pérfido algoz,
Que a covardia me amparasse.

Ai de mim! Com mofa e desdém,
Ambos me disseram então:
"Digno não és de que ninguém
Jamais te arranque a escravidão,

Imbecil! — se de teu retiro
Te libertássemos um dia,
Teu beijo ressuscitaria
O cadáver de teu vampiro!"

ABRAHAM STOKER, mais conhecido como Bram Stoker, nasceu em Clontarf, Irlanda, no dia 8 de novembro de 1847. Estudou no Trinity College em Dublin onde formou-se em Matemática, em 1870. Começou a trabalhar como crítico teatral nos jornais de Dublin, e seu trabalho chamou a atenção do célebre ator vitoriano sir Henry Irving. Aceitando o convite de Irving para administrar seu teatro, o Lyceum Theatre, ele mudou-se para Londres. Stoker, que ao longo de sua carreira publicou diversos livros, levou sete anos para concluir *Drácula*. Quando o romance foi lançado em 1897, recebeu boas críticas, mas o grande reconhecimento só veio após sua morte, aos 65 anos, em 20 de abril de 1912.

Marcia Heloisa é tradutora, professora, pesquisadora e dark desde sempre. Tem trabalhos publicados sobre literatura e cinema de horror e já deu workshops sobre casas mal-assombradas e vampiros. Há quase uma década desafia a caretice da vida acadêmica inserindo seus monstros queridos em aulas, artigos, cursos e congressos. Embora casada com o gótico vitoriano, atualmente anda flertando com o horror moderno e, após um mestrado sobre *Drácula*, concluiu sua tese de doutorado sobre possessão demoníaca e pânicos políticos. Batizou um de seus gatos de Edgar, em homenagem ao Mestre Poe — mas ele só atende por Gaga.

Samuel Casal nasceu em 1974 e é ilustrador profissional desde 1990. Ilustrador freelancer, quadrinista e gravurista, colabora com publicações nacionais e internacionais, entre elas, *Os Estranhos Anões-Gigantes* (Lauro Elme/sm) e poe *Illustrated Tales* (Die Gestalten/Alemanha). Vive em Florianópolis, Santa Catarina. Veja mais em samuelcasal.com.

"No sangue há vida.
Na eternidade, as palavras."
— HALLOWEEN, 2018 —

DARKSIDEBOOKS.COM